BASTEI
LÜBBE
TASCHENBUCH

Über die Autorin:

Janice Steinberg ist Kunstkritikerin, u. a. für die *Los Angeles Times* und lehrt an verschiedenen Universitäten. Nach mehreren Kriminalromanen ist *Spuren, die bleiben* ihr literarisches Debüt, das in den USA Leser und Kritiker gleichermaßen begeisterte. Die Autorin lebt in San Diego.

JANICE STEINBERG

Spuren, die bleiben

Roman

Übersetzung aus dem amerikanischen Englisch von Edith Beleites

BASTEI LÜBBE TASCHENBUCH

BASTEI LÜBBE TASCHENBUCH
Band 17450

Dieser Titel ist auch als E-Book erschienen

MIX
Papier aus verantwortungsvollen Quellen
FSC® C014496

Vollständige Taschenbuchausgabe
der im Eichborn Verlag unter dem Titel **»Blechmenagerie«**
erschienenen Hardcoverausgabe

Titel der amerikanischen Originalausgabe: »The Tin Horse«
Originalverlag: Random House, New York

Lektorat: Doris Engelke
Umschlaggestaltung: Tanja Østlyngen
Unter Verwendung von Motiven von © Monika Robl, München;
© iStockphoto: cmfotoworks | popovaphoto; © shutterstock/19srb81
Satz: Dörlemann Satz, Lemförde
Gesetzt aus der Adobe Caslon
Druck und Verarbeitung: GGP Media GmbH, Pößneck
Printed in Germany
ISBN 978-3-404-17450-8

2 4 5 3 1

Sie finden uns im Internet unter www.luebbe.de
Bitte beachten Sie auch: www.lesejury.de

Ein verlagsneues Buch kostet in Deutschland und Österreich jeweils überall dasselbe.
Damit die kulturelle Vielfalt erhalten und für die Leser bezahlbar bleibt, gibt es die gesetzliche Buchpreisbindung. Ob im Internet, in der Großbuchhandlung, beim lokalen Buchhändler, im Dorf oder in der Großstadt – überall bekommen Sie Ihre verlagsneuen Bücher zum selben Preis.

Für Jack,
meinen Bashert*

* (Bashert ist ein jiddisches Wort für »Schicksal«, »Seelenverwandter«, Anmerkung der Übersetzerin)

Ich ging in den Laden zurück, wo eine kleine,
dunkelhaarige Frau hinterm Tresen saß und
in einem Gesetzbuch las … Sie hatte das klare,
geradlinige Gesicht einer klugen Jüdin.

RAYMOND CHANDLER, *Der große Schlaf*

Wir erzählen uns Geschichten, um zu überleben.

JOAN DIDION, *Das weiße Album*

1. KAPITEL

Elaine

»Was ist das, Elaine? Lyrik?« Er sieht zu mir auf – das Gesicht so jung, so wissbegierig. Dann blickt er wieder die Mappe an, die aufgeschlagen auf dem Esstisch liegt.

»Lassen Sie mich mal sehen«, sage ich, aber da fängt er schon an vorzulesen.

»›Die Feige trägt ihre Blüte tief im Herzen verborgen …‹«

»Josh!« Warnend strecke ich die Hand aus und werfe ihm einen Blick zu, den meine Kinder als ätzend bezeichnen, gleichzeitig erinnere ich mich, wie ich mit achtzehn in unserem Garten in Boyle Heights am Feigenbaum lehnte und diese Worte schrieb.

»Ist ja schon gut. Wenn Sie selbst lesen wollen …« Er gibt mir die Mappe, fügt aber gleich hinzu: »Das gehört ins Archiv.« Er trägt seinen Namen zu Recht. War es nicht Joshua, der die Mauern von Jericho zum Einstürzen brachte?

Als die Bibliothek der Universität von Südkalifornien anfragte, ob ich ihnen meine Unterlagen überlassen würde, kam es mir wie ein Gottesgeschenk vor. Zu dem Zeitpunkt hatte ich gerade beschlossen, in das Seniorenheim »Rancho Mañana« zu ziehen – oder, wie ich es nannte: die Ranch Ohne Morgen. Bis dahin hatte ich mich erfolgreich davor gedrückt, die Unmengen von Papier zu sichten, die sich in einem guten halben Jahrhundert in meinem Haus in Santa Monica angesammelt hatten. Die Universität bot sogar an, einen Studenten zu schicken, der mir beim Sortieren helfen sollte – genauer gesagt, einen Bibliothekswissenschaftler und Informatiker mit Schwerpunkt »Archivierung«. So schnell habe ich selten zu etwas Ja gesagt.

Gleichzeitig hatte ich meine Zweifel. Ich habe nichts dagegen, einem Fremden zu zeigen, was ich über die Jahre als Anwältin zu Papier gebracht habe, aber die Universität war nicht nur daran interessiert, sondern auch an Privatem und Familiärem. Ich hoffte, dass man mir eine nette Studentin schicken würde, die meine Entscheidungen widerspruchslos akzeptierte. Ihr Fachwissen würde das Sichten von Papierbergen zu einer chirurgisch sauberen Operation machen, es würde keine Peinlichkeiten geben, und nichts allzu Persönliches würde ans Tageslicht kommen. Ausgerechnet ich, die ich mein Leben lang gegen Geschlechterklischees gekämpft habe, malte mir eine willenlose junge Frau aus, die sich mir bereitwillig unterordnen würde. Jetzt muss ich dafür bezahlen. Die Studentin entpuppte sich als Student, der alles andere als willenlos ist. Josh betrachtet jeden Zettel, jede Notiz als potenziellen Schatz, und wenn er mit seiner Neugier alte Wunden aufreißt, ist er entzückt. Meine Abwehr schüchtert ihn nicht ein, ganz im Gegenteil.

Dabei kann er nichts dafür, dass mich Nostalgie überfiel, als wir einen Karton mit Zeichnungen meiner Kinder öffneten, oder Trauer, als wir den Briefwechsel mit Paul fanden, aus der Zeit, als er im Zweiten Weltkrieg kämpfte (letzten Monat war sein vierter Todestag). Und nun auch noch meine Teenager-Lyrik! Wenigstens versucht Josh mich nicht zu trösten, wenn mir ein Stück Vergangenheit plötzlich nahegeht. Eine deftige Auseinandersetzung ist mir lieber als Mitleid!

»Sind wir dann mit meinem Arbeitszimmer fertig?«, frage ich betont sachlich. So bin ich nämlich. Elaine Greenstein Resnick, eine unsentimentale Frau, keine schwärmerische Lyrikerin, die sich von Erinnerungen aus der Bahn werfen lässt.

»Da muss ich erst nachsehen«, sagt er und springt auf. Er ist schnell und effizient. Zum Glück. Schließlich will ich bald umziehen. Mein Haus steht bereits zum Verkauf, und schon Mitte Dezember ziehe ich um. Nur noch sechs Wochen.

Sowie ich allein im Zimmer bin, werfe ich einen Blick auf das erste Gedicht. »Die Feige trägt ihre Blüte tief im Herzen verborgen. Ganz anders als ich. Die Blüte meiner Liebe …« Herrgott, war ich wirklich einmal so jung, so verletzlich? Wo ist das junge Mädchen geblieben? Wenn ich dagegen an den idealistischen Leserbrief denke, den ich mit elf an eine Zeitung geschickt habe, erkenne ich darin bereits die kämpferische Anwältin. Damals war alles schon angelegt, und ich staune, was alles in dem stillen, nachdenklichen Mädchen steckte. Wie hat die *Los Angeles Times* es ausgedrückt? »Die gefragteste, progressivste Anwältin über Jahrzehnte hinweg – von der Hexenjagd der McCarthy-Ära über die Bürgerrechtsbewegung bis zum Kampf gegen den Vietnamkrieg und für die Gleichstellung der Frau.«

Doch die zartfühlende Lyrikerin, die ich auch war – was ist aus ihr geworden? Ich weiß noch genau, wann ich aufgehört habe, Gedichte zu schreiben: am 12. September 1939. Damals war ich achtzehn. Danach habe ich zwar weiter geschrieben, aber nichts mehr in dieser Art. Was ist aus meiner Sanftmut geworden? Habe ich sie abgelegt wie andere Verrücktheiten der Pubertät? Habe ich sie von mir abgespalten? Die längst vergessenen Gedichte von damals scheinen etwas in mir wachzurufen. Unsinn! Die Sentimentalität einer alten Frau! Ich schließe die Mappe und lege sie in den Korb mit Dokumenten, die ich noch einmal durchsehen will, bevor ich Josh das Okay zum Archivieren gebe. Die Gedichte werde ich ihm allerdings nicht überlassen. Vielmehr werde ich sie »verlegen«.

Irritiert von dem Fund blicke ich beunruhigt auf zwei Kaufhauskartons, mit denen Josh ins Esszimmer zurückkommt, obwohl die Kartons als solche keine Erinnerungen wecken.

»Wo haben Sie die denn gefunden?«, frage ich.

»Im Wandschrank, ganz hinten. Da sind noch mehr.«

»Vielleicht sind das Sachen von Ronnie.« Früher war mein Arbeitszimmer das Kinderzimmer meines Sohns. Ich rechne mit mottenzerfressener Kinderkleidung oder einer Comic-Sammlung.

»Nein. Alles Papiere.«

Josh stellt den oberen Karton – von Buffum's – zwischen uns und hebt den Deckel ab. Im nächsten Moment erinnere ich mich daran, wie meine jüngeren Schwestern und ich nach dem Tod unserer Mutter ihre Wohnung ausräumten. Das war vor über dreißig Jahren – was für ein Albtraum. Sie hatte es geschafft, ihre kleine Wohnung in West Los Angeles genauso vollzustopfen wie unser Haus in Boyle Heights. Mamas Tod, zehn Jahre nach Papas Schlaganfall, war ein Schock. Für ihre sechsundsiebzig Jahre war sie noch erstaunlich fit, als sie auf ihrem täglichen Spaziergang von einem Betrunkenen überfahren wurde. Audrey, Harriet und ich steckten noch in der ersten Trauerphase, als wir bei der Wohnungsauflösung … vier? ein Dutzend? Kartons von Kaufhäusern fanden, die schon gar nicht mehr existierten. Alle waren voll mit Papieren und Gott weiß was. Keine von uns fühlte sich damals in der Lage, die Sachen genauer anzusehen.

Obwohl ich mich nicht daran erinnern kann, müssen wir diese Kartons dann wohl in meinen Wagen geladen haben, und irgendwie sind sie im Schrank meines Sohns gelandet.

»Hey, ist das Hebräisch?« Josh hält mir einen Brief vor die Nase, den er auseinandergefaltet hat. Mit der anderen Hand will er mir ein Paar weißer Handschuhe reichen. Wie oft habe ich ihm schon gesagt, dass ich das Recht habe, meine eigenen Sachen mit bloßen Fingern anzufassen? Aber das lässt er nicht gelten und bringt jedes Mal ein zweites Paar Handschuhe mit.

Ich überfliege die Briefe. »Das ist Jiddisch. Sie stammen wohl von der Familie meiner Mutter, aus Rumänien.«

»Sie können Jiddisch?«

Ich bin selbst überrascht, dass ich es noch kann.

»Was steht drin?«

»Familienangelegenheiten … Jemand hat geheiratet, jemand anders ein Kind bekommen.« Das waren die Nachrichten, die wir in den 1920er Jahren von unseren rumänischen Verwandten bekamen. In den Dreißigerjahren waren ihre Briefe dann verzweifelte Appelle, wenigstens die jüngeren Familienmitglieder raus zu holen. So kam mein Cousin Ivan zu uns nach Los Angeles, drei andere gingen zu Verwandten in Chicago, und zwei wanderten nach dem Krieg nach Palästina aus. Alle anderen sind umgekommen.

»Also, die bewahren wir auf jeden Fall auf.« Aus Joshs Augen blitzt unverhohlene Sammlerleidenschaft, als er noch mehr Briefe aus dem Karton holt, alle in Originalumschlägen. Er greift nach einer der Plastiktüten, in denen die Fundstücke in sein Archiv wandern.

»Moment, die will ich erst lesen!« Angesichts der knappen Zeit werde ich sie nur überfliegen können, aber es geht um meine Familie, meine Geschichte. Meine und Harriets. Wir sind die Einzigen der vier Greenstein-Mädels, die überlebt haben. Ich weiß nicht mehr, ob Harriet überhaupt Jiddisch gelernt hat, aber ich möchte diese Briefe zusammen mit ihr durchgehen. Sie soll die Dinge, die Mama so wichtig waren, wenigstens einmal selbst in der Hand halten, bevor daraus Quellenangaben irgendwelcher Dissertationen werden.

»Ja, natürlich.« Josh steckt die Briefe in die Plastiktüte, etikettiert sie und reicht sie mir. »Bitte stecken Sie sie wieder in die Tüte, wenn Sie sie gelesen haben.«

Außer Briefen enthält der Karton Notizen, Rezepte und Zeitungsausschnitte, die aus irgendeinem Grund aufgehoben worden sind. »Da scheint jemand die Sammelwut gehabt zu haben.« Josh kann sein Glück kaum fassen, aber selbst er wirft viel von dem, was wir finden, in die Kiste für Altpapier.

Wir machen uns über den zweiten Karton her; er stammt von der May Company und entpuppt sich als Schatztruhe, die Mama für ihre Töchter angelegt hat. Ich entdecke Schulzeugnisse, Klassenarbeiten, Buntstiftzeichnungen. Meine Zulassung zum Studium an der Universität, zusammen mit der Zusage für ein Vollstipendium. Und da! Meine Artikel für die Unizeitung, alle fein säuberlich in großen braunen Umschlägen gesammelt, dazu die Leserbriefe, die ich zusammen mit Danny geschrieben habe – glühende Plädoyers für die Rettung europäischer Juden. Ja, klar, sage ich zu Josh, natürlich werde ich ihm die Artikel und Briefe geben, sobald ich sie gelesen und Harriet gezeigt habe.

Ich krame weiter in dem Karton und finde einen Stapel A5-Papier, das von einem Gummiband zusammengehalten wird. Als ich ihn herausnehme, zerbröselt das Gummiband, und herausfallen … o Gott! … Programmhefte von Barbaras Auftritten als Tänzerin. Ein Dutzend oder mehr, mit kunstvoll gestalteten Titelblättern auf dickem, hochwertigem Papier.

Ich schlage eins auf, sitze plötzlich in einem abgedunkelten Saal und sehe meine Schwester tanzen. Ich bewundere sie nicht nur, sondern *spüre* jede ihrer Bewegungen am eigenen Leib, obwohl ich nie so ausdrucksstark und hingebungsvoll tanzen konnte wie sie. Wenn Scheinwerfer auf sie gerichtet waren, wurde sie lebendig, während mir Privatheit lieber war.

»Elaine«, sagt Josh, und ich merke, dass ich mich plötzlich in einem anderen Jahrhundert befinde. »Waren Sie Tänzerin?«

»Nein, meine Schwester Barbara«, sage ich mit tränenerstickter Stimme.

»Ballett?«

»Moderner Tanz«, krächze ich.

»Hat sie es zu was gebracht, Karriere gemacht?«

»Sie hat das Gleiche getan wie die meisten Frauen meiner Generation: heiraten, Kinder kriegen.« Lügen gehen mir leichter über die Lippen. Trotzdem sehe ich mich plötzlich am Ufer des Los Angeles River stehen. Es stürmt, das aufgewühlte Wasser steigt unaufhörlich, jeden Moment kann der Fluss über die Ufer treten. Unsinn, beruhige ich mich.

Josh fragt, ob er die Programmhefte dem Tanzarchiv der Universität übergeben darf. Nur zu, sage ich. Was soll ich damit anfangen?

Gleich darauf lanciert der Karton den nächsten Angriff auf meinen inneren Frieden: Philips Visitenkarte.

Josh stößt einen leisen Pfiff aus. »Wow! Was hatte Ihre Mutter mit einem Privatdetektiv zu tun?«

Ich murmle, dass ich während des Studiums bei Philip gearbeitet habe. Das fordert Josh zu weiteren Fragen heraus, und er erwähnt einen Namen, den ich noch nie gehört habe. Er steht auf der Rückseite der Visitenkarte. Ich behaupte, plötzlich furchtbare Kopfschmerzen zu haben, bitte Josh zu gehen und schiebe ihn förmlich zur Haustür hinaus. Dann gebe ich den Kampf auf und lasse meinen Tränen freien Lauf.

Am liebsten würde ich alles kurz und klein schlagen oder wenigstens die nächstbeste Vase zerschmettern. Stattdessen ergebe ich mich und lasse die Gefühle zu, die die Erinnerung an Barbara in mir weckt: Trauer, Wut, Reue und Liebe.

2. KAPITEL

Unser Zeyde, der Pilot

AM 28. MÄRZ 1921 UM 23:52 UHR BAHNTE SICH BARBARA den Weg aus Mamas Leib ins grelle Kreißsaallicht des White Memorial Hospitals in der Boyle Avenue, Los Angeles. Nur siebzehn Minuten später – aber am nächsten Tag – folgte ich ihr. Hat sie sich vorgedrängt? Habe ich mich aus Angst vor der Welt zurückgehalten? Doch Barbara war immer schneller als ich. Eine halbe Stunde vor mir konnte sie Fahrrad fahren, und alle waren so damit beschäftigt, sie zu beglückwünschen, dass keiner mitbekam, wie ich aufs Rad kletterte und zur Straßenecke eierte. Alle Welt nannte uns Barbara und Elaine, kein Mensch sagte Elaine und Barbara. Und obwohl ich Danny zuerst kennenlernte, war Barbara seine erste große Liebe.

Wir waren keine eineiigen Zwillinge, aber dass wir Schwestern waren, sah man auf den ersten Blick. Wir hatten dichtes, lockiges Haar (ihre Locken waren weicher, dafür hatten meine einen rötlichen Schimmer, auf den ich sehr stolz war), braune Augen mit goldenen Pünktchen und große Nasen, die aber wenigstens gerade waren. Als Teenager war ich nach einem Wachstumsschub plötzlich einseinundsechzig, was für meine Familie ungewöhnlich groß war; Barbara war drei Zentimeter kleiner. Am meisten unterschieden sich unsere Gesichter. Barbara hatte die Apfelbäckchen von Mama geerbt, während ich ein schmales Gesicht und Papas tiefliegende Augen hatte. Mit elf bekam ich eine Brille, und spätestens seitdem galt ich – nicht zu Unrecht – als die Ernste von uns beiden. Werden wir mit der Zeit wie unsere Gesichter, oder spiegeln unsere Gesichter von Anfang an unseren Charakter wider? Beide hatten wir eine angenehme, mittlere Stimmlage und sprachen »so klar und deutlich, ihr solltet zum Radio gehen!«. Papa schämte sich für den Akzent seiner Eltern und seiner Frau und feilte ständig an unserer Aussprache, indem er uns Gedichte aufsagen ließ. Ich musste mir Eselsbrücken bauen, um mir die Texte merken zu können, aber Barbara konnte sie binnen kürzester Zeit auswendig herunterschnurren. Sie sang auch sehr schön, und als sie älter wurde, bekam ihre Stimme einen wunderbar kehlig-rauchigen Klang, während ich kaum die richtigen Töne traf.

Aber wir hatten das gleiche Lächeln, und auf Fotos sieht man die Lücke zwischen unseren Vorderzähnen, die wir von Papa geerbt haben. Hätte es damals schon Videos gegeben, würde man auch sehen, dass Barbara schneller lächelte als ich. Ihre hervorstechende Eigenschaft war nun einmal Schnelligkeit, in jeder Hinsicht. Sie war spontan, lebhaft und warmherzig und hatte immer eine Idee, was wir als Nächstes spielen oder welchen Unsinn wir anstellen könnten. Deswegen war sie die geborene Anführerin für die Kinder aus der Nachbarschaft. Aber sie war auch ungeduldig, impulsiv und rücksichtslos und urteilte schnell über andere. Sie war launisch, manchmal grausam, und wie eine Schauspielerin konnte sie blitzschnell die Rollen wechseln. Wen sie heute bewunderte, konnte sie schon morgen … nein, nicht hassen, sondern komplett vergessen haben.

Wenn sie in Hochform war, hinterließ sie eine Schneise der

Verwüstung. Das wurde mir zum ersten Mal klar, als sie 1929 den großen Börsencrash verursachte. Ich war schon alt genug – immerhin achteinhalb –, um zu wissen, dass unsere internen Familienstreitigkeiten nicht gleich globale Katastrophen auslösten, aber der Schwarze Dienstag war für mich immer der Tag, an dem weltweit die Hölle losbrach, weil Barbara unseren Zeyde bloßgestellt hatte.

Dov Greenstein, Papas Vater, wohnte bei uns, in dem Haus, das er mit seiner Familie bezogen hatte, als Papa siebzehn war. Er stammte aber nicht aus Los Angeles, sondern von der anderen Seite des Atlantiks. Bevor er das Meer überquerte, musste er einen Fluss überqueren – eine lächerliche Entfernung verglichen mit den zwei Wochen, die er auf dem stürmischen Atlantik verbrachte. Die Überfahrt muss schrecklich gewesen sein; seit seiner Ankunft in Amerika weigerte er sich, je wieder ein Schiff zu betreten, nicht mal ein Ruderboot im Hollenbeck Park. Trotzdem war die Flussquerung der schwierigere Teil seiner Reise, denn in diesem Moment ließ er alles hinter sich, was er kannte, und jeden, den er kannte. Damals war er siebzehn. Der Kigel, den ihm seine Mutter zum Abschied gebacken hatte, wärmte ihm den Bauch, und der Schal, den sie ihm um den Hals gelegt hatte, war von ihren Tränen durchnässt.

Dovs Fluss war kein Feld-, Wald- und Wiesenbach, sondern der mächtige Dnister, der in den Karpaten entspringt, an seinem ukrainischen Dorf vorbeifließt und schließlich ins Schwarze Meer mündet. Außerdem musste Dov in einer kalten Märznacht durch diesen Fluss schwimmen. Wegen der einsetzenden Schneeschmelze in den Karpaten war das Wasser eiskalt und die Strömung reißend. Aber er musste diese Gefahr auf sich nehmen, weil die Hunde keine Witterung aufnehmen sollten. Die Hunde und ihre Herren, die mit Schlagstöcken und Gewehren bewaffnet waren.

Wenn unser Zeyde davon erzählte, machte er an dieser Stelle immer eine Pause. So atemlos, als hätten die Hunde es auf *uns* abgesehen, fragten Barbara und ich: »Warum waren sie denn hinter dir her?«

»Ah«, sagte er dann und trank einen Schluck von seinem Tee, den er mit einem Schuss Whisky angereichert hatte. »Weil ich ein großes Verbrechen begangen hatte.«

Wann immer ich diese Geschichte hörte, sah ich die gleichen Bilder vor mir: Dov, der sich in Hausschuhen auf ein Pferd schwingt, die Beute aus einem Bankraub in den Taschen, genau wie die Banditen in Wildwestfilmen.

Doch dann sagte unser Zeyde: »Ich hatte mich verliebt.«

Das Mädchen hieß Agneta und war eine Bauerntochter, die an Markttagen ins Dorf kam. Je öfter unser Zeyde davon erzählte, desto mehr hatte ich das Gefühl, dabei gewesen zu sein und mit eigenen Augen gesehen zu haben, wie sein Schicksal besiegelt wurde. An den Markttagen war Dovs Dorf bunt, laut und voller Leben. Die Bauern handelten mit allem, was ihre Höfe boten, während die jüdischen Dorfbewohner Tee, Salz und Lampenöl verkauften und Handwerker ihre Dienste anboten, wie Dovs Vater Berel, der Blechschmied.

Berel steckte voller Unternehmergeist und hatte sich eine Schleifmaschine angeschafft, um sich als Sensen-, Scheren- und Messerschleifer etwas dazuzuverdienen. Tatsächlich war es dann eine Schere, die zu Dovs Entfremdung führte – ein starkes Wort, denn es beinhaltete nicht nur, dass er anderen fremd wurde, sondern dass ihm alles Gewohnte abhandenkam, alles, was er zu sehen, zu hören und zu riechen gewohnt war. Gerüche, die ihm fortan in die Nase stiegen, stammten nicht mehr von *der* Erde und *den* Pflanzen, die er kannte, nicht mehr von Kochdünsten, Müll oder Parfüms, die er identifizieren konnte. Es waren nicht mehr die Gerüche, die – selbst wenn sie bisweilen unangenehm waren – doch immerhin Heimat bedeuteten. Hätte unser Zeyde gewusst, was er alles verlieren würde, hätte er trotzdem das Gleiche getan, als Agneta in Berels Werkstatt kam, um ihre Schere schleifen zu lassen, weil sie feinen Wollstoff gekauft hatte, um sich ein schönes Kleid zu nähen?

Es dämmerte schon, und Dov war allein in der Werkstatt. Er trat auf das Fußpedal, das die Schleifmaschine in Schwung brachte, und drückte Agnetas Schere an den Schleifstein. Zuerst war er ganz auf die Arbeit konzentriert und sah nicht, was für ein hübsches Mädchen seine Kundin war.

»Ich habe gern an der Schleifmaschine gearbeitet«, sagte unser Zeyde. »Es war das Einzige, was ich gut konnte. Mein Vater sagte immer, nie hätte er gedacht, dass ein Schlemihl wie ich so gut mit Blech umgehen kann.«

Er fuhr mit den Fingern über die Scherblätter, um zu prüfen, ob sie scharf genug waren, dann schliff und polierte er sie mit einem sauberen Tuch nach, bis sie im fahlen Licht des späten Januarnachmittags glänzten. »Perfekt, siehst du?«, sagte er, zerschnitt ein Blatt Papier und zeigte Agneta die geraden Schnittkanten. Da sie kurzsichtig war, beugte sie sich vor, um besser sehen zu können. Dabei kam sie Dov so nah, dass er die grobe Seife und den getrockneten Rosmarin riechen konnte, den sie büschelweise auf dem Markt verkauft hatte. Vor allem aber roch sie nach sechzehnjährigem Mädchen.

»Zeig's mir lieber daran.« Sie holte ein Päckchen aus ihrem Korb und wickelte das braune Papier ab, bis eine Ecke von dem gerade gekauften Stoff zu sehen war, dessen leuchtendes Blau ihren Augen glich. Dov wunderte sich, wie weich der Stoff war, und setzte die Schere an. »Nein, Dummkopf! Doch nicht so viel!« Agneta riss ihm den Wollstoff weg und berührte dabei seine Hand. Ihre blauen Augen blitzten auf.

Dov fasste Mut, gab ihr die Schere und berührte ihre Hand etwas länger als nötig, vielleicht zwei Sekunden. »Dann mach's doch selber!«

Agneta wickelte den Stoff wieder ins Papier und tastete nach dem Zopf, der ihr bis zur Taille über den Rücken fiel. Dann wedelte sie mit dem blonden, nach Rosmarin duftenden Haar vor seinem Gesicht, schnitt eine Strähne vom Zopfende ab und hielt sie Dov wortlos hin.

»Versteht ihr, Mädels?« Fragend sah unser Zeyde Barbara und mich an. »Agneta war eine Goi, eine Christin. Sie dachte, mit mir könnte sie alles machen, weil ich ein Niemand war, ein Jude.«

Dov Grinschtayn hielt nichts von solchen Unterscheidungen. Er wollte sie abschaffen. Genau wie die anderen, die zu den sozialistischen Versammlungen kamen, die er heimlich besuchte. Er war ein kräftiger, gutaussehender Bursche, der lieber durch den Wald wanderte und im Fluss umherschwamm, als den ganzen Tag in der Studierstube des Rabbis zu hocken. Auf einem Foto, das später in New York von ihm gemacht wurde, sieht man sein kräftiges Kinn, seine breiten Schultern und sein dichtes schwarzes Haar. Obwohl das Foto ein wenig unscharf ist, fällt sein entschlossener Blick auf. Vermutlich hat er Agneta einen solchen Blick zugeworfen.

»Hier!«, sagte sie, als er dastand, ohne nach der Locke zu greifen. »Nimm schon!«

»Warum sollte ich?«

»Damit du an mich denkst.« Selbstbewusst warf Agneta den Kopf in den Nacken, aber die Finger, die die Locke hielten, begannen zu schwitzen.

»Und warum sollte ich an dich denken?«

Jetzt rächte sich ihre Forschheit. Ihr Lächeln gefror, und sie biss sich auf die Lippen, wie ein Kind, das versucht, die Tränen zurückzuhalten. In diesem Moment sah Dov wie durch ein Vergrößerungsglas alles, was an ihm gut und schlecht war.

»*Oy*, es tat mir leid, dass ich sie beschämt hatte. Aber ihr seid in Amerika aufgewachsen und wisst nicht, wie es war, wenn die Christenjungen uns verprügelten – vor den Augen der Erwachsenen, die nichts dagegen unternahmen. Manchmal rotteten sich die Christen regelrecht gegen uns Juden zusammen. Das nannte man Pogrome. Wir hatten ständig Angst.«

Den Christen so ausgeliefert zu sein hatte unseren Zeyde dazu verführt, seine Macht über das Christenmädchen zu genießen … bis sich ihre Augen mit Tränen füllten. Das ging ihm zu Herzen. Er streckte die Hand aus, und Agneta legte die Locke hinein. Er riss eine Ecke von dem braunen Papier ab, verpackte die Locke und steckte sie in die Tasche.

Dann sprachen sie nur noch über Geschäftliches.

»Ist die Schere scharf genug?«

»Ja, ist gut so.«

»Soll ich sie einpacken?«

Doch jedes Wort war pure Poesie.

»Agneta, was machst du so lange?«, rief ein Mann von der Tür her. Dov hörte, dass er betrunken war. Vor allem aber hörte er ihren Namen.

»Ich komme schon, Vater«, rief sie zurück.

»Warte! Nimm …« Dov wusste nicht, was er ihr auf die Schnelle schenken sollte. »Hier!« Er holte seinen Bleistift aus der Tasche, fast neu und kaum angekaut.

»Oh.« Sie sah den Bleistift an, als wüsste sie nicht, was sie damit machen sollte. Konnte sie überhaupt schreiben, dieses Mädchen, für das unser Zeyde ins Exil getrieben wurde? Sie warf den Stift in ihren Korb und eilte aus der Werkstatt.

Zwei Wochen später kam sie mit einem Topf zurück, der repariert werden musste, aber es gab viel zu tun, und unter den kritischen Blicken von Berel musste Dov sich auf die Arbeit konzentrieren. Vor lauter Aufregung verbrannte er sich die Finger am Lötzinn, aber da ihm das öfter passierte, schöpfte sein Vater keinen Verdacht.

Am nächsten Markttag hatte er mehr Glück. Er musste der Molkerei einige Eimer liefern, und auf dem Weg dahin schlenderte er an den Marktständen vorbei, entdeckte Agneta und fing ihren Blick ein. Sie verließ ihren Stand und folgte ihm. In einem nahen Buchenhain waren sie endlich allein.

»Habt ihr euch geküsst?«, fragte Barbara oder ich. Schließlich waren wir schon mal im Kino gewesen und wussten, was Verliebte taten, auch wenn wir derlei von Mama und Papa nicht kannten.

»Was ihr gleich wieder denkt! Aber ja. Ich habe sie geküsst. Einmal.« Sie wagten nicht, lange zu bleiben und womöglich entdeckt zu werden. Aber sie nutzte die Zeit, um ihm zu sagen, woran er ihren Hof erkennen konnte, wann sie herauskam, um die Hühner zu füttern, und dass sie ein Versteck im Wald hinter dem Haus hatte, das niemand außer ihr kannte.

Nach diesem ersten Treffen fing Dov an, Metall- und Drahtreste zu sammeln, wenn Töpfe geschmiedet oder Löcher in Siebe gestanzt wurden. Er steckte alles in die Tasche, in der er auch Agnetas Locke aufbewahrte. Als er genug Material beisammen hatte, begann er, so eifrig zu schmieden wie nie zuvor. Sein Vater hatte recht: Er war nicht sehr talentiert. Aber schon kurz nachdem er Agneta geküsst hatte, war er mit der Arbeit fertig. Am nächsten Schabbes, als er den Nachmittag frei hatte, ging er drei Mal an ihrem Haus vorbei, immer hundert Meter über die Hofgrenze hinaus, dann kehrte er mit klopfendem Herzen um, hoffte, dass keiner von Agnetas vier Brüdern ihn gesehen hatte, und ging noch einmal am Haus vorbei. Endlich kam Agneta mit einem Eimer Hühnerfutter heraus. Sie eilte in den Hühnerstall und gleich darauf in den Wald hinterm Haus. Sie blieb auf ihrer Seite des Zauns, Dov hielt auf der anderen mit ihr Schritt. Sobald sie vom Haus aus nicht mehr zu sehen waren, kletterte Dov über den Zaun und überreichte ihr sein Geschenk – eine Blechmenagerie.

»*Oy!*« Agneta klatschte in die Hände. »*Oy!*« Sie bewunderte den Hahn mit dem gezackten Kamm, das ringelschwänzige Lamm und das Pferdchen. Am besten aber gefiel ihr eine eher misslungene Kreatur – ein Löwe, den Dov nach einer Zeichnung in einer Zeitschrift angefertigt hatte. Die Mähne bestand aus dreißig zusammengeschweißten Drahtstückchen und schien aus lauter einzelnen Härchen zu bestehen. An diesem Tag küsste er Agneta mehr als einmal, und zwei Wochen darauf trafen sie sich wieder in dem Wäldchen.

Einige Dutzend Küsse waren alles, was sie hatten (oder unser Zeyde wollte nicht zugeben, dass es mehr war), bevor der Löwe sie verriet. Agneta hatte das stachelmähnige Tier so gern, dass sie es ihren besten Freundinnen zeigte. Bald bekamen ihre Brüder davon Wind, und ihnen war sofort klar, dass die Blechmenagerie nur von dem jüdischen Blechschmied stammen konnte. Von dem alten, krummen Berel? Lächerlich! Aber arbeitete Berels Sohn nicht als Lehrling in der Werkstatt mit? Sie löcherten Agneta mit Fragen. Ich konnte mir lebhaft vorstellen, wie ihre Tränen auf den Blechlöwen tropften und sie sich weigerte, das Tier herzugeben. Dann waren sie hinter Dov her.

Die Familie unseres Zeyde wurde so spät gewarnt, dass ihm kaum Zeit blieb, ein kleines Bündel zu schnüren, und seine Mutter schaffte es gerade noch, ein Täschchen mit drei Goldmünzen ins Innenfutter seines Mantels zu nähen. Er glaubte, ein Vermögen zu besitzen, bis die erste Goldmünze draufging, als er jemanden bestechen musste, um die österreichisch-ungarische Grenze passieren zu können. Als Nächstes musste er das Zugticket nach Rotterdam bezahlen, und für die Überfahrt nach Amerika blieb so wenig übrig, dass er auf dem Dampfschiff Kohlen schaufeln musste. Nach zwei Wochen Plackerei und Seekrankheit in der Höllenhitze des Maschinenraums betrat er Castle Garden, die Insel an der Spitze Manhattans, wo damals die Einwanderer landeten, mit so weichen Knien, dass er sich zweierlei schwor: Nie wieder würde er ein Schiff betreten, und nie wieder würde er als Blechschmied arbeiten.

Den ersten Schwur brach er sofort, aber nur dieses eine Mal und ganz kurz, weil er mit der Fähre zum Festland übersetzen musste. Den zweiten hielt er fünfundvierzig Jahre lang, und zwar exakt bis Montag, den 28. Oktober 1929. Als er ihn brach, kollidierte unsere Familiengeschichte mit der Geschichte der Welt.

»Ich bin kein Blechschmied, sondern Erfinder«, sagte unser Zeyde mit Nachdruck, als Barbara und ich um eine Blechmenagerie bettelten.

Unser Vater hatte ein anderes Wort für ihn. »Er ist ein Luftmensch«, pflegte er zu Mama zu sagen – auf Jiddisch, der Sprache unserer Familiengeheimnisse. Wir kannten die Wörter »Luft« und »Mensch« und dachten, unser Zeyde sei Pilot gewesen. Vielleicht in einer geheimen Mission, über die man bis heute – Jahre nach dem Großen Krieg – nicht sprechen durfte. Er hatte ja auch sonst schon so einiges in Amerika getan – Hosen und Hosenträger genäht, Knoblauch verkauft, Zigarren gedreht und sogar eine Zigarrenfabrik besessen. Als die Familie nach Los Angeles gezogen war, weil unsere Großmutter, die vor unserer Geburt gestorben war, an Schwindsucht litt, hatte unser Zeyde den amerikanischen Westen mit aufgebaut: Von den Eiern seiner Hühnerfarm lebte damals halb Los Angeles, und er war am großen Bauboom beteiligt, weil er Möbel an- und verkaufte. »Geld kann man immer und überall verdienen«, pflegte er zu sagen. Jetzt verkaufte er Bücher, aber wann immer wir seine Buchhandlung sehen wollten, so wie die von Onkel Leo am Hollywood Boulevard, schüttelten alle den Kopf und benahmen sich seltsam. Mit anderen Worten: Wenn unser Zeyde schon so viele Berufe gehabt hatte, einige davon geheimnisumwittert, warum sollte er dann nicht auch Pilot gewesen sein?

Als Tante Pearl, Papas jüngste Schwester, uns die Wahrheit sagte, beschwor Barbara die Katastrophe herauf.

Wir himmelten Tante Pearl an, eine modern gekleidete junge Frau mit braunem Bob, gewagt kurzen Röcken, die kaum ihre plumpen Knie bedeckten, und lustigen Augen. Sie nähte fast all unsere Kleidung, und an jenem Montag im Oktober 1929 waren Barbara und ich nach der Schule zu ihr gegangen, weil sie unsere marineblauen Röcke für den Winter fertignähen wollte. Ich stand auf einer Kiste, und sie steckte den Rocksaum ab, als im Radio etwas von Charles Lindbergh gesagt wurde.

»Kennt unser Zeyde diesen Mr. Lindbergh?«, fragte ich.

»Charles Lindbergh, den Piloten?«

Ich nickte.

»Was hat euer Zeyde euch erzählt?« Pearl lachte, schien aber nicht amüsiert zu sein. Sie und unser Zeyde sprachen schon seit zwei Jahren nicht mehr miteinander. Damals hatte es einen unerhörten Skandal gegeben, den Barbara und ich mitbekamen, obwohl die Erwachsenen nur im Flüsterton darüber sprachen. Pearls Mann, unser Onkel Gabriel Davidoff, hatte sie wegen einer anderen Frau verlassen, einer Goi! Doch was dann folgte, war ein noch größerer Skandal. Pearl war nämlich noch so jung, dass es als unschicklich galt, wenn sie allein lebte, obwohl sie bereits verheiratet gewesen war. Aber sie zog nicht zu ihren Eltern zurück, sondern blieb in der Wohnung, in der sie mit Gabe gelebt hatte, und begann für andere Leute zu nähen. Grund genug für unseren Zeyde, den Kontakt mit ihr abzubrechen.

»Wieso? Gar nichts«, sagte ich und entschuldigte mich für die Frage. Man hatte uns eingeschärft, Pearl gegenüber unseren Zeyde nicht zu erwähnen. Umgekehrt mussten wir ihm gegenüber so tun, als hätten wir den neuen Rock, die neue Jacke in irgendeinem Laden gekauft.

Barbara, deren blauer Rock schon gesäumt war, plapperte los: »Ist unser Zeyde etwa kein Luftmensch?«

Dieses Mal war Pearls Lachen echt. Sie lachte so sehr, dass sie die Stecknadeln fallen ließ und sich setzen musste. »Ein Luftmensch! Ein Luftmensch!«

»Papa sagt das immer«, sagte ich, als sie sich einigermaßen beruhigt hatte.

»Das glaube ich gern.« Pearl, die höchst agil war, obwohl sie »gut im Futter stand«, sprang wieder auf. »Barbara, Schätzchen, sammle die Stecknadeln für mich ein. Und du hältst still, Elaine! Noch ein paar Nadeln, dann sind wir fertig.«

Sie wartete, bis sie meinen Saum abgesteckt und ich meinen alten Rock wieder angezogen hatte (er hatte das gleiche Marineblau, weil Mama diese Farbe für kleine Mädchen schicklich fand, außerdem sah man auf dem dunklen Stoff keinen Schmutz). Dann schickte sie uns in ihr winziges Wohnzimmer und sagte, wir sollten uns hinsetzen. Sie und Barbara nahmen das Zweiersofa, ich den Sessel.

Pearl steckte sich eine Zigarette an – eine ihrer skandalösen Angewohnheiten. »Ihr Süßen wisst nicht, was Luftmensch bedeutet, was?«

»Nicht Pilot?«, fragte ich.

»Jemand, der ein Flugzeug lenkt?«, sagte Pearl. »Das habt ihr euch clever zusammengereimt, aber ein Luftmensch fliegt nicht, Mädels. Ein Luftmensch ist jemand, von dem man nicht so genau weiß, wie er sein Geld verdient. Er scheint von Luft und Liebe zu leben. Zwar hat er ständig große Pläne, aber die funktionieren nie. Ein Luftmensch …« Sie betrachtete die verglühte Asche ihrer Zigarette, die immer länger wurde, und ihre Stimme bekam einen bitteren Klang. Der Ton meiner sonst so fröhlichen Tante bedrückte mich genauso sehr wie das, was sie sagte. »Er leiht sich Geld von Verwandten, um eine Zigarrenfabrik aufzubauen, die alle reich machen soll, und dann – wer hätte das gedacht? – verduftet der Mann, der ihm eine Riesenmenge Tabak zum halben Preis besorgen wollte, mit dem Geld. Oder er gibt damit an, dass er all seine Kinder auf die Universität schicken wird, sogar seine Töchter, oder dass er der Eierkönig von Los Angeles ist. Der Eierkönig! Dabei wurde er höchstens mit faulen Eiern beworfen … Ach, Mädels! Ich wollte nicht …«

Ich weiß nicht, wie es Barbara ging, aber ich musste weinen, und Pearl wurde plötzlich klar, dass sie nicht mit gleichaltrigen Freundinnen über gebrochene Versprechen und die Luftschlösser gewisser Männer sprach.

»Wenn Männer wie der Zeyde nach Amerika kommen, versuchen sie alles Mögliche. Sie haben es nicht leicht. Egal, was sie im alten Europa über dieses Land gehört haben … Ihr braucht bloß aus dem Fenster zu schauen. Seht ihr irgendwo Straßen, die mit Gold gepflastert sind?«

»Papa hat uns die Hühnerfarm gezeigt«, sagte Barbara trotzig. Mit der Unerschütterlichkeit einer Achtjährigen ignorierte sie die Träume der Einwanderer und konzentrierte sich auf harte Fakten und die Frage, ob man uns angelogen hatte. »Onkel Leo ist mit uns ins San Fernando Valley gefahren, und Papa hat uns gezeigt, wo die Hühnerfarm war.«

»Aber ja, Süße, wir hatten eine Hühnerfarm. Ich sag ja nicht, dass euer Zeyde …«

»Warum haben wir die nicht mehr?«, fragte ich. Plötzlich wurden mir die Ungereimtheiten in den Erzählungen unseres

Zeyde bewusst. Wenn seine Geschäfte so erfolgreich waren, wie er immer behauptete, warum hatte er sie dann aufgegeben – eins nach dem anderen? Und wenn man immer und überall Geld verdienen konnte, warum waren wir dann nicht reich? Warum mussten wir, wenn wir ein Auto brauchten, immer Onkel Leo bitten, den Buchhändler, der Papas andere Schwester, Sonya, geheiratet hatte? Warum schimpfte Mama andauernd darüber, dass sich Papa für Mr. Fine von Fine & Sohn – Gediegenes Schuhwerk kaputtschuftete, statt ein eigenes Geschäft zu eröffnen, so wie Onkel Leo?

»Eine Farm mit Dutzenden von Hühnern ist etwas anderes als ein Hühnerstall hinterm Haus«, sagte Pearl. »Uns fehlte das nötige Wissen, oder vielleicht hatten wir einfach nur Pech. Jedenfalls wurden unsere Hühner krank und starben.«

»Und die Buchhandlung?«, fragte Barbara.

»Welche Buchhandlung?«

»Wo unser Zeyde heute arbeitet.«

»*Gewolt*! Was haben sie euch bloß für Unsinn erzählt!«

Pearl versuchte uns die Wahrheit schonend beizubringen, aber sie überschätzte unsere Reife und unsere Fähigkeit, den verletzten Stolz zu erfassen, der hinter den Lügenmärchen steckte. Vor allem Barbara fühlte sich verraten und verkauft, als sie hörte, wie unser Zeyde wirklich seinen Lebensunterhalt verdiente.

»Ich gehe da jetzt hin«, sagte sie, als wir Pearl verlassen hatten.

»Das geht nicht«, protestierte ich. »Das dürfen wir nicht.« Trotzdem folgte ich ihr zur Brooklyn Avenue.

Sie rannte beinahe. Die Straße war voll von Frauen mit Einkaufstüten und Zeitungsjungen, die die neuesten Schlagzeilen herausschrien – irgendwelche Probleme an der Börse.

»Wollen wir uns nicht Buttermilch kaufen?« Ich griff nach Barbaras Hand. Pearl hatte uns ein paar Pennys gegeben, und wir konnten uns im Milchladen einen dieser Pappbecher voll köstlicher Buttermilch leisten.

Barbara blieb kurz stehen und sah mich grimmig an. »Ich gehe da jetzt hin. Was du machst, ist mir egal.«

Vielleicht klingt es jetzt so, als wollte ich meinen Anteil der Schuld herunterspielen. Tatsächlich bestand meine Schuld darin, dass ich ein schüchternes, fast ängstliches Kind war. Die Leute mögen beherzte Kinder, die sich in Abenteuer stürzen und freche Antworten geben. Aber was ist mit dem Mädchen, das dasitzt und zuschaut, wie die anderen die Rutsche hinabsausen, und schon bei der Vorstellung, da oben zu stehen und sich ins Ungewisse zu stürzen, weiche Knie bekommt? Im Laufe der Zeit habe ich mein Manko wettgemacht und Mut bewiesen, aber damals war ich der Schatten meiner draufgängerischen Schwester.

Barbara stieß eine unscheinbare Tür neben einem Bekleidungsgeschäft auf. Wir Kinder wussten ganz genau, wohin die Erwachsenen gingen, wenn sie Verbotenes taten. Wir wussten auch, wo es den illegalen Schnaps zu kaufen gab, den Mr. Zakarin in der Badewanne braute. Wir rannten eine enge dunkle Treppe hinauf. Vor einer offenen Tür blieb Barbara stehen. Da ich hinter ihr stand, konnte ich nicht in das Zimmer hineinsehen, aber ich roch die billige Zigarre und hörte eine Stimme, die aus dem Radio zu kommen schien.

»Kann ich dir helfen, Schätzchen?« Der Mann, der das fragte, kam näher. Trotz seiner freundlichen Worte trat Barbara einen Schritt zurück, als er seinen dicken, breiten Körper in den Türrahmen schob.

»Ist Dov Greenstein da?«, fragte sie.

Der Mann schien erleichtert zu sein. »Ach, ihr sucht Dov? Dann seid ihr hier falsch. Aber ich kann ihm Bescheid geben, dass ihr ihn braucht, okay? Jetzt geht wieder nach Haus!«

»Aber wo ist er denn?«, fragte Barbara.

»Ich sagte, dass ihr nach Haus gehen sollt.«

Der Mann schien folgsamere Kinder als Barbara gewohnt zu sein. Sie sagte, wir würden alle anderen Adressen wie diese in der Brooklyn Avenue abklappern, also könne er uns ruhig gleich sagen, wo unser Zeyde sei. Ich flüchtete mich ins Radiohören. Die Baritonstimme aus dem Lautsprecher sagte: »Im Fünften siegt Excelsior mit sechs zu eins. Ein Sechs-zu-eins-Sieg für Excelsior. Der Favorit, Patrician, ist Zweiter, und Irish Eyes, der vielgepriesene Irish Eyes, Dritter.«

Tatsächlich brachte Barbara den Mann dazu, uns zu verraten, wo unser Zeyde arbeitete, und wir rannten los, die Straße hinunter und wieder eine enge steile Treppe hinauf, derselben Radiostimme entgegen. Dieses Mal blieben wir nicht im Treppenhaus stehen, sondern stürmten in das niedrige Zimmer, das nach einer Mischung aus Zigarrenrauch und Klassenzimmer roch. Letzteres lag an einer großen Wandtafel, an der ein bärtiger Mann mit Kreide so sauber und leserlich schrieb, dass meine Lehrerin ihm eine Eins gegeben hätte. *Excelsior*, las ich, und *Irish Eyes*. Es war, als sähe ich plötzlich alles in Zeitlupe und überdeutlich: das Radio auf dem Aktenschrank, den Garderobenständer mit Hüten und Mänteln, den Mann mit schweren Lidern an dem mit Zetteln übersäten Schreibtisch. Ich wusste, dass es sich bei den Zetteln um die Wettscheine handelte, die von dem Zeitungsjungen vorm Eisladen verkauft wurden. Schräg zu dem übervollen Schreibtisch stand ein zweiter. Es sah aus, als hätte jemand ihn gerade hereingebracht und noch nicht an die richtige Stelle geschoben.

Ein dritter Schreibtisch stand in exakt rechtem Winkel zur Wand, und die Papiere darauf waren so ordentlich gestapelt wie zu Hause bei unserem Zeyde.

Er bemerkte uns nicht. Bleistiftkauend blickte er genauso

konzentriert auf ein Blatt Papier, wie er sonst mit uns Gin Rommé spielte. Ich dachte, Barbara würde etwas sagen, aber sie schien ihr Pulver verschossen zu haben.

Ich war es, die das Schweigen brach. »Zeyde!«

Er sprang so erschrocken auf, dass sein Stuhl umfiel. »Mädels! Zu Hause alles in Ordnung? Ist jemand krank?«

Nun fand auch Barbara ihre Stimme wieder. »Warum hast du gesagt, du arbeitest in einer Buchhandlung?«

»Ist jemand krank?«, wiederholte er, obwohl ihm längst klar war, dass wir nicht wegen eines familiären Notfalls hergekommen waren, sondern *das hier* der Notfall war. »Wer hat euch geschickt? Das hier ist kein Ort für Kinder.«

»Du hast gesagt, du arbeitest in einer Buchhandlung, aber das hier ist ein Buchmacherbüro!«, sagte Barbara empört.

»*Oy*, ihr dachtet …« Er lachte. Jeder Einwanderer, der überleben will, lernt sich schnell anzupassen und – falls nötig – die Strategie zu ändern. Das tat unser Zeyde, als er um den Schreibtisch herum auf uns zukam. »Ihr denkt doch nicht etwa, dass ich hier *arbeite*? Das wäre ja noch schöner, nicht wahr, Mr. Melansky?«

»Selten so gelacht«, sagte der Mann mit den schweren Lidern und lachte gekünstelt auf. »Ein guter Witz!«

»Ich schaue gelegentlich vorbei, wenn ich nicht viel zu tun habe, und gehe meinem Freund, Mr. Melansky, zur Hand.«

»So ist es«, bestätigte Mr. Melansky.

»Aber …« Barbara kam ins Stocken. Obwohl sie nicht auf das Manöver unseres Zeyde hereinfiel, reagierte sie so wie immer, wenn man uns bei etwas Verbotenem ertappt hatte. Er ließ ihr mit seiner Geschichte ja kaum eine Wahl.

»Barbara, Elaine, sagt Guten Tag zu Mr. Melansky!«, sagte er. »Und Mr. Freitag«, fügte er hinzu und machte eine Kopfbewegung in Richtung des Mannes, der unermüdlich an der Tafel schrieb. Er konnte nicht aufhören, weil er die Rennergebnisse notierte, die im Radio durchgegeben wurden.

»Guten Tag«, sagten wir. Man hatte uns eingebleut: Seid immer höflich zu Erwachsenen. Macht bloß kein Theater!

»Geht und kauft euch ein paar Süßigkeiten.« Unser Zeyde griff in die Jackentasche und holte einen Packen zusammengerollter Geldscheine heraus, von denen er uns einen hinhielt. Es waren Ein-Dollar-Scheine. Ich hatte oft gesehen, wie er am Küchentisch solche Geldbündel zusammenrollte, nach dem Frühstück, wenn er sich aufmachte, den amerikanischen Westen aufzubauen. Trotzdem war eine Dollarnote für uns ein Vermögen.

Ich schaute auf seinen ordentlichen Schreibtisch. Die kleine Schreibtischlampe kannte ich aus unserem Wohnzimmer, und meine Knie wurden so weich wie damals, als ich die letzten Stufen der Rutsche erklommen hatte und auf die in der Sonne glitzernde Bahn hinabschaute, steil und tief wie die Niagarafälle, sodass mir ganz schwindelig wurde. Andererseits empfand ich so etwas wie Genugtuung über die Eindeutigkeit der physischen Beweise, die sein Dementi widerlegten. Wenn ich später an diesen Moment zurückdachte, kam es mir vor, als hätte ich in diesem Moment zum ersten Mal wie eine Anwältin gedacht.

»Das stimmt doch alles nicht, Zeyde«, murmelte ich eher traurig als verärgert.

»Was denn?« Er beugte sich vor und stützte die Hände auf die Schenkel, um mir in die Augen sehen zu können (er war damals zweiundsechzig, aber agil und erstaunlich gelenkig). Sein Blick war schwer zu deuten. War es eine Warnung? Flehte er mich an aufzuhören? Oder wollte er vielleicht sogar, dass ich sein doppeltes Spiel beendete?

Was immer sein Anliegen war – ich konnte nicht zurück. Ich stand auf der obersten Stufe der Rutsche, und das Kind hinter mir drückte schon gegen meine Waden. Mir blieb nichts anderes übrig, als mich auf die Kante zu setzen und loszulassen.

»Du arbeitest nicht in einer Buchhandlung«, sagte ich. »Du arbeitest hier.«

»Meinst du nicht, dass dein Zeyde etwas mehr Respekt verdient?«, polterte Mr. Melansky, aber unser Zeyde hob die Hand.

»Ich bringe euch jetzt nach Hause«, sagte er. Ohne ein Wort zu den anderen Männern setzte er seinen grauen Homburg auf und führte uns zur Tür. Seine Hand auf meiner Schulter zitterte, aber als wir unten auf der Straße waren, klang er fast amüsiert, als er fragte: »Seit wann wissen denn schon achtjährige Mädels, was für ein Geschäft ein Mr. Melansky betreibt?«

»Das weiß doch jedes Kind«, sagte ich. »Stimmt's, Barbara?« Meine Schwester war merkwürdig still.

»Clevere kleine Biester. Eure Mama, euer Papa und ich, wir dachten … Buchmacher und Buchhändler … das klingt doch ähnlich, oder? Wir wollten euch den Unterschied erst erklären, wenn ihr älter seid. Aber ihr seid ja so clever! Wollt ihr ein Eis von Currie's?«

»Ja, bitte.« Ich nahm das Friedensangebot an. Eis war noch besser als Buttermilch.

»Trotzdem hättet ihr nicht herkommen sollen«, sagte er. »Am besten sagt ihr eurer Mama und eurem Papa nichts davon.«

»Und die Hühnerfarm?«, fragte Barbara.

»Unten im Tal?«, sagte er ausweichend.

»Ich nehme Schokolade«, sagte ich und zupfte an seinem Ärmel. »Barbara mag am liebsten Erdbeere.«

Im selben Moment sagte sie: »Du hast doch immer gesagt, du hättest halb Los Angeles mit Eiern versorgt, oder?«

»Mit wem habt ihr gesprochen? Mit einer eurer Tanten?«

»Die Hühner sind gestorben!«, stieß Barbara empört hervor.

»Nun schrei doch nicht so, meine Süße!« Verstohlen sah unser Zeyde zu den Frauen hinüber, die vor Rosen's bei den Fischfässern standen.

»Und die Zigarrenfabrik?«, hakte Barbara nach.

Der Zeyde zog uns in die Toreinfahrt zwischen Rosen's und dem nächsten Laden. »Barbara, was habe ich gesagt?«

»Alles Lügen!«, sagte sie wütend. »Du hast uns Lügen erzählt.«

Auf seiner Stirn stand der Schweiß, und er lehnte sich an die Hauswand.

»Hör auf, Barbara!«, bat ich.

»Nein, ist schon gut.« Er seufzte und wischte sich mit dem Taschentuch übers Gesicht. »Wir sind in Amerika. Hier kann jeder sagen, was er will. Und wer angeklagt wird, hat das Recht, sich zu verteidigen. Soll ich euch zeigen, wo die Hühnerfarm lag? Soll ich euren Onkel bitten, uns hinzufahren?«

»Aber es stimmt nicht, dass du halb Los Angeles mit Eiern versorgt hast«, insistierte Barbara.

»Als Harry noch lebte, lief das Geschäft gut.«

Immer wenn Harry erwähnt wurde, der älteste Sohn unseres Zeyde, der im Großen Krieg gestorben war, legte sich ein Schatten über uns. Aber dieses Mal war es anders.

»Agnetas Locke«, sagte Barbara. »Wo ist sie?«

»Was?«

»Die Locke, die sie dir gegeben hat. Ich will sie sehen.«

»Meinst du, ich hätte ein paar Haare aufbewahrt, die mir jemand gegeben hat, als ich siebzehn war?«

»Wie soll ich dann wissen, ob überhaupt irgendetwas wahr ist?«

»Du schimpfst deinen Zeyde einen Lügner?«

Das hätte selbst Barbara nicht gewagt; sie hatte nur gesagt, dass er Lügen erzählte. Für uns war das ein großer Unterschied.

Das Wort »Lügner« war so monströs, dass es Barbara den Wind aus den Segeln nahm. Jedenfalls für einen Moment.

»Was für Blechtiere hast du für sie gemacht?«, fragte sie dann.

»Weißt du das denn nicht mehr?« Wieder wischte sich unser Zeyde mit dem Taschentuch übers Gesicht.

Hahn, Lamm, Pferd, Löwe. Habe ich es gesagt oder nur gedacht?

»Mach uns auch welche!«, sagte Barbara.

»Ich habe euch doch gesagt, dass ich gleich, als ich amerikanischen Boden betrat, geschworen habe, nie wieder mit Blech zu arbeiten.«

»Aber Dosen mit Gemüse und Suppe aufmachen ... das kannst du!«

Unser Zeyde wurde ganz blass und sagte: »Geht heim!«

Einen Moment lang stand Barbara so fassungslos da wie unser Zeyde, dann drehte sie sich um und rannte los.

»Zeyde!«, schrie ich.

»Geh nach Haus!«

Ich tat so, als gehorchte ich, versteckte mich aber zwischen den Fisch- und Gurkenfässern vor Rosen's. Als der Zeyde mit großen, schnellen Schritten die Straße hinunterging, folgte ich ihm. Ich dachte, ich müsste wiedergutmachen, was Barbara angerichtet hatte, oder dürfte mich wenigstens nicht feige aus dem Staub machen, wenn ich schon nicht wusste, wie ich das Ganze ungeschehen machen sollte. Er ging in Elster's Eisenwarenladen, und ich drückte mich ein paar Häuser weiter in einen Eingang. Zehn Minuten darauf kam er mit einer braunen Papiertüte heraus und ging direkt nach Haus.

Ich wartete ein wenig, bevor ich ihm folgte. Zuhause hörte ich ihn dann in der Küche mit Mama sprechen, leider zu leise, um etwas zu verstehen. Dann wurde es still. Kurz danach lugte ich in die Küche. Mama fragte, wie es in der Schule war. Der Zeyde war verschwunden, wahrscheinlich in sein Zimmer, das an die Küche grenzte. Ich setzte mich an den Tisch und las in dem Buch, das ich mir zuletzt aus der Bücherei geholt hatte, *Die Schatzinsel*. Ich wollte Wache halten. Aber seine Tür blieb zu.

Auch zum Abendessen kam er nicht aus seinem Zimmer. Auf dem Heimweg habe er sich bei Canter's ein Corned Beef-Sandwich gekauft, hatte er zu Mama gesagt. Statt Barbara und mich zurechtzuweisen, weil wir auf unseren Tellern herumstocherten, sprachen Mama und Papa über die Börse. Auch sie hatten fast ihre gesamten Ersparnisse dort angelegt, so gering diese auch waren.

Als Barbara und ich schlafen gingen, sprachen wir kaum miteinander. Ich weiß nicht, wie es ihr ging, aber mir saß immer noch der Schreck in den Gliedern, und mir war ganz elend zumute, weil wir den einzigen Menschen gekränkt hatten, der mich bedingungslos liebte. Auf eine Liebkosung von Mama konnte schon im nächsten Moment eine Ohrfeige folgen, und Papa war sehr streng. Aber mein Zeyde freute sich über alles, was ich tat und sagte.

Mitten in der Nacht wachte ich auf und hatte Angst. In der Dunkelheit schlich ich in den Flur und tastete mich an der Wand entlang durchs Wohnzimmer in die Küche. Unter der Tür unseres Zeyde war ein Lichtstreifen zu sehen, und ich hörte ihn in seinem Zimmer hantieren. Ein paar Minuten lang drückte ich mich vor seiner Tür herum, scheute mich aber, ihn zu stören.

Am Morgen fand Papa ihn schlafend auf seinem Stuhl, den Kopf auf seinen kleinen Tisch gelegt. Auf dem Tisch lagen Werkzeug, Lötzinn, zerschnittene Blechdosen und drei nicht besonders kunstvolle, aber erkennbare Blechtiere: ein Hahn, ein Lamm und ein Pferd.

Der Zeyde wachte auf, als Papa ins Zimmer kam, stand auf und begann, seine Sachen in einen Kartoffelsack zu packen. Er zöge jetzt zu Tante Sonya und Onkel Leo, verkündete er. Sonya lag ihm ständig in den Ohren, er solle doch zu ihnen ziehen, weil ihr Haus viel schöner sei und er mehr Platz hätte, aber unser Zeyde meinte, Sonya nörgle so viel herum, dass ihm eines Tages die Ohren abfallen würden. Papa fragte immer wieder, was ihm bei uns denn nicht passte, aber er antwortete nur: »Ein Mann verdient Respekt.«

Als Barbara und ich in die Küche kamen, um zu frühstücken, war er schon weg. Papa zeigte uns die Blechmenagerie und fragte, was los sei. »Nichts«, sagten wir beide wie aus einem Mund.

Barbara wartete ab, bis Papa die Küche verlassen hatte. Dann fragte sie Mama: »Kann ich das Pferd haben?«

Mama sah sie skeptisch an, sagte dann aber: »Na gut. Und welches möchtest du haben, Elaine?«

»Den Hahn.« Lieber hätte ich den Löwen gehabt, aber ausgerechnet den hatte unser Zeyde nicht gemacht. Vielleicht ist er eingeschlafen, bevor er dazu kam, aber ich vermute, dass der Löwe für Agneta reserviert war.

Vor lauter Angst, alles könnte herauskommen, wartete ich auf dem Schulweg bis zur ersten Straßenecke, bevor ich auf Barbara losging.

»Jetzt siehst du, was du angerichtet hast!« Ich war über das Ganze so entsetzt, dass ich ihr die Schuld zuschieben wollte.

Sie warf den Kopf in den Nacken. »Was *ich* angerichtet habe?«

»Du hast behauptet, das mit Agneta sei alles gelogen.«

»Und du hast nicht gesagt, dass du ihm glaubst. Überhaupt hast du kaum was gesagt.«

Solche feinen Unterschiede spielten für meinen Vater keine

Rolle, nachdem Pearl ihm alles erzählt hatte. Es kam höchst selten vor, dass er uns schlug, aber an dem Abend verpasste er Barbara und mir eine gehörige Tracht Prügel, und wir weinten. Danach blieb er so lange hinter uns stehen, bis wir unserem Zeyde Entschuldigungsbriefe geschrieben hatten. In meinem kam jedes Wort aus tiefstem Herzen. Obwohl ich wegen unserer Untat und den Prügeln unglücklich war, empfand ich es als ungeheuer erleichternd, dass wenigstens die Sache mit Agneta stimmte. Ich glaube, Barbara ging es genauso, denn das Blechpferdchen bedeutete ihr sehr viel. Sie stellte es auf ihre Seite unserer gemeinsamen Kommode und wurde fuchsteufelswild, wenn sie das Gefühl hatte, jemand hätte es auch nur um einen Millimeter verrückt.

Unsere Briefe, Tante Sonyas Nörgelei und ihre dürftigen Kochkünste bewogen den Zeyde, zwei Wochen später zu uns zurückzukommen. Aber da war bereits alles anders geworden.

Am Tag nachdem Barbara ihn gezwungen hatte, seinen Schwur bezüglich der Blechschmiederei zu brechen, stürzte praktisch die ganze Welt ein. Es war der Schwarze Dienstag, an dem die Börse crashte. Wall Street-Banker sprangen aus dem Fenster, und im ganzen Land verloren die Menschen ihre Ersparnisse, auch wir. Aus meiner kindlichen Perspektive war es meine Schwester, die dieses Desaster heraufbeschworen hatte. Mich erschreckte nicht nur, was geschehen war, sondern auch, dass Barbara über Kräfte verfügte, die etwas so Furchtbares bewirken konnten.

3. KAPITEL

Boyle Heights

BOYLE HEIGHTS LIEGT AM OSTUFER DES LOS ANGELES River, aber das bedeutet nichts mehr, seit das Flussbett von einem Ingenieurskorps der Armee begradigt und betoniert wurde – ein Projekt, das während meiner Highschoolzeit begonnen und um 1960 beendet wurde. Meine Enkelin hat einmal nach Sinn und Zweck des Betongrabens gefragt, als wir ihn auf einer Brücke überquerten, und ihr älterer Bruder antwortete: »Da werden Verfolgungsjagden gefilmt.«

Früher war der Fluss sehr wichtig. Papa sagte sogar, dass er Los Angeles beherrscht hat.

»Wo wohnt ihr, Mädels? Wie heißt eure Stadt?«, begann er oft unsere Geschichtsstunden.

»El Pueblo de la Reina de los Angeles«, lernten wir zu antworten.

»Welche Sprache ist das, und was bedeutet es?«

»Es ist Spanisch und bedeutet ›Das Dorf der Engelskönigin‹.«

»Und warum liegt das Stadtzentrum über dreißig Kilometer von der Küste entfernt?«

»Wegen des Flusses?«

»Genau.«

Papas Unterweisungen fanden nur unregelmäßig statt. Meist war Fine & Sohn – Gediegenes Schuhwerk bis neun Uhr abends geöffnet, und Papa musste bis zum Schluss dableiben. »Mr. Julius Fine isst abends immer mit seiner Familie«, schimpfte Mama, wenn sie unsere Teller um sechs auf den Tisch stellte und Papas in den Ofen schob. (Der Sohn im Firmennamen arbeitete noch gar nicht mit. Er war kaum älter als Barbara und ich.) Aber wenn Papa abends nicht arbeiten musste, erteilte er uns nach dem Essen eine halbe Stunde Lektionen in Geschichte, Gedichtaufsagen oder Mathematik – je nachdem, wozu er gerade Lust hatte.

Unser Zeyde erzählte seine Geschichten, um nicht zu vergessen, wer er war und woher er kam. Papa dagegen lehrte uns, amerikanische Mädels zu werden. Aber auch in seinem Unterricht blitzte ab und an sein jüngeres Selbst auf – das des besten Rhetorikschülers der zehnten Klasse, seines letzten Schuljahres. Kurz darauf zog sein älterer Bruder Harry in den Krieg, und Papa musste seinen Platz auf der Hühnerfarm einnehmen. Wenn Papa vom Fluss erzählte, klang es fast wie Gesang. Es handelte sich nämlich um die Rede, die er damals im Rhetorikwettbewerb gehalten hatte. Obwohl sie viele Worte enthielt, die ich nicht kannte, wagte ich nicht, ihn zu unterbrechen.

»Der Fluss war eine wahre *reina*, die Königin von El Pueblo de la Reina de los Angeles«, sagte Papa. »Sie nährte die Weinberge und Obstplantagen der Siedler durch Bewässerungsgräben, die sogenannten *zanjas*, die der Zanja Madre, dem ›Muttergraben‹, entsprangen. Der Fluss schuf Wälder aus Ahornbäumen, Eichen und Pappeln und ließ wilde Rosen blühen. Er nährte Turteltauben und Wachteln. Könnt ihr euch das vorstellen, Mädels? Genau hier, in Boyle Heights. Aber der Fluss ist auch eine launische Königin. In der Trockenzeit ist er kaum ein Rinnsal, aber in der Regenzeit überflutete er ganze Landstriche. Auch heute noch. Wenn es geregnet hat, dürft ihr nicht an den Fluss gehen, selbst wenn es hier an dem Tag nicht mehr regnet. Ihr wisst ja, was Micky Altschul passiert ist!«

Wir waren noch Babys, als es passierte, aber jedes Kind in Boyle Heights kannte die Geschichte von Micky Altschul, der am Tag nach einem Sturm ein Papierschiffchen auf dem Fluss schwimmen lassen wollte. Über der Stadt war der Himmel blau, aber in den Bergen, wo der Fluss entspringt, regnete es noch heftig. Die Wassermassen wälzten sich flussabwärts und rissen Micky mit. Seine Leiche wurde später auf halbem Weg nach San Pedro an Land gespült.

Früher, sagte Papa, teilte der Fluss Los Angeles in zwei ganz unterschiedliche Städte. Am Westufer prosperierte eine weiße Stadt, während im Osten die Armen lebten, Mexikaner und Indianer. Die Teilung kannte keine Ausnahme; bis in die 1850er Jahre wohnte kein einziger Weißer östlich des Flusses. Erst danach kaufte ein irischer Einwanderer einen Weinberg und das angrenzende Hügelland auf der Ostseite, baute sich ein Haus und lebte fortan unter all den Mexikanern und Indianern.

»Wie hieß dieser Ire?«, fragte Papa uns ab.

»Andrew Boyle.«

Wir erfuhren, dass Andrew Boyle erst vierzehn war, als er 1832 mit seinen sieben Brüdern und Schwestern nach Amerika segelte. Die mutterlosen Kinder waren auf der Suche nach ihrem Vater, der Irland nach dem Tod seiner Frau verlassen hatte, um in die Neue Welt zu ziehen. Seither galt er als verschollen.

»Aber wie konnte er verschwinden?«, fragte ich. »Ist ihm etwas Schlimmes passiert?«

»Das tut nichts zur Sache. Der Punkt ist, dass Andrew Boyle nach Amerika kam. Er und seine Familie …«

»Warum hat der Vater keine Briefe geschrieben?«

»Vielleicht war er in der Wildnis, in Alaska oder so, wo es noch keine Poststationen gab.« Papa zog die Stirn kraus, und ich wusste, ich sollte keine weiteren Fragen stellen, aber die Vorstellung, dass ein Vater verschwinden konnte, weckte in mir die Angst, selbst verlassen zu werden. Oder war es eine Vorahnung?

»Ist er von Indianern getötet worden?«, fragte ich. »Oder von einem Bären gefressen?«

»Es reicht, Elaine! Und Barbara, hör bitte zu!«

Zwei Jahre lang suchten die Boyle-Kinder die Ostküste nach ihrem Vater ab, dann zogen sie nach Texas, sagte Papa. (Ich musste mir auf die Lippen beißen, um nicht zu fragen, ob sie etwas hinterlassen hatten, damit ihr Vater sie finden konnte, und dachte dabei an eine Spur aus Brotkrumen wie in *Hänsel und Gretel*.) Andrew ging zur Armee und kämpfte im texanischen Unabhängigkeitskrieg, was ihn beinahe das Leben kostete. Seine Kompanie stand auf verlorenem Posten und musste sich ergeben, aber der Befehlshaber der Mexikaner versprach, die Männer am Leben zu lassen. Das war jedoch gelogen. Als die Amerikaner die Waffen streckten, ließ der General alle erschießen. Alle außer einen – Andrew Boyle. Der General hatte nämlich einmal in derselben Stadt gelebt wie die Boyles und war dort gut behandelt worden. Damals hatte er den Boyles versprochen, Andrew zu helfen, falls er dazu je Gelegenheit haben sollte; dieses Versprechen hielt er nun ein und ließ Andrew laufen.

»Versteht ihr, Mädels?«, sagte Papa. »Andrew Boyle hat überlebt, weil seine Familie die Mexikaner anständig behandelt hat. Später hat er dann selbst unter Mexikanern und Indianern gelebt. Erinnert ihr euch an sein Haus in der Boyle Avenue, das ich euch gezeigt habe? Deshalb wohnen heute so viele Menschen unterschiedlicher Herkunft in Boyle Heights, die gut miteinander auskommen.«

Die wahre Geschichte erfuhr ich erst, als ich älter wurde. Sie war nicht annähernd so schön wie Papas. Andrew mag ja ein leuchtendes Beispiel für Toleranz und Völkerverständigung gewesen sein, aber nach seinem Tod verschenkte sein Schwiegersohn Grundstücke aus Familienbesitz an »erwünschte« Personen. Zuerst lief alles nach Plan, und die Freunde des Schwiegersohns erbauten die prachtvollen Villen am Hollenbeck Park (benannt nach einem dieser Freunde). Aber immer noch lag Boyle Heights auf der falschen Seite des Flusses. Nach und nach zogen lauter »Unerwünschte« her und bauten sich kleine Häuser aus Holz und Kalkgips – genau wie wir und all die Mexikaner, Japaner, Russen, Armenier und Schwarzen. Aber eine so ambivalente Geschichte hätte Papa uns niemals erzählt. Und ob es nun an Andrew Boyles Menschenfreundlichkeit lag oder einfach nur ein glücklicher Zufall war – Tatsache ist, dass das planlos zusammengewürfelte Völkergemisch von Boyle Heights zu einer überraschend harmonischen Gemeinschaft wurde. In meiner Jugend waren hier an die fünfzig ethnische Gruppen zu Hause, ohne in diesem Schmelztiegel zu einer homogenen Masse zu werden. Vielmehr lebten die größeren Bevölkerungsgruppen – Mexikaner, Japaner und vor allem die Juden, die über die Hälfte der Einwohner ausmachten – in eigenen Gemeinden.

Das Judenviertel entstand im Umkreis der Kreuzung Brooklyn Avenue/Soto Street. Die Brooklyn Avenue heißt Cesar Chavez Avenue, seit Boyle Heights von Südamerikanern dominiert wird, aber in den 1920er und 30er Jahren konnte man von der Kreuzung Brooklyn/Soto in jede beliebige Richtung spazieren, ohne etwas anderes als koschere Bäckereien und Delikatessenläden zu sehen und den würzigen Duft aus Gurken- und

Heringsfässern zu riechen, die vor den Läden jüdischer Händler standen. Bei Canter's kehrten die Müllmänner morgens um sechs zu Frühstück und einem Schluck Whisky ein, und am Vorabend des Passahfests hatte dort der Weinende Mann seinen Stammplatz; er saß vor Canter's auf dem Bordstein und rieb Meerrettich, bis ihm die Augen tränten. Und dann war da der berühmt-berüchtigte Geflügelladen, wo Juden aus ganz Los Angeles donnerstags die koscheren Hühner für das Essen am Freitag kauften. Man zeigte auf ein lebendes, gackerndes Huhn, das dann ins Hinterzimmer gebracht, an den Füßen aufgehängt und von einem koscheren Schlachter geschächtet wurde, der ihm den Hals aufschlitzte. Früher oder später bekamen alle Kinder mit, was in diesem Hinterzimmer vor sich ging, worauf sie sich dann wochenlang weigerten, Hühnchen zu essen; manche blieben jahrelang Vegetarier.

Die Ladenschilder waren auf Englisch und Jiddisch beschriftet, es gab jiddische Arbeitervereine und Gemeindezentren, und vor dem vegetarischen Café hielten die Sozialisten ihre flammenden Reden auf Jiddisch. Es gab viele Synagogen in Boyle Heights; wir wohnten in der Breed Street, ganz in der Nähe der majestätischen Breed Street Shul, in die wir an hohen Feiertagen gingen. Sonst gingen wir nicht in die Synagoge, und einige unserer Nachbarn taten es nicht einmal dann. Wir waren moderne Amerikaner, was wollten wir mit den abergläubischen Ritualen der Alten Welt? Wir mussten Gott nicht mehr um Erlösung von einem elenden Leben anflehen. Welches Elend hätte das sein sollen? In Amerika durften Juden ja sogar Land besitzen und sich Häuser bauen, so wie Tante Sonya und Onkel Leo in der Wabash Avenue.

Als die Straße 1926 gebaut wurde, gehörten sie zu den Ersten, die dort einzogen. Die Rohbauten rochen wunderbar nach frischem Holz, überall wurde gehämmert und gesägt, und die

Bauarbeiter – Zimmermänner, Klempner, Stuckateure – brüllten einander Befehle zu. Die hellen Fassaden waren eine Augenweide. So modern, so stolz.

Sonya und Leo zogen im März ein, kurz bevor Barbara und ich fünf wurden. In diesem Frühjahr besuchten wir sie fast jeden Tag mit Mama, die mit unserem neuen Geschwisterchen schwanger war. Manchmal lud Sonya Mama ein, um ihr etwas Neues vorzuführen. Meist zog es Mama aber aus freien Stücken in das neue Haus, das sechs Blocks von unserem entfernt lag (das weder neu noch unser Eigentum war, sondern gemietet und reparaturbedürftig), als triebe sie der Neid auf ihre so viel wohlhabendere Schwägerin an.

»Ich möchte spazieren gehen, Mädels! Beeilung!«, rief sie, und dann zogen wir schnell unsere Pullover über. Manchmal konnten wir sie überreden, mit uns in den Hollenbeck Park zu gehen, wo wir stundenlang bis in den Himmel schaukelten. Manchmal gingen wir auch zu Tante Pearl, die gern mit uns spielte. Mit Pearl konnte Mama lachen, während Sonya ihr gehörig auf die Nerven ging.

Meist führten unsere Spaziergänge allerdings zu Sonya. Sie war damals vierundzwanzig, aber kein Mensch hätte gedacht, dass sie nur ein Jahr älter war als Pearl. Sie erstickte in Konventionen und bildete sich viel ein auf ihr neues Haus, ihren zweijährigen Sohn Stan und ihren Mann Leo. Leo war ein rundlicher, grauhaariger Mann, der ständig über Verdauungsprobleme klagte. Eigentlich war Sonya die hübschere von Papas Schwestern, eine gutaussehende Frau, die das braune Haar elegant hochsteckte, wegen ihrer plumpen Figur aber schon mit Anfang zwanzig wie eine Matrone wirkte. (Später war sie folgerichtig die Vorsitzende etlicher Damenzirkel.) Pearl dagegen sah immer aus, als sei sie gerade aus einer überhitzten Küche gekommen, das Haar zerzaust, die Haut glänzend.

Wenn wir das neue Haus betraten, sagte Sonya statt einer Begrüßung zu Barbara und mir, wir sollten ja nichts schmutzig machen. Dann erst wandte sie sich Mama zu.

»Siehst du den Kronleuchter, Charlotte? Er ist gestern geliefert worden«, sagte sie ganz aufgekratzt. »Natürlich siehst du ihn. Er ist ja nicht zu übersehen. Zweiunddreißig Anhänger aus tschechischem Kristall! Zwei Männer mussten mit anfassen, als er hereingebracht und aufgehängt wurde!«

»Sehr schön. Und so elegant«, sagte Mama zu allen Neuanschaffungen und konnte es sich nicht verkneifen, nach dem Preis zu fragen.

»Wir haben einen Rabatt bekommen, weil Leo jemanden kennt, der dort arbeitet«, sagte Sonya dann immer, bevor sie den Preis nannte. Außer mit ihren Neuerwerbungen prahlte sie mit dem Zimmer, das sie für den Zeyde einrichtete, weil er natürlich viel lieber in einem geräumigen Haus wohnen würde als in dem kleinen Zimmer neben unserer Küche.

Mama wurde Charlotte genannt, obwohl sie eigentlich Zipporah hieß, was Hebräisch ist und »Vogel« bedeutet. Tatsächlich schimpfte sie auf dem Heimweg von Tante Sonya immer wie ein Rohrspatz vor sich hin. »Alles Schund«, murmelte sie. »So viel Geld und kein Geschmack! Und wenn sie glaubt, euer Zeyde würde meine Kochkünste gegen ihre eintauschen …«

Mama hatte sich angewöhnt, Selbstgespräche zu führen. Es muss um die Zeit gewesen sein, als Papa verkündete: »Im Bauch eurer Mama wächst jetzt ein Brüderchen oder Schwesterchen.«

Normalerweise war Papa stets ruhig und gelassen. In diesem Winter und Frühjahr jedoch ging er, statt uns nach dem Essen zu unterrichten, oft mit uns spazieren, damit »eure Mama ein bisschen Ruhe hat«. Aber ich hatte das Gefühl, dass er mit uns rausging, weil er vor Aufregung kaum noch stillsitzen konnte. Wenn wir im Dunkeln loszogen, pfiff er fröhlich vor sich hin, mitten auf der Straße! Und wenn er jemanden sah, den er kannte, rief er laut: »Hallo!« Dann stellte er uns vor. »Meine Töchter«, sagte er stolz und fügte gleich hinzu: »Und das nächste Kind ist schon unterwegs.« Samstagnachmittags verschaffte er Mama ein bisschen Ruhe, indem er mit uns ins Kino ging, ins Joy oder National Theater. Barbara mochte das Joy, weil dort Western gezeigt wurden. Mir war das National lieber, denn bevor wir hineingingen, kaufte Papa uns im Laden nebenan eine Tüte Sonnenblumenkerne. Ich aß sie, während der Film lief, biss die Schalen auf und spuckte sie auf den Fußboden; das kam mir schrecklich unerzogen vor, aber niemand schimpfte. Im National machten es nämlich alle so, und am Ende der Vorführung war der Boden mit Schalen übersät – weshalb das Kino im Volksmund »der Mülleimer« hieß.

Im Frühling legten Papa und unser Zeyde (der über Mamas Schwangerschaft so glücklich war, dass er immer nur lächelte und Papa anerkennend auf die Schulter klopfte) im Hinterhof neben dem Feigenbaum ein Gemüsebeet an. Wir halfen ihnen, die jungen Pflanzen zu wässern und Unkraut zu jäten. Ich hatte gar nicht gewusst, dass Papa zeichnen konnte, aber jetzt saß er manchmal am Küchentisch und schien Schönschrift zu üben. Dann stellte sich heraus, dass er ein wunderschönes Alphabet für Barbara und mich entwarf. Er schrieb unsere Namen mit Buchstaben voller Schnörkel und Blumen. Einmal sah ich ihn ein Schaufenster mit diesen verschnörkelten Buchstaben zeichnen, auf der Scheibe stand: Greenstein & Sohn. Damals konnte ich zwar noch nicht lesen, aber ich erkannte unseren Namen, und das *& Sohn* kannte ich von Fine & Sohn – Gediegenes Schuhwerk.

War ich eifersüchtig, als mir klar wurde, dass Papa sich einen

Sohn wünschte? Erwachte bereits die Frauenrechtlerin in mir? Ich weiß nur, dass auch ich mir einen Bruder wünschte. Eine Schwester hatte ich ja schon. Und da ich noch nichts über die menschliche Fortpflanzung wusste, nahm ich an, dass in Mamas Bauch das Kind heranwuchs, das wir uns alle wünschten – ein Junge.

Während Papa immer fröhlicher und geselliger wurde, zog Mama sich immer mehr zurück. Sie ließ das Essen anbrennen, knöpfte unsere Blusen falsch oder vergaß unser Mittagessen. Schlimmer als von ihr übersehen zu werden war aber, von ihr bemerkt zu werden. Sie war schon immer reizbar gewesen, aber wenn wir jetzt im Bad herumtrödelten oder zu laut sprachen, knuffte oder schlug sie uns.

Ich sage »wir« und »uns«, wie Barbara und ich es damals taten, aber natürlich waren wir nicht ein und dieselbe Person. Auch Mama behandelte uns nicht gleich. Wenn sie schlechte Laune hatte und ihr Blick zufällig auf mich fiel, bestrafte sie mich aus reiner Willkür. Als ich in diesem Frühjahr einmal in der Küche an ihr vorbeiging, packte sie mich plötzlich an der Schulter und schüttelte mich, als wollte sie gar nicht wieder aufhören. Als sich der Sturm legte, der sie erfasst zu haben schien, strich sie mir sanft über das entsetzte Gesicht und sagte: »Du hast ausgesehen, als müsstest du mal ordentlich durchgeschüttelt werden.«

Verstimmungen zwischen Mama und Barbara hingegen führten immer gleich zum Krieg. Zum Beispiel an dem Tag, als Sonya uns ihr neues Telefon vorführte, das erste, das ich jemals in einer Privatwohnung gesehen hatte.

»Hier, Lotte, ruf irgendjemanden an!« Sonya hob den Hörer vom Apparat an der Wand.

»Nein, danke«, sagte Mama, aber Sonya drückte ihr den Hörer in die Hand.

»Du musst ihn dir ans Ohr halten«, sagte Sonya.

»Ich weiß, wie man telefoniert! Aber wen soll ich denn anrufen? Den Bürgermeister? Oder den …« Der Gedanke, ein Telefonat zu führen, war so absurd, dass Mama niemand einfiel, den sie anrufen könnte.

»Ruf doch bei Canter's an. Ich kann dir die Nummer geben, hier. Du kannst ein Pfund Corned Beef ordern, dann schicken sie den Laufburschen, und der bringt es dir ins Haus. Das macht einem das Leben doch gleich viel leichter, wenn man sich, wie ich, den lieben langen Tag um Stan kümmern muss.«

»Du würdest ein Pfund Corned Beef kaufen, ohne denen auf die Finger zu schauen, ob sie auch frisches nehmen und erst den Fettrand abschneiden?« Mit erhobenem Kinn gab Mama den Hörer zurück.

»Du glaubst doch nicht im Ernst, dass sie es wagen würden, einem Telefonkunden nicht das beste Fleisch zu liefern! Da wir schon davon reden, bestelle ich gleich mal welches.« Sonya machte eine große Show aus dem Anruf und instruierte den Verkäufer von Canter's, nur das zarteste und magerste Fleisch zu nehmen.

Auf dem Heimweg schimpfte Mama noch wütender vor sich hin als sonst. »Was die sich einbildet! Als wäre sie die Königin von Saba! Dabei ist Leo schon zweiundvierzig und platzt aus allen Nähten. Ganz zu schweigen von seinen Puddingfingern und seiner ordinären Lache … wie ein heiserer Esel! Na, wenigstens versteht er was vom Geschäft. Und ich dummes Ding hielt mich für zu schade für Slotkin!«

Barbara und ich hatten gelernt, so zu tun, als hörten wir sie nicht. Wir redeten miteinander oder jagten die Ziegen, die in der Nähe von Sonyas neuem Haus auf der ungeteerten Straße grasten. Oder wir wuselten um Mama herum und drehten uns im Kreis, bis uns schwindelig wurde. Aber wenn sie so etwas sagte wie »Neun Kinder, wie meine Mutter, und ich bringe mich um!«, sahen Barbara und ich uns erschrocken an.

Wir wussten, dass wir uns nichts anmerken lassen durften, wenn Mama Selbstgespräche führte, und hielten uns daran. Deswegen war ich vollkommen schockiert, als Barbara jetzt fragte: »Wer ist Slotkin?«

Mama schien einen Moment zu brauchen, um aus ihrer eigenen Welt aufzutauchen. Dann musterte sie Barbara mit einem mörderischen Blick. »Wer spricht denn mit *dir*?«

Noch war es nicht zu spät, noch hätte Barbara klein beigeben können. Stattdessen wiederholte sie: »Wer ist Slotkin?«

»Kind, wovon redest du eigentlich?«

»Du hast es gesagt: Slotkin. Und dass Onkel Leo wie ein Esel lacht. Iiih-aaah, iiih-aaah!« Barbara hüpfte ein paar Schritte voraus.

Mama, im siebten Monat schwanger und angeblich kaum noch in der Lage, sich zu bewegen, schnellte vor und packte Barbara am Ellenbogen. Ohne den Griff zu lockern, zerrte sie sie die restlichen zwei Blocks nach Hause, und Barbara brüllte die ganze Zeit: »Iiih-aaah, iiih-aaah!«

Ich trottete hinterher und versuchte, Barbara telepathisch zum Nachgeben zu zwingen. Noch nie hatte ich sie so störrisch erlebt – und Mama noch nie so wütend.

Mama schob Barbara ins Haus.

»Iiih-aaah!«

Mama gab ihr eine Ohrfeige. Dann riss sie die Tür des Wandschranks auf und stieß Barbara hinein. Er war voller Mäntel und Jacken, und einen Moment lang sah es so aus, als sei darin gar kein Platz für Barbara. Aber Mama schlug die Tür zu, griff nach dem Schlüssel, der neben dem Schrank an einem Nagel hing, und schloss sie ein.

»Nein!« Barbara hämmerte mit den Fäusten an die Tür.

»Ich will dich nicht mehr sehen!«, schrie Mama.

»Lass mich raus!«

»Elaine!«, schrie Mama, und ich erschrak. Ich hatte nichts getan, aber das würde mir nichts nützen, wenn sie ihren Zorn auf mich richtete. Sie sagte jedoch nur: »Wir gehen.«

Es war so anstrengend, nicht zu weinen, dass ich zitterte. Ich folgte Mama in die Küche. Sie schenkte uns beiden ein Glas Wasser ein, dann ging sie in den Hinterhof und ließ sich umständlich auf einen der abgenutzten Holzstühle sinken, die Papa auf der Straße gefunden und unter den Feigenbaum gestellt hatte.

Obstbäume – Feigen, Aprikosen, Pfirsiche, Mispeln und Granatäpfel – wuchsen in vielen Gärten von Boyle Heights. Unsere Feige trug große, süße Früchte mit einer dunkellila Schale. Für mich war es Zeydes Baum, denn er sagte immer, wegen des Baums habe er sich für dieses Haus entschieden, als die Familie nach Boyle Heights zog. Manchmal seufzte er wohlig und murmelte etwas, das, wie ich erst später begriff, aus der Bibel stammte: »… dass ein jeglicher sicher unter seinem Weinstock und unter seinem Feigenbaum wohne …« Der Zeyde hegte und pflegte seinen Baum. Im Sommer sah er nachmittags nach, ob er welkte und Wasser brauchte, und er achtete darauf, die Früchte zu pflücken, bevor sie überreif wurden.

Ich saß gern unter diesem Baum, auf einem Stuhl oder lieber noch auf der Erde, wo das verschlungene Wurzelwerk eine natürliche Sitzfläche bildete. Als ich lesen gelernt hatte, war es der Platz, an den ich mich am liebsten mit einem Buch zurückzog.

An diesem Tag aber war es der letzte Ort, an dem ich sein wollte. Ich hörte Barbaras Schreie aus dem Haus, aber Mama zeigte auf den Stuhl neben sich und sagte: »Setz dich! Nun setz dich schon! Und rühre dich nicht vom Fleck, sonst sperre ich dich auch ein!«

Ich setzte mich.

Jetzt, im Mai, gingen Mama, Papa und der Zeyde nach dem Abendessen oft in den Garten. Abends war es noch so mild, dass man nur eine leichte Jacke oder einen dünnen Pullover überziehen musste, und obwohl der nachtblühende Jasmin, der hinterm Haus wuchs, seine Blüten noch nicht ganz geöffnet hatte, verströmte er schon einen feinen Duft. Tagsüber konnte es hier sehr heiß werden. Ich begann fürchterlich zu schwitzen. Auch Mama schien es heiß zu sein, denn sie fächelte sich Luft zu. Aber sie sagte nichts, sondern starrte nur vor sich hin.

Hinter den Mänteln und Jacken des Garderobenschranks befanden sich noch andere Sachen, deren muffiger Geruch sich mit der widerlichen Süße von Mottenkugeln mischte. Außerdem gab es dort Spinnen. Einmal als Mama ihren Mantel herausgeholt hatte, schrie sie auf, weil eine riesige Spinne auf dem Ärmel saß. Daran musste ich jetzt denken und bekam immer mehr das Gefühl, selbst in dem dunklen Schrank eingesperrt zu sein und die ekligen Kriechtiere auf der Haut zu spüren.

All das machte mir zwar Angst, aber noch mehr fürchtete ich mich vor Mama. Wie jedes Kind akzeptierte ich das Verhalten der Erwachsenen, auch wenn ich es oft nicht verstehen konnte. Aber Barbara an einem heißen Nachmittag im Schrank einzusperren … Ich wusste, dass Mama eine schwierige Kindheit gehabt hatte, und in den 1920er Jahren sprach noch niemand von »Elternkompetenz«. Man zog seine Kinder einfach groß, ohne Erziehungsratgeber im Regal. Aber selbst mit meinen gerade mal fünf Jahren fand ich, dass Mama etwas Unrechtes tat, und das machte mir Angst. Mir wurde so übel, dass ich vom Stuhl rutschte.

Völlig verschwitzt kauerte ich auf dem Boden und blickte verängstigt zu Mama auf. Würde sie mich nun auch einsperren, weil ich nicht mehr auf dem Stuhl saß?

Doch sie hatte die Augen geschlossen und war eingeschlafen.

Vorsichtig stand ich auf und wollte mich wieder auf den Stuhl setzen.

Sie rührte sich nicht.

Ich machte zwei Schritte zur Seite. Mama schlief weiter. Noch ein Schritt. Dann schlich ich, so leise ich konnte, ins Haus.

Ich betrat den Flur. Etwas Merkwürdiges war passiert. Weiße Placken lagen auf dem Boden. Ich betrachtete sie näher. Es war Gips. Er stammte aus einem kartoffelgroßen Loch in der Wand, gleich neben der Schranktür.

Im Schrank war es ganz still, und für einen kurzen Moment dachte ich, Barbara sei durch das kartoffelgroße Loch entkommen.

»Barbara?«, flüsterte ich. »Barbara?«

Zwei Finger kamen aus dem Loch. Ich griff danach, und unsere Finger verschränkten sich. Ihre waren so verschwitzt, als hätte sie Fieber. Noch immer hatte sie kein Wort gesagt.

Ich blickte zu dem Schlüssel, der hoch über meinem Kopf an seinem Nagel hing. Wenn Mama Barbara in den Schrank gesperrt hatte, weil sie etwas Freches gesagt hatte, was würde sie dann mit mir tun, wenn ich …?

Ich küsste Barbaras Finger. Sie wimmerte.

»Ich hole dich da raus. Versprochen.« Ich musste kräftig ziehen, um meine Finger aus Barbaras Umklammerung zu lösen.

Dann ging ich in die Küche, um einen Stuhl zu holen. Doch zuerst sah ich aus dem Fenster in den Hof. Mama rührte sich immer noch nicht. Ich zog den Stuhl in den Flur, kletterte hinauf und nahm den Schlüssel vom Haken. Dann kletterte ich wieder herunter und schloss den Schrank auf.

Barbara schoss heraus, als sei der Leibhaftige hinter ihr her. Ich schlug die Tür zu, damit er nicht folgen konnte. Barbaras Schweiß roch ganz sauer, und der Pony klebte an ihrer Stirn. Immer noch sagte sie nichts.

»Komm, ich hole dir Wasser.« Ich nahm ihre Hände und führte sie in die Küche.

O nein! Mama kam herein! Sie war schon an der Tür – zu spät, um sich noch zu verstecken.

Aber sie war nicht böse. Stattdessen rief sie: »*Oy*, mein Kind!« Dann lief sie auf Barbara zu und umarmte sie, als sei es jemand anders gewesen, den sie in den Schrank gesperrt hatte. Im ersten Moment zuckte Barbara zurück, doch dann begann sie zu schluchzen und ließ sich von Mama küssen und über das verschwitzte Haar streicheln.

So war es immer mit Mama und Barbara: Barbara forderte sie heftiger heraus als ich, und dafür wurde sie härter bestraft. Andererseits ging Mama mit ihr liebevoller um als mit mir. Es mag bizarr klingen, Mama als *nachsichtig* zu bezeichnen – doch wie sonst sollte ich beschreiben, wie sie Barbaras Launen und Einfälle oft ertrug? Zum Beispiel im Juni, als Tante Sonya und Onkel Leo eine Einweihungsparty für ihr neues Haus gaben.

Mama wollte, dass wir unsere guten Kate Greenaway-Kleider anzogen. Sie holte sie aus dem Schrank, überließ uns das Anziehen aber selbst. Barbara sollte mir bei meinen Knöpfen helfen und ich ihr bei ihren. Mama war kurz vor der Niederkunft und hatte bereits eine Tasche fürs Krankenhaus gepackt. Ich war glücklich, als ich mir das schöne Kleid überzog; ich liebte das warme Grün und die aufwändig gesmokte Taille. Barbara dagegen ließ ihr blaues Kate Greenaway-Kleid auf dem Bett liegen und zog stattdessen ihre Bluse mit dem Matrosenkragen und einen blauen Rock an.

»Was hast du denn an?«, fragte Mama, als Barbara aus unserem Zimmer kam.

»Ich will die Matrosenbluse tragen.«

»Aber wir gehen auf eine Party. Da trägt man nicht einfach Rock und Bluse.«

»Es ist ja keine gewöhnliche Bluse, sondern meine *Matrosen*bluse.«

»Mit einer Tochter in Rock und Bluse gehe ich nicht auf Sonyas Angeberparty. Geh und zieh das gute Kleid an!«

»Es ist aber meine Matrosenbluse!« Barbara stand breitbeinig da.

Mama ging schwerfällig auf sie zu, und man konnte direkt sehen, wie sich Gewitterwolken in ihrem Gesicht zusammenbrauten. Ich machte mich darauf gefasst, dass sie Barbara eine Ohrfeige geben würde, aber plötzlich wurde ihr Blick ganz weich und liebevoll, und ich sehnte mich danach, selbst einmal so angesehen zu werden. Sie schüttelte den Kopf und lächelte. »Mein Fräulein Eigensinn.« Über die Matrosenbluse verlor sie kein Wort mehr.

DIE EINWEIHUNGSPARTY fand an einem heißen Tag statt, und die Kinder – wir waren ein gutes Dutzend in jenen gebärfreudigen Jahren – wurden in den Hof geschickt. Anna, die Tochter von Leos Bruder und mit elf die Älteste von uns, sollte aufpassen, dass wir nicht wegliefen.

Anna war ziemlich sonderbar. Sie sah einem nie in die Augen, und wenn sich die Aufmerksamkeit auf sie richtete, zog sie ein Gesicht, als wollte sie gleich weinen.

»Lasst uns Verstecken spielen«, sagte Barbara.

»Wo denn?« Ein Junge sah sich im Hof um, der nicht größer war als unser eigener.

»Wir sollen hierbleiben«, erinnerte uns Anna. Aber obwohl

sie doppelt so alt war wie wir, hatte sie gegen Barbara keine Chance.

»Du bist dran.« Barbara zeigte auf ein Mädchen.

»Ich will nicht. Fang du lieber an.«

»Ich bin als Nächste dran.« Barbara strahlte das Mädchen an. »Wie heißt du eigentlich?«

»Judy. Versprochen, dass du als Nächste dran bist?«

»Versprochen.«

Judy legte die Hände auf die Augen und begann zu zählen.

Ich sah zu Anna hinüber. Sie bewegte sich Richtung Garten.

»Fünf, sechs …«, sagte Judy.

Die anderen Kinder zerstreuten sich in alle Richtungen. Die kleineren duckten sich unter die Hintertreppe, die anderen liefen ums Haus herum auf die Straße. Ich folgte einem größeren Mädchen, das auf eine Baustelle zusteuerte, wo weitere Häuser entstanden. Es war uns verboten, auf oder auch nur in der Nähe von Baustellen zu spielen, weil wir auf Nägel treten könnten, aber ich brauchte ein Versteck. Die Sache mit den Nägeln war sowieso Unsinn. Ich war die Tochter eines Schuhverkäufers im besten Schuhgeschäft der Brooklyn Avenue und durfte niemals barfuß gehen, nicht mal an einem so heißen Tag wie diesem.

Das größere Mädchen lief auf ein fast fertiges Haus zu und versteckte sich zwischen den Holzbohlen, aus denen die Veranda gezimmert werden sollte. Ich lief zwei Häuser weiter auf einen Rohbau zu, ein Fundament mit Holzverschalung, neben dem haufenweise Bretter lagen. Ich quetschte mich zwischen zwei Bretterhaufen – das perfekte Versteck. Hier würde Judy mich nie finden.

Das Holz hatte sich in der Nachmittagssonne aufgeheizt und verströmte einen betörenden Geruch. Der Zeyde hatte oft von dem Wald bei seinem Dorf gesprochen, wie schön er war und wie wunderbar kühl an heißen Tagen. Ich war noch nie in einem Wald gewesen, aber als ich jetzt zwischen den Brettern hockte und ihren Geruch einatmete, stellte ich mir vor, ich sei im Wald unseres Zeyde. Meine Füße waren heiß und juckten, und ich zog meine Spangenschuhe samt Socken aus. Solange ich hier hockte, bestand ja keine Gefahr, in Nägel zu treten.

Alle Frauen hatten für Sonyas und Leos Party etwas gebacken, und ich hatte drei Stück Kuchen im Bauch, alle süß und fett und köstlich. Dazu die einschläfernde Hitze …

»HEY, DU DA!«

Ich schreckte aus dem Schlaf und wollte aufspringen, aber jemand packte mich an der Schulter und hielt mich fest.

»Nicht! Sonst du fallen.« Der Junge hatte den gleichen Akzent wie unser Zeyde, aber sein Englisch war nicht so gut.

Vorsichtig setzte ich mich auf und passte auf, dass die Bretter nicht verrutschten. Dann starrte ich den Jungen an, der da vor mir hockte. Er war etwa so alt wie ich und hatte Katzenaugen, die für seine olivfarbene Haut und sein schwarzes Haar viel zu hell waren.

»Was du hier machen?«, fragte er.

»Ich verstecke mich.«

Ängstlich verzog er das Gesicht. »Warum? Ein Pogrom?«

»Nein, Dummkopf! Wir spielen Verstecken.« Ich kannte das Wort Pogrom vom Zeyde und Mama und wusste, dass es etwas Schlimmes bedeutete. Aber das gab es nur in der Alten Welt. Was für ein komischer Junge! Wie sollte so etwas hier passieren? War er einer von Annas zahlreichen Cousins? Aber er war gar nicht für eine Party angezogen. Sein dünnes Hemd erinnerte mich an unsere alten Sachen, von denen Mama sagte, sie könnte sie nicht mehr flicken, wir sollten sie den Armen spenden.

Plötzlich bemerkte ich einen Sack hinter seinem Rücken und fragte: »Was hast du da?«

»Nichts.« Ein Schatten huschte über sein Gesicht, und er hockte sich so hin, dass ich den Sack nicht mehr sehen konnte. »Du Elaine?«

»Woher kennst du meinen Namen?«

»Sie gerufen. Sie dich nicht finden sollen?«

»Weißt du nicht, wie man Verstecken spielt? Wie heißt du überhaupt?«

»Danny.«

»Wohnst du in dieser Straße?«

Wieder huschte ein Schatten über sein Gesicht, doch dann sagte er: »Bald. Dieses Haus hier mein Vater baut. Großes Haus.« Mit jedem Wort, das er sagte, schien das Haus zu wachsen und Dannys Zukunft rosiger auszusehen. »Du auch wohn hier?«

»Meine Tante und mein Onkel. Sie feiern eine Party.«

»E-la-aine!«, hörte ich. Es war Barbaras Stimme. Warum suchte *sie* mich, wo doch Judy dran war? Und warum klang sie so aufgeregt? »Elaine, bist du da irgendwo?«

»Hier«, rief ich. »Hier bin ich!« Ich kroch zwischen den Bretterhaufen nach vorne und winkte. Ohne Schuhe durfte ich das Versteck nicht verlassen.

Barbara kam hergelaufen. »Alle suchen dich. Geht's dir gut?« Da sah sie Danny und fragte: »Wer ist das denn?«

Ich drehte mich zu Danny um. Mit offenem Mund starrte er Barbara an, die mit ihrer Matrosenbluse im hellen Sonnenschein regelrecht leuchtete.

»Ach, irgendein Junge«, sagte ich. Ich wollte ihn nicht mit Barbara teilen und betrachtete ihn als *meinen* Freund.

Jemand rief: »Barbara! Hast du sie gefunden?« Die Stimme einer Erwachsenen.

»Sie ist hier«, rief Barbara zurück. Zu mir sagte sie: »Komm, beeil dich!«

Ich kam aus meinem Versteck. Eine Frau schrie: »Gott sei Dank, es geht ihr gut!« Dann stürzten lauter Leute auf mich zu, und Papa umarmte mich so fest, dass ich keine Luft mehr bekam. Er trug mich zu Sonyas und Leos Haus zurück, und alle redeten gleichzeitig auf mich ein.

»Wo warst du?«

»Hast du nicht gehört, dass wir nach dir gerufen haben?«

»Jetzt sieh nur dein Kleid an! Ganz schmutzig hast du dich gemacht!«

»Wo sind deine Schuhe?«

»Wolltest du deine arme Mutter umbringen?«, schimpfte eine Frau, und als wir das Haus erreichten, hatte ich furchtbare Angst, genau das getan zu haben.

Mama saß zurückgelehnt in einem Sessel, die Beine weit gespreizt und die Arme schlaff über den gewaltigen Bauch gelegt. Tante Sonya fächelte ihr mit einer Illustrierten Luft zu, aber Mama rührte sich nicht. Ihr Gesicht war so gelblich wie altes Kerzenwachs.

»Mama!«, schrie ich und rannte zu ihr. Doch dann blieb ich entsetzt stehen, als ich die große Pfütze vor ihrem Sessel sah. Hatte Mama in die Hose gemacht? Ich jedenfalls tat es jetzt vor Scham und weinte.

»Lainie.« Mama schlug die Augen auf und nahm meine Hand. Ich machte mich auf Schelte gefasst, und als sie ausblieb, wusste ich, dass etwas ganz Furchtbares passiert sein musste. Mama lächelte mich an!

Dann fuhr Leo sie ins Krankenhaus.

Pearl versicherte mir, ich hätte Mama nichts getan. Ihr sei bloß die Fruchtblase geplatzt, und das bedeutete, das Baby werde jetzt bald kommen.

Ich konnte aber nicht aufhören zu weinen, bis Barbara kam und mir ins Gesicht pustete, um mich abzukühlen. Als die Erwachsenen nicht hinsahen, nahm sie mich bei der Hand, und wir schlichen zu der Baustelle zurück, um meine Schuhe zu holen. Sie tat, als hätte ich etwas Kühnes und Aufregendes getan, und langsam legten sich meine Schuldgefühle. Ich begann, das Ganze als ein wunderbares Abenteuer zu betrachten. Zum ersten Mal hatte ich etwas gewagt.

NACHDEM UNSERE KLEINE SCHWESTER Audrey geboren war, waren wir nicht mehr so oft bei Tante Sonya. Aber montagnachmittags spielten »die Damen« dort Karten, und wir gingen hin, Mama mit Audrey im Arm. Auch die anderen Frauen brachten ihre Kinder mit. Die Babys legten sie in Sonyas und Leos Schlafzimmer, wir anderen spielten im Hof. Im August wurde das Haus fertig, in dem ich mich versteckt hatte, und eine Familie zog ein. Immer wieder spazierte ich daran vorbei und hielt nach »meinem Freund« Danny Ausschau, aber er war nirgendwo zu sehen. Ich hatte ihn so kurz gesehen, mit seinen Katzenaugen und seinem geheimnisvollen Getue, dass ich schon anfing zu glauben, ich hätte das alles bloß geträumt. Dagegen sprach allerdings, dass Barbara und ich seinen Sack gefunden hatten, als wir zurückgegangen waren, um meine Schuhe zu holen. Darin fanden wir Holzstücke und Nägel, von denen ich einen an mich nahm und in das Schatzkästchen legte, das Tante Pearl mir geschenkt hatte.

Vielleicht war auch unser fröhlicher, beinahe aufgekratzter Papa bloß ein Traumbild gewesen. Wenn er jetzt abends zum Essen nach Hause kam, unterrichtete er uns wieder oder las die Zeitung. Wenn Barbara und ich besonders nett darum baten, ohne vorlaut zu werden, ging er mit uns sogar spazieren, aber er begrüßte die Leute nicht mehr lautstark und pfiff auch nicht mehr vor sich hin. Die kleine Audrey sah er kaum an.

Auch das Gemüsebeet interessierte ihn nicht mehr. Barbara und ich kümmerten uns darum, und unser Zeyde half dabei. Wir hätten grüne Daumen, sagte er. Unsere Tomaten und Gurken seien die besten in ganz Los Angeles.

4. KAPITEL

Was hat sie angerichtet?

Es beginnt zu dämmern, und ich schwelge immer noch in Erinnerungen. Doch dann verliert die Vergangenheit an Kraft … oder vielleicht ist es bloß die Blase einer Fünfundachtzigjährigen, die mich in die Gegenwart zurückholt. Als ich aus dem Badezimmer zurückkomme, lege ich die Papiere wieder in Mamas Töchterkarton, um sie später mit Harriet durchzugehen.

Alle außer Philips Visitenkarte, die Mama nur aufgehoben hat, weil sie grundsätzlich nichts wegwerfen konnte. Ich will sie gerade zum Altpapier legen, als mir einfällt, dass Josh etwas auf ihrer Rückseite entdeckt hat.

Kay Devereaux
Broadmoor Hotel, Colorado Springs

Es scheint Philips Handschrift zu sein, aber von einer Kay Devereaux habe ich nie gehört. Warum hat Philip Mama diese Visitenkarte gegeben, und wer ist diese Kay Devereaux? Vielleicht war es eine Spur, die nicht hielt, was Philip sich von ihr versprochen hatte, eine Kollegin von Barbara – jedenfalls klingt es wie ein Künstlername.

Plötzlich überrollt mich die Erinnerung: Ich sehe Barbara und mich, wie wir den knallroten Coty-Lippenstift auftragen, den wir uns teilten und wie unseren Augapfel hüteten. Damals dachten wir uns andauernd Namen aus, die wir uns als berühmte Schauspielerinnen zulegen würden – *Diane Hollister, Priscilla Camberwell*. Mein Favorit war *Nola Trent*. Es klang nach einer Frau, die wusste, was sie wollte. Nachdem sie in New York am Theater Karriere gemacht hatte, war sie jetzt ein gefeierter Filmstar und nahm nur wirklich gute Drehbücher an. *Kay Devereaux* dagegen klingt nach einem der Namen, die Barbara bevorzugte. Hatte Philip sie wiedergefunden?

Ich stürze ans Telefon, rufe die Auskunft an und frage nach einer Kay Devereaux in Colorado Springs. Ich kenne – und hasse – die Aufregung, die mich packt. Genauso habe ich mich in den ersten ein, zwei Jahren nach Barbaras Verschwinden gefühlt, wenn das Telefon klingelte, ein Brief kam oder jemand sagte, sie sei in Hollywood oder San Francisco oder Tijuana gesehen worden.

Damals haben wir sie wie verrückt gesucht, obwohl sie in ihrem Abschiedsbrief geschrieben hatte, wir sollten uns keine Sorgen machen, es gehe ihr gut. Tante Sonya wurde nicht müde zu sagen: »Eine Achtzehnjährige, ganz auf sich allein gestellt – oder schlimmer noch: nicht auf sich allein gestellt! Wie, um alles in der Welt, kann es ihr gut gehen? Noch dazu bei ihrem Job! In einem Nachtclub von Hollywood tanzen und singen, die Beine in die Luft werfen und Gott weiß was von sich herzeigen! Und dann die Flausen, die sie im Kopf hat! Filmschauspielerin – dass ich nicht lache! Das zeigt doch, dass sie keine Ahnung hat, was gut für sie ist!« Tante Sonya sagte das so oft, bis Mama sie eines Tages anschrie.

Wir sprachen mit Barbaras Freunden und Bekannten und setzten Suchanzeigen in die Zeitungen aller größeren Städte

Kaliforniens. Papa ging sogar zur Polizei, aber die unternahm nichts, als sie von dem Abschiedsbrief und dem Job im Nachtclub hörte. Als Philip uns seine Hilfe anbot, versuchten wir es noch einmal, aber zu dem Zeitpunkt war sie schon zwei Jahre verschwunden. (Ich habe Josh nicht angelogen. Tatsächlich habe ich für Philip gearbeitet, aber es war ein Deal, dafür half er uns, meine Schwester zu suchen.)

Doch die ganze Aufregung endete immer mit Enttäuschung, wenn der Anruf, der Brief nicht von ihr war oder sich die »Barbara«, die jemand in Newport Beach hatte kellnern sehen, als eine Mexikanerin mittleren Alters entpuppte, nachdem der Mann, der uns den Tipp gegeben hatte, mit den zwanzig Dollar Belohnung längst über alle Berge war.

Monate später, wenn irgendein noch so vager Hinweis kam, ging alles wieder von vorn los. Der Wechsel von Erwartung und Enttäuschung wurde zum Grundmuster meines Gefühlslebens, und obwohl mittlerweile über fünfundsechzig Jahre vergangen sind, ist alles sofort wieder präsent, und ich frage eine Computerstimme nach der Nummer von Kay Devereaux. Natürlich steht sie in keinem Verzeichnis. Inzwischen wird sie längst geheiratet und den Namen ihres Mannes angenommen haben. Oder umgezogen sein. Oder nicht mehr am Leben sein.

Ich könnte sie im Internet suchen! Ich springe auf, um in mein Arbeitszimmer zu gehen.

»Hör auf!«, sage ich laut und zwinge mich, wieder Platz zu nehmen.

Es spielt doch überhaupt keine Rolle, was aus einer Frau namens Kay Devereaux geworden ist! Sie kann nicht Barbara sein, denn das hätten Mama und Papa mir gesagt.

Ich schenke mir einen Scotch ein. Gleich fängt *Jeopardy!* an. Ich sollte mir was zu essen machen und mich vor den Fernseher setzen. Trotzdem schaue ich noch einmal in den Karton der May Company, denn unter Barbaras Programmheften und Philips Visitenkarte liegen Papiere, die ich mir noch nicht angesehen habe. Bis zum Boden des Kartons wühle ich alles durch, kann aber nichts finden, was auf diese mysteriöse Kay Devereaux hinweist. Habe ich überhaupt danach gesucht? Natürlich nicht! Wenn ich mir vorstelle, dass dieser Karton jahrzehntelang in meinem Schrank stand und ich nie hineingesehen habe …

Josh hat nur zwei Kartons gebracht, aber er sagte, da seien noch mehr. Welche Schätze hat meine Mutter sonst noch gehamstert? Ich gehe in mein Arbeitszimmer. Josh hat einen Stuhl in den Wandschrank gestellt. Schwungvoll steige ich hinauf … und mir wird schwindelig. Nein, bitte nicht! Ich umklammere die Stuhllehne und stelle beide Füße wieder fest auf den Boden. Bloß kein Beinbruch oder gar eine gebrochene Hüfte so kurz vor dem Umzug! Mein Hauptgrund, in die Rancho Mañana zu ziehen, ist die Abwesenheit von Treppen, und falls mir dort etwas passiert, müssen meine Kinder nicht ihr Leben auf Eis legen und sich um mich kümmern – so wie Carol letztes Jahr, als ich mir ein Bein gebrochen hatte und sie für einen Monat von Oregon zu mir zog.

Nach dem Whisky sollte ich etwas essen. Im Kühlschrank liegt noch ein halbes Putensandwich. Ich nehme es mit ins Wohnzimmer, schalte den Fernseher ein und fordere die Teilnehmer von *Jeopardy!* heraus.

Nach dem Essen (und einem glatten Durchmarsch ins Finale!) traue ich mich noch einmal auf den Stuhl und finde tatsächlich drei weitere Kaufhauskartons. Einer davon ist so schwer, dass ich ins Taumeln komme. Kein Wunder – es ist eine Bücherkiste. »Papa!«, murmele ich und kann ihn beinahe riechen, als ich die Gedichtbände heraushole, die wir auswendig lernen mussten, dazu seine geliebten Geschichten über Los Angeles. Alles ist so alt, dass das Papier schon ganz mürbe ist. Ich schlage einen Gedichtband auf, lese einen Titel und stelle fest, dass ich das Gedicht immer noch auswendig kann. Ob Harriet es wohl auch noch im Kopf hat?

Sie muss diese Sachen sehen! Ich rufe sie an und lade sie für morgen nach unserer Wassergymnastik zum Mittagessen ein.

SCHWIMMEN HABE ICH IN VENICE BEACH GELERNT. Papa hat es mir beigebracht, als ich klein war. Bis heute gibt es nichts Schöneres für mich, als ins Meer zu waten, bis die Wellen meine Taille umspülen, und dann einzutauchen. Ein Hochgefühl, dieser erste, abkühlende Moment! Das Prickeln des Salzwassers auf meiner Haut und die (ohne Brille) verschwommene Weite vor mir. Als ich während meines Studiums zum ersten Mal in einem Swimmingpool badete, fühlte ich mich regelrecht eingesperrt, und meine Haut juckte danach stundenlang. Inzwischen weiß ich Swimmingpools zu schätzen, vor allem den des YMCA in Westside, wo Harriet und ich zwei Mal pro Woche Wassergymnastik machen und das Wasser wunderbar warm ist.

Im Umkleideraum kann ich Harriet nirgends entdecken. Meine zwölf Jahre jüngere Schwester ist wahrscheinlich schon da, um vorher ein paar Bahnen zu schwimmen. Und richtig. Als ich die Schwimmhalle betrete, sehe ich sie durchs Wasser pflügen, ein pfundiger Seehund in neongrünem Badeanzug mit passender Badekappe. Ich tauche ins Becken und begrüße das halbe Dutzend Unentwegter, die schon da sind. Einige Minuten später schwimmt Harriet an die flache Beckenseite und gesellt sich zu uns, nimmt die Badekappe ab und schüttelt das lange graue Haar.

Jedes Mal wenn ich aufs Haarefärben verzichten und natürlich ergrauen wollte, sah ich aus wie eine strenge alte Lehrerin. Deswegen gehe ich alle sechs Wochen zum Friseur, lasse mir das Haar fransig schneiden und die grauen Partien tönen. Mit der Zeit ist mein Haar immer heller geworden, jetzt bin ich bei einer Art Cockerspanielblond angelangt. Harriets graue Locken geben ihr die Aura eines Freigeists, der seine Brownies immer noch mit Marihuana backt und reichlich Sex hat. Ihr Äußeres passt zu den Kursen, die sie anbietet: »Weise Frauen – Das Geschenk der Lebenserfahrung«. Es klingt wie Psychogelaber, aber Harriet ist tatsächlich eine weise Frau – nicht nur, weil sie eine angesehene Psychotherapeutin ist. Vielmehr blickt sie hinter die Fassaden von Menschen und Beziehungen und erstaunt mich immer wieder mit ihren Erkenntnissen. Auf unsere Familie wendet sie ihre besonderen Fähigkeiten nur selten an. Schon das zeigt, wie klug sie ist.

Wir tänzeln eine Stunde lang durchs Becken – beziehungsweise Harriet tänzelt, ich schlurfe eher – zu den aktuellen Hits meiner Enkel. Danach duschen wir, ziehen uns an und fahren zu mir.

»Wow! Du meinst es wirklich ernst, was?« Harriet blickt sich im Wohnzimmer um, das schon sehr unbewohnt aussieht, obwohl ich erst die Bücherregale ausgeräumt habe. Meine Möbel – außer den wenigen, die ich mit zur Rancho Mañana nehme – sind von einer freundlichen, aber unbarmherzigen Frau namens Melissa taxiert worden, die dann entschied, was sie für mich einlagert und was so hoffnungslos veraltet ist, dass ich es verschenken oder verschrotten soll.

»Willst du nicht doch lieber zu mir ziehen?«, fragt Harriet.

»Nein, wirklich nicht. Aber danke.« Ich kenne Harriets Haushalt – ihren zweiundvierzigjährigen Sohn, der wieder zu ihr gezogen ist, als er arbeitslos wurde, und den anderen Mann, nicht viel älter als ihr Sohn, mit dem sie ein interessantes Sexualleben führt – und bin dankbar, dass ich mir ein eigenes Apartment in der Rancho Mañana leisten kann.

Beim Mittagessen erzähle ich ihr von den Kartons. Anschließend koche ich uns Tee und zeige ihr meine Schätze. Zuerst den Töchterkarton. Überrascht stelle ich fest, dass Mama viel weniger Erinnerungsstücke von Harriet aufbewahrt hat als von Barbara, Audrey und mir. Ein paar Schulzeugnisse und Klassenfotos, aber nichts Persönliches.

Noch mehr überrascht mich ihre Reaktion, als wir uns Papas Gedichtbände ansehen.

»Erinnerst du dich daran, wie Papa uns Gedichte beigebracht hat?«, frage ich.

»Papa hat uns Gedichte beigebracht?«

»Musstest du sie denn nicht auswendig lernen?« Harriet sieht mich verständnislos an, und ich rede weiter. »Hauptsächlich ging es ihm darum, uns eine akzentfreie Aussprache beizubringen. Aber er hat auch selbst gern Gedichte rezitiert. Erinnerst du dich nicht an den Rhetorikpreis, der ihm an der High School verliehen wurde?«

»Was für ein Rhetorikpreis?«

»Harriet! Das ist doch ein Höhepunkt der Greenstein-Saga!«

Sie lacht. »Was wieder mal beweist, dass jedes Geschwisterkind in einer anderen Familie aufwächst. Würden Audrey, du und ich nach unserer Kindheit gefragt, würden wir völlig unterschiedliche Antworten geben – je nach Geburtsdatum und Temperament.« Sie greift nach dem Etikett ihres Teebeutels und beginnt es zu zerreißen. »Abgesehen davon fällt der größte Teil meiner Kindheit in die Zeit nach Barbaras Verschwinden.«

Ich denke an Philips Visitenkarte und meine übereilte Hoffnung, ich hätte Barbaras neue Identität enthüllt. »Was, wenn wir sie jetzt wiederfänden – falls sie noch am Leben ist?«

»Wozu?«, fragt Harriet barsch. »Um sie mit dem zu konfrontieren, was sie angerichtet hat?«

Ihre Härte verblüfft mich. Genau wie ihre nächste Bemerkung.

»Jahrelang hatte ich es wie einen Film vor Augen. Ich sah, wie Audrey vor lauter Angst kaum wagt, das Haus zu verlassen, um zur Schule zu gehen, oder wie Papa vom Leichenschauhaus zurückkommt. Weißt du noch, wie er der Polizei die Hölle so heiß gemacht hat, dass sie ihm ein oder zwei Jahre lang jedes Mal Bescheid sagten, wenn ein armes unbekanntes Mädchen tot in irgendeiner Gosse aufgefunden wurde? Wenn er zurückkam, war er leichenblass. Ich wünschte damals immer, man könnte Barbara zwingen, diese toten Mädchen anzusehen … Shit! Ich dachte, ich hätte das alles vor Jahrzehnten mit meiner Therapeutin aufgearbeitet.«

»Ich wusste gar nicht, dass du so darunter gelitten hast.«

»Elaine! Als sie verschwand, war ich fünf, und danach war die ganze Familie … na ja, alle haben irgendwie dichtgemacht.«

»Ich wollte nicht … Ich hatte ja keine Ahnung … Sonst hätte ich … Ich wusste, dass Audrey massive Probleme hatte, aber du warst unser Sonnenschein … immer so fröhlich, egal was passierte.«

»Das stimmt. Das ist nun mal meine Natur. So wie Audrey immer schon ein Nervenbündel war.«

Die arme Audrey! Ihr Leben lang hat sie unter Ängsten gelitten und wurde schließlich von Valium abhängig, das nervöse Hausfrauen damals wie Bonbons konsumierten. Aber selbst ich verstehe genug von Psychologie, um zu begreifen, dass Harriet zu kurz kam, während meine Familie versuchte, Audreys Ängste in den Griff zu kriegen, und mir meinen besonderen Schmerz als Zwilling zugestand.

»Das tut mir leid«, sage ich. »Ich weiß nicht, was dir eine Entschuldigung nach all den Jahren noch bringt, aber ich meine es ehrlich.«

Sie drückt mir die Hand. »Entschuldigung angenommen. Außerdem hatte ich meine Therapie. Aber wie kommst du auf Barbara? Hast du was Neues gefunden?«

»Nein, nur … All diese Unterlagen durchzugehen weckt Erinnerungen.« Inzwischen habe ich »Kay Devereaux« längst gegoogelt und nichts gefunden. Auch das Broadmoor Hotel habe ich gegoogelt und festgestellt, dass es immer noch existiert – ein Urlaubshotel mit fünf Sternen, auf dessen Webseite mediterran anmutende Gebäude vor einer »majestätischen Bergkulisse« zu sehen sind und stolz vermerkt wird, dass die Komponistin von »America the Beautiful« den Song kurz nach einem Besuch in der Gegend geschrieben hat.

»An dieses Buch hier erinnere ich mich.« Harriet nimmt ein Buch mit Stadtgeschichten aus dem Karton. Ein Enkel Andrew Boyles hat es geschrieben. »Wir haben es in der Schule gelesen.«

Es ist Mitte der 1930er Jahre erschienen, als ich in Onkel Leos Buchhandlung arbeitete, wo ich es zum Mitarbeiterrabatt als Geburtstagsgeschenk für Papa gekauft habe. Ich kann mich nicht erinnern, es gelesen zu haben, aber die interessantesten Episoden aus dem Leben des Gründers von Boyle Heights kannte ich ja schon aus Papas Erzählungen.

»Es hat mich damals ganz fertiggemacht, dass Andrew Boyles Vater seine Kinder in Irland zurückließ und einfach verschwand«, sagte ich.

»Ja, aber Boyle hat ihn schließlich wiedergefunden.«

»Den Vater? Nein, hat er nicht.«

»Doch, Lainie! Ich glaube, ich weiß sogar, wo das steht.« Harriet beginnt, in dem Buch zu blättern.

»Ich wette mit dir um eine Eintrittskarte zu den Symphonikern, dass du dich irrst.« An die verlassenen Kinder zu denken weckt Gefühle in mir, die nicht so stark sind wie in meiner Kindheit, aber in die gleiche Richtung gehen.

»Abgemacht.« Harriet blättert langsamer. »Ha! Gewonnen!« Sie liest vor: »›Er – Andrew Boyle – fuhr schließlich nach New Orleans, wo er seinen Vater wiederfand, den Grund für die Auswanderung der Familie.‹«

Ich nehme ihr das Buch weg und lese den Satz mit eigenen Augen. Nur ein Satz? Weiter nichts? Ich überfliege die nächsten Seiten. Tatsächlich taucht der lang vermisste Vater nur in diesem einen Satz auf, danach nie wieder.

»Und der Rest der Geschichte? Den eigenen Vater wiederzufinden ist doch ganz großes Kino! Was hat der Mann all die Jahre getrieben? Und wie ist Andrew ihm auf die Spur gekommen? Sind sie sich in New Orleans zufällig über den Weg gelaufen?«

»Mehr steht da nicht«, sagt Harriet. »Deswegen kann ich mich so gut daran erinnern. Meine Mitschülerinnen haben die gleichen Fragen gestellt wie du, und die Lehrerin sagte nur so ausweichendes Zeug wie: ›Der Autor geht nicht ins Detail, weil es sich um Familienangelegenheiten handelt.‹ Dazu sah sie uns mit diesem Blick an, der bei den Lehrern damals bedeutete: Wir wollen das Thema nicht vertiefen, weil es an die Sache mit Barbara erinnert. Allein dieser Blick hat mich viele Therapiestunden gekostet.«

Das Problem hatte ich nicht. Dafür trug ich das Brandmal des Mädchens, dessen Zwillingsschwester weggelaufen war. Alle, die mich als Kind gekannt hatten, junge Leute wie auch Erwachsene in unserem Viertel, konnten mich nicht ansehen, ohne daran zu denken, dass Barbara verschwunden war. Genauso wie wir vorher immer als Zwillinge wahrgenommen wurden, auch wenn einer von uns irgendwo allein auftauchte. Und das, obwohl ich schon an der Universität war, als sie verschwand, und nur noch wenig Zeit im Goldfischglas von Boyle Heights verbrachte.

»Schon als Kind war mir klar, warum der Enkel keine glorreiche Wiedervereinigung erwähnt«, sagt Harriet. »Sie war nämlich nicht besonders glorreich. Wie auch? Vielleicht haben sie sich im ersten Moment über das Wiedersehen gefreut, aber wie lange hat es wohl gedauert, bis Andrew seinen Vater fragte, warum er seine Kinder im Stich gelassen hat? Und aus Sicht des Vaters stellte Andrews Auftauchen sein wichtigstes amerikanisches Grundrecht infrage.«

»Das Streben nach Glück?«

»Das Recht, sich jederzeit neu zu erfinden. Was uns zu deiner ursprünglichen Frage zurückführt: Was wäre, wenn wir Barbara wiederfänden? Ich glaube, ich wäre hin- und hergerissen. Vielleicht würde sich für die Zeit, die uns noch bleibt, eine wunderbare Beziehung entwickeln. Aber bestimmt hätte es noch andere Konsequenzen.«

Ich sagte ja schon, dass Harriet eine kluge Frau ist.

Andererseits ist sie nicht unfehlbar. Nachdem sie gegangen ist, denke ich über ihre Bemerkung nach, nach Barbaras Verschwinden hätten wir alle »dichtgemacht«. Das stimmt nicht. Natürlich waren wir alle verstört und machten uns schreckliche Sorgen, dass Barbara etwas passiert sein könnte. So lange nichts von ihr zu hören machte die Sache nicht besser. Gleichzeitig machte uns der Gedanke, es könnte ihr gut gehen, wütend. Dann wäre es nämlich eine Unverschämtheit von ihr, sich nicht zu melden und uns im Ungewissen zu lassen.

Aber »dichtmachen« ist ein Begriff aus Harriets Therapiewelt. Ich habe nie einen Sinn darin gesehen, meine Reaktion auf Barbaras Verschwinden auf der Liege eines Therapeuten zu sezieren. Was immer ich an Zeit, Energie und Geld erübrigen konnte, um das Rätsel meiner verschwundenen Schwester zu lüften, habe ich in Privatdetektive gesteckt. Und zwar Profis mit stolzen Honoraren – anders als bei dem Deal mit Philip, der nur in seiner Freizeit nach Barbara forschte. Den ersten heuerte ich fünfzehn Jahre nach Barbaras Verschwinden an, als Paul und ich finanziell auf soliden Füßen standen, den zweiten in den frühen 1980ern, als meine Anwaltskanzlei mit einem Detektiv zusammenarbeitete, der darauf spezialisiert war, verschwundene Personen aufzuspüren. Aber dabei ist nie etwas herausgekommen.

Hat Barbaras Verschwinden bei mir wirklich etwas »angerichtet«? Habe ich wirklich dichtgemacht ... und mich später nie wieder richtig geöffnet? Ich muss an meine Pennälerlyrik denken – Oden an die Schönheit der Natur, Ergüsse über das Leid der Welt und natürlich Liebesgedichte. Glücklicherweise ist aus dem naiven Mädchen von damals eine starke Frau geworden!

»Das nennt man Erwachsenwerden«, sage ich laut, als ich alles in den Karton zurücklege.

Aber was, wenn ich nicht nur stark, sondern taff geworden bin? Ist es Barbaras Schuld? Oder eine Mischung aus Veranlagung, Jurastudium und Praxis als Anwältin zu einer Zeit, als nicht nur in diesem Beruf die Männer alles dominierten? Der Chefredakteur einer konservativen Postille bezeichnete mich einmal als »verkopfte Kampfhenne, die ihre ganze Energie daraus zieht, sich über Ungerechtigkeiten aufzuregen. Was für andere ein saftiges Steak, ist für sie eine ordentliche Portion Wut.« Paul und ich haben darüber so gelacht, dass ich diesen Spruch eingerahmt habe.

Aber es stimmt, dass ich in meinem Berufsleben eine harte Nuss sein musste, eine Kämpferin, die keiner Auseinandersetzung aus dem Wege ging, manchmal sogar eine Spur zu verbissen. Und wenn ich diese Kampfbereitschaft bisweilen aus der Kanzlei mit nach Hause brachte, hat Paul unsere Auseinandersetzungen genauso befeuert wie ich. Wir schärften unseren Geist und formten unsere Charaktere dadurch, dass wir uns aneinander rieben. Zu jener Zeit war es für Paare ganz normal, sich in ständiger Auseinandersetzung zu befinden. Man ließ sich nicht scheiden, fasste sich aber auch nicht mit Samthandschuhen an, täuschte keine gute Laune vor und erstickte nicht in Gleichgültigkeit.

Paul fehlt mir! Ohne ihn ist das Leben so still. Wenn ich in den ersten Ehejahren noch unsicher war, ob ich die richtige Entscheidung getroffen hatte, gab es einen Moment, der alle Zweifel zerstreute. Ronnie war sechs oder sieben, als er einen Asthmaanfall hatte und keuchend Schleim in eine Schüssel spuckte. Paul und ich knieten links und rechts neben ihm und hielten ihn, während wir uns über dem zuckenden Körper unseres Sohns ansahen. In Pauls Blick lag so viel Liebe, Sorge und Zuverlässigkeit, dass ich wusste: Dieser Mann würde mich niemals im Stich lassen, wenn es ums Ganze ging. Aber es war nicht nur das. Auf die Gefahr hin, mystisch zu klingen, hatte ich damals das Gefühl, Gott gäbe mir ein Zeichen, um mir klarzumachen, wie glücklich ich mich schätzen konnte, zu den wenigen Menschen zu gehören, die einen Seelenverwandten gefunden haben.

Für Ronnie war ich eine gute Mutter. Aber Carol … Meine sensible Erstgeborene war die Tochter der Poetin, die ich einst war, und ich wünschte, ich wäre ihr mit der Sanftheit jener jungen Poetin begegnet. Vielleicht hätte ich auch weniger arbeiten sollen, solange sie klein war. Auch heute ist die Mutterrolle für junge Anwältinnen, die beruflich ernstgenommen werden wollen, keine Option, und ich liebte meine Arbeit; zu Hause wäre ich verrückt geworden. Wie viele berufstätige Mütter heute habe ich dank mexikanischer Kindermädchen alles gut hinbekommen. Ich hatte Glück, denn sie waren zuverlässig und mit ganzem Herzen bei der Sache. Außerdem haben meine Kinder fließend Spanisch gelernt; Ronnie hat sich als Anwalt auf Handelsverträge zwischen US- und lateinamerikanischen Unternehmen spezialisiert. Aber wenn die Kindermädchen mit meinen Kindern kuschelten und diese sich in ihren Armen vollkommen geborgen fühlten, wünschte ich mir manchmal …

Ich will Barbara nicht die Schuld für meine Enttäuschungen oder verpassten Chancen in die Schuhe schieben, genauso wenig, wie meine Triumphe auf ihr Konto gehen. Beides zusammen macht *Leben* aus. Wenn Eier zerbrechen, macht man am besten ein Omelett. Und wenn man merkt, dass man mit Zitronen gehandelt hat, macht man eben Limonade daraus. Gut, das sind Klischees, aber sie drücken eine Haltung aus, nach der nicht nur Paul und ich gelebt haben, sondern unsere ganze Generation.

Nehmen wir Harriets Mann, der in den späten 1960er Jahren anfing, bunte Perlenketten über dem Zahnarztkittel zu tragen, und sie dann mit drei kleinen Kindern sitzen ließ, um mit seiner zwanzigjährigen MTA durchzubrennen. Zuerst war Harriet natürlich am Boden zerstört, doch dann raffte sie sich auf, nahm ihr abgebrochenes Studium wieder auf und wurde Psychotherapeutin.

Und Paul hätte mit Fug und Recht Joe McCarthy und seinen Kommunistenfressern die Schuld dafür zuschieben können, dass sein Traum, ein bedeutender Geschichtsprofessor zu werden, platzte. Er arbeitete an der Universität von Los Angeles und saß an seiner Doktorarbeit, als der Staat Kalifornien von allen Mitarbeitern, selbst von unbedeutenden Tutoren wie ihm, die Unterzeichnung eines antikommunistischen Treueeids verlangte. Zu dem Zeitpunkt war er bereits aus der Partei ausgetreten, aber er war so empört, dass er seine Unterschrift verweigerte. Daraufhin wurde er gefeuert und fand einen Job als Geschichtslehrer an einer Privatschule, aber auch dort kam ihm seine politische Überzeugung in die Quere, und er stieg in den

Altmetallhandel seines Vaters ein. Schrott sei ein sauberes Geschäft, pflegte er zu sagen, weil er von den Beteiligten keinen ideologischen Reinheitstest verlangte. Ich war über die ganze Angelegenheit so wütend, dass ich begann, McCarthy-Opfer zu verteidigen. Paul dagegen hat nie zurückgeblickt. Sein neuer Job gefiel ihm, und er mochte die bodenständigen Menschen, mit denen er es nun tagtäglich zu tun hatte. Sogar den Traum vom Unterrichten erfüllte er sich, indem er eine Arbeiteruniversität gründete, an der er bis zu seinem Tod zwei Abende pro Woche Kurse abhielt. Wenn er davon heimkam, war er wie elektrisiert und diskutierte mit mir weiter, während wir unseren Schlummertrunk nahmen. Danach hatten wir manchmal den besten Sex unseres Lebens.

Ich sortiere Mamas Hinterlassenschaften in verschiedene Stapel: Erinnerungsstücke an Audrey für ihre Kinder, Memorabilien aus Boyle Heights für die Gesellschaft für Jüdische Geschichte, Papas Gedichtbände für Carol.

Bei dem Buch von Andrew Boyles Enkel zögere ich. Gebe ich es der Gesellschaft für Jüdische Geschichte, oder will ich es vorher noch lesen? Dass ich Harriet gegenüber darauf bestand, Andrews Vater sei nie wieder aufgetaucht, gibt mir zu denken. Die Geschichte, die ich als Kind gehört hatte, das Unglück der verlassenen Kinder war für mich so greifbar, als hätte ich alles selbst erlebt. Jetzt frage ich mich, welche anderen Irrtümer ich noch durchs Leben geschleppt habe.

Dann lege ich das Buch doch auf den Stapel für die Geschichtsgesellschaft. Meine brennendste Frage würde es nicht beantworten: Was geschah, als Andrew nach dem Warum fragte?

Die Frage ist nicht, warum sie weglief und in den ersten Jahren danach keinen Kontakt aufnahm – das kann ich verstehen. Sie muss verzweifelt gewesen sein, und als Teenager musste sie befürchten, zur Rückkehr gezwungen zu werden. Viel mehr interessieren mich die Jahre und Jahrzehnte danach, als sie keinen Grund sah, uns wissen zu lassen, dass es ihr gut ging. Und dass sie nicht wissen wollte, wie es uns ging.

Vielleicht wäre es besser gewesen, Andrew Boyle hätte seinen Vater nicht wiedergefunden, denn keine Antwort konnte befriedigend sein. Keine Liebe konnte so etwas überstehen. Es wäre tröstlicher gewesen, wenn sein Vater in der Wildnis Alaskas von einem Bären getötet worden wäre. Besser für alle.

5. KAPITEL

Unser erster Schultag

NACH DER GEBURT VON AUDREY AM 12. JUNI 1926 WURDE Papa wieder so, wie er vor Mamas Schwangerschaft gewesen war. Auch Mama veränderte sich, aber sie entwickelte ganz neue Eigenschaften und erinnerte zunehmend an einen Pfeil, der energisch und entschlossen auf sein Ziel zuschießt. Dieses Ziel war unser erster Schultag, den sie mit schwarzer Tinte im Kalender eingekreist hatte, der erste Dienstag im September, gleich nach Labor Day.

»Charlotte, das ist doch noch Kindergarten«, sagte Tante Sonya. »Da lernen sie noch nichts, sondern spielen bloß.«

»Und wo findet dieses Bloß-Spielen statt?«, schnappte Mama.

»In der Grundschule.«

»Siehst du!«, sagte Mama triumphierend.

»Ja, aber sie gehen dort in den Kindergarten. Glaub mir, Charlotte! Wärst du je zur Schule gegangen, wüsstest du, dass das ein Unterschied ist.« Tante Sonya tätschelte Mama die Hand.

Mama stand abrupt auf. »Kommt, Mädels, wir müssen nach Haus!« Sie nahm sich nicht einmal die Zeit, uns die Hände abzuwischen, die ganz klebrig waren, weil wir gerade Apfelsinen gegessen hatten. Obwohl sie Audrey auf dem Arm hatte, ging sie so schnell, dass wir nur im Laufschritt mithalten konnten.

Was meinte Sonya mit »Wärst du je zur Schule gegangen«? Jeder musste doch zur Schule gehen! Wir kamen oft an den Schulen vorbei, die Tante Sonya und Tante Pearl besucht hatten, nachdem Papas Familie nach Boyle Heights gezogen war, und Onkel Leo hatte uns zu der Schule im San Fernando Valley gefahren, wo Papa seinen Rhetorikpreis bekommen hatte. Mama war in einem anderen Land aufgewachsen, in Rumänien. Gab es dort keine Schulen? Aber sie war so wütend, dass ich nicht zu fragen wagte.

Barbara hingegen hatte keine Hemmungen. »Bist du nicht zur Schule gegangen, Mama?«, fragte sie.

»Kann eure Mama etwa nicht lesen?«, fragte Mama in scharfem Ton und stürmte weiter.

»Doch«, sagte ich schnell und war erleichtert, dass Barbara nichts von der *Los Angeles Times* sagte, die Papa abends mitbrachte und Mama später irgendwohin warf, ohne eine Zeile zu lesen. Ich habe auch nie gesehen, dass sie eins von Papas Büchern aufgeschlagen hätte. Wenn unsere Cousine Mollie aus Chicago auf Englisch schrieb, brauchte sie ewig, um die Briefe zu lesen. Dagegen hatte sie keine Probleme mit Briefen von anderen Verwandten, die auf Jiddisch geschrieben waren. Schilder, die in den Läden unseres Viertels grundsätzlich auf Jiddisch und Englisch beschriftet waren, machten ihr auch keine Mühe. Und Mama las uns Bilderbücher vor. Aber nur in den Büchern, die Papa uns vorlas, waren die Seiten von oben bis unten voller Schrift – *Alice im Wunderland* etwa oder *Peter Pan*.

»Und rechnen? Kann ich etwa nicht rechnen?«, fragte Mama.

»Doch«, sagte ich. Und wie sie rechnen konnte, im Kopf sogar! Wenn wir einkaufen gingen, korrigierte sie andauernd Verkäufer, die ihr zu viel Geld abverlangten und dann jedes Mal den Kopf schüttelten und sagten: »Sie haben recht, Mrs. Greenstein, auf den Penny genau!«

»Na also!« Mama blieb so abrupt stehen, dass ich ein paar Schritte weiterging und umkehren musste.

»Ihr wisst, dass ich in Rumänien aufgewachsen bin«, sagte sie. »Und ihr wisst auch, dass die Juden es dort schwer hatten.«

Wir kannten Mamas Geschichten über den Judenhass der Rumänen, obwohl Papa nicht wollte, dass sie uns davon erzählte. »Gib den Kindern nicht das Gefühl, wir seien weniger wert als andere«, sagte er dann. »Wir sind alle Amerikaner.« – »Ach, keine Juden?«, sagte Mama dann. Aber meist erzählte sie uns diese Sachen, wenn Papa nicht da war.

Ich wusste, dass Mamas Vater, mein anderer Zeyde, den ich nie kennengelernt hatte, ein Wirtshaus besessen hatte. Da erließ die rumänische Regierung ein Gesetz, das den Juden den Alkoholausschank verbot. Sie schickte sogar Soldaten, um Mamas Familie aus dem Wirtshaus, das zugleich ihre Wohnung war, zu vertreiben. Wenn Mama davon erzählte, tat sie immer etwas Komisches: Sie spuckte aus, wenn sie »Soldaten« sagte. Dabei flog keine Spucke, aber sie machte ein Geräusch, als würde sie ausspucken – *pfüt*! Das war für mich so schockierend, dass ich ihr geglaubt hätte, hätte sie behauptet, sie habe die Soldaten mit ihrer Spucke getötet.

Mama ging weiter, jetzt aber in normalem Tempo. »Als ich Kind war«, fuhr sie fort, »gab es in Rumänien ein Gesetz, nach dem jüdische Kinder nur mit Sondergenehmigung zur Schule gehen durften. Deswegen haben wir versucht, eigene Schulen zu gründen, aber auch das wurde uns verboten.«

»Wie hast du dann gelernt?«, traute ich mich zu fragen, weil sie sich beruhigt hatte.

»Ah! Glaubst du, wie deine Tante Sonya, man könnte sein Gehirn nur in einem Gebäude benutzen, auf dem *Schule* steht? Glaubst du das wirklich?«

»Nein«, sagte ich, obwohl ich genau das gedacht hatte.

»Ich habe zu Hause Jiddisch und Rumänisch lesen gelernt. Und rechnen«, sagte Mama. »Englisch lesen habe ich von eurer Cousine Mollie gelernt, als ich bei Onkel Meyr in Chicago wohnte. Von meinem Bruder Meyr habe ich euch doch erzählt, oder? Es war der schönste Tag meines Lebens, als er mich zu sich nach Amerika holte.«

»Meyr, der Fußgeher!«, riefen Barbara und ich wie aus einem Mund. Dieses jiddische Wort, das in unseren Ohren ziemlich albern klang, kannten wir aus Mamas Lieblingsgeschichte über ihren geliebten Bruder Meyr.

ALS MAMA NOCH JÜNGER WAR als Barbara und ich, wurde das Leben für Juden in Rumänien so schwer, dass viele nach Amerika ziehen wollten. Wenn sie es schafften, Hafenstädte wie Hamburg oder Rotterdam zu erreichen, spendierten reiche Juden ihnen die Schiffspassage. Aber der Weg dahin war weit, und die meisten rumänischen Juden konnten sich auch die billigsten Zugtickets nicht leisten. Junge Leute kamen auf die Idee, ihre Armut in ein großes Abenteuer umzumünzen. Sie taten sich zusammen und machten sich zu Fuß auf den Weg. Sie nannten sich Fußgeher und durchquerten das Land in Tagesmärschen. »Stellt euch vor!«, sagte Mama. »Die Rumänen hielten uns Juden für Schwächlinge. Sie konnten es gar nicht fassen, wenn sie sahen, dass diese jüdischen Jugendlichen an ihren Höfen vorübermarschierten. Oder wenn sie hörten, dass die Juden ganz Europa durchwandern wollten.« Tatsächlich brauchten sie nicht so weit zu marschieren, denn wenn sie die österreichisch-ungarische Grenze erreichten, besorgten jüdische Organisationen ihnen Zugtickets zu den Hafenstädten. Aber sie wären auch zu Fuß weitergezogen, sagte Mama. Manche Gruppen nähten sich sogar Uniformen mit kecken Kappen, wie Pfadfinder. Das Geld, das sie unterwegs brauchten, verdienten sie sich mit kleinen Theaterstücken, Tänzen und Sketchen in den jüdischen Ortschaften, durch die sie kamen. Solche Wandergemeinschaften entstanden im ganzen Land, und es gab sogar das »Lied der Fußgeher«, das Mama manchmal sang, wenn sie glücklich war.

Ein Pionier dieser Bewegung war Meyr Avramescu, ein kräftiger Neunzehnjähriger, der gern lachte. Seine kleine Schwester Zipporah – »Das war mein Name. Es ist Hebräisch und bedeutet ›Vogel‹« – liebte ihn abgöttisch. Von dem Moment an, als er im letzten Jahr des neunzehnten Jahrhunderts über ihrer Wiege mit dem Finger wackelte, war Mama von ihrem großen Bruder hingerissen. Und er liebte sie ebenso. Er, der Goldjunge und Erstgeborene, hätte jedes seiner acht Geschwister zu seinem Liebling erklären können, aber es war nun einmal die kleine Zipporah, das siebte Kind, für das niemand Zeit hatte, die sein Herz gewann. »Seit ich krabbeln konnte, folgte ich ihm überall hin. Dann hob er mich hoch, warf mich in die Luft und sagte: ›Mein kleines Vögelchen kann fliegen.‹« Mama lachte, und ihre Augen strahlten. Auch ich lachte, als würde ich selber in die Luft geworfen. Ich liebte diese Fußgeher-Geschichte, nicht nur weil sie spannend war, sondern weil es aufregend war zu sehen, wie sich Mama in ein unternehmungslustiges junges Mädchen verwandelte, das voller Liebe war.

Zipporah war drei, als Meyr sich den Fußgehern seines Dorfs, Tecuci, anschloss. Damals verstand sie noch nicht, was vor sich ging, aber sie genoss die Aufregung, als er sich zum Aufbruch bereitmachte, und liebte die Lieder, die er sang. Dazu spielte er Akkordeon, und wenn er für die Aufführungen seiner Gruppe übte, klatschte und tanzte sie zu seinen Melodien.

Eines Samstagabends im späten Frühjahr feierte das ganze Dorf ein Fest, und die Fußgeher führten ihre Kunststückchen vor. Meyr spielte ein besonderes Lied, »für mein kleines Vögelchen«, wie er sagte, und holte Zipporah auf die Bühne aus zusammengenagelten Brettern. Sie tanzte, und alle klatschten.

Am nächsten Morgen umarmte Meyr sie so fest, dass sie kaum noch Luft bekam. »Ich schreibe dir, mein Vögelchen«, sagte er. »Jede Woche. Und dann lasse ich dich nachkommen. Versprochen.« Aber warum weinte er? Er nahm seinen Ranzen und machte sich auf, so wie immer, wenn er sich mit den Fußgehern traf, aber alle weinten und benahmen sich seltsam. An diesem Abend kam Meyr nicht nach Hause.

»Wo ist Meyr?«, fragte sie.

»Auf nach Amerika«, sagte man ihr.

Das sagte ihr nicht mehr als der Name irgendeines Nachbardorfs. Als er nach zwei Tagen immer noch nicht zurück war, aß sie eine Woche lang nichts.

Getreu seinem Versprechen schrieb Meyr ihr jede Woche; seine Briefe an die ganze Familie enthielten immer ein Blatt, das nur für sie war. Zuerst las ihr ein älteres Geschwisterkind diese Briefe vor und kritzelte dann eine Antwort nach ihrem Diktat. Aber bald schon konnte sie selbstständig mit ihm korrespondieren. Jetzt erst verstand sie, was er gemeint hatte, als er sagte, er würde sie nachkommen lassen, und sie klammerte sich so fest an diesen Gedanken, wie sie sich als Säugling an Meyrs Finger über der Wiege geklammert hatte.

»Er versprach, mich nachkommen zu lassen, wenn ich zwölf wäre«, erzählte sie uns. »Und er sagte, ich sollte nähen lernen, weil geschickte Näherinnen in Amerika ein gutes Auskommen hätten.«

Eine ihrer älteren Schwestern, Dora, ging bei einer Schneiderin in die Lehre und nähte wunderschöne Kleider. Zipporah bat sie, ihr das Nähen beizubringen, aber egal wie oft Dora ihr etwas erklärte oder die Hand führte, waren ihre Nähte immer krumm und schief. »*Oy*, Zippy, ein Mädel, das nichts gelernt hat, endet als Magd«, seufzte Dora gereizt, nahm die Bemerkung aber sofort wieder zurück, erschrocken über ihre Bosheit. Denn als Hausmädchen zu arbeiten galt als Schande für die ganze Familie.

Gekränkt und trotzig warf Zipporah den Kopf in den Nacken. Was hatte der Dorfrabbi einmal erzählt? Es ging um den alten Rabbi Zusya, der gesagt habe, wenn er eines Tages in den Himmel käme, werde man ihn nicht fragen: »Warum warst du nicht Mose?« Vielmehr werde man fragen: »Warum warst du nicht Zusya?« Und Zipporah Avramescu war nun einmal keine Näherin. Gott hatte andere Pläne mit ihr, vielleicht sollte sie … Schauspielerin werden. Hatte nicht das ganze Dorf geklatscht, wenn sie zu Meyrs Musik tanzte? Auf diesem Gebiet hatte sie ein Talent, das ihr als Fußgeherin nützlich sein könnte, schließlich machten sich ständig Auswanderer auf den Weg nach Amerika. Dora und zwei ihrer Brüder emigrierten, als Mama acht war, und sie versuchten, den Rest der Familie zum Mitkommen zu überreden. Inzwischen bestanden die Fußgeher nämlich nicht mehr aus fidelen Jugendlichen, wie noch zu Meyrs Zeiten, sondern ganze Familienverbände machten sich auf den Weg. Doch Mamas Eltern wollten nicht fortgehen. Nach dem Verlust ihres Wirtshauses hatten sie gerade ein Café eröffnet, zudem waren Zipporahs Großmutter und deren Bruder Schlomo krank und … und … und … Stundenlang konnten sie Argumente fürs Dableiben vorbringen. Zipporah bat und bettelte, weinte und wütete, weil sie unbedingt mit Dora und den Brüdern fortgehen wollte, aber ihre Eltern blieben hart und sagten, sie sei noch zu jung.

Am Ende ebnete ihr weder das Nähen noch die Schauspielerei den Weg nach Amerika, sondern die Kunst, die sie bereits in der Wiege beherrschte, als Meyr sie vergötterte, und später im Café der Familie noch verfeinerte. Es war ihre Fähigkeit, ältere Männer zu bezaubern. Sie muss beträchtlichen Charme versprüht haben. Wie sonst ist zu erklären, dass ein schlaksiges Mädchen, das mit einem Besen aus Birkenreisern die Gaststube fegte, immer wieder ein paar Pfennige zugesteckt bekam? Sie war keine kesse Göre und fiel nicht durch Widerworte auf. Und doch wollte Avner Papo, der Anstreicher, dass sie, obwohl sie gerade das Geschirr spülte und bis zu den Ellenbogen im Abwaschwasser steckte, sich hinter seinen Stuhl stellte, wenn er Karten spielte. Und nur sie sollte ihm eine Schüssel von dem hausgemachten Eintopf oder ein Glas von dem selbstgebrannten Schnaps holen, den die Familie illegal braute (»In Rumänien gab es sogar ein Gesetz, das den Juden das Schnapsbrennen verbot!«).

Außer dass Avner ihr gelegentlich zuzwinkerte, beachtete er sie kaum. Aber er behauptete, sie bringe ihm Glück beim Kartenspielen. Und davon hatte er reichlich, denn er gewann oft. Von seinem Gewinn gab er ihr immer etwas ab. Natürlich musste sie das Geld ihren Eltern geben, denn sonst hätten die ihr nicht gestattet, müßig hinter Avners Stuhl zu stehen, obwohl Karotten und Steckrüben geputzt und der Abwasch gemacht werden musste. Als Avner das begriff, gab er ihr immer einen Pfennig mehr, der nur für sie war. Sie sammelte ihre Pfennige in dem kleinen Geldbeutel, den Dora ihr genäht hatte, und wollte damit die Summe aufstocken, die Meyr ihr für die Auswanderung nach Amerika schicken würde, sobald er es sich leisten konnte.

Meyr wohnte in einer Stadt namens Chicago. Dort heiratete er ein jüdisches Mädchen, dessen Familie aus Polen stammte, und sie bekamen ein Kind, dann ein zweites, drittes und viertes. Nach jeder Geburt schickte er ein Foto. Als vielbeschäftigter Ehemann und Vater schrieb er jetzt nur noch einmal im Monat, manchmal nur alle zwei Monate. Aber er schickte Geld, um seinen Eltern mit dem Café zu helfen, und nachdem Dora und ihre Brüder selber das Geld für die Reise aufgebracht hatten, half er ihnen, sich in Chicago eine Existenz aufzubauen.

Zipporah fieberte ihrem zwölften Geburtstag entgegen und starb beinahe vor Enttäuschung, als Meyr ihr das Geld für die ersehnte Schiffspassage zwar schickte, die Eltern aber fanden, sie sei zu jung, um allein loszuziehen. Außerdem brauchten sie sie im Café. »Ich habe geweint und geweint. Aber ich machte lange Wanderungen in den Bergen, denn wenn der Tag kam, an dem ich mich den Fußgehern anschließen konnte, wollte ich bereit sein.«

Einige Monate darauf kam Avner, der Anstreicher, ins Café und verkündete: »Heute ist mein letztes Kartenspiel.«

»Wieso? Bist du krank? Musst du sterben?«, fragte Reuven, der Fassbinder, der immer so viel trank, dass seine Freunde ihn nach Hause tragen mussten.

Avner grinste nur.

»Hat der Rabbi einen frommen Mann aus dir gemacht? Nie wieder Karten spielen? Nie wieder Schnaps?« Augenzwinkernd füllte Zipporahs Vater Avners Glas.

»Ich gehe nach Amerika!«, sagte Avner.

Zipporah fiel der Besen aus der Hand. Ihre Beine fühlten sich an wie Pudding, und beinahe wäre auch sie gefallen.

»Was ist mit dir los?«, fragte ihr Vater.

Sie hob den Besen auf und fegte immer um den Tisch herum, an dem Avner saß und von seinen amerikanischen Cousins erzählte, die ihm helfen würden und ihm als Apotheker in Amerika eine rosige Zukunft prophezeiten. Eigentlich war

Avner nämlich Apotheker. Anstreicher war er erst geworden, als die rumänische Regierung ein Gesetz erließ, nach dem Juden keine Apotheken besitzen oder betreiben durften. Da hatte er beschlossen, sein Geld lieber mit Häuserstreichen zu verdienen, als dem Christen, der seine Apotheke übernommen hatte, beim Geldverdienen zu helfen.

Fußgeher aus anderen Dörfern würden in zwei Tagen durch Tecuci kommen, sagte Avner. Darunter sei auch ein Freund von ihm, deswegen werde er sich dieser Gruppe anschließen.

In all den Stunden, die Zipporah still hinter Avners Stuhl stand und ihm Kartenglück brachte, hatte sie jede Warze und Sommersprosse auf dem dicken, starken Hals des Anstreichers studiert. Sie kannte auch seine schuppenübersäten Schultern und schmutzigen Hemdkragen, denn er hatte keine Frau, die seine Sachen rein hielt. Sie war bei der Geburt seines einzigen Kindes gestorben, eines Mädchens, und auch das Kind hatte nicht überlebt. Das war zehn Jahre her, und seither hatte niemand seine Hemden gründlich gewaschen.

Außerdem wusste Zipporah inzwischen, dass Avner Papo ein großzügiger, freundlicher Mann war, der im Gegensatz zu anderen nicht mit seinen guten Taten herumprotzte. Er hatte ein gutes Herz. Wenn der einfältige Pinchas seine einfachen Arbeiten im Café verrichtete und jemand ihn auslachte, ging Avner dazwischen und erzählte einen Witz, damit weder Pinchas noch der Spötter sich zu schämen brauchten. Einmal hatte Zipporah hinter dem Haus geweint, weil ihre Mutter sie geschlagen hatte. Als sie aufschaute, sah sie Avner. »Er hat kein Wort gesagt, sondern mir nur ans Ohr gegriffen, und dann lag plötzlich ein Pfennig in seiner Hand, und er tat, als hätte er ihn mir aus dem Ohr gezogen.«

Avner fragte Zipporahs Vater, ob sie bei seinem letzten Kartenspiel in Tecuci hinter ihm stehen dürfe. Seine Freunde stöhnten, als sie das hörten, und bei Zipporah schrillten sämtliche Alarmglocken. Geduldig stand sie hinter seinem Stuhl, während die Männer Karten spielten, und beherrschte sich, bis Avner schwankend aufstand, um zur Toilette im Hof zu gehen. Dann schlich auch sie sich nach draußen und trat vor dem Toilettenhäuschen von einem Fuß auf den anderen, während sie darauf wartete, dass Avner wieder herauskam. Alle hatten ihm Schnaps spendiert, und er schwankte ziemlich, als er herauskam. Zuerst hörte er sie gar nicht, als sie sagte: »Reb Avner! Reb Avner!«

»Was?« Er fuhr sich über die Augen, als müsste er Spinnweben wegwischen. Dann erkannte er sie und lächelte. Er beugte sich vor und stützte die Hände auf die Schenkel, um ihr auf Augenhöhe ins Gesicht sehen zu können. »Was kann ich für dich tun, meine kleine Glücksfee?«

»Nimm mich mit nach Amerika!«

Bisher hatte Zipporah kaum mit ihm gesprochen. Allenfalls hatte sie ihm leise zugeflüstert, welche Suppe ihre Mutter gerade gekocht hatte, oder ihm für einen Pfennig gedankt. Aber jetzt lagen alle Sehnsüchte und Wünsche, die einem Mädchen im Stetl verboten waren – *Wünsch dir nichts, das du nicht haben kannst!* –, in diesen fünf Worten.

Avner stolperte rückwärts, als hätte sie ihm einen Schlag versetzt.

»Nimm mich mit nach Amerika!«, wiederholte sie.

»Aber wie … Deine Eltern …«

Avner wusste nicht, was er sagen sollte, und sie setzte nach: »Mein Bruder ist schon da, weißt du, mein Bruder Meyr. Er schreibt, ich soll zu ihm kommen. Du musst mich nur mit zu den Fußgehern nehmen und zum Schiff bringen.«

»Tut mir leid. Das geht nicht. Aber hier, ein Andenken …« Er griff sich in die Tasche, um einen Pfennig herauszuholen.

»Reb Avner!« Zipporah zerrte an seinem Arm, damit er sie wieder ansah, und legte alles, was sie hatte, in ihren Blick. »Ich bringe dir doch Glück!«

»›Ich bringe dir doch Glück!‹, das hab ich zu ihm gesagt«, sagte Mama viele Jahre später zu uns. »Er kratzte sich am Kopf, wie beim Kartenspielen, wenn er überlegte, wie er eine schwierige Hand ausspielen sollte. Mir war, als hörten plötzlich alle Uhren im Dorf auf zu ticken und meine Füße schienen über dem zu Boden schweben. Und dann sagte er …« Sie machte eine Pause.

»Er sagte: ›Hast du denn überhaupt Geld?‹«, sagten Barbara und ich wie aus einem Mund.

»Ich war so aufgeregt, dass ich ihn im ersten Moment gar nicht verstand. Als hätte er schon angefangen, Englisch zu sprechen.«

AVNER PAPO NAHM MAMA NICHT nur mit nach Amerika, sondern weckte ein weiteres Talent in ihr, das allerdings bis zu dem Sommer, in dem wir eingeschult wurden, unerkannt in ihr schlummerte.

Weil Papa und Zeyde Geld verdienten, brauchte Mama nicht arbeiten zu gehen. Zum Glück, sagte sie, denn sie hätte ja nichts gelernt. Vor der Hochzeit mit Papa hatte sie als Näherin in einer Kleiderfabrik gearbeitet, aber wie schon bei ihren ersten Versuchen mit Dora erwies sie sich auch dort nicht als besonders geschickt. »Euer Papa ist ja leider keiner von der Sorte, die ein eigenes Geschäft gründen, wo ich die Bücher führen oder Kunden bedienen könnte.« Immer wenn sie das sagte, sahen wir, wie weh sie Papa damit tat. Er wollte immer sein eigenes Geschäft gründen, hatte dafür nach seiner Meinung aber nie genug Geld. Unser Zeyde glaubte jedoch, dass es ihm nicht an Geld mangelte, sondern an Chuzpe – ein Wort, das mir so vertraut war, dass es mich überraschte, als ich herausfand, dass es ein jiddisches ist.

Dank der Stunden, die Mama hinter Avners Stuhl gestanden hatte, kannte sie eine Möglichkeit des Geldverdienens, zu der sie aber erst kurz vor unserer Einschulung in die Breed Street Elementary School griff.

Sie entpuppte sich nämlich als eine begnadete Kartenspielerin, egal was gespielt wurde, Bridge, Schwarze Katze, Poker oder Gin Rommé. Auf magische Weise schien sie die Karten ihrer Mitspieler zu kennen und wusste genau, was jeder auf der Hand hatte. Und sie konnte ihr eigenes Blatt ausspielen, als wüsste sie von Spielbeginn an, welches der letzte, der gewinnbringende Stich sein würde. Wenn sie und Papa sich abends mit anderen Paaren trafen oder wenn sie nachmittags mit Freundinnen oder Nachbarinnen zusammensaß, hatte sie schon oft Karten gespielt. Aber bislang hatte sie ihre Meisterschaft verborgen, wie ein Profi, der sich bei den ersten Runden ungeschickt anstellt, seine Mitspieler in Sicherheit wiegt, um dann zum großen Coup auszuholen. Nur dass Mama ihr Talent über Jahre verborgen und gesteigert hatte. Das machte sie unschlagbar.

Ende Juni blitzte dieses Können zum ersten Mal bei einem Nachmittagsbesuch bei Tante Sonya auf. Sie, Tante Sonya und zwei andere Damen hatten sich zu ihrer montäglichen Schwarze Katze-Runde an den Tisch gesetzt, während wir Kinder (außer den schlafenden Säuglingen) im Hof Fangen spielten. Plötzlich übertönten die Schreie unserer Mütter unser Gejohle. Erschrocken rannten wir ins Haus, um herauszufinden, was den Erwachsenen solche Angst machte. Doch die Frauen lachten, und Tante Sonya, Mrs. Litmann und Mrs. Zinser sahen Mama staunend an.

»Wie hast du das gemacht?«, fragte Mrs. Litmann.

»Was denn?« Mama lächelte, ohne die Zähne zu entblößen.

»Komm schon, Charlotte, tu nicht so unschuldig!«, sagte Mrs. Zinser.

Nicht so unschuldig tun? Was hatte Mama denn verbrochen? Ich sah mich im Wohnzimmer um, ob ich irgendetwas Schlimmes entdecken könnte.

»Uns einmal abzocken – okay«, sagte Mrs. Litmann. »Aber vier Mal hintereinander?«

Ich begriff, dass Mama nichts gestohlen oder etwas verbrochen, sondern beim Kartenspiel gewonnen hatte.

»Ihr werdet meine Schwägerin doch nicht für eine Falschspielerin halten!« Unbehaglich sah Tante Sonya Mrs. Litmann an, eine Nachbarin, deren Mann einen Laden für Herrenbekleidung besaß.

»Rede keinen Unsinn!«, sagte Mama. »Ich hatte einfach nur Glück.«

»Ein bisschen viel Glück«, grummelte Mrs. Zinser und holte ihren Geldbeutel aus der Handtasche. »Wie viel schulde ich dir?«

An diesem Tag gewann Mama fast zwei Dollar, und sie gab Barbara und mir je fünf Cent davon ab.

Aber es war nicht nur Glück gewesen. Am folgenden Samstagabend spielten sie und Papa mit Freunden Bridge, und am nächsten Morgen konnte Papa gar nicht aufhören, davon zu erzählen, wie brillant sie gespielt hatte. »Als du die Kreuz-Fünf ausgespielt hast …«, sagte er kopfschüttelnd. »Ich hätte nie gedacht, dass wir den Stich kriegen. Und als Arnie andauernd Pik ausspielte … Aber du hast einen Stich nach dem anderen geholt. Ihr hättet sein Gesicht sehen sollen, Mädels! Ratet mal, wie viel wir gewonnen haben!«

»Zwei Dollar?«, sagte ich.

»Zwei Dollar und fünfundsiebzig Cent!« Er wollte uns Vierteldollarmünzen geben, aber Mama hielt ihn zurück.

»Fünf Cent sind genug. Den Rest brauchen wir für die Schule«, sagte sie.

Nachdem noch mehr Nachmittage und Abende so verlaufen waren, begann Mama, den Geldbeutel, den ihre Schwester Dora für sie genäht hatte, in ihrer Handtasche mit sich herumzutragen. Darin bewahrte sie nur ihre Spielgewinne auf. Sie brachte unseren Zeyde dazu, sie zu Pokerspielen mit seinen Spezis mitzunehmen, wovon Papa nicht erbaut war. Als sich herausstellte, dass Mama praktisch immer gewann, hielt er sogar noch weniger davon. »Man spielt doch zum Zeitvertreib«, sagte er. »Die Leute wollen sich amüsieren. Aber wenn du allen das Geld abknöpfst, wird uns bald keiner mehr einladen.«

Mama lachte nur. »Die sind viel zu scharf darauf, endlich gegen mich zu gewinnen.«

»Du brauchst wohl Geld, um die Mädels für die Schule neu einzukleiden«, sagte Papa. »Ein paar Kleider für Fünfjährige – das kann doch nicht die Welt kosten!«

»Jedenfalls mehr, als Julius Fine dir bezahlt.«

Papa verschanzte sich hinter der Zeitung und tat so, als würde er lesen, weil er auf den alten Streit keine Lust hatte.

Mamas Spielkunst verbesserte ihr gesellschaftliches Ansehen. Montagnachmittags spielte Mrs. Litmannn bei Tante Sonya Schwarze Katze und donnerstags in einem anderen Kreis. Als eine Donnerstagsdame wegzog, lud Mrs. Litmann Mama ein. Zu den Donnerstagsdamen gehörte sogar eine Arztfrau, die mit ihrem kanariengelben Wagen extra von Hollywood nach Boyle Heights kam. Als Tante Sonya erfuhr, dass Mama nun zum Kreis der Donnerstagsdamen gehörte, regte sie sich so auf, dass sie Stan auf der Stelle in die Kinderkarre packte und in der größten Mittagshitze dieses Julitags zu uns kam.

»Ihr müsst euch endlich ein Telefon zulegen, Charlotte!« Sonya hatte einen ganz roten Kopf, sie fächelte sich Luft zu und trank gierig von der Limonade, die Mama ihr eingeschenkt hatte.

»Was ist denn los, Sonya?«

»Jetzt könnt ihr es euch doch leisten, bei dem vielen Geld, das du *meinen* Freundinnen beim Kartenspielen abknöpfst.«

»Wozu brauche ich ein Telefon? Um bei Canter's Corned Beef zu bestellen, von dem sie den Fettrand nicht abschneiden?«

»Charlotte, ich bin gerade erst umgezogen und noch dabei, meine Nachbarn kennenzulernen. Ich bitte dich inständig: Hör auf mit dem Kartenspielen!«

»Das mach ich«, sagte Mama. »Sobald ich genug beisammen habe, um die Mädels für die Schule auszustatten.«

»Die süßen Mädels! Ich habe sie so lieb, als wären es meine eigenen. Lass mich doch für ihre Schulkleidung sorgen!«

Mama stand auf. »Tut mir leid, Sonya, aber ich habe leider keine Zeit zum Schwatzen. Auf mich wartet jede Menge Hausputz.«

»Ein paar Blusen und Röcke«, sagte Sonya und klang wie Papa. »Das kann doch nicht die Welt kosten!«

Viel hat Barbaras und meine Schulkleidung tatsächlich nicht gekostet, auch nicht die schicken Extras wie Haarbänder und Rüschensöckchen oder Pullover und Jacken für kühleres Wetter. Wie wenig es brauchte, um einen guten Eindruck zu machen, zeigte sich, als uns die neuen Spangenschuhe, die wir bei Fine & Sohn – Gediegenes Schuhwerk mit Rabatt bekommen hatten, über diejenigen Mitschülerinnen erhoben, die barfuß zur Schule kamen.

Mama hatte aber nicht vor, nur Barbara und mich für den ersten Schultag herauszuputzen, sondern auch sich selber.

Anfang August, als ihre Spielgewinne auf siebenundzwanzig Dollar angewachsen waren und etliche Spielerunden noch ausstanden, kaufte sie pflaumenblaue Shantungseide und brachte sie zu Mrs. Kalman – eine Schneiderin, auf die Sonyas Nachbarinnen schworen. (Ein Jahr später wäre sie damit zu Tante Pearl gegangen, aber zu diesem Zeitpunkt war Pearl noch verheiratet. Ihre Schneiderei eröffnete sie erst, als sie keine brave Hausfrau mehr war.) Zusammen mit Mrs. Kalman blätterte Mama in Modemagazinen. Mrs. Kalman war eine dünne Frau, die immer die Lippen zusammenkniff, weil sie es gewohnt war, Stecknadeln damit festzuhalten. Ohne das betörende Parfüm, das sie stets umwehte, hätte sie alt und verbraucht gewirkt. Noch Stunden nach unseren Besuchen bei ihr roch unser Haar nach diesem Parfüm, und Mamas neue Sachen auch. Passend zum Anlass ließ sie sich ein »smartes Kostüm« schneidern. Jedenfalls nannte Mrs. Kalman es so, und Mama übernahm den Begriff in den folgenden Wochen nur zu gern, wenn sie zum Maßnehmen und Anprobieren des Kostüms und später einer weißen Seidenbluse zu ihr ging. Sie erwähnte ihr »smartes Kostüm« auch gern, wenn sie sich passende Accessoires kaufte – Pumps aus feinem Kalbsleder mit modischen Stöckelabsätzen, ein ledergebundenes Notizbuch, Seidenstrümpfe und hellbraune Seidenhandschuhe. Natürlich musste auch ein neuer Hut her. Dabei wollte Tante Pearl Mama helfen, und wenn die beiden darüber sprachen, flüsterten und kicherten sie wie Barbara und ich.

Eine Woche vor dem großen Tag holte Mama das Kostüm von Mrs. Kalman ab, und am Abend machte sie eine Modenschau für uns. Mama war hübsch, aber die meisten ihrer Kleider waren aus billigem Stoff, in dem ihre üppigen Rundungen plump wirkten. Die Jacke des neuen Kostüms dagegen war todschick und umschmeichelte ihre Hüften – »wie die neueste Mode aus New York und Paris«, sagte Mrs. Kalman. Der Rock war gewagt kurz und bedeckte knapp ihre Knie, sodass ihre wohlgeformten Waden zur Geltung kamen, während ihre neuen Stöckelschuhe das ganze Bein streckten. Onkel Gabe, der zusammen mit Pearl zu diesem Anlass eingeladen worden war, pfiff anerkennend, als Mama mit ihrem neuen Outfit ins Wohnzimmer kam.

Papa grummelte: »Hörst du jetzt endlich auf, unsere Freunde beim Kartenspielen abzuzocken?« Aber auch er konnte die Augen nicht von Mama abwenden.

Aber es gab noch mehr Überraschungen. Am nächsten Tag kam Pearl nach dem Mittagessen, um auf Barbara, Audrey und mich aufzupassen. Sie flüsterte mit Mama, und Mama fragte sie: »Bist du dir da ganz sicher, Pearl?«

»Aber klar doch«, erwiderte Pearl. Dann sagte sie: »Nun geh schon, Charlotte!« und schob Mama förmlich zur Tür hinaus.

Ich spielte vorm Haus, als sie zurückkehrte. Sie ging schnell und tupfte sich mit dem Taschentuch die Augen ab. »Mama!«, rief ich erschrocken, aber sie rannte schluchzend die Treppe hinauf und ins Haus. Ich stürmte ihr nach, hatte aber zu viel Angst, um sie zu fragen, was passiert war.

Pearl ging schnell auf sie zu und umarmte sie. »Ganz ruhig, Charlotte!«, sagte sie. »So habe ich mich danach auch gefühlt. Das geht allen so. Aber ich weiß jetzt schon, dass es dir fantastisch steht.«

Langsam lüpfte Pearl den breitkrempigen Strohhut, den Mama sich tief in die Stirn gezogen hatte, und siehe da: Sie hatte sich das Haar schneiden lassen! Die schwere, wellige Matte, die ich manchmal hatte bürsten dürfen, war jetzt ein modischer Bob. Auch Pearl trug einen Bob, aber sie war ganz anders als Mama, denn sie und Gabe tanzten Charleston und rauchten Zigaretten, ihr Bob lag eng am Kopf und hatte wenig Fülle, wenn sie sich das Haar einrollte. Mamas kurzgeschnittenes Haar dagegen war dick und kraus und schien nicht mehr zu wissen, wohin mit seiner Kraft, sodass es ihr regelrecht vom Kopf abstand.

Ich konnte mein Entsetzen kaum verbergen und japste vor Schreck.

Pearl schoss mir einen giftigen Blick zu und lockerte Mamas Haar mit den Fingern auf. »Perfekt! Ich wusste, dass du genau das richtige Haar dafür hast, Char! Dir steht es viel besser als mir. Diese herrliche Naturwelle! Schau, Elaine, sieht deine Mama nicht wunderschön aus?«

Barbara – wo war sie eigentlich? – hätte den Riss, den die Welt plötzlich bekommen hatte, bestimmt mühelos umschifft, aber ich sah nur den Schrecken meiner Mutter und wusste, dass ich es wiedergutmachen musste. Was aber war mit dem Riss, der *mich* plötzlich zu spalten drohte? Ich musste mich zwingen zu sagen, was man von mir hören wollte.

»Ja, schön.« Ich versuchte, Begeisterung vorzutäuschen, und obwohl es wenig überzeugend klang, lächelte Pearl, und Mama sagte: »Jetzt bin ich eine moderne Frau, oder?«

»Wie ein Filmstar«, sagte ich.

»Hab ich's nicht gesagt?«, sagte Pearl. »Mal sehen, wie es damit aussieht.« Aus einer großen Einkaufstüte, die sie mitgebracht hatte, zog sie eine Hutschachtel hervor.

»Oh, Pearl!« Mama klatschte in die Hände. Pearl hatte ihr einen dunkelbraunen Hut mitgebracht, dessen Glockenform extra für Bobs erfunden worden war. Er saß eng am Kopf und ließ nur die Haarspitzen an Mamas Wangen herauslugen.

Dann kam Barbara herein; wahrscheinlich war sie im Garten gewesen. »Lass mich mal fühlen«, sagte sie und fuhr mit der Hand durch Mamas Bob. Ich konnte nicht glauben, dass sich der drahtige Helm noch wie Haar anfühlte.

Mama war glücklich, bis Pearl gehen musste. »Kannst du nicht noch bleiben?«, fragte sie.

»Keine Sorge, Bill wird es gefallen«, sagte Pearl. Aber genauso gut wie ich kannte sie die Geschichte, wie Mama und

Papa sich kennengelernt hatten. Mama besuchte damals den Abendkurs in Englisch, den Papa gab, und ihm gefiel das dramatische Pathos, mit dem sie Gedichte vortrug … und ihr üppiges, fast schwarzes Haar.

Später erfuhr ich, dass Pearl nicht direkt nach Hause ging, sondern erst bei Fine's vorbeischaute, um Papa vorzuwarnen und ihm einzuschärfen, dass er Mama Komplimente machen sollte. Falls nicht, würde sie dafür sorgen, dass er es für den Rest seines Lebens bereute.

Den Umweg hätte sie sich sparen können. Obwohl Papa Mamas langes Haar geliebt hatte, galt seine wahre Leidenschaft der Moderne. »Nie wieder Alte Welt«, sagte er, als er Mamas neue Frisur sah.

Nur der Zeyde murmelte: »Dein schönes langes Haar.« Aber da er ein alter Mann und Mama für ihn besonders attraktiv war, fand er alles gut, was sie tat. Er wollte sie auch weiter zu seinen Kartenspielen mitnehmen, aber sie hatte Papa versprochen, damit aufzuhören, sobald die Schul-Outfits bezahlt waren, und so erklärte sie ihre Spielerphase für beendet.

Als die potenzielle Bob-Krise glücklich überstanden war, begann Mama uns auf die Schule vorzubereiten. Andauernd dozierte sie darüber, wie wir uns zu benehmen hatten: Den Lehrern sollten wir mit Respekt begegnen, niemals andere Kinder schlagen oder herumschubsen und vor allem nie-niemals miteinander so streiten, wie wir es zu Hause taten. Sie zupfte sich das Haar zurecht und probierte ihren neuen Lippenstift aus, und mindestens einmal pro Tag ging sie an den Kleiderschrank und strich sanft über die pflaumenblaue Seide ihres smarten Kostüms.

Am Samstag vor Labor Day, dem ersten Montag im September, also drei Tage vor unserem neuen Leben als Schulkinder, setzte ein starker Santa Ana-Wind ein und bedeckte ganz

Los Angeles mit feinem Wüstensand. Die Sonne versengte alles, worauf sie traf, und da an den Straßen nur schlanke Palmen wuchsen, die praktisch keinen Schatten spendeten, konnte man ihr nirgendwo entrinnen. Schon fünf Minuten nachdem ich aus dem Haus gegangen war, hatte ich einen Kopf wie eine überreife Melone kurz vorm Platzen. Unser Holzhaus knarrte vor Trockenheit, und die weiße Farbe bildete rissige Schuppen. Papa schleppte sich am Abend humpelnd nach Hause, nachdem er den ganzen Tag lang einer endlosen Flut von Kindern Schuhe angepasst hatte. Wie immer, wenn er Rückenschmerzen hatte, legte er sich auf den Fußboden, aber dieses Mal zog er sich bis auf die Unterwäsche aus! Audrey quengelte so sehr, dass selbst unser geduldiger Zeyde grimmig das Gesicht verzog und zu Mama sagte: »Kannst du ihr nicht einen Tropfen Whisky geben, damit sie sich beruhigt?« Mama hatte solches Kopfweh, dass sie vor Schmerzen wimmerte, und befolgte seinen Rat.

Bis jetzt waren die Nächte für mich unsichtbar gewesen, denn im Dunkeln machte man die Augen zu, und wenn man sie wieder aufschlug, war es Morgen. Aber diese Nacht wurde zu einer quälenden Abfolge von Minuten und Sekunden in schweißfeuchten Laken, während der Rauch der brennenden Wälder östlich der Stadt herüberwehte. Wenn Barbara oder ich uns im Bett umdrehten und sich unsere Körper berührten, blieben wir fast aneinander kleben.

Am nächsten Tag waren wir so unausgeschlafen und so aufgeregt, dass wir uns in einem fort stritten. Alles, was die eine tat, ärgerte die andere, und wir schrien einander wütend an, obwohl Mama uns wegen ihrer Kopfschmerzen gebeten hatte, ruhig zu sein. Wenn eine von uns bei irgendetwas helfen sollte, maulte sie und sagte, die andere sei dran.

Am Labor Day flüchtete die ganze Familie in den Hollenbeck Park mit seinen schattigen Bäumen und dem kühlen Teich.

Doch Barbara und ich begannen einander zu kitzeln, was schnell zu Geschrei und Handgreiflichkeiten führte, sodass Papa uns ins stickige Haus zurückbegleitete. Als Mama uns am Abend badete, war sie zu erschöpft, um uns noch einmal einzuschärfen, wie wir uns in der Schule benehmen sollten. Sie sprach nur, um zu sagen, die eine oder andere solle den Arm heben oder sich umdrehen, damit sie besser an andere Stellen unserer überhitzten Körper herankommen und uns waschen konnte.

Aber nichts von alledem, nicht einmal eine weitere Nacht, in der wir schlecht schliefen, war am nächsten Morgen noch wichtig. Endlich war der Tag gekommen, der im Kalender eingekreist war. Wir wachten schon vor sechs auf, weil wir so gespannt waren.

Mama steckte den Kopf in unser Zimmer und sagte: »Ihr seid ja auch schon wach!« Dann half sie uns, die allerschönsten Schulsachen anzuziehen – Baumwollkleidchen mit tiefer Taille, Barbaras rot, meins blau. Als sie uns das Haar bürstete, summte sie das Fußgeherlied. Danach machte sie sich selbst fertig, während Papa das Frühstück zubereitete und unser Zeyde auf Audrey aufpasste.

Eine Stunde bevor wir losgehen mussten, waren wir startbereit – Barbara und ich satt und angezogen, Mama umwerfend schön mit ihrem neuen Kostüm und dem Hut, unter dem ihr welliges Haar hervorlugte. »Lasst uns gehen«, sagte Mama. »Eure Lehrerin wird sicher merken, welche Kinder früh kommen und es gar nicht abwarten können, endlich etwas zu lernen.« Damit griff sie nach ihren Handschuhen.

»Aber doch nicht *so* früh, Charlotte!« Papas nervöser Unterton verriet seine Sorge, sie könnte uns lächerlich machen. »Wenn ihr jetzt schon geht, steht ihr in dieser Hitze bloß unnötig auf dem Schulhof herum. Lass mich den Mädels lieber noch etwas vorlesen.«

»Na gut.« Mama glättete ihren Rock, bevor sie sich aufs Sofa setzte. Dann griff sie aus Gewohnheit nach dem Nähkorb neben sich. Sie holte aber keine angefangene Näharbeit heraus, sondern saß nur da und strich geistesabwesend über den Stoff ihrer Jacke.

Selbst Papa ließ sich von unserer Aufregung anstecken. Er las aus dem *Geheimen Garten* und wiederholte ganze Zeilen oder ließ einzelne Wörter aus. Zwischendurch sah er immer wieder zu Mama hinüber und sagte: »Willst du die Jacke nicht ausziehen? Oder den Hut abnehmen?«

»Alles bestens«, sagte Mama, obwohl ihr Gesicht ganz rot und verschwitzt war.

Irgendwann machten wir uns auf den Weg zur Breed Street Elementary School, zwei Blocks von unserem Haus entfernt. Barbara und ich mussten rechts und links von Mama gehen und ihre Hand halten. Ich spürte, wie sie zitterte. Ich war gleichzeitig aufgedreht, glücklich und besorgt und konnte Mrs. Kalmans schweres, blumiges Parfüm riechen, das noch in Mamas Kostüm hing und von ihrer Körperwärme und der Sonne verstärkt wurde. Schon um halb neun war es brütend heiß.

Obwohl wir noch gewartet hatten, gehörten wir zu den Ersten, die vor der Schule eintrafen. Ein älterer Junge, vielleicht zehn Jahre alt, stand am Eingang des Schulhofes und machte ein wichtiges Gesicht, als er Mama fragte, in welche Klasse wir wollten. »Beide in den Kindergarten?«, fragte er nach. »Sind Sie sich da ganz sicher?«

»Es sind Zwillinge«, sagte Mama.

Er sah uns genauer an und sagte: »Sind sie nicht.«

»Keine eineiigen«, sagte Mama und klang angesichts ihrer ersten Begegnung mit einer schulischen Autorität ganz eingeschüchtert, obwohl es sich nur um einen zehnjährigen Jungen handelte.

»So was hab ich ja noch nie gehört«, sagte er, zeigte aber auf einen der sechs Tische, die im Freien aufgestellt waren.

Mama betrachtete die anderen Mütter auf dem Schulhof. Manche hatten sich nett angezogen, aber keine war so elegant wie Mama, und die meisten trugen sogar die gleichen Kleider, in denen sie nach ihrer Rückkehr wahrscheinlich den Hausputz machen würden. »Alte Welt«, sagte Mama abfällig und fasste wieder Mut.

Eine hübsche Blondine, die kaum dem Teenageralter entwachsen zu sein schien, stand am Kindergartentisch. Unsere Lehrerin? Hoffentlich!

»Was für ein hübsches Kostüm!«, begrüßte sie Mama.

Mama strahlte und stellte uns vor. »Barbara Inez Greenstein und Elaine Rose Greenstein.«

Die Blondine beugte sich vor und sagte mit ihrer glockenhellen Stimme zu Barbara: »Barbara, deine Lehrerin ist Miss Madenwald, in Raum elf. Ich bin Miss Powell, eine Referendarin, und arbeite mit Miss Madenwald zusammen. Wir werden viel Spaß haben.« Dann sah sie mich an. »Elaine, du gehst in Miss Carrs Klasse, in Raum zwölf.«

Miss Powell lächelte schon die nächste Mutter in der Schlange an, aber Mama rührte sich nicht.

»Sie gehen beide in den Kindergarten«, sagte Mama.

»Ja, ich weiß«, sagte Miss Powell. »Einige ältere Schüler sind schon im Gebäude, Mrs. Greenstein. Die helfen Ihnen, die Räume zu finden.«

»Aber es sind Zwillinge, beide fünf Jahre alt«, sagte Mama. »Beide sollen in die Kindergartenklasse.«

»Ja, ja.« Miss Powell lächelte und sprach so langsam, als sei Mama diejenige, die in den Kindergarten gehen sollte. »Wir haben zwei Kindergartenklassen. Eine wird von Miss Madenwald geleitet, die andere von Miss Carr.«

»Warum stecken Sie Schwestern in verschiedene Klassen?« Mama schob das Kinn vor, als wollte sie einem Händler auf dem Markt wegen des verlangten Preises widersprechen. Gleichzeitig wurde ihr rumänischer Akzent stärker, und Schweiß bildete sich auf ihrem Gesicht.

»Zwillinge teilen wir immer verschiedenen Klassen zu. So haben sie es leichter, mit den anderen Kindern Freundschaft zu schließen.« Ich sah, dass auch Miss Powell schwitzte. Ich folgte ihrem Blick, der nervös an der Schlange der wartenden Kinder und Eltern hinter uns entlangglitt, und erblickte Danny, *meinen* Freund von Tante Sonyas Party! Ich konnte ihm aber bloß einen kurzen Blick zuwerfen, weil die Auseinandersetzung zwischen Mama und Miss Powell meine ganze Aufmerksamkeit erforderte.

»Ich kenne meine Töchter. Sie sollten zusammenbleiben«, sagte Mama.

»Nein, nein, ist schon in Ordnung, Mama«, zwitscherte Barbara, lächelte Miss Powell an und ergriff für sie Partei. Warum auch nicht? Sie hatte die Lehrerin mit dem klangvolleren Namen erwischt, Miss Madenwald. Und dazu die hübsche Miss Powell. Für mich blieb die streng klingende Miss Carr, und ich fragte mich, ob ich mit ihr wohl zurechtkommen würde.

Mehr noch irritierte mich, dass mein ganzes Leben bisher »wir« und »uns« und »ihr Mädels« gewesen war und nun zu »ich« werden sollte. Wann immer ich mir die Schule und das Klassenzimmer vorgestellt hatte, waren Barbara und ich zusammen. Ich hatte keine Angst, ein Klassenzimmer ohne Barbara zu betreten, aber ich konnte es mir nicht vorstellen. Ich musste mir ein ganz neues Bild von meiner Schulzeit machen, in der Barbara und ich in verschiedene Klassen gehen, verschiedene Klassenkameraden und Lehrerinnen haben würden. Das kam einer ganz neuen Welt gleich, auf die ich mich einlassen musste, und zwar in den wenigen Minuten zwischen Schulhof und Klassenzimmer.

»Weißt du noch, Barbara? Raum elf«, sagte Miss Powell und ignorierte die widerspenstige Einwanderin, die ihr diese erste Stunde als frischgebackene Referendarin schwer machte. »Und deine Schwester ist in Raum zwölf.«

»Ja, Miss Powell. Raum elf und zwölf. Komm schon, Mama!«

Mama ließ sich von Barbara ins Gebäude führen, aber nicht, weil sie der amerikanischen Pädagogik in puncto Zwillingserziehung traute.

»Warum sagen sie nicht gleich, dass sie eure Beine in einen Raum und eure Arme in einen anderen stecken wollen?«, schäumte sie. »Und wie soll ich mit den Lehrerinnen meiner Kinder sprechen, wenn es gleich zwei sind?«

»Hier ist mein Raum«, sagte Barbara und zeigte auf ein Schild an einer Tür, auf das mit roter Kreide eine große *11* sowie Blumen und Tiere gemalt waren. Papa hatte uns die Zahlen bis zwanzig beigebracht.

»Nein«, sagte Mama und zog uns weiter zu einem ähnlichen Schild mit einer grünen *12*. »Ihr geht in diese Klasse.«

»Können wir nicht beide in Miss Madenwalds Klasse gehen?«, fragte ich.

»Wo auch diese dumme Miss Powell unterrichtet?« Mama führte uns in Raum 12.

»Hallo, Kinder.« Miss Carr hatte ein freundliches rundes Gesicht, aber ich hatte mich bereits in Miss Powell und Miss Madenwald verliebt.

»Elaine Rose Greenstein, Ma'am«, murmelte ich, als sie mich nach meinem Namen fragte.

»Ich freue mich, dich kennenzulernen, Elaine«, sagte Miss Carr. Dann wandte sie sich Barbara zu.

»Barbara Inez Greenstein, Ma'am.«

»Du bringst deine Schwester in ihr Klassenzimmer? Das ist aber nett.«

»Miss Carr, ich bin Mrs. Greenstein.« Mama streckte eine seidenbehandschuhte Hand aus. Als Miss Carr ihre Hand nahm, sagte sie: »Ich möchte, dass meine Töchter beide in Ihre Klasse gehen.«

Offenbar war Miss Carr im Umgang mit Eltern geübter als Miss Powell und ließ sich auf keine Diskussion ein, sondern schickte uns zum Sekretariat, um mit dem Rektor, einem Mr. Berryhill, zu sprechen.

Mr. Berryhill sei die nächsten Minuten nicht zu sprechen, sagte eine Frau hinter einem brusthohen Tresen in einem großen, hektischen Büro. Wir sollten derweil auf den Holzstühlen Platz nehmen, die mit militärischer Präzision an einer Wand aufgereiht waren. Wir wussten nicht, was uns erwartete, aber alle, die aus irgendeinem Grund ins Sekretariat kamen, warfen uns so mitleidige oder herablassende Blicke zu, dass es mehr als peinlich war, und schon nach wenigen Minuten wussten wir nicht mehr, wohin wir schauen sollten.

»Mama, es macht mir nichts aus, von Elaine getrennt zu werden«, sagte Barbara. »Ich will jetzt in meine Klasse.«

»Ich auch«, log ich.

»Wir werden mit diesem Mr. Berryhill sprechen.« Mama fächelte sich mit ihrem Notizbuch Luft zu. Ihr Gesicht war nicht mehr rot, sondern blass. Als Zugeständnis an die Hitze nahm sie den Hut ab, aber als sie ihr schickes neues Puderdöschen aus der Handtasche holte und in den Spiegel schaute, murmelte sie erschrocken: »Mein Haar!« Der verschwitzte Bob klebte an ihrem Kopf, und schnell setzte sie den Hut wieder auf.

Ein Klingelzeichen ertönte. Alarmiert setzten wir uns auf und wären beinahe aufgesprungen, doch dann sanken wir wieder in uns zusammen und schämten uns. Unser erster Schultag hatte begonnen, und wir kamen zu spät zum Unterricht.

Einige Minuten darauf kam ein schlaksiger Mann in einem Salz-und-Pfeffer-Anzug hinter dem Tresen hervor. »Mrs. Greenstein?« Er streckte Mama die Hand entgegen. »Wie schön, Sie kennenzulernen. Sehr erfreut.«

Mr. Berryhill hatte eine rauchige Stimme und die hellsten, blausten Augen, die ich je gesehen hatte. Er führte uns in sein Büro und verwandelte unseren vermeintlichen Büßergang in ein Erlebnis, von dem Mama noch jahrelang schwärmen sollte.

»Er war wie der Rebbe in unserem Dorf«, sagte sie später zu Tante Pearl. »Man sah sofort, dass er Dinge verstand, von denen wir noch nie etwas gehört hatten. Und die vielen Bücher in seinem Büro! Genau wie in der Studierstube unseres Rebbe. Bücher überall!«

Zunächst sprach der Rektor nicht von Zwillingen. Vielmehr sagte er zu Mama, wie wichtig es sei, dass Eltern sich um die Bildung und Erziehung ihrer Kinder kümmerten, und nickte ihr in ihrem smarten Kostüm auf eine Art zu, als wollte er sagen, dass eine Mutter, die sich mit dem ersten Schultag ihrer Kinder so viel Mühe machte, eine ganz besondere Frau war. Als er ihr schließlich erklärte, dass Zwillinge an dieser Schule grundsätzlich getrennt würden, hatte er Mama bereits so weit, dass sie dieses Konzept aus vollem Herzen begrüßte. Sie sagte, sie habe selbst schon überlegt, ob es nicht besser sei, uns zu trennen, habe uns aber keine Angst machen wollen.

»Sie werden sich wundern«, sagte Mr. Berryhill. »Sehe ich es richtig, dass eine stiller ist als die andere und lieber im Hintergrund bleibt?«

»Ja, meine Elaine.«

Ich starrte auf den Fußboden und schämte mich, weil ich nicht forscher war, aber ich merkte, dass Mr. Berryhill mich ansah, und als ich zu ihm aufsah, zwinkerte er mir mit seinen superblauen Augen zu.

»Warten Sie's ab«, sagte er. »Elaine wird aufblühen.«

Mir war, als blühte ich noch im selben Moment auf, und ich war furchtbar stolz, als Mama mich kurz darauf zu meinem Klassenzimmer brachte und einen Zettel vorzeigte, auf den Mr. Berryhill persönlich eine Entschuldigung für meine Verspätung geschrieben hatte. »Dann hast du Mr. Berryhill ja bereits kennengelernt«, sagte meine Lehrerin.

Ich blühte den ganzen Vormittag weiter, ganz im Geheimen, wie die ersten Sprösslinge in unserem Garten. Mein Glück war perfekt, als ich Danny nach der Schule wiedersah. Er war barfuß, sein schwarzes Haar ungekämmt, und er sah genauso aus wie bei unserer ersten Begegnung zwischen den Bretterhaufen. »Danny!«, rief ich mit dem Mut, den ich am Vormittag geschöpft hatte, und rannte auf ihn zu.

Er sah zu mir herüber. Dann rief jemand anders nach ihm, und er lief in die andere Richtung. Ich folgte ihm und sah, dass er auf Barbara zulief.

»Das ist Danny Berlov. Er geht in meine Klasse«, erklärte meine Schwester besitzergreifend.

Mehr brauchte Barbara nicht zu sagen. Danny hatte sich bereits entschieden.

6. KAPITEL

Danny, der Prinz

DANNY BERLOV WAR ARM UND HATTE KEINE MUTTER. Das wusste jeder. Sein Vater unterrichtete Jiddisch an der Jiddischen Folkshul in der Soto Street und gab den besonders religiösen Jungen Nachhilfe in Hebräisch. Was war das für ein Leben? Danny und er wohnten in zwei gemieteten Zimmern mit Waschbecken, aber ohne Badewanne, deswegen gingen sie freitagabends ins Monte Carlo Bad.

Dannys Familie war nicht immer arm gewesen. Sein Großvater war der reichste Mann gewesen in …

Als ich Danny kennenlernte, sprach er mit starkem Akzent, aber jetzt, in der ersten Klasse, war davon kaum noch etwas zu hören. Plötzlich war dieser Akzent jedoch wieder so stark, dass ich Danny kaum verstehen konnte.

»Wo?«, fragte ich nach.

»Wilna. Das liegt in Litauen.«

»Oh.« Ich hatte noch nie von Litauen gehört, verstand aber, dass es einer der Orte war, aus denen Eltern oder Großeltern zu kommen pflegten, wie Rumänien. Außerdem fürchtete ich, dass Danny nichts mehr sagen würde, wenn ich weiter nachfragte.

Ich war überglücklich, Danny ganz für mich allein zu haben. Er kam öfter zum Spielen zu uns, aber an diesem regnerischen Nachmittag lag Barbara mit einer Erkältung im Bett. Da wir wegen des Regens im Haus bleiben mussten, erlaubte mir Mama, das Zenith Radio einzuschalten. Wir hatten es erst vor einem Monat gekauft, von Papas Neujahrsbonus von Fine's und einer kleinen Summe, die unser Zeyde beigesteuert hatte. In seinem hübschen Gehäuse aus Walnussholz war es eine magische Bereicherung unseres Haushalts. Mit großer Geste schaltete ich den Apparat ein und fand einen Sender mit schöner Klaviermusik.

Da erwähnte Danny seinen reichen Großvater.

»Josef Berlov, so hieß er.«

»Und was war er von Beruf?«

»Pelzhändler. Er hatte das größte Haus in Wilna und ein Zenith Radio in jedem Zimmer.«

MEHR SAGTE DANNY beim ersten Mal nicht, aber nach und nach wurde seine Geschichte immer fantastischer. Es war nicht nur die Familiengeschichte der Berlovs, sondern zugleich die tragische Erklärung dafür, warum Danny keine Mutter hatte.

Josef Berlov war Pelzhändler und reiste durchs ganze Land, um Felle von Fallenstellern zu kaufen – Nerz, Zobel und Kaninchen. Die verkaufte er dann an die Kürschner der großen Städte, die sie zu Mänteln verarbeiteten. Obwohl die Fallensteller Christen waren, mochten und respektierten sie Josef, weil er jeden im Armdrücken besiegen konnte und ein fairer Geschäftsmann war. Außerdem liebten sie sein Pferd, einen schnellen braunen Hengst namens Star. Dannys Vater, Gershon, ritt manchmal mit seinem Vater aus, wenn er nicht zur Schule musste. Er hatte sein eigenes Pferd, einen störrischen Schecken namens Frisky, der sich nur von Gershon reiten ließ.

Die Fallensteller mochten Josef so sehr, dass sie ihm stets ihre besten Felle gaben. Daher sein ungeheurer Reichtum. Seine Felle waren edler als alle anderen, und die Kürschner bezahlten jeden Preis, den er verlangte. Sie machten nur wenige Mäntel pro Jahr, weil sie lieber warteten, bis Josef ihnen genug Felle gebracht hatte, statt minderwertige Felle zu verwenden. Die Mäntel aus Berlov-Fellen waren etwas ganz Besonderes und sehr wertvoll. Wenn jemand starb und nicht testamentarisch verfügt hatte, wer seinen Berlov-Mantel erben sollte, lag die Familie oft über Jahre im Streit.

Eines Tages kam ein Bote des Königs von Wilna zu Josef und sagte, der König wolle einen Zobelmantel haben und die Felle selbst aussuchen. Josef und Gershon, der inzwischen zu einem jungen Mann herangewachsen war, schleppten vier große Fellbündel zum Palast. Es war ein prachtvoller Palast, mit goldenen Türgriffen, und allein der Saal, in den sie zum König geführt wurden, war größer als bei normalen Leuten die Häuser.

Josef war jemand, der sich in jeder Umgebung zu Hause fühlte, in den primitiven Hütten der Fallensteller genauso wie in Palästen. Er lächelte und sagte Hallo zum König. Auch Gershon war kein bisschen eingeschüchtert. Doch plötzlich kam ein junges Mädchen in den Saal und lachte; sie war schöner als alle, die Gershon je gesehen hatte. Ihre Schönheit schlug ihn so in den Bann, dass er sein Fellbündel fallen ließ. Er musste sich hinknien, um die Felle wieder aufzusammeln, und wurde knallrot, als das junge Mädchen immer weiter lachte. Es war aber kein gemeines Lachen, sie war einfach nur ein fröhlicher Mensch. Außerdem war sie klug und freundlich. Sie kniete sich neben Gershon und half ihm, die Felle aufzusammeln. »Wie schön!«, sagte sie und hielt sich einen besonders prächtigen Zobel an die Wange. Dann trafen sich ihre Blicke.

Das Mädchen war die Tochter des Königs, Prinzessin Verena, und der Zobelmantel sollte für sie gemacht werden. Da waren sie also – eine Königstochter und ein Jude! Selbst der Sohn des reichsten Juden von Wilna konnte unmöglich eine Prinzessin zur Frau nehmen. Aber unmöglich oder nicht – die beiden verliebten sich ineinander. Als Gershon wiederkam, um Verenas Mantel abzuliefern, sprang sie zu ihm auf Friskys Rücken, und die beiden flohen in die Wälder. Die Fallensteller, die Gershon sehr gern hatten und wussten, was für eine nette Person die Prinzessin war, bewahrten ihr Geheimnis. Die beiden lebten in einer winzigen Hütte und waren ein Jahr lang sehr glücklich. Dann wurde Danny geboren, und sie waren noch glücklicher. Doch im folgenden Winter wurde Verena krank. Es war furchtbar kalt, und Gershon wickelte sie in ihren Zobelmantel, aber sie hörte nicht auf zu zittern. Gershon legte ihr noch den eigenen Mantel um und versuchte, sie mit seinem Körper zu wärmen, aber Verena gefror in seinen Armen zu Eis.

Gershon zog nach Amerika, weil es dort keine Könige und Königinnen gab und somit keine Gefahr bestand, dass er einer Prinzessin begegnen würde, die ihn an seine verlorene Liebe erinnerte. Er beschloss, nach Los Angeles zu ziehen, um nicht auch noch seinen und Verenas Sohn an die Kälte zu verlieren. Seitdem hatte er einen Widerwillen gegen Pelze und andere schwere Stoffe und trug nur noch schlichte Baumwollhemden und abgewetzte Hosen, obwohl er sich viel bessere Kleider leisten konnte.

ALS ICH neun oder zehn war, hatte ich Dannys Geschichte sehr oft gehört. Mir fiel auf, dass sie nicht immer gleich war. Manchmal flüchtete Prinzessin Verena mit ihrem eigenen Pferd aus dem Palast. Manchmal ließ der König Gershons Vater ins Gefängnis werfen, und die Familie verarmte. Manchmal wurden Gershon und Verena von einem niederträchtigen Fallensteller verraten und mussten vor den Soldaten des Königs fliehen, und dann starb Dannys Mutter auf der Flucht.

Mir war auch aufgefallen, dass das Ganze wie ein Märchen klang und dass die litauischen Pferde Namen hatten, die wie aus Cowboyfilmen klangen. Und einmal hörte ich, wie Mama Tante Pearl auf Jiddisch zuflüsterte: »Seine Mutter hat sich einfach aus dem Staub gemacht.«

Inzwischen hatte ich auch Gershon Berlov kennengelernt, den Helden der Geschichte. Irgendwann hatte Mama angefangen, ihn und Danny freitagabends zum Essen und am Wochenende zu Strandausflügen einzuladen – zuerst aus Mitleid mit unserem mutterlosen Spielkameraden und dann, weil sie den Jiddischlehrer liebgewann und mit ihm und unserem Zeyde ihre Mamelusche sprechen konnte, ihre Muttersprache. »Der arme Mr. Berlov«, sagte sie manchmal und seufzte, nicht nur weil er Danny allein aufziehen musste. Umgeben von den aufstrebenden Kaufleuten und Handwerkern von Boyle Heights war Mr. Berlov eindeutig ein Jude aus dem Stetl, schlurfte gebückt und im abgetragenen Anzug durch die Straßen. Ich wünschte, ich könnte sagen, dass er trotz mangelnder Weltläufigkeit ein wunderbarer Lehrer war, jemand, der Charisma versprühte, sobald er ein Klassenzimmer betrat. Aber seine Stunden in der Jiddischen Folkshul – die ich besuchte, obwohl Papa strikt dagegen war, die Sprache des Aberglaubens und der Armut zu lernen, wenn man das Privileg besaß, die Sprache Shakespeares zu sprechen – waren eine Mischung aus Langeweile und Chaos. Früher oder später fing immer irgendein unerzogenes Kind an, Unsinn zu machen, steckte die anderen an, und die Dinge nahmen ihren Lauf, bis alles vollkommen außer Kontrolle geriet.

Danny aber war etwas Besonderes und kam mir vor wie ein Königssohn, der sich in einer schäbigen Waldhütte verstecken und in Lumpen gehen musste, weil niemand etwas von seiner edlen Geburt wissen durfte. Obwohl mir die Ungereimtheiten seiner Geschichte auffielen, fragte ich nicht nach, denn für mich war klar, dass er ein entthronter Prinz war.

Meine Kindheit war voller Geschichten aus der Alten Welt, diesem magischen Ort, an dem die unglaublichsten Dinge passierten, und obwohl mir manches merkwürdig vorkam, enthielt doch alles ein Körnchen Wahrheit. Wie die Geschichte von unserem Zeyde und Agneta; schließlich gab es die Blechmenagerie wirklich. Auch Dannys Geschichte hatte unter der fantastischen Oberfläche einen wahren Kern – etwas, das Barbara mit ihren vorschnellen Urteilen nicht erfassen konnte. Aber das brauchte sie auch gar nicht, denn diese Geschichte erzählte Danny nur mir. Sie war unser Geheimnis und erneuerte den Bund, den wir bei unserem Kennenlernen zwischen den Bretterhaufen in Tante Sonyas Straße geschlossen hatten. Das raue Kiefernholz war längst zum Haus der Eppermans geworden, aber inzwischen unterhielten Danny und ich uns in einer Ecke des Schulhofs oder bei uns daheim, wenn kein anderer in Hörweite war. Manchmal machten wir auch lange Spaziergänge im Ocean Park, der an Sommerwochenenden zum Privatstrand von Boyle Heights wurde.

Diese Spaziergänge machten Barbara wütend. »Wo wart ihr schon wieder? Ich habe euch überall gesucht«, schimpfte sie, wenn wir zu den Stühlen und Schirmen zurückkehrten, die den Lagerplatz unserer Familie markierten.

Danny grinste. »Wir haben Tarnkappen getragen.«

»Ihr wart eine Stunde lang weg! Ihr müsst doch Bescheid sagen, wenn ihr weggeht, sonst machen sich alle schreckliche Sorgen!« Barbara schielte auf die Schirme und hoffte auf Unterstützung von den Erwachsenen.

Welche Erwachsenen an unseren Strandausflügen teilnahmen, hing davon ab, ob Papa frei hatte und ob Tante Pearl oder unser Zeyde dabei war – seit Pearls Scheidung kamen sie nämlich nie beide gleichzeitig mit. Immer dabei waren nur Mama und Mr. Berlov, der das Strandleben überraschenderweise liebte. Er zog Schuhe und Socken aus, krempelte die Hosenbeine hoch und hockte sich auf einen durchgesessenen Strandstuhl, sprach mit Mama oder unserem Zeyde Jiddisch oder lehnte sich einfach nur selig zurück und streckte die dünnen, stark behaarten Füße in den Sonnenschein, als könnte er gar nicht genug Wärme abbekommen – wahrscheinlich wegen des kalten Winters, in dem Prinzessin Verena starb.

»Ja, ich sehe, was für schreckliche Sorgen sich alle machen«, sagte Danny ironisch mit Blick auf den einzigen Erwachsenen an unserem Platz, Mr. Berlov, der mit geschlossenen Augen die Sonne genoss und zufrieden an seiner Zigarette sog. Mama planschte mit Audrey im seichten Wasser, und Papa schwamm seine übliche Meile.

»Und Elaine?« Trotzig reckte Barbara das Kinn vor und zeigte auf mich. »Sie ist meine Schwester. Sie hätte ertrinken können!«

»Sieht sie etwa aus, als sei sie ertrunken? Glaubst du, sie ist ein Geist?«

»Keine Ahnung. Bist du ein Geist, Elaine?«

»Ähm …« Ich hatte gerade in einen Pfirsich gebissen, und der Saft tropfte mir am Kinn herunter.

»Geister essen keine Pfirsiche«, sagte Danny.

»Ach nein? Was haben sie denn gegessen, Danny Berlov, als du sie das letzte Mal im Himmel gesehen hast?«

»Geister essen …« Dannys Augen bekamen einen merkwürdigen Glanz. »Würmer!« Das schien uns mit unseren zehn Jahren plausibel. »Sie essen große Teller voller dicker, fetter Würmer, und sie verspeisen sie bei lebendigem Leib, wenn sie sich noch krümmen.«

»*Du* isst Würmer!«, schrie Barbara und rannte zum Meer. Danny lief ihr nach.

Ich lief Danny nach und lachte so laut, als sei ich das vergnügteste Mitglied unseres Trios – und nicht der Außenseiter.

Warum fühlte ich mich ausgeschlossen, nachdem ich Danny eine Stunde lang für mich gehabt hatte? Meine Schwester zog er immer nur auf. Über alles konnten sie sich in die Haare kriegen – wer der beste Lehrer war, welche Süßigkeiten am leckersten schmeckten, Schokolade von Hershey's (seine Wahl) oder Milky Way (ihre), oder welche Filme besser waren, Western (Barbaras Favoriten) oder Gangsterfilme (Dannys). Doch egal wie heftig Danny mit Barbara stritt, war ich diejenige, der er seine tragische Familiengeschichte erzählte. Es machte ihm nichts aus, wenn ich bei ihren Kabbeleien dabei war, im Gegenteil, beide hatten gern Publikum. Aber von Gershon und Prinzessin Verena sprach Danny nur, wenn wir allein waren.

Inzwischen war ich aus Barbaras Schatten getreten und begann meinen eigenen Platz in der Welt zu behaupten. Während sie schlagfertig war und jede Beleidigung aus dem Stand parieren konnte, hatte sich in der Schule gezeigt, dass ich schneller lernte. Für mich waren die Buchstaben förmlich aus der Fibel herausgesprungen und hatten sich wie von selbst zu Katze, Vater oder laufen verbunden. Auch Zahlen addierten, subtrahierten, multiplizierten oder dividierten sich unter meinem Bleistift wie von selbst. Und in Mr. Berlovs chaotischem Jiddischunterricht lernte ich genug, um die Erwachsenen zu verstehen, wenn sie miteinander flüsterten. Aber das behielt ich für mich.

Während Barbara sich von temperamentvollen Schulkameradinnen angezogen fühlte, die nachmittags an Theaterkursen teilnahmen, orientierte ich mich an Mädchen wie Lucy Meringoff, mit denen ich freundschaftlich um die besten Noten wetteiferte. Lucy und ich kannten jeden Winkel der Benjamin Franklin Bibliothek, und die Bibliothekarinnen nannten uns beim Namen, wenn wir die weiße Marmortreppe heraufkamen, um uns wieder so viele Bücher auszuleihen, wie wir tragen konnten. Romane, Gedichte, Historisches, Biographien – ich liebte alle Bücher, denn jede Menge Leben, Abenteuer und Sprache quollen heraus, sobald ich sie aufschlug. Ich liebte die schönen Schrifttypen und sogar den Modergeruch der älteren Ausgaben. Wie der Rektor an meinem ersten Schultag vorausgesagt hatte, war ich aufgeblüht. Ich war wissbegierig und wurde nicht nur für meinen Fleiß gelobt, sondern auch für meine *Auffassungsgabe*, wie meine Lehrerinnen es ausdrückten. Kein Wunder, dass Danny mir seine größten Geheimnisse anvertraute.

Mit Barbara dagegen hatte man viel Spaß. Niemand konnte so viel Wirbel machen wie sie. Andauernd fiel ihr irgendetwas Verrücktes ein, und sie konnte alle leicht zum Mitmachen überreden. Manchmal waren sogar die Erwachsenen mit von der Partie. Als wir zehn waren, wollte sie beispielsweise, dass wir die Silvesternacht am Colorado Boulevard in Pasadena verbrachten, um uns die besten Plätze für die Neujahrsparade zu sichern. Tatsächlich überredete sie Papa, Tante Pearl und sogar Mr. Berlov dazu. Mama, die mit Audrey zu Hause blieb, mummelte uns in unsere wärmsten Jacken ein und bestand darauf, dass wir alle Wolldecken mitnahmen, die in unserem Haus zu finden waren. In dieser Nacht blieb ich zum ersten Mal bis Mitternacht wach, trank Kakao und erzählte mir mit Barbara und Danny Gespenstergeschichten. Die blumengeschmückten Wagen, die am nächsten Vormittag durch die Straße zogen, waren das Schönste, was ich je gesehen hatte.

Auch wenn Barbara und ich allein waren, wurde uns nie langweilig. Manchmal bekam ich jedoch Ärger, zum Beispiel als wir frischgewaschene Bettlaken von der Leine nahmen und uns damit im Hof ein Fort bauten. Und einmal gingen wir in der Regenzeit an den Los Angeles River, als der Fluss über die Ufer zu treten drohte. Ich dachte die ganze Zeit an Micky Altschul, den die Flut fortgespült hatte, aber am Ende tat ich doch, was Barbara wollte. Den Fluss in seiner ganzen Pracht zu sehen – La Reina de la Puebla de Los Angeles – war furchteinflößend und großartig zugleich. Vor Aufregung schrien Barbara und ich und versuchten, die tosenden Wassermassen zu übertönen. Das war die Schläge wert, die es von Mama setzte, als sie herausfand, wo wir gewesen waren. Allein wäre ich wohl ein langweiliges braves Mädchen gewesen, und Mama hätte mich höchstens geschimpft, wenn ich die Nase wieder mal zu lange in meine Bücher gesteckt hätte, und später wäre ich wahrscheinlich eine genauso langweilige, angepasste Frau geworden, hätte Barbara nicht die kampflustige Rebellin in mir geweckt.

Barbaras Draufgängertum konnte jedoch auch gefährliche Züge annehmen.

Eines Nachmittags im November 1932, kurz nachdem Roosevelt die Präsidentschaftswahlen gewonnen hatte – wir waren elf und gingen in die sechste Klasse –, waren wir mit Danny bei Chafkin's einkaufen. Barbara und ich hatten von Mama eine Einkaufsliste bekommen, und Mrs. Chafkin half uns, alles zu finden. Dann rechnete sie zusammen, was wir ihr schuldig waren, nahm die Pappe mit unserem Familiennamen von der Wand hinterm Tresen, wo viele dieser Pappen hingen, und addierte die Summe zu dem Betrag, den Mama und Papa am Monatsende bezahlen würden.

»Bitte sehr, Mädels.« Mrs. Chafkin händigte uns die Einkäufe aus und schenkte uns jedem ein Kaugummi. Sie gab auch Danny eins, ignorierte aber die Lebensmittel, die er auf den Tresen gelegt hatte – zwei Dosen Suppe, einen Beutel Kartoffeln und einen Liter Milch.

»Das möchte ich kaufen«, sagte Danny.

Schon als Mrs. Chafkin Barbara und mir geholfen hatte, war sie nervös gewesen. Jetzt nahm ihr Unbehagen sichtlich zu, aber sie rief nur: »Eddie?«

Eddie war Mrs. Chafkins energischer Sohn, der ein paar Jahre zuvor nach Abschluss der High School ins elterliche Geschäft eingestiegen war. (Eddie Chafkin sollte später ein Supermarkt-Imperium gründen und zur Werbeikone für israelische Staatsanleihen werden.) Jetzt kam er aus seinem Büro hinter dem Laden.

»Danny Berlov«, flüsterte Mrs. Chafkin ihm zu, als könnte sie keinen vernünftigen Ton mehr herausbekommen.

Eddie Chafkin sah auf die Lebensmittel, die auf dem Tresen lagen. »Kannst du die Sachen denn bezahlen, Danny?«

Jeder von uns hatte höchstens einen viertel Dollar dabei. »Schreiben Sie es für meinen Vater an«, sagte Danny.

»Ich wollte sowieso mit ihm sprechen.« Eddie griff zu der Pappe, auf der *Gershon Berlov* stand, und zeigte auf ein schwarzes X neben dem Namen.

»Er vergisst andauernd zu bezahlen, ich weiß.« Danny lachte, wurde aber puterrot. »Ich sage ihm Bescheid. Heute brauchen wir nur das hier.« Er schob Eddie die Suppendose hin, aber der verschränkte die Arme. Alle wussten, dass Eddie zwei Vornamen hatte, einen hebräischen wie Efraim oder Eliezer oder so, den aber niemand benutzte, und einen, bei dem seine Eltern an König Edward VII. von England gedacht hatten – Grund genug für Eddie, die Nase ziemlich hoch zu tragen.

»Von einer Dose Suppe werdet ihr doch nicht satt«, sagte Mrs. Chafkin. »Nimm noch ein paar Kartoffeln dazu.« Sie holte drei Kartoffeln aus dem Beutel und packte sie zusammen mit der Suppendose in eine Tüte. Dann steckte sie auch noch die Milch hinein. »Die braucht ihr ja morgen zum Frühstück.«

»Ma!« hörte ich Eddie protestieren, als wir gingen.

Danny schämte sich fürchterlich und murmelte, er müsse schnell heim. Die kleine Einkaufstüte an die Brust gepresst, lief er davon.

»Ich hasse Eddie Chafkin«, stieß Barbara hervor.

»Ich auch.«

Natürlich verstanden wir, was da gerade passiert war. Alle litten unter der Wirtschaftskrise, die mit dem Börsencrash drei Jahre zuvor begonnen hatte und immer schlimmer wurde. Man nannte sie schon die *Great Depression*, und es handelte sich um eine weltweite Katastrophe, vor der die Erwachsenen uns Kinder nicht schützen konnten. Überall in Boyle Heights hatten Menschen ihre Arbeit verloren – Freunde unserer Familie, die Väter von Klassenkameraden. Auf der Straße sah man Leute aus der Nachbarschaft mit allem, was sie besaßen – Kleidung, Töpfe und Pfannen, Familienfotos und dem wenigen Mobiliar, das noch nicht gepfändet worden war –, im Freien campieren. Manche weinten, andere drückten das Kreuz so trotzig durch, dass man fürchtete, sie würden gleich durchbrechen. Wir wunderten uns schon nicht mehr, wenn wieder ein Fremder mit schäbiger Kleidung und gesenktem Blick in unserer Küche saß und Suppe und Brot aß, nachdem er an unsere Tür geklopft und Mama ihn hereingebeten hatte.

Wenigstens Suppe konnten wir diesen Leuten geben. Papas Gehalt war gekürzt worden, und Mama jammerte über das knappe Haushaltsgeld, aber es gab immer noch Leute, die sich neue Schuhe kaufen konnten, und Papa hatte seinen Job nicht verloren. Der arme Mr. Berlov dagegen … Wer konnte sich noch den Luxus von Jiddischunterricht leisten? Er versuchte, andere Verdienstquellen aufzutun, aber er hatte keinen Unternehmergeist – ganz anders als der Sojabrot-Mann, der jeden Morgen in die Innenstadt ging, ein Dutzend Sojabrote kaufte und mit Gewinn in der Nachbarschaft verkaufte, weil er die Neugier der Leute weckte, indem er rückwärts ging.

Ich wusste, dass es wohltätige Stellen gab, wo Mr. Berlov um Hilfe bitten konnte. Oder er hätte mit Danny in einer Suppenküche essen können. *Eine Suppenküche!* Auf dem Weg in die Innenstadt hatte ich gesehen, wie die Leute vor solchen Suppenküchen Schlange standen. Viele hatten den Mantelkragen hochgeschlagen und die Köpfe gesenkt, damit Bekannte, die eventuell vorbeikamen, sie nicht erkannten. Die Vorstellung, dass Danny, der sich schon vor der Wirtschaftskrise für die Armut seines Vaters geschämt hatte, vor einer Suppenküche Schlange stand, war mir unerträglich. Ich musste ihm helfen. Doch was konnte ich tun?

An diesem Abend sah ich Papa nach dem Essen in seinem Sessel sitzen und das *East Side Journal* lesen, die wöchentliche Lokalzeitung. Besonders hatten es ihm die Leserbriefe angetan; manchmal las er sie laut vor und sagte zu Barbara und mir: »Briefe an den Herausgeber – das ist das wahre Amerika! Hier kommt jeder zu Wort.«

Ich zog mich mit einem Notizblock in mein Zimmer zurück und schrieb: *Heute habe ich etwas Schreckliches gesehen. Ein Junge …* Dann strich ich es wieder aus, denn niemand sollte merken, dass es um Danny ging. *Jemand aus Boyle Heights wollte heute Essen für seine Familie kaufen, aber der Ladenbesitzer sagte, der Mann hätte schon zu oft anschreiben lassen.* Wie später, wenn ich juristische Schriftsätze formulierte, war die Grundlage meiner Argumentation eine Aufzählung all dessen, was gegen meine Position sprach. Ladenbesitzer konnten es sich nicht leisten, ihre Waren einfach wegzugeben. Und es gab Hilfe für Menschen, die zu verhungern drohten. *Manchmal brauchen Menschen etwas Unterstützung. Wohlfahrtsverbände könnten den Ladenbesitzern Geld geben, und diese könnten den Armen aus der*

Nachbarschaft, die sie ganz genau kennen, ihre Waren geben, ohne dass sie betteln müssten.

Sorgfältig übertrug ich den Brief mit Füller auf einen guten Briefbogen und unterschrieb wie in der Schule, wenn wir uns beispielsweise bei einem Feuerwehrmann oder einer Krankenschwester für einen Vortrag bedankten, den sie vor unserer Klasse gehalten hatten: *Elaine Greenstein, Mrs. Villiers 6. Klasse, Breed Street Elementary School.* Ich steckte den Brief in einen Umschlag und adressierte ihn ans *East Side Journal.* Als Mama nicht hinsah, holte ich eine Briefmarke aus der Küchentischschublade.

Am nächsten Morgen schickte ich den Brief ab. Es war ein Freitag, und die nächste Ausgabe erschien erst am folgenden Mittwoch. In der Zwischenzeit ersann Barbara ihre eigene Strategie, um Danny zu helfen.

Am Montag gingen wir nach der Schule mit Mamas Einkaufsliste zu Chafkin's. »Kümmere du dich um die Einkäufe«, sagte sie zu mir. Während Mrs. Chafkin mir half, die Sachen zu finden, ging Barbara in einen anderen Teil des Ladens, und als Mrs. Chafkin zusammenrechnete, wie viel der heutige Einkauf kostete, blieb sie im Hintergrund.

Ich merkte, wie aufgeregt sie war. Kaum hatten wir den Laden verlassen, packte ich sie am Arm und fragte: »Was hast du nun schon wieder angestellt?«

»Das wirst du schon sehen.« Sie riss sich los und ging schnell weiter.

»Nun sag schon!«

»Du wirst schon sehen«, wiederholte sie.

Ich dachte, wir würden direkt nach Hause gehen, aber Barbara bog an der Soto Street ab, und wir gingen zu dem Mietshaus, in dem Danny wohnte.

Seit dem peinlichen Vorfall bei Chafkin's hatte ich ihn die

ganze Woche kaum gesehen. Das war aber nichts Ungewöhnliches, denn Danny hatte eine Menge Freunde, genau wie Barbara und ich. Aber selbst wenn ich ihm auf dem Schulhof zuwinkte, tat er so, als sähe er mich nicht.

»Was wollt ihr?«, fragte er patzig, als Barbara an seine Tür geklopft hatte und er öffnete. Herein bat er uns nicht.

»Ist dein Vater da?«, fragte Barbara leise.

»Nein. Warum?«

»Können wir reinkommen?«

Er zuckte mit den Schultern.

Barbara ging an den kleinen Holztisch, an dem Danny und sein Vater aßen und ihre Schreibarbeiten erledigten, und öffnete ihren Schulranzen. »Schau!« Sie holte mehrere Dosen, ein Päckchen Butter, eine Tüte Reis und noch so allerlei heraus, insgesamt zwölf Teile, und stellte sie auf den Tisch.

»Und?«, fragte Danny.

»Wo hast du das her, Barbara?« Im ersten Moment dachte ich, sie hätte am Morgen vor der Schule unsere Speisekammer geplündert.

»Woher wohl? Von Chafkin's«, sagte sie. Dann sah sie Danny an. »Das ist für euch.«

»Du brauchst uns nichts zu essen zu kaufen.«

»Ich hab das ja gar nicht *gekauft*.«

Wie eine drohende Wolke blieb dieser Satz in der Luft hängen.

»Du hast die Sachen gestohlen?«, sagten Danny und ich gleichzeitig, als wir uns von dem Schrecken erholt hatten. Alle Kinder in Boyle Heights hatten schon mal geklaut, aber immer nur Kleinigkeiten, ein Kaugummi hier und da. Das hier war richtiger Diebstahl.

Erst konnte ich es gar nicht fassen, aber dann bekam ich es mit der Angst zu tun, und Danny wurde wütend.

»Du hast das gestohlen, als wir vorhin im Laden waren?« Die Vorstellung, erwischt und der Komplizenschaft beschuldigt zu werden, machte mir weiche Knie.

»Und stehlen brauchst du für uns auch nicht!« Danny legte die Dosen in Barbaras Ranzen zurück.

»Gut, dann kannst du die Sachen ja zurückbringen«, sagte sie herausfordernd.

»Dann denken sie, *ich* hätte sie gestohlen.«

»Tja, dann müsst ihr sie wohl aufessen.«

»Ich bringe sie zurück«, brach es aus mir heraus, aber das war auch keine Lösung. Entweder würde ich als Diebin dastehen, oder ich müsste Barbara verraten.

»Macht doch, was ihr wollt!« Barbara sah uns wütend an, stürmte aus dem Zimmer und knallte die Tür hinter sich zu.

Danny betrachtete die Beute auf dem Tisch – Butter, ein halbes Dutzend Eier und zwei Dosen von dem Thunfisch, den Danny so gern aß.

»Es tut mir leid«, sagte ich. »Ich hatte keine Ahnung.«

»Du warst dabei und hattest keine Ahnung?« Plötzlich schwang etwas Unerwartetes in Dannys Stimme mit: Bewunderung. Für Barbara, die Diebin! Ich überlegte, ob ich ihm von meinem Brief erzählen sollte, aber ich wollte die Überraschung nicht verderben.

»Woher sollte ich denn wissen, was sie vorhatte?« Ich hatte geahnt, dass sie irgendetwas im Schilde führte, aber meine Fantasie bezüglich Verbotenem war begrenzt. Ich hatte mir vorgestellt, dass sie sich an Eddie Chafkin rächte, indem sie ein altes Kaugummi irgendwo in den Laden kleben oder die Sachen in den Regalen durcheinanderbringen würde.

»War Eddie da?«

»Nein, nur Mrs. Chafkin.«

»Dann war es einfacher. Trotzdem …« Danny verdrehte die

Augen. »Deine Schwester ist verrückt. Aber egal, ich will die Sachen nicht. Nimm sie wieder mit!«

»Ich kann nicht. Mama würde …«

»Na gut. Das Zeug vergammeln zu lassen wäre blöd.« Er nahm das Diebesgut vom Tisch und begann es ins Vorratsregal zu sortieren.

Zwei Tage später würde das *East Side Journal* mit meinem Leserbrief herauskommen. Dann hätte Danny etwas, das er wirklich bewundern könnte.

Am Mittwoch zog ich meine besten Schulsachen an – eine gestärkte weiße Bluse und meinen blauen Pullover. Das *East Side Journal* wurde im Laufe des Vormittags ausgeliefert (von Mr. Berlov; Zeitungen auszutragen war einer seiner Versuche, Geld zu verdienen), also würde es schon da sein, wenn wir zum Mittagessen heimkämen.

Keine Sekunde zweifelte ich daran, dass mein Leserbrief abgedruckt würde. Aber wie schnell ich damit konfrontiert würde, ahnte ich nicht. Als wir nach der ersten Pause in unser Klassenzimmer zurückkehrten, nahm Mrs. Villiers eine Zeitung – das *East Side Journal* – von ihrem Pult. Sie war eine meiner Lieblingslehrerinnen, eine Kriegerwitwe um die vierzig, und in ihrer blonden Knotenfrisur steckte immer ein Bleistift, damit sie gerüstet war, falls sie sich plötzlich inspiriert fühlte, ein Gedicht zu schreiben.

»Seht nur, Kinder«, sagte sie. »Seht, wie mächtig die Feder ist!«

Sie rief mich nach vorn, und ich sah, dass mein Beitrag den Ehrenplatz auf der Leserbriefseite hatte, direkt unter der fett gedruckten Überschrift: »Aufgepasst, Roosevelt! Sechstklässlerin aus Boyle Heights schlägt neues Hilfsprogramm für Bedürftige vor«. Mrs. Villiers forderte mich auf, meinen Brief vorzulesen. Ich schob die Brille hoch, die ich seit diesem Herbst tragen musste, weil sie auf meiner plötzlich schweißnassen Nase heruntergerutscht war, und meine Beine wurden vor Aufregung so steif, dass ich sie kaum fühlte. Doch dank Papas Lektionen in Vortragskunst war meine Stimme fest und klar, und ich hatte eine ungeahnte »Bühnenpräsenz«, die ich vielleicht Mamas Showtalent aus ihrer Fußgeher-Zeit zu verdanken hatte. Als ich fertig war, klatschte Mrs. Villiers Beifall, und meine Klassenkameraden klatschten mit. Dann schnitt sie meinen Leserbrief aus und hängte ihn an die Wand. Vielleicht würde Mr. Roosevelt mich nach seinem Amtsantritt nach Washington einladen und mich um Rat fragen, sagte sie.

In der Mittagspause rannte ich auf den Schulhof und dachte, alle wüssten schon von meinem Ruhm – als stünde »Sechstklässlerin aus Boyle Heights« auf meiner Stirn. Doch meine Schulkameraden hatten es eilig, nach Hause zu kommen, so wie immer. Die mutigeren drängelten und schrien, die schüchternen freuten sich darauf, für kurze Zeit in ein Leben zurückzukehren, wo sie Muttis Liebling waren und nicht herumgeschubst wurden.

Auf dem Heimweg erzählte ich Barbara die Neuigkeit.

»Du schreibst, dass die Chafkins Lebensmittel an … an Leute verschenken sollen, die wir kennen?« Sie blickte auf die sechsjährige Audrey hinab, die mit ihren kurzen Beinen kaum mit uns Schritt halten konnte.

»Ich habe keine Namen genannt. Außerdem sollen die Ladenbesitzer ihre Waren ja nicht verschenken, sondern der Staat soll ihnen Geld geben, damit sie …« Mein Plan, so einfach er auf Papier klang, schien plötzlich furchtbar kompliziert zu sein. »Ach, lies doch selbst! Mama hat die Zeitung bestimmt schon.«

»Hast du Schreibschrift oder Druckschrift benutzt?« Audrey interessierte sich nur für die Techniken, die sie gerade in der ersten Klasse lernte.

Ich schnaubte verächtlich.

»Warum hast du nicht gleich an die Wohlfahrt geschrieben?«, fragte Barbara. »Oder an den Bürgermeister?« Sie spielte nicht die Begriffsstutzige, um mir einen Dämpfer zu geben. An eine Zeitung zu schreiben, lag ihr genauso fern, wie es mir fernlag, bei Chafkin's zu stehlen. (Ich hatte ihr übrigens das Versprechen abgenommen, so etwas nie wieder zu tun.)

Barbara war von meinem Vorstoß nicht beeindruckt, Papa dafür umso mehr. Er hatte Mr. Fine dazu gebracht, ihm über Mittag freizugeben, obwohl um diese Zeit immer besonders viel im Laden zu tun war, und er wartete schon vor der Haustür auf uns. Als er mich sah, lief er mir entgegen und umarmte mich. »Hast du das *East Side Journal* schon gesehen? Du hast keinen einzigen Rechtschreibfehler gemacht!« Im Haus lag das *East Side Journal* aufgeschlagen auf dem Küchentisch, weitere zehn oder zwölf Exemplare lagen säuberlich gefaltet auf dem Sideboard.

Auch Mama lächelte gerührt und sagte, ich dürfe mir aussuchen, was sie zum Abendessen kochen sollte.

»Hackbällchen«, sagte ich.

Als Barbara meinen Namen in der Zeitung sah, griff die allgemeine Aufregung auch auf sie über, und sie freute sich über meinen Triumph, denn trotz unserer ständigen Rivalität waren wir immer stolz, wenn dem anderen etwas Besonderes gelang. Auf dem Rückweg zur Schule hatte sie ein *East Side Journal* dabei, um es in ihrer Klasse herumzuzeigen.

An diesem Nachmittag sprach sich die Sache mit dem Leserbrief offenbar überall herum, denn nach der Schule drehte sich alles um mich. Der Einzige, dem mein neuer Status egal zu sein schien, war derjenige, der das alles ausgelöst hatte – Danny, der mit Barbara an unserem üblichen Treffpunkt an der Ecke des Schulhofs auf mich wartete. Das einzige Zugeständnis an meinen Ruhm war, dass er die Blicke wahrnahm, die alle mir zuwarfen.

»Ich will euch was zeigen«, sagte er. »Aber nicht, solange alle uns anstarren.«

Er wirkte sehr aufgeregt, und Barbara hatte nichts dagegen, ihren Theaterkurs zu verpassen. Zusammen gingen wir zum Spielplatz hinter den Straßenbahnschienen. Er wartete, bis wir uns auf eine Bank gesetzt hatten, dann holte er mit viel Brimborium etwas aus seinem Rucksack. Was bloß? Etwa ein *East Side Journal*?

»Für dich!« Mit großer Geste überreichte er Barbara zwei Milky Ways. »Und dich.« Mit ebenso großer Geste holte er zwei Snickers aus seinem Rucksack und hielt sie mir hin. Zuletzt holte er noch eine Tafel Hershey's Schokolade für sich selbst heraus.

Schokoriegel, fünf Cent das Stück, waren während der Wirtschaftskrise ein seltener Luxus – nichts für einen Jungen, dessen Vater sich nicht mal Kartoffeln leisten konnte. Da Barbara immer diejenige war, die Danny infrage stellte, dachte ich, dass sie etwas sagen würde, aber sie hatte ihr Milky Way schon ausgepackt und biss hinein.

»Wo hast du das her, Danny?«, fragte ich.

»Von Chafkin's und Pollack's.« Die beiden Lebensmittelgeschäfte des Viertels.

»Wie hast du das angestellt?«

»Hab's gekauft. Snickers magst du doch am liebsten, oder? Hab ich das Falsche erwischt?«

»Nein, nein, ich liebe Snickers.« Ich packte eins aus. »Ich dachte nur …« Ich hatte Dannys Worte noch nie angezweifelt, aber jetzt … »Ist ja gar nicht wahr!«

»Was ist nicht wahr?«, fragte er mit vollem Mund.

»Dass du diese Sachen gekauft hast.«

Danny zögerte und sah Barbara an, die nur winzige Bissen von ihrem Milky Way nahm, damit es möglichst lange vorhielt.

»Na und?«, sagte er.

»Du hättest erwischt werden können!« Die Süßigkeiten lagen immer am Tresen, wo die Ladenbesitzer sie im Auge behalten konnten.

»Willst du die Snickers nicht?«

»Seit wann ist stehlen die einzige Art zu kriegen, was du willst, Danny? Hast du denn meinen Leserbrief nicht gelesen?«

Sein Blick verhärtete sich. »Du meinst den, in dem du behauptest, dass mein Vater seine Rechnungen nicht bezahlen kann?«

»Ich habe nichts über deinen Vater geschrieben.«

»Wir kommen allein zurecht. Willst du die Snickers jetzt oder nicht?«

Barbara stieß mich an. »Komm schon, Elaine, sei keine Spielverderberin!«

»Natürlich will ich.« Ich riss ein Snickers aus der Verpackung und nahm einen großen Bissen.

»Wie hast du es gemacht?«, erkundigte sich Barbara quasi von Dieb zu Dieb.

Danny schilderte, wie er sich die Süßigkeiten in die Tasche gesteckt hatte, während Mrs. Chafkin mit seinen »legalen« Einkäufen beschäftigt war, und ich verschlang derweil mein Snickers.

Aber der Schokoriegel konnte die große Leere in mir nicht füllen. Das Gefühl, ausgeschlossen zu sein, wenn Barbara und Danny zusammen waren, war stärker denn je, und jetzt verstand ich endlich, warum. Ich sah die Kluft förmlich vor mir, die mich von den beiden trennte. Sie standen da und lachten, während ich mir Sorgen machte. War es denn wirklich so schlimm, dass ich mich an Regeln hielt? Später sollte ich diese Regeln so gut beherrschen, dass ich sie zu meinen Gunsten – und denen meiner Klienten – zurechtbiegen konnte. Dennoch lag es in meiner Natur, an diese Regeln zu glauben, während Barbara und Danny die geborenen Gesetzesbrecher waren.

An diesem Abend schlug ich mir den Bauch mit Hackbällchen voll und schaffte sogar noch zwei Stück von dem Schokoladenkuchen, den Mama zur Feier des Tages gebacken hatte.

NACH ALL DEM ZUCKERZEUG und der Aufregung war mir am nächsten Tag in der Schule ganz elend. Mrs. Villiers legte ihre kühle Hand auf meine Stirn und schickte mich nach Haus.

»Mama?«, rief ich in der Tür.

Sie antwortete nicht, also war sie wohl ausgegangen. Ich war enttäuscht, hatte aber in den letzten vierundzwanzig Stunden so viel Aufmerksamkeit bekommen wie sonst in Monaten, und mit elf Jahren war ich groß genug, um mir selbst ein Aspirin zu holen und mich ins Bett zu legen.

Ich öffnete die Küchentür, um mir ein Glas Wasser zu holen, und sah … Ich wusste nicht, was. Es war eindeutig unsere Küche; ich erkannte den grünen Linoleumfußboden, die gelben Vorhänge und den Eichentisch in der Mitte des Zimmers. Eine Frau stand an der anderen Seite des Tisches mit dem Rücken zu mir und bemerkte nicht, dass ich hereingekommen war, aber sie trug Mamas blaues Hauskleid. Ich erkannte auch den schwarzen Eisentopf und roch, dass Zwiebeln darin kochten, aber …

Der Topf stand nicht auf dem Herd, sondern auf einem niedrigen Hocker.

Die Frau stand mit gespreizten Beinen über dem dampfenden Topf, die Knie leicht gebeugt, als wollte sie sich auf den Topf setzen.

Sie schluchzte und schimpfte auf Jiddisch vor sich hin.

Wie angewurzelt blieb ich in der Tür stehen. Bisher hatte

ich mich nicht besonders krank gefühlt, aber jetzt wurde mir ganz übel, und ich begann fürchterlich zu schwitzen.

»O Gott, ich kann das nicht noch mal«, jammerte sie. »Ich weiß ja, dass ich nicht oft genug mit dir spreche. Vielleicht hast du gar nicht mitbekommen, dass ich jetzt in Amerika wohne. Auch hier bleibt den Frauen nichts anderes übrig, als zu heiraten. Aber wenn du glaubst, ich wäre immer noch in Tecuci, wo Frauen ein Kind nach dem anderen bekommen …«

Tecuci war Mamas Heimatdorf in Rumänien. Die Frau, die hier mit Gott sprach, musste also meine Mutter sein.

»Mama?«, sagte ich.

Sie schoss in die Höhe und stieß den Topf dabei um. Dampfendes Zwiebelwasser ergoss sich auf den Fußboden, über ihre Beine und nackten Füße.

»*Oy*!« Schreiend stürzte sie sich auf mich. »Was machst du denn hier?«

Sie jagte mich aus der Küche, und ich stieß mit dem Kopf an die schwingende Tür. Im Wohnzimmer ließ sie sich auf einen Stuhl fallen. »Herr im Himmel, meine Füße!«

»Mama, soll ich den Arzt holen? Oder Papa? Ja, am besten hole ich Papa.«

»Tu das ja nicht, Elaine!«

»Was kann ich dann tun? Ich hole dir die Vaseline.«

»Ja, Vaseline ist gut. Was hast du dir dabei gedacht … dich so anzuschleichen?«

Weinend lief ich ins Badezimmer. Als ich mit der Vaseline zurückkehrte, war Mamas Wut abgeklungen, aber sie war blass und wimmerte, als ich ihr Füße und Waden eincremte und verband.

»Soll ich nicht doch lieber den Arzt holen?«, fragte ich.

»Ich muss mich nur ein wenig ausruhen.«

»Kann ich irgendwas für dich tun?«

»Ich glaube nicht … Doch, mach die Küche sauber.«

»Ist es Suppe? Soll ich aufheben, was nicht verschüttet ist?«

»Suppe? Meinst du, ich mache es wie die alten Bubbes, die in die Suppe pinkeln, um sie zu würzen?« Sie lachte, aber es klang nicht amüsiert, sondern hysterisch. Dann sah sie wohl, dass sie mir Angst machte, denn sie hörte auf und strich mir zärtlich über die Wange. »Nein, Schätzchen, das ist keine Suppe. Wirf alles weg. Und bitte …«

»Was denn?«

»Sag niemandem etwas davon. Das bleibt unser Geheimnis, ja?«

Ich wischte den Fußboden zwei Mal, trotzdem stank das ganze Haus tagelang nach Zwiebeln. Mama humpelte auf ihren verbrannten Füßen umher und erklärte ihre Verletzung und den Gestank damit, dass ihr ein Suppentopf vom Herd gefallen sei.

Barbara hatte eine andere Erklärung für die rätselhafte Szene. (Natürlich hatte ich ihr alles erzählt. Den anderen gegenüber hielt ich dicht, wie ich es Mama versprochen hatte. Mit meiner Zwillingsschwester darüber zu reden war für mich kein Vertrauensbruch, sondern der Versuch zu begreifen, was ich da gesehen hatte.)

»Man hockt sich über einen Topf kochender Zwiebeln, wenn man kein Kind haben will«, sagte Barbara.

»Was? Du spinnst!«

»Aber Sari Lobows Tante sagt das. Sari hat einmal gehört, wie sich ihre Mutter und ihre Tante darüber unterhalten haben. Ihre Tante sagte, es sei eine dieser Sachen aus der Alten Welt, die völlig meschugge sind.«

In Fragen wie dieser war ich auf Barbaras Informationen angewiesen. Sie schnappte jedes Geflüster über die Fakten des Lebens mit der gleichen Zuverlässigkeit auf wie ich neues Wissen in der Schule.

Einige Wochen darauf verkündete Papa jedoch, dieses Jahr würden wir zu Chanukkah kein Geld bekommen, sondern etwas viel Besseres: Ein neues Baby wuchs in Mamas Bauch. Also musste Barbara wohl etwas missverstanden haben. Wahrscheinlich hockte man sich über kochende Zwiebeln, wenn man ein Kind bekommen wollte. Aber wie auch immer – ich wusste schon genug über die Fortpflanzung des Menschen, um beurteilen zu können, dass Saris Tante recht hatte: Das Kinderkriegen mit Zwiebeln in Verbindung zu bringen war wirklich meschugge.

Ich wusste auch, dass Mama kein neues Baby wollte. »Ich kann das doch nicht noch mal«, hatte sie zu Gott gesagt. Oder hatte ich ihr Jiddisch falsch verstanden? Nein. Die ganze Sache hatte mich so gebannt, dass ich genau hingehört hatte. Und hatte sie nicht gesagt, dass Frauen in Amerika nichts anderes übrig blieb, als zu heiraten? Hieß das etwa, dass sie Papa nicht liebte?

All das ging mir pausenlos im Kopf herum, und deswegen nahm es mich nicht sonderlich mit, als Danny kurz vor Silvester bei Chafkin's beim Ladendiebstahl erwischt wurde. Außerdem taten Eddie Chafkin die Berlovs leid, sodass er eine relativ milde Strafe verhängte: Um den Schaden wiedergutzumachen, sollte Danny eine Zeit lang für ihn arbeiten – den Laden ausfegen und im Warenlager helfen.

Schlimm war für mich, dass Danny aufhörte, mir seine Geschichten zu erzählen. Vielleicht war ihm mein Leserbrief immer noch peinlich, oder er war mir böse, weil ich ihn wegen der gestohlenen Süßigkeiten kritisiert hatte. Vielleicht hörte er mit dem Geschichtenerzählen aber auch auf, weil ihn das Erwischtwerden plötzlich in die Realität katapultiert hatte.

Wahrscheinlich wären seine Geschichten um diese Zeit ohnehin verebbt. In diesem Frühjahr wurden wir zwölf und waren zu alt für Kinderfantasien.

Im nächsten Sommer ging Danny nicht mehr am Strand mit mir spazieren, sondern interessierte sich nur noch für die Muskelmänner. Die ganze Zeit lungerte er in dem Strandabschnitt herum, wo sie Gewichte hoben, und bot sich an, kleine Besorgungen für sie zu machen. Bald nahmen die Männer ihn unter ihre Fittiche und erklärten ihm das Bodybuilding.

Für mich bedeutete das den Abschied von Prinzessin Verena. Dafür bekam ich eine neue Schwester: Harriet.

7. KAPITEL

Road Trip

NATÜRLICH WERDE ICH NICHT DEN GANZEN WEG BIS nach Colorado Springs fahren, schwöre ich mir, als ich Richtung Osten auf den Freeway 10 einbiege. Auf keinen Fall! Das wäre ja verrückt. Vor allem für eine über Achtzigjährige in rosa Turnschuhen, die jede Stunde anhalten muss, um zu pinkeln, und nach Einbruch der Dunkelheit nicht mehr fahren sollte, weil ihre Augen dafür nicht mehr gut genug sind. Aber ich habe es in meinem Haus nicht mehr ausgehalten und fühlte mich wie eingesperrt. Und was macht eine echte Kalifornierin, wenn ihr die Decke auf den Kopf fällt? Sie setzt sich ins Auto und fährt auf den nächsten Freeway.

Ich habe immer noch das Gefühl, dass mir die Decke auf den Kopf fällt, aber wenigstens bin ich jetzt in Bewegung. Ich hatte weder Auto noch Führerschein, bis Pauls Eltern uns einen Plymouth zur Hochzeit schenkten, als ich sechsundzwanzig war. Mit diesem Plymouth haben wir dann unsere Hochzeitsreise gemacht, vier Tage Hotel del Coronado in San Diego, und wenn wir nicht im Bett oder am Strand lagen, hat Paul mir auf abgelegenen Straßen zwischen Avocadohainen das Fahren beigebracht. Als geborener Lehrer konnte er alles, was ein erfahrener Autofahrer unbewusst tut, genau erklären, und ich lernte schnell und wurde eine gute Fahrerin. Sechzig Jahre Straßenverkehr in L. A. ohne einen einzigen Unfall.

Das Einzige, was Paul mir nie beibringen konnte, war das Langsamfahren. So wie ich die Kupplung kommen lassen konnte, ohne den Motor abzuwürgen, liebte ich das Rasen. Jetzt, da ich das ausgedehnte Stadtgebiet endlich hinter mir lasse, beschleunige ich den silbernen Jaguar, den ich mir zum Achtzigsten selbst geschenkt habe, und fahre bald mehr als 120 km/h.

Ich werde bis Victorville fahren, das sind nur knapp hundertfünfzig Kilometer. Dort gönne ich mir einen Dattelshake, wie ich es mit Paul immer tat, wenn wir nach Las Vegas fuhren oder von dort zurückkehrten. Dann drehe ich um. So weit mein Plan.

Das Fahren tut mir gut, aber ich kann nicht vergessen, was Josh heute Nachmittag gesagt hat.

»Die Visitenkarte, die wir letzte Woche gefunden haben, von diesem Detektiv, Philip Marlowe«, sagte er gleich beim Hereinkommen und war so aufgeregt, dass er sich beim Sprechen verhaspelte. »Ich habe mich mal ein wenig mit ihm beschäftigt – ein faszinierender Typ!«

»In den Dreißiger- und Vierzigerjahren war er ziemlich bekannt.«

»*Ziemlich* bekannt? Ich habe Artikel über große Kriminalfälle gefunden, an deren Aufklärung er maßgeblich beteiligt war. Ein Journalist hat damals besonders oft über ihn berichtet. Er schildert Ihren Freund Marlowe als taffen Kerl, der mit Verbrechern auf du und du steht und gleichzeitig ein edler Retter der kleinen Leute ist.« Josh warf mir einen verschwörerischen Blick zu. »Der Nachlass dieses Journalisten befindet sich in einem Privatarchiv, das die Geschichte L.A.s in den Vierzigerjahren dokumentiert. Ich hatte von dieser Sammlung schon gehört, und sie interessierte mich ohnehin, also bin ich hingegangen. Und wissen Sie, was ich da gefunden habe?«

Er griff in den Pappkarton, den er mitgebracht hatte, und holte einen großen Umschlag heraus. »Dieser Journalist muss mit Mr. Marlowe befreundet gewesen sein, denn er besaß all seine Fallakten. Die über Ihre Schwester habe ich kopiert ... jedenfalls nehme ich an, dass es sich um Ihre Schwester handelt, Barbara Greenstein, die aus den Tanzprogrammheften. Das ist sie doch, oder?«

»Stimmt«, sagte ich knapp. Josh musste es wie eine Schatzsuche vorgekommen sein. Philips Visitenkarte bis zu Barbara zurückzuverfolgen hatte ihm bestimmt großen Spaß gemacht. Aber es war mein Leben, in das er eindrang, meine Hoffnungen, die er schürte, und wahrscheinlich würden sie sich auch dieses Mal nicht erfüllen. Aber dieses Mal würde ich nicht mitspielen. Ich wusste ja, was in der Akte stehen würde. Ich nahm den Umschlag und legte ihn ungeöffnet beiseite, dann zeigte ich auf die Sachen, die ich auf dem Tisch ausgebreitet hatte. »Ich hatte Ihnen die Leserbriefe versprochen, die ich als Teenager geschrieben habe.«

Aber Josh war wie eine Katze, die einen toten Vogel ins Haus bringt und keine Ruhe gibt, bis man sie dafür lobt. »Ich kann gar nicht glauben, dass Sie den Künstlernamen Ihrer Schwester nicht kannten, unter dem sie in Colorado Springs gearbeitet hat – Kay Devereaux.«

Offenbar hatte Josh etwas falsch verstanden. Trotzdem nahm ich den Umschlag und zog eine dünne Akte heraus, höchstens ein halbes Dutzend Seiten. Ich überflog das Deckblatt. Es enthielt Notizen über Gespräche mit meiner Familie: Barbaras Größe, Gewicht, Geburtsdatum, wann und wo sie zuletzt gesehen worden war, die Namen ihrer Freunde und so weiter. Beim Weiterlesen begriff ich, wie Philip den verschiedenen Hinweisen gefolgt war, obwohl seine Notizen höchst lapidar waren – Namen oder Zitate, die ihm als Erinnerungsstütze gedient hatten. Dennoch ergab alles einen Sinn für mich, denn ich hatte die Geschichte vor über sechzig Jahren im Zusammenhang gehört. Eine Notiz war mir allerdings neu. Sie schien aus einem Gespräch mit Alan Yardley zu stammen, denn unter seinem Namen stand: *Trocadero*, darunter drei Frauennamen – Bühnenkolleginnen von Barbara?

»Faszinierend, was?«, sagte Josh. »Irgendwann würde ich Ihnen gern ein paar Fragen über diesen Philip Marlowe stellen.«

Ich winkte ab und las weiter in der Akte.

Als Nachtclubtänzerin führt man kein beständiges Leben, und offenbar war es ziemlich mühsam gewesen, die Tänzerinnen aufzustöbern. Auf einem Blatt standen mehrere Adressen und Telefonnummern unter den Namen der Frauen, und die meisten waren wieder durchgestrichen, genau wie die Namen eines halben Dutzend Nachtclubs. Aber irgendwann hatte Philip eine der Frauen gefunden; es war allerdings nicht klar, welche. Er hatte notiert: »zu Hause nicht glücklich« und »Broadmoor Hotel in Col. Springs suchte Tänzerinnen«. Offenbar handelte es sich um die Zeugenaussage der Frau. »Zu Hause nicht glücklich« versetzte mir einen Stich, obwohl man wirklich nicht behaupten kann, unser Familienleben sei so harmonisch gewesen, dass keiner ihm gern entflohen wäre.

Dann kam ich zum letzten Teil der Akte: ein mit Bleistift geschriebener Brief, der vor Rechtschreibfehlern nur so wimmelte. Im Briefkopf stand die Adresse des Broadmoor Hotels.

Marlowe,
eine wasserstofblonde Tänzerin hier könte die Gesuchte Person sein, nent sich Kay Devereaux. Ruf an, wenn du mehr wißen willst,

Carl Logan
Hoteldetektiv

»Devereaux« war richtig und sehr sorgfältig geschrieben, als hätte Mr. Logan den Namen Buchstabe für Buchstabe irgendwo abgeschrieben. Meine Hand zitterte, und die Buchstaben begannen vor meinen Augen zu tanzen.

»Ist das alles?«, fragte ich Josh. Meine Stimme klang ungewöhnlich hoch und blechern. »Haben Sie die komplette Akte kopiert?«

»Alles bis auf drei oder vier Exemplare eines Fotos, das offenbar von ihrem Highschool-Abschluss stammt … Elaine, alles in Ordnung mit Ihnen?«

»Lassen Sie uns die Sitzung beenden.«

»Gut. In Ordnung.« Er nahm seinen Pappkarton. »Ihre Schwester ist zurückgekommen, nachdem Philip Marlowe sie gefunden hatte, nicht wahr? Sie sagten, sie habe geheiratet und Kinder bekommen.«

»Wir sehen uns nächste Woche zur gewohnten Zeit.« Ich schob ihn beinahe zur Tür hinaus.

Dann las ich die Akte noch einmal, während ich durchs ganze Haus wanderte. Ich war zu aufgeregt, um mich hinzusetzen, und mit jedem Blick auf ein anderes Möbelstück oder den besonderen Lichteinfall eines Zimmers hoffte ich, klarer zu sehen.

Carl Logan musste sich geirrt haben, das war alles. Sicher war er sich auch nicht, sonst hätte er nicht »könte« geschrieben. Woraus wollte er überhaupt auf die Identität der Tänzerin geschlossen haben? Vielleicht hatte Philip ihm Barbaras Schulfoto geschickt. Wir hatten ihm mehrere Exemplare davon gegeben, damit er Leute befragen konnte, aber darauf war Barbara achtzehn! Heute sind meine Enkelkinder etwa in diesem Alter, und alle strahlen die gleiche jugendliche Frische aus. Ihre Gesichter glänzen wie neue Münzen, die noch keinerlei Gebrauchsspuren tragen. Wahrscheinlich hatte Logan sich eingebildet, dieses Schulmädchen in einer wasserstoffblonden Tänzerin wiederzuerkennen. Und wie sein Brief überhaupt aussah … Fettflecke und diese katastrophale Rechtschreibung! Waren Hoteldetektive nicht immer die zwielichtigsten Figuren in Krimis? Bestimmt hatte sich Logan diese Information teuer bezahlen lassen, und wahrscheinlich rechnete er sich einen höheren Lohn aus, wenn er sagte, was Philip hören wollte.

Kay Devereaux konnte nicht meine Schwester sein, denn die war nie gefunden worden.

Eine innere Stimme flüsterte mir jedoch etwas anderes ein, etwas, wovon sich mir der Magen umdrehte. Als ich es im Haus nicht mehr aushielt, setzte ich mich ins Auto und fuhr los.

IST DAS SCHON Victoriaville? Der Imbiss gleich neben dem Highway, in den Paul und ich gern gingen, hat sich nicht verändert. Ich gehe auf die Toilette, kaufe mir dann einen Dattelshake zum Mitnehmen und nehme einen Schluck. Die Mischung aus Datteln, Milch und Eiskrem schmeckt genauso, wie ich es in Erinnerung habe. Ich stelle den Pappbecher in die dafür vorgesehene Halterung des Jaguars und mache mich auf den Heimweg.

Doch statt nach L. A. zurückzufahren, gehorche ich Maxene, wie ich die sanfte Stimme meines Navis nenne (nach der mittleren der Andrews Sisters). Aus Daffke hatte ich Maxene auf Colorado Springs programmiert. Natürlich will ich nicht so weit fahren, aber ich könnte ja wieder einmal in Las Vegas vorbeischauen, ein, zwei Tage bleiben, mir eine Show ansehen und das ein oder andere Spielchen wagen. Muss ich vorher jemanden anrufen, irgendwelche Termine verschieben? Diane, die junge Anwältin, die ich berate, treffe ich erst nächste Woche wieder, und meinen Kommentar für die Justizsendung des örtlichen Radiosenders habe ich gestern auf Band gesprochen.

Vegas, ich komme! Ich muss mir eine Zahnbürste kaufen. Und einen Badeanzug. Die türkisfarbenen Swimmingpools gehören zu meinen schönsten Erinnerungen an Las Vegas-Trips mit den Kindern. Aber ich weiß, dass Las Vegas – im Gegensatz zu dem Dattelshake – schon lange nicht mehr so ist, wie ich es in den Fünfziger- und Sechzigerjahren liebte, als man unter dem ganzen Glitzerzeugs noch den Wüstensand spürte.

Ein typischer Repräsentant des Vegas von damals war mein Cousin Ivan, ein Kleinkrimineller, der dort lebte, uns in Steakhäuser einlud und seine jeweils aktuelle Freundin vorstellte. Wenigstens hoffte ich, dass er nur ein Kleinkrimineller war und nichts Schlimmeres auf dem Kerbholz hatte als illegale Kartentricks. Hätte er seine Finger in größeren Coups gehabt, hätte er nicht in schäbigen Apartments gewohnt. Und seine Freundinnen sahen alle aus wie das Mädchen von nebenan und stammten aus dem Mittleren Westen.

Wegen Ivan fuhren wir mehrmals im Jahr nach Vegas. Meine Eltern hatten ihm Ende der Dreißigerjahre die Ausreise aus Rumänien ermöglicht, und ich fühlte mich für ihn verantwortlich. Außerdem spiele ich gern Blackjack und ab und an auch an den Automaten; schließlich liegt meiner Familie das Spielen im Blut. Damals war Las Vegas noch ein netter und bezahlbarer Ausflug für die ganze Familie, heute betreten meine Kinder die Stadt nicht mehr. Carol wandert am liebsten mit ihrem Rucksack durch irgendeinen Nationalpark, und Ronnie zieht Museen und Streichquartette den Federboas vor. Trotzdem haben wir uns damals in Vegas alle prächtig amüsiert.

Oder zog es mich aus einem anderen Grund dahin? Die Frage beschäftigt mich, während ich an meinem Dattelshake nippe und auf der schnurgeraden Interstate auf hundertdreißig beschleunige. Fuhr ich gern nach Las Vegas, weil es der Ort war, an den es Barbara möglicherweise verschlagen hatte? So hatte ich mir ihre Zukunft immer vorgestellt: als Showgirl in Las Vegas. Sie konnte natürlich auch in die bessere New Yorker Gesellschaft aufgestiegen sein oder einen Ölscheich geheiratet haben, der in lauter europäischen Hauptstädten Häuser besaß. Barbara hätte sich niemals mit etwas Unbedeutendem und Gewöhnlichem zufriedengegeben. Ich dachte zwar nicht ständig an sie, dazu hätte ich gar keine Zeit gehabt, aber meine verschwundene Schwester war ein Instrument in der Sinfonie meines Lebens, das im Übrigen aus Paul, den Kindern, meiner Arbeit und der Politik bestand … eine Oboe vielleicht, mit einem traurigherben Klang, der alle anderen Töne überschattete.

Nein, *gesucht* habe ich sie in Vegas nie, anders als Mama, die jedes Geschäft in Hollywood nach ihr absuchte. Aber als ich einmal dachte, ich hätte sie gesehen, bin ich losgerannt wie von der Tarantel gestochen, als hätte mein Bewegungsapparat die ganze Zeit nur darauf gewartet. Das war 1958, fast zwanzig Jahre nach ihrem Verschwinden. Ich schlenderte gerade mit den Kindern über den Las Vegas Boulevard, Carol war sieben und Ronnie vier. Vor uns ging eine Frau, die mich irgendwie an Barbara erinnerte … vielleicht war es ihr Rücken oder ihr Gang … Jedenfalls ließ ich auf der Stelle meine Kinder los und rannte hinter ihr her. »Barbara?«

Die Frau reagierte nicht.

»Barbara!« Ich fasste der Frau an die Schulter, und sie drehte sich um. Was hatte ich mir bloß dabei gedacht? Die Frau war höchstens fünfundzwanzig, während Barbara inzwischen fast vierzig sein musste, genau wie ich. »Sorry«, stammelte ich und eilte zu meinen Kindern zurück.

Ronnie weinte, während Carol versuchte, die große Schwester zu spielen und ihn zu beruhigen, obwohl sie selbst vor Schreck die Augen aufriss. Ich drückte beide an mich und legte ihnen beim Weitergehen die Arme um die Schultern, obwohl Carol das nicht wollte. »Dafür ist es doch viel zu heiß, Mommy.« Aber ich suchte Trost in den verschwitzten Körpern meiner Kinder. Ich war furchtbar enttäuscht, dass es nicht Barbara war, und noch mehr schmerzte, dass Barbara sich jederzeit mit uns hätte in Verbindung setzen können. Aber sie wollte nichts von uns wissen. Das alles kam mir in diesem Moment wieder hoch.

Sie wollte nichts von mir wissen.

KURZ VOR BARSTOW kommt eine Raststätte in Sicht, ein Denny's. Ich halte an, setze mich an den Tresen und bestelle mir ein Stück Apfelkuchen, nicht weil ich Hunger hätte, sondern um quasi für den Gang zur Toilette zu bezahlen. Aber der Kuchen schmeckt gut, und ich nehme mir Zeit, ihn zu genießen.

Als ich zum Wagen zurückkehre, überrascht mich die einsetzende Dunkelheit. Es ist noch vor fünf, aber wir haben schließlich November. Jetzt zurückzufahren würde bedeuten, dass ich in den Feierabendverkehr von L. A. gerate. Und wenn ich schon im Dunkeln fahren muss, ist es wohl besser, auf einem schnurgeraden Highway in der Wüste zu bleiben, sage ich mir.

Die karge Landschaft erinnert mich an das wunderschöne Wüstenfoto, das Alan Yardley mir gegeben hat, eine Schwarzweißaufnahme mit scharfen Licht-/Schattenkontrasten. Als ich zu Yardley ging, um ihn nach Barbara zu fragen, kam er mir wie der freundlichste Mensch vor, dem ich je begegnet war. Später erfuhr ich von Philip, dass er mich nach Strich und Faden belogen hat, während er mich mitfühlend ansah. Das Foto schmückte jedes Büro, in dem ich je gearbeitet habe, und jetzt hängt es zu Hause über meinem Schreibtisch. Es soll mich daran erinnern, dass man Menschen nicht blind vertrauen darf.

Auf der Fahrt durch die Wüste macht sich nach und nach der Gedanke in mir breit, den ich den ganzen Nachmittag über zu verdrängen versucht habe – die andere Erklärung dafür, wie Philips Visitenkarte in die Hinterlassenschaften meiner Mutter und der Brief von Carl Logan in Philips Akten gekommen ist: Barbara hat tatsächlich als Kay Devereaux in Colorado Springs gelebt. Philip hat es herausgefunden und Mama und Papa gesagt. Und sie haben es mir verheimlicht!

»Nein!«, schreie ich in die Dunkelheit der Wüste.

Nur eine Sekunde lang achte ich nicht auf die Straße, aber der Jaguar kommt sofort ins Schlingern und holpert über den unbefestigten Seitenstreifen. Ich sehe nichts als Schatten und Dunkelheit und trete auf die Bremse. Der Wagen wird langsamer, kommt aber nicht zum Stehen. Ein metallisches Kratzen, und der Wagen kippt über irgendeine Kante.

Etwas stößt gegen meine Brust, ich werde in den Fahrersitz gedrückt. Dann steht alles still.

EIN EINZIGES DURCHEINANDER: Schmerzen, Menschen in Uniformen, zuerst die Sanitäter der Highway Patrol, dann Ärzte und Schwestern in Weiß. Das Krankenhaus von Barstow.

Ich hatte Glück, sagt der Arzt in der Notaufnahme. Meine schlimmste Verletzung sei eine durch den Airbag gebrochene Rippe. Außerdem »werden Sie ein paar schön bunte Flecke bekommen«. Über Nacht wollen sie mich zur Beobachtung dabehalten, aber morgen früh könne ich nach Haus. Der Arzt geht, und eine Schwester sagt, sie werde mich jetzt in ein Krankenzimmer bringen.

Während ich durch die Gänge geschoben werde, frage ich mich, wie schlimm es meinen Wagen erwischt hat. Verdammt, ich werde Ronnie anrufen müssen, damit er mich abholt. Bevor ich etwas sagen kann, spricht mich die Schwester an: »Ihr Handy hat geklingelt, als der Arzt Sie behandelte. Ich hoffe, Sie haben nichts dagegen, dass ich den Anruf entgegengenommen habe. Es war Ihr Enkel. Er ist unterwegs hierher. Das ist doch in Ordnung, oder?«

»Schon gut«, murmle ich und wundere mich über meine raue Stimme. Mein Enkel? Ronnie ist mein Sohn, sein Sohn Brian macht gerade eine Fotoreportage in Argentinien. Dann fällt mir ein, dass Dylan, Carols Sohn, vor einigen Monaten nach Los Angeles gezogen ist. Er hat in der Minor League Baseball gespielt und jetzt einen Job als Trainer an der Culver City High School angenommen.

Der Anrufer muss Dylan gewesen sein.

Das Letzte, was ich die Schwester sagen höre, während Medikamente und Schock mich in den Schlaf lullen, gibt mir jedoch Rätsel auf. »Ihr Enkel muss einen sechsten Sinn besitzen. Er hat angerufen, weil er sich Sorgen um Sie gemacht hat.« Ein sechster Sinn? Warum sonst sollte sich Dylan Sorgen um mich machen?

AM MORGEN IST ER SCHON DA. Die Schwester, die mich weckt, sagt: »Darf er jetzt reinkommen? Er hat die Nacht in der Lobby verbracht.«

»Natürlich.« Ich bin gerührt und so durcheinander, dass mir die Tränen kommen. Ich will sie wegwischen und zucke zusammen. Autsch! Ich muss ein Veilchen haben.

Gleich darauf betritt ein junger Mann das Krankenzimmer.

Zumindest sehe ich eine verschwommene Gestalt an der Tür. Ich weiß nicht, wo sie meine Brille hingelegt haben. Die Gestalt kommt näher und ruft: »Grandma!«

Aber es ist nicht mein Enkel. Es ist Josh. Er eilt an mein Bett und flüstert: »Ich musste sagen, dass wir miteinander verwandt sind, sonst hätten sie mir keine Auskunft gegeben. Und ich wusste nicht, wie ich Ihre Familie erreichen sollte.« Nachdem er das losgeworden ist, nimmt er mich in Augenschein und sagt erschrocken: »Mein Gott, Elaine! Wie geht es Ihnen?«

»Besser, als es offenbar aussieht. Dieser verfluchte Airbag!« Ich will lachen, aber das tut verdammt weh.

»Ihren Unfallgegner hat's wohl schlimmer erwischt, was?«

»Der Sierra Club wird mich bestimmt rausschmeißen, nachdem ich der Wüste das angetan habe.«

Und dann mein armer Jaguar! Ich bitte Josh herauszufinden, ob er abgeschleppt wurde oder noch zwischen Felsen und Kakteen steht. Josh ist froh, eine Aufgabe zu bekommen, und macht sich gleich auf den Weg. Eine Viertelstunde später kommt er zurück und berichtet, der Wagen sei auf einen Parkplatz der Highway Control geschleppt worden. Ich nehme an, dass es Blechschäden gibt, hoffe aber, dass die wichtigsten Teile heil geblieben sind. So wie bei mir, wie mir die Ärztin bestätigt, die einige Minuten darauf an mein Bett tritt.

Eine blonde Ärztin mit sanfter Stimme hat heute Frühdienst und erklärt mir den Unterschied zwischen einer gebrochenen und einer angeknacksten Rippe; glücklicherweise habe ich Letzteres. Sie sagt, ich soll mit den Schmerztabletten nicht geizen, weil sonst Gefahr besteht, dass ich vor Schmerzen nicht tief genug atme und eine Lungenentzündung bekomme.

Nach der Ärztin kommt eine Sozialarbeiterin, die wissen will, wer mich zu Haus versorgt. Ich beruhige sie und behaupte, ich werde mich bei meinem Sohn einquartieren, was ich aber nicht vorhabe; ich komme allein zurecht. Dann hilft mir eine Pflegerin beim Anziehen, und ich bin bereit zu gehen – falls man meine derzeitige Art der Fortbewegung als gehen bezeichnen kann. Aber nachdem ich aus dem Bett geklettert bin und dann auch noch Arme und Beine in diverse Kleidungsstücke gesteckt habe, protestiere ich nicht, als die Pflegerin mich im Rollstuhl zu Joshs Wagen schieben will. Ich beiße die Zähne zusammen, als sie und Josh mir vom Rollstuhl auf den Beifahrersitz helfen.

In dem braunen Subaru sitze ich einigermaßen bequem. Die Rückbank beherbergt ein wüstes Durcheinander von Büchern, Kleidungsstücken und Fast Food-Schachteln (im Gegensatz zum Beifahrersitz, den Josh wohl extra freigeräumt hat). Langsam begreife ich, dass mein Plan, allein zurechtzukommen, unrealistisch ist. Um meine Schmerzen in Grenzen zu halten, fährt Josh im Schneckentempo auf den Highway zu. Ich rufe Ronnie an und frage, ob ich ein paar Tage bei ihm wohnen kann. Es dauert eine Weile, bis ich ihn überzeugt habe, dass ich nicht schwer verletzt bin. Außerdem muss ich ihm erklären, warum mich ausgerechnet mein Archivar vom Krankenhaus abgeholt hat. Um ihm zu erklären, was ich in Barstow wollte, bemühe ich eine Halbwahrheit: »Gar nichts. Ich hatte einfach Lust, ein wenig durch die Gegend zu kutschieren.« Als Nächstes rufe ich meine Versicherung an, melde den Unfall und bitte um Überführung des Wagens in meine Vertragswerkstatt in L. A. Dann hinterlasse ich Harriet die Nachricht, dass ich heute nicht zur Wassergymnastik komme; wir sagen einander immer Bescheid, wenn eine verhindert ist.

Als ich das Handy wieder in meine Handtasche stecke, haben wir etwa dreißig Kilometer geschafft, und ich bin vollkommen erledigt.

»Alles in Ordnung?«, fragt Josh.

»Alles bestens.«

»Wie ist es mit der Temperatur? Soll ich die Klimaanlage einschalten?«

»Nein, alles gut.«

»Möchten Sie vielleicht Musik hören? Ich habe Ella Fitzgerald dabei, *The Great American Songbook.*«

»Ella wäre wunderbar.« Ich sehne mich nach dem raubeinigen Josh zurück; seine Fürsorglichkeit geht mir auf die Nerven.

»Es tut mir so leid, dass Sie …«

»Ich mach ein bisschen die Augen zu, okay?«

»Ja, natürlich. Ich bin schon still.«

Ella singt »Something's Gotta Give«, und ich döse wohl tatsächlich ein, denn als ich das nächste Mal aus dem Fenster schaue, sind wir bereits auf der endlosen Straße zwischen Riverside und Los Angeles.

»Fast da«, sage ich.

»Darf ich Ihnen eine Frage stellen?«, sagt Josh. »Sie wollten gestern nicht zufällig nach Colorado Springs, oder?«

»Nein, nach Las Vegas.«

»Sie? Nach Las Vegas?«

»Waren Sie schon mal da?«

»Ja, klar. Aber Sie … Las Vegas ist doch grell und oberflächlich und die totale Scheinwelt. Ich meine …« Er grinst mich von der Seite an. »Na ja, die Stadt hat wahrscheinlich eine Menge zu bieten, aber … ähm … Das mit gestern tut mir leid. Ich bin davon ausgegangen, dass Ihre Schwester zurückgekommen ist, nachdem dieser Philip Marlowe sie gefunden hatte. Oder dass sie sich wenigstens mit Ihnen in Verbindung gesetzt hat.« Offensichtlich ist er zwischen Fürsorge und Neugier hin- und hergerissen.

Mir ist klar, was sich als stärker erweisen wird. Vielleicht bin ich wegen der Schmerztabletten nicht ganz klar im Kopf, oder es rührt mich so sehr, dass er bis nach Barstow rausgefahren ist und die Nacht in der Krankenhauslobby verbracht hat – jedenfalls beschließe ich, ihm die Wahrheit zu sagen. »Nein, sie hat sich nicht gemeldet. Ich habe nie erfahren, was aus ihr geworden ist.«

»Sie wussten nicht, dass er sie in Colorado Springs gefunden hat? Ihre Eltern haben Ihnen nichts von dem Brief des Hoteldetektivs gesagt?«

»Wahrscheinlich hat sich herausgestellt, dass es doch nicht meine Schwester war.« Oder es sind noch ganz andere Dinge ans Tageslicht gekommen, denke ich, während Ella »Love for Sale« singt. Dinge, die Carl Logan enthüllte, als Philip ihn anrief. Philip könnte daraufhin beschlossen haben, die Suche zu beenden. Vielleicht tanzte Barbara nicht nur in der Revue des Hotels, sondern bot noch ganz andere Zerstreuungen für männliche Hotelgäste an.

»Warum ist sie überhaupt weggelaufen?«, fragt Josh. »Ist irgendwas vorgefallen?«

»Nein.« Was Barbara aus dem Haus getrieben hat, habe ich nur einer Handvoll Leuten anvertraut – Tante Pearl, Mama und Papa, Paul ... und Philip.

»Genug von mir«, sage ich. »Erzählen Sie doch mal von Ihrer Familie.«

»*Meine* Familie?«

Ich wollte nur das Thema wechseln, aber plötzlich wird mir klar, dass Josh mir im Laufe des vergangenen Monats alles Mögliche über seine Doktorarbeit und seine vietnamesische Freundin erzählt hat, aber so gut wie nichts Familiäres. »Sie haben doch wohl Eltern, oder?«

»Meine Familie ... okay. Kennen Sie die Szene in *Annie Hall*, wo Woody Allen Carol Kane kennenlernt und sofort herunterrasselt: ›New Yorkerin, Jüdin, linksorientiert, Vater sammelt Bilder von Ben Shahn‹?«

»Worauf sie ihn anpfeift, dass er sie auf ein kulturelles Stereotyp reduziert.« Die Szene war mir in Erinnerung geblieben, weil Paul und ich drei Ben Shahn Drucke besaßen. »Trifft diese Beschreibung auf Sie zu?«

»Jude und links schon. Aber ich gehöre zu einer anderen Generation, mit anderen kulturellen Bezügen … Extrabreites Zigarettenpapier für Joints, sämtliche Alben von Bob Dylan und den Stones oder im Fall meiner Mutter von Joni Mitchell. Und mein Vater sammelt keine Bilder, sondern Poster von Protestmärschen und Rockkonzerten, die von dem Künstlerkollektiv entworfen wurden, zu dem er selbst gehörte, bis er bei einer Werbeagentur in Denver einen richtigen Job annahm. Das ist ein Grund, warum meine Mutter und er sich getrennt haben; sie fand, er habe *die Sache* verraten.«

»Wohnen sie immer noch in Denver?«

»Mein Vater ja, mit seiner neuen Frau, einer Grundschullehrerin. Ich war fünf, als meine Eltern sich scheiden ließen, und meine Mutter zog dann nach Leucadia, eine dieser Küstenstädte nördlich von San Diego. Sie ist Masseurin und bezeichnet sich als ganzheitliche Heilerin. Wie gesagt: lauter kulturelle Stereotype.«

»Fünf – das muss schwer gewesen sein.«

»Nicht wirklich. Meine Stiefmutter ist eine tolle Frau. Sie und mein Dad ergänzen sich prima, und beide haben mir auf ihre Art viel gegeben. Außerdem sollten Sie mich mal im Flugzeug erleben! Nur wer als unbegleitetes Kind viel geflogen ist, beherrscht die Kunst, Stewardessen um den Finger zu wickeln.«

Wie hat Harriet so treffend gesagt? Jeder hat eine eigene Version der Familiengeschichte. Und jeder glaubt, seine Version sei die richtige. Das gilt auch für Joshs aalglatte Schilderung der für ihn angeblich so schmerzlosen Trennung seiner Eltern. Trotzdem glaube ich ihm nicht. Und ich frage mich, welche meiner Erinnerungen einem Zuhörer … nun, nicht unbedingt wie frei erfunden vorkommen, denn ich halte es mit der Wahrheit. Aber mein Tonfall, meine Wortwahl, was ich besonders betone oder nur en passant erwähne, die emotionale Färbung – das alles macht vielleicht den Eindruck, als wollte ich mich oder jemand anders vor einem großen Schmerz bewahren. Oder vor Vorwürfen?

Es ist angenehm, einfach mit geschlossenen Augen dazusitzen und zuzuhören. Im Laufe der nächsten Viertelstunde stelle ich Josh weitere Fragen und erfahre, dass er zwei Halbschwestern in Denver hat und seine Mutter nach der Scheidung mit verschiedenen Männern zusammen war. »Aber meist zog sie die Nummer ›alleinerziehende Hippie-Mutter‹ durch.« Ihr Haus war zugig und halb verfallen, aber das störte Josh nicht, da es nahe dem Strand lag.

Wie er seine Mutter schildert, erinnert mich an Carol, die ihren Sohn nach Bob Dylan benannt hat. Schon im zweiten Jahr an der Sonoma State University wurde sie schwanger. Paul und ich redeten auf sie ein, sie solle ihren Freund heiraten oder besser das Kind abtreiben (schließlich war sie erst neunzehn) und auf alle Fälle zu Ende studieren. Aber nichts davon hat sie getan. Genau wie Joshs Mutter ließ sie sich treiben, zog Dylan trotz diverser Partner im Wesentlichen allein auf und arbeitete – für einen Hungerlohn, wie ich fürchte – als Kostümbildnerin für das Oregon Shakespeare Festival in Ashland. Tante Pearl wäre entzückt gewesen, denn sie hat Carol das Nähen beigebracht. Carol kann auch weben und entwirft eigene Designs mit komplizierten Blättern, Blumen und Vögeln in feinen Farbschattierungen – nicht mein Geschmack. Ich bevorzuge starke Farben und abstrakte Muster, gebe aber zu, dass Carol wahre Kunstwerke kreiert. Ich wünschte, sie hätte einen Bruchteil von Pearls beruflicher Energie, aber sie weigert sich, ihre Arbeit zu vermarkten, und Ehrgeiz verachtet sie. Das ist natürlich nur meine Sicht der Dinge und ein Rückfall in das Argumentationsmuster, mit dem ich ihr zusetzte, wenn sie in der Schule nur Dreien und Vieren bekam. Ich messe sie an meinen eigenen kulturellen Stereotypen. Dem entkommt niemand, außer vielleicht Barbara.

Wir kommen in die Stadt. Boyle Heights liegt rechts von uns, und Josh fragt: »Soll ich Sie zu Ihrem Sohn fahren?«

»Ich möchte erst nach Haus und ein paar Sachen packen.« Und wie jede verletzte Kreatur will ich in mein Nest zurück. »Er kann mich dann abholen.«

»Jetzt, da Sie den Namen Kay Devereaux kennen, können Sie gezielt nach ihr suchen. Es muss ja Spuren von ihr bei Ämtern und Behörden geben.«

Natürlich. So geht das. Statt mich ins Auto zu setzen und planlos durch die Gegend zu fahren, könnte ich nach Heiratsurkunde, Scheidungsunterlagen, Grundbucheinträgen, Gerichtsakten oder Totenschein suchen. Vielleicht war sie ja sogar einmal wegen irgendeines Vergehens vor Gericht oder im Gefängnis. *Ist es das, was Mama und Papa mir verheimlichen wollten? War meine Schwester, die schon als Kind keine Bedenken gegen Ladendiebstahl hatte, kriminell geworden?*

»Ich bin ziemlich gut in solchen Recherchen«, sagt Josh. »Sagen Sie mir Bescheid, wenn ich Ihnen helfen kann.«

»Danke, das mach ich.« Schon der Gedanke, ihm alles zu erzählen und zu verraten, wo er seine Suche starten soll, überfordert mich. Habe ich jemandem überhaupt schon einmal die ganze Geschichte erzählt, inklusive der Details von Barbaras Verschwinden? Ja, Philip habe ich es erzählt. Aber alle, die mir nahestanden, meine Familie, Paul, die Freunde aus Boyle Heights, von denen einige immer noch da sind … sie alle wussten, was passiert war, sie hatten es ja miterlebt. Ihnen brauchte ich es also nicht zu erzählen. Meine Kinder haben im Laufe der Zeit dies und das aufgeschnappt, und irgendwann haben Paul und ich ihnen den Rest erzählt.

Gibt es nach all den Jahren überhaupt noch eine realistische Chance, Barbara zu finden? Und will ich das überhaupt? Harriet hat recht, das könnte alle möglichen Konsequenzen nach sich ziehen, und nicht unbedingt angenehme. Obwohl ich Kalifornierin bin, glaube ich nicht an Omen, aber was passiert ist, als ich Richtung Colorado Springs fuhr, macht mich doch stutzig. Als hielte irgendeine kosmische Kraft ein großes Schild hoch: »Bis hierher und nicht weiter!«

Zu Hause angekommen, besteht Josh darauf, mich hinein zu begleiten. Ich gebe ihm zwei Zwanziger für Benzin, aber gemessen an dem, was er für mich getan hat, kommt es mir ziemlich dürftig vor.

»Moment!«, sage ich, gehe ins Wohnzimmer und betrachte die Ben Shahn Bilder an der Wand. Das strenge, fast japanisch anmutende »Blinder Botaniker« will ich Carol geben, wenn ich ausziehe, die Haggada-Illustration ist für Ronnie, und mein Lieblingsbild, die surrealen »Zweige aus Wasser oder Hoffnung«, will ich mit auf die Ranch Ohne Morgen nehmen. Aber eigentlich habe ich dort kaum Platz an den Wänden. Ich greife nach dem Druck und spüre meinen Widerwillen als einen fast körperlichen Schmerz. Ich muss an den Tag denken, als Paul und ich das Bild gekauft haben, an die Diskussionen darüber, meist bei einem Glas Wein. Saß der überdimensionierte Hahn auf einem Hausdach, oder war das ganze Gebilde eine Art Boot? Wie kam es, dass der Hahn so stolz wirkte? Lag es an dem weit geöffneten, wissenden Auge? Ich bin nicht verpflichtet, Josh einen Shahn zu schenken. Genauso gut könnte ich meine Dankbarkeit mit einer guten Flasche Wein ausdrücken …

Plötzlich wird mir klar, was ich ihm geben will. Ich gehe in mein Arbeitszimmer und nehme das Wüstenfoto von Alan Yardley von der Wand. Es gehört zu Barbaras Geschichte, die Josh gerade um ein neues Puzzleteilchen bereichert hat, deswegen hat er ein gewisses Anrecht darauf.

Ich wische etwas Staub mit einem Taschentuch ab und bringe Josh das Foto. »Das möchte ich Ihnen gern schenken.«

»Elaine, ich kann doch nicht … Ist das ein Ansel Adams? Ich habe Sie doch nur von A nach B gefahren.«

»Das ist ein Alan Yardley.«

»Der Mann, den Philip Marlowe in seiner Akte erwähnt?«

Ich nicke, und er nimmt das Foto an.

»Wow! Danke!«

Er fragt, ob er bleiben soll, bis mein Sohn kommt. Ich verneine. Ich brauche ein paar Minuten für mich allein.

»Hey«, sagt er auf dem Weg nach draußen. »Ich mag Roadtrips. Wenn Sie das nächste Mal Lust auf sowas haben, rufen Sie mich an.«

8. KAPITEL

Onkel Harrys Geist und das Erdbeben

ZUM ERSTEN MAL BEGEGNETE ICH DEM FAMILIENGE-spenst am Strand des Ocean Parks. Es muss in dem Sommer gewesen sein, als ich fünf war, denn ich weiß, dass Audrey in ihrem Körbchen lag und unser Zeyde und Pearl dabei waren, also kann Pearl noch nicht geschieden gewesen sein.

Bei unseren Strandausflügen sprangen die Erwachsenen manchmal kurz ins Meer, um sich abzukühlen, aber einer passte immer auf Barbara und mich auf, ob wir im nassen Sand buddelten oder ins Wasser gingen. Aber meist saßen die Erwachsenen unter Sonnenschirmen auf Liegestühlen, aßen, redeten und lasen. Manchmal schauten sie einfach nur aufs Meer, vor allem Mama, oder lagen mit geschlossenen Augen da und genossen ein paar Stunden Müßiggang.

Der Einzige, der nicht nur faulenzte, war Papa. Regelmäßig ging er ins Wasser und »schwamm seine Meile«. Diesen Ausdruck kannten wir in vielen Varianten. »Jetzt schwimme ich meine Meile«, sagte er, bevor er zügigen Schritts aufs Meer zuging. Oder wenn jemand fragte, wo Papa abgeblieben sei, antwortete ein anderer: »Der schwimmt gerade seine Meile.« Es gehörte zu den Sprachfetzen, die mich ständig umgaben – Verweise auf unergründliche Aktivitäten der Erwachsenen, über die ich nicht weiter nachdachte.

An diesem Tag aber bekam ich plötzlich eine Vorstellung davon, was Papa schwimmt seine Meile bedeutete, und es war so ungeheuerlich, dass ich es gar nicht fassen konnte: Schwimmen bedeutete bäuchlings im Wasser zu liegen, den Kopf halb unter Wasser, ohne zu prusten und zu keuchen wie ich, wenn mir eine Welle ins Gesicht schlug, sondern mit kraftvollen Bewegungen, die einen vorwärtstrieben. Eine Meile, das wusste ich, war eine so große Entfernung, dass man sie mit dem Auto oder der Straßenbahn zurücklegte (Strecken, die man zu Fuß bewältigen konnte, wurden in Blocks gemessen). Und doch legte Papa diese enorme Strecke im Meer zurück, mit schierer Muskelkraft. *Seine Meile schwimmen* bedeutete auch, dass Papa tiefer als nur bis zur Brust ins Wasser ging, was die Grenze des für mich Erlaubten war; er bewegte sich weiter ins Meer als nur einen oder zwei Schritte hinter der Stelle, an der er noch Grund hatte, was die Grenze für Tante Pearl war, die dann kreischend und lachend um sich schlug und schnell ins Flachere zurückstrampelte. Nein, was Papa tat, war ganz anders: Er schwamm so weit hinaus, dass ich ihn nicht einmal mehr sehen konnte.

»Was hast du denn?«, fragte Mama, als ich mich an sie klammerte. »Lass mich, Elaine! Es ist viel zu heiß.«

Mir fehlten die Worte, um das Gefühlschaos auszudrücken, das all diese neuen Vorstellungen in mir auslösten – schreckliche Angst, dass Papa nicht zurückkehren würde, Stolz, dass er so stark und mutig war, aber auch die Erkenntnis, dass ich plötzlich mehr von der Welt verstand, und die Ahnung, dass ich schon bald viel mehr verstehen würde.

Mama legte mir die Hand an die Stirn. »Komm in den Schatten und trink einen Schluck!«

Sie schenkte mir ein Glas Limonade ein, in der die Eiswürfel längst geschmolzen waren. Ich nippte an dem schalen Getränk, konnte aber kaum schlucken. Mein Blick schweifte über die Dutzende von Badenden, die sich im Meer vergnügten, und dann zu den Punkten weiter draußen, die vereinzelte Schwimmer markierten. Aus welcher Richtung kam Papa immer zurück, wenn er seine Meile geschwommen war? War es überhaupt immer die gleiche? Warum hatte ich darauf nie geachtet?

Endlich entdeckte ich ihn. Sein welliges schwarzes Haar und sein Schnurrbart glänzten vor Nässe, als er über den Strand auf uns zu joggte. Ich flog ihm entgegen, und er hob mich hoch und drückte mich an seine kühle, triefende Brust.

»Was hast du denn, Elaine?«

»Bist du deine Meile geschwommen?«

»Ja, genau.« Er lachte sorglos wie ein kleiner Junge. *Wie alt war er damals? Siebenundzwanzig, achtundzwanzig?* »Soll ich dir das Schwimmen beibringen?«

»Ja!« Das Vertrauen in meinen sportlichen Papa war stärker als meine Angst.

»Lass mich erst etwas trinken. Dann bekommst du deine erste Schwimmstunde.«

Überraschend verspielt trottete er mit mir auf dem Arm zu unserem Lagerplatz zurück. Dort ging mir mein neugewonnenes Verständnis der Welt gleich wieder gründlich abhanden. Die Erwachsenen schienen sich in einer Geheimsprache zu unterhalten, und was sie sagten, war mir so unverständlich wie die Gespräche der Yamotos ein Stück die Straße runter, wenn sie sich auf Japanisch unterhielten.

»Achtundvierzig.« Unser Zeyde zuckte mit den Schultern und zeigte auf seine Armbanduhr.

»Reine Schwimmzeit?«, fragte Papa. »Oder mit rein- und rausgehen?« Er klang so unbekümmert, als wollte er scherzen, aber da er mich immer noch an seine Brust drückte, spürte ich, wie verkrampft er war.

»Genau wie ich die Zweiundvierzig gestoppt habe«, sagte der Zeyde.

»Pa!« Tante Pearl verdrehte die Augen. »Harry war achtzehn. Und das Meer ist heute sehr unruhig, stimmt's, Bill? Es herrscht eine starke Strömung.«

»Harry« musste wohl Onkel Harry sein, Papas älterer Bruder, den ich nie kennengelernt hatte. Er war schon tot, als ich geboren wurde, im Großen Krieg gefallen. Aber außer dass sie über Onkel Harry sprachen, verstand ich nichts. Ich versuchte, Blickkontakt mit Barbara herzustellen, aber sie spielte mit Baby Audrey und ignorierte die wachsende Spannung unter den Erwachsenen.

»Lass gut sein, Pearl!« Papa stellte mich ab, ohne mich anzusehen.

»Hier, Bill.« Mama reichte ihm ein Handtuch und legte kurz ihre Hand auf seinen Arm. »Möchtest du ein Glas Limonade?«

»Siebzehn«, sagte der Zeyde. »Er war siebzehn. Das war 1914.«

»Siehst du!«, sagte Pearl.

»Ist ein Handtuch ohne Sand zu viel verlangt, wenn ich vom Schwimmen zurückkomme?« Wie wild schüttelte Papa das Handtuch aus, ohne ein paar Schritte zur Seite zu gehen, sodass uns der körnige Sand ins Gesicht flog.

Er war nicht oft wütend, deswegen machte ich mich nur zaghaft bemerkbar, aber schließlich wollte ich schwimmen lernen.

»Papa?« Ich ging auf ihn zu, als er sich abtrocknete. »Papa?« Vielleicht hörte er, dass meine Stimme zitterte. Oder seine Wut war bereits verflogen. »Was ist denn, Elaine?«, fragte er freundlich.

»Du wolltest mir doch das Schwimmen beibringen.«

Er zögerte, und ich machte mich schon auf ein Nein gefasst. Doch dann lächelte er und sagte: »Ja, komm!«

Als Schwimmlehrer war er geduldiger, als wenn es um Gedichte oder Geschichte ging. Er machte ein Spiel daraus, zusammen mit mir den Kopf ins Wasser zu tauchen und Luftblasen zu machen. Ich lernte so schnell schwimmen, dass Papa mich schon am Ende dieser »ersten Lektion« nicht mehr festzuhalten brauchte. Bald darauf brachte er mir Toter Mann bei, und schon mit sechs konnte ich kraulen.

Später schwamm ich mit Papa manchmal weit ins offene Meer hinaus, und noch später begriff ich, dass sich das Gespräch über Onkel Harry, das mir an dem Tag, als ich schwimmen lernte, so unverständlich war, um die zweiundvierzig Minuten drehte, die Harry mit siebzehn für eine Meile brauchte – und dass Harrys Geist immer ein paar Meter vor Papa durchs Wasser pflügte, wenn er seine Meile schwamm.

AUF DEM GERAHMTEN FOTO in unserem Wohnzimmer trägt Harry Greenstein seine Soldatenuniform und sieht aus wie ein Filmstar. Auf einem weiteren Foto in unserem Wohnzimmer war er zusammen mit Papas ganzer Familie zu sehen, im Jahr 1911, also ein Jahr nach dem Umzug von New York ins gesündere Klima von Los Angeles. Unsere Bubbe hatte an Tuberkulose gelitten, aber als die Familie ihretwegen umzog, war es schon zu spät. Auf dem Foto sitzt sie neben unserem Zeyde inmitten ihrer Familie. Sie sieht kalkweiß und sehr zerbrechlich aus, und ich wusste, dass sie schon im darauffolgenden Jahr gestorben war. Es war kaum zu glauben, dass diese blasse, müde Frau so braungebrannte, kraftstrotzende Kinder hatte.

Pummelig und lächelnd flankieren die neunjährige Sonya und die achtjährige Pearl in dunklen Kleidern mit weißen Spitzenkragen das Grüppchen. Bill – also Papa – ist elf und steht stocksteif hinter unserer Bubbe, so ernst, dass ich darin mich selbst wiedererkannte.

Selbstbewusst und leger beherrscht Harry das Bild. Trotz seiner erst vierzehn Jahre hatte er nichts von der linkischen Schlaksigkeit und Gehemmtheit eines pubertierenden Jungen, der sich im eigenen Körper fremd fühlt. Sollte sein Körper je gegen ihn rebelliert haben, so hatte Harry diesen Kampf gewonnen. Mit einsfünfundsechzig oder einssiebzig war er noch nicht ausgewachsen, aber die Grenze zwischen Kind und Mann hatte er eindeutig überschritten. Zwischen Papa und Sonya stand er hinter dem Stuhl unseres Zeyde, genauso aufrecht wie Papa, aber mit einer Lässigkeit, die seine Selbstsicherheit und sogar einen gewissen Humor zeigt. Im Gegensatz zu Papa hatte er eine stattliche Figur, und nicht nur, weil er älter war, sondern weil er von Natur aus athletisch gebaut war und die breiten Schultern eines Schwimmers hatte.

Harry schwamm seine berühmte 42-Minuten-Meile im Juli 1914 – das Herzstück eines Sommers, der nicht nur für die Familie Greenstein, sondern für die ganze Welt bedeutsam war. Im Juni hatte Harry die High School abgeschlossen und zusammen mit unserem Zeyde die Hühnerfarm gegründet. Im August begann der Krieg in Europa.

Ein Jahr später meldete sich Harry zur Armee. Die USA waren noch nicht in den Krieg eingetreten, aber er wusste, dass es nicht mehr lange dauern würde. Als es dann so weit war, wurde er an die meistumkämpfte Front geschickt und starb, kaum dass er französischen Boden betreten hatte.

»Hast du auch im Großen Krieg gekämpft?«, fragte ich Papa, als mir klar wurde, dass Harrys Geist über allem schwebte.

»Hätte ich gern, aber wer hätte eurem Zeyde dann mit der Hühnerfarm geholfen?«

Eine einleuchtende Antwort, aber sie kaschierte eine Sollbruchstelle, die immer poröser wurde, bis sie am 10. März 1933 um 17:54 Uhr endgültig nachgab.

ZUNÄCHST MACHTE DIESER 10. MÄRZ, ein Freitag, gar nicht den Eindruck, als sollte er alles ändern. Auf unserem Küchenkalender war es bloß ein weißes Viereck, das zwischen drei rot eingekreisten nicht weiter auffiel: dem 4. März, Präsident Roosevelts Amtsantritt, und dem 28. und 29. März, Barbaras und meinem Geburtstag.

An jenem Freitagabend würden wir das Schabbesmahl bereits in einem Amerika einnehmen, das von FDR regiert wurde, einem Amerika, dem es vielleicht endlich gelang, die Wirtschaftskrise zu überwinden. Obwohl diese Wirtschaftskrise allen das Leben schwermachte, hatte sie die Greensteins nicht so hart getroffen wie viele andere. Papa hatte seinen Job nicht verloren. Mr. Fine hatte zwei Mitarbeitern kündigen müssen, aber das hatte Alleinstehende getroffen, weil er Papa als Familienvater verschonen wollte. Außerdem arbeitete Papa schon seit siebzehn Jahren für ihn. Mr. Fine sagte oft, dass er praktisch zur Familie gehörte. Trotzdem mussten wir jetzt sparen, und Mama und Papa sprachen nicht mehr davon, eines Tages ein Haus zu kaufen. Immerhin hatten wir inzwischen ein Telefon, und es gab immer genug zu essen. Außerdem sorgte Tante Pearl stets für neue oder perfekt ausgebesserte Kleidung. Trotz der schweren Zeit ging es ihr finanziell ziemlich gut. Sie hatte angefangen, Kostüme für Filme zu entwerfen, und ins Kino ging jeder, der es sich irgendwie leisten konnte. Auch Onkel Leos Buchhandlung am Hollywood Boulevard hatte gut zu tun. Viele trennten sich von ihren wertvollen Büchern, und Onkel Leo kannte etliche Neureiche, die sich mit Klassikern in den Wohnzimmerregalen ein kultiviertes Image zulegen wollten. Auch unserem Zeyde ging es gut, denn selbst die Ärmsten der Armen hörten nicht auf, zum Buchmacher zu gehen, wenn sie es sich irgend leisten konnten.

Vielen ging es schlechter als uns, und sie taten uns leid. Papa spendete Geld, und Mama lud »weniger glückliche« Familien freitagabends zum Essen ein. Oft waren das Danny und sein Vater oder – wie an diesem Freitag – unsere nächsten Nachbarn, die Anshels. Mr. Anshel, ein Drucker, bekam nur noch den halben Lohn, und mit zwei kleinen Kindern konnte Mrs. Anshel nicht dazuverdienen. Die ganze Familie, auch der dreijährige David und der Säugling Sharon, hatte schrundige, blasse Haut. Mama sagte, das käme daher, dass sie sich fast nie Fleisch leisten könnten und von Kartoffeln und Bohnen lebten.

Damit die Anshels wenigstens an diesem Freitag Fleisch bekamen – und um Roosevelts Amtsantritt zu feiern –, briet Mama zwei Hähnchen, die sie mit Knoblauch, Petersilie und Öl gefüllt und mit Paprika und ihrem Geheimgewürz, einer Prise Zimt, eingerieben hatte. Der Bratenduft zog durchs ganze Haus, während meine Schwestern und ich unsere freitäglichen Aufgaben erledigten. Barbaras und mein Job war es, den Tisch zu decken. Zuerst trugen wir den Küchentisch ins Wohnzimmer, zogen ihn dann auf beiden Seiten aus und legten das gute weiße Tischtuch darauf, das Mama und Papa von Pearl zur Hochzeit geschenkt bekommen hatten. Dann holten wir das Rosenthal-Service mit Rosendekor, das uns die Verwandten aus Chicago geschenkt hatten, und Kristallgläser für Wein und Wasser aus dem Schrank – auch lauter Hochzeitsgeschenke. Offenbar war alles, was Mama und Papa zur Hochzeit geschenkt bekommen hatten, für die Schabbestafel bestimmt, obwohl unser einziges freitägliches Ritual darin bestand, dass Mama vor dem Essen die Kerzen in den Silberleuchtern anzündete und ein Gebet murmelte. Die Leuchter waren ein Geschenk von Papas Arbeitgeber, Julius Fine, und sie zu polieren war Audreys Aufgabe.

Als sie damit fertig war, stellte sie sie aufs Sideboard, während Barbara und ich das Tischtuch glattstrichen und unser Zeyde in seinem Sessel saß und sich bei einem Glas Whisky ausruhte. In dem Moment kam Papa nach Haus. War es denn schon nach sechs? Dann müssten wir uns beeilen. Aber ich sah auf die Uhr, und es war noch nicht mal halb sechs. Mr. Fine hatte Papa heute wohl früher freigegeben.

»Papa! Papa!« Audrey hüpfte von einem Fuß auf den anderen, wie ein junger Hund, der sich vor Freude nicht zu lassen weiß, wenn sein Herrchen heimkommt. Arme Audrey. Je mehr sie sich anstrengte, desto abweisender wurde Papa. Sie hatte noch nicht begriffen, dass es Momente gab, in denen niemand – nicht mal ich, Papas Lieblingstochter, die sich in der Schule so prächtig machte – ihm nahekommen durfte. Wenn er von der Arbeit kam, musste man immer erst warten, bis er seine Hausschuhe angezogen und ein paar Schlucke Whisky getrunken hatte.

Wie nicht anders zu erwarten, ignorierte er uns und ging in die Küche. Eine Minute darauf hörte ich Mama schreien. Barbara, Audrey, unser Zeyde und ich stürzten zur Küche und quetschten uns alle gleichzeitig durch die Tür.

Mama war auf einen Stuhl gesunken und mit ihrem Sechsmonatsbauch sah sie aus, als hätte ihr jemand einen Wasserball so ungestüm zugeworfen, dass sie beim Fangen hintenüber gefallen war. Ihre Augen waren offen, aber sie war so blass wie die Anshels.

Papa stand neben ihr und fächelte ihr mit einem Küchenhandtuch Luft zu. »Wasser!«, sagte er.

Barbara stürzte ans Spülbecken und ließ Wasser in ein Glas laufen.

»Soll ich den Arzt holen?«, fragte ich.

»Nein, nicht nötig.« Papa nahm Barbara das Glas ab und führte es Mama an die Lippen. »Mama ist es nur zu heiß, wegen des Backofens.«

Mama setzte sich auf und funkelte ihn böse an. »Sag's ihnen!«

Papa holte tief Luft. Er starrte auf den Boden und sagte mit der klaren Aussprache, die er im Rhetorikunterricht gelernt hatte: »Ich habe meine Arbeit verloren.«

»Juli Fine hat deine Stunden gekürzt?«, sagte unser Zeyde in dem hilflosen Versuch, sich gegen das Desaster zu stemmen.

Papa schüttelte den Kopf. »Mr. Fines Cousin hat vor drei Monaten seine Arbeit verloren und bis jetzt keine neue gefunden.«

»Aber warum verliert Papa deswegen seine Arbeit?«, fragte Audrey mich leise. Ich zwickte sie in den Arm, damit sie den Mund hielt.

»Komm ins Wohnzimmer, Charlotte«, sagte Papa. »Da ist es nicht so heiß.«

»Wir kümmern uns ums Essen«, bot Barbara an.

»Ich kann den Anshels sagen, dass heute kein Besuch kommen soll, weil jemand krank geworden ist«, sagte der Zeyde.

»Und die Hähnchen?«, sagte Mama. »Barbara? Elaine? Das Fleisch braucht noch fünfzehn, zwanzig Minuten. Und kocht die grünen Bohnen. Ich wollte noch Brotkrumen hineinrühren, aber …«

»Ich weiß, wie das geht«, sagte Barbara.

Papa half Mama, auf die Beine zu kommen, dann gingen sie mit unserem Zeyde ins Wohnzimmer.

»Was ist passiert?«, fragte Audrey unter Tränen. Barbara und ich erklärten es ihr. Audrey schluchzte hemmungslos. Ich packte sie an der Schulter und sagte, Mama und Papa zuliebe müssten wir jetzt tapfer sein. Barbara befahl ihr, sich hinzusetzen und die Bohnen zu schnippeln. Ich ging ins Wohnzimmer zurück, um den Tisch fertig zu decken.

Unser Zeyde hatte Mama und Papa, die jeder an einem Ende des Sofas saßen, einen Whisky eingeschenkt.

»Wie wär's mit ein bisschen Musik, Charlotte?«, fragte er.

»Wenn du meinst.«

Jedes Wort, jede Geste, egal wie belanglos, schien vor dem Hintergrund von Papas Neuigkeit ein neues Gewicht zu bekommen. Als der Zeyde den Klassiksender einstellte, sah ich zu dem Zenith in seinem schmucken Holzgehäuse hinüber und fragte mich, wie lange wir ihn wohl noch behalten könnten, bevor wir ihn zum Pfandleiher bringen mussten.

Während Mama, Papa und unser Zeyde an ihrem Whisky nippten, flogen Gesprächsfetzen durchs Zimmer.

»Was für eine Arbeit hatte dieser Cousin vorher?«, fragte Mama.

»Er war in der Werbung.«

»Was versteht so einer denn vom Schuhe verkaufen?«

»Er ist seit Dezember arbeitslos«, sagte Papa. »Er hat zwei Kinder und muss eine Hypothek abbezahlen.«

»Eine Hypothek! Also konnte er sich ein Haus leisten. Zum Teufel, Audrey, pack die Kerzenständer weg!«

Audrey hatte sich ins Wohnzimmer geschlichen, um weiße Kerzen in die Ständer zu stecken. Jetzt zuckte sie vor Schreck zusammen.

»Ich bete nicht vor Kerzenständern, die von Juli Fine stammen«, sagte Mama. »Ich kann sie nicht mehr sehen. Pack sie weg, Audrey! Nun mach schon!« Sie nahm einen Schluck Whisky, dann fragte sie: »Wo steht denn das Haus, auf das dieser Werbefritze eine Hypothek aufgenommen hat?«

»Westlich vom Fluss.«

»Natürlich! Hat Fine dir wenigstens eine Abfindung bezahlt?«

»Sechzig Dollar.«

Allein unsere monatliche Miete betrug 22,50 Dollar.

»Mama?«, sagte Audrey leise. Sie hatte die Kerzenständer ins Sideboard zurückgestellt. Jetzt stand sie da wie ein Häufchen Unglück und hielt die Kerzen hoch. »Was soll ich mit denen machen?«

»*Oy*, wie kannst du jetzt bloß … Ist mir egal. Steck sie in andere Kerzenständer.«

Mit Tränen in den Augen blickte Audrey sich hilflos um. Mir fiel ein, dass sie vielleicht nichts von den billigen Messingleuchtern im Wäscheschrank wusste, die im Falle eines Stromausfalls benutzt werden sollten. Ich wollte es ihr gerade sagen, da rannte sie in die Küche.

»Siebzehn Jahre hast du für ihn gearbeitet«, sagte Mama. »Von morgens bis abends, jede Menge Überstunden. Keine Arbeit war dir zu schmutzig. Glaubst du, dieser Werbefritze mit seiner Hypothek und seinem Haus im Westen nimmt so lange Arbeitstage in Kauf oder macht sich die Hände im Warenlager schmutzig?«

»Wenn es dein Cousin wäre und ich der Ladenbesitzer, dann würdest du doch auch …«

»Willst du ihn etwa in Schutz nehmen?«

»Charlotte.« Papa hob die Hände: Es reicht! Dann stand er auf und schenkte sich Whisky nach.

»Bill hat recht«, sagte unser Zeyde. »Natürlich greift Fine seinem Cousin unter die Arme.«

»Dem Cousin seiner Frau«, schnappte Mama. »Mach das Radio aus! Ich will keine Musik hören.«

Ich war als Erste am Radio und schaltete es aus.

Wie hielten sie diese Stille bloß aus? Ich hob die Gabeln an, um Servietten darunter zu legen, ganz vorsichtig, um ja kein Geräusch zu machen.

»Wo willst du dich nach einer neuen Arbeit umsehen?«, fragte Mama nach einer Weile.

»Ich fange bei den Kaufhäusern der Innenstadt an.«

»Willst dich als Schuhverkäufer bewerben?«, fragte unser Zeyde.

Vielleicht lag es daran, dass er unter Onkel Harrys Foto saß, jedenfalls klang es nicht nur wie: *Warum willst du schon wieder so einen miesen Job annehmen?*, sondern wie: *Kein Mensch außer dir gibt sich mit so einem miesen Job zufrieden.*

»Ich kann natürlich auch als Geschäftsführer einsteigen.« Papa lachte bitter. »Oder ich rufe den Bürgermeister an und frage, ob er jemanden braucht, der ihm hilft, diese Stadt zu regieren.«

»Ach, Billy! Ich meine doch bloß, dass es eine Chance ist, noch mal ganz neu anzufangen.«

»Ganz neu anfangen, Pa! Warum ist mir das nicht früher eingefallen?«

Mama hätte seine Hand nehmen und etwas Nettes zu ihm sagen sollen. So entschärfte sie sonst die Streiterei zwischen Papa und dem Zeyde. Aber jetzt starrte sie nur in ihr Whiskyglas. Außer einem Glas Wein freitags beim Schabbesmahl trank sie nie Alkohol.

»Es gibt immer eine Möglichkeit, Geld zu verdienen«, sagte unser Zeyde.

»Jemand, der aus der Werbung kommt und studiert hat, ist bereit, sich hinzuknien und Mrs. Scharfs Hühneraugen in viel zu kleine Schuhe zu zwängen. Welche Chancen, glaubst du, hat da noch jemand ohne Hochschulabschluss?«

»*Fä!* So ein Hochschulabschluss ist doch nur ein Stück Papier! Du siehst ja, was es Fines Cousin jetzt nützt.«

Glücklicherweise machte Mama endlich wieder den Mund auf, aber sie sagte nur: »Dem Cousin seiner Frau. Diese Trudie Fine! Ich wette, sie hat ihm Tag und Nacht in den Ohren gelegen.«

»Du würdest genau dasselbe tun, wenn es dein Geschäft wäre«, sagte der Zeyde. »Darum geht's doch. Wer ein Geschäft hat und sein eigener Herr ist, kann der Familie helfen, wenn Not am Mann ist.«

»Und was für ein Geschäft soll ich eröffnen – mit sechzig Dollar Startkapital, mitten in einer Wirtschaftskrise?«

»Ich spreche nicht von sechzig Dollar, sondern von einem *Familien*unternehmen.«

»Wie das Weingut, das du übernehmen wolltest, Pa? Wein – zur Zeit der Prohibition!«

»Und? Haben wir etwa immer noch Prohibition? Hätten wir damals angefangen, könnten wir heute …«

»Was verstehen wir denn von Wein?«

»Und was verstand Julius Fine von Schuhen, als er anfing?«

»Herrgott, Pa! Fine wollte die Schuhe ja nicht selbst anfertigen, sondern nur verkaufen.«

»Bill, Bill«, murmelte Mama.

Überraschenderweise grinste unser Zeyde. »Das meine ich ja, Bill«, sagte er. »So muss man an die Dinge herangehen, wenn man etwas erreichen will. Ich sage das, weil du mein Sohn bist. Du hast was auf dem Kasten, Bill. Genau genommen hast du mehr auf dem Kasten als die meisten, die das Zehnfache von dem verdienen, was du bei Fine verdient hast, und in schicken Häusern im Westen der Stadt wohnen. Es gibt nur eins, was dir im Weg steht.«

Er machte eine Pause, und ich überlegte, ob ich etwas tun sollte, um die Erwachsenen abzulenken – wie etwa einen Teller fallen lassen. Aber ich durfte ja das gute Geschirr nicht kaputt machen. Außerdem war ich zu gespannt, was unser Zeyde als Nächstes sagen würde.

»Du bist immer vorsichtig gewesen, Bill. Dagegen ist im Prinzip nichts einzuwenden. Vorsicht braucht man im Geschäftsleben. Aber manchmal muss man auch ein Risiko eingehen und ein bisschen …«

»Chuzpe haben?« Papa sah den Zeyde so lauernd an, dass ich Angst bekam.

Oft genug hatte ich gehört, dass Onkel Harry Chuzpe hatte, und zwar nicht zu knapp. Es war die Eigenschaft, die unser Zeyde über alle anderen stellte. »Wildfremde Menschen haben ihm aus der Hand gefressen«, hatte er oft gesagt. »Hafenarbeiter, Thoraschüler – egal. Harry besaß die Chuzpe, ihnen geradewegs in die Augen zu sehen und die Meinung zu sagen. Sogar den großen Tieren von Los Angeles.« Damit meinte er wohl die Banker, die seine Hühnerfarm hätten retten sollen. Nicht dass sie der Rettung bedurft hätte. Die Farm war Harrys Idee gewesen, und er hatte brillante Pläne für alles Mögliche, von der Optimierung der Legeleistung der Hennen über die Werbung bis hin zu der Belieferung von Läden. Mit Harry als Chef wäre Greenstein & Söhne – Gesundheitsfarm zum größten Eierproduzenten des amerikanischen Westens geworden, sagte unser Zeyde. Als ich begriff, dass er dazu neigte, Dinge schönzureden, habe ich darauf aber nicht mehr allzu viel gegeben. Dennoch sah man Harry schon auf Fotos an, dass er einer war, dem kein Meer zu tief war, der hineinsprang und schneller schwamm als jeder andere.

Obwohl unser Zeyde das nie erwähnt hatte, wusste ich auch, dass Papa durch Harrys Eintritt in die Armee gezwungen war, die Schule mit sechzehn abzubrechen und Harrys Platz auf der Hühnerfarm einzunehmen. Obwohl es natürlich niemanden gab, der Harrys Platz ausfüllen konnte.

So faszinierend Harry zu Lebzeiten auch gewesen sein mochte, hatte ich begonnen, den Moment zu fürchten, wenn ein Erwachsener – meist war es unser Zeyde – das Gespräch auf ihn brachte. Sobald sein Name fiel, wurde Papa so nervös wie an dem Tag, als ich schwimmen gelernt hatte. Selbst wenn der Zeyde Harry einmal nicht erwähnte, um einen expliziten Vergleich zwischen seinen beiden Söhnen anzustellen, stand dieser Vergleich immer im Raum. Es war ein Wettbewerb, den Papa niemals gewinnen konnte. Dafür tat er mir regelrecht leid. Und mehr noch. Ich spürte, dass sich die Geschichte von Harry und Papa mit Barbara und mir wiederholte. Ich war so wissbegierig wie Papa, während Barbara eine Draufgängerin war, die Prinzessin der Chuzpe. Von ihr ging ein Leuchten aus – genau wie von Onkel Harry.

An diesem Spätnachmittag wusste ich schon, bevor sein Name fiel, dass sein Geist wieder über allem schwebte.

»Chuzpe, darum geht es«, sagte unser Zeyde. »Aber du hast natürlich recht, wenn du sagst, dass man ein Geschäft betreiben sollte, von dem man etwas versteht. Ein Wettbüro zum Beispiel.«

»Pa!« Papa stand auf und ging ein paar Schritte auf unseren Zeyde zu, ruhig und mit gefalteten Händen, als wollte er ihm einen Vortrag über Geschichte oder Lyrik halten.

»Ich habe da ein paar Ideen, die Melansky nicht kapiert«, sagte unser Zeyde. »Er kann nicht in größeren Zusammenhängen denken. Aber wir beide könnten doch …«

»Pa! Warum, glaubst du, ist Harry zur Armee gegangen?«

Ich hätte schreien mögen.

»Wer hat denn etwas von Harry gesagt?«, fragte unser Zeyde.

»Warum ist Harry zur Armee gegangen?«, wiederholte Papa.

»Warum geht ein Mann zur Armee? Um seinem Land zu

dienen.« Unser Zeyde zuckte mit den Schultern, aber dann stand auch er auf, und sein Akzent wurde stärker – ein Zeichen, dass er sich ärgerte. Am liebsten hätte ich mich zwischen die beiden geworfen, aber sie schienen sich ganz vernünftig zu unterhalten. Wie gefährlich konnten zwei Männer in Hausschuhen schon sein?

»Zwei Jahre vor Kriegseintritt der USA?«, sagte Papa.

»Er wusste, dass es früher oder später so weit sein würde«, konterte der Zeyde.

»Und deswegen stieg er schon mal vorsorglich aus einem Unternehmen aus, das er erst ein Jahr zuvor gegründet hatte? Ein Unternehmen, das noch nicht richtig lief?«

»Lass gut sein, Bill. Ich weiß, dass es unangenehm ist, die Wahrheit über sich zu hören, aber …«

»Die Wahrheit?« Papa sprach jetzt sehr laut, und seine Stimme war ganz rau. Er machte noch einen Schritt auf unseren Zeyde zu. »Die Wahrheit ist, dass Harry zur Armee ging, um deiner verfluchten Hühnerfarm zu entkommen.«

»Was redest du da?«, schrie der Zeyde. »Die Farm war doch seine Idee!«

Das Geschrei lockte Barbara aus der Küche. Wie angewurzelt standen wir da, bis Mama sich endlich einschaltete und rief: »Aufhören! Alle beide!«

»Harry hat die Farm gehasst«, sagte Papa. »Er hasste Hühner. Als er abfuhr, sagte er, nie wieder würde er ein Ei essen.«

»Dein Bruder war ein Held! Ich erwarte etwas mehr Respekt!«

»Und weißt du, was er am allermeisten hasste? In deine verrückten Geschäftsideen verwickelt zu werden. Er hatte Angst, das würde sein ganzes Leben lang so weitergehen.«

»Wieso verrückt? Wer isst denn keine Eier!«

»Bitte, Pa, er meint es nicht so«, sagte Mama.

»Warum, glaubst du, habe ich Hals über Kopf bei Fine angefangen?«, sagte Papa. »Weil wir völlig pleite waren.«

»Keine Nacht bleibe ich mehr unter diesem Dach!«, brauste unser Zeyde auf.

»Harry konnte es gar nicht abwarten, endlich wegzugehen.«

»Nicht eine Nacht!« Der Zeyde umrundete den Tisch und stürmte zur Tür hinaus, auf sein Zimmer zu.

»Bill, wie konntest du nur?«, rief Mama.

Papa sah auf seine Uhr. »Mädels, es ist zehn vor sechs«, sagte er streng. »Wir erwarten Gäste. Ist das Essen fertig?«

»Schon gut, ich kümmere mich drum«, sagte Mama, aber sie ging nicht gleich in die Küche, sondern stand wie versteinert da und starrte Papa an.

Barbara und ich taten so, als würden wir Teller und Bestecke auf dem Tisch zurechtrücken. Ich zwinkerte, um nicht zu weinen, und Barbara drückte mir beruhigend die Hand.

Papa sagte zu Mama: »Wie ich so etwas sagen konnte? Die Frage ist doch wohl eher, warum ich es nicht schon vor Jahren gesagt habe.«

»Du und dein Vater … und der arme Harry, schon so viele Jahre tot … Aber das ist eure Sache. Mich interessiert viel mehr, wie wir ohne das Einkommen deines Vaters über die Runden kommen sollen. Ich rede mit ihm.« Mama ging in die Küche.

Papa sank aufs Sofa und sah so elend aus wie an dem Tag, als er, nachdem er seine Meile geschwommen war, leichenblass und zitternd aus dem Meer stieg, weil er eine Grippe nicht ganz auskuriert hatte.

Ich sah den hübsch gedeckten Tisch an und stellte mir vor, wie das Porzellan und die Kristallgläser eingepackt am Straßenrand standen, nachdem man uns aus dem Haus geworfen hatte, weil wir die Miete nicht mehr bezahlen konnten.

Als hätte ich meine Ängste auf das Geschirr übertragen, fingen all die hübschen Dinge auf dem Tisch plötzlich an zu zittern. Nicht nur der Tisch, auch der Fußboden bebte, und das Licht flackerte. Das ganze Haus machte fürchterlich malmende Geräusche, und überall klirrten Gläser.

Barbara und ich klammerten uns aneinander und schrien: »Erdbeben!« Papa warf sich auf uns und zog uns auf den bebenden Boden, als Glas auf uns herabzuregnen begann.

Dann hörte es auf. Ein paar Sekunden lang war die Stille genauso beängstigend wie vorher das Beben.

»Alles in Ordnung, Mädels?« Papa setzte sich auf und sah nach, ob wir verletzt waren.

Wir wimmerten wie Babys, aber verletzt waren wir nicht. Papa jedoch blutete aus Schnittwunden an Kopf und Armen, aber er sagte, ihm sei nichts passiert. Wir sollten nach draußen gehen, aber ganz vorsichtig, weil überall Glassplitter lagen. Vor dem Haus sollten wir warten. Er rannte in die Küche und rief nach Mama und unserem Zeyde.

Auf Zehenspitzen gingen Barbara und ich durchs Wohnzimmer, in dem nichts mehr so war wie vorher. Ein Tischchen mit Nippes war umgefallen, und alle Möbel, sogar das große, schwere Sofa, standen nicht mehr an ihrem Platz. Auf den ersten Blick sah unsere Veranda unverändert aus, aber die drei Stufen hatten Risse bekommen, aus der mittleren war sogar ein großes Stück herausgebrochen. Langsam tastete ich mich vorwärts, bevor ich einen Fuß auf die kaputten Stufen setzte. Dann stand ich auf der Straße.

Aus allen Häusern kamen schockierte Menschen und suchten ihre Häuser nach äußerlichen Schäden ab. Fast schien es, als fürchteten sie, die Häuser könnten noch mehr Rache dafür nehmen, dass wir die ganze Zeit so gedankenlos in ihnen gelebt hatten, statt ihnen dankbar zu sein, weil sie Balken, Bretter und Nägel am rechten Platz hielten und gegen die Kräfte des Verfalls verteidigten. Außer den Verandastufen und einigen zerborstenen Fenstern sah unser Haus unversehrt aus, aber bei den Lischers, drei Häuser weiter, war das Verandadach eingestürzt, und die Türen hingen in den Angeln. Ein entsetzliches Geräusch untermalte das Ganze – die Hupe eines Wagens, der zusammen mit anderen mitten auf der Straße stand, obwohl kein Fahrer zu sehen war.

»Ist jemand verletzt? Eure Mutter, das Baby?«, sprach Mrs. Anshel uns an.

Das Baby? Wen meinte sie, ihr eigenes Baby, Sharon? Aber Sharon lag friedlich in ihren Armen. Dann begriff ich, dass sie das Baby in Mamas Bauch meinte.

»Papa kümmert sich um alles«, sagte ich.

»Sag ihm, er soll den Haupthahn der Gasleitung schließen … Barbara, Elaine, hört ihr mir überhaupt zu? Sagt mir Bescheid, wenn euer Vater rauskommt!«

Mrs. Anshel entpuppte sich als Frau, die in Krisenzeiten zur Hochform aufläuft. In dem blau-weißen Kleid und den silbernen Ohrclips, die sie schon für das Essen bei uns angelegt hatte, lief sie zwei Häuser weiter zu den Yamotos. Auch ihnen sagte sie, dass sie das Gas abstellen sollten. Dann sagte sie etwas von der plärrenden Autohupe, und die beiden Yamotosöhne, Teddy und Woodrow, gingen zu dem Wagen und öffneten die Motorhaube.

Papa, Mama und unser Zeyde kamen von hinten ums Haus. Die beiden Männer stützten Mama, die sich ein Küchenhandtuch an die Stirn presste.

»Mama!«, riefen wir und rannten auf sie zu.

»Mir geht's gut, Mädels. Irgendwas ist in der Küche runtergefallen. Ist nicht schlimm«, sagte sie, aber jeder Schritt schien ihr schwerzufallen, und sie sah uns kaum an.

Mit einem Mal schien sie aber wieder zu Kräften zu kommen, und sie rannte an uns vorbei auf die Straße. »Audrey!«, schrie sie. »Wo ist Audrey?«

Barbara und ich sahen einander an, als könnten wir dadurch Audrey herbeizaubern. Dann drehten wir uns zum Haus um. Audrey schaute aus keinem der Fenster.

»Ist sie denn nicht mit euch rausgekommen?«, fragte Papa.

Ich schüttelte den Kopf.

»Du hast gesagt, die Mädels sind vorm Haus. ›Die Mädels‹ hast du gesagt!«, schrie Mama Papa an.

Er rannte ins Haus zurück. Der Zeyde folgte ihm, und auch Barbara und ich wollten hinterher, doch da stellte sich uns Mrs. Anshel, das Baby auf dem Arm, kopfschüttelnd in den Weg. »Was ist denn in euch gefahren?«, schimpfte sie. »Kümmert euch lieber um eure Mutter!«

Mama war aschfahl – abgesehen von der blutigen Wunde an ihrer Stirn. Das Küchenhandtuch hing jetzt schlaff in ihrer Hand. Mrs. Anshel brachte sie zu einem der verlassenen Wagen und sagte, ich solle Mama das Handtuch auf die Kopfwunde drücken. Das tat ich und benutzte einen Zipfel, um ihr die Tränen abzuwischen, während mir selbst die Tränen liefen und den Kragen meiner Bluse durchnässten.

Die Yamotosöhne hatten das hupende Auto zum Schweigen gebracht, und wir hörten Papa und den Zeyde nach Audrey rufen. Keine Antwort.

»Barbara. Elaine!« Mrs. Anshel wartete, bis wir sie ansahen. »War Audrey bei euch, als das Erdbeben anfing?«

»Nein«, sagten wir wie aus einem Mund.

»Wo habt ihr sie zuletzt gesehen?«

»Im Wohnzimmer«, sagte ich. »Aber sie ging gerade in die Küche.« Ich sah Barbara an.

»Ich hab nicht auf sie geachtet«, sagte sie. »Ich sollte mich doch ums Essen kümmern.«

»Ging es eurer Mama nicht gut?«

»Doch, doch«, sagten wir schnell, weil uns klar war, dass wir nicht sagen durften, was wirklich passiert war.

»Hm.« Mrs. Anshel ahnte, dass wir nicht mit der ganzen Wahrheit herausrückten. »Hat Audrey ein Versteck, in das sie sich zurückzieht, wenn sie mit euch Streit hatte?«

»Ich weiß nicht«, sagte ich und fühlte mich so elend wie Audrey, als Mama sie wegen der Kerzenständer ausgeschimpft hatte.

Papa und der Zeyde kamen ohne sie aus dem Haus, und Papa begann, Barbara und mich auszufragen, während Mrs. Anshel einen Suchtrupp organisierte. Ob wir ganz sicher seien, dass wir Audrey seit dem Erdbeben nicht gesehen hätten, wollte Papa wissen. Und vor dem Erdbeben? Ist Audrey nach draußen gegangen?

Um wenigstens irgendwie zu helfen, sagte ich, dass Papa das Gas abstellen sollte. Er bat unseren Zeyde, es zu tun. Dann sagte er, Barbara und ich sollten bei Mama bleiben, und schloss sich dem Suchtrupp an.

Warum war Audrey nicht im Haus? Ich fragte mich, ob sie vor Kummer aus dem Haus gelaufen war, als ich ihr hätte helfen können, mich aber nicht gerührt hatte. Überall auf der Straße riefen die Nachbarn nach ihr. Ich machte mir schreckliche Sorgen. War ein Haus auf sie gestürzt? Oder hatte jemand das allgemeine Durcheinander ausgenutzt und sie entführt, wie das Lindbergh-Baby letztes Jahr? Was konnte ich Gott versprechen, damit er sie uns heil zurückgab? Natürlich würde ich sie nie wieder ärgern, aber das reichte nicht, ich musste Gott ein größeres Opfer bringen. Vielleicht sollte ich meiner Familie helfen, da Papa nun seine Arbeit verloren hatte? Manche Kinder brachen schon in meinem Alter die Schule ab, um Geld zu verdienen.

Dann hörte ich eine Frau rufen: »Da ist sie! Das kleine Greenstein-Mädel!«

»Seht nur, sie haben sie gefunden!«, rief jemand anders.

Ich sah in die Richtung, in die alle zeigten. Da, an der nächsten Straßenecke … es war Audrey! Sie saß auf der Schulter eines gutaussehenden Mexikaners. Und war das nicht Tante Pearl neben ihnen?

Mama stieß einen Schrei aus und taumelte auf das Grüppchen zu. Die Menge klatschte und lachte und bildete eine Gasse, um die drei durchzulassen. Vorsichtig hob der Mexikaner Audrey von seiner Schulter, und Mama drückte sie an sich.

»Sie war auf der Straße vor meiner Wohnung«, sagte Pearl. »Ich habe versucht, euch anzurufen, aber die Leitung war tot.«

Mama schimpfte jetzt auf Audrey ein, hörte aber nicht auf, sie zu umarmen, ihr übers Haar zu streicheln und zu weinen. Wir anderen umringten sie, redeten auf sie ein und lachten – wieder eine glückliche Familie.

»Bill? Charlotte?«, sagte Pearl nach ein paar Minuten, als sich die allgemeine Aufregung etwas gelegt hatte. »Papa?«, fügte sie verschämt hinzu und wagte nicht, den Zeyde anzusehen.

Pearl sah … nicht nur hübsch, sondern geradezu hinreißend aus, wie ein Filmstar. Sie trug einen eng anliegenden grünen Pullover und Stöckelschuhe, hatte Lippenstift aufgelegt und sah einfach sexy aus. Dann legte sie dem Mexikaner eine Hand auf den Arm. Im Gegensatz zu den anderen hilfsbereiten Nachbarn war er nicht weggegangen. »Ich möchte euch Alberto Rivas vorstellen«, sagte sie.

»Bert«, sagte der Mann und lächelte. »Freut mich, Sie kennenzulernen, Mr. Greenstein.« Er wollte unserem Zeyde die Hand geben.

Doch der warf Pearl einen missbilligenden Blick zu, drehte sich um und ging weg.

Da griff Papa nach Bert Rivas ausgestreckter Hand. »Danke, dass Sie uns unsere Tochter zurückgebracht haben.« Und um zu betonen, wie sehr er sich vom Zeyde unterschied, fügte er hinzu: »Bitte bleiben Sie doch zum Essen.«

»Das ist doch nicht nötig, Bill«, sagte Pearl.

»Er hat uns Audrey wohlbehalten zurückgebracht. Da ist es wohl das Mindeste, was wir tun können.«

Bert sah Pearl fragend an. Sie nickte, und er nahm Papas Einladung an. Ich hielt ihn für einen Nachbarn von Pearl, obwohl es merkwürdig war, dass er in ihrer Nähe wohnte und nicht im Mexikanerviertel von Boyle Heights. Aber schließlich wohnten ja auch die Yamotos in unserer Gegend und nicht im Japanerviertel. Also war es nicht unmöglich, dass Bert Pearls Nachbar war. Trotzdem kam mir langsam ein anderer Gedanke: dass Pearl ihren sexy Pullover extra für Bert Rivas angezogen hatte und dieser Mexikaner ihr Freund war.

»Was hätte ich denn tun sollen?«, hörte ich Pearl zu Papa sagen, als wir über die kaputten Verandastufen zurück ins Haus gingen. »Wichtig war doch nur, Audrey so schnell wie möglich wieder nach Hause zu bringen! Was, wenn es noch einen Erdstoß gegeben hätte oder wir an eingestürzten Gebäuden vorbeigemusst hätten? Es wäre verrückt gewesen, sie allein zurückzubringen.«

Zu Hause schalteten wir das Radio an und hörten, dass das Epizentrum des Bebens in Long Beach lag. Für die Menschen dort war es natürlich ganz furchtbar, aber wir waren erleichtert, weil Long Beach über dreißig Kilometer entfernt lag. Mit Berts Hilfe fegte Papa die Scherben zusammen – fast all unsere guten Kristallweingläser hatte es erwischt und einiges vom Rosenthalgeschirr. Barbara und ich holten die Alltagsgläser aus der Küche und stellten sie auf den Tisch. Auch die Anshels kamen zum Essen, und wir feierten, dass wir das Erdbeben fast unbeschadet überstanden hatten und Audrey nichts passiert war.

Zuerst wusste niemand so recht, wie wir Bert behandeln sollten, und niemand erwähnte unseren Zeyde, der zu Sonya gegangen war. Aber als Papa die zweite – und dann sogar die dritte! – Flasche Wein öffnete, wurde es zum fröhlichsten Schabbesmahl, das wir je hatten. Nach dem Essen wurde geraucht, Bert nahm Audrey auf den Schoß und sang wunderschöne mexikanische Lieder.

Papa sang mit. Ich hatte gar nicht gewusst, dass er spanische Lieder kannte. Manchmal fehlte ihm der Text einer Strophe, aber dann schmetterte er den Refrain umso enthusiastischer mit:

Ay, ay, ay, ay,
Canta y no llores.
Porque cantando se alegran,
Cielito lindo, los corazones.

Dieses Lied, »Cielito Lindo«, hatte ich in der Schule gelernt. »Canta y no llores« bedeutete »sing und weine nicht«. Ich fragte mich, ob dieser Text Papa aus dem Herzen sprach, nachdem er erst seine Arbeit verloren und dann auch noch den schrecklichen Streit mit unserem Zeyde gehabt hatte. Wünschte er, er könnte zurücknehmen, was er über Onkel Harry gesagt hatte (dessen Fotos übrigens schief an der Wand hingen, weil wir noch nicht angefangen hatten, alles wieder in Ordnung zu bringen)? Aber er wirkte trotzig, ja fast stolz. So schlimm der Streit auch gewesen war, Papa hatte sich endlich einmal behauptet … nicht nur gegenüber dem Zeyde, sondern vor allem gegenüber dem Geist von Onkel Harry. All die Jahre war es ein unfairer Kampf gewesen, weil Papa immer im Schatten des Goldjungen gestanden hatte, der mit zwanzig in Frankreich gefallen war. Mit seinem nicht besonders glorreichen Berufsleben, seinen Enttäuschungen und verpassten Chancen konnte Papa sich nicht annähernd mit dem vielversprechenden jungen Mann messen, der Harry immer gewesen war und immer bleiben würde.

9. KAPITEL

Cousine Mollie verändert die Welt

BEI DEM ERDBEBEN VON LONG BEACH WURDEN 120 MENschen getötet, und die Schäden beliefen sich auf fünfzig Millionen Dollar. Die Gräben, die es an diesem Märzabend des Jahres 1933 in meiner Familie aufriss, sollten nie wieder zugeschüttet werden.

Unser Zeyde war zwar schon einmal zu Tante Sonya gezogen, als Barbara ihn überredet hatte, die Blechmenagerie für uns zu schmieden, aber schon nach zwei Wochen war er zurückgekommen und hatte darüber lamentiert, dass Sonya sofort mit ihrem Staubsauger angerauscht sei, sobald er einen Fuß auf ihren guten Teppich setzte, und Leo über nichts anderes als seine Verdauungsprobleme sprechen konnte – kein Wunder bei Sonyas Kochkünsten. Dieses Mal war es anders. Der Zeyde kam nicht zurück. Anders als mit Pearl brach er den Kontakt zu Papa zwar nicht gänzlich ab, sondern kam ein- oder zweimal pro Woche zum Essen, und wir sahen ihn bei Familienfesten. Aber es war nicht dasselbe wie früher, als er bei uns gewohnt hatte. Ich weiß gar nicht, ob Harriet, die in diesem Juni geboren wurde, je seine Geschichten gehört hat.

Glücklicherweise hatte ich gut aufgepasst, wenn er den Feigenbaum in unserem Garten pflegte. Einige Tage nachdem er ausgezogen war, fiel mir auf, dass die Blätter zu welken begannen, und ich holte schnell Wasser, um den Baum zu gießen, weil ich nicht wollte, dass unser Zeyde einen sterbenden Baum vorfände, wenn er zurückkäme. Als er fort blieb, übernahm ich die Verantwortung für den Baum.

Aber noch mehr veränderte sich. Die ersten Tage nach dem Erdbeben war Audrey ganz aufgekratzt, lachte und erzählte immerzu, wie Sekunden, nachdem sie in Tante Pearls Straße eingebogen war, die Gebäude erzitterten, Autos über den Asphalt hüpften und sie selbst zu Boden geworfen wurde. »Seht nur!« Sie zeigte ihre Hände und Knie, die Mama gesäubert, mit Mercurochrom behandelt und verbunden hatte. Aber danach hatte sie monatelang Albträume und machte ins Bett, als wäre sie nicht sieben, sondern zwei. Sie war immer ein Sensibelchen gewesen und hatte nahe am Wasser gebaut, aber jetzt genügte die geringste Kleinigkeit, um sie aus der Fassung zu bringen. Meist begann sie erst leise zu wimmern und steigerte sich zu einem fürchterlichen Geheul.

Papa verbrachte viel Zeit mit ihr. Hatte er ein schlechtes Gewissen, weil er ihr Verschwinden nicht bemerkt hatte? Er war oft zu Haus und fand erst zwei Monate nach seiner Entlassung bei Fine's eine neue Stelle. Aber selbst dann arbeitete er zunächst nur sporadisch. Er erledigte kleinere Jobs für Tante Pearl, wenn sie ihn losschickte, um passende Schuhe für die von ihr entworfenen Filmkostüme zu besorgen. Mit der Zeit wurde daraus ein recht erfolgreiches Unternehmen, und Papa zog nicht einfach nur durch die Schuhgeschäfte der Stadt, sondern recherchierte, wenn es sich beispielsweise um einen Historienfilm handelte, zuerst alles über die Schuhmode der jeweiligen Epoche und beauftragte dann eine Werkstatt, Dutzende Paare einer bestimmten Machart anzufertigen.

Sein eigentlicher Erfolg aber lag noch in der Zukunft. In dem Sommer, als er arbeitslos geworden war, nahmen Barbara und ich zum ersten Mal Ferienjobs an. Barbara, die schon immer die Anführerin der Kindergang unseres Viertels gewesen war, betreute eine Spielgruppe von sechs Kindern, deren Mütter in den Sommerferien arbeiten mussten oder lieber fünfzig Dollar pro Woche bezahlten, als sich selbst um ihre Kinder zu kümmern. Ich fing in Onkel Leos Buchhandlung am Hollywood Boulevard an, was für eine Leseratte wie mich der perfekte Arbeitsplatz zu sein schien, nur dass Leo mich nicht lesen ließ, sondern mir Aufgaben erteilte, die er für eine arme zwölfjährige Verwandte angemessen fand – wie etwa Staub wischen oder Natron aus der Apotheke holen. Auch Danny hatte einen Job, und zwar bei Chafkin's. Als er dort nach seinem Ladendiebstahl zur Wiedergutmachung ein paar Stunden arbeiten musste, machte er seine Sache so gut, dass Eddie Chafkin ihm eine Stelle anbot. Danny machte sich zwar über Eddies selbstherrliche Art und seine Pfennigfuchserei lustig, aber es machte ihn stolz, für jemanden zu arbeiten, der – im Gegensatz zu seinem Vater – energisch und ein erfolgreicher Unternehmer war.

Als wir im Herbst auf die Hollenbeck Junior High School kamen, behielten wir unsere Jobs, arbeiteten aber nur noch nachmittags und am Wochenende. Beinahe über Nacht waren meine Freunde und ich ins Arbeitsleben eingetreten. Das ist doch das Beste, was einem passieren kann, sagte meine Cousine Mollie.

Mollie Abrams wohnte im September bei uns, als die Gewerkschaft sie nach Los Angeles schickte, um die Textilarbeiterinnen zu organisieren. Sie war der Silberstreifen am sonst so düsteren Horizont dieses Jahrs.

Obwohl sie unsere Cousine war, die älteste Tochter von Mamas Bruder Meyr, war sie nur fünf Jahre jünger als Mama. Die beiden hatten sich wie Schwestern gefühlt, als Mama bei Meyrs Familie in Chicago wohnte.

»Mollie hat mir mit ihren Schulbüchern Englisch beigebracht«, hatte Mama uns oft erzählt. »Wenn es heiß war, holte sie sich heimlich etwas vom Eau de Cologne ihrer Mutter, und wir rieben unsere Füße damit ein. Wir hatten die wohlriechendsten Füße von ganz Chicago. Sie sprach so ein schönes Englisch und wollte sich nach dem Highschool-Abschluss einen guten Arbeitsplatz suchen, irgendwas im Büro.«

So ist es aber nicht gekommen. Meyr verletzte sich am Rücken und konnte nicht mehr im Schlachthof arbeiten. Einen ähnlich gut bezahlten Job konnte er nicht finden, und so musste Mollie mit fünfzehn von der Schule abgehen und in einer Kleiderfabrik anfangen. Mollie war aber nicht der Typ, der groß jammerte. Sie war intelligent und besaß das – vielleicht von ihrem Vater Meyr, dem Fußgeher und Gründer einer Theatertruppe, geerbte – Talent, Menschen zu mobilisieren und so stieg sie in der Fabrik schnell auf. Mit nicht mal zwanzig wurde sie zur Vorsitzenden der Gewerkschaft in ihrer Fabrik. Als solche fiel sie den Führern der Internationalen Textilarbeitergewerkschaft auf, die sie dann nach Los Angeles schickten.

Sie sollte das Zimmer neben der Küche bekommen, in dem unser Zeyde gewohnt hatte, und Barbara oder ich sollte es mit ihr teilen. Davon erfuhren wir allerdings erst eine Woche vor ihrer Ankunft, sodass ich wenig Zeit hatte, besonders artig zu sein und Mama davon zu überzeugen, dass mir die Ehre gebührte, das Zimmer mit unserem Gast zu teilen. Zum Glück für mich traf Mama ihre Wahl auf eine Art, die weder vernünftig noch fair war.

Vielmehr hatte es etwas damit zu tun, dass Audrey unter mir mehr zu leiden hatte als unter Barbara, da sie in der Hackordnung direkt unter mir stand. Barbara dagegen behandelte sie wie ein Haustier, einen Hamster oder Kater, den sie liebevoll streichelte, wenn ihr danach zumute war, und dann wochenlang ignorierte. Ich war diejenige, die sie zwickte, herumschubste und verspottete, weil ich mich permanent von ihr belästigt fühlte. Zwar hatte ich Gott versprochen, Audrey nie wieder zu ärgern, wenn er sie heil durch das Erdbeben brachte, aber Gott spielte in unserem säkularen Haushalt keine Rolle und forderte die Einhaltung meines Versprechens nicht ein. Obwohl sie mir leidtat, als es ihr nach dem Erdbeben so schlecht ging, litt ich unter dem Gestank, wenn ich morgens aufwachte und sie wieder in das Klappbett gemacht hatte, das an meiner Seite des Doppelbetts stand, in dem Barbara und ich schliefen. Noch mehr ärgerte ich mich, wenn ich von einem langen Tag als Onkel Leos Sklavin und einer Fahrt im überhitzten Bus heimkam und Papa als »Pferdchen« auf allen vieren vorfand, das eine kichernde Audrey auf seinem Rücken reiten ließ. Mit Fleiß und Lernbereitschaft hatte ich mir Papas Anerkennung hart erarbeiten müssen, für Audrey war er ein Spielkamerad, der keinerlei Ansprüche stellte.

Den geballten Frust über all das packte ich offenbar in den Schubs, den ich Audrey gab, als wir das frühere Zimmer unseres Zeyde für unseren Gast herrichteten.

Seit unser Zeyde im März ausgezogen war, hatte das Zimmer neben der Küche leer gestanden, weil wir dachten, er würde zurückkommen. Als klar wurde, dass er das nicht tun würde, wollten Barbara und ich unbedingt in dieses Zimmer ziehen, aber Mama und Papa hatten nur das neue Baby und ihre finanziellen Sorgen im Kopf, und die nötige Renovierung wurde nicht in Angriff genommen. Nun entpuppte es sich als Glücksfall, dass das Zimmer so lange unbenutzt geblieben war, denn statt es notdürftig zu renovieren, wie wir es für Barbara und mich getan hätten, wurde jetzt ein wunderschönes Zimmer für Mollie daraus.

Papa, Barbara und ich strichen die Wände weiß. Mama nähte Vorhänge aus einem Stoff mit pinkfarbenen und blauen Blumen, dazu noch eine Decke für die Orangenkiste, die als Nachttisch diente. Am Samstagabend – nur zwei Tage vor Mollies Ankunft! – hängte Papa den hübschen Spiegel mit einem Rahmen aus mexikanischer Keramik auf, den Mama unbedingt kaufen wollte, während Barbara das hölzerne Bettgestell und die Kommode einölte und Audrey und ich auf Knien jeden Quadratzentimeter des Fußbodens schrubbten. Mama mit Baby Harriet im Arm stand an der Tür und überwachte alles. Es herrschte also ein ziemliches Gedränge in dem kleinen Zimmer, und Audrey war mir ständig im Weg. Außerdem gab sie sich beim Schrubben keine Mühe, und ich wollte den Boden perfekt saubermachen, damit Mama mich zu Mollies Zimmergenossin machte.

Als Audrey mir zum fünften Mal in die Quere kam, holte ich mit der Hüfte aus und versetzte ihr einen gewaltigen Stoß.

»E-laine!« Sie krümmte sich und begann mit dem Gewimmer, das immer mit Geschrei endete.

»Wag es ja nicht, Audrey!«, sagte Mama und warf ihr einen Blick zu, der sie verstummen ließ. Dann sah sie mich an. Ich dachte, sie würde schimpfen oder mich schlagen, doch stattdessen sagte sie: »Es reicht, Elaine! Du ziehst zu Mollie ins Zimmer!«

»Was?«, stieß Barbara hervor. »Warum *sie*?«

»Ich will nichts mehr hören, Barbara! Du kommst mit Audrey zurecht, Elaine nicht. Ich will endlich ein bisschen Ruhe im Haus haben.«

»Das ist unfair!«, protestierte Barbara.

Sie hatte recht. Aber mein schlechtes Gewissen ging in dem Glücksgefühl unter, das mich durchflutete. Ich schrubbte den Boden noch gründlicher und beeilte mich, als könnte ich Mollies Ankunft damit beschleunigen. Ich würde mir das Zimmer mit einer Cousine teilen, die so wichtig war, dass die Gewerkschaft sie mit einem Flugzeug nach Los Angeles schickte!

ES KAM VOR, DASS WIR JEMANDEN vom Bahnhof abholten, aber ich hatte noch nie jemanden kennengelernt, der mit einem Flugzeug nach Los Angeles kam. Am Montagabend sollte Mollie auf dem Glendale Airport landen, und alle wollten sie abholen. Papa hatte Onkel Leo gebeten, uns hinzufahren. Eigentlich war sein Wagen für so viele Personen zu klein, aber auf dem Hinweg rückten wir alle zusammen, und für die Rückfahrt sollten Mama und Mollie ein Taxi nehmen.

Um 19:30 Uhr sollte Mollies Flugzeug landen. Um sieben waren wir am Flughafen und stellten uns an den Zaun, der die Wartezone vom Flugfeld trennte. Um halb acht kam aber kein Flugzeug aus Chicago. Es wurde Viertel vor acht, dann acht, dann Viertel nach acht. Mama fand es unmöglich, dass man sie warten ließ.

»Flüge aus Chicago haben immer Verspätung«, sagte ein Mann neben uns so beiläufig, dass er mich an Filme erinnerte, in denen die Leute sich vor dem Essen umzogen und an Cocktails nippten. Der Mann war schon oft geflogen und sagte: »Turbulenzen über den Rocky Mountains, völlig unvorhersehbar.«

Papa nutzte die Wartezeit, um uns einen Vortrag über Luftfahrt zu halten. Ein Flugzeug könne fliegen, sagte er, weil der Propeller – »Seht ihr das Ding da, das sich so schnell dreht?« – es nach vorne ziehe. Wenn der Pilot die Nase des Flugzeugs nach oben drücke, ziehe der Propeller das Flugzeug in die Höhe. Ein Mann entschuldigte sich für die Einmischung, aber der wahre Grund, dass Flugzeuge flögen, sei die Form der Flügel, über denen sich ein Vakuum bilde. Danach sagte keiner mehr viel, nur Onkel Leo beklagte sich darüber, zu schnell gegessen zu haben und nicht in Ruhe verdauen zu können. Hätte er Papa nicht schon die ganze Zeit gesagt, dass kein Mensch um sieben zum Flughafen gehe, um jemanden in Empfang zu nehmen, der erst um halb acht ankommen solle?

Mama schaute unentwegt in den Himmel, als könnte sie Mollies Flugzeug durch schiere Willenskraft herbeizaubern. Egal, ob der nächste Flug aus Denver oder San Francisco kam – sie sah jeder Frau, die die Metalltreppe herunterkam, erwartungsvoll ins Gesicht. Erst wenn der letzte Passagier ausgestiegen war, trat sie wieder von dem Maschendrahtzaun zurück, der ihr ein Rautenmuster auf die Stirn gedrückt hatte.

Für mich war jede Minute auf diesem Flughafen belebend und spannend. Jedes Mal wenn ein Flugzeug im Anflug war, trat ich zusammen mit Mama an den Zaun und sah zu, wie aus weit entfernten Blinklichtern ein röhrendes Monster wurde. Ich hatte furchtbare Angst, dass es beim Aufprall auf der Erde in Millionen Stücke bersten würde, und wenn es dann sanft und sicher landete und bebend zum Stillstand kam, war ich erleichtert. Abends gab es mehr Landungen als Abflüge, aber wenn eine Maschine startete und wie ein schwerfälliger Bus über die Rollbahn holperte, war es umso erstaunlicher, wenn sie plötzlich wie ein schöner Schwan in die Luft stieg.

Alles an diesem Flughafen war aufregend. Was ich bislang außerhalb Boyle Heights kannte – den Strand, das Stadtzentrum und Leos Buchhandlung in Hollywood –, war sozusagen vertrautes Territorium. Für den Glendale Airport galt das nicht. Hier waren alle so elegant gekleidet wie von Pearl ausgestattete Schauspieler, und wenn sie sprachen, klang es wie im Radio – ohne peinlichen Akzent oder Grammatikfehler.

Papa gab Barbara und mir je fünf Cent und sagte, wir könnten an der Snackbar eine Cola trinken. Um den Luxus richtig auszukosten, gingen wir zuerst in die »Ladies Lounge«. Nachdem ich die Toilette benutzt hatte, ging ich zum Waschbecken, und dann stockte mir das Blut in den Adern, als eine schwarze Frau in gestärkter blauer Uniform kam und mir das weichste und weißeste Handtuch reichte, das ich je angefasst hatte. »Bitte sehr, Miss«, sagte sie. Ich bedankte mich, aber reichte das? Barbara hatte sich schon die Hände gewaschen und benutzte auch so ein weiches weißes Handtuch. Ich versuchte, ihren Blick einzufangen und einen Hinweis zu bekommen, was ich tun sollte, aber sie war zu sehr damit beschäftigt, sich die Lippen anzumalen.

»Da! Wir sehen uns an der Snackbar.« Sie drückte mir den Lippenstift in die Hand und rauschte los.

Ich malte mir die Lippen an, und die schwarze Frau griff nach Barbaras Handtuch. »Ich bin mit meinem auch fertig«, sagte ich. »Vielen, vielen Dank.« Dann sah ich, wie eine andere Frau eine Münze in einen Teller warf, der auf einem Tischchen stand. Panik stieg in mir auf. Sollte ich Papas Fünfer dafür ausgeben? Ich wollte doch eine Cola trinken! Mir fiel ein, dass ich noch ein paar Pennies in der Tasche hatte, und ich legte den Fünfer auf den Teller.

An der blitzblanken Snackbar sprach Barbara mit einem blonden Jungen, der in unserem Alter zu sein schien. Er saß links von ihr, und sie hatte ihren Pullover auf den Barhocker zu ihrer Rechten gelegt, um ihn für mich zu reservieren, aber als ich kam, sah sie mich nicht mal an.

Ich bestellte meine Cola und tat so, als studierte ich die Speisekarte.

»O ja, wir sind schon vier oder fünf Mal geflogen«, sagte Barbara so aufgedreht, dass ich sie gar nicht wiedererkannte. »Mummy und Daddy finden das Fliegen einfach bequemer als Bahnreisen.«

»Stimmt«, sagte der Junge. »Ich kann's gar nicht abwarten, bis es endlich Passagierflüge nach Europa gibt. Schiffsreisen machen Spaß, aber nicht, wenn die Überfahrt so elend lange dauert wie von Los Angeles aus.«

Was war ein Monte Cristo Sandwich?

»Ja, nach Europa fliegen, das wäre echt super«, sagte Barbara. »Wie Lindy.«

»Hättest du gar keine Angst?«

»Ich hab nie Angst.«

»Und du?«, fragte der Junge. »Hättest du Angst?« Dann sagte er: »Hey, du!« Erst da merkte ich, dass er mich meinte.

»Ich würde gern fliegen«, sagte ich.

Er sah mich an. »Deine Schwester?«, fragte er Barbara.

Für den Hauch eines Moments spürte ich, dass sie zögerte. Doch dann sagte sie Ja, stellte mich als Elaine Green vor und nannte den Namen des Jungen, Gregory Hawkins.

»Ihr seht euch echt ähnlich«, sagte Gregory Hawkins – und dann: »Freut mich, dass ich euch kennengelernt habe. Oh, schon so spät? Dann muss ich jetzt gehen.«

»Warum hast du das getan?«, fragte ich Barbara, als er weg war.

»Was denn?«, fragte sie.

»Warum hast du gesagt, dass wir Green heißen?«

Sie zuckte mit den Schultern und rutschte von ihrem Barhocker. Ich folgte ihr zum Zaun zurück.

Plötzlich drehte sie sich um, baute sich vor mir auf und funkelte mich an. »Hast du nicht manchmal Lust, dich als jemand anders auszugeben?«

Ich sah zu meiner Familie hinüber, und einen Moment lang kam es mir so vor, als würde ich sie nicht kennen. Mama trug das »smarte Kostüm«, das sie sich zu unserer Einschulung hatte schneidern lassen; inzwischen war es sieben Jahre alt und längst aus der Mode, außerdem spannten die Schultern, weil Mama Harriet auf dem Arm hielt. Papa und Onkel Leo waren kleiner und hatten dunklere Haut als die meisten anderen Männer, und obwohl noch andere kleine Kinder auf dem Flughafen waren, hockte Audrey als einziges am Zaun. Jemand sollte dafür sorgen, dass sie sich ordentlich hinstellte. Und dann diese Menge! Alle anderen, die gekommen waren, um jemand abzuholen, waren höchstens zu zweit oder dritt. Außerdem standen sie nicht wie gebannt am Zaun, sondern schlenderten umher oder gingen ins Flughafengebäude, um sich einen Drink zu genehmigen.

Sah ich womöglich auch aus wie jemand, der nicht hierher gehörte? Und falls ja: Lag es bloß daran, dass ich aus einer armen Familie stammte und alle anderen hier wohlhabend waren, oder sah man mir an, dass ich Jüdin war? War es das, was Barbara vor Gregory Hawkins verbergen wollte? Hatte er sich so schnell verabschiedet, weil ich die gleiche große Nase und die gleichen dunklen Locken wie Barbara hatte, aber dazu noch ein schmales Gesicht mit Brille? Wollte er deswegen nicht weiter mit uns flirten? Plötzlich schämte ich mich ganz fürchterlich. Woher kam das Gefühl, irgendwie »verkehrt« zu sein? Sicher, ich kannte die Geschichten, die Mama und unser Zeyde von den Juden in osteuropäischen Dörfern erzählten, und ich wusste, dass mein Leben nicht die geringste Ähnlichkeit mit dem der wunderbaren Menschen in Filmen hatte. In Boyle Heights aufgewachsen, kannte ich keinen Judenhass, hatte nie Demütigung und Unterdrückung erlebt. Aber ich brauchte bloß einen Schritt aus meiner gewohnten Welt herauszutreten, und schon erkannten Menschen, die mit Recht am Flughafen waren, dass ich keine von ihnen war.

Mein Unbehagen verlor sich auch nicht, als ich wieder bei meiner Familie stand. Harriet hatte Pupu gemacht, und Mama hatte keine frische Windel dabei, weil sie nicht gedacht hatte, dass wir so lange warten müssten. Harriet stank und quengelte, und Mama drückte sie abwechselnd Barbara und mir in den Arm. Ich versuchte, mich wieder auf Starts und Landungen der faszinierenden Flugzeuge zu konzentrieren, wünschte mir aber, woanders zu sein. Oder wollte ich, wie Barbara, *jemand anders* sein? Ich warf einen verstohlenen Blick auf Barbara, die gerade Harriet hielt und ein Stück hinter uns stand. Wie sie über »Mummy und Daddy« gesprochen und behauptet hatte, sie sei schon mal geflogen … Ich wusste, dass ich an so einer Lüge ersticken würde. Wie so oft wunderte ich mich über ihre Unverfrorenheit, ihre Chuzpe, und gleichzeitig bewunderte ich sie dafür. Aber dieses Mal bewegte mich noch etwas anderes. Anders als meine Schwester war ich kein Chamäleon; jeder Quadratzentimeter meiner Haut, jeder Gedanke in meinem Kopf und jedes Wort, das ich sagte, war Elaine Greenstein pur. Und darüber war ich froh! Ich besaß Integrität (auch wenn ich das Wort damals noch nicht kannte), und diese Gewissheit verlieh mir geradezu ein Gefühl von Macht. Jahre später hatte ich das gleiche Gefühl in Gerichtssälen, wenn ich meine Sache gut machte. Barbara dagegen … Für einen kurzen Moment erkannte ich hinter der Leichtigkeit, mit der sie in verschiedene Rollen schlüpfte, die *Not*, die dahintersteckte, und sie tat mir regelrecht leid.

Doch all diese Gedanken verflogen, als wieder Lichter am Himmel blinkten und jemand rief: »Die Maschine aus Chicago!«

»Mollie!«, schrie Mama.

Das Flugzeug landete, raste auf den Zaun zu und kam zitternd zum Stehen. Männer in Overalls schoben die Metalltreppe heran, und uniformierte Arme öffneten die Flugzeugtür von innen.

Als Erste kam eine matronenhafte Dame heraus, die ein

schlecht sitzendes braunes Kostüm und einen grünen Hut trug. Ich versuchte an ihr vorbei die anderen Passagiere zu sehen, aber Mama schrie: »Mollie!« In dem Moment wurde die Matrone zu einem jungen Mädchen, das die Gangway herunterhüpfte und »Charlotte!« schrie. Ihr schien völlig egal zu sein, dass die anderen Passagiere lässig und unaufgeregt aus dem Flugzeug stiegen. Durch den Zaun küsste sie Mamas Finger, eilte auf das Tor zu und umarmte Mama. Beide lachten und weinten zugleich.

Schließlich stellte Mama uns vor. »Elaine«, sagte Mollie und küsste mich. »Deine Mama hat mir deinen Leserbrief geschickt. Ich bin so stolz, dass du für Gerechtigkeit kämpfst!« Zu jedem von uns sagte sie etwas ganz Persönliches, sogar zu Leo, und sie schmuste mit Harriet (ohne die Nase über ihren Gestank zu rümpfen), als wir auf ihr Gepäck warteten. Von Nahem sah Mollie viel jünger aus als auf der Gangway. Ihr widerspenstiges dunkles Haar erinnerte an Mamas (und meins) und lugte störrisch unter ihrem schicken grünen Fez hervor. Ihre braunen Augen sprühten vor Energie.

Zu Hause angekommen, zeigte Mama Mollie ihr Zimmer und sagte: »Ich hoffe, es macht dir nichts aus, dass Elaine es mit dir teilt.«

»Aber im Gegenteil!« Mollie klatschte in die Hände. »Das wird wie früher mit uns beiden, Char, als wir Mädchen waren.«

Wir würden wunderbare Gespräche führen, und ich würde Geheimnisse mit der Heldin aus Mamas Chicago-Geschichten teilen! Aber am ersten Abend blieb Mollie lange auf und unterhielt sich mit Mama in der Küche, und als ich am nächsten Morgen aufwachte, war sie schon gegangen. Für den Abend bereitete Mama Mollie zu Ehren ein Festessen vor, aber nachdem wir eineinhalb Stunden auf sie gewartet hatten, gaben wir auf und aßen ohne sie. Lange nachdem ich eingeschlafen war, kam sie heim, und als ich am nächsten Morgen aufwachte, war sie schon wieder weg.

So ging es die ganze Woche. Dieselbe unbändige Energie, die mich so zu ihr hinzog, sorgte dafür, dass sie von Sonnenaufgang bis Mitternacht ihre Gewerkschaftsarbeit machte. Morgens um sechs sprach sie mit Menschen, die auf dem Weg zur Arbeit waren. Abends nahm sie an Versammlungen teil, besuchte Werkstätten im Mexikanerviertel rund um die Olvera Street – die meisten Näherinnen stammten aus Mexiko – oder machte Hausbesuche bei den Arbeiterinnen.

Ich versuchte, zeitig zu Bett zu gehen, weil ich hoffte, früh genug aufzuwachen, um noch mit ihr sprechen zu können, während sie sich morgens zurechtmachte. Aber als ältestes von sechs Kindern hatte sie gelernt, leise zu sein. Sie legte ihren Wecker unters Kopfkissen und schaltete ihn aus, bevor ich von seinem Klingeln geweckt wurde. Sie war auch sehr ordentlich. Abgesehen von ihrem Duft – ein blumiges Eau de Toilette und widerlicher, aber verlockend erwachsener Zigarettenrauch – gab es kaum Anzeichen dafür, dass noch jemand anders bei mir im Zimmer wohnte. Wenn ich hier abends zum ersten Mal im Leben allein war, strich ich mir mit ihrer Bürste übers Haar, träufelte mir ein wenig von ihrem Parfüm auf die Handgelenke und wünschte, ich wäre eine mexikanische Näherin, denn dann hätte Mollie sich für mich interessiert.

Aber ich war nicht die Einzige, die sich übergangen fühlte. Mama beklagte sich, sie habe so wenig von Mollie, dass sie genauso gut in Chicago hätte bleiben können. »Deine Gewerkschaft kämpft doch für bessere Arbeitsbedingungen. Kann sie dir nicht mal einen Abend frei geben, damit du bei deiner Familie sein kannst?«, fragte sie, als Mollie eines Abends wieder zu einer Besprechung ging, statt mit uns zu essen.

Mollie umarmte Mama. »Char, Liebste, die Gewerkschaft

hier steht noch ganz am Anfang. Ich darf nichts unversucht lassen.« Sie küsste Mama, dann ging sie.

»Achtundzwanzig Jahre alt und mit der Gewerkschaft verheiratet«, schimpfte Mama.

Am Freitagabend rief Mollie an, um zu sagen, sie könne zum Schabbesmahl nicht bei uns sein, weil sie einem Radiosender ein Interview geben müsse. »Was glaubt sie, was das hier ist – ein Hotel?«, sagte Mama und ging mit Kopfschmerzen zu Bett. Später wachte ich auf, weil in der Küche laut gesprochen wurde. Mollie war endlich nach Haus gekommen. Mama weinte und redete auf Jiddisch auf sie ein.

Am nächsten Tag lud Mollie sie zum Mittagessen ein, und am Sonntag machte sie tagsüber zwar Hausbesuche bei Arbeiterinnen, kam danach aber zum Essen heim. Zuerst hielt der Abend aber nicht, was ich mir davon erhofft hatte. Wir alle buhlten um Mollies Aufmerksamkeit, und das Wichtige, was ich ihr erzählen wollte – dass ich zur Redakteurin unserer Schulzeitung gewählt worden war und einen Artikel über Jane Addams schrieb, die aus Mollies Heimatstadt, Chicago, stammte –, ging im allgemeinen Geplapper unter. Audrey sagte ein dummes kleines Gedicht auf. Unser Zeyde, der an diesem Abend auch gekommen war, prahlte mit den Versammlungen der Radikalen in seinem Heimatdorf. Barbara erzählte von ihrer Kindergruppe und beantwortete Mollies Fragen über die Berufe und Arbeitsbedingungen der Mütter.

Schließlich räusperte Papa sich vernehmlich und sagte: »Kann ich dir ein paar Fragen stellen, Mollie? Über das, was du da für die Gewerkschaft tust?«

»Natürlich«, sagte Mollie. Im selben Moment sagte Mama: »Bill!«, und warf Papa einen warnenden Blick zu. Papa hatte an den vergangenen Tagen immer wieder von den Textilfabrikanten gesprochen, die in unserer Nachbarschaft wohnten, kleine

Unternehmer, die unter der Wirtschaftskrise genauso litten wie andere Leute.

»Ich habe FDR gewählt«, sagte Papa. »Und Gewerkschaften in großen Konzernen wie General Motors oder Kohlebergwerken finde ich wichtig. Aber warum habt ihr es auf Textilfabriken abgesehen? Die gehören kleinen Krautern wie Jerry Bachman.«

»Ihr geht doch mit Greta Bachman zur Schule, nicht wahr, Mädels?«, sagte Mama im Plauderton. »Mollie, möchtest du noch etwas von dem Kigel?«

»Danke, Char. Deinen Kigel habe ich vermisst«, sagte Mollie, ohne sich ablenken zu lassen. »Ich habe Jerry Bachman neulich kennengelernt«, sagte sie zu Papa.

»Für Sid Lewis gilt das Gleiche«, sagte Papa. »Er hat als einfacher Arbeiter in New York angefangen.«

»Sid?«, mischte sich unser Zeyde ein. »Sid ist ein Leuteschinder. Kaum wird einer selber zum Chef, vergisst er, wo er herkommt.« Ich fragte mich, wo plötzlich seine Bewunderung für Männer geblieben war, die genügend Chuzpe besaßen, um ein Unternehmen zu gründen.

Papa sagte: »Du kannst mir nicht erzählen, dass Sid kein Herz für seine Arbeiter hat. Genau wie Jerry würde er ihnen bestimmt mehr Lohn zahlen, wenn er könnte.«

»Tut mir leid, Bill«, sagte Mollie. »Aber dein Freund Bachman ist einer der übelsten Ausbeuter der Stadt. Manchen Frauen zahlt er weniger als einen Dollar die Woche. Der Mindestlohn für Frauen in Kalifornien beträgt aber sechzehn Dollar.«

»Barbara, hilf mir, den Tisch abzuräumen und den Nachtisch reinzubringen«, sagte Mama und versuchte damit zum zweiten Mal, die Wogen zu glätten.

Ich wollte aber nicht, dass sie aufhörten zu streiten. Zum ersten Mal ging es bei einem Tischgespräch in unserem Haus nicht um irgendwelche Leute, die wir kannten, oder unsere genauen Tagesabläufe, sondern um einen Austausch von Ideen. Außerdem stand Mollie furchtlos zu ihren Überzeugungen. Nicht dass sich Mama im Streit mit Papa nicht behaupten konnte, aber bei Tisch ging es immer nur um Alltägliches. Abgesehen davon äußerte Mama sich nur selten und zaghaft zu politischen Fragen. Nicht so Mollie. Sie warf nicht einfach mit hitzigen Behauptungen um sich, wie unser Zeyde es manchmal tat, sondern argumentierte vernünftig und überzeugend. Ich hatte das Gefühl, dass unser Haus – und nicht nur das, sondern Boyle Heights, Los Angeles und die ganze Welt – weiter wurden, so als würden die Straßen, wenn ich das nächste Mal aus dem Haus ging, breiter und die Feigen an unserem Baum dicker und süßer sein.

Während der Unterbrechung durch Mamas Hantiererei schwieg Mollie, aber danach nahm sie zu meinem Entzücken das Gespräch wieder auf.

»Jerry Bachman verstößt gegen geltendes Recht«, sagte sie. »Genau wie alle anderen Fabrikbesitzer.«

Papa war sichtlich erbost. »Das ist eine ernste Anschuldigung.«

»Bosse!«, sagte unser Zeyde abfällig.

»Was ihr da redet!«, sagte Mama und lachte gekünstelt. Dann legte sie plötzlich los: »Wer von euch hat denn in dieser Stadt selbst schon in einer Textilfabrik gearbeitet? Warum fragt mich eigentlich keiner, was ich davon halte?«

»Du hast recht, Charlotte«, sagte Mollie. »Du hast damit Erfahrung. Hattest du das Gefühl, gerecht bezahlt zu werden?«

»Ich … Ach, weißt du … Als Einwanderin nimmt man jeden Job, den man kriegen kann, und beklagt sich nicht.« Nervös blickte sie zwischen Mollie und Papa hin und her, aber dann schlug sie sich auf Mollies Seite. »Das wissen die Unternehmer.

Sie wissen, dass sie einen ausbeuten können und damit durchkommen … Aber jetzt wollen wir Mohnkuchen essen. Wer möchte ein Stück?«

Das Gespräch über Mollies Arbeit war noch längst nicht zu Ende, aber Papa schlug jetzt moderatere Töne an. Voller Genuss verputzte ich ein Stück Mohnkuchen und fand es großartig, dass Mollie Mama dazu gebracht hatte, ihre Meinung zu sagen, und uns alle über den eigenen Tellerrand hinausblicken ließ.

Mollie beeindruckte alle, die sie kennenlernten. Zeitungen und das Radio beschrieben sie als eine energische junge Frau, die die Textilindustrie aufmischte. Das tat sie tatsächlich. Bereits eine Woche nach ihrer Ankunft in Los Angeles legten die Tuchmacher die Arbeit nieder.

Es war Dienstag, der 25. September 1933. Am nächsten Morgen muss Mollie weniger leise aufgestanden sein als sonst, oder vielleicht wurde ich wach, weil ich ihre Aufregung spürte.

»Tut mir leid, Liebes«, sagte sie. »Schlaf einfach weiter!«

»Wird heute wieder gestreikt?«

»Das ist kein Streik.« Schnell und geschickt knöpfte sie ihre blau-weiß gestreifte Bluse zu.

»Aber im Radio haben sie gesagt …«

»Elaine, was sie im Radio sagen, hängt davon ab, wem der Sender gehört. Und die meisten Besitzer von Radiosendern sind gute Freunde der Textilfabrikanten.« Sie befestigte ihre Strümpfe und stieg in ihren braunen Rock. *Kombiniere niemals Blau mit Braun*, erinnerte ich mich an Mamas Warnung, gleichzeitig elektrisierten mich Mollies Worte. »Das weißt du doch, Elaine, oder?«

»Ja«, log ich. Ich hatte längst begriffen, dass Regierungen und die Reichen – außer FDR – nur Gesetze machten, von denen sie selbst profitierten. Aber das Radio? Wenn wir zu Hause Radio hörten, war es, als lauschten wir dem Wort Gottes.

»Was haben die Besitzer der Radiosender denn über die gestrigen Ereignisse gesagt?«, fragte Mollie.

»Dass die Arbeit niedergelegt wurde, alle auf die Straße gegangen sind und beinahe einen Aufstand angezettelt hätten.«

»Kapitalistenlügen!« Mollie zwang ihre Bürste durch ihr störrisches Haar. »Es war eine friedliche Demonstration, und wir haben Gewerkschaftslieder gesungen. Davon haben sie im Radio bestimmt nichts gesagt. Oder dass so viele in das Kino gekommen sind, wo wir uns versammelt haben, dass ein zusätzlicher Saal geöffnet werden musste.«

Begeistert sagte ich: »Kann ich nicht mitkommen?«

»Du musst zur Schule, Liebes.«

»Erst um neun. Ich kann die Straßenbahn um halb neun nehmen.« Ich sprang aus dem Bett und griff nach meinen Sachen.

»Aber es gibt gar nichts zu sehen. Es wird nicht gestreikt.«

»Aber sie haben doch die Arbeit niedergelegt! Ist das nicht dasselbe wie Streik?«

»Ich dachte, du wärst ein schüchternes Mädchen.« Mollie lachte. »Aber wenn du dir etwas in den Kopf gesetzt hast, lässt du nicht locker, was? Du solltest Anwältin werden.«

So begann meine Zukunft. Während Mollie mir den Unterschied zwischen Arbeitsniederlegung und Streik erklärte, schwelgte ich in dem neuen Bild, das sie von mir gezeichnet hatte. Aus einem schüchternen Mädchen war ein mutiges geworden, eins, das so entschlossen war wie eine Anwältin. Darunter konnte ich mir zwar nichts vorstellen, aber Mollie hatte mir Attribute verliehen, die mich zu einer Frau wie sie machten.

»Kann ich dir nicht helfen?«, fragte ich, und die mutige Elaine, die ich jetzt war, würde kein Nein akzeptieren.

Sie nahm meine Hände und sagte: »Was hältst du davon,

mich am Wochenende zu begleiten, wenn ich die Arbeiterinnen zu Haus besuche?«

»Das wäre toll!«

Am Sonntag begleitete ich Mollie und eine mexikanische Gewerkschafterin, Patricia, ins *Barrio* östlich von Boyle Heights, wo viele Näherinnen wohnten. Es wurde Spanisch gesprochen. Mollie beherrschte die Sprache gut genug, um nicht ständig eine Übersetzung zu brauchen, deshalb verstand ich nicht alles. Trotzdem bekam ich mit, wie froh die Frauen waren, dass sich die Gewerkschaft um sie kümmerte, gleichzeitig hatten sie eine Heidenangst davor, was passieren würde, wenn sie sich organisierten. Sie fürchteten, entlassen zu werden – oder Schlimmeres, nachdem manche Fabrikbesitzer ihnen mit Deportation gedroht hatten. Mollie in Aktion zu sehen war fantastisch. Sie hörte aufmerksam zu und fand genau den richtigen Ton für jede einzelne Frau – nüchtern, mitreißend oder zutiefst empört. Manchmal musste sie erst einen argwöhnischen Ehemann beruhigen, bevor sie mit seiner Frau sprechen konnte, und manche Männer verwehrten ihr den Zutritt zur Wohnung. Aber meist setzte sich Mollie gegen die Ehemänner durch, die am Ende oft mit ihr lachten und flirteten – oder ergriffen nickten und derselben Ansicht über *la justicia* waren.

Es war nicht zu übersehen, wie sehr die Frauen Hilfe brauchten. Natürlich wusste ich, dass es in Los Angeles Armut gab, aber die ärmsten Menschen, die ich kannte, waren Danny und sein Vater. Die zwei Zimmer, in denen sie wohnten, waren furchtbar schäbig, aber wenigstens hatten sie gerade Wände, und das Haus war stabil gebaut. Die windschiefen Hütten im *Barrio* dagegen erinnerten mich an das Strohhaus in »Die drei Schweinchen«. Drinnen sah es meist netter aus; alles war sauber und ordentlich, und Bilder mit Naturmotiven oder von Filmstars, die aus Illustrierten ausgeschnitten waren, hellten die

Atmosphäre auf. In fast allen Wohnungen fand sich ein Luxusgegenstand wie ein Radio oder ein Kühlschrank. Trotzdem war es bedrückend, an einem schönen Nachmittag im Frühherbst in diesen ärmlichen Behausungen zu sitzen. Als ich in einem Haus darum bat, die Toilette benutzen zu dürfen, errötete die Frau und sagte zu ihrem kleinen Sohn, er solle mich zu dem Plumpsklo im Hinterhof führen. Diese Art von Toiletten kannte ich aus Mamas Erzählungen über Rumänien, aber den Gestank und die Fliegen hatte sie nie erwähnt. Ich überlegte, ob ich mit dem Pinkeln nicht lieber warten sollte, aber ich wusste, dass Mollie hier im *Barrio* noch lange nicht fertig war. Außerdem wollte ich sie nicht enttäuschen oder die Frau beleidigen, deren Sohn im Hof auf mich wartete. Also hielt ich mir die Nase zu, passte auf, dass ich den Toilettenrand nicht berührte, und pinkelte, so schnell ich konnte.

In der folgenden Woche hörte ich jeden Morgen Mollies Wecker und stand um halb sechs mit ihr auf. Ich saß im Bett, während sie sich anzog und erzählte, welche Gewerkschaftsmitglieder wieder entlassen worden waren und wie viele Frauen trotz der Entlassungen und anderer Einschüchterungsversuche Mitglied geworden waren. Inzwischen suchte sie nach einem Haus, das als Zentrale dienen sollte, falls es doch noch zu einem großen Streik kommen würde.

Am nächsten Sonntag wollte ich sie wieder ins *Barrio* begleiten, aber dieses Mal nahm sie Barbara mit. Ich hatte die ganze Woche von meinen Erlebnissen erzählt und Barbara mit meiner Begeisterung angesteckt, aber als sie an dem Abend nach Hause kam, fühlte sie sich nicht gut und legte sich mit einer Wärmflasche ins Bett, statt mit uns zu Abend zu essen. Später am Abend, als Mama und Papa zum Kartenspielen zu Freunden gegangen waren und Mollie eine Versammlung leitete, kam sie in die Küche und wollte etwas essen.

»Wie war's denn?«, fragte ich und setzte mich zu ihr an den Küchentisch, während sie einen Teller Graupensuppe und eine Scheibe Toast aß.

»Na ja … okay.« Sie stocherte in ihrer Suppe herum und versuchte, mit dem Löffel ein Stück Fett an den Rand zu schieben.

»Ist Mollie nicht wunderbar?«

»Ist Mollie nicht wunderbar?«, äffte sie mich nach.

Die Bosheit in ihrer Stimme ließ mich verstummen. Ich verstummte immer, wenn jemand mich herausforderte. Vor allem Barbara.

Dann sagte sie verächtlich: »Wir haben mit einem Mädchen gesprochen, Teresa, sie war erst siebzehn und fing an zu weinen, weil sie solche Angst vor ihrem Chef hatte. Mollie nahm sie in den Arm, aber als ich eine Stunde später etwas über diese Teresa sagte, konnte Mollie sich nicht mehr an sie erinnern.«

»Na ja, ich nehme an …« Ich wusste, was Barbara meinte, aber ich hatte auch erlebt, dass Mollie auf jeden, mit dem sie sprach, persönlich einging. Wie hätte sie das schaffen sollen, wäre sie in Gedanken noch bei demjenigen gewesen, mit dem sie zuletzt gesprochen hatte – oder bei den letzten zwölf? Aber selbst wenn Barbara sich diese Gedanken nicht machte, erklärte es nicht ihre Feindseligkeit gegenüber unserer großartigen Cousine. »Bist du sauer, weil ich das Zimmer mit ihr teile?«, fragte ich.

»Ich bin doch nicht sauer!« Aggressiv biss Barbara in ihren Toast.

»Wir können für die nächste Woche ja tauschen.«

»Ich will aber nicht tauschen.«

»Komm schon! Ich verspreche Mama, dass ich nett zu Audrey bin.«

»Elaine!«, schrie Barbara. »Warum soll ich mir ein Zimmer mit Mollie teilen? Damit ich nach Zigarettenrauch stinke, so wie du?«

»Gar nicht wahr!«

»Riech doch mal an deinen Kleidern oder deinem Haar! Du stinkst genauso wie sie.« Barbara griff in mein Haar, und ich duckte mich weg.

»Was ist bloß mit dir los?«, fragte ich. »Hasst du sie etwa?«

»Quatsch! Aber im Gegensatz zu dir halte ich Mollie Abrams nicht für Gott.«

»Tu ich doch gar nicht!«

»Wenn sie sagen würde, du sollst von einer Klippe springen, würdest du's tun.«

»Das ist doch total bescheuert!« Beinahe hätte ich angefangen zu weinen. Warum schaffte Barbara es immer wieder, mich sprachlos zu machen? Wohin verflüchtigte sich die Sprache, die doch mein bester Freund war, solange ich ruhig irgendwo saß und einen Stift in der Hand hielt?

»Sie benimmt sich, als wäre sie hier in einem Hotel. Kaum dass sie Mama Guten Tag sagt. Und warum sitzen ihre Kleider so schlecht, obwohl sie doch angeblich Schneiderin ist? Ihre Sachen passen nicht mal zusammen!« Es war eine Aneinanderreihung von Dingen, die die Erwachsenen über Mollie sagten, aber Barbara trug sie so vehement vor, als sei es ihre eigene Meinung. »Außerdem interessiert sie sich nicht die Bohne für uns. Ich wette, sie weiß überhaupt nichts von dir.«

Ich musste allen Mut zusammennehmen, um dagegenzuhalten, und sagte trotzig: »Tut sie doch!«

»Was denn zum Beispiel?«

»Dass ich … keine Ahnung.«

»Siehst du! Weißt du, wie Greta Bachmans Vater seine Fabrik nennt?«

»Du magst Greta Bachman doch gar nicht«, konterte ich lau, obwohl es gar nicht darum ging, aber ich wusste nicht, wie ich Barbara sonst Paroli bieten sollte.

»Noni. So hieß seine Schwester, die an der Grippe gestorben ist.«

Was konnte ich gegen Mr. Bachmans arme tote Schwester sagen? Dann fiel mein Blick auf das Buch, das ich gerade las. »Sie weiß, dass ich gerade David Copperfield lese. Sie sagt, Romane sind bloß ein Haufen Lügen, aber für Dickens gilt das nicht. Außerdem hat sie Wichtigeres zu tun, als sich um ihre Kleidung zu kümmern. Du bist doch mitgegangen, also hast du es selbst gesehen.«

»Dir hat's letzten Sonntag bei diesen dreckigen, dummen Mexikanern richtig gut gefallen, was?«

»Dreckig? Dumm? Das sind Menschen, Barbara! Arbeiter!«

»Du klingst schon wie Mollie! Am liebsten wärst du wie sie, was?« Barbara sprang auf und stürmte aus der Küche.

Ich saß da und zitterte, ganz erschüttert von meinem Ausbruch und Barbaras Wut. Ich spuckte sogar aus und sagte Kinehora, wie Mama, wenn sie den Bösen Blick abwenden wollte, denn all diese schlimmen Dinge waren ganz dicht an Mollies Tür gesagt worden.

Der Graben, der sich zwischen Barbara und mir auftat, machte mich tieftraurig. Ich wusste schon lange, dass wir grundverschieden waren, unterschiedliche Interessen und Freunde hatten. Trotzdem war mein Leben mit ihrem eng verwoben, und ich hätte schwören können, dass wir … nicht nur die gleichen Überzeugungen hatten, sondern im Kern gleich waren – wie unsere Stimmen, die andere nicht auseinanderhalten konnten. Aber der Streit gerade eben war ein Vorgeschmack auf später, und es machte mich fassungslos, wie verschieden wir waren. Ich fühlte mich wie entwurzelt. Meine Begeisterung für Mollies Arbeit war so unwiderstehlich wie die Lust, im Spätsommer in eine reife Pflaume zu beißen. Wie konnte Barbara das bloß anders empfinden? Wie konnte sie Mollie hassen?

Aber noch etwas hatte sich verändert: Ich hatte mich gegenüber Barbara behauptet und Worte gefunden, die *sie* in die Flucht schlugen. Ein geradezu beglückendes Gefühl, aber auch eine große Verunsicherung. In Mollies Gegenwart mutig zu sein (wenn sie mich ohnehin für mutig hielt) bedeutete noch lange nicht, dass ich von jetzt an immer mutig sein würde, sogar gegenüber Barbara. Und doch hatte ich es wenigstens dieses eine Mal geschafft. Es fühlte sich an wie die Verwerfungen, die seit Jahrhunderten im Erdinneren stattfanden und sich langsam aufbauten, bis sie im Beben von Long Beach gipfelten.

Gedanken wie diese begleiteten mich durch die kommenden Tage, aber es war nur eine unterschwellige Begleitmusik zum eigentlichen Geschehen. Denn diese Gedanken verblassten gegen den Streik, der von Tag zu Tag wahrscheinlicher wurde. Schon beim Aufstehen sang Mollie Gewerkschaftslieder und dachte wortreich darüber nach, wie sie ihre Pläne einerseits vorantreiben und andererseits geheimhalten konnte, damit weder die Fabrikbesitzer noch die rivalisierenden Kommunisten sie sabotierten.

Inzwischen hatte ich mich daran gewöhnt, dass in unserem Zimmer schon vor Morgengrauen allerhand los war, aber als ich am Donnerstag die Augen aufschlug, sah ich, dass Mollie sich bei Kerzenschein anzog, und merkte, dass es ernst wurde.

»Was …«, murmelte ich schlaftrunken.

»Schlaf weiter, Liebes! Es ist erst vier.«

Schlagartig wurde ich wach. »Ist es so weit? Der Streik?«

Mollie holte tief Luft. »Ja. Die vom Komitee kommen um fünf und holen die Flugblätter ab. Sie wissen es noch nicht, aber die Flugblätter fordern die Arbeiter auf, statt zur Arbeit zur Zentrale zu gehen.«

»Darf ich mitkommen? Bitte, Mollie!«

»Auf keinen Fall.«

»Ich kann mithelfen.«

»Elaine!« Mollie schaltete das Licht an und setzte sich auf mein Bett. »Es könnte gefährlich werden.« Sie beugte sich vor, strich ihr Haar aus der Stirn und zeigte mir eine vier Zentimeter lange Narbe knapp unter dem Haaransatz.

»Oh, Mollie!« Mir wurde ganz schlecht. »Wie …«

»Ein Schlägertrupp in Chicago. Bezahlte Streikbrecher.«

»Sei bitte vorsichtig!«, sagte ich.

»Mach ich. Versprochen.«

Dann verschwand sie und organisierte den größten Arbeitskampf in der Geschichte der Textilindustrie von Los Angeles.

Sobald es losgegangen war, kam Mollie aus der Streikzentrale nur noch zum Schlafen heim. Bei unseren Gesprächen vor Morgengrauen bestätigte sie, was ich bereits in der Zeitung gelesen oder im Radio gehört hatte: Zweitausend Menschen streikten, und Mollie hatte – wie die Zeitungen es ausdrückten – einen »Publicity Coup« gelandet: Sie hatte ein Dutzend hübsche Arbeiterinnen in Abendkleider gesteckt und ließ sie mit Plakaten vor einem Kaufhaus auf und ab gehen, in dem eine Modenschau stattfand.

Es stimmte auch, dass es zu gewalttätigen Auseinandersetzungen gekommen war, aber Mollie sagte, dafür seien die von den Fabrikbesitzern bezahlten Schlägertrupps verantwortlich, während Zeitungen und Radiosender die Streikposten als die Schuldigen hinstellten. Genau wie die Polizei, die einige Frauen verhaftet und ins Gefängnis geworfen hatte.

»Das ist ja furchtbar!«, sagte ich.

»Nein.« Mollie grinste. »Wenn das passiert, lehnst du eine Freilassung auf Kaution ab, bleibst die ganze Nacht auf und singst in deiner Zelle Gewerkschaftslieder. Dann drehen die Polizisten durch.«

Sie selbst war in Chicago schon mehrfach verhaftet worden

und hatte keine Angst vor dem Gefängnis. Aber hier und jetzt konnte sie sich eine Festnahme nicht leisten, denn es bestand die Gefahr, dass man sie unter fadenscheinigen Begründungen so lange festhielt, bis der Streik mangels Führung abgebrochen würde.

Daran hätte ich denken sollen, als ich zwei Wochen nach Streikbeginn auf dem Schulweg von einem Mann angesprochen wurde, der sich nach Mollie erkundigte. Ich war früher aus dem Haus gegangen als sonst, weil ich vor Unterrichtsbeginn etwas für die Schulzeitung schreiben wollte. Noch bevor ich die erste Straßenecke erreichte, trat der Mann auf mich zu, lüpfte den Hut und sprach mich an.

»Morgen, Miss. Ich will Sie nicht belästigen, aber ich warte auf Mollie. Bin ich spät dran? Ist sie schon weg?«

»Ja«, sagte ich. Falls ich überhaupt so etwas wie Alarmglocken hörte, wurden sie von dem Akzent des Mannes übertönt, der genau wie der unseres Zeyde klang. Er hatte ein wachsames und hungriges Fuchsgesicht und erinnerte mich an Gewerkschafter, die ich auf Zeitungsfotos gesehen hatte.

»*Oy,* da hätte ich wohl früher aufstehen sollen. Ich habe eine Nachricht für sie, von der Gewerkschaft. Sind Sie ihre …?«

»Cousine, ja. Elaine.«

»Nett, Sie kennenzulernen, Elaine. Stu Malkin.« Er streckte die Hand aus. »Sie wissen nicht zufällig, wo ich sie finden kann? Ich muss sie so bald wie möglich sprechen. *Oy*, sonst bekomme ich Ärger.«

»Sie ist im Hauptquartier«, sagte ich und fügte hilfsbereit hinzu: »Vielleicht spricht sie aber auch erst mit den Streikposten vor den Fabriken.«

Stu Malkin zog die Stirn in Falten und kratzte sich am Kopf. »Danke. Da hat sie aber ganz schön was zu tun! Wie viele Fabriken streiken überhaupt? Fünfzig, hundert? Bei Anjac soll es Ärger geben, stimmt's? Vielleicht ist sie da. Oder bei Paramount oder Kaybel. Wissen Sie, wo sie zuerst hinwollte?«

Mollie hatte die Paramount Dress Company erwähnt. Um ein Haar hätte ich es gesagt, aber dann wurde ich plötzlich stutzig. Wenn Stu Malkin wirklich Gewerkschafter war, hätte er wissen müssen, dass es genau achtzig Textilfabriken gab! Und dass Mollie immer vor sechs das Haus verließ.

Also sagte ich nichts und zuckte nur mit den Schultern.

»Trotzdem danke, Elaine. Sie sind ein Schatz.« Er gab mir einen Silberdollar.

Das war zu viel. Jetzt war ich mir ganz sicher: Um ein Haar hätte ich Mollie an jemanden verraten, der nicht war, wer er zu sein vorgab. Oder hatte ich das bereits getan? Hatte mir Malkin – falls das sein richtiger Name war – eine verräterische Reaktion angesehen, als er »Paramount« sagte? Inzwischen war er zu einem braunen Wagen geeilt und schnell davongefahren. Befand er sich auf dem Weg zur Paramount Dress Company? Würde er Mollie dort finden? Und wenn ja – was würde er mit ihr anstellen? Ich musste sie warnen.

Ich ging ganz normal weiter, bis sein Wagen um die Ecke bog. Dann rannte ich zur Straßenbahnhaltestelle in der Brooklyn Avenue.

Außer mir vor Angst erwischte ich die Straßenbahn Richtung Innenstadt. Als meine Panik sich legte, wurde mir klar, dass ich keine Ahnung hatte, wie ich Mollie finden konnte. Statt wie ein aufgescheuchtes Huhn in die nächstbeste Straßenbahn zu springen, hätte ich nach Hause gehen und in der Zentrale anrufen sollen; die Nummer stand auf einem Zettel neben dem Telefon. Zu spät. Die Bahn überquerte schon das kanalisierte Flussbett des Los Angeles River, der zu dieser Jahreszeit kein Wasser führte.

In der Innenstadt stieg ich in die Bahn um, die zum Viertel

der Textilfabriken fuhr. In der Ninth Street sah ich einen halben Block entfernt etwa zwanzig weibliche Streikposten vor einer Fabrik auf und ab gehen. Ich sprang aus der Bahn und rannte auf sie zu. Keine Mollie! Aber kaum hatte ich ihren Namen ausgesprochen, kam eine forsche junge Frau auf mich zu und fragte, ob sie mir helfen könne.

Während ich ihr erklärte, dass ich Mollie warnen musste, sah ich zwischen den Streikposten, die auf der Straße auf und ab marschierten, und dem schmutzigen Fabrikgebäude ein halbes Dutzend auffallend muskulöser Männer.

Die junge Frau, die sich als Norma, die Streikleiterin für diese Fabrik, vorstellte, rief vier Streikposten zu sich und schickte jede in eine andere Ecke des Industrieviertels, um Mollie zu suchen. Dann wandte sie sich wieder mir zu.

»Du kommst noch zu spät zur Schule«, sagte sie.

»Kann ich nicht hierbleiben, bis ich weiß, dass mit Mollie alles in Ordnung ist?«

»Also, ich …«

»Ich kann mitmarschieren.« Ich schnappte mir ein Plakat, das die Frauen, die jetzt Mollie suchten, zurückgelassen hatten.

»Genau wie Mollie.« Grinsend schüttelte Norma den Kopf. »Wenn du dir was vorgenommen hast, lässt du dich nicht davon abbringen, was?«

Ihre Worte waren wie ein warmer Regen. Ich war wie Mollie! Hatte Mollie mich verändert oder bloß etwas geweckt, das die ganze Zeit schon in mir schlummerte? Stolz schulterte ich das Streikplakat und reihte mich ein. Die marschierenden Arbeiterinnen begrüßten mich herzlich, als sie hörten, dass ich Mollies Cousine war. Zugleich bekam ich für die Männer, die nicht nur muskulös waren, sondern auch ausgesprochen finster dreinblickten, eine neue Bedeutung. Als neuer Streikposten zog ich ihre ganze Aufmerksamkeit auf mich.

»Bist du nicht ein bisschen jung für so was, *chica*?«, rief einer.

»Ignoriere sie«, sagte Norma und stimmte ein Gewerkschaftslied an. Es gehörte zu Mollies morgendlichem Repertoire, und ich konnte mitsingen.

Eine Viertelstunde später kam eine der vier Frauen zurück und sagte, Mollie erwarte mich. Dann führte sie mich zu einem Wagen, der in einer Seitenstraße wartete. In dem Wagen schien nur der Fahrer zu sitzen. Bei näherem Hinsehen hatte er das gleiche Fuchsgesicht wie Stu Malkin, aber als ich gerade panisch werden wollte, kam Mollie, die sich auf die Rückbank des Wagens geduckt hatte, mit dem Kopf hoch und winkte mir zu. Sie öffnete die hintere Tür. »Steig ein, schnell! Nein, nicht hinsetzen! Runter mit dir!«

Ich quetschte mich neben sie auf den Boden.

»Erzähl mir genau, was passiert ist«, sagte sie.

Das tat ich.

»Okay«, sagte sie, als ich fertig war, und nannte Ed, dem Fahrer, eine Adresse in Hollywood, zu der er fahren sollte.

Als wir das Textilviertel hinter uns gelassen hatten, sagte Mollie, wir könnten uns jetzt hinsetzen. Sie und Ed überlegten, ob Stu Malkin Polizist oder vielleicht ein Gerichtsdiener war, der Mollie eine einstweilige Verfügung aushändigen sollte. Aber wer immer ihn geschickt hatte, wollte mit Sicherheit verhindern, dass Mollie auf der großen Kundgebung sprach, die am Abend stattfinden sollte. Also musste sie sich bis dahin verstecken.

Sie schien überhaupt keine Angst zu haben. Im Gegenteil. Sie benahm sich, als sei alles ein großer Witz, und sagte, kein Polizist und kein Gerichtsdiener würde sie dort finden, wo Ed sie hinbrachte. »Danach, junge Dame, bringt er dich zur Schule.«

»Bitte, Mollie, kann ich nicht bei dir bleiben?«, bettelte ich, obwohl ich die Antwort schon kannte.

Doch dann lachte Mollie und sagte: »Warum eigentlich nicht? Genau genommen lernst du heute auch ohne Schule eine ganze Menge.«

Als wir Hollywood erreichten, überraschte sie mich noch mehr.

»Warst du schon mal bei einer Maniküre?«, fragte sie.

10. KAPITEL

Mama und die Fußgeher: die wahre Geschichte

Mollie hatte sich ein Versteck ausgedacht, wo kein Polizist je nach ihr suchen würde: einen todschicken Schönheitssalon. Ein Mann mit Goldlitzen an der Uniform begrüßte uns mit »Guten Tag, die Damen« und hielt uns die Tür auf. Über einen weichen rosafarbenen Perserteppich gingen wir auf einen großen Empfangstresen mit Schnitzereien und goldener Bemalung zu.

»Hallo, ich bin Anne Simmons«, sagte Mollie zu der blonden Empfangsdame. Beinahe hätte ich überrascht den Mund aufgerissen, begriff aber gerade noch rechtzeitig, dass Mollie ihren richtigen Namen nicht nennen durfte. Sonst hätte sie sich ja gar nicht erst zu verstecken brauchen. Dann sagte Mollie, sie wolle sich und ihre Cousine heute mit einer Schönheitsbehandlung verwöhnen, ob sie wohl die Chefin sprechen könne, denn sie wolle sicherstellen, dass wir »das ganze Programm« bekämen.

Die Empfangsdame gab unseren Wunsch telefonisch weiter, und die Chefin, eine Mrs. Barregas, kam angerauscht, um uns zu begrüßen. Alles an ihr war dramatisch und künstlich, vom pechschwarzen Haar, das sich auf ihrem Kopf türmte, über die knallroten Lippen und Fingernägel bis hin zu der affektierten Art, wie sie sagte: »Miss Simmons, ich bin entzückt!« Mollie fragte, ob es ein Telefon gebe, das sie benutzen könne, und Mrs. Barregas führte uns in ihr winziges, in schlichtem Schwarz und Weiß eingerichtetes Büro.

Sie schloss die Tür und sagte mit plötzlich ganz normaler Stimme: »Gibt es ein Problem? Was ist mit Laura?«

Mollie versicherte ihr, mit Laura – Mrs. Barregas Cousine, eine Aktivistin aus unserer Gegend – sei alles in Ordnung, und Mrs. Barrega ließ uns allein, damit Mollie telefonieren konnte. Ich nahm an, dass Mollie in der Zentrale anrufen wollte. Stattdessen fragte sie mich: »Willst du deine Mutter anrufen, oder soll ich es tun?«

Zum ersten Mal an diesem Tag, an dem ich durch die Stadt geirrt war, um Mollie zu warnen, und mich dann mit ihr im Fond eines Wagens versteckt hatte, um ihrem Verfolger zu entgehen, wurden meine Knie weich. »Mach du das, bitte.«

Mollie sagte zu Mama, ich sei bei ihr und in Sicherheit, dass ich sie rechtzeitig gewarnt und somit gerettet hätte. Mama wurde so laut, dass ich sie hören konnte, obwohl Mollie den Hörer am Ohr hatte. Aber Mollies Überzeugungskraft war so groß, dass es keine fünf Minuten dauerte, bis Mama mir erlaubte, den Tag mit Mollie zu verbringen.

Mir war klar, dass Mollies Charme nicht ausreichen würde, um mich vor Strafe zu schützen, aber das war mir egal. Mir stand ein großes Abenteuer bevor, und ich konnte der Gewerkschaft helfen, wenn auch ganz anders als gedacht. Ich tauschte meine Bluse gegen ein pink-weiß gestreiftes Cape und wurde in ein rosa tapeziertes Zimmer geschickt, wo ich eine »Gesichtsbehandlung à la Hollywood« bekommen sollte. Dann musste ich in einem Plüschsessel Platz nehmen, und geübte Finger massierten mir diverse Cremes ins Gesicht.

Als Mollie und ich mit der Gesichtsbehandlung fertig waren, führte Mrs. Barregas uns zu einer pink gepolsterten Couch in einer großen Lounge, wo wir auf unsere Friseurinnen warten sollten. Mollie kicherte und sagte, jetzt könnten wir uns wie Damen fühlen, die den ganzen Tag nichts anderes zu tun hätten, als über Kosmetik nachzudenken. Mrs. Barregas brachte uns zwei wunderschöne langstielige Gläser. In meinem befand sich Orangensaft, in Mollies Orangensaft mit Champagner.

Außer uns waren noch drei Frauen in der Lounge. Eine lag mit einer Augenmaske auf einer Chaiselongue, die anderen beiden unterhielten sich miteinander und aßen Donuts. Die Donuts kamen von einer Tortenplatte mit Spitzendeckchen und waren offenbar für alle Kundinnen da.

»Oh, da ist ja noch einer mit Schokoglasur!« Mollie legte ihn auf einen kleinen Teller und reichte ihn mir.

»Nein, danke, iss du ihn«, sagte ich und nahm einen mit Buttermilchglasur.

»Elaine«, sagte Mollie und sah mich ernst an. »Du darfst dich nicht scheuen, zu sagen, was du willst. Was hältst du davon, wenn wir uns den Schokodonut teilen?« Noch während sie sprach, brach sie den Donut entzwei.

»Aber ich *mag* die mit Buttermilch!«, protestierte ich.

»Wirklich? Lieber als die mit Schokolade?«

Sie sah mich so durchdringend an, dass ich zugab: »Nein. Aber die mit Buttermilch mag ich auch.«

»Gut. Dann teilen wir beide.« Mollie teilte auch den anderen Donut und streichelte mir die Hand. »Du nimmst alles so ernst, Elaine. Genau wie deine Mama, als sie in deinem Alter war. Aber deine Mama, die Ärmste, hatte keine Wahl. Von dem Tag an, als sie zu uns kam, war sie praktisch unsere Putzfrau. Wenn sie vorgehabt hätte, ihr Leben als Hausmädchen zu fristen, sagte sie, hätte sie genauso gut daheim bleiben können, in …«

Mollie unterbrach sich, als sie mein entgeistertes Gesicht sah. »Ach, vergiss es. Das ist nur so eine Redensart, etwas Jiddisches, schwer zu übersetzen.«

»Ich dachte, Mama hat gern bei euch gewohnt«, sagte ich mit dem Mund voller Schokodonut. »Sie hat immer gesagt, es war der schönste Tag ihres Lebens, als Onkel Meyr sie nach Amerika holte.«

Mollie schaute verwirrt, aber nur kurz. Dann lächelte sie und sagte: »Ja, das stimmt. Sie und ich, wir hatten so viel Spaß miteinander … Wie schmeckt der Donut?«

»Köstlich.« Ich merkte genau, dass sie bereute, von Mama angefangen zu haben, und lieber das Thema wechseln wollte. Aber hatte sie nicht gerade gemeint, ich solle geradeheraus sagen, was ich will? »Warum hat Mama das gesagt … das mit dem Leben als Hausmädchen?«

»Ach, weißt du …« Mollie zuckte mit den Schultern. »Die europäischen Auswanderer dachten alle, in Amerika würden sie ein schönes Leben führen. Sie wussten nicht, dass so viel harte Arbeit und Ausbeutung auf sie warteten. So wurde auch die Textilarbeitergewerkschaft gegründet – von Auswanderern, die mehr vom Leben wollten.«

Es war nicht verwunderlich, dass Mollie gleich wieder auf die Gewerkschaft zu sprechen kam, aber ich ahnte, dass es ein Ausweichmanöver war. Den Rest des Tages, als mein Haar gewaschen, geschnitten und gestylt wurde, dachte ich über ihre Worte nach, und mir wurde klar, dass es in der Geschichte über Mamas Zeit in Chicago Ungereimtheiten und Widersprüche gab, über die ich mir nie groß Gedanken gemacht hatte. Als ich ihre Geschichte zum ersten Mal hörte, war ich noch klein, und seither hatte ich sie für bare Münze genommen. Als Mama nach Chicago kam, war sie zwölf – so alt wie ich jetzt. Warum hatte sie bei Tante Ida als Putzfrau gearbeitet, statt zur Schule zu gehen? In Rumänien hatte sie sich so sehr gewünscht, Onkel Meyr nach Chicago zu folgen, dass eigentlich ganz unverständlich war, warum sie dann nur ein paar Jahre bei ihm blieb. Warum hatte sie Meyr verlassen und war nach Kalifornien gezogen?

Mrs. Barregas kam, als die Friseurin meine Haare onduliert hatte. »Nun sieh dich bloß an!«, sagte sie. »Eine richtige junge Dame!« Sie reichte mir meine Brille. Mein Haar war weich und glatt und leicht gewellt statt buschig und widerspenstig. Doch unter meinen gezähmten Locken rasten die Gedanken nur so dahin. War alles, was Mama mir erzählt hatte, eine einzige große Lüge?

Mrs. Barregas begleitete mich in die Lounge zurück. Inzwischen war es Mittag, und etliche Frauen hatten dort Platz genommen. Mindestens sechs Kundinnen unterhielten sich miteinander, lachten und aßen. Auf der Tortenplatte mit dem Spitzendeckchen lagen jetzt Sandwiches. Mollie war schon da, mit frisch onduliertem Haar. Sie aß ein Sandwich, trank eine Tasse Kaffee und saß in der einzigen ruhigen Ecke der Lounge, in der hinter einer Kübelpalme zwei Sessel standen. Ich stürzte auf sie zu und hatte so viele Fragen, dass ich nicht wusste, wo ich anfangen sollte.

Glücklicherweise wusste Mollie, was mit mir los war. Nachdem sie meine neue Frisur bewundert hatte, fragte sie: »Was hat deine Mama dir darüber erzählt, wie sie nach Amerika gekommen ist?«

»Dass Onkel Meyr zuerst herkam. Mit den Fußgehern.« Die Fußgeher konnte Mama doch nicht erfunden haben! Mir war ganz flau bei dem Gedanken, dass sich meine liebsten Familiengeschichten als Lüge erweisen könnten.

Doch Gott sei Dank sagte Mollie: »Das stimmt.«

»Dann hat Onkel Meyr seinen Brüdern und Schwestern

geholfen, nachzukommen, oder? Zuerst Onkel Nathan und Onkel Victor und Tante Dora. Und dann Mama, als sie zwölf war?«

Mollie nahm einen Schluck Kaffee aus einer Tasse, die mindestens so edel war wie unser Rosenthalgeschirr. »Es ist die Geschichte deiner Mama, und ich habe kein Recht, für sie zu sprechen«, sagte sie dann. »Andererseits hat sie vielleicht Angst, ein schlechtes Vorbild für euch zu sein, oder vielleicht will sie nicht schlecht über meine Eltern sprechen. Nicht alle können die Wahrheit so gut ertragen wie ich, aber ich glaube, darin bist du mir ganz ähnlich.«

Sie sah mich fragend an, und ich nickte so heftig, dass mein frisch onduliertes Haar durcheinandergeriet.

»Das muss aber unter uns bleiben, okay?«, sagte sie.

»Versprochen.« Ich hatte die ganze Zeit davon geträumt, mit Mollie Geheimnisse zu haben, aber das Geheimnis, um das es hier ging … etwas, das Mama absichtlich von mir ferngehalten hatte … Es war ebenso aufregend wie beängstigend.

»Dein Onkel und deine Tante waren schon erwachsen, als sie nach Amerika kamen, und konnten ihr Leben selbst in die Hand nehmen«, begann Mollie. »Aber deine Mama … Mein Vater wollte sie nachholen, aber meine Mutter war dagegen. Sie sagte, deine Mama sei doch noch ein Kind und wir hätten bereits genug Kinder im Haus.«

»Dann hat er sie also nicht nachkommen lassen?«, fragte ich und kämpfte mit dem Gedanken, dass der schönste Tag in Mamas Leben in Wahrheit nie stattgefunden hatte. Aber wenn das stimmte und Meyr sie nicht geholt hatte … »Wie ist sie dann nach Amerika gekommen?«

»Nun ja …« Mollie lächelte. »Sie war sehr mutig und gewitzt.«

DER ANFANG VON MOLLIES GESCHICHTE entsprach weitgehend der, die ich schon kannte. Onkel Meyr hatte Mama versprochen, sie nachzuholen, wenn sie zwölf war. Nicht lange nach ihrem zwölften Geburtstag hörte sie, dass sich Avner Papo aus ihrem Dorf den Fußgehern anschließen wollte, und sie bat ihn, sie mitzunehmen. Es gab aber zwei entscheidende Unterschiede: Meyr hatte nicht nach ihr geschickt, und Avner Papo wollte sie nicht mitnehmen. Trotzdem hatte sie sich auf den Weg gemacht.

»Ganz allein?«, fragte ich atemlos.

»Ich hab doch gerade gesagt, dass deine Mama sehr mutig und gewitzt war.«

Mollie musste die Geschichte ihrer jungen Tante sehr bewundert und immer wieder danach gefragt haben, denn sie war mit allen Einzelheiten so vertraut, als sei sie dabei gewesen.

Zu der Zeit war es zehn Jahre her, dass sich die ersten Fußgeher wie Meyr nach Amerika aufgemacht hatten. Hunderte von ihnen waren seitdem durch Mamas Dorf gekommen. Inzwischen waren es aber keine fröhlichen jungen Leute mehr, die das Abenteuer suchten, sondern Gruppen wie die, der sich Mama anschloss – um die hundertfünfzig zerlumpte Männer, Frauen und Kinder. Zuerst kamen ein paar singende junge Leute ins Dorf, dann folgte der erbärmliche Rest, und gut eine Stunde nach Ankunft der Vorhut schleppte sich eine elfköpfige Familie ins Dorf.

Ganz entzückt erkannte Mama, dass diese Gruppe ein vollkommen unorganisierter Haufen war. Darin unterzutauchen würde ganz leicht sein.

In der Nacht, bevor sie mit den Fußgehern von zu Hause fortlief, konnte sie vor Aufregung nicht schlafen. Als es stockdunkel war und sie nicht wusste, ob es kurz vor Morgengrauen oder noch tiefste Nacht war, kletterte sie leise aus dem Bett, das sie mit zwei ihrer Schwestern teilte, schlich in die Küche und packte etwas Proviant zusammen – einen halben Laib Brot, ein paar Eier und zwei Gläser von den köstlichen eingemachten Pflaumen (von denen sie unterwegs aber nur eins essen wollte, das andere wollte sie Meyr schenken). Ihren Eltern hatte sie gesagt, dass sie den Fußgehern etwas zu essen bringen wollte, so würden weder die verschwundenen Lebensmittel noch ihre eigene Abwesenheit gleich Aufsehen erregen. Und dann schrieb sie ihren Eltern noch einen Abschiedsbrief, in dem stand, dass sie sie liebte und jetzt zu Meyr gehen würde. Den Brief steckte sie unter das Tuch, mit dem der Hefezopf für das Schabbesmahl bedeckt wurde, die Challa. Es waren noch zwei Tage bis Schabbes, und die Challa würde erst wieder benutzt, wenn sie schon weit genug weg war und nicht zurückgeholt würde.

Als sie aus dem Haus schlich, ging gerade die Sonne auf, und überall begannen die Hähne zu krähen. Es kam ihr vor wie ein ohrenbetäubender Lärm, und sie fragte sich, ob diese Tiere immer schon so laut gekräht hatten.

»Sie sagte, es hätte geklungen, als schrien die Hähne: ›Haltet Zipporah auf! Das Vögelchen will davonfliegen!‹«, sagte Mollie.

Aus Angst, das Geschrei der Hähne könnte sie verraten, rannte Mama an der Scheune vorbei, in der die Fußgeher übernachteten, und drei Kilometer weiter die Straße entlang, die der Zug nehmen würde. Dort versteckte sie sich in einem Wäldchen, zitternd vor Aufregung und Angst, entdeckt zu werden.

Aber hatte Avner Papo sie nicht als Glücksfee bezeichnet? Sie selbst hatte nie das Gefühl gehabt, besonderes Glück im Leben zu haben, aber vielleicht hatte Gott all ihr Glück aufgespart, um es an diesem Morgen über ihr auszuschütten, denn alles, was sie jetzt tat oder ließ, war goldrichtig, und niemand kam ihr auf die Spur. Als ich später darüber nachdachte, erschien mir dieser Tag wie ein Sinnbild für das ganze Leben meiner Mutter.

Alle kleinen Dinge, die sie machte, gelangen ihr. Es waren die großen Dinge, die ihr das Herz brachen.

Bald hörte sie die ersten Fußgeher singend die Straße heraufkommen. Am liebsten wäre sie aus ihrem Versteck geschossen und mit ihnen weitergezogen. Aber dies waren junge Leute, gesund und kräftig. Obwohl sie in Mamas Dorf nicht viel zu essen bekommen und auf dem harten Scheunenboden übernachtet hatten, waren sie frisch und ausgeruht. Jemand, der nicht zur Gruppe gehörte, wäre ihnen bestimmt sofort aufgefallen. Also bezwang sie ihre Ungeduld und harrte weiter in ihrem Versteck aus.

Zehn Minuten darauf folgte eine zweite Gruppe, aber immer noch wartete sie ab. Schließlich kam ein Häufchen vorbei, in dem alle Altersgruppen vertreten waren. Die Erwachsenen wirkten erschöpft, die Kinder quengelten. Niemand beachtete sie, als sie aus dem Wäldchen schlich und sich unauffällig einreihte.

Als mittags Rast gemacht wurde, bot Mama einem jungen Mädchen etwas von ihrem Proviant an. »Eingelegte Pflaumen! Manna vom Himmel«, sagte das Mädchen. Sie und ihre Freundinnen aßen das erste Glas fast leer, aber das Opfer war es wert, denn nach der Rast fragten sie Mama, ob sie nicht mit ihnen weiterziehen wollte. Die Jüngeren in der Gruppe hatten vor, ein Stück über ein junges Mädchen aufzuführen, das für einen grausamen Fabrikbesitzer arbeitete, und wer war besser für diese Rolle geeignet als die Jüngste der Gruppe – Mama? (Ich wusste aus Mamas Erzählungen, dass ihre Auftritte ein großer Erfolg waren und das Publikum zu Tränen rührten.) An diesem ersten Nachmittag im Kreis ihrer neuen Bekannten konnte Mama ihr Glück kaum fassen.

Als die Fußgeher die kleine Stadt erreichten, in der sie übernachten wollten, bekam Mama es allerdings mit der Angst zu tun. Ein Sprecher der jüdischen Gemeinde hielt eine kleine Willkommensrede, und Mama fürchtete, er würde die Fußgeher über das Mädchen informieren, das aus Tecuci verschwunden war, und darum bitten, nach ihr Ausschau zu halten. Also versteckte sie sich wieder und fürchtete, trotzdem entdeckt zu werden, weil ihr Herz so laut klopfte. Aber sie ängstigte sich umsonst, die Ausreißerin wurde mit keinem Wort erwähnt.

»Moment mal!«, sagte ich. »Selbst wenn ihre Eltern den Abschiedsbrief noch nicht gefunden hatten, müssen sie sich doch gedacht haben, dass sie mit den Fußgehern weggegangen war.«

»Natürlich. Sie haben Avner Papo sogar ein Telegramm geschickt und ihn gebeten, die Augen offen zu halten und sie zu verständigen, falls er sie finden sollte. Als die Eltern dann erfuhren, wo sie war, haben sie ihr das bisschen Geld geschickt, das sie erübrigen konnten.«

»Aber sie war doch erst zwölf!« In meinem Alter. Sollte ich auf den Gedanken kommen, von zu Hause wegzulaufen ... Ich konnte Mamas Geschrei geradezu hören. Und Papa würde Himmel und Hölle in Bewegung setzen, um mich zu finden. »Hatten sie denn gar keine Angst, dass ihr etwas passiert? Warum haben sie nicht versucht, sie zurückzuholen?«

»*Oy.*« Molly seufzte. »In Rumänien werden bis heute Kinder unter zwölf fortgeschickt, um einen Beruf zu lernen. Auch hier in Amerika gibt es Zwölfjährige, die unter den übelsten Bedingungen arbeiten. Was für ein Leben konnten die Eltern deiner Mama schon bieten? Außerdem muss ihnen klar gewesen sein, dass ihre Tochter zur Auswanderung wild entschlossen war. Selbst wenn sie sie dieses Mal zur Heimkehr zwängen, würde sie sich dem nächsten Trupp Fußgeher anschließen oder dem danach, verstehst du?«

»Ja«, sagte ich, obwohl ich es ganz furchtbar fand. Als unbeachtetes siebtes von neun Kindern, dessen Verschwinden kaum eine Reaktion auslöste, tat Mama mir entsetzlich leid. Nein, ich verstand nicht – und *wollte* auch nicht verstehen –, wie Mollie so seelenruhig erklären konnte, warum Mamas Eltern sie einfach ziehen ließen. Auch dass sie über Mama sprach, als sei sie ein x-beliebiges Kind, das unter ausbeuterischen Bedingungen schuften musste ... Ich stellte mir vor, wie Barbara über Mollies Kälte schimpfen würde. Doch nichts von alledem änderte etwas daran, dass ich die Elaine sein wollte, die Mollie in mir sah, ein Mädchen, das vor der Wahrheit nicht zurückschreckte.

Es sollte nicht das letzte Mal sein, dass ich so hin- und hergerissen war, aber selten habe ich mich dabei so elend gefühlt. Trotzdem wollte ich unbedingt den Rest der Geschichte hören.

Ich schluckte meine Tränen herunter und fragte: »Hat Avner ihr geholfen?«

»Hach!« Mollies Augen strahlten. »Er hat sich in sie verliebt.«

»In Mama?«

»Ja, warum nicht? Sie war keine Schönheit, aber sie hatte das gewisse Etwas ... Du hast ja noch gar nichts gegessen!«

Ich hatte nicht gemerkt, dass jemand ein Sandwich und ein Glas Milch auf das Tischchen vor mir gestellt hatte. Ich biss von dem Sandwich ab. Es war Weißbrot, in winzige Dreiecke geschnitten und mit Hähnchenfleisch belegt – eine Delikatesse, die es bei uns zu Hause nur freitagabends gab. Ich kaute brav, ohne etwas zu schmecken.

»Avner fand Mama und nahm sie unter seine Fittiche«, fuhr Mollie fort. Zusammen wanderten sie mit den Fußgehern bis zur österreichisch-ungarischen Grenze. Dort nahmen sie einen Zug (die Fahrkarten bezahlte eine jüdische Vereinigung) nach Rotterdam. Die Pfennige, die Mama angespart hatte, reichten nicht annähernd für die Schiffspassage, aber Avner ließ sie nicht im Stich. Auf der Überfahrt konnte Mama sich dann revanchieren. Es stellte sich nämlich heraus, dass sie so seetüchtig war wie ein gestandener Matrose, während Avner seekrank wurde, sowie sie den Hafen verließen. Mama hielt die Schüssel, wenn er sich übergeben musste, bestand darauf, dass er ein paar Bissen Brot aß, und gab ihm löffelweise Suppe zu essen. Nach einer Woche hatte er sich einigermaßen an das Stampfen der Schiffsmotoren gewöhnt, und Mama half ihm an Deck, damit er ein wenig frische Luft bekam.

Schließlich erreichte das Schiff Amerika und die Stadt, wo Avners Cousin wohnte, New York.

»Wo wohnt denn dein Bruder?«, fragte Avners Cousin, dem es schon zu viel war, *eine* zusätzliche Person in seiner kleinen Mietwohnung unterzubringen. »In Chicago? Wie willst du da hinkommen?«

»Zu Fuß!«, sagte Mama. Schließlich hatte sie auch Rumänien zu Fuß durchquert.

»Zu Fuß von New York nach Chicago?« Der Cousin lachte, und die ganze Familie tat, als sei es der beste Witz, den sie je gehört hatten.

»Deine arme Mama!«, sagte Mollie. »Sie hatte ja keine Ahnung, wie groß Amerika ist.«

»Und wann hat Avner sich in sie verliebt?«

»Wart's ab!«

Irgendwann hörte der Cousin auf, Mama zu verspotten, und schickte Meyr ein Telegramm, in dem er ihn bat, das Geld für die Zugfahrkarte zu schicken. Zwei Tage später brachte Avner sie zum Bahnhof.

Mama hatte einen Kloß im Hals und dachte, sie würde Avner nie wiedersehen. Noch nie war jemand zu ihr so nett gewesen wie er. Sie sagte, dass sie ihn vermissen würde. Er sagte, er würde sie auch vermissen. Dann griff er plötzlich nach ihrer Hand und sagte: »Noch bist du zu jung, aber in drei, vier Jahren könnte ich dich holen.« Sie hatte keine Ahnung, was er meinte, bis er sagte: »Oder ich komme zu dir nach Chicago. Dann heiraten wir, und du wirst meine Frau.«

Sie wusste, dass ihr das blanke Entsetzen ins Gesicht geschrieben stand. Sie liebte Avner, aber wie einen Vater, er war doch schon ein grauer alter Mann! »Ich weiß nicht recht«, sagte sie und versuchte zu lächeln, weil sie sah, dass er gekränkt war. »Vielleicht.«

Zurückblickend glaubte sie, dass sie genau in diesem Moment auf dem Bahnsteig in New York, als sie Avner Papo kränkte, vom Glück verlassen wurde.

Irgendwann bat jemand Mollie und mich in einen anderen Teil des Schönheitssalons, wo wir eine Maniküre bekamen, während sie erzählte, wie es Mama in Chicago erging.

Meyr, der seinen Nachnamen von Avramescu zu Abrams geändert hatte, holte Mama vom Bahnhof ab und brachte sie nach Haus, wo sie seine Frau, Ida, kennenlernte. »Was meine Mutter betrifft …«, sagte Mollie. »Manche kümmern sich um andere, denen es schlecht geht, obwohl sie es selbst nicht leicht haben. Andere sehen nur sich selbst. Ich war dabei, als deine Mama bei uns ankam, denn ich konnte es gar nicht abwarten, sie kennenzulernen. Aber anstelle einer Begrüßung sagte meine Mutter: ›Glaubst du, in Amerika wachsen Zugfahrkarten auf Bäumen?‹«

Mama musste Ida beim Kochen und Putzen helfen und auf die Nichten und Neffen aufpassen (vier waren schon da, und zwei sollten noch kommen). Sie musste die Fahrkarte abarbeiten und auch für Essen, Kleider und Heizung bezahlen. Schule? Keine Chance! Selbst wenn Mike und Ida es gewollt hätten, war sie mit zwölf Jahren zu alt, um in die Grundschule zu gehen, und weil sie kein Englisch konnte, kam keine andere Schule infrage.

»Aber hat Onkel Meyr – Onkel Mike – sie nicht in Schutz genommen?«, fragte ich.

Mollie seufzte. »Manchmal schon. Aber er war ja den ganzen Tag bei der Arbeit, im Schlachthof. Da zu arbeiten bricht vielen das Rückgrat.«

Zum ersten Mal fiel mir auf, dass Mamas Geschichten über Meyr fast alle in Tecuci spielten. Wenn sie dagegen über Chicago sprach, spielte Mollie die Hauptrolle. Jetzt erfuhr ich, dass Mamas Leben in Chicago eintönig und demütigend war. Mit sechzehn rebellierte sie dann schließlich gegen Idas Joch und tauschte die Schinderei im Haus gegen die Schinderei in einer Näherei in der Maxwell Street ein. Sie konnte immer noch nicht gut nähen, aber ihre Schwester Dora war Vorarbeiterin in der Fabrik und verschaffte ihr diesen Job. Zwar musste sie zu Hause ihren Lohn abliefern, aber wenigstens konnte Ida sie nicht mehr herumkommandieren. Doch bald hatten Ida und Mike neue Pläne für sie.

Ein Freund von Mike, der auch im Schlachthof arbeitete, Hy Slotkin kam manchmal zum Schabbesmahl.

»Slotkin?« Der Name hatte sich an dem Tag in mein Gedächtnis gebrannt, als Mama Barbara in den Schrank gesperrt hatte.

Nichts sei gegen Hy Slotkin einzuwenden, erwiderte Mama, wenn Mike oder Ida sie fragte: »Was ist denn gegen Hy Slotkin einzuwenden?« Und das fragten sie oft, denn Hy hatte um Mamas Hand angehalten, und wenn es nach ihnen gegangen wäre, hätte Mama ihn besser heute als morgen heiraten sollen. In Wahrheit ließ Hys Lache Mama die Haare zu Berge stehen. »Wir nannten ihn ›die Hyäne‹«, sagte Mollie. Außerdem war Hy hässlich, hatte Arme wie Schinken und ein merkwürdiges Zucken im Gesicht, weil er sich im Schlachthof angewöhnt hatte, die Nase vor dem Gestank der Tierkadaver zu verschließen.

Mama war entschlossen zu fliehen. Aber sie konnte nicht so einfach verschwinden, wie sie es mit zwölf getan hatte. Den Mut hatte sie nicht mehr. Dann hörte sie, dass die Tarnows, die im selben Haus wie Mike und Ida wohnten, wegen Mrs. Tarnows Rheuma nach Los Angeles ziehen wollten. Doch allein schon das Packen war zu viel für eine Familie mit einer kranken Mutter und drei kleinen Kindern, ganz zu schweigen von der Fahrt quer über den Kontinent. Da kamen sie auf den Gedanken, Mama die Zugfahrkarte zu bezahlen und sie bei sich wohnen zu lassen, wenn sie sich dafür um den Umzug kümmerte.

Das Meiste von dem, was dann geschah, wusste ich schon, denn das war die Geschichte von Mamas und Papas Kennenlernen. Nachdem Mama mit siebzehn nach Los Angeles gekommen war und bei den Tarnows in Boyle Heights ein Zimmer bezogen hatte, fand sie einen Job in einer Textilfabrik. Die Tarnows hatten Mike versprochen, sie wie ihre eigene Tochter zu behandeln. Also sahen sie sich nach einem netten jungen Mann für sie um und erfuhren von dem Sohn eines Mannes, der aus demselben ukrainischen Dorf stammte wie Mr. Tarnow. Der Sohn war aber bereits in Amerika geboren und sprach akzentfrei Englisch! Eins führte zum anderen, und ein Jahr später fiel Papa vor Mama auf die Knie und fragte, ob sie ihn heiraten wolle. Diese Szene hat Mama, die nie eine große Briefschreiberin war, in einem Brief an Mollie geschildert.

»Aber sie hat nicht gleich Ja gesagt«, sagte Mollie.

»Hatte sie denn andere … Verehrer?«, fragte ich. Langsam gewöhnte ich mich an die Vorstellung, dass Mama als junges Mädchen »das gewisse Etwas« hatte. Erst Avner Papo, dann Hy Slotkin – womöglich ist Mama in Los Angeles von noch mehr jungen Männern mit Blumen und romantischen Gedichten überschüttet worden.

»Nein, nein, aber … Frau und Mutter zu sein … Ich meine,

das ist etwas Wunderbares, aber erst mal will ein junges Mädchen doch was vom Leben haben. Sie wanderte in den Bergen nördlich von Los Angeles und ging mit Freunden an den Strand. Sie hat sich sogar bei einer Theatertruppe beworben.«

»Bei einer Theatertruppe? Mama?«

»Sie hat mir geschrieben, dass es in Boyle Heights eine Theatertruppe gab, die auf Jiddisch spielen wollte. Bei den Fußgehern hatte sie auf der Bühne so viel Erfolg gehabt, dass sie beschloss mitzumachen. Sie und dein Papa – da waren sie aber noch nicht verheiratet – haben fürchterlich darüber gestritten. Er hielt nämlich nichts von einem jiddischen Theater in Amerika und konnte sich nicht vorstellen, dass intelligente Menschen ein schmalziges jiddisches Drama ertragen könnten, wo die amerikanische Sprache doch …«

»Die Sprache Shakespeares ist.« Das hatte Papa auch gesagt, als er mir verbieten wollte, in den Jiddischunterricht von Mr. Berlov zu gehen.

»Genau.« Molly grinste. »Deine Mama hat sich so darüber aufgeregt, dass sie ihn nie wiedersehen wollte.«

»Nein!«, schrie ich auf. Unvorstellbar, dass ich beinahe nie geboren worden wäre! Genauso unvorstellbar, dass meine Mutter als junges Mädchen so nach Leben gehungert und ihre Wünsche so mutig, ja rücksichtslos, verfolgt hatte.

»Sie hat es aber nicht so gemeint, die Ärmste. Ihr Brief war ganz fleckig, weil sie beim Schreiben so geweint hat. Und im nächsten Brief, den ich ein paar Monate später von ihr bekam, schrieb sie, dass sie und Bill gerade geheiratet hatten.«

»Und das jiddische Theater?«

»Komisch, jetzt wo du danach fragst … Sie hat es nie wieder erwähnt. Aber frag sie lieber nicht. Wie gesagt, das muss unter uns bleiben, okay?«

Ich nickte.

Den Rest des Tages blieb ich mit Mollie in unserem Versteck, dem Schönheitssalon. Gegen Abend kam ein Gewerkschafter, der Mollie zu der Kundgebung fahren sollte. Unterwegs setzte er mich zu Hause ab.

WÄHREND DER FOLGENDEN WOCHEN schrieb meine Cousine Mollie Geschichte. Sie galt als Gründerin der Textilarbeitergewerkschaft von Los Angeles und beendete schließlich den Streik. Dann wurde sie von der Gewerkschaft in die nächste Stadt geschickt, in der die Arbeiterinnen Hilfe brauchten.

Je mehr ich über die Dinge nachdachte, die sie mir erzählt hatte, desto sicherer war ich mir, dass Mama sich gegen Papa durchgesetzt und in dem Theaterstück mitgespielt hat, genau wie gegen ihre Eltern, als sie von zu Hause fortlief. Wäre sie noch die Zwölfjährige gewesen, die rumänische Zuschauer begeistern konnte, und hätte sie sich ihre jugendlichen Hoffnungen bewahrt, die Menschen zu Tränen rührten – dann hätte sie sogar die Hauptrolle bekommen und ein anderes Leben führen können. Erst das jiddische Theater, dann der Film, der in Los Angeles damals gerade heimisch wurde. Aber zu dem Zeitpunkt war sie schon nicht mehr das hoffnungsvolle junge Mädchen. Und jetzt konnte ich sogar verstehen, warum.

Ja, ich glaubte zu verstehen, warum Mama sich so verändert hatte … und warum sie nie erzählte, wie sie wirklich nach Amerika gekommen war. Ich begriff, dass ihre Abenteuergeschichte von den Fußgehern in Wahrheit eine Liebesgeschichte war. Mamas eigentliches Thema war die große Liebe ihres Lebens – die zu ihrem Bruder Meyr. Wie hätte sie diese Geschichte erzählen sollen, ohne zuzugeben, dass Meyr sie nicht nachgeholt, dafür aber zugelassen hatte, dass seine Frau sie wie eine Haussklavin behandelte?

Ich verstand jetzt auch, dass hinter der Wut, die stets in meiner Mutter schlummerte und jederzeit ausbrechen konnte, eine furchtbare Enttäuschung steckte. Es brach mir beinahe das Herz. Gleichzeitig wollte ich mich von ihr distanzieren. Ich wollte mich nicht ausbremsen lassen und für den Rest meines Lebens Wut im Bauch haben wie sie.

Deswegen gab ich mir selbst ein Versprechen: Ich wollte nicht wie Mollie werden, aber in ihrer Welt leben, in einem Reich, wo Menschen nicht nur an sich selber dachten und keine wichtigere Frage kannten, als was heute wohl beim Fischhändler im Angebot war, sondern leidenschaftlich über Ideen stritten und für ein besseres Leben für alle kämpften. Jahrzehnte später lernte ich den hebräischen Begriff Tikkun Olam kennen, »die Welt reparieren«. Dabei geht es um soziale Gerechtigkeit, darum, den Mund nicht nur aufzumachen, wenn es um die eigenen Belange geht, sondern auch, wenn anderen Ungerechtigkeit widerfährt. Was immer Mollies Schwächen gewesen sein mochten – sie hatte sich der ebenso schwierigen wie wunderbaren Aufgabe verschrieben, die Welt zu reparieren, und sie führte ein sinnvolleres Leben als alle, die ich bisher kennengelernt hatte. Genauso ein Leben wollte ich führen.

11. KAPITEL

Danny, der Spion

AH, THANKSGIVING!
Schon beim Aufwachen habe ich dieses typische Thanksgiving-Gefühl. Völlig aus dem Häuschen bin ich nicht, das wäre nach dem Autounfall vor zwei Wochen zu viel verlangt. Aber zum ersten Mal fühle ich mich wieder unternehmungslustig und freue mich auf meinen Lieblingsfeiertag.

Ich ziehe einen Trainingsanzug an, lege die DVD *Tai Chi gegen Osteoporose* ein und mache meine morgendlichen Übungen. Ich bin noch ziemlich steif und bewege mich vorsichtig, aber weil ich regelmäßig Tai Chi und Wassergymnastik gemacht habe, war ich vor dem Unfall für eine Fünfundachtzigjährige gut in Form, und mein Arzt sagt, meine Genesung mache »1a« Fortschritte. Das habe ich auch Ronnie und Harriet gesagt, als ich sie davon zu überzeugen versuchte, das Thanksgiving-Dinner wie geplant bei mir stattfinden zu lassen. Sie haben nicht groß argumentiert, denn es ist unser letztes Thanksgiving in meinem Haus in Santa Monica, und das bedeutet auch ihnen viel.

Thanksgiving ist der einzige Feiertag, den ich immer genießen konnte. Anders als Rosch Haschana oder Passah oder Purim ist er nicht von Gefühlen und Erinnerungen überlagert, die mit meinen – und später dann auch mit Pauls – Eltern zu tun haben, mit Traditionen und besonderen Speisen, aber auch dem Unbehagen an der Religiosität der Alten Welt. Jüdische Feiertage vermittelten mir immer ein Gefühl des Andersseins, der Abgeschnittenheit vom amerikanischen Mainstream, was mich einerseits stolz macht, andererseits aber auch befremdet. Und Angst auslöst. Sowohl mein Zeyde als auch meine Mutter haben in ihren Stetls Pogrome erlebt, und in den 1950er Jahren, als meine Kinder klein waren, war der Holocaust erst zehn Jahre her.

Von den Feiertagen des amerikanischen Mainstreams war Weihnachten der wichtigste, unausweichlich und eine große Versuchung für meine Generation, als sie außerhalb von Boyle Heights eigene Familien gründete. Im Dezember erstrahlten die meisten Häuser unserer Nachbarschaft in Santa Monica in Lichterglanz, und die Chöre und Orchester an den Schulen meiner Kinder gaben Konzerte mit Weihnachtsliedern und Händel. Irgendwann beugten Paul und ich uns dem Drängen der Kinder und stellten einen Baum auf – nicht ohne zu betonen, dass wir nicht an Jesus glaubten und dass es kein Weihnachtsbaum, sondern ein Chanukkabusch sei, dessen silberne Spitze einen Davidstern darstelle. Ausgerechnet mein Papa, den ich für vollkommen assimiliert gehalten hatte, weigerte sich, unser Haus zu betreten, solange dieser Baum im Wohnzimmer stand. (Wir haben ihn dann in ein anderes Zimmer gestellt.)

Thanksgiving dagegen wird von allen gefeiert, die das Glück haben, in Amerika zu leben. Und das wusste meine Familie uneingeschränkt zu schätzen.

Nach dem Tai Chi kümmere ich mich um meinen Beitrag zum Thanksgiving-Dinner, die Kürbiskuchen. Ich kann nicht annähernd so gut kochen wie früher Mama, aber Kürbiskuchen ist einfach, wenn man eine Backmischung benutzt. Es ist zwar nicht fair, großes Lob einzuheimsen, wenn man lediglich einer Backanleitung folgt, Kürbis aus der Dose und viel Schlagsahne verwendet, aber für mich hat sich diese Methode bewährt.

Die Kuchen sind im Backofen, ich esse Cornflakes und lese die *Los Angeles Times*, als Ronnie kommt. Es ist noch vor neun, aber als wir darüber verhandelten, wo das Thanksgiving-Dinner stattfinden solle, hat er darauf bestanden, früh zu kommen und mir zu helfen.

»Erst mal einen Kaffee!«

Er stürzt zur Kaffeemaschine, und ich wundere mich wieder einmal, wie Pauls und meine eher untersetzten Familien ein so schlankes, hoch aufgeschossenes Wesen hervorbringen konnten.

Seit Pauls Tod bin ich die Einzige, die ihn noch Ronnie nennt, aber ich sehe in diesem schlaksigen Einundfünfzigjährigen mit Glatze und angegrautem Haarkranz immer noch den Jungen mit der unbestechlichen Logik, der bei Auseinandersetzungen *noch* mehr Durchhaltevermögen besaß als ich. Er ist der geborene Anwalt, wie Cousine Mollie zu mir zu sagen pflegte. Ronnie denkt so sehr wie ich, dass man meinen könnte, unsere Synapsen seien identisch. Er war das pflegeleichte Kind. (Carol ist heute übrigens nicht dabei, sie kommt in zwei Wochen aus Oregon, um mir beim Umzug zu helfen.)

Während wir Kaffee trinken, frage ich ihn nach seiner Arbeit. Wir sind noch dabei, die Verteidigungsstrategie für einen seiner Fälle zu besprechen, als Harriet kommt, pünktlich um zehn. Jetzt gibt es viel zu tun.

Ronnie schiebt den Truthahn, ein Prachtexemplar von fünfundzwanzig Pfund, in den Ofen, dann besprechen wir zu dritt, wo die zusätzlichen Tische und Stühle hin sollen. Es wird ein regelrechtes Clantreffen mit zweiundzwanzig Personen, weil wir dieses Mal nicht nur Thanksgiving feiern, sondern auch von diesem Haus Abschied nehmen, dessen Esszimmer viele Jahre lang den Rahmen für Familienfeste aller Art geboten hat und in dessen prächtigem Garten so manche Hochzeit gefeiert wurde. Noch immer ist dieser Garten wunderschön. Ihn zu pflegen war für mich stets die beste Entspannung. Wie ich diesen Garten vermissen werde, vor allem den Feigenbaum, den ich aus einem Steckling des Baums hinter unserem Haus in Boyle Heights gezogen habe!

Um eins soll im nahe gelegenen Park Touch Football gespielt werden, und die meisten Gäste sind schon da. Ronnies Frau, Melissa, besteht darauf, die Stellung zu halten, den Truthahn zu begießen und die Nachzügler zu empfangen, während ich mich der kleinen Prozession anschließe, die zum Park zwei Blocks weiter zieht. Die jüngeren, fitteren Familienmitglieder schleppen Liegestühle und stellen sie für die Zuschauer auf. Ich setze mich neben Harriet und überlege, wie schon die letzten zwei Wochen, ob ich ihr erzählen soll, was ich über Barbara herausgefunden habe.

Aber was, genau, *habe* ich herausgefunden? Doch nur, dass irgendein Hoteldetektiv in Colorado Springs einmal dachte, sie sei die Blondine, die sich Kay Devereaux nannte. Seit Josh diese Bombe platzen ließ, habe ich ein wenig recherchiert und dabei vor allem eins festgestellt: Die Gefahr, das Internet könne unsere innerste Privatsphäre ausleuchten, wird deutlich überschätzt. So kann man beispielsweise alle Eheschließungen von Colorado Springs ganz leicht finden, *sofern* sie nach 1981 stattfanden. Für die Zeit davor muss man sich, wie ich in einem altmodischen Telefonat erfuhr, ins dortige Standesamt bequemen und das Mikrofilmarchiv durchforsten, was, wenn man keine Ahnung hat, in welchem Jahr die gesuchte Hochzeit stattgefunden hat, eine ziemliche Sisyphusarbeit wäre. Abgesehen davon weiß ich nicht mal, wie lange Barbara überhaupt in Colorado Springs gewohnt und ob sie dort auch geheiratet hat.

Ich habe schon darüber nachgedacht, Joshs Angebot, mir bei der Suche zu helfen, anzunehmen. Oder noch mal einen Privatdetektiv anzuheuern. Einen, der in Colorado zu Hause ist. Doch wie weit will ich es eigentlich treiben? Was, wenn ich Barbara tatsächlich finde? Werde ich es bereuen? Wahrscheinlicher ist jedoch, dass ich Zeit, Geld und Gefühle investiere, ohne eine Spur von Barbara zu finden. Wieder einmal. Im Grunde habe ich für eine zielgerichtete Suche zu wenig Anhaltspunkte – nur den Namen einer Frau, die vor Jahrzehnten in einem gewissen Broadmoor Hotel gearbeitet hat. Selbst eine genaue Zeitangabe fehlt, weil Carl Logan seinen Brief nicht datiert hat. Es muss Anfang oder Mitte der 1940er Jahre gewesen sein. Damals hat Philip meine Schwester gesucht. Haben Mama und Papa ihr in dieses Hotel geschrieben? Warum ist Papa nicht in den nächsten Zug nach Colorado Springs geklettert? Und warum haben sie mir nichts davon erzählt? Glaubten sie, mich vor irgendetwas beschützen zu müssen? Ich hatte doch ein Recht darauf, es zu erfahren!

»Erde an Lainie!«, sagt Harriet.

»Anwesend.« Ich drehe mich zu meiner Schwester um, die eine neongrüne Jacke und eine Baseballkappe mit dem Logo der Dodgers trägt.

»Alles in Ordnung … mit dem Umzug und so?«

»Ja, alles bestens. Ich bin dankbar für all die Hilfe. Und dass alle heute gekommen sind.« Ich mache eine vage Handbewegung in Richtung unserer Brut, die sich voll auf das Spiel konzentriert und offenbar Spaß hat. »Auch dir bin ich dankbar. Und du? Wofür bist du dankbar?«

»Für dasselbe. Und dass du bloß einen Kaktus umgenietet

hast, als du … unbedingt nach Barstow fahren musstest.« Harriets Blick erinnert mich an Mama, wenn ich das Gefühl hatte, dass sie mich durchschaut.

»Weißt du, wofür ich noch dankbar bin?«, sage ich. »Dass wir nicht mehr Football spielen müssen.«

»Niemand hat dich je dazu gezwungen.«

»Ha! Anfangs musste ich mitspielen, weil die Frauen der Kennedys das auch taten.« Der Brauch, an Thanksgiving Touch Football zu spielen, stammt aus den 1960er Jahren, wenige Wochen nachdem JFK zum Präsidenten gewählt worden war. Paul und ich waren nicht so naiv, Kennedy für fortschrittlich zu halten, aber die Welle der Hoffnung, die damals durchs ganze Land schwappte, erfasste auch uns. »Später musste ich mitspielen, um der Frauenbewegung bei unseren Kindern Respekt zu verschaffen.«

»Dir scheint es ja wirklich wieder besser zu gehen.«

»Viel besser.«

»Sehr gut. Hör mal, es gibt da etwas, worüber ich nachdenke, seit du angefangen hast, in diesen alten Sachen herumzuwühlen. Ich wollte dich nur nicht gleich nach dem Unfall damit überfallen.«

»Worum geht's denn?«

»Um Barbara.«

»Barbara?« Kann meine Schwester, die Weise Frau, jetzt sogar Gedanken lesen?

»Du hast mich doch gefragt, wie es wohl wäre, sie wiederzufinden. Das hat mich zu der Frage geführt, ob du je um sie getrauert hast.«

»Natürlich habe ich das! An dem Tag, als sie fortging, habe ich mir die Augen ausgeheult. Bei Tante Pearl.« Schon während ich das sage, bemerke ich den Irrtum. Es stimmt zwar, dass ich bei Pearl furchtbar geweint habe, und ich erinnere mich, dass der Brokatbezug ihres Zweiersofas von meinen Tränen ganz feucht war. Aber das war am Tag vor Barbaras Verschwinden. Und meine Tränen galten nicht ihr.

»Ich spreche nicht von Krokodilstränen, Elaine, sondern von Trauer«, sagt Harriet. »Von Verlustgefühlen, vom Abschiednehmen.«

»Wie beim Schiwe sitzen? Das kann ich nicht, solange ich nicht weiß, dass sie tot ist.« Und das ist sie nicht. Ich habe mir nämlich die Sterbelisten der Sozialversicherung angesehen, und da gibt es keine Kay Devereaux in auch nur annähernd passendem Alter.

Ich muss es Harriet sagen! Auch sie hat ein Recht, es zu erfahren.

»Nein, kein Schiwe sitzen«, sagt sie. »Aber wir könnten uns eine Art Ritual überlegen, vielleicht in Rancho La Puerta, nächstes Frühjahr.«

»Nach Rancho La Puerta fahre ich jederzeit mit dir«, sage ich. Früher sind wir drei Schwestern – Harriet, Audrey und ich – jedes Jahr in das Spa kurz hinter der mexikanischen Grenze gefahren, aber seit Audreys Tod vor sechs Jahren (genau wie unser Zeyde und Papa ist sie an einem Schlaganfall gestorben) waren wir nur noch ein oder zwei Mal da.

»Und das Ritual? Willst du darüber nachdenken?«

»Mach ich.«

Ich erzähle Harriet lieber doch nicht, was ich herausgefunden habe. Nicht jetzt, mitten am Feiertag. Vielleicht irgendwann dieses Wochenende …

Aber ist es nicht besser, etwas zu erfahren, wenn es aktuell ist, wenn Entscheidungen zu treffen und Dinge zu erledigen sind? Was ist gewonnen, wenn ich nach all den Jahren mit Harriet Tacheles rede? Es würde ihr nur Kummer machen, dass Mama und Papa uns belogen haben. Dass sie uns etwas so

Wichtiges vorenthalten haben, obwohl wir alle Teil dieser Familientragödie waren. Außerdem hat Harriet recht, wenn sie sagt, dass wir diesen Verlust nie richtig betrauert haben. Wir haben es nicht mal als »Verlust« bezeichnet. Als wir Barbaras Abschiedsbrief fanden, sprachen wir zuerst davon, dass sie »weg« sei. In den folgenden Wochen und Monaten wurde daraus »verschwunden«.

Aber dass sie uns verlassen hatte, war für mich nichts Endgültiges wie der Tod. Nichts klar Definiertes. Nichts, womit man abschließen konnte, begleitet von zeremoniellen Handlungen, die das Schreckliche einerseits real machen und andererseits das erlösende Weinen erleichtern. Man kann etwas tun, tritt ans offene Grab, stößt die Schaufel in die feuchte, frisch aufgehäufte Erde und wirft diese Erde auf den Sarg. Dann hält man sieben Tage lang sein normales Leben an, geht nicht aus dem Haus und verhängt die Spiegel. Nach diesen sieben Tagen führt einen der Rabbi um den Block – ein Gang, der die Wiederaufnahme des normalen Lebens markiert.

Auch ohne Schiwe sitzen habe ich Barbaras Abwesenheit längst akzeptiert, vor Jahren schon. Und doch tut sich an diesem sonnigen Thanksgiving-Nachmittag, während ich damit hadere, dass man mir hätte sagen müssen, wo sie war oder wenigstens dass sie lebte … Ja, es tut sich ein Loch in mir auf … oder anders: Mir wird bewusst, dass ihr Verschwinden damals ein Loch in mir aufgetan hat, das sich nie wieder geschlossen hat und so grauenvoll ist, als hätte sich die Erde aufgetan und meine Kinder verschluckt.

»Elaine?«, sagt Harriet.

»Was denn?« Erschrocken suche ich das Spielfeld ab, zuerst ganz egoistisch nach meinen eigenen Kindern und Enkeln: Ronnie, seine Tochter Zoe, Carols Sohn Dylan. Wo ist Carol? In Oregon. Und Brian in Argentinien. Alles in Ordnung.

»Alles in Ordnung? Du hast laut gestöhnt.«

»Ich musste nur gähnen.«

Warum soll Harriet das Gleiche durchmachen wie ich? Mir ist, als hätte ich das Familienalbum aufgeschlagen und festgestellt, dass alle Fotos von Mama und Papa durch Säure zerstört sind.

ZUM GLÜCK HÄLT MICH DIESE DÜSTERE STIMMUNG nicht lange gefangen. Beim Essen amüsiere ich mich über meine lärmende Familie, die an drei Tischen in Esszimmer, Wohnzimmer und Diele sitzt. Wehmut überkommt mich, als ich die Toten in den Lebenden sehe: Ronnie schneidet den Truthahn mit dem Tranchiermesser genauso beherzt wie früher Paul. Der ernste Blick von Harriets jüngster Enkelin erinnert mich an Papa. Und dann die vertrauten Aromen – Mamas Süßkartoffeln, die dieses Jahr von Harriet zubereitet wurden, Audreys Preiselbeerkompott, das einer ihrer Söhne gemacht hat. Während ich mich umsehe und das Festmahl genieße, ziehen sämtliche Thanksgiving-Dinner an mir vorüber, die in diesem Haus stattgefunden haben … und früher in Boyle Heights. Harriet und ich sind die Einzigen, die aus jener Zeit noch übrig sind.

Aber das stimmt nicht ganz, fällt mir ein. An Thanksgiving hat Mama immer Danny und seinen Vater eingeladen. Schon zum zweiten Mal an diesem Tag muss ich an Danny denken, und als sich alle satt und zufrieden zurücklehnen, spukt er mir wieder im Kopf herum. Auch als wir Scharade spielen, denke ich an ihn, sogar noch, als die anderen sagen, jetzt hätten sie Platz fürs Dessert. Meine Kuchen kommen gut an. Zu Recht, denn sie sind wirklich köstlich. Wusste ich's doch, dass man mit Backmischung, Dosenkürbis und reichlich Sahne nichts falsch machen kann.

Dann brechen meine Gäste in Gruppen von drei, vier oder fünf auf. Als alle weg sind, ist mein Haus sauberer als vor dem Fest. Nur Danny ist geblieben – als der ärmliche Junge, den ich als Kind kannte, als der muskulöse junge Mann, der in Venice Beach Bodybuilding machte, und als der mitfühlende Freund, den ich in privaten Augenblicken erlebte.

Ich werfe einen Blick auf die internationalen Zeitzonen. Bei mir ist es elf, also nicht zu früh für einen Anruf.

Ich muss mich verrechnet haben, denn offenbar hole ich ihn aus dem Schlaf.

»*Ken*«, murmelt er.

»Oh, Danny, tut mir leid. Ich dachte, bei dir sei es jetzt neun Uhr morgens.« Nach dem II. Weltkrieg ist er nach Israel ausgewandert, damals noch Palästina. Kaum hatte er die Waffen abgelegt, mit denen er gegen die Nazis kämpfte, nahm er neue in die Hand, um einen Judenstaat zu erkämpfen.

»Manchmal schlafe ich länger. Das Vorrecht eines alten Mannes.« Binnen Sekunden ist er hellwach. Sein Job hat ihn Disziplin gelehrt. Noch heute, als Rentner, spricht er vage von »Im- und Export«, aber ich bin mir ziemlich sicher, dass er ein hohes Tier beim Mossad war.

»Lässt Aviva dich ausschlafen?«, frage ich.

Nachdem Dannys Frau ein Konzentrationslager überlebt hatte und nach Palästina ausgewandert war, gab sie sich diesen Namen, der auf Hebräisch »Frühling« bedeutet. Auch Danny hat seinen Namen geändert, von Berlov zu Bar-Lev – »Sohn des Herzens«. Aviva lernte er bei einem Sabotageakt gegen die Briten kennen, als beide in der Hagana, der jüdischen Untergrundbewegung, aktiv waren. Aviva ist ein Energiebündel, das ich zutiefst bewundere. Allerdings neigt sie zu übergriffigem Verhalten und kann einem damit, ehrlich gesagt, ziemlich auf den Keks gehen. Wenn man am Morgen ganz friedlich dasitzt und seinen Toast isst, besteht sie darauf, Gurken und Tomaten in mundgerechte Stücke zu schneiden, »für ein israelisches Frühstück«. Dann bleibt sie so lange neben einem stehen, bis man alles aufgegessen hat. Sie ist der Grund, warum Paul und ich, obwohl wir sechs Mal in Israel waren, nur einmal bei Danny und Aviva gewohnt haben.

»Aviva …« Danny seufzt. »Ist es schon so lange her, seit wir das letzte Mal telefoniert haben? Aviva hat Alzheimer.«

»Oh, Danny, das tut mir leid!«

»Ewig dieses amerikanische ›tut mir leid‹!« Die Verletzlichkeit, die eben noch in seiner Stimme lag, ist purer Angriffslust gewichen, so wie damals, wenn er die Armut seines Vaters mit forschem Auftreten überspielte. Verändern wir uns jemals? »Es könnte schlimmer sein. Noch ist sie zu Haus. Wir haben eine Krankenschwester engagiert, und unsere Tochter kümmert sich um sie. Erinnerst du dich an Shuli? Sie muss jeden Moment kommen. Schön, von dir zu hören, Lainie. Wie geht's dir? Du bist doch hoffentlich gesund?«

»Danke, mir geht's gut. Die ganze Familie war eben hier, zum Thanksgiving-Dinner.«

»Thanksgiving, verstehe. Und was gibt's Neues?«

»Ich ziehe in zwei Wochen um.«

»Mazel Tov! Hast du endlich eingesehen, dass man als Jude nirgendwo anders leben kann als in Israel? In der Nähe von Shuli wird eine Wohnung frei. Die jetzigen Besitzer haben es so eilig, dass sie dir mit dem Preis bestimmt entgegenkommen oder dir sonst welche Extras anbieten.«

»Vielleicht Panzerglas für meinen Wagen?«

»Ach. Lainie! Statt dich darüber lustig zu machen, in welcher Gefahr wir hier leben, solltest du lieber stolz darauf sein, dass du Jüdin bist. Und dich mehr für Politik interessieren. Die Araber wollen uns ins Meer werfen, egal, was ihre kreidefressenden Repräsentanten behaupten, um hirnlose amerikanische Liberale auf ihre Seite zu ziehen.«

Deswegen telefoniere ich nicht oft mit Danny. Er wohnt in einer Siedlung der West Bank, und man sollte meinen, Menschen unseres Alters könnten unterschiedliche politische Ansichten tolerieren. Das gelingt mir ja sogar mit einer Großnichte, die Mormonin und Republikanerin geworden ist! Aber Gespräche mit Danny haben all die Jahre immer wieder damit geendet, dass ich ihn wegen der Zerstörung palästinensischer Olivenhaine anschrie – und er mich, weil ich seiner Meinung nach eine von denen war, die Israel ins Meer treiben wollen. Inzwischen reicht schon die Stimme des jeweils anderen, um den alten Streit wieder aufleben zu lassen.

Aber darüber will ich heute Abend nicht sprechen.

»Danny«, sage ich.

»Was denn?« Er kennt mich, seit wir fünf waren, und merkt, dass ich etwas auf dem Herzen habe. »Irgendwas nicht in Ordnung?«

»Hast du … Also, bei den Umzugsvorbereitungen sind mir ein paar Sachen in die Hände gefallen, die Erinnerungen geweckt haben … Hast du je wieder von Barbara gehört?«

»*Oy,* diese alte Geschichte! Lass doch die Vergangenheit ruhen!«

»Hast du oder hast du nicht?«

»Hab ich nicht.«

»Hast du versucht, sie zu finden?«

»Ich war doch schon weg, als sie verschwand.« Er war im September 1939 zur kanadischen Armee gegangen und konnte es gar nicht abwarten, in den Krieg zu ziehen.

»Ich meine später. Du wusstest, wie man Menschen aufstöbert.«

Er lacht, leugnet aber nicht, dass er ein Spion war.

»Ich dachte, du hättest vielleicht etwas unternommen«, sage ich. »Nicht, um mit ihr zu sprechen, sondern um zu erfahren, was passiert ist. Ob es ihr gut geht.«

»Erstens überschätzt du meine Möglichkeiten, und zweitens habe ich nie daran gezweifelt, dass es ihr gut geht. Ich habe so viele Geschichten von Menschen gehört, die aus dem Haus geholt und ins Konzentrationslager gesteckt wurden, dass ich meine Zeit nicht damit verschwenden wollte, mir Sorgen über ein … lass mich Klartext sprechen … über ein eingebildetes, egoistisches Mädchen zu machen, das aus freien Stücken von zu Hause weggeht.«

Er trägt zu dick auf, aber ich weiß trotzdem nicht, ob er bloß nicht zugeben will, dass er nach Barbara gesucht hat, oder ob er wegen der Sache mit uns nichts sagen will, der Sache, die tiefe Narben hinterlassen hat, weil wir so unbedacht waren, so wehrlos und jung.

Hätten wir miteinander geschlafen, nur einmal, hätte sich die Spannung zwischen uns vielleicht abgebaut, so aber führt jede unüberlegte Bemerkung gleich zu einem erbitterten Schlagabtausch. (Ist das der wahre Grund für unsere politischen Auseinandersetzungen?) Einmal waren wir nahe dran. Was für ein Desaster! Es war auf der ersten Reise, die Paul und ich nach Israel machten. Wir wohnten bei Danny und Aviva in ihrem großen, aber heruntergekommenen Haus in Jerusalem. Eines Nachmittags blieb ich mit Kopfschmerzen im Haus, während Paul und Aviva mit den Kindern einen Ausflug machten, ihren und unseren. Ich lag im Wohnzimmer auf dem Sofa, wo es am kühlsten war, als Danny von der Arbeit heimkam. Er massierte mir die Schläfen – ein todsicheres Mittel gegen Kopfschmerzen, wie er sagte. Und dann … Ich möchte Paul nicht beleidigen, aber niemand küsste so gut wie Danny. Schließlich rissen wir uns die Kleider vom Leib und streichelten uns hungrig an

Stellen, die unsere Hände noch von früher kannten. Dabei bewegten wir uns auf die abgeschirmte Veranda hinterm Haus zu. (In stiller Übereinkunft wollten wir nicht in einem Bett enden, in dem wir sonst mit unseren Ehepartnern lagen.) Erst als wir nackt nebeneinanderlagen, wurde mir plötzlich klar, dass ich das nicht tun konnte. Es war keine edle Regung und auch nicht die Angst vor Entdeckung. Vielmehr war es ein Mangel an Fantasie. Mit Danny zu schlafen, während ich mit Paul verheiratet war, überstieg meine Vorstellungskraft.

»Ich will dich nicht brüskieren«, sagt er. »Aber Barbara war immer auf dem Sprung. Wie eure Mutter. Ist die nicht auch von zu Hause weggelaufen? Mit diesen … Wie nannten sich diese rumänischen Emigranten noch gleich?«

Statt zu antworten, brause ich auf. »Was soll das heißen – weggelaufen?« Aber ich versuche mich gleich wieder zu beruhigen. Wahrscheinlich hat Danny sich nur unglücklich ausgedrückt. Er kann unmöglich wissen, was meine Mutter damals getan hat.

»Was das heißen soll? Sie hat sich doch mitten in der Nacht davongeschlichen, oder?«

»Ja, aber woher weißt *du* das?«

»Ich muss es von dir oder Barbara gehört haben.«

Ich habe es keinem Menschen erzählt, solange Mama lebte. Da bin ich mir ganz sicher, denn als ich zum ersten Mal darüber sprach – mit Audrey und Harriet –, kostete es mich viel Überwindung. Ich hatte abgewartet, bis wir wieder zu dem Spa in Mexiko fuhren, und selbst dann wartete ich noch bis zur zweiten Flasche Wein. Audrey regte sich fürchterlich auf, weil man ihr auch dieses Familiengeheimnis vorenthalten hatte, während Harriet das neue Bild, das ich von Mama entwarf, ganz wunderbar fand.

Barbara war die Einzige, der ich es beinahe erzählt hätte, als die Geschichte für mich noch neu war. Während der ersten Tage nach Mollies Enthüllung konnte ich mich kaum beherrschen, aber mit der Zeit beruhigte ich mich, und wenn ich doch wieder einmal daran dachte, war eine von uns beiden gerade am Kommen oder Gehen, und es war nie der rechte Zeitpunkt, um darüber zu reden. Außerdem hatte es ja keine Eile, schließlich sah ich Barbara jeden Tag.

Später habe ich mich gefragt, ob sich die Dinge anders entwickelt hätten, wenn ich es ihr erzählt hätte. Barbara hielt sich bestimmt für ungeheuer mutig, als sie weglief, und dachte, das unterschied sie von uns Langweilern. Dabei hat sie bloß unwissentlich (wie ich dachte) den ungeheuerlichen Akt ihrer eigenen Mutter wiederholt – allerdings weniger spektakulär als Mama, die mit zwölf, ohne Geld und zu Fuß in ein Land floh, dessen Sprache sie nicht beherrschte. Hätte Barbara all das gewusst, hätte sie womöglich etwas anderes getan, um sich vom Rest der Familie zu unterscheiden.

Aber sie hatte es ja gewusst!

»Was hast du denn plötzlich?«, fragt Danny.

»Ach, nichts … Erinnerst du dich an Ronnies Tochter, Zoe? Sie studiert jetzt Ozeanographie in San Diego.«

Während Danny und ich mit unseren Enkeln prahlen, versuche ich zu verdauen, was ich gerade erfahren habe. *Wie hat Barbara von Mamas Flucht erfahren? Wer hat es ihr erzählt?* Sie hätte es natürlich von Mollie erfahren können, genau wie ich, aber dafür standen sich die beiden nicht nahe genug. Was war mit Papa oder Pearl? Von Pearl konnte ich es mir gut vorstellen. Andererseits hat Pearl immer Wert darauf gelegt, Barbara und mich gemeinsam über alles Mögliche aufzuklären. Schwer vorstellbar, dass sie mit Barbara darüber gesprochen hat und mit mir nicht. Also bleibt nur noch eine Möglichkeit: Mama selbst hat es ihr erzählt. Ich höre, was Danny sagt, und sehe Mama vor mir, wie sie ihrer Lieblingstochter erzählt, dass sie von zu Hause ausgerissen ist und wie viel Mut das erfordert hat. Bestimmt war das alles, was sie preisgab. Bestimmt hat sie das Gesicht gewahrt und nicht erwähnt, dass der angebetete Bruder ihr das Herz brach, weil er sie nicht nachholte. Trotzdem werde ich das Gefühl nicht los, dass sie sich Barbara gegenüber geöffnet hat.

Jetzt scheue ich mich nicht mehr, nach Barbara zu suchen. Ich bin sogar wild entschlossen, sie zu finden – und nicht nur um herauszufinden, was aus ihr geworden ist. Ich will wissen, wer sie war, will alles über ihre Komplizenschaft mit Mama erfahren – eine Komplizenschaft, die mir zwar bewusst war, die offenbar aber tiefer ging, als ich es je für möglich gehalten hatte.

Um Mitternacht verabschiede ich mich von Danny. Zu spät, um Josh noch anzurufen. Also schicke ich ihm eine E-Mail und bitte ihn, im Internet systematisch nach Kay Devereaux zu suchen.

Seine Antwort kommt Sekunden später. *Nichts lieber als das.*

12. KAPITEL

Liebe und Tod

BEI CHAFKIN'S GEHÖRTE ES ZU DANNYS AUFGABEN, DIE Plakate vorm Eingang und drinnen an den Wänden auf dem neuesten Stand zu halten. Er hängte die aktuelle Werbung für Campbell's Suppen, Maxwell Kaffee oder Palmolive Seife auf und überwachte die Korkwand im Laden, wo die Kunden private Mitteilungen anpinnen durften. In den 1930er Jahren waren das hauptsächlich Zimmerangebote, Suche nach jeder Art von Job und Anzeigen wie »Rosenthal-Service, erstklassiger Zustand, umständehalber zu verkaufen«. Damit diese Korkwand übersichtlich blieb, hatte Eddie Chafkin bestimmt, dass kein Zettel länger als zwei Wochen hängenbleiben durfte, und Danny sortierte diejenigen aus, deren Zeit um war.

Im Laden gab es zwei Stellen – neben der Pinnwand und neben der Kasse –, auf die der Kunde blickte, während seine Einkäufe zusammengerechnet wurden. Dort hängte Eddie Plakate auf, die ihm wichtig waren. Oft waren es regelrechte Kunstwerke mit lächelnden, braungebrannten jungen Leuten, die Ackergeräte oder große Wassermelonen in den Händen hielten und die jungen Pioniere und ihre reiche Ernte im Gelobten Land – damals noch Palästina – darstellten.

Eddie Chafkin war Zionist, das wussten alle in Boyle Heights. Und die meisten fanden es ziemlich verrückt. *Wenn du Palmen und Wassermelonen willst, brauchst du dich doch bloß umzuschauen – wir sind hier in Los Angeles!*

Wahrscheinlich kann man heute nicht auf diese Zeit zurückblicken, ohne an den Holocaust zu denken. Als die Vereinten Nationen 1947 die Gründung des Staates Israels beschlossen, habe ich geweint, und ich kenne niemanden, der das nicht tat. Aber 1935 galt der Zionismus in Boyle Heights als abseitig und geradezu unamerikanisch.

Tante Sonya sagte einmal: »Hershel Chafkin ist den ganzen Weg von Kiew nach Los Angeles gekommen, hat sich mit seinem Gemüsekarren krummgeschafft und genug gespart, um seinen eigenen Laden zu eröffnen und ihn mit achtundvierzig, als er tot umfiel, seinem geliebten Sohn zu vererben. Aber was ist Eddies großer Traum? In Palästina Bauer zu werden!«

Normalerweise hörte ich gar nicht hin, wenn Sonya über Leute herzog, die gerade nicht in Hörweite waren. Doch auch Papa, der sich stets seiner Objektivität rühmte, regte sich über Eddies Zionismus auf. »Das ›Gelobte Land‹ hat Hershel seinem Sohn doch schon geschenkt, als er dafür sorgte, dass Eddie in Amerika geboren wurde«, sagte er. »Amerikaner zu sein sollte ihn mit Stolz erfüllen. Stellt euch vor, Franklin D. Roosevelt käme nach Boyle Heights und sähe diese Plakate! Er müsste doch den Eindruck bekommen, dass Juden keine loyalen Amerikaner sind!« Glücklicherweise, sagte Papa, dächten nur wenige wie Eddie; die Organisation der amerikanischen Zionisten, der Eddie angehörte, hätte in ganz Los Angeles nur fünfzig Mitglieder.

Alle Erwachsenen, die ich kannte, hatten eine Meinung dazu, und zwar eine negative. Für Mollie, die mir aus den verschiedenen Städten schrieb, in die sie von der Gewerkschaft geschickt wurde, war der Zionismus eine reaktionäre Bewegung, weil er die jüdischen Arbeiter dazu verleitete, sich als Juden zu definieren und nicht als Teil einer vereinten Arbeiterschaft, in der alle möglichen Glaubensrichtungen vertreten waren.

Trotz sentimentaler Anwandlungen bezüglich Eretz Israel, die unseren Zeyde gelegentlich überkamen, hatte auch er nicht den Wunsch, dorthin zu gehen.

Umso mehr verblüffte mich Dannys Reaktion im April 1935. Es fing damit an, dass er sich wieder einmal über die Arbeit bei Eddie beklagte, woraufhin ich mich über Eddies zionistische Plakate lustig machte. Da wurde er plötzlich furchtbar wütend.

»Was ist so lächerlich an einer Heimat für uns Juden?«, donnerte er los.

»Hier geht es uns doch viel besser«, sagte ich. »In Palästina gibt es nur Sümpfe und Malaria.« Ich plapperte einfach nach, was ich aufgeschnappt hatte.

»Und was ist mit den Juden in Deutschland?«

»Du sagst doch selbst, dass du Eddie Chafkin blöd findest. Warum ergreifst du dann für ihn Partei?« Ich reagierte gereizt auf die Überheblichkeit eines gerade mal Vierzehnjährigen, aber da ich selbst vierzehn war, reagierte ich auf alles gereizt – wenn ich nicht gerade beleidigt war oder mit den Tränen kämpfte.

Außerdem wusste ich nicht, was ich von Deutschland halten sollte. Zwei Jahre zuvor war Adolf Hitler Reichskanzler geworden, und er machte ziemlich verrückte Sachen … feuerte jüdische Beamte, ließ jüdische Geschäfte boykottieren und Bücher von Juden öffentlich verbrennen. Aber das bewies eben nur, dass er verrückt war. Die Erwachsenen in meiner Umgebung waren sich alle einig, dass dieser Spuk bald vorbei sein würde.

»Sollen die deutschen Juden etwa nicht nach Palästina auswandern dürfen?«, fragte Danny.

»Wenn sie das wollen – bitteschön! Aber bestimmt kommen sie viel lieber nach Amerika.«

»Wach auf, Elaine! Ist dir noch nie aufgefallen, dass hier unter vielen Mietangeboten steht: ›Keine Juden oder Hunde‹? Und weißt du nicht, wie viele Krankenhäuser keine jüdischen Ärzte einstellen?«

»Willst *du* denn nach Palästina?«

»Ich … ja.«

Ich hatte sein Zögern bemerkt. »Um Bauer zu werden?«

»Ich will an einem Ort wohnen, wo ich mich nicht dafür entschuldigen muss, dass ich Jude bin. Wo ein Jude frei und sicher und stolz sein kann.«

»So wie in Amerika.«

Unsere Verwandten in Rumänien und der Ukraine wollten alle nach Amerika auswandern, nicht einer von ihnen nach Palästina. Für die Juden in Mamas Heimatland war die Lage nicht viel besser als für die in Deutschland. Zwei ihrer Brüder und ihre zwei Schwestern lebten noch dort, dazu deren Kinder und eine wachsende Zahl von Enkeln. In Briefen, die Mama zum Weinen brachten, schilderten sie die strengen Bestimmungen für Juden und erwähnten eine populäre politische Partei, in deren Programm es hieß: »Die einzig mögliche Lösung des Judenproblems ist die Eliminierung der Juden.« Ein Onkel von mir war auf offener Straße von Uniformierten zusammengeschlagen worden, die sich die »Eiserne Garde« nannten. Eine Cousine war dieser Eisernen Garde entkommen, indem sie in einen großen Müllhaufen sprang, wo sie drei Stunden ausharrte, bis die Luft rein war und sie sich heraustraute. Mama und ihre Verwandten in Chicago hatten sich bei der Hebräischen Einwanderungsgesellschaft als Gastfamilien für einen rumänischen Verwandten registrieren lassen. Der potenzielle »Gast« musste unverheiratet, gesund und jung sein, und er musste sich bereit erklären, jede Arbeit anzunehmen. Mama und Papa hatten angeboten, den Sohn eines Bruders von Mama aufzunehmen, einen Jungen namens Ivan, der zwei Jahre älter war als ich.

»Die Sache ist doch die«, sagte ich zu Danny. »Die Leute wollen nicht nach Palästina, sondern nach Amerika.«

Das hatte ich schon oft gesagt, denn immer wieder führten wir die gleiche Auseinandersetzung. Seine Antwort war stets: »Glaubst du ernsthaft, Amerika lässt rumänische Juden einwandern? Was Juden brauchen, ist ein Land, in dem sie willkommen sind.«

Danny fing immer wieder davon an, weil der Zionismus inzwischen seine Mission geworden war. Er engagierte sich in der Ortsgruppe der Habonim in Boyle Heights, einer zionistischen Jugendorganisation, und versuchte ständig, mich dafür zu gewinnen. Aber ich wollte nichts davon hören, weil ich es als Verrat empfand. Ich war das durch und durch amerikanische Mädchen, zu dem Papa mich erzogen hatte, fühlte mich frei und sicher und war stolz auf mein Land. Wieso empfand Danny nicht genauso? Wie konnte er sich einem abstrakten »Volk der Juden« mehr verpflichtet fühlen als Amerika? Ich argumentierte so glühend gegen Dannys Zionismus, als müsste ich die Gesetze der Schwerkraft verteidigen, weil sonst die ganze Welt auseinanderfliegen würde, und ich schlug mich recht ordentlich. Mollie hatte als Erste eine Kämpferin in mir gesehen, und es zeigte sich, dass sie recht hatte. Tatsächlich entwickelte ich einen beträchtlichen Kampfgeist, und Danny mit seiner leidenschaftlichen Eloquenz war ein idealer Sparringspartner.

Mein Hauptgrund, diese Auseinandersetzung mit Danny am Kochen zu halten, war jedoch, dass ich unsere Freundschaft erhalten wollte. Mittlerweile steckten wir mitten in der Pubertät, und statt wie früher im Park miteinander zu spielen, lud er mich jetzt zu Versammlungen der Habonim ein. Ich äußerte meine Vorbehalte, ging aber mit – und nach diesen Zusammenkünften stritten wir uns weiter. Es war eine Sache nur zwischen uns beiden. Barbara wollte mit den Zionisten nichts zu tun haben. Das schien sie für Danny aber nicht weniger attraktiv zu machen. Meine Schwester und Danny fanden einen anderen Weg, ihre Freundschaft über die Kindheit hinaus zu bewahren: Sie wurden ein Liebespaar.

ALS WIR IM TEENAGERALTER ZUM TANZEN und auf Partys gingen, forderte Danny Barbara und mich anfangs abwechselnd zum Tanzen auf – wenn er und die anderen Jungen sich überhaupt auf die Tanzfläche wagten. Aber eines Abends im Sommer, wir waren inzwischen vierzehn, wurde alles anders. Beim Tanz in einem Gemeindezentrum unterhielt ich mich gerade mit Freunden, als ich Barbara hereinkommen sah, dicht gefolgt von Danny. Beide hatten gerötete Gesichter, und sie hielten Händchen. Als sie sich einen Weg durch die Menge bahnten und auf den Erfrischungsstand zugingen, legte er sogar den Arm um sie. Als Danny zwei Gläser Punsch einschenkte, lag Barbaras Hand auf seinem Arm.

Ich war mir nicht sicher, was ich da gesehen hatte, oder vielleicht wollte ich es nicht wissen. Aber wenn wir in den folgenden Wochen mit Freunden ins Kino gingen, saßen Barbara und Danny immer nebeneinander, und wann immer ich während des Films verstohlen zu ihnen rübersah, hatte er den Arm um sie gelegt. Irgendwann hatten sie dann ihr erstes richtiges »Date«, und Danny holte sie von zu Hause ab. Als Barbara an diesem Abend in unser gemeinsames Zimmer zurückkam (sie war nach Mollies Abreise zu mir in das Zimmer neben der Küche gezogen), tat ich so, als schliefe ich schon.

Ich hatte Danny Berlov vom ersten Moment an sehr gern, spürte aber, dass zwischen meiner Schwester und ihm eine besondere Spannung herrschte. (In den späten 1940er Jahren, als die ersten Filme von Spencer Tracy und Katharine Hepburn auf den Markt kamen, fühlte ich mich daran erinnert, denn zwischen den beiden knisterte es auf die gleiche Art.) Schon als Kind hatte es mir manchmal wehgetan, wenn ich diese besondere Verbindung der beiden spürte, doch das war nichts im Vergleich zu dem, was ich jetzt durchmachte. Ich war unglücklich und eifersüchtig und hasste mich dafür, dass Dannys Wahl nicht auf mich fiel.

Sie gingen zusammen ins Kino, und abends machten sie gern Spaziergänge. Manchmal verschwanden sie gemeinsam von einer Party und tauchten eine halbe Stunde später mit verklärtem Lächeln wieder auf. Ich dagegen konnte Danny nur noch nah sein, wenn wir über den Zionismus stritten.

Nach einem Vortrag bei den Habonim gingen wir eines schwülen Augustabends wieder einmal streitend auf den dunklen Schulhof unserer Grundschule. Danny hatte bei Chafkin's ein Bier und ein paar Chesterfield Zigaretten mitgehen lassen. Wir setzten uns auf die Erde, lehnten uns ans Schulgebäude, und ich rauchte meine erste Zigarette, was ich trotz des Kratzens im Hals gar nicht übel fand, und zwang mich, das warme, scheußliche Bier aus der Flasche zu trinken, die wir uns hin- und herreichten.

»Du magst wohl kein Bier, was?«, sagte Danny, als er einen Schluck getrunken hatte und mir die Flasche wiedergeben wollte.

»Doch!«

»Ich glaube, ich trinke es lieber aus.« Er setzte die Flasche wieder an.

»Das ist unfair!«

Ich griff nach der Flasche. Er hielt mein Handgelenk fest, zog mich an sich und küsste mich. Es war ein grober, unbeholfener Kuss, meine Brille drückte sich in Dannys Stirn, und Bier tropfte mir auf die Hand.

Ich zuckte zurück. »Was soll das?«

»Ich dachte, es wäre Zeit für deinen ersten Kuss.«

»Wie großzügig von dir, vielen Dank, aber ich bin schon geküsst worden.«

»Von Fred, dem Zwerg?« Danny lachte.

Dann hatte er also gemerkt, dass ich mit Fred Nieman zweimal von einer Party verschwunden war. Fred war klug und witzig, aber er hatte kein Selbstbewusstsein, weil er ziemlich klein war und ein Kindergesicht hatte. Äußerlich war er das krasse Gegenteil von Danny, der angefangen hatte, den Bodybuildern am Strand alles nachzumachen. Er war zwar nicht besonders groß, aber inzwischen so muskulös, dass die Raufbolde der Schule ihn zufriedenließen.

»Fred ist kein Zwerg«, sagte ich. »Und er küsst besser als du.«

»Ach ja?«

»Ja.« Ich warf den Kopf in den Nacken.

Dannys nächste Küsse begannen sanft, so wie Freds, aber dann wurden sie fordernd, und er küsste mich nicht nur auf den Mund, sondern auch auf Wangen, Lider und – wer hätte gedacht, wie aufregend sich das anfühlt? – die weiche Kuhle an meinem Hals. Freds Küsse hatte ich mit einer gewissen Neugier über mich ergehen lassen, Danny dagegen küsste ich zurück, bis mir die Sinne schwanden und ich nicht mehr an der Wand lehnte, sondern fast auf dem Boden lag. Ich spürte, wie etwas in mir zu schmelzen begann …

»Nein!« Ich wollte mich aus seiner Umarmung winden, aber gegen einen Bodybuilder hatte ich keine Chance. »Nein, Danny!«

Er lockerte seinen Griff, und ich konnte mich zur Seite drehen, aber seine Arme umfingen mich immer noch. »Nur noch ein bisschen!«

»Das dürfen wir nicht!« Ich riss mich los, und er hielt mich nicht auf.

»Du hast recht, ’tschuldigung. Ich hätte nicht … Du verrätst mich doch nicht, oder?«, murmelte er.

Wir standen uns gegenüber und strichen unsere Kleidung glatt.

Ich wusste, wem ich es nicht verraten sollte, und einen kurzen, hitzigen Moment lang hasste ich Danny dafür. »Wofür hältst du mich?«

»Zigarette?« Er hielt mir eine hin.

»Nein … na gut.« Beim Rauchen würden meine Wangen hoffentlich aufhören zu glühen, und ich würde Barbara ins Gesicht sehen können, wenn ich nach Hause kam.

Während wir schweigend rauchten, fiel mir ein, wie ich eine Begegnung mit Barbara vermeiden könnte. Ich würde meinen alten Trick anwenden und mich schlafend stellen, wenn sie von ihrem Diamonds-Abend zurückkehrte. Die Diamonds waren acht Mädchen, die sich abwechselnd in der elterlichen Wohnung trafen, im Radio Musik von Bigbands hörten und tanzten. Wenn sie sich bei uns trafen, machte ich manchmal mit, weil Barbara mich in unseren eigenen vier Wänden nicht ausschließen konnte, aber ich passte nicht zu den Diamonds – lauter hübsche, selbstsichere Mädchen, die im Schultheater mitspielten, Unterricht in »modernem Tanz« nahmen und bei den Jungen überaus beliebt waren.

Ich hatte meinen eigenen Freundeskreis: Lucy Meringoff, Jane Klass und Ann Charney. Weil wir gern lasen, nannten wir uns die Brontë-Schwestern; alle waren ausgezeichnete Schülerinnen mit guten Aussichten auf ein College-Stipendium. Obwohl wir uns oft über unseren Ruf als Musterschülerinnen amüsierten und uns heimlich »die Flachköpfe« nannten, trafen wir uns häufig zum Lernen, um uns für die ersehnten Stipendien zu qualifizieren, und kultivierten eine ironische Distanz zu den Melodramen der üblichen Schulromanzen.

Um eine ironische Haltung bemühte ich mich auch jetzt beim Rauchen nach dem Knutschen mit Danny, aber gleichzeitig war ich vollkommen aufgewühlt. Während mein Körper noch vor Erregung zitterte, schwankte ich zwischen einem schlechten Gewissen gegenüber Barbara und Wut auf Danny, weil ich fürchtete, dass er mich nur benutzte. Vielleicht war es aber auch umgekehrt, dachte ich, vielleicht benutzte ich in Wahrheit ihn. Dieser Gedanke war der Versuch, eine selbstironische Distanz Danny herzustellen, was aber nicht funktionierte. (Ironie sollte mich später zuverlässig durchs Leben begleiten, aber damals war mein Umgang damit noch ziemlich amateurhaft.) Stattdessen schöpfte ich ganz gegen meinen Willen Hoffnung. Manchmal schalteten wir bei einem Treffen der Flachköpfe das Radio an, wiegten uns mit geschlossenen Augen im Takt der Musik und stellten uns vor, jemand wie Fred Astaire oder Clark Gable wirbelte uns übers Parkett. Mein Tanzpartner in diesen Fantasien würde von jetzt an Danny Berlov sein.

»Soll ich dich nach Haus bringen?« Danny warf die Kippe auf den Schulhof, wo sie langsam verglühte.

»Nein, danke.«

Was, wenn Danny in Wahrheit mich liebte? Barbara war jemand, mit dem man viel Spaß haben konnte, und sie konnte fantastisch flirten, während meine Versuche auf diesem Gebiet in unsicherem Kichern endeten. Wer will schon mit so jemand ausgehen? Aber ich kannte das jiddische Wort Bashert: jemand, der für einen bestimmt ist. Ich fragte mich, ob Danny sich, wenn er so weit war, eine Beziehung wirklich ernst zu nehmen, für Barbara oder seinen Bashert entscheiden würde, also mich. *Hätte er mich geküsst, wenn er mich nicht liebte?* Auf dem Heimweg tanzte ich beschwingt durch die Straßen.

Audrey musste nach mir Ausschau gehalten haben, denn als ich noch zwei Häuser entfernt war, stürzte sie aus der Tür und warf sich schluchzend in meine Arme. »Wo warst du bloß so lange?«

»Bei den Habonim. Was ist denn los?«

»Unser Zeyde … Sie haben gesagt, du kommst gleich, und …«

Ich packte sie an den Schultern. »Was ist mit Zeyde?«

»Er ist im Krankenhaus.«

Aus Audrey bekam ich nicht mehr heraus, als dass Onkel Leo angerufen und gesagt hatte, unser Zeyde sei krank. Mama und Papa waren ins Krankenhaus gefahren und hatten Audrey aufgetragen, Barbara anzurufen und dann auf mich zu warten. Ich würde jeden Moment heimkommen.

»Aber du bist nicht gleich gekommen«, schluchzte Audrey. »Und Barbara habe ich nicht erreicht. Es ist immerzu besetzt.«

Da ich aus Audrey nichts weiter herausbringen konnte, rief ich Leo und Sonya an. Mein Cousin Stan, der inzwischen zwölf und genau so ein Langweiler wie sein Vater war, sagte, unser Zeyde habe Radio gehört und plötzlich laut gestöhnt. Dann sei er ohnmächtig geworden. Als er nicht wieder zu sich kam, hätten Sonya und Leo den Krankenwagen gerufen. »Die Sanitäter meinen, es ist ein Schlaganfall.«

Ich brauchte nicht zu fragen, in welches Krankenhaus man ihn gebracht hatte. *Das* Krankenhaus von Boyle Heights war das White Memorial der Siebten-Tags-Adventisten; meine Schwestern und ich waren dort zur Welt gekommen. Man konnte bequem hinlaufen, aber ich wollte Audrey nicht allein lassen. Die Ärmste! Erst als ich meinen Informationsdurst gestillt hatte, sah ich, dass sie aschfahl war und zitterte.

»Es tut mir leid, das muss schrecklich für dich gewesen sein, Liebes.« Ich nahm sie in den Arm, und sie schmiegte sich an mich, obwohl ich so grob zu ihr gewesen war. Offenbar war ich doch keine *so* schreckliche Schwester.

»Wird der Zeyde wieder gesund?«, fragte Audrey schniefend.

»Natürlich.« Ich streichelte ihren Rücken und ließ meinen Tränen freien Lauf. Als ich klein war, hatte ich oft auf seinem Schoß gesessen, und er kuschelte mit mir oder kitzelte mich. Manchmal gab er mir schmatzende Küsse auf den Bauch, und ich kreischte vor Vergnügen. Als ich zu groß wurde, um auf dem Schoß zu sitzen, spielten wir oft Gin Rommé oder erzählten uns Witze, die wir im Radio gehört hatten. Die meisten Erwachsenen – Mama, Papa, meine Lehrer und Onkel Leo – erwarteten Verantwortungsbewusstsein von mir, mein Zeyde dagegen *spielte* mit mir.

Als Barbara nach Hause kam, weinten Audrey und ich immer noch. Angesichts der Ereignisse bestand kaum Gefahr, dass Barbara mir ansehen würde, was ich mit ihrem Freund getan hatte.

Nie wieder hatte ich solche Angst, man könnte mir meine Schuld ansehen, und ich schwor mir, so einen Verrat nie wieder zu begehen. Umso mehr, als unser Zeyde am nächsten Morgen starb. Zwar glaubte ich nicht, dass er gestorben war, weil ich den Freund meiner Schwester ziemlich genau in dem Moment geküsst hatte, als er seinen Schlaganfall bekam, aber manchmal beschlich mich dieser Gedanke, und ich musste mich ermahnen, nicht so abergläubisch zu sein wie Mama.

Diese Tage markierten das Ende meiner Kindheit. Plötzlich war ich nicht mehr das Mädchen, das mit Danny geknutscht hatte. Barbara und ich wurden für alt genug befunden, um am Begräbnis unseres Zeyde teilzunehmen, das nach jüdischem Brauch am Tag nach seinem Tod stattfand.

Bei der Zeremonie auf dem Friedhof östlich von Boyle Heights stand ich kerzengerade da, obwohl mir vor Kummer ganz schwindelig war und ich an diesem heißen Augusttag meine dunkelblauen Wollsachen tragen musste. Als ich auf den Sarg (ein ausgefallenes Modell, Pearl hatte darauf bestanden) und das frisch ausgehobene Grab blickte, war ich dankbar, dass Barbara neben mir stand und wir uns aneinanderlehnen und bei der Hand halten konnten. Ich hatte im Jiddischunterricht das hebräische Alphabet gelernt und konnte entziffern, was auf der Karte stand, die der Rabbi mir in die Hand gedrückt hatte. So sprach ich zum ersten Mal das Kaddisch, das Gebet der Trauernden.

Als der Sarg hinuntergelassen wurde, kam ich jedoch ins Stocken. In dem feuchten Erdhaufen vor dem Grab steckte eine Schaufel, mit der die Trauernden Erde auf den Sarg warfen, zuerst Papa, dann Sonya und Pearl. Die anderen stellten sich hinter ihnen an. Ich sah Barbara an, die genauso entgeistert war wie ich. »Ich kann das nicht tun«, flüsterte sie.

»Ich auch nicht«, sagte ich, und wir blieben zurück.

»Mädels!«, sagte jemand mit starkem jiddischem Akzent. Ich drehte mich um und sah in das freundliche Gesicht von Mr. Berlov. »Helft der Seele eures Zeyde zu erkennen, dass es Zeit ist, zu Gott zurückzukehren!«

Er schob uns auf das Grab zu. Tränenüberströmt nahm ich die Schaufel, stach in den Erdhaufen und warf ein paar Brocken auf den Sarg. Dann gab ich Barbara die Schaufel. Sie tat es mir gleich, dann lief sie weinend fort – direkt in Dannys Arme.

AUCH IN DEN FOLGENDEN MONATEN wollte Danny immer wieder mit mir zu den Versammlungen der Habonim gehen, aber nichts deutete darauf hin, dass er – im Gegensatz zu mir – noch an unsere Knutscherei dachte. Ich behauptete immer, ich hätte keine Zeit, und das war nicht mal gelogen. Seit diesem Herbst ging ich auf die Theodore Roosevelt High School und wollte meine neuen Lehrer beeindrucken, vor allem in den Hauptfächern, denn sie würden darüber entscheiden, ob ich das ersehnte Stipendium bekäme.

Im November organisierten die Habonim mit anderen Jugendgruppen jedoch einen Vortrag in der Jiddischen Folkshul, den ich unbedingt hören wollte. Der Redner war ein Professor, der vor den Nazis geflohen war und jetzt an der Universität von Südkalifornien lehrte. Nicht nur Jugendliche, sondern auch viele Erwachsene interessierten sich für seinen Vortrag. Die Veranstaltung sollte im Konferenzsaal der Jiddischen Folkshul stattfinden. Papa wollte unbedingt hingehen, und ich dachte, Barbara würde bestimmt auch kommen.

Ich fragte sie, als wir nach dem Abendessen abwuschen.

»Ich soll mir einen langweiligen Vortrag anhören, nachdem ich schon den ganzen Tag in der Schule gehockt habe?« Sie drückte den Suppenkessel so heftig ins Spülwasser, dass es hoch aufspritzte. Erschrocken sprang ich zurück, denn ich hatte mir schon eine frische Bluse für den Vortrag angezogen.

»Danny ist das ziemlich wichtig«, sagte ich.

Zu gern hätte ich gewusst, ob Danny auch mit Barbara über den Zionismus stritt. Unterstützte sie sein Engagement bei den Habonim, obwohl es sie so wenig interessierte wie … sagen wir, die Lieblingsmannschaften der sportbegeisterten Jungen? Oder waren solche Dinge zwischen ihnen tabu? Ich konnte mir nicht vorstellen, dass Danny mit ihr nicht über sein Lieblingsthema sprach. Andererseits verschwendeten Barbara und er ihre Zeit vielleicht nicht mit Reden. Inzwischen machte sich Mama über das Zusammensein der beiden große Sorgen. Wie ein Raubtier stürzte sie sich auf sie, wenn Danny Barbara abends nach Hause brachte, und immer wieder sagte sie, was pubertierende Mädchen wohl auf der ganzen Welt von Erwachsenen zu hören bekommen: »Jungen wollen bloß das Eine!« Manchmal murmelte sie auch so etwas wie: Die Frauen in unserer Familie seien schrecklich fruchtbar und würden praktisch im Vorbeigehen schwanger. Eines Tages setzte sie sich mit Barbara und mir zusammen und machte uns mit drastischen Worten klar, woher die Babys kamen und was wir den Jungen auf keinen Fall erlauben durften.

Doch so gern (und gut, wie ich mich schaudernd erinnerte) Danny küsste, so sehr liebte er auch das Reden und Streiten, und solange ich denken konnte, hatte er mit Barbara über alles Mögliche gestritten. Wäre ich älter gewesen, hätte ich diese Streitgespräche als eine Art Vorspiel begriffen. Aber wie war das nun: Redeten sie über den Zionismus oder nicht? Direkt fragen wollte ich nicht. Über Danny sprach ich mit Barbara nur selten, genau wie mit Danny über sie, denn das schien vermintes Gelände zu sein. Was sich prompt als wahr herausstellte.

»Gehst du deswegen hin? Weil es Danny wichtig ist?« Barbara lächelte spöttisch, und ich fühlte mich ertappt. Als hätte sie meine verbotene Liebe zu Danny Berlov für alle sichtbar auf den Küchentisch gelegt. *Wusste sie es?* Danny hatte ihr doch bestimmt nichts erzählt! Einer, der durch und durch ehrlich war, hätte es getan, aber Danny nicht. Barbaras Frage bezog sich wohl darauf, dass ich Danny schon ewig anschmachtete, und das war schon schlimm genug.

»Ist dir etwa egal, was in Deutschland passiert?«, versuchte ich zurückzuschlagen.

Sie lachte nur und fragte: »Glaubst du im Ernst, dass du

einen Orden bekommst, wenn du dir zwei Stunden lang einen Vortrag anhörst?«

»Immer noch besser, als zwei Stunden lang mit Freundinnen rumzukichern und neue Frisuren auszuprobieren.«

»Es spielt doch überhaupt keine Rolle, ob *ich* mir diesen Vortrag anhöre oder nicht. *Du* bist die Ernsthafte von uns beiden, die Gebildete.« Einen Moment lang klang sie ganz ernst und beinahe traurig, doch gleich darauf sagte sie spöttisch: »Grüß Danny schön von mir!«

DU BIST DIE ERNSTHAFTE VON UNS BEIDEN, die Gebildete. Vielleicht sollte es bloß eine Stichelei sein, ein Verweis darauf, dass sie die Hübsche, die Beliebte war. Diejenige, die von Danny geliebt wurde. Aber mir war nicht entgangen, was einen kurzen Moment lang in ihrer Stimme mitgeschwungen hatte. Als ich in dem überfüllten Saal saß und auf den Vortrag des Professors wartete, überlegte ich, ob Barbara vielleicht darunter litt, dass sie ständig mit mir verglichen wurde. Aber wie klug und gebildet war ich wirklich, wenn mir vor lauter Eifersucht auf Barbara nie in den Sinn gekommen war, dass sie genauso eifersüchtig auf mich sein könnte?

Plötzlich wurde mir klar, wie sehr ich mich die ganze Zeit bemüht hatte, einen der beiden engsten Gefährten meiner Kindheit nicht zu verlieren, nämlich Danny. Ich *kannte* Danny. Ich wusste, was ihm wichtig war, und konnte immer mit ihm reden. Bei Barbara dagegen hatte es mir offenbar genügt, unter einem Dach mit ihr zu wohnen und ein Zimmer mit ihr zu teilen. Im Grunde musste ich mir eingestehen, dass meine Schwester mir fremd geworden war. Wir redeten nicht mehr viel miteinander, und meist war es etwas so Banales wie: »Hast du meine Haarbürste gesehen?« Wenn wir aber doch einmal über etwas nicht Alltägliches miteinander sprachen – machte ich sie dann nicht klein, so wie vorhin? Mir wurde ganz übel, als mir das klar wurde. Sie bekam nicht so gute Noten wie ich, aber das bedeutete nicht, dass sie dumm war. Als der Redner das Podium betrat, schwor ich mir, mich mehr um Barbara zu bemühen. Ich würde herausfinden, was sie über das Leben und die Welt dachte, und was immer sie sagte, würde ich ernst nehmen.

Der Vortrag begann und nahm mich völlig gefangen. Der Professor, ein Dr. Blum, war nicht der ausgemergelte, hohlwangige Flüchtling, den ich erwartet hatte, sondern ein stattlicher Mann mit nüchterner, fast pedantischer Ausdrucksweise. Seine Zurückhaltung machte seine Geschichte umso erschreckender. Er erzählte, wie er seine Stelle an der Universität verloren hatte und dass keiner der christlichen Kollegen, die er seit Jahren kannte, dagegen protestierte. Dass seine Kinder aus ihren Sportvereinen ausgeschlossen wurden. Dass ihm die Staatsbürgerschaft aberkannt wurde und er nicht einmal mehr die deutsche Fahne hissen durfte. Alles den Nürnberger Gesetzen entsprechend. Und dazu die ständige Angst vor körperlicher Gewalt. Wo soll man Schutz finden, wenn die Angreifer die Uniform der Regierenden tragen?

So schrecklich seine Geschichte war, sie war mir doch nicht ganz neu. Viele in Boyle Heights waren Einwanderer, die ähnliche Ungerechtigkeiten erlitten hatten. Aber sie hatten diese Dinge in Osteuropa und Russland erlebt, nicht im »zivilisierten« Deutschland! Und dann diese bürokratische Gründlichkeit der Nazis! Ein vergleichsweise unbedeutendes Gesetz empörte mich ganz besonders: das Verbot, jüdische Namen zu benutzen, wenn man der Telefonvermittlung ein Wort buchstabierte, wie zum Beispiel »A wie Abraham«. Das war ein so tiefer Eingriff in den Alltag, dass es mir vorkam, als wollten die Nazis die Juden – und vielleicht sogar alle Deutschen – zwingen, sich von morgens bis abends der Staatsideologie zu beugen.

Bald kamen mir die Tränen, und vielen Zuhörern um mich herum ging es genauso.

Nach der Rede konnten Fragen gestellt werden, und die ersten kamen von den Jugendgruppen, die den Vortrag organisiert hatten. Ihre Vertreter hatten Ehrenplätze auf dem Podium. Mike Palikow aus der 12. Klasse, der Vorsitzende der Habonim, fragte Dr. Blum, wie man die Briten so unter Druck setzen könne, dass sie mehr Juden die Ausreise nach Palästina erlaubten.

»Ist das hier eine zionistische Veranstaltung?«, fragte der Professor irritiert.

»Ja klar, ich repräsentiere eine zionistische Organisation«, sagte Mike.

»Nun«, sagte Dr. Blum. »Ich hoffe, Sie alle können Druck auf *Ihre* Regierung ausüben, damit mehr Menschen nach Amerika einreisen dürfen. Sie wissen sicher, dass die Vereinigten Staaten eine strikte Quote für Einwanderer aus Deutschland festgelegt haben. Aber wussten Sie auch, dass nicht einmal die Hälfte davon erfüllt wird – und nicht aus Mangel an Einwanderungsgesuchen?«

Danny, der in der ersten Reihe saß, sprang auf und rief: »Wie können Sie das sagen, ohne sich für einen jüdischen Staat in Palästina auszusprechen?«

Die Zuschauer versuchten ihn zum Schweigen zu bringen, und Mike Palikow sagte: »Danny! Zuschauerfragen sind erst später dran.«

Dr. Blum lächelte. »Tut mir leid, wenn ich Sie enttäusche, junger Mann, aber ich bin kein Zionist. Die nächste Frage, bitte!«

Danny regte sich so auf, dass er ganz heiser wurde. »Sie konnten nach Amerika kommen, weil Sie Freunde haben, die Ihnen einen Job besorgt haben. Aber was ist mit Menschen, die keine einflussreichen Freunde haben?«

Andere Zuschauer riefen Dinge wie: »Etwas mehr Respekt für den Redner!«

Ein bulliger Junge, Dave Medved, der Star des Footballteams unserer Schule, rannte zu Danny, packte ihn und drängte ihn aus dem Saal.

Danny rief: »Es gibt nur einen Ort, an dem Juden in Sicherheit sind: Palästina!«

Auf dem Podium entschuldigte sich Mike Palikow bei Dr. Blum, aber der Professor sagte: »Es ist schön, einen jungen Mann zu sehen, der zu seiner Überzeugung steht. Und in einem Land zu leben, wo so etwas erlaubt ist.«

Nach einem Dutzend weiterer Fragen, alle von ausgesuchter Höflichkeit, endete der offizielle Teil des Abends, und es wurden Erfrischungen gereicht. Dr. Blum bat darum, mit dem jungen Zionisten sprechen zu dürfen, der des Saals verwiesen worden war, aber offenbar war Danny nicht mehr im Gebäude. Jemand lief sogar zur Wohnung der Berlovs, aber dort war er auch nicht.

Ich ahnte, wo er steckte, und ging nach oben ins Klassenzimmer seines Vaters. Gershon Berlov hatte dort für Danny, als er noch klein war, eine Ecke mit einer Decke und ein paar Spielsachen eingerichtet. Dort konnte er seinen Mittagsschlaf machen und spielen, während sein Vater unterrichtete.

Das Zimmer war dunkel, nur in Dannys Ecke glomm eine Zigarette.

»Danny.« Ich tastete mich an den Schultischen vorbei, während sich meine Augen an die Dunkelheit gewöhnten.

»Elaine?«

»Ja. Er will mit dir reden.«

»Dieser aufgeblasene Jecke?«

»Das ist unfair.« In unserer Gegend mit hauptsächlich osteuropäischen Einwanderern war Jecke ein Schimpfwort für deutschstämmige Juden, die auf unsereinen herabschauten – in der Neuen wie in der Alten Welt. In Europa waren diese Jeckes – im Gegensatz zu den russischen oder polnischen Juden, die in ihren Stetls Bauern oder einfache Arbeiter gewesen waren – sehr stolz auf ihre großstädtische Kultiviertheit. Einwanderer aus den Stetls, die um die Jahrhundertwende Amerika erreichten, mussten feststellen, dass die Jeckes schon Jahrzehnte vor ihnen gekommen waren, Banken und Warenhäuser gegründet und sich einen Platz in der amerikanischen, nicht-jüdischen Gesellschaft erobert hatten. Zwar unterstützten sie die Neuankömmlinge finanziell, aber sonst wollten sie nichts mit ihren ungehobelten Glaubensbrüdern zu tun haben.

»Zigarette?«, fragte Danny.

»Danke.« Ich setzte mich neben ihn auf den Boden und nahm die angebotene Zigarette. »Also redest du nicht mit ihm?«

»Wozu? Um mich zu entschuldigen?«

»Ich glaube nicht, dass er das erwartet. Er sagt, es gefällt ihm, wenn ein junger Mann zu seinen Überzeugungen steht.«

»Ach, wirklich? Ich gehe trotzdem nicht zurück.« Danny zündete sich die nächste Zigarette am Stummel der gerade geranchten an. »Was ist mit den anderen? Halten sie mich für einen *Putz*?«

»Kein Mensch hat über dich geredet.«

»Elaine Greenstein, wenn *du* mich jetzt anlügst, glaube ich keinem Menschen mehr.«

»Okay, manche haben gesagt, du warst unhöflich.«

»Dave Medved hat mich einen Putz geschimpft.«

»Wirklich?«

»Einen kleinen Putz.« Danny lachte nervös, um seine Anspannung loszuwerden.

Ich lachte auch. Aber dann musste ich plötzlich weinen,

ohne zu wissen, warum. Waren es die erschreckenden Dinge, von denen Dr. Blum gesprochen hatte, der noch ganz frische Verlust meines Zeyde oder weil ich mit Danny im Dunkeln allein war?

»Alles in Ordnung, Elaine?«

»Ja, ja.« Ich zitterte, und mir liefen die Tränen.

Er nahm mich in den Arm. Zuerst war es nur die tröstliche Geste eines Freundes. Dann wurde etwas anderes daraus. Ich wollte das nicht, wirklich! Ich stellte mir vor, wie ich aufstehen und gehen würde. Edelmütig. Eine gute Schwester. Ich sah diesen Auftritt der edlen Elaine so plastisch vor mir wie eine Filmszene, ausgeleuchtet bis ins kleinste Detail, aber zweidimensional und wie aus der Ferne, während Danny meine nassen Wangen küsste und etwas in meinem Innersten anrührte.

Ich hob den Kopf und kam Dannys Mund mit meinem entgegen.

MEIN FALSCHES SPIEL begann an jenem Abend. Zum ersten Mal im Leben praktizierte ich die Kunst der Erwachsenen: Ich spaltete mich in zwei Elaines auf. Die eine betrog ihre Schwester, die andere war umso netter zu ihr. An diesem Abend hatte ich beschlossen, auf Barbara zuzugehen, ihr nicht nur eine Schwester, sondern eine Freundin zu sein. Genau das tat ich jetzt.

Zuerst versuchte ich es mit Gesprächseröffnungen, die bei Danny und meinen Freundinnen, den Flachköpfen, funktionierten. Aber Barbara grübelte nicht so viel wie ich und las weniger Bücher. Es war auch nicht gerade hilfreich, dass das einzige Thema, das ich wirklich gern mit ihr besprochen hätte, Danny, wie eine Wand zwischen uns stand.

Trotzdem schien sie zu merken, dass ich mich um sie bemühte, und wurde zugänglicher. Sie wollte mich sogar zu ihrem

Tanzkurs mitnehmen. Ich – tanzen? Aber sie redete auf mich ein, es doch wenigstens mal zu versuchen, und so überwand ich eines Samstagnachmittags meine Selbstzweifel und ging mit ihr ins Gemeindezentrum, wo Helen Tannenbaum Tanz unterrichtete.

Miss Helen, erfuhr ich, hatte schon mit Lester Horton gearbeitet. Von ihm hatte ich in der Zeitung gelesen. Er hatte ein Ballett über die Gräuel des Faschismus einstudiert, das er »Diktatur« nannte. Mit einem anderen Programm huldigte er der Revolution in Mexiko. Auch Miss Horton kombinierte Tanz mit Politik. Nach einer Reihe von Aufwärmübungen (die trotz meiner Ungeschicklichkeit Spaß machten) sollten wir uns vorstellen, wir seien Textilarbeiterinnen, die an ihre Nähmaschinen gekettet sind und sich zu befreien versuchen. Ich wand mich und keuchte und war so bei der Sache, dass ich nicht merkte, wie genau mich Miss Helen beobachtete – bis sie sagte: »Du bist die geborene Tänzerin!« Ich freute mich riesig über das Lob.

»Warum hast du mir nie erzählt, dass ihr antifaschistisch tanzt?«, fragte ich Barbara auf dem Heimweg.

»Antifaschistisch?« Sie verdrehte die Augen. »Von mir aus kannst du es als Politikstunde betrachten. Für mich ist es ein Tanzkurs.«

Das Tanzen entpuppte sich als perfekter Ausgleich für mein ewiges Analysieren, Interpretieren und Abwägen. Dabei war das Tanzen nichts Stupides. Zuzuschauen, wie Miss Helen einen Bewegungsablauf vormachte, und ihn dann selbst zu probieren, eröffnete mir das Reich physischer Intelligenz; Miss Helen nannte es das »Gedächtnis der Muskeln«. Zugleich hatte das Tanzen auch etwas Berauschendes und Ursprüngliches. Meine nackten Füße auf dem Holzfußboden gaben mir das beglückende Gefühl, keine einstudierte Schrittfolge zu tanzen, sondern mit dem Wesen des Tanzes zu verschmelzen – wie in dem Gedicht von Yeats, in dem es heißt: »Wie können wir den Tanz vom Tänzer scheiden?«

Während ich mich nur gelegentlich in diesen wunderbaren Zustand versetzen konnte, gab Barbara sich den Gefühlen und Rollen, die sie im Tanz verkörperte, stets mit Haut und Haar hin. Sie konnte ihre Identität ablegen wie einen Pullover und eine andere werden. Nach einem Auftritt unserer Tanzklasse kam einmal eine Frau zu ihr und sagte ganz begeistert, sie tanzen zu sehen sei, wie einem Engel zuzuschauen. Wochenlang haben wir uns über diese Bemerkung lustig gemacht. Und doch hatte die Frau recht. Barbara war wirklich eine Künstlerin.

Unsere gemeinsame Liebe zum Tanz und mein Eingeständnis, dass Barbara in puncto physische Intelligenz die Bessere war, halfen uns, etwas von der Nähe unserer Kindheit zurückzugewinnen, und wir zeigten einander auch unsere verletzliche Seite. Sie bat mich, ihr bei den Hausaufgaben zu helfen, und ich fragte sie aus, wie man Jungen bezirzt. Natürlich war ich nie so locker und lustig wie sie, aber ich setzte meine Brille jetzt ab, wenn Jungen in der Nähe waren, und machte ihnen schöne Augen. Sie mussten ja nicht wissen, dass ich sie nur verschwommen sah. Auch dass sich mein Busen entwickelte, war von Vorteil. Im Herbst waren es noch komische kleine Beulen, aber schon als ich im März sechzehn wurde, hatte ich die erhofften Rundungen, und plötzlich wollten viele Jungen mit mir ausgehen.

Angesichts dieser neuen Möglichkeiten und meiner wiedergewonnenen Freundschaft mit Barbara war es für mich unvorstellbar, hinter ihrem Rücken wieder etwas mit Danny anzufangen.

Aber dann passierte es doch. Zuerst nur, wenn uns – wie auf dem Schulhof oder nach der Rede des Professors – besondere

Umstände zusammenführten. So kam er eines Abends im Januar zu uns, um Barbara zu besuchen. Ich saß draußen auf der Veranda – mein Rückzugsort auch im Winter, wenn mir das Chaos in unserem engen Haus auf die Nerven ging – und sagte ihm, dass sie bei einer Freundin war. »Dann besuche ich eben dich«, sagte er, setzte sich zu mir und …

Das nächste Mal, ein paar Wochen später, hatte Mama mich zu Chafkin's geschickt, um in letzter Minute etwas zu besorgen. Danny wollte gerade Feierabend machen. »Ich bringe dich nach Haus«, sagte er. »Komm rein. Ich muss nur schnell das Lager fegen.« Wir landeten auf den Kartoffelsäcken. Seine Zunge schoss in meinen Mund. Danny hatte das schon früher versucht, wie auch einige andere Jungen. Aber dieses Mal wehrte ich mich nicht, sondern gab mich meinem ersten Zungenkuss hin.

Bald verzichteten wir darauf, nach Vorwänden zu suchen. Obwohl ich auch mit anderen Jungen knutschte, war Danny in allem mein Erster: mein erster Zungenkuss, der Erste, der meine Brüste durch Lagen von Pullover, Bluse und Unterwäsche und später auch nackt berühren durfte. Wir trafen uns alle zwei oder drei Wochen, oft im Lager von Chafkin's – wo sollten wir auch sonst hin?

Ich spaltete die amoralische Elaine aber nicht völlig von der anderen ab, sondern hatte ein schlechtes Gewissen und wollte mit Danny über den Verrat an Barbara sprechen. Er erwiderte immer nur: Auch mich gern zu haben bedeute nicht, dass er Barbara weniger liebe.

»Dann würde es dir also nichts ausmachen, ihr von uns zu erzählen?«, fragte ich. »Oder mit mir ins Kino zu gehen, statt mich immer nur heimlich zu treffen?«

»In Palästina würde ich es tun. Die Pioniere dort bauen eine neue Gesellschaft auf.«

»Aber wir sind nicht in Palästina.«

»Und was ist mit deiner Cousine Mollie?«, konterte er.

»Was hat Mollie damit zu …«

»Sie glaubt an die freie Liebe.«

Das tat sie wirklich. In dem Bild, das ich manchmal von mir entwarf, war auch ich ein Freigeist, eine Revolutionärin. Oder wenigstens eine Intellektuelle, der die konventionellen Spielregeln für Teenager mit keuschen Dates, sehnsüchtigen Blicken und Heiratsfantasien einfach zu blöd waren. In diese Person versuchte ich mich an Abenden zu verwandeln, wenn es Barbara und Danny gelang, sich ein paar unbeobachtete Minuten auf dem Sofa zu erschleichen, während ich mit einem Buch vor der Nase im Bett lag, ohne ein Wort zu verstehen. Oder wenn ich in Chafkin's Lager wieder aus heißen Küssen auftauchte und mich der Heimlichtuerei und des Geruchs von Wurzelgemüse und leicht verdorbenem Salat schämte.

13. KAPITEL

Eine unabhängige Frau

ALS WIR TANTE PEARLS FESCHEN NEUEN FREUND, Alberto Rivas, kennengelernt hatten, schmiedeten Barbara und ich monatelang Pläne für eine bombastische Hochzeit. Wir malten uns jedes Detail unserer Rollen und Outfits aus und sprachen von Pearls Liebstem als »Onkel Bert«.

Dass Pearl mit einem Mexikaner zusammen war, hatte mich anfangs schockiert. Es war ja schon ein Skandal, wenn in Boyle Heights der Sohn oder die Tochter einer jüdischen Familie einen Christen heiratete, und besonders religiöse Familien saßen dann Schiwe, als wäre jemand gestorben.

Doch mein erster Schock wich großer Bewunderung für die moderne amerikanische Frau, die meine Tante war. Wie die Filmheldinnen, deren Kostüme sie entwarf, ließ Pearl sich nicht in verstaubte, undemokratische Konventionen zwängen. Sie folgte ihrem Herzen. Und Onkel Bert war wirklich charmant und witzig und sah sehr gut aus. Wenn er dann auch noch sang, war er umwerfend.

Die anderen Erwachsenen meiner Familie waren jedoch nicht so aufgeschlossen wie Pearl. Bert besuchte uns mit ihr nur selten und war nie wieder so gelöst wie an dem ersten Abend, als er Audrey nach dem Erdbeben unversehrt nach Haus gebracht hatte. Vor allem Papa, der sonst immer davon sprach, dass in Amerika jeder willkommen sei, egal welcher Rasse er angehörte und woher er kam, war Bert gegenüber distanziert und angespannt.

Barbara und ich waren klug genug, um weder mit den Erwachsenen noch mit meinen jüngeren Schwestern das Thema Heiraten anzusprechen. Aber als Pearl und Bert einmal die ganze Familie zum Picknick begleiteten, platzte Audrey heraus: »Wann wollt ihr eigentlich heiraten?«

»Audrey!«, sagte Mama erschrocken.

Bert zwinkerte Audrey zu und sagte: »Ich warte, bis du groß bist, und dann heirate ich dich.«

»Komm mal mit, Audrey«, sagte Papa.

»Aber …«

»Sofort!« Papa griff nach ihrer Hand und ging mit ihr ein paar Schritte zur Seite. Dann redete er leise auf sie ein und sah so böse zu Bert hinüber, dass ich erschrak.

Aber immerhin sprach Papa mit Bert. Unser Zeyde hatte ihm nicht einmal die Hand gegeben. Inzwischen waren Barbara und ich zu dem Schluss gekommen, dass Pearl ihn nicht heiratete, weil Zeyde so sehr dagegen war. Auch wenn sie sich seinen Wünschen bezüglich ihres Wohnorts widersetzt hatte und nach ihrer Scheidung allein lebte, wagte sie offenbar nicht, ohne seinen Segen wieder zu heiraten. Als dann immer mehr Zeit ohne eine Verlobung verging, gaben Barbara und ich irgendwann auf.

Inzwischen war das vier Jahre her, und unser Zeyde war tot. Ich musste oft an ihn denken, vor allem wenn mir der saure Geruch der Fisch- und Gurkenfässer vor Canter's in die Nase stieg und ich am liebsten ein Bund koscheren Dill für ihn gekauft hätte. Oder wenn ich im Radio einen guten Witz hörte und ihn mir einprägen wollte, bis ich plötzlich begriff, dass ich ja mein Publikum verloren hatte. Manchmal war ich mir so sicher, seine Stimme im Nebenzimmer zu hören, dass ich nachsehen musste, ob er wirklich nicht da war.

Der einzige Trost war, dass Pearl nun Bert heiraten konnte. Aber davon war keine Rede. Stattdessen beschloss sie, sich in Boyle Heights ein Haus zu kaufen.

Eines Tages hörte ich Mama zu Papa sagen: »Ein ganzes Haus für einen einzigen Menschen?«

»Sie könnte sich einen Bungalow in Hollywood oder Westwood leisten, wenn sie wollte«, erwiderte Papa.

Inzwischen war Pearl als Kostümdesignerin in der Filmindustrie so erfolgreich, dass sie nicht mehr daheim arbeitete, sondern eine ganze Etage im Textilviertel gemietet hatte. Sie beschäftigte ein halbes Dutzend Näherinnen und hatte ein Büro für Papa eingerichtet, von dem aus er die Beschaffung passender Schuhe für die verschiedenen Kostüme organisierte. Sie hatte sich sogar ein Auto gekauft und fahren gelernt! Sie brauchte dieses Auto, einen Plymouth, um Stoffe und anderes Arbeitsmaterial zu transportieren. Das alles gehörte zu ihrem Job, aber wozu brauchte sie ein Haus, wenn sie nicht mit Bert darin wohnen wollte? Jedenfalls konnten Barbara und ich uns keinen anderen Grund für diesen Hauskauf vorstellen, und so ließen wir unsere Hochzeitsfantasien wieder aufleben.

»Wie sie es wohl ankündigen wollen?«, fragte Barbara mich eines Abends auf dem Weg zu Pearls Wohnung. Das vorletzte Schuljahr der High School hatte gerade begonnen, und wir wollten bei Pearl Stoffe für neue Kleider aussuchen. Immer noch nähte Pearl für die ganze Familie, manchmal verwendete sie sogar Material oder Schnitte von Filmkostümen. »Oder trägt Pearl eines Tages einen Ring und wedelt so lange mit der Hand, bis es jemandem auffällt?«

»Das würde keinem Menschen auffallen.« Ich lachte. »Sie wedelt doch andauernd mit den Händen.«

»Und wenn sie sich stre-e-e-ckt?« Barbara imitierte unsere Tanzlehrerin, Miss Helen, streckte die Arme über den Kopf und hüpfte über die Straße. »Los, Mädels!«, rief sie, und ich tanzte mit. Es war mir zwar etwas peinlich, aber es machte Spaß.

Kichernd und verschwitzt stolperten wir in Pearls Wohnung, und als sie fragte, worüber wir uns so amüsierten, rutschte mir heraus: »Wir planen deine Verlobung.«

»Mit wem soll ich mich denn verloben?« Pearl lachte, aber es war kein fröhliches Lachen, und ich kam aus der Klemme nicht mehr heraus.

»Mit Bert«, sagte ich. »Mit wem denn sonst?«

»Ach, ihr Süßen … Ich werde Bert nicht heiraten. Wollt ihr eine Cola? Ich kann auch einen Tee kochen. Nein, so erhitzt, wie ihr seid …«

»Eine Cola, bitte«, unterbrach Barbara Pearls nervöses Geplapper. Dann fragte sie: »Und warum willst du ihn nicht heiraten?«

»Was ist mit dir, Elaine? Möchtest du auch eine Cola?«, fragte Pearl.

»Ja, bitte.«

Pearl hatte es eilig, in ihre kleine Küche zu kommen. Wir folgten ihr und blieben an der Tür stehen. Wie beim Tanzen auf der Straße war ich hin- und hergerissen: Einerseits war mir peinlich, dass wir davon angefangen hatten, andererseits wollte ich weitermachen.

»Es liegt doch nicht daran, dass er Mexikaner ist, oder?«, fragte ich. »Ich finde es schrecklich, wenn die Leute etwas gegen …«

»Nun trinkt erst mal was.« Pearl gab jeder von uns ein Glas

Cola. Dann sagte sie: »Meint ihr nicht, Bert und ich hätten längst geheiratet, wenn wir gewollt hätten?«

»Aber das durftet ihr ja nicht«, sagte Barbara.

»Wer sagt das?«

»Niemand. Wir dachten …«, sagte Barbara.

»Dann wisst ihr ja Bescheid.« Pearl ging ins Wohnzimmer zurück und stellte sich an den Tisch, auf dem ein halbes Dutzend Stoffballen lagen. »Seid vorsichtig mit euren Drinks. Seht euch diese wunderbar fließende Baumwolle an! Die ist vom neuen Myrna Loy-Film.« Sie rollte einen Ballen meergrünen Stoffs ab.

»Aber jetzt, wo Zeyde tot ist …«, sagte ich. Mein Wunsch zu verstehen war größer als meine Angst, Pearl zu verärgern.

»Euer Zeyde? Was hat der denn damit zu tun?«

»Seinetwegen konntest du doch nicht heiraten«, sagte ich. »Weil er Bert nicht mochte. Aber jetzt …«

»Ach so.« Pearl hörte auf, den Stoff abzurollen. »So habt ihr euch das also zurechtgelegt.«

»Ist es denn nicht …«, begann ich, aber Pearl hob die Hand und stand einen Moment lang mit geschlossenen Augen da. Das tat sie manchmal mitten im Gespräch, um ihre Gedanken zu sortieren.

Als sie die Augen wieder öffnete, sagte sie: »Eure Eltern würden mich bestimmt am liebsten umbringen, aber ihr seid keine Kinder mehr. Außerdem ist es wahrscheinlich besser, wenn ihr es von mir erfahrt. Also setzt euch, bitte.«

Wie immer, wenn sie uns in die Geheimnisse der Erwachsenenwelt einweihte, setzte sie sich auf ihr Zweiersofa, das sie dank ihres neuen Wohlstands mit wertvollem Brokat hatte aufpolstern lassen, und zündete sich eine Zigarette an. Ich setzte mich neben sie, Barbara nahm den Stuhl.

»Ihr habt recht, ich kann Bert nicht heiraten. Aber das hat

nichts mit dem Zeyde zu tun.« Pearl sah uns an, und es fiel ihr sichtlich schwer weiterzusprechen. »Bert ist schon verheiratet. Er hat eine Frau in Mexiko.«

»Und sie willigt nicht in die Scheidung ein?« Barbara sprach mit der abgeklärten Attitüde von Schauspielern, die derlei in Filmen von sich gaben, während mir schwindelig wurde. Aus Büchern und Filmen wusste ich, dass es so etwas gab, aber es passierte nur den Anna Kareninas und Jean Harlows dieser Welt und nicht meiner Tante Pearl.

»In seinem Dorf in Mexiko lässt man sich nicht scheiden«, sagte Pearl. »Außerdem will ich es gar nicht.«

»Haben sie Kinder?«, fragte Barbara, während ich dachte: *Arme Pearl, ich weiß genau, was sie durchmacht. Sie liebt einen, der einer anderen gehört.*

»Vier«, sagte Pearl.

Ich japste erschrocken und brach in Tränen aus.

»Es tut mir leid, Liebes«, sagte Pearl. »Du hattest keine Ahnung, dass deine Tante Pearl etwas so Schlimmes tut.«

Ich weinte zu heftig, um sprechen zu können. Alles, was ich mir über die freie Liebe zurechtgelegt hatte, fiel in sich zusammen, und ich erkannte, wie verwerflich mein doppeltes Spiel war. Ich hinterging und betrog Barbara, weil ich Danny so sehr liebte, dass ich bereit war, seine Zweitfreundin zu sein. Ich wusste zur Genüge, wie sich Selbstzweifel und Scham anfühlten, aber in diesem Moment hasste ich mich geradezu.

Pearl umarmte mich und streichelte mir übers Haar. Zuerst entschuldigte sie sich, aber als ich gar nicht aufhören konnte zu schluchzen, fragte sie: »Was ist los, Elaine? Weinst du vielleicht über etwas ganz anderes?«

Sofort fand ich meine Stimme wieder; lieber wäre ich gestorben, als zuzugeben, dass ich meinetwegen weinte. »Es ist so traurig, dass du ihn nicht heiraten kannst.«

»Nein, nein. Das ist okay«, sagte Pearl. »Ich bin ein Idiot. Ich hätte mich klarer ausdrücken sollen: Ich *will* Bert gar nicht heiraten.«

»Aber du liebst ihn doch!«, sagte Barbara.

»Liebe ...« Pearl seufzte. »Wenn man sechzehn ist, so wie ihr, ist es ganz normal, sich wie im siebten Himmel zu fühlen, wenn ein Junge einen beim Tanzen umarmt und das Radio dazu noch ein Liebeslied spielt. Aber glaubt mir, wenn ihr älter werdet, sieht das anders aus. Bert ist ein sehr netter Mann, aber ... ich will mit niemandem verheiratet sein.«

»Aber Onkel Gabe hast du doch auch geheiratet«, sagte Barbara.

»Und bei der Gelegenheit festgestellt, dass Heiraten nicht für jede Frau das Richtige ist«, sagte Pearl resolut. »Einen Mann zu haben, der einem sagt, was man tun und lassen soll, der einem sogar vorschreiben will, was man zu *denken* hat ... Und dann hält er einen die halbe Nacht mit seinem Schnarchen wach und meckert herum, wenn man den Kigel nicht mit genauso viel Rosinen backt wie früher seine Mutter.«

Trotz meines Unglücks war ich von diesen revolutionären Gedanken vollkommen fasziniert, und mir wurde klar, dass ich viele unverheiratete Frauen kannte, die – soweit ich es beurteilen konnte – ein erfülltes Leben hatten, z.B. Pearl und Mollie und einige meiner Lehrerinnen. Aber keine hatte es je so klar ausgesprochen: *Heiraten ist nicht für jede Frau das Richtige.* Obwohl Mollie immer mein politisches Vorbild blieb, war es Pearl, die mir einfiel, als die Frauenbewegung begann.

Pearl hatte nur das Schnarchen erwähnt, aber ich musste an all die anderen Dinge denken, die sonst noch passieren, wenn ein Mann und eine Frau das Bett miteinander teilen. Barbara und ich waren uns sicher, dass Pearl und Bert »es« taten, aber da für uns feststand, dass sie heiraten würden, hatten wir nicht groß darüber nachgedacht. Jetzt aber kamen mir Dinge, die ich an Pearl und Bert beobachtet hatte – der enge Pullover, den Pearl am Abend des Erdbebens getragen hatte, die vielsagenden Blicke, die Bert ihr zuwarf, wenn er mit seinem schönen Bariton sang – wie Einblicke in die ebenso aufregende wie beängstigende Erotik der Erwachsenen vor.

»Was, wenn mein Ehemann mir verbieten würde zu arbeiten?«, sagte Pearl. »Oder mir die Führung meines Unternehmens aus der Hand nimmt?«

»Das würde Bert doch nie tun!«, sagte Barbara.

»Ach, *chiquitas*!«, sagte Pearl; so nannte Bert uns manchmal. »Man lernt einen Mann erst richtig kennen, wenn man sich von ihm einen Ring an den Finger stecken lässt. Dann glaubt er einen nämlich zu besitzen. Mein Leben gefällt mir so, wie es ist … *Oy*, was für krause Gedanken pflanzt eure meschuggene Tante euch ins Hirn?« Sie küsste erst Barbara auf die Wange, dann mich. »Also, wollt ihr nun neue Kleider haben, damit ihr den Jungen den Kopf verdrehen könnt?«

Behauptete Pearl, Bert nicht heiraten zu wollen, damit wir sie nicht bedauerten? Ich dachte darüber nach, als sie neben dem fließenden Baumwollstoff noch einen Ballen Crêpe de Chine abrollte. Andererseits wirkte sie glücklich. Der Erfolg als Geschäftsfrau schien ihr Energie zu verleihen, und die Aussicht auf ein eigenes Haus war furchtbar aufregend. Genau genommen war unsere amoralische Tante Pearl die glücklichste Erwachsene, die ich kannte – ein Paradoxon, an dem ich noch lange herumkauen sollte.

ZU BEHAUPTEN, dass Pearl an diesem Abend unser Leben veränderte, wäre übertrieben. Die Entscheidungen, die Barbara und ich kurz darauf trafen, wären ohne Pearl nicht anders ausgefallen. Aber nach diesem Gespräch dachte ich zum ersten

Mal über die dehnbare Moral der Erwachsenen nach. Bis dahin hatte für mich festgestanden, dass nur *schlechte* Frauen eine Affäre mit einem verheirateten Mann hatten, und ich verstand Mamas und Papas Reserviertheit gegenüber Bert. Aber Pearl liebte und bewunderte ich. Sie war hilfsbereit, anständig und geradeheraus, und obwohl sie unschöne Wahrheiten nicht freiwillig gestand, wich sie nicht aus, wenn Barbara und ich sie direkt fragten. Auch was Bert anging, hatte sie gar nicht erst versucht, uns mit Ausflüchten abzuspeisen. Und mit ihrer Abneigung gegen das Heiraten bewies sie eine geistige Unabhängigkeit, die mich ebenso verwirrte wie beeindruckte.

Mir wurde auch klar, dass sie bereit war, einen hohen Preis für ihre Unabhängigkeit zu bezahlen. Nach unserem Gespräch versetzte es mir immer einen Stich, wenn ich sie mit meiner jüngsten Schwester Harriet schmusen sah und hörte, wie sie von dem »köstlichen Babyduft« schwärmte.

»Ich bin kein Baby mehr!«, protestierte Harriet dann. »Ich bin schon vier!«

»Aber du riechst noch wie eins.« Pearl grub die Nase in Harriets Bäuchlein, bis Harriet glucksend lachte. Pearl wollte keine Ehefrau sein, aber ich war mir ziemlich sicher, dass sie liebend gern Mutter gewesen wäre. Sie schien bewusst darauf zu verzichten und war trotzdem, wie sie sagte, vollkommen zufrieden mit ihrem Leben.

Ja, Pearl war mit einem verheirateten Mann liiert, aber seine Frau war weit weg in Mexiko. Sie machte kein Geheimnis aus ihrer Beziehung und stellte sich der Kritik. Anders als ich, die ich heimlich meine Schwester betrog.

Einige Tage darauf flüsterte Danny mir nach der Geschichtsstunde zu, dass er sich mit mir treffen wolle. Und ich sagte Nein.

Nach der Schule rannte er hinter mir her. Ich hatte mich beeilt, um die Straßenbahn zu erwischen, weil ich zu meinem Job in Leos Buchhandlung musste.

»Was ist los?«, fragte Danny.

»Ach, ich habe einfach keine Lust …«

»Du meinst heute?«

»Nein, gar nicht mehr. Da kommt meine Straßenbahn.«

»Warte, Elaine! Können wir nicht darüber reden?«

Die Straßenbahn, ein Yellow Car der Los Angeles Street Railway, hielt an. »Ich muss los.«

Zu meiner Verblüffung stieg Danny mit ein und warf fünf kostbare Cent in den Fahrkartenautomaten.

»Was hast du vor?«, fragte ich. »Musst du nicht zur Arbeit?«

»Eddie macht es nichts aus, wenn ich etwas später komme.«

Die Straßenbahn war ziemlich voll, und zuerst konnten wir nicht nebeneinander sitzen. Aber an der nächsten Haltestelle stand mein Sitznachbar auf und stieg aus. Danny setzte sich neben mich.

»Ist was passiert?«, fragte er.

»Nein.«

»Habe ich was verbrochen?« Er sah mich an, als hielte ich sein Schicksal in den Händen. Noch nie hatte mich jemand so angesehen. Und dann das Verlangen in seinen Augen! Ich empfand ein Gefühl der Macht, dass mir ganz schwindelig wurde. Zugleich sträubte sich alles in mir dagegen, ihn unglücklich zu machen.

Trotzdem atmete ich tief durch und sagte: »Es ist einfach nicht richtig.«

»Können wir uns wenigstens noch zum Reden treffen? Ich kann mit niemandem so reden wie mit dir.«

»Klar können wir reden.«

Er setzte sein verführerisches Errol Flynn-Lächeln auf. »Und das genügt dir?«

»Reden ist okay«, sagte ich und merkte, wie ich schwach wurde, als er sich zu mir herüberbeugte und ich seinen Geruch wahrnahm.

»Gut. Dann bin ich ja erleichtert. Ich gehe jetzt mal arbeiten.« Bevor er ging, fragte er noch: »Hat Barbara irgendwas gesagt?«

Jetzt verstand ich, warum Danny mit in die Straßenbahn gestiegen war und mich so verzweifelt angesehen hatte: Er fürchtete einen Streit mit meiner Schwester!

»Barbara und du … küsst ihr euch?«, fragte ich.

»Soll das ein Witz sein?« Nervös sah er zu der Frau vor uns hinüber.

»Ob ihr euch küsst, will ich wissen«, flüsterte ich.

»Was denn sonst?«

»Mit Zunge?«

»Elaine, was soll das?«

Die Frau vor uns kicherte. Wir waren schon in der Innenstadt, kurz vor dem Straßenbahndepot an der Ecke Fifth und Olive, wo ich umsteigen musste Richtung Hollywood.

»Lass uns aussteigen«, sagte ich.

»Okay.«

»Wasch ihm den Kopf, Schwester!«, rief mir die Frau nach.

Aus irgendeinem Grund war das Reden in der Straßenbahn einfacher gewesen. Jetzt auf der Straße sah ich Danny ratlos an, dann ging ich schnell los.

Danny folgte mir.

»Erlaube ich dir mehr als sie?«, fragte ich. »Triffst du dich deswegen mit mir?«

»Ich dachte, es gefällt dir, wenn wir …«

»Vielleicht frage ich sie lieber selbst.«

»Tu das nicht!« Er nahm meine Hand. »Wenn du es unbedingt wissen willst … Mit ihr mache ich mehr als mit dir. Sieh mich an, Elaine, bitte!«

Ich ließ mich aus dem Strom der Fußgänger unter die Markise einer Musikalienhandlung ziehen.

»Danny, du hast Barbara«, sagte ich. »Was willst du von mir?« Das fragte ich mich schon lange, aber bis jetzt hatte ich es nicht auszusprechen gewagt.

Er lachte heiser, aber es klang eher wie ein unterdrücktes Schluchzen. »Barbara *haben*? Niemand wird Barbara je haben.« Dann verwandelte er sich wieder blitzschnell in Errol Flynn. »Wenn du dich nicht mehr mit mir treffen willst – bitte sehr, ich habe nichts dagegen. Ich wollte nur … Du hast ja sonst niemanden, und du bist ein nettes Mädchen. Wahrscheinlich hast du mir leidgetan.«

»Ich habe dir leidgetan? Ich hasse dich!« So laut hatte ich noch nie jemanden angeschrien. Danny drehte sich um und ging weg.

MEIN ZORN TRUG MICH durch den Job am Nachmittag und die Schule am nächsten Morgen. Doch dann verlor dieses Gefühl an Kraft, übrig blieb nur heulendes Elend. Nach außen hin spielte ich weiter die Elaine Greenstein, die alle kannten, das kluge, ernste Mädchen, das weder glücklicher noch unglücklicher war als alle anderen Sechzehnjährigen in Boyle Heights. Doch wenn ich in meinem Zimmer allein war, weinte ich mir die Augen aus.

Wieder und wieder durchlebte ich diese Begegnung mit Danny. Inzwischen war mir klar, dass das mit dem »leidtun« nur seine Rache dafür war, dass ich ihn gekränkt hatte. Was mich aber weiter beschäftigte, war seine Unsicherheit in Bezug auf Barbara, und langsam begann ich zu begreifen, was Danny eigentlich von mir wollte: Es ging weder um das aufregende Gefühl, zwei Freundinnen gleichzeitig zu haben, noch um seine Hingezogenheit zu mir, auch wenn beides wohl eine Rolle spielte. Doch mehr als alles andere war ich für Danny eine Absicherung, eine weitgehend identische Kopie von Barbara, weil er sich des Originals nicht sicher sein konnte.

Offenbar hatte er einen Wesenszug von Barbara erkannt, der im Laufe dieses Schuljahrs immer deutlicher hervortrat. Ab September ging sie auf die Lester Horton Tanzschule in Hollywood, wo Miss Helen sie für ein Stipendium vorgeschlagen hatte. Wegen dieses Stipendiums musste sie ihre Kindergruppe aufgeben, und zuerst war Papa strikt dagegen, weil wir, wie er sagte, auf ihr Einkommen nicht verzichten konnten. Mama dagegen setzte alles daran, dass Barbara die Tanzschule besuchen konnte. So fand sie beispielsweise mindestens ein Dutzend Dinge, die wir im Haushalt einsparen konnten. Nachdem sie all die Jahre jegliche Hilfe abgelehnt hatte, beantragte sie an unserer Schule jetzt das Milchgeld für bedürftige Familien. Und sie benutzte das Wort *Stipendium*, wo sie ging und stand. Sie wusste genau, dass Papa die größte Hochachtung vor diesem Wort hatte, selbst wenn es nur um eine Tanzschule ging. Wochenlang eröffnete sie in diesem Herbst jedes Gespräch mit den Worten: »Haben Sie/hast du schon gehört, dass Barbara ein Stipendium bekommen hat?«

Barbara ging jetzt fast jeden Tag nach der Schule in die Horton Studios und kam erst um acht oder neun nach Haus. Samstags war sie den ganzen Tag dort und verbrachte auch den Abend mit Freundinnen aus ihrer Tanzklasse in Hollywood. Ihre Erzählungen waren mit lauter neuen Namen gespickt – Lester natürlich und Bella, die gefeierte Tänzerin, bei der sie manchmal Unterricht hatte, und dann die ihrer neuen Mitschüler. Besonders häufig war von einem Oscar die Rede, der die Tänzerinnen am Flügel begleitete. Meist, sagte sie, spiele er aber nicht auf den Tasten, sondern zupfe die Saiten im Inneren des Flügels oder trommle rhythmisch auf das Gehäuse. Dieser

Oscar gab auch Gesangsunterricht, und Barbara berichtete ganz aufgeregt, er habe sie als »Naturtalent« bezeichnet.

Von der Weihnachtsfeier des Studios kam sie erst nach Mitternacht heim. Ich wachte auf, als sie stolperte, während sie sich im Dunkeln auszog.

»Uuups!«, sagte sie und kicherte.

Ich knipste das Licht an.

»Autsch!« Sie bedeckte die Augen. »Kannst du keine Kerze anzünden?«

Ich steckte die Kerze an und knipste das Licht wieder aus. »Bist du betrunken?«

»Nein … na ja, ein bisschen schon. Oscar hat Gin Rickeys gemixt.«

»Bist du mit ihm zusammen?«

»Das war bloß 'ne Party, Elaine.« Mit geübten Bewegungen ließ sie ihr Kleid zu Boden gleiten.

»Wie alt ist er?«

»Zigarette?« Sie fischte eine Packung Chesterfield aus ihrem Tanzbeutel. Ich rauchte zwar auf Partys oder wenn ich mich mit einem Jungen traf, hatte mir aber noch nie eine Schachtel Zigaretten gekauft. Oder zu Hause geraucht.

»Hier drinnen?«

»Warum nicht?« Immerhin machte sie das Fenster auf.

Wir zündeten unsere Zigaretten an der brennenden Kerze an, und ich schüttete die Haarklemmen aus der Blechschachtel, um sie als Aschenbecher zu benutzen. Barbara war betrunkener, als sie zugeben wollte. Unbefangen fläzte sie sich im Slip aufs Bett und sagte Dinge, die sie normalerweise für sich behalten hätte.

»Ach, Elaine«, seufzte sie. »Er hat die wunderbarsten Hände, die du dir vorstellen kannst. Musikerhände.«

»Oscar?«

»Hmm.« Sie nahm einen langen Zug von ihrer Zigarette. »Ist er nicht schon über zwanzig?«

»Ich bitte dich, Elaine! Wir sind doch nicht an der High School, wo es schon ein Skandal ist, wenn eine Zehntklässlerin mit einem Zwölftklässler zusammen ist. Wir sind Künstlerkollegen.«

»Weiß Danny Bescheid?«

»Über Oscars Hände?«, fragte sie neckisch.

»Du weißt, was ich meine.«

»Danny Berlov besitzt mich nicht. Kein Mann wird mich je besitzen.«

Diese Worte hätten von Pearl sein können, aber die Haltung, die dahintersteckte, war Barbara pur. Offiziell blieb sie Dannys Freundin. Wenn sie mit ihm ausging, sagte sie es Mama und Papa, und Danny holte sie ab und brachte sie auch wieder nach Haus. Daneben traf sie sich unter dem Vorwand, mit ihren Freundinnen von der Tanzklasse unterwegs zu sein, heimlich mit Oscar. So ging das etwa einen Monat lang. Dann wurde Oscar plötzlich nicht mehr erwähnt, und an seine Stelle trat ein Tänzer namens Ted.

Ich hatte keine Ahnung, ob Danny von den anderen Jungen – oder vielmehr Männern – wusste. Ich versuchte ihm aus dem Weg zu gehen, aber das war nicht immer möglich, zum Beispiel wenn Mama ihn und seinen Vater zum Schabbesmahl einlud. Manchmal schwärmte Barbara an diesen Abenden von ihren neuen Freunden, ihrem Tanzunterricht oder den Proben für eine Aufführung. In solchen Momenten sah ich in Danny, der sich so viel Mühe gegeben hatte, ein glühender Verfechter des Zionismus zu werden, wieder den barfüßigen Jungen, den ich zum ersten Mal gesehen hatte, als wir fünf waren, einen Jungen, der log, weil er sich für seine abwesende Mutter und seinen erfolglosen Vater schämte.

Liebe … Für mich wurde dieses Wort so ambivalent, wie es aus Pearls Mund klang. Ich liebte Danny – oder hatte ihn geliebt. Danny liebte Barbara. Und Barbara … Armer Danny! Sein eigentlicher Rivale war nicht Oscar oder Ted, sondern etwas, wogegen er keine Chance hatte. Barbara liebte die Freiheit. Damals hätte keiner von uns es so formulieren können, aber Danny bekam es schmerzlich zu spüren. »Niemand wird Barbara je haben«, hatte er mit tränenerstickter Stimme gesagt, und je mehr Hollywood und das Tanzstudio zu Barbaras Welt wurden, desto klarer wurde mir, dass er recht hatte.

Dannys Kummer verschaffte mir Genugtuung, aber er tat mir auch leid. An einem Samstag im Februar 1938 hörte ich endgültig auf, ihn zu hassen. Mein Zorn war ohnehin verraucht, und wenige Wochen nach unserem Streit im September hatte ich aufgehört, um Danny zu weinen. Im November ging ich mit Fred Nieman zum Schulball. Im Laufe des Jahres hatte er sich körperlich stark verändert und sah jetzt nicht mehr wie ein Junge aus, sondern wie ein etwas zu kurz geratener Mann, der sich sogar rasieren musste. Fred war nicht mein Freund im eigentlichen Sinne, aber ich ging regelmäßig mit ihm aus. Nach und nach gewöhnte ich mich also an die neuen Verhältnisse und blieb selbst dann gelassen, wenn Danny in der Nähe war.

An dem Samstagnachmittag im Februar, als ich das Kriegsbeil endgültig begrub, kroch Danny auf allen vieren durch unser Wohnzimmer, als ich von der Arbeit in Leos Buchhandlung heimkam, und ließ Harriet auf seinem Rücken reiten. Sie trat ihm in die Rippen und jauchzte: »Schneller, Cowboy, schneller!« Er spielte oft mit Harriet, wenn er kam, um Barbara abzuholen, und sie wieder mal später als verabredet vom Tanzen zurückkehrte. Ich murmelte eine Begrüßung und wollte an ihm vorbei in mein Zimmer gehen, aber er sah so hilflos zu mir auf, dass ich lachen musste und zu Harriet sagte: »Gönn deinem

Pferd mal eine Pause!« Dann hob ich sie von seinem Rücken und lenkte sie mit ein paar Bonbons ab, die ich in der Tasche hatte. Danny fragte, wie es mir ginge, und zum ersten Mal seit Monaten gab ich ihm eine Antwort, die nicht nur aus kühl hingeworfenen Brocken bestand. In der Buchhandlung war ich inzwischen nicht mehr das Laufmädchen, sondern durfte Kunden bedienen. Ich erzählte Danny von einer bizarren Kundin, die an diesem Tag in den Laden gekommen war; sie war über einsachtzig groß, trug einen Umhang wie ein Zauberer und suchte nach Büchern über die kultische Verehrung von Katzen.

»Du meinst Löwen?«, fragte Danny.

»Nein, Hauskatzen.«

»Bei Löwen könnte ich es verstehen.«

»Ich will eine Katze haben!«, krähte Harriet.

»Die alten Ägypter haben Katzen wie Götter verehrt«, sagte ich zu Danny.

»Kein Wunder, dass ihre Kultur untergegangen ist.«

Es war nur ein dummes kleines Gespräch, aber danach konnten wir wieder miteinander reden. Glücklicherweise. Denn wir hatten Wichtiges zu besprechen.

1935 KULMINIERTEN HITLERS ANTIJÜDISCHE MASSNAHMEN und Verordnungen in den Nürnberger Gesetzen, und es schien, als gäben sie den normalen, anständigen Deutschen das Gefühl, die Judenfrage sei geregelt. Doch 1938 flammte der Judenhass erneut auf.

Die ersten Anzeichen dieses Wahnsinns wurden Ende 1937 nicht in Deutschland sichtbar, sondern in Rumänien, als der Anführer einer antisemitischen Partei Premierminister wurde. Innerhalb weniger Wochen wurden dort alle Zeitungen verboten, die Juden gehörten, und alle Juden aus Ämtern und Behörden entfernt. Allein diese beiden Vorgänge kosteten neun unserer Verwandten den Job. Die erschreckenden Nachrichten führten zu Mamas erstem Ferngespräch: Onkel Meyr rief aus Chicago an. Keiner ihrer Verwandten hatte eine Ausreisegenehmigung bekommen, und der in Chicago ansässige Teil der Familie wollte sowohl in Chicago als auch in Rumänien Anwälte einschalten. Meyrs Frage war nun, ob Mama nicht auch in Los Angeles einen Anwalt anheuern könne. In ihrer Verzweiflung bat Mama Pearl um Hilfe. Pearl hatte der Kleiderfabrik, der ihre Kostümschneiderei angegliedert war, bereits eine Jobzusage für Ivan abgerungen, den Neffen, den Mama und Papa unterstützten. Jetzt gab sie Mama für das Anwaltshonorar etwas von dem Geld, mit dem sie ihr Haus kaufen wollte. Papa gegenüber hat Mama das nie erwähnt. Er wäre furchtbar wütend geworden und hätte sich geschämt, dass seine kleine Schwester etwas tun konnte, wozu er nicht in der Lage war. Ich wurde in die Sache eingeweiht, weil Mama mich bat, sie zu dem Anwalt zu begleiten und Briefe aufzusetzen.

Was in Rumänien passierte, nahmen die wenigsten Amerikaner wahr. Aber als Deutschland im März Österreich annektierte, ging die Nachricht um die ganze Welt. Ab sofort galten die antijüdischen Gesetze dann auch in Österreich, und als hätte das Vorhandensein neuer Opfer die Nazis inspiriert, ließen sie sich umgehend neue Strafen für Juden einfallen. Im April mussten alle Juden ihren Besitz registrieren lassen. Als Nächstes sollten alle Unternehmen, die sich in jüdischem Besitz befanden, als solche gekennzeichnet werden – eine Aufgabe, die die fanatische Hitlerjugend nur zu gern übernahm, indem sie das Wort »Jude«, den Davidstern oder obszöne Karikaturen auf die Schaufenster jüdischer Läden malte. Zur selben Zeit beschloss Präsident Roosevelt, die Einwandererquote für Deutsche und Österreicher zu erhöhen. Trotzdem hörten wir immer wieder von Juden, die verzweifelt fliehen wollten, aber nirgendwo hinkonnten.

Danny sammelte all diese Informationen. Inzwischen war er Vorsitzender der Habonim, und wo immer sich eine Gelegenheit bot, ob bei Versammlungen der Habonim, Schul- oder Gemeindeveranstaltungen, hielt er flammende Reden über die Not der europäischen Juden. Ich nahm an diesen Veranstaltungen nicht nur teil, sondern schrieb auch die Aufrufe dazu. Außerdem half ich Danny, Artikel für die Verbandszeitung der Habonim, unsere Schulzeitung und Leserbriefe an die *Los Angeles Times* und andere Tageszeitungen zu schreiben. Den Zeitungen gefiel die »Perspektive der Jugend«, und einige unserer Briefe wurden tatsächlich veröffentlicht. Wenn wir an einem Artikel oder Leserbrief arbeiteten, lieferten wir uns oft hitzige Debatten. Ich fand seinen Stil zu aggressiv – »Wenn du die Leute als ›rückgratlos‹ bezeichnest, will keiner mehr wissen, was du sonst noch zu sagen hast!« –, während ihm meiner zu harmlos war. »Wie ein wohlerzogenes jüdisches Mädchen, das nirgendwo anecken will.«

In puncto Zionismus waren wir nach wie vor unterschiedlicher Meinung, aber das war unwichtig. Ich wollte etwas tun, und Danny war ein begnadeter Agitator. Wenn er über die große Politik in Europa sprach, stellte er kleine, bewegende Geschichten in den Mittelpunkt, die er von Leuten in Boyle Heights über ihre europäischen Verwandten gehört hatte. So wie er mich als Kind mit seinen Geschichten verzaubert hatte, konnte er jetzt seine Zuhörer zu Tränen rühren und sie dazu bringen, Briefe an Kongressabgeordnete zu schreiben oder auf der Straße Flugblätter zu verteilen. Ich unterstützte jetzt die Habonim, weil sie unter Dannys Leitung zur dynamischsten Jugendgruppe wurden und wirklich versuchten, etwas zu bewegen. Ob die Flüchtlinge nach Palästina oder Amerika, Rhodesien oder Kuba emigrierten, war mir einerlei. Wichtig war nur, dass mehr Länder ihre Türen öffneten.

Danny war ein unerschütterlicher Optimist. Wenn mir der Mut sank, überzeugte er mich immer wieder, dass man unsere Stimmen hören würde, sofern wir nicht aufhörten, sie zu erheben. Er sollte recht behalten. Im Juni durfte Ivan Avramescu nach Amerika einreisen – mein Cousin aus Rumänien.

Oder, wie Barbara ihn nannte, die Ratte.

14. KAPITEL

Ranch Ohne Morgen

Ich steige nach der Wassergymnastik aus dem Becken, dusche und ziehe mich an. Danach fahre ich zum ersten Mal nicht nach Hause, sondern zur Rancho Mañana. Gestern bin ich eingezogen. Ich melde mich am Empfangstresen – ein vorgeschriebenes Prozedere, bei dem ich mich wie im Kindergarten fühle – und versichere einer überfürsorglichen jungen Frau, dass ich sehr wohl in der Lage bin, den Weg zu meinem Apartment zu finden.

Als ich dann mit dem Aufzug in den dritten Stock gefahren, den Flur nach rechts abgebogen bin und meine Tür geöffnet habe, frage ich mich, ob ich mich vielleicht geirrt habe und in einem fremden Apartment gelandet bin. Das Erste, was mir ins Auge fällt, ist ein deprimierender Wandteppich in Beige- und Brauntönen, der wie ein großer, unappetitlicher Senffleck an der Wand gegenüber hängt. Merkwürdigerweise steht darunter aber ein rot-schwarzes Zweiersofa, das genau wie meins aussieht.

Dann höre ich Carols Stimme. »Hallo, Mom. Gefällt er dir?«

»Oh, er ist fantastisch!«, flöte ich und betrachte das Ding näher – offenbar ein selbstgemachtes Einzugsgeschenk von Carol. »Ah! Was sind das – Motten?«

»Libellen. Er gefällt dir nicht, oder?«

»Doch! Unglaublich, wie filigran du die Tierchen ausgearbeitet hast. Erstaunlich! Und diese dezenten Farben!« Bei näherem Hinsehen entdecke ich immer mehr Details. Carol hat mehrere Dutzend umherschwirrende Libellen gewebt, manche nicht größer als eine Fingerspitze. Sie hat auch viel mehr Farben verwendet, als auf den ersten Blick erkennbar – Gold, Schokoladenbraun, helle Cremetöne. Warum also klingt mein Lob so halbherzig?

Carol stellt sich neben mich und zwirbelt an einer Strähne ihres langen, kaum angegrauten Haars. Wer sie in ihrer Folklorebluse und ihren Jeans von hinten sähe, könnte meine elfengleiche Tochter immer noch für sechzehn halten. Ihr Bruder Ronnie scheint so viele Wachstumsgene geerbt zu haben, dass für sie kaum welche übrig blieben. Sie war immer so winzig, dass wir, als sie noch ein Kind war, manchmal Witze darüber machten und sagten, sie solle aufpassen, dass der Wind sie nicht wegpustet. Wie gesagt: Es sollte ein Witz sein, aber manchmal blieb mir das Lachen im Halse stecken, denn ich machte mir wirklich Sorgen um sie. Schon früh steckten wir sie in einen Gymnastikkurs, denn sie hatte die ideale Figur dafür und liebte es, Purzelbäume zu schlagen. Doch dann stellte sich heraus, dass ihr der Drill und der Wettbewerb nicht lagen.

»Es sind die falschen Farben. Ich wusste es«, sagt sie. »Verdammt! Ich hatte blaues Garn gekauft und wollte etwas Moderneres für dich machen, aber …« Sie seufzt. »Die Farben haben mich irgendwie nicht angesprochen.«

»Carol.« Ich umarme sie. »Dieser Wandteppich ist wunderschön. Vielen Dank!« Ich wünschte, ich könnte sie überzeugen und hätte ihr Werk von Anfang an gebührend bewundert.

Mehr noch wünschte ich, Carol und ich wären nicht dazu verdammt, einander ständig zu kränken und misszuverstehen. Immerhin haben wir nie den Kontakt abgebrochen. Sogar während ihrer albtraumhaften Pubertät, als mein einst so sanftes, zartes Mädchen der Heiligen Dreifaltigkeit der 1960er Jahre huldigte, Sex, Drugs und Rock'n'Roll, hat sie auf *ein* Schreckensszenario verzichtet: Sie ist nie von zu Hause weggelaufen. Es gab Nächte, in denen ich um drei aufstand, um auf sie zu warten. Sie ist immer heimgekommen. Als hielte sie sich an einen unausgesprochenen Pakt: mir nicht noch mal so wehzutun wie Barbara mit ihrem Verschwinden. Wir sind immer miteinander im Gespräch geblieben, egal wie schwierig das manchmal war.

»Ich habe einen Salat zum Mittagessen gemacht«, sagt sie. »Ist das okay?«

»Perfekt.« Ich räume Papierkram von meinem ehemaligen Küchentisch, der mir jetzt als Esstisch dient. Wie viele andere Möbel passte mein alter Esstisch nicht in das neue Apartment.

Während des Essens klingelt das Telefon. Eigentlich will ich nicht rangehen, aber als der Anrufbeantworter anspringt, höre ich Josh sagen: »Ich habe etwas gefunden.«

Ich greife zum Hörer. »Bleiben Sie dran«, sage ich und gehe ins Schlafzimmer. »Was denn?«, frage ich, nachdem ich die Tür hinter mir geschlossen habe.

»Es ist gerade mit der Post gekommen. Ich kann heute Abend vorbeikommen und es Ihnen zeigen. Ich arbeite bis halb acht.«

»Das passt mir gut.« Bis dahin ist Carol bestimmt gegangen. Sie übernachtet bei ihrem Sohn.

»Gut«, sagt Josh. »Wie finde ich diese Rancho So-und-so?«

Ich beschreibe ihm den Weg, gehe ins Wohn-/Esszimmer zurück und lege den Hörer auf.

»Was ist los, Mom?«, fragt Carol.

»Ach, nichts.«

»Komm schon! Früher war ich diejenige, die zum Telefonieren in ein anderes Zimmer ging.«

»Das war Josh, mein Archivar.«

»Aha.«

»Ich muss mich heute Abend mit ihm treffen.«

»Aber wir wollten uns doch einen Film ansehen!«

»Oh, das habe ich ganz vergessen. Ich rufe ihn an und mache einen anderen Termin aus.«

Ich weiß, dass Josh morgen keine Zeit hat. Dann muss ich eben bis Ende der Woche warten. *Unmöglich!* Was immer er über Barbara herausgefunden hat, muss ich sofort erfahren. Ich sage Carol, dass der Film warten muss, und sehe, wie enttäuscht sie ist – der Grund ist nicht der Film. Ich überlege, ob ich ihr sagen soll, worum es geht, oder sie zu dem Treffen mit Josh einladen soll. Doch bei dem bloßen Gedanken daran dreht sich mir der Magen um. Barbara war meine *Zwillings*schwester. Das geht nur mich etwas an. Ich möchte mir nicht anhören, was jemand anders von der ganzen Sache hält oder – schlimmer noch – wie ich weiter vorgehen soll. Seit ich weiß, dass meine Eltern mir etwas verschwiegen haben, bin ich besonders verletzlich. Die ganze Barbara-Sache ist wie eine frische Wunde, an die ich niemanden ranlassen will. Außer Josh, der in die Geschichte involviert ist. Außerdem ist er ein Fremder, und ich habe darauf bestanden, ihn für seine Recherchen zu bezahlen. Kein anderer soll davon wissen.

»Essen wir heute Abend wenigstens noch zusammen?«, fragt Carol. »Teriyaki Huhn?«

Sie hat beschlossen, dass wir heute Abend zum ersten Mal in den Speisesaal der Rancho Mañana gehen; es gibt Teriyaki Huhn – ein Gericht, von dem alle hier in den höchsten Tönen schwärmen. Ein bisschen kommt es mir vor, als würde sie mich an meinem ersten Schultag begleiten. Das erste Eintauchen in die geschlossene Gesellschaft der etwa hundertachtzig Senioren macht mich ziemlich nervös, obwohl die Hälfte von ihnen schon früher meinen Weg gekreuzt hat.

»Auf alle Fälle«, sage ich. »Ohne dich traue ich mich nicht in die Höhle der Löwen.«

Am Nachmittag nimmt Carol sich die Küche vor, während ich die Sachen auspacke, die in mein Arbeitszimmer gehören. Irgendwann fällt mir die Mappe mit Gedichten in die Hände, die ich eigentlich »verlegen« wollte. Ich überlege, ob Carol sich darüber freuen würde. Auch wenn es mir nicht leichtfällt, diese Seite von mir mit ihr zu teilen, bin ich dazu bereit. Ich schlage die Mappe auf und lese ein Gedicht über Jasmin, der nur nachts blüht und »die Träume der Breed Street parfümiert«. Vielleicht wird Carol diese Gedichte mit den gleichen Augen betrachten wie ich ihren Wandteppich – durchaus gerührt, aber nicht gerade begeistert.

DAS TERIYAKI HUHN wird seinem Ruf gerecht. Was meine Tischnachbarin, eine winzige Frau, deren Gesicht hinter einem riesigen roten Brillengestell fast verschwindet, aber nicht davon abhält, an jedem Bissen herumzumäkeln und ausführlich zu schildern, wie sie früher Hühnchen zubereitet hat. Ich werde um einen anderen Tisch bitten. Ja, die Tische werden uns zugewiesen – ebenfalls wie im Kindergarten. Vielleicht setze ich mich bei der nächsten Mahlzeit einfach woanders hin und löse eine Revolte aus?

Nach dem Essen verabschiedet sich Carol, und plötzlich sacke ich in mich zusammen, als hätte jemand einen Stöpsel gezogen und die Luft aus mir herausgelassen. Ich will nach Hause! Auf bleiernen Füßen trotte ich in mein Apartment. Ich habe heute so viele Kisten ausgepackt, dass mir die Energie fehlt, ein Buch aufzuschlagen oder den Fernseher einzuschalten. Stattdessen setze ich mich auf das kleine Sofa unter den senffarbenen Libellen.

Erst als die Empfangsdame anruft und Joshs Besuch ankündigt, werde ich wieder munter.

»Schön hier«, sagt er beim Eintreten. Dann schießt er auf Carols Wandteppich zu. »Wow, was ist das denn?«

»Meine Tochter hat es für mich gemacht.« Ich habe nur Augen für den Umschlag, den er mitgebracht hat. Warum ist der so klein? Wie ein ganz normaler Brief.

»Sind das Libellen?«

»Ja.«

»Wow, echt cool!«

Ich bin drauf und dran, ihm den Umschlag aus der Hand zu reißen. »Was haben Sie herausgefunden?«

Er holt ein Blatt aus dem Umschlag und faltet es umständlich auf. Nach einer Ewigkeit reicht er es mir. Es ist die Kopie eines kurzen Zeitungsartikels mit einem Foto, auf dem etwa ein Dutzend junge Frauen vor einer Handvoll Männern stehen. Jemand hat »9. März 1942« auf die Kopie geschrieben. Unter der Überschrift *Entertainer aus Colorado Springs touren als Truppenbetreuer* steht, dass fünfzehn Sänger, Musiker und Tänzer zu den Ersten gehörten, die das Programm der United Service Organisations, kurz USO, unterstützten und nach Europa gingen, um amerikanische Soldaten bei Laune zu halten.

»Ich habe eine Bibliothekarin in Colorado Springs kontaktiert. Der Kodex, der Bibliothekare in aller Welt verbindet, funktioniert recht gut«, sagt Josh, während ich die Gesichter auf dem Foto studiere. »Sie hat das hier gefunden.«

Das Foto ist unscharf, es scheint sich um den Abdruck aus einer Mikrofiche-Datei zu handeln. Die Frauen stehen aufgereiht wie Showgirls und schauen mit ausladendem Hüftschwung und ausgestreckten Armen nicht direkt in die Kamera. Nicht eine von ihnen kommt mir bekannt vor. Ich lese die Bildunterschrift und ordne den Namen Kay Devereaux einer platinblonden Tänzerin mit schmallippigem Lächeln zu. Sie gehört zu den kleineren; das zumindest würde hinkommen. Aber sie dreht das Gesicht zur Seite, und das bisschen, was davon zu sehen ist, wird von ihrem Haar fast verdeckt.

»Ist sie das?«, fragt Josh.

»Ich bin mir nicht sicher.« Ich stehe auf, um meine Lupe zu holen, die immer neben dem Telefon liegt. Dann fällt mir ein, dass mein Telefontischchen nicht mit umgezogen ist, weil ich hier keinen Platz dafür habe. Dabei war es so praktisch, Telefonbücher, Stift und Papier sowie andere nützliche Dinge waren stets zur Hand. Mist!

Josh und ich versuchen, das Foto auf meinem Kopierer zu vergrößern, und probieren verschiedene Einstellungen aus, aber Kays Gesicht ist so verpixelt, dass ich es beim besten Willen nicht erkenne.

»Und nach dieser Tournee?«, frage ich. »Hat die USO sie wieder nach Colorado Springs zurückgebracht?«

»Die Bibliothekarin hat die Telefonbücher der 1940er Jahre durchgesehen, konnte Kay aber nicht finden. Das Broadmoor Hotel verfügt über ein recht ordentliches Archiv, und meine Bibliothekarin hat die Frau angerufen, die es verwaltet. Aber auch da findet sich nach der Tournee keine Kay Devereaux. Die Archivarin sagt, die meisten Künstler sind nach dieser Tournee in ihre Heimatorte zurückgekehrt, aber manchen haben das Tourneeleben und die Aufregung an der Front so gut gefallen, dass sie sich gleich für die nächste Tournee verpflichteten. Meinen Sie, Ihre Schwester könnte das getan haben? Würde das zu ihr passen?«

Ob das zu ihr passen würde? Wer hat sich denn das Haar wie Jean Harlow gefärbt und ist um den halben Erdball gereist, bloß um von Boyle Heights wegzukommen?! Ich sitze wie auf glühenden Kohlen, versuche aber, mich zurückzupfeifen, und denke: Das alles liegt über ein halbes Jahrhundert zurück, wahrscheinlich verlieren sich alle Spuren im Sand!

»Schon möglich«, sage ich.

»Dann forsche ich als Nächstes am besten bei der USO nach.«

»Gute Idee. Und wenn Sie schon dabei sind ...« Mir läuft es kalt den Rücken herunter. »Lassen Sie sich die Liste der Kriegsopfer geben. Sollte sie in einem Kriegsgebiet umgekommen sein, wurde sie vielleicht als Kriegsopfer verzeichnet.« Der Gedanke, sie könnte im Krieg gewesen sein, ist mir bislang nie gekommen. Um Paul und die anderen jungen Männer, die da draußen ihr Leben riskierten, habe ich mir damals furchtbare Sorgen gemacht, aber an Barbara habe ich in diesem Zusammenhang nie gedacht. In all meinen Fantasien über ihr Schicksal war sie am Leben. Und sie war immer Teil meines Denkens und Fühlens, genau wie umgekehrt, da war ich mir ganz sicher. Die Vorstellung, sie könnte seit Jahrzehnten neben gefallenen Soldaten begraben sein – ich sehe einen nebligen Friedhof in der Normandie vor mir –, löscht zugleich einen Teil *meines* Lebens aus.

»Mach ich gern«, sagt Josh. »Aber haben Sie nicht schon die Sterbelisten der Sozialversicherung gecheckt?«

»Stimmt, natürlich!« Was für eine Erleichterung!

Die Chancen, dass Barbara noch lebt, stehen also gut. Nicht Barbara, sondern Kay, weise ich mich zurecht.

Ich höre meine eigene Aufregung in Joshs Stimme mitschwingen, als er fragt: »Was werden Sie tun, wenn Sie sie finden?«

Das ist der andere Grund, warum ich meine Familie heraushalten will: Würden die anderen nervös mit mir hoffen und bangen, wären das Warten und eine eventuelle Enttäuschung noch unerträglicher. Für Josh dagegen ist diese Suche ein Abenteuer. Und Philip Marlowe scheint ihn mehr zu interessieren als Barbara. Er bittet mich, von Philip zu erzählen.

»Gern«, sage ich. »Aber da gibt es nicht viel zu erzählen. Möchten Sie etwas trinken?« An Philip erinnert zu werden versetzt mir einen Stich. »Scotch? Wein? Sprite?«

»Scotch wäre prima.« Ich hole unsere Drinks. »Haben Sie wirklich für ihn gearbeitet?«, fragt Josh, als ich ihm ein Glas reiche.

»Ja, aber ich habe ihm nur bei einigen Recherchen geholfen, als Gegenleistung für seine Suche nach Barbara.«

»Was für Recherchen waren das?«

»Nichts Glamouröses«, bremse ich ihn. »Hauptsächlich habe ich ihm Material aus Archiven besorgt. Für den aufregendsten Fall, an den ich mich erinnere, musste ich im Rathaus Bebauungspläne einsehen, wissen Sie? Diese Karten, aus denen hervorgeht, wem welches Grundstück gehört. Dann musste ich die Besitzer ermitteln, und es stellte sich heraus, dass viele Grundstücke auf die Namen von Verstorbenen registriert waren. Damit war klar, dass hier irgendein Schwindel vorlag.«

»Cool!«

»Aber mein Job war beendet, sowie ich ihm meine Ergebnisse überreichte. Wie gesagt, viel gibt es da nicht zu erzählen.«

»Und wie fand diese Übergabe statt? Sind Sie zu ihm ins Büro gegangen?«

»Nein, er hat mich zum Steak eingeladen. Blutig.« Eine amüsante Erinnerung. »Wir sind immer in ein ganz bestimmtes Restaurant in Hollywood gegangen. Eine ziemliche Kaschemme, aber die Steaks waren hervorragend. Er machte sich wohl Sorgen, ich würde zu wenig rotes Fleisch essen.«

»Sie hatten also mehrere Dates mit ihm?«

»Himmel, es waren doch keine ›Dates‹! Dafür war ich viel zu jung.«

»Aber Sie gingen doch schon aufs College, oder? Also müssen Sie zwanzig, einundzwanzig gewesen sein.«

»Na und? Ich war eine Jüdin aus Boyle Heights.«

»War er Antisemit?«

»Philip? Nicht mehr als die meisten damals.«

»Hat er mal was zu dem Thema gesagt?«

»Sie meinen so etwas wie ›Hitler macht seine Sache ganz prima‹? Natürlich nicht.« Wie soll ich diesem Kind des einundzwanzigsten Jahrhunderts mit seiner vietnamesischen Freundin erklären, was für eine Insel Amerika damals war? »Es gab da einen jüdischen Juwelier, Rosen oder Rosenberg, gleich neben dem Steakrestaurant. Als wir eines Abends dort vorbeikamen, stand ein Mann vor der Tür, und Philip fragte mich, ob ich ihn kannte. Ich fragte: ›Wen?‹ Und er sagte: ›Den Juden da.‹ War es antisemitisch von ihm zu glauben, nur ein Jude könnte vor einem jüdischen Juwelierladen stehen? Oder zu glauben, dass sich alle Juden in Los Angeles untereinander kannten? Was er sagte, war damals ganz normal. Es hatte nichts Bösartiges.«

»Und es hat Ihnen nichts ausgemacht?«

»Hätte ich mich über jede Bemerkung aufgeregt, wäre die ganze Welt mein Feind gewesen.« Für Danny war das so. »Aber wer weiß? Vielleicht hat es mir doch etwas ausgemacht. Schließlich erinnere ich mich nach all den Jahren noch so lebhaft daran.«

Eigentlich überraschend, denn ich kann mich nicht daran erinnern, damals darüber nachgedacht zu haben. Oder anders: Sollte mich diese Episode damals als negativ berührt haben, hätte ich es nicht formulieren können. Vielleicht hat mir Philips Bemerkung einen kleinen Stich versetzt, aber spätestens als wir das Restaurant betraten, hatte ich es schon wieder vergessen. Dass es gut geheizt war und nach Fleisch und Zigaretten roch, war viel wichtiger.

Andererseits … War das nicht der Abend, an dem mir alles, was er sagte, unter die Haut ging? War das nicht unser letztes Treffen? Der Abend, an dem ich mich zum Affen machte?

Erst jetzt kommt mir der Gedanke, dass die Spannung, die an diesem Abend zwischen uns herrschte, vielleicht einen ganz anderen Grund hatte. Kann es sein, dass er längst über Kay Devereaux in Colorado Springs Bescheid wusste, mir aber nichts sagen wollte? Hoffentlich nicht! Ich möchte ihn in guter Erinnerung behalten, möchte glauben, dass er es erst später herausgefunden hat, als wir schon keinen Kontakt mehr hatten. Denn nach diesem Abend ging er auf Distanz und gab mir keinen weiteren Auftrag.

CAROL BLEIBT NOCH DIE GANZE WOCHE ÜBER DA, bis alle Kisten ausgepackt sind. Sie hilft mir, Ableger aus meinem Garten in die Gemeinschaftsanlage zu pflanzen und Bilder aufzuhängen. »Sonst liegen sie in einem halben Jahr immer noch in den Kisten. Ich weiß, wie das ist«, sagt meine vagabundierende Tochter. Ihr Wandteppich hängt jetzt im Schlafzimmer. Dort harmoniert er farblich besser mit meiner Tagesdecke, den Vorhängen und Stuhlpolstern, die überwiegend blau und gelb sind. Ich wünschte, ich hätte darauf gleich so reagiert wie Josh, mit dieser spontanen Freude, die man unwillkürlich zeigt, wenn einem etwas wirklich gefällt.

Erst kurz vor der Abreise gebe ich Carol die Mappe mit meinen Teenager-Gedichten.

»Ein paar davon sind Liebesgedichte für meinen Freund aus der Schulzeit«, warne ich sie und bereue schon jetzt, die Gedichte aus der Hand zu geben.

Aber sie sagt: »Danke, Mom«, und schenkt mir das große, offene Lächeln, das mir so zu Herzen ging, als sie ein Kind war. Damals fragte ich mich immer: Wie kann jemand so offen sein und überleben? Auch jetzt geht mir der Anblick wieder zu Herzen, und ich bin froh, ihr die Gedichte anzuvertrauen.

Dann geht sie, und mein Umzug ist beendet. Ich wohne jetzt hier. Ohne Treppen und mit Pflegepersonal, falls ich es brauche. Und mit Menschen, die ich treffen kann, ohne vorher eine Stunde Auto zu fahren. Einige von ihnen sind mir lieb und wert. Ich sitze jetzt an einem anderen Tisch, zusammen mit Ann Charney Adelman, einer alten Freundin aus dem Club der Flachköpfe. Ann denkt schneller als die meisten, und obwohl ich nur fünfzehn Abende pro Monat im Speisesaal essen muss, gehe ich fast jeden Abend hin, weil unsere Gespräche eine Freude sind. Ständig laufen mir frühere Mitkämpfer von politischen Aktionen über den Weg, heute organisieren sie den Rollstuhltransport für alle möglichen Versammlungen. Es gibt jede Menge Aktivitäten: Bridge, Mah-Jongg, Stuhlgymnastik, Handarbeiten, einen Leseclub, Theater- und Konzertbesuche sowie Thoralektüre. (Etwa siebzig Prozent hier sind Juden, und ich fühle mich wie in Boyle Heights, zumal Ann nicht die einzige ehemalige Mitschülerin ist.)

In der Adventszeit folgt eine Party der anderen, und gestern, an Silvester, gab es eine Soiree mit einem Jazztrio. Einige Mitbewohner waren früher professionelle Musiker und ergänzten das Trio. Es war ein ausgelassenes Fest – bis neun. Dann sahen wir uns im Fernsehen den Countdown zum neuen Jahr an, der vom Times Square in New York übertragen wurde, und stießen nach Ostküstenzeit mit einem einigermaßen trinkbaren Champagner in Sektkelchen aus Plastik an. Danach feierten wir zu zwölft bei Ann weiter, bis es nach unserer Zeit Mitternacht war und der wirklich gute Schampus auf den Tisch kam.

Heute Morgen büße ich für jeden Schluck. Aber das war es wert. Überhaupt ist alles gut. Alles außer dem Schabernack, den Gott jetzt mit mir treibt. Es scheint ihm zu gefallen, mich erst mit neuen »Hinweisen« auf Barbara zu quälen, und dann …

Die Akten der USO wurden 1979 bei einem Brand zerstört.

»Soll das ein Witz sein?«, fragte ich Josh, als er mir vor zwei Wochen davon berichtete. »Verbrannte Akten sind doch bloß ein spannungsfördernder Trick in Kriminalromanen. In billigen Kriminalromanen.« Ich versuche mir nicht anmerken zu lassen, wie enttäuscht ich bin.

»Nein, sie sind leider wirklich verbrannt. Zeit für Plan B. Ihre Schwester war doch professionelle Entertainerin und ist vielleicht auch nach dem Zweiten Weltkrieg weiter aufgetreten. Ich versuche mal mein Glück bei den zuständigen Gewerkschaften, bei der *Variety* und so weiter.«

Das hat er dann getan und nichts erreicht. Jetzt wissen wir beide nicht weiter.

Es ist Neujahr. Ich bekämpfe meinen Kater mit schwarzem Kaffee und trockenem Toast und sehe mir im Fernsehen die Rose Parade an. Plötzlich beginnt der Fernseher mit mir zu sprechen. Er sagt nicht »Hallo, Elaine« oder so, aber als eine Marineband über den Bildschirm marschiert und »Stars and Stripes Forever« spielt, löst das bei mir dieselben ambivalenten Gefühle aus wie immer beim Anblick marschierender Soldaten – Stolz und Patriotismus, wenn ich an den Zweiten Weltkrieg denke, aber auch Wut über den Tod so vieler junger Männer in Vietnam und im Irak. Aber es ist nicht nur das. Vielmehr spüre ich, dass in diesen Bildern eine Botschaft steckt. Ich greife zur Fernbedienung und schalte den Fernseher aus. Ich weigere mich, Botschaften von meinen Elektrogeräten zu empfangen! Was kommt als Nächstes – eine Nachricht von meinem Toaster? Dann kapiere ich: *Stars and Stripes*, die Zeitung des

Militärs, war während des Zweiten Weltkriegs ein wichtiges Organ!

Ich schalte den Computer an und klicke mich ins *Stars and Stripes*-Archiv. Tatsächlich finde ich, wonach ich suche: mehrere Artikel über die Truppenbetreuung durch die USO, und einige erwähnen eine »Chanteuse« namens Kay Devereaux. Dann stoße ich auf einen Artikel aus Berlin, datiert vom Februar 1946:

> *Nach ihrer Hochzeit mit dem Luftwaffenleutnant Richard Cochran verabschieden wir uns von der göttlichen Kay Devereaux. Sie hat die Truppen nicht nur während des Kriegs begeistert, sondern ist anschließend in Deutschland geblieben, um den Besatzungsmächten den Rücken zu stärken. Nun kehrt sie mit ihrem Gatten auf seine Ranch in Cody, Wyoming, zurück.*

Eilig suche ich nach diesem Richard Cochran in Cody, Wyoming. Nichts. Ich werde Josh bitten, weiter nach ihm zu forschen. Aber eine Ranch in Wyoming? Barbara brauchte das Nachtleben und ständige Abwechslung. Okay, sie liebte Tom Mix-Filme, aber das bedeutet doch nicht, dass sie davon träumte, auf einer Ranch zu leben!

Ich hole das jahrzehntealte Foto aus der Zeitung von Colorado Springs und meine Lupe (die sich mittlerweile in einer Küchenschublade angefunden hat). Aber die Lupe nützt nichts, solange ich Kay Devereaux nicht das platinblonde Haar aus dem Gesicht streichen kann.

Müsste ich sie nicht trotzdem erkennen? Meine eigene Schwester!

15. KAPITEL

Offene Türen

»Elaine, Elaine, komm schnell!«
Es klang so dringend, dass ich zu Mama in die Küche rannte. Sie hielt ein Blatt Papier in den zitternden Händen.

»Was ist denn, Mama? Ist etwas passiert?«

Sie reichte mir das Papier. Es war ein Telegramm ... O mein Gott! Ein Telegramm von der Hebräischen Einwanderungsgesellschaft. Ivan hatte seine Genehmigung bekommen! Und wir sollten telegraphisch das Geld für die Schiffspassage anweisen.

»Oh, Mama!«

Mama sang etwas, das ich bislang nur von streng religiösen Juden gehört hatte: »Baruch Ha-Shem!« Gelobt sei Gott. Sie nahm meine Hand, und wir kreischten und tanzten und weinten vor Freude, bis sie keuchend und mit rotem Kopf auf einen Stuhl sank.

Immer noch ganz außer Atem sagte sie: »Ich rufe deinen Vater an, er soll zur Bank gehen und die Sache regeln.« Jeden Monat hatte sie etwas Geld für den Ivan-Fonds abgezweigt.

»Wann kommt er denn?«, fragte ich.

»Nun ja ...« Mama kaute an ihrer Unterlippe, was sie sonst

nur tat, wenn sie auf dem Markt ausrechnete, wie viel Geld sie schon ausgegeben hatte. »Er will sofort los. Aber erst muss er ja zu einer Hafenstadt kommen und dann nach New York übersetzen. Von dort geht es mit dem Zug weiter. Wenn alles glatt geht, kann er schon nächsten Monat hier sein.« Plötzlich verdüsterte sich ihr Gesicht. »*Oy!* Wo soll er schlafen?«

Ich musste zur Arbeit. Die Ferien hatten vor einer Woche begonnen, und ich hatte einen Vollzeitjob in Onkel Leos Buchhandlung. Als ich am Abend heimkam, hatte Mama etwas Besonderes gekocht, und ich erfuhr, was sie sich für Ivan ausgedacht hatte.

»Barbara und Elaine«, sagte sie. »Ihr zieht zu euren Schwestern.« Barbara und ich schrien auf. »Ivan bekommt euer Zimmer.«

»Vier in einem Zimmer?«, stöhnte ich. »Das geht nicht!«

»Weißt du, zu wie vielen wir in einem Bett schlafen mussten, als ich klein war?«, sagte Mama.

»Kann er nicht das Sofa nehmen?«, fragte Barbara.

»Das Sofa!« Mama schlug mit der flachen Hand auf den Tisch. »Habt ihr eine Ahnung, was euer Cousin durchgemacht hat? Was ist bloß in euch gefahren, Mädels, dass ihr ihm kein Bett gönnt? Und wie ihr dasitzt und den Schmorbraten kaum anrührt! Als ob ihr euch gar nicht freut!« Sie schob sich einen Bissen in den Mund und sah mich auffordernd an.

Papa sagte nichts zu alledem, und es stellte sich heraus, dass er auf unserer Seite stand. Am nächsten Morgen schlug er vor, dass Audrey zu Barbara und mir in das Zimmer neben der Küche und Ivan zu Harriet ziehen sollte. Sie war ja erst fünf und kaum mehr als ein Baby.

Drei Wochen später kam Ivan an; an einem Mittwoch Mitte Juli. Wir alle gingen zur Santa Fe Station (die grandiose Union Station sollte erst im nächsten Jahr eröffnet werden), um ihn abzuholen. Harriet freute sich so sehr auf ihren neuen Zimmergenossen, dass sie den Bahnsteig auf und ab hüpfte, und ich beneidete sie um ihr ungetrübtes Glück. Natürlich freute ich mich auch, aber die vielen Veränderungen in unserem Haus gefielen mir gar nicht. Einige Tage zuvor hatte ich all meine Sachen in eine einzige Schublade stopfen müssen, um Platz für Audrey zu schaffen, und ein monströses Stockbett hatte das gemütliche Klappbett ersetzt (rückblickend schien es mir geradezu luxuriös), in dem ich schlief, seit ich mir das Zimmer mit Mollie geteilt hatte. Da ich mir inzwischen erwachsen vorkam, hatte ich nicht protestiert, als Audrey das obere Bett verlangte, aber dann musste ich vier Mal tauschen, weil sie es sich immer wieder anders überlegte. Wenn wir drei uns morgens anzogen, war es ein einziges Geschubse und Gekeife, und jede achtete eifersüchtig darauf, dass die anderen nur ihre eigenen Sachen anfassten. Zu dritt hatten wir in diesem kleinen Zimmer kaum genug Luft zum Atmen.

Trotzdem hüpfte ich zusammen mit Harriet auf und ab, als Ivan aus dem Zug stieg. Ja, das ist er! Er sah aus wie der Junge auf dem Foto, das man uns geschickt hatte, und er schaute auf, als Mama seinen Namen rief. Sie rannte auf ihn zu, und ich wollte hinterher, aber Barbara zupfte mich am Ärmel.

»Sieh dir bloß sein schäbiges Zeug an! Und wie schmutzig er ist!«, flüsterte sie.

»Er ist seit Wochen unterwegs«, sagte ich, ganz gerührt vom Anblick des ängstlichen Jungen in Mamas Armen. Für einen Neunzehnjährigen war er ziemlich klein und dünn, und mit seinem viel zu großen Anzug und dem von Brillantine glänzenden Haar sah man ihm den Ausländer sofort an.

Mama zeigte in unsere Richtung, und er lächelte.

»Bah, seine Zähne sind ja ganz spitz!«, murmelte Barbara. »Wie eine Ratte!«

»Hör auf, Barbara!«, sagte ich und ging unseren Cousin begrüßen.

War Ivan mir eben noch wie ein kleiner, verängstigter Junge vorgekommen, so bekam ich einen ganz anderen Eindruck, als er mich forsch anblickte. Außerdem konnte ich genug Jiddisch, um ihn zu verstehen, als er auf dem Weg vom Bahnhof zur Straßenbahnhaltestelle fragte: »Wo steht denn euer Auto?«

»Oh, wir brauchen kein Auto«, sagte Mama. »In Los Angeles kommt man mit Straßenbahn und Bus überall hin.«

»In Amerika haben doch alle ein Auto.« Seine flinken dunklen Augen schauten fragend in die Runde, als glaubte er, wir hätten unseren Buick irgendwo versteckt.

Dass wir tatsächlich kein Auto besaßen, war nicht seine einzige Enttäuschung. Auch unser Haus war ihm zu klein, und dass er sich mit Harriet ein Zimmer teilen musste, gefiel ihm ganz und gar nicht. Aber er lächelte, als Harriet auf ihn einplapperte, und mit einer Mischung aus Jiddisch und gebrochenem Englisch erzählte er von seiner kleinen Schwester in der Heimat. Kein Wunder, dass er uns anderen gegenüber skeptisch war – nach allem, was er durchgemacht hatte.

Beim Essen belud Mama seinen Teller mit Rinderbrust, Nudeln und Gemüse und bombardierte ihn mit Fragen nach seiner Familie. Ivans Vater hatte seine Arbeit als Setzer verloren, als die Regierung die jüdischen Zeitungen verbot. Die Familie war in eine kleinere Wohnung gezogen, und der Vater versuchte sie mit Gelegenheitsjobs über Wasser zu halten, aber der Stress hatte seine Gesundheit ruiniert, sodass er oft unter Kopfschmerzen litt und tagelang nicht aufstehen konnte. Ivan war sehr gut in Mathematik gewesen, hatte aber die Ausbildung abbrechen und dazuverdienen müssen. Trotzdem bestanden seine Eltern darauf, dass er nach Amerika auswanderte. In Rumänien, wo ihn die Eiserne Garde zusammengeschlagen hatte, war es einfach zu gefährlich.

»Diese Tiere!«, rief Mama aus. »Haben sie dich schwer verletzt?«

»Nur am Handgelenk.« Er hob den linken Arm. Sein Handgelenk war ganz schief, offenbar war es nach dem Bruch schlecht zusammengewachsen.

Mama kamen die Tränen, und schluchzend verließ sie den Tisch.

»Ich wollte sie nicht aufregen«, sagte Ivan. »Für uns ist so was normal. Viele in meinem Alter sind von der Eisernen Garde zusammengeschlagen worden.«

»Genug von der Alten Welt«, sagte Papa. »Jetzt bist du in Amerika. Zeit, nach vorne zu blicken.« Dann erklärte er großmütig, Ivan solle sich den Rest der Woche über erst einmal eingewöhnen; sein Job in Tante Pearls Kleiderfabrik beginne erst am Montag.

»Ich verstehe nicht«, sagte Ivan.

Papa wiederholte, was er gesagt hatte, und sprach betont langsam, weil er wohl vermutete, dass Ivan sein Jiddisch mit ukrainisch-amerikanischem Akzent nicht gut verstand.

»Aber ich soll doch nicht wirklich dort arbeiten, oder?«, fragte Ivan. »Eine *Kleiderfabrik*?«

»Meine Schwester arbeitet da«, sagte Papa. »Sie war so nett, dir einen …«

»Ich kann doch gar nicht nähen.«

»In deinem Antrag steht aber …«

»Da schreibt man rein, was die Behörden lesen wollen.« Ivan verzog den Mund, als wollte er lachen – humorlos und voller Verachtung. Offenbar fand er uns unfassbar naiv.

»Nun«, sagte Papa. »Meine Schwester findet bestimmt einen Job für dich. Außerdem gehst du zur Abendschule und lernst

Englisch. Dann kannst du dir nach einer Zeit etwas anderes suchen.«

Später übersetzte ich alles für Barbara, die ja nicht bei Mr. Berlov Jiddisch gelernt hatte.

»Er ist eine Ratte, warte nur ab!«, sagte sie.

Barbara hasste Ivans keckerndes Lachen, seine flinken Augen und wie er sich von Mama bedienen ließ. Und sie nahm es Mama und Papa furchtbar übel, dass wir unseren Cousin überall hin mitnehmen mussten, denn auch in den amerikanischen Sachen, die sie ihm gekauft hatten, sah er aus wie von einem anderen Stern.

»Wie kannst du so gemein sein?«, schalt ich sie.

»Komm schon, Elaine, du magst ihn doch auch nicht! Du willst es bloß nicht zugeben.«

Ich wünschte, ich hätte behaupten können, dass Ivan ein netter Junge war, den ich nur zu gern in Schutz nahm. Aber Momente, in denen er mein Herz gewann, waren selten. Zum Beispiel an dem Abend, als Mama einen typisch jüdischen Eintopf aus Rumänien gekocht hatte und er nach dem ersten Löffel seufzte und so verletzlich wirkte wie ein Kind, oder wenn er Harriet auf seinen Schultern reiten ließ wie früher seine kleine Schwester. Hätte ich einen Bruder gehabt, wäre es für mich wahrscheinlich selbstverständlich gewesen, dass er – und Mama – von seinen neuen Schwestern erwartete, dass sie sein Bett machten und die Schweinerei im Badezimmer beseitigten, nachdem er sich rasiert hatte. Aber er hatte wirklich etwas Verschlagenes.

Tante Pearl reagierte ganz gelassen, als sie erfuhr, dass er nicht der geübte Schneider war, den man ihr angekündigt hatte. Es gab genug anderes für ihn zu tun – Material aus dem Lager holen, fegen und aufräumen. Aber schon bald musste sie Papa bitten, ein ernstes Wort mit ihm zu sprechen, weil er, wenn sie nicht aufpasste, Kleider mit schmutzigen Händen anfasste oder Stoffballen in die Regale stopfte, ohne sie vorher aufzurollen. Außerdem erwischte sie ihn beim Solitärspielen, und er stahl Zigaretten von ihrem Schreibtisch.

Als er auf einer Party, zu der wir ihn mitgenommen hatten, einem Mädchen sein schiefes Handgelenk zeigte, fiel mir plötzlich ein Brief ein, den Mama vor fünf oder sechs Jahren bekommen hatte. Hatte darin nicht gestanden, dass Ivan sich das Handgelenk beim Fußballspielen gebrochen hatte?

Doch selbst wenn die Geschichte von der Eisernen Garde erfunden war, hatte er in Rumänien viel erlitten. Außerdem musste er jetzt ziemlich unglücklich sein – ein Junge, nur zwei Jahre älter als ich und von seiner Familie getrennt, ein einstiger Musterschüler, der jetzt Hilfsarbeiter war und sich ständig wie ein Dummkopf vorkommen musste, weil er kaum Englisch konnte. Dabei beherrschte er drei Sprachen – Jiddisch, Rumänisch und Französisch. Ich versuchte, freundlich zu ihm zu sein, aber mein Jiddisch reichte nur für gestelzte Dialoge. Und dass unsere Tischgespräche steif und gezwungen waren, war nicht seine Schuld. Mama sprach oft Jiddisch mit ihm, aber bei Tisch verlangte Papa, dass Englisch gesprochen wurde. Auf diese Weise wollte er den Englischunterricht ergänzen, den Ivan jetzt zwei Abende pro Woche nahm. So ähnelten unsere Tischgespräche oft eher einem Vokabeldrill. Nur Harriet schien immun gegen dic allgemeine Anspannung zu sein und redete unbekümmert auf Ivan ein. Ihr war egal, ob er sie verstand, und er sah sie immer liebevoll an.

Außer Harriet war Danny der Einzige, in dessen Gesellschaft mein Cousin sich wohlfühlte. Danny war so erpicht darauf, ein leibhaftiges Opfer des europäischen Antisemitismus kennenzulernen, dass er uns am Tag nach Ivans Ankunft besuchte. Er umarmte ihn und überschüttete ihn mit einer Flut von Jiddisch

(Dannys Muttersprache, die er zu Hause mit seinem Vater immer noch sprach). Natürlich bat er Ivan, vor den Habonim eine Rede zu halten, die Danny dann übersetzen würde. Aber er benutzte Ivan nicht nur zur Förderung seiner politischen Ziele, vielmehr entwickelte sich eine richtige Freundschaft zwischen den beiden. Wenn Ivan sich mit Danny auf Jiddisch unterhielt, konnte er herzhaft lachen, ohne das gekünstelte *Hi-hi-hi*, das Barbara auf die Palme brachte. Als ich ihn zum ersten Mal so lachen hörte, fragte ich mich, wie er sich wohl fühlen würde, wenn er nicht ständig unsere Wohltätigkeit über sich ergehen lassen müsste.

Jahre später, als ich Ivan in Las Vegas wiedertraf, wo er sich offenbar als Kleinkrimineller durchschlug, fragte ich mich wieder, was aus ihm hätte werden können. Wäre er ein großer Mathematiker oder ein erfolgreicher Unternehmer geworden, wenn sein Leben so ungezwungen gewesen wäre wie sein Lachen mit Danny damals? Nach dieser Begegnung schwor ich mir, ihn öfter zu besuchen (er kam selten nach L. A., weil er angeblich zu viel zu tun hatte), tat es dann aber doch nicht. Ich wusste, dass die Eigenschaften, die Barbara so an ihm hasste und ich zumindest abstoßend fand, Überlebensstrategien waren, die er sich zugelegt hatte, weil er zur falschen Zeit am falschen Ort geboren war. Dennoch war er, als er zu uns kam, schon so hinterhältig und berechnend, als sei es seine wahre Natur. Dass Barbara ihn als Ratte bezeichnete, fand ich zwar gemein, aber passend.

Für Barbara blieb Ivan »die Ratte«, obwohl – oder gerade weil – Danny ihn mochte. Sie schäumte vor Wut, wenn Danny sich auf Partys stundenlang ihrem schrecklichen Cousin widmete. Wenn sie Danny dann endlich so weit hatte, dass er mit ihr tanzte, machte Ivan alles nur noch schlimmer, forderte ebenfalls Mädchen zum Tanzen auf – falls man seine Verrenkungen als tanzen bezeichnen konnte – und verstand dann ihre ganz normale amerikanische Freundlichkeit so falsch, dass sie ihn schließlich empört fortstießen oder einfach stehen ließen.

Danny setzte sich immer für Ivan ein und wurde furchtbar wütend, als Barbara ihn mit ins Kino bringen sollte, dann aber allein kam und behauptete, Ivan sei nicht mitgekommen, weil er Kopfschmerzen habe. Danny hakte nach und fand heraus, dass Barbara sich zur Hintertür rausgeschlichen hatte.

Überhaupt schienen sich Barbara und Danny immer häufiger zu streiten. Manchmal kam Barbara schon früh von einem Date zurück, sah wütend aus und wollte nichts erzählen. Außerdem verbrachte sie immer mehr Zeit in dem Tanzstudio in Hollywood.

Sie war sehr darauf bedacht, ihr Leben in Hollywood von dem in Boyle Heights zu trennen. Niemals lud sie Freunde von der Tanzschule zu uns nach Hause ein, und wenn sie auf deren Partys ging, durfte Danny nicht mitkommen. Doch wenn sie Auftritte hatte, kollidierten ihre beiden Welten zwangsläufig.

Im September, ein paar Wochen nach Beginn unseres letzten Schuljahrs, trat sie in einem Soloprogramm für Fortgeschrittene auf. Die ganze Familie ging hin. Mama, Papa, Audrey und Harriet quetschten sich in Pearls Plymouth, und ich nahm die Straßenbahn, zusammen mit Ivan und natürlich Danny.

Barbaras Tanz war elektrisierend. Zu sanftem tropischen Getrommel (ihr früherer Freund Oscar spielte Congas) glitt sie mit langsamen, lasziven Bewegungen, die paradoxerweise etwas Bedrohliches hatten, über die Bühne. Ich musste an einen Panther denken, der in aller Seelenruhe sein Opfer umkreist. Dann wurde das Trommeln lebhafter, genau wie ihre Bewegungen. Sie drehte sich, sprang und schwenkte Arme und Beine, bis ich die Krallen des Panthers förmlich sehen konnte. Als der Auftritt zu Ende war, klatschte ich so frenetisch, dass mir die Hände wehtaten.

Hinterher gab es einen Empfang mit Punsch und Keksen. Barbara stand bei den anderen Tänzerinnen und glühte noch vor Aufregung. Als Danny, Ivan und ich auf sie zugingen, warf sie uns ein umwerfendes Lächeln zu. Dieses Lächeln schien Ivan zu ermutigen, denn er kam ihr viel zu nahe und küsste sie auf die Wange.

»Wunderbar! Wunderbar!«, sagte er auf Englisch, wenn auch mit starkem Akzent.

»Oh, danke«, murmelte sie und drehte sich schnell weg.

»Wer ist das, Babs?«, fragte eine ihrer Kolleginnen.

»Ähm … bloß … Sag mal, bist du nicht völlig verdurstet? Komm, wir holen uns Punsch.«

»Das ist ihr Cousin«, sagte Danny laut. »Ein jüdischer Flüchtling aus Rumänien.«

»Ach, wirklich?« Die Tänzerin sah Ivan fasziniert an. »Möchtest du Punsch?«, fragte sie ihn und machte eine Geste, die »trinken« bedeutete.

»Ja, gern.«

Die Tänzerin nahm Ivan bei der Hand und führte ihn zu dem Tisch mit den Erfrischungen. Die anderen Tänzerinnen folgten und versuchten, Ivans Blick zu erhaschen.

So kam es, dass Barbara, Danny und ich zurückblieben, ein ziemlich unbehagliches Trio, während um uns herum fröhlich gefeiert wurde.

»Zufrieden?«, sagte Barbara zu Danny. Ihre Stimme klang so bedrohlich, dass ich an ihren Tanz denken musste, an den Panther, der jeden Moment zuschlagen konnte.

»Was ist eigentlich dein Problem?«, fragte Danny.

»Tu das nie wieder!«

»Was denn? Dich dran erinnern, dass du Jüdin bist? Oder erwarten, dass du dich wie ein normaler Mensch benimmst?«

Ich wusste, dass ich die beiden allein lassen sollte, konnte mich aber nicht rühren.

»Pass auf, dass du an deiner Selbstgerechtigkeit nicht erstickst!«, zischte Barbara.

»Und du? Siehst du überhaupt noch, was außerhalb deiner selbstsüchtigen Welt vorgeht?«

»Selbstsüchtig – wieso? Weil die Menschen, die ich kenne, sich für Kunst interessieren, statt pausenlos darüber zu dozieren, dass alle Welt die Juden hasst? Was, wenn alle Welt aufhört, die Juden zu hassen? Hätten Typen wie du dann überhaupt noch ein Gesprächsthema?«

»Typen wie ich?«, wiederholte Danny und funkelte Barbara böse an. »Typen wie ich? Wann kriegst du endlich in deinen eingebildeten Schädel, dass die Menschen nicht nur deinen Cousin Ivan hassen? *Dich* hassen sie genauso!«

»Ivan ist ein ekelhafter Kerl. Wenn alle Juden in Europa wie er sind, ist es kein Wunder, dass die Leute sie hassen.«

Danny hob die Hand, und für einen Moment fürchtete ich, dass er Barbara schlagen würde. Aber er deutete nur auf ihre Brust. »Was ist da drinnen? Hast du überhaupt ein Herz?«

Dann drehte er sich um und ging.

»Pah!« Barbara sah mich an und lachte gekünstelt.

»Alles in Ordnung, Barbara?«

»Verdammt, hör auf mich anzusehen, als hätte ich gerade ›Heil Hitler!‹ gesagt!«

»Ich weiß ja, dass du es nicht so gemeint hast.« Bestimmt hatte sie Danny nur ärgern wollen. Was sie gesagt hatte, war so schrecklich, dass sie es einfach nicht ernst gemeint haben konnte!

Sie seufzte. »Du kapierst es einfach nicht. Ich bin kein Gutmensch wie Danny und du. Komm, wir trinken Punsch!«

»Du hast recht. Danny ist wirklich selbstgerecht«, sagte ich und folgte ihr zum Tisch mit den Erfrischungen.

»Danny will in mir jemanden sehen, der ich nie sein werde. Es würde mich umbringen.« Sie lächelte mich auf eine rätselhafte Art an. Machte sie sich über mich lustig? War sie verzweifelt? »Du kannst ihn haben«, sagte sie plötzlich.

»Aber ich will ihn doch gar nicht!« Doch mein Protest ging ins Leere. Barbara war schon in der Menge untergetaucht, die sich um die Punschschüssel drängte.

Wusste sie nicht, dass meine kindliche Verliebtheit in Danny längst Geschichte war? Ich wünschte, ich könnte es ihr klarmachen, aber das Thema anzusprechen war zu riskant.

Abgesehen davon fand sich gar keine Gelegenheit, mit ihr zu sprechen. Nach ihrem Streit mit Danny war sie tagelang so distanziert wie Greta Garbo in *Grand Hotel*. Wenn sie zu Hause war, lachte sie zu viel und zu laut und schien ausschließlich von stark gesüßtem Tee zu leben. »Ich bin auf Diät«, sagte sie, als Mama auffiel, dass sie kaum aß. In unserem Zimmer hatten wir nach dem Zubettgehen sonst immer noch eine Weile geflüstert, ohne Audrey aufzuwecken, aber jetzt ging Barbara zu Bett, drehte sich zur Wand und schloss die Augen, bevor Audrey ihr Nachthemd angezogen hatte.

In der Schule gingen Danny und sie sich aus dem Weg. Wenn sich ihre Blicke kreuzten, verhärteten sich ihre Mienen, und sie drehten sich demonstrativ voneinander weg. Danny übertrug seine Vermeidungsstrategie auch auf mich. Wann immer ich auf ihn zuging, hatte er es furchtbar eilig und musste irgendwas besonders Dringendes für die Habonim organisieren. Er machte sich wichtig und zeigte damit doch nur, wie gekränkt er war. Ein Wunder, dass die Leute nicht zur Seite sprangen, um nicht von ihm über den Haufen gerannt zu werden.

Meine Klassenkameraden waren ratlos angesichts des mysteriösen Zerwürfnisses eines der ältesten Paare der Schule. Offenbar hatten weder Barbara noch Danny jemanden ins Vertrauen gezogen. Selbst ihre engsten Freunde wollten von mir wissen, was passiert sei. Ich sagte nichts von dem Streit und stimmte den anderen zu, dass die beiden ihren Krach leidenschaftlich genug zelebrierten, um eine ebenso leidenschaftliche Versöhnung anzusteuern. Nicht einmal den Flachköpfen gegenüber kommentierte ich diese moderne Version von *Romeo und Julia*.

Ich zweifelte keinen Moment daran, dass beide tief getroffen waren. Zugleich spürte ich, dass sich zwischen ihnen etwas grundlegend verändert hatte. *Hast du überhaupt ein Herz?* Das war keine Frage, sondern eine Anklage. Ich fragte mich entsetzt, ob Danny womöglich recht hatte. Und ob Barbara ihn je geliebt hatte. Konnte meine Schwester überhaupt jemanden lieben?

Etwa eine Woche nach dem Streit kam Mama abends in unser Zimmer, als wir gerade zu Bett gehen wollten. Flüsternd (Audrey schlief schon im oberen Stockbett) fragte sie Barbara, ob etwas zwischen ihr und Danny nicht in Ordnung sei.

»Wir haben uns getrennt«, sagte Barbara kühl.

»Oh, mein Kind!« Mama legte eine Hand an Barbaras Wange. »Du und Danny, ihr wart doch seit Kinderzeiten ein Topf und ein Deckel!«

»Das war nur Schwärmerei«, sagte Barbara, aber ihre Stimme war ganz brüchig.

»Was ist denn passiert?«, fragte Mama so liebevoll, wie sie sonst nur sprach, wenn wir hingefallen waren und uns wehgetan hatten.

»Nichts.«

Tröstend strich Mama Barbara übers Haar. Für einen kurzen Moment beugte Barbara sich vor, und es sah fast so aus, als wollte sie Mama in die Arme sinken und sich an ihrer Brust ausweinen. Doch dann schüttelte sie Mamas Hand ab.

»Es ist wirklich nichts passiert«, sagte sie barsch.

Mama fühlte sich zurückgewiesen, und ihre Zärtlichkeit wandelte sich in Misstrauen. Sie zeigte auf Barbaras Bauch und fragte: »Du bist doch nicht etwa schwanger?«

»Mama!« Empört wich Barbara zurück. »Wie soll ich denn schwanger geworden sein?«

»Du und Danny … habt ihr nie …«

»Glaubst du mir etwa nicht?« Barbara zog ihren Slip ein Stück herunter und zeigte ihren flachen, muskulösen Tänzerinnenbauch.

»Schäm dich!« Mama schlug Barbara so kräftig ins Gesicht, dass sie schwankte. »A Schande un a Charpe!«, murmelte Mama und stürmte aus dem Zimmer. Eine Schande und eine Schmach!

Barbara zog den Slip hoch und zitterte am ganzen Leib. Ich legte einen Arm um sie.

»Das war gemein von ihr«, sagte ich. »Alles in Ordnung?«

»Ich hab sie ganz schön aus der Fassung gebracht, was?« Barbara lachte so gehässig, dass ich zusammenzuckte. Dann fragte sie: »Zigarette?«

Ich sah zu Audrey hoch, die so still dalag, dass ich wusste, sie war noch wach. Wir zogen unsere Morgenmäntel an, gingen auf die hintere Veranda und zündeten uns Zigaretten an.

»Geht es dir wirklich gut?«, fragte ich. »In Bezug auf Danny?«

Barbara blies einen Ring in die Luft. »Wir hätten schon lange Schluss machen sollen. Es hat sich nur keiner getraut, das auszusprechen. Jetzt, wo es endlich passiert ist, bin ich, ehrlich gesagt, erleichtert.«

Ich hatte gerade gesehen, wie sie gezittert und sich beinahe an Mamas Brust geworfen hatte. Deshalb glaubte ich ihr kein

Wort. Sie liebte Danny und war kreuzunglücklich. Was hatte sie gleich nach dem Streit zu mir gesagt? Dass es sie umbringen würde, zu dem Mädchen zu werden, das Danny in ihr sehen wollte. Ich hatte nicht viel darauf gegeben und gedacht, der Satz sei in der Hitze des Gefechts gefallen. Jetzt dämmerte mir, dass sie den Nagel auf den Kopf getroffen hatte. Ich hatte Barbara immer für die Überlegene gehalten. Ihre ostentative Weigerung, sich für Dinge zu interessieren, die Danny wichtig waren, und ihn in ihr neues Leben einzubeziehen, war mir wie eine Strategie vorgekommen, mit der sie sich ein Stück Unabhängigkeit bewahren wollte. Jetzt begriff ich, dass Danny sich weigerte, Barbara so zu sehen, wie sie wirklich war. Um dem Bild zu entsprechen, das er von ihr hatte, hätte sie etwas Wesentliches in sich auslöschen müssen. Und obwohl der Bruch sie sichtlich traurig machte, erinnerte sie mich an ein Tier, das einer Falle entkommen ist und erleichtert in die Wildnis flieht.

In der folgenden Woche begann Barbara wieder, normal zu essen. Sie zeigte Danny auch nicht mehr so drastisch die kalte Schulter, sondern wandte sich eher gelangweilt ab. Seine Reaktionen auf sie verloren ebenfalls an Heftigkeit, und bald fing er an, mit Mädchen auszugehen, die ihn schon immer umschwärmt hatten. Barbara hörte auf, Hollywood und Boyle Heights strikt voneinander zu trennen, und verbrachte die Wochenenden mit ihren Freundinnen in unserem Viertel.

Der Bruch zwischen Barbara und Danny veränderte auch Ivans Leben. Ich weiß nicht, ob er je erfuhr, dass es bei dem Streit um ihn gegangen war, aber er hielt sich jetzt von Barbara fern und ging auch mir aus dem Weg. Sogar mit Danny war er nicht mehr so oft zusammen, sondern hatte neue Freunde, die er angeblich aus dem Englischkurs kannte. Mit ihnen ging er mehrmals die Woche aus und kam so spät heim, dass Pearl sich beschwerte, weil er tagsüber bei der Arbeit kaum die Augen offenhalten konnte. Eines Nachts ging ich um zwei auf die Toilette und fand ihn auf dem Sofa, wo er, nach Alkohol und Zigaretten stinkend, seinen Rausch ausschlief. Ich rüttelte ihn wach, Mama und Papa sollten ihn am Morgen nicht so finden. Kaum war er zu sich gekommen, griff er hektisch in seine Taschen, und ich sah lauter Geldscheine herausquellen, nicht nur Einer, sondern auch Fünfer und Zehner.

»Was ist das, Ivan?«, fragte ich.

»Das geht dich nichts an.« Diesen Satz beherrschte er inzwischen akzentfrei.

»Ich will dich nicht verpetzen. Vielleicht weißt du nicht so genau, was in Amerika erlaubt ist und was nicht. Wo hast du das Geld her?«

»Casino.«

»Du *spielst*?« Wie sonst hätte aus seinem schmalen Arbeitslohn so viel Geld werden können?

Er schüttelte den Kopf. »Ich bin gut in Mathe. Ein Nebenjob. Du nicht verraten?«

»Ich …«

Er griff nach meiner Hand und drückte sie. »Du nicht verraten!«

»Okay.« Wenn er die Wahrheit sagte, was das Casino anging – und irgendwie glaubte ich ihm –, war er in kein Verbrechen verwickelt. Da unser Zeyde als Buchmacher gearbeitet hatte und Mama beim Kartenspielen unschlagbar war, lag unserer Familie das Glücksspiel wohl im Blut.

Das geschah Mitte Oktober. In der Woche darauf kündigte Ivan seinen Job bei Tante Pearl und zog aus. Er hatte einen Job auf einem Casinoschiff gefunden, das vor Long Beach ankerte, ein Stück außerhalb US-amerikanischer Gewässer. Ein Kollege hatte ihm ein Zimmer in seiner Wohnung in San Pedro angeboten. Mama machte sich schreckliche Vorwürfe: Sie hätte ihrem Neffen kein behagliches Heim bereitet, und was würden bloß die Verwandten sagen? Dabei war es doch darum gegangen, Ivan so lange zu helfen, bis er auf eigenen Füßen stand. Aber wer hätte gedacht, dass es so schnell gehen würde? Nun ja, das war Amerika! Mama nahm ihm das Versprechen ab, uns zu Thanksgiving und an den Feiertagen zu besuchen, und Ivan verabschiedete sich mit Küsschen von uns allen – sogar von Barbara, die froh war, ihn loszuwerden und wieder ein Zweierzimmer zu bekommen. Ich sah die Sache genauso.

BIS NOVEMBER HATTE SICH ALLES BERUHIGT, aber Danny mied mich immer noch.

Bis die Sache mit Herschel Grynszpan passierte.

Herschel Grynszpan war siebzehn, genau wie ich. Wären seine Eltern nach Los Angeles gezogen, als sie Polen verließen, wäre er vielleicht auch auf die Roosevelt High School gegangen. Aber sie hatten sich in Hannover niedergelassen, und als die Lage in Deutschland immer schlimmer wurde, schickten sie ihn zu Verwandten nach Paris. Ende Oktober wollten die Nazis seine Familie nach Polen deportieren, zusammen mit 17000 weiteren polnischstämmigen Juden, aber die Polen ließen die Juden nicht ins Land, und so strandeten sie in einem Dorf nahe der Grenze.

Am 7. November 1938 kaufte sich Herschel einen Revolver, ging zur deutschen Botschaft in Paris und schoss auf einen Nazidiplomaten, der zwei Tage darauf seinen Verletzungen erlag. Die Deutschen nahmen Rache. Anders als das martialische Wort Reich klang Kristallnacht wie ein Wort aus einem Märchen, wie das Glitzern eines verschneiten Tannenwalds, das ich aus Filmen kannte. Wahrscheinlich hat es in der Kristallnacht tatsächlich geglitzert, aber das war splitterndes Glas, das überall in Deutschland und Österreich umherflog, als Nazis über zweihundert Synagogen herfielen und Tausende jüdischer Läden verwüsteten.

In Boyle Heights taten sich Dutzende Verbände zusammen und organisierten am folgenden Sonntag eine Kundgebung. Ich hörte, dass Danny als Repräsentant der Jugendgruppen dort eine Rede halten sollte. Nachdem er zwei Tage lang mit dieser Ansprache gekämpft hatte, bat er mich, ihm dabei zu helfen. Natürlich sagte ich zu, denn das hier war wichtiger als unsere dumme kleine Fehde.

Am Freitag trafen wir uns nach der Schule in Eddie Chafkins kleinem Büro hinter dem Laden. Ordner mit Unterlagen von Eddies und Dannys zionistischen Aktivitäten füllten ein Viertel der wohlgeordneten Regale. Wir waren beide so über die Kristallnacht empört, dass kein Misston zwischen uns herrschte; das monatelange Schweigen hatte keine Spuren hinterlassen. Wir knüpften nahtlos an die Zeit an, als wir für unsere Leserbriefe und Zeitungsartikel um Worte und Argumente gerungen hatten. Danny ballte die Fäuste, als könnte er es gar nicht erwarten, selbst zur Waffe zu greifen, und nannte Herschel Grynszpan einen Helden. Ich bewunderte Herschels Mut, aber für mich war er trotzdem ein Attentäter, und da Danny öffentlich auftreten würde, wollte ich, dass er Recht und Gesetz auch verbal vertrat.

»Was sind Recht und Gesetz, wenn sie von Nazis gemacht werden?«, fragte er.

»Herschel hat einen Menschen umgebracht.«

»Und wenn er Hitler umgebracht hätte? Wärst du dann auch dagegen?«

»Solltest du dich in deiner Rede nicht lieber auf das konzentrieren, was die Deutschen in der Kristallnacht angerichtet haben? Und wie wichtig es ist, mehr Juden die Auswanderung zu ermöglichen?«

Wir stritten eine gute halbe Stunde, und dass wir uns schließlich auf einen Kompromiss einigten, lag nur daran, dass Danny wieder arbeiten musste. Eine Woche später trafen wir uns wieder in Eddies Büro, weil die Deutschen weitere Vergeltungsmaßnahmen ergriffen und alle jüdischen Kinder aus den Schulen verbannt hatten. Wir wollten einen Leserbrief an die verschiedenen Zeitungen von Los Angeles schreiben. Aber die Empörung, die unsere Zusammenarbeit unmittelbar nach der Kristallnacht getragen hatte, war verebbt. Es schien, als träfen wir uns zum ersten Mal seit Dannys Streit mit Barbara. Wir fremdelten so gewaltig, dass wir den Brief entwarfen, ohne wie sonst um jede Formulierung zu feilschen, und schon nach einer Viertelstunde stand Danny auf, um wieder an die Arbeit zu gehen.

»Danke, Elaine«, sagte er.

»Gern geschehen.« Ich setzte mich an Eddies Schreibmaschine und spannte einen Briefbogen der Habonim ein, um den Brief ins Reine zu tippen.

Danny räusperte sich. »Ich meine es ernst. Ich weiß, dass ich das nicht … Ich hoffe, du weißt, wie sehr ich …«

So verlegen und sprachlos hatte ich Danny noch nie erlebt.

»Ich tu das doch gern. Nein, gern ist natürlich nicht das richtige Wort …«, sagte ich und kam selbst ins Stocken. »Aber was wir hier tun, ist wichtig.«

»Siehst du, das habe ich gemeint. Du bist ein … ein guter Mensch.« Er ging zur Tür, drehte sich aber noch einmal um.

»Was denn?«, fragte ich.

»Na ja, ich …« Er wandte den Blick ab, und dann purzelten die Worte nur so aus ihm heraus. »Ich meine, ich habe begriffen, dass ich nur mit einem Mädchen zusammen sein kann, das ich als Mensch respektiere.«

Dann stürzte er aus dem Büro.

Falls Danny damit sagen wollte, dass er mit *mir* zusammen

sein wollte, war es zu spät, dachte ich, und haute in die Tasten. Er hatte seine Chance gehabt und mir die Schmach angetan, mich zu seiner Nebenfreundin zu machen. Aber was kümmerte es mich, was Danny wollte? Ja, ich war einmal in ihn verliebt gewesen, aber damals war ich noch ein Kind. Es war, um Barbara zu zitieren, nur eine kindliche Schwärmerei.

Verdammt! Meine linke Hand war um eine Taste verrutscht, und ich hatte eine ganze Zeile falsch getippt. Ich spannte einen neuen Briefbogen ein und fing noch einmal von vorn an. Als die Briefe fertig waren – an die *Los Angeles Times*, den *Herald* und den *Herald-Express* –, legte ich sie auf den Schreibtisch und ging. Ich wollte durch den Laden huschen und hoffte, dass Danny Kundschaft bediente und ich nur beiläufig zu winken brauchte.

Aber er füllte Regale auf und rief: »Warte!«

»Ich muss nach Haus.«

»Hast du schon *Eine Dame verschwindet* gesehen?«

»Den Hitchcockfilm?«

»Sollen wir uns den am Freitag ansehen?«

»Ich …« Ich verstummte, weil ich Eddie Chafkin sah, der nicht einmal so tat, als würde er uns nicht zuhören.

»Freitag? Okay.«

Wie idiotisch von mir! Ich hatte den Film schon vor zwei Wochen gesehen, gleich als er ins Kino gekommen war. Warum hatte ich das nicht gesagt? Aber die Berlovs hatten kein Telefon, also konnte ich Danny am Abend nicht anrufen, um die Sache abzublasen. Ich musste bis zum nächsten Tag in der Schule warten.

Nachts im Bett war mir abwechselnd heiß und kalt. Immer wieder streifte ich meine Bettdecke ab, um mich gleich wieder zuzudecken. *Ich kann nur mit einem Mädchen zusammen sein, das ich als Mensch respektiere.* Hatte ich nicht immer davon geträumt, dass Danny über Barbara hinwegkam und erkannte, dass ich viel besser zu ihm passte? Und was hatte dieser Traum mir gebracht? Wieder warf ich die Bettdecke weg. Heimliche Treffen in Chafkin's Lagerraum! Aber jetzt ging es nicht mehr um Heimlichkeiten. Danny hatte sich ganz offen mit mir verabredet. Ich zitterte und kroch wieder unter die Bettdecke.

Am Morgen tat mir alles weh, und ich schaffte es kaum bis zum Frühstückstisch. Ich muss schrecklich ausgesehen haben, sogar Harriet fragte, ob ich krank sei. Mama legte mir ihre wunderbar kühle Hand an die Stirn und schickte mich wieder ins Bett. Sie rief sogar den Arzt.

Ich hätte mir die Grippe geholt, die überall kursiere, sagte der Arzt, als er am Nachmittag kam. Aber dieses Mal stecke kein gefährlicher Virus dahinter, versicherte er Mama. Trotzdem löste das bloße Wort Grippe Angst bei denen aus, die die fürchterliche Epidemie von 1918 erlebt hatten. »Kine-hora«, murmelte Mama, um den Bösen Blick abzuwenden, den ein törichtes Mädchen auf sich gezogen hatte, weil es durch zu viele Einsen in der Schule aufgefallen war. Dann betete sie, dass die Mächte der Finsternis nicht auch ihre anderen Töchter heimsuchten. Sie sagte, Barbara solle auf dem Sofa schlafen, und verbot allen, mich zu besuchen, sogar Papa.

Nur Mama betrat das Krankenzimmer. Sie war so lieb und freundlich wie selten. Sie brachte mir Hühnersuppe und heiße Milch mit Honig, schüttelte mein Kissen auf und stützte mich, wenn ich mich zum Essen aufsetzte. Sie überredete mich zu jedem Schluck und jedem Bissen. Sie wusch mich mit einem feuchten Schwamm, gab mir Aspirin gegen das Fieber und hielt mich fest, wenn ich Schüttelfrost bekam. Dazu sang sie leise auf Jiddisch, und obwohl ich sehr krank war, genoss ich Mamas Fürsorge. Die fiebrige Mattigkeit ließ mich zu einem kleinen Tier werden, das nur aus Körper bestand, und ließ keinen Raum für Gedanken jedweder Art.

Zwei Tage lang schlief ich praktisch pausenlos. Dann ließ das Fieber nach, und Audrey, Harriet und Papa wurden krank, sodass Mama sich nun um sie kümmern musste. Ich war noch sehr schwach, aber schon bald begann ich mich zu langweilen. Umso mehr freute ich mich, als Barbara in unser Zimmer geschlichen kam.

»Sieh mal, was ich gefunden habe!« Sie hielt mir ein Buch hin.

Es waren Gedichte von Muriel Rukeyser, gerade erst erschienen. In Onkel Leos Laden hatte ich den Band sehnsüchtig in der Hand gehalten, aber Bücher dieser Art konnte ich mir nicht leisten.

»Oh, danke, Barbara!«

»Das ist nicht von mir. Es lag vor der Haustür.« Sie grinste. »Wahrscheinlich wollte er mir nicht über den Weg laufen.«

Ich begriff erst, was sie meinte, als ich den Zettel fand, der zwischen den Seiten steckte. *Liebe Elaine, als ich von der Dame sprach, die verschwindet, meinte ich nicht dich! Werde bald wieder gesund. Lucy sagt, du magst dieses Buch. Dein Danny.*

»Mir hat er nie Bücher geschenkt.« Barbara klang amüsiert, aber ich sah ihr prüfend ins Gesicht, ob sie nicht doch gekränkt war, und fragte: »Und das ärgert dich?«

»Wann habe ich zuletzt stillgesessen und etwas gelesen?« Sie griff zur Bürste und nahm sich meiner vom Fieber verfilzten Haare an. »Wie du aussiehst! Du kannst es bestimmt gar nicht abwarten, dir endlich wieder die Haare zu waschen.«

»Du weichst mir aus!«

»Ach, Schwesterchen, es ärgert mich kein bisschen.«

Vielleicht steckte hinter ihrer zur Schau getragenen Unbekümmertheit ein tiefer Schmerz, aber vor allem glaubte ich in ihrer Stimme eine gewisse Herablassung zu hören, das *noblesse oblige* der Attraktiven gegenüber denen, die sich Liebe erst verdienen müssen. Mir so etwas zu bescheren, sah Danny wieder mal ähnlich, dachte ich, warf einen wütenden Blick auf das Buch und fasste es den ganzen Tag nicht mehr an.

Aber meine Langeweile wurde unerträglich, und der Anblick war einfach unwiderstehlich. Außerdem konnte ich Gedichte über ein Minenunglück in West Virginia ja lesen, ohne an Danny zu denken, obwohl das Buch ein Geschenk von ihm war.

Als ich zwei Wochen später wieder zur Schule ging, lud er mich zu der großen Silvesterparty mit Tanz ein, die im Saal des Workmen's Circle stattfinden sollte. Spätestens jetzt hätte ich klarmachen müssen, dass ich nicht mit ihm ausgehen wollte, aber ich war noch ziemlich geschwächt – jedenfalls redete ich mir ein, dass ich deswegen nicht Tacheles mit ihm reden konnte. Stattdessen wich ich ihm aus und sagte, ich wisse nicht, ob ich für eine Silvesterparty schon gesund genug sei. Insgeheim hoffte ich, dass mich noch ein anderer Junge zu dieser Party einladen würde. Man brauchte zwar nicht unbedingt einen Begleiter, aber welches Mädchen wollte schon nur mit Freundinnen zum Tanzen gehen? Ich wurde jedoch von niemandem eingeladen und beschloss, Silvester daheim zu bleiben.

Als der Tag dann kam, gingen alle, die ich kannte, auf irgendeine Party. Barbara wollte in Hollywood feiern, obwohl sie Mama und Papa erzählte, sie ginge zum Tanz des Workmen's Circle. Der Rest der Familie wollte den Abend bei Sonya und Leo verbringen. Lieber wäre ich gestorben, als da mitzugehen und die linkische Tochter abzugeben, die mit siebzehn keine eigenen Pläne hatte. Was sollte ich also tun? Den Silvesterabend allein verbringen, bloß um Danny aus dem Weg zu gehen? Und das, obwohl ich zum ersten Mal Gelegenheit hatte, im Abendkleid auszugehen?

Es war ein Chanukkahgeschenk von Pearl aus kupferfarbener Seide, hatte ein eng anliegendes Oberteil, eine schmale Taille und einen Rock, der weich meine Hüften umspielte. Bei den Anproben hatte ich mich gesorgt, das Kleid könnte zu damenhaft sein, aber Pearl sagte, ein fast achtzehnjähriges Mädchen brauche unbedingt ein damenhaftes Abendkleid, außerdem bringe die Farbe die goldenen Pünktchen in meinen hellbraunen Augen schön zur Geltung. Und das tat sie wirklich!

Ich wollte mich mit Lucy bei Jane treffen. Unser vierter Flachkopf, Ann, hatte einen Freund, Bill Adelman, das Mathegenie unserer Klasse, mit dem sie auch zu der Silvesterparty des Workmen's Circle gehen würde. Wir steckten uns gegenseitig die Haare hoch, schminkten uns, klauten ein paar Tropfen Chanel No. 5 aus dem Flakon von Janes Mutter und ließen eine Flasche Scotch rumgehen, die Lucy von ihrem älteren Bruder bekommen hatte. Es war ein billiger Fusel, der im Hals kratzte, aber der Schwips – und das Rascheln der kupferfarbenen Seide an meinen Schenkeln – machten mir Mut, und ich fühlte mich erwachsen genug für das Fest.

An der Garderobe nahmen wir, Lucy und ich, unsere Brillen ab und steckten sie in unsere Handtaschen. Jane versprach uns zu warnen, bevor wir gegen die Punschschüssel stolperten.

Als ich den Saal betrat, war ich einen Moment lang von der lauten Musik und der wogenden Menge überwältigt, die ich nur verschwommen erkennen konnte. Ich stand noch ganz verwirrt da, als Danny mich ansprach. Hatte er nach mir Ausschau gehalten?

»Du bist ja doch gekommen! Du siehst …« Er trat einen Schritt zurück, um mich besser anschauen zu können. »Wow! Du siehst umwerfend aus.«

Er streckte die Hand aus und führte mich auf die Tanzfläche.

Ich hatte schon früher mit Danny getanzt, aber das war auf

Partys gewesen, wo jeder mit jedem tanzte. Jetzt, am letzten Abend des Jahres 1938, war es anders – und nicht nur, weil er mich enger hielt. Dieser Tanz hatte sogar etwas Intimeres als unsere frühere Knutscherei. Eine Barriere zwischen uns schien gefallen zu sein. Als der Song zu Ende war, hielt er mich fest und flüsterte in mein Haar: »Du bist so schön, Elaine! Was für ein Idiot war ich nur …« Er strich über meinen Rücken, und die Wärme seiner Hand auf der glatten Seide war, als berührte er meine nackte Haut.

Ich ließ mich an diesem Abend nicht von Danny vereinnahmen. Jedenfalls nicht gleich. Ich tanzte ein oder zwei Mal mit ihm und stellte mich dann wieder zu den Mädchen, die um die Aufmerksamkeit der Jungen buhlten. Aber er forderte mich immer wieder auf, und manchmal ließ er mich zwischen den Tänzen gar nicht erst los. Als es Mitternacht wurde und er mir vor aller Augen einen langen Kuss gab, hatte ich schon längst nicht mehr das Gefühl, zweite Wahl für ihn zu sein. Vielmehr fühlte ich mich wie die, auf die er so lang gewartet hatte.

16. KAPITEL

Bashert

»NICHT SCHON WIEDER DANNY BERLOV!«, STÖHNTE MAMA, als Danny bei uns auftauchte, dieses Mal aber meinetwegen.

»Wieso? Was hast du gegen ihn?«, fragte ich.

»Sein Vater hat keine zwei Cent in der Tasche, und er selbst ist ein Spinner, der davon träumt, in Palästina Bauer zu werden. Was glaubst du, wie der mal endet?«

»Als Barbara mit ihm zusammen war, hast du das nie gesagt.«

»Bei Barbara bestand keine Gefahr, dass sie ihn eines Tages heiratet. Aber du … Du würdest diesem Jungen bis ans Ende der Welt folgen.«

»In Palästina Land beackern werde ich jedenfalls nicht.« Es ärgerte mich, dass sie mich so mitleidig ansah – und dass sie Barbara so gut verstand, während sie sich in mir gewaltig täuschte. Wie konnte sie mich immer noch für das schüchterne kleine Ding halten, das nach der Pfeife seiner Schwester tanzte? War ihr wirklich noch nicht aufgefallen, was für eine entschlossene junge Frau ich inzwischen war?

Genauso frustrierend war, dass Tante Pearl »ein ernstes Wort« mit mir sprach: Ob mir nicht klar sei, dass es Barbara kränken könnte, wenn ich mit ihrem Ex zusammen sei, und dass Danny vielleicht nur meine Nähe suche, weil ich Barbaras Schwester sei.

Begriff sie nicht, dass Danny sich für mich entschieden hatte? Sah keiner, wer *ich* war?

Die Einzige, die sich mit mir freute, war Barbara. Schon am Neujahrstag hatte ich allen Mut zusammengenommen und ihr erzählt, dass Danny und ich fast den ganzen Abend miteinander getanzt hatten; ich wollte, dass sie es von mir erfuhr und nicht durch den Schultratsch. »Ich hab's immer gewusst, Lainie«, sagte sie und umarmte mich. Doch dann verließ mich der Mut, und ich fragte nicht, *was* sie immer gewusst hatte. Meinte sie etwa unsere heimlichen Treffen – das größte Geheimnis, das ich je hatte? In den 1970ern gab es ein beliebtes Partyspiel, bei dem jeder, der an der Reihe war, ehrlich Auskunft geben musste. Eine unvermeidliche Frage war: »Was ist dein schmutzigstes Geheimnis?« Ich musste dann immer an meine heimlichen Treffen mit dem Freund meiner Schwester denken, habe aber nie darüber gesprochen.

Ob sie es nun gewusst hatte oder nicht – Barbara kam mit der neuen Situation überraschend gut zurecht. Genau wie Danny. Eines Abends im Februar war sie zu Hause, als er mich zum Kino abholte, und die beiden plauderten miteinander, als wäre nie etwas zwischen ihnen gewesen.

Was den Rest der Welt betrifft, war man sich nach der ersten Aufregung schnell einig, dass Danny »jetzt mit dem anderen Greenstein-Zwilling geht«, der viel besser zu ihm passte. Alle schienen sich darüber einig zu sein, dass wir wie füreinander geschaffen waren – er sei mein und ich sein *Bashert*. Man glaubte, unsere geistige Nähe und das politische Engagement hätten uns zusammengeführt. Tatsächlich stritten wir jetzt heftiger als je zuvor über jeden Artikel und jeden Leserbrief. Da wir im Juni die High School beenden würden, kamen hitzige Debatten über unsere Lebensplanung hinzu. Dannys und meine Vorstellungen von der Zukunft unterschieden sich fundamental, weil wir die Welt und unseren Platz darin so unterschiedlich sahen.

Für mich war das College der Goldschatz unter dem Regenbogen, das Ziel, auf das ich seit Jahren hinarbeitete. Endlich konnte ich Bewerbungen für Universitäten in der Nähe schreiben und sogar schon darüber nachdenken, was ich mit einem Collegeabschluss anfangen wollte. Mollie hatte gesagt, ich könnte Anwältin werden, und in ihren Briefen schrieb sie immer wieder, ich sei »die geborene Juristin«. Warum eigentlich nicht? Ich träumte von einem Jurastudium und davon, Menschen zu ihrem Recht zu verhelfen. Ich redete mit Papa darüber, aber er machte ein skeptisches Gesicht und sagte, es sei schön und gut, in die Ausbildung eines Sohns zu investieren, der Arzt oder Richter werden wolle, aber auch Lehrerin sei ein respektabler Beruf und für eine Tochter gut genug. Was für einen Floh hatte Mollie mir da bloß ins Ohr gesetzt! Sogar meine Lieblingslehrerin, Miss Linscott, sagte: »Wenn ein Mädchen aus Boyle Heights es schafft, Lehrerin zu werden, kann sie stolz sein.«

Danny dagegen war der Ansicht, dass ich Anwältin werden und in der Welt etwas bewegen sollte. Die Auseinandersetzung über unsere Lebensplanung verknüpfte sich mit der über den Zionismus. In allen Zukunftsvisionen sah ich mich in Amerika und konnte mir nicht vorstellen, irgendwo anders zu leben oder als Anwältin zu arbeiten. Danny dagegen brannte darauf, nach Palästina zu gehen und für einen jüdischen Staat zu kämpfen. Vor allem das Kämpfen reizte ihn so sehr, dass er über eine Zukunft in Amerika gar nicht erst nachdachte.

»Willst du Eddie nicht beim Wort nehmen?«, fragte ich. Eddie Chafkin hatte gesagt, falls Danny am Los Angeles City

College Wirtschaftswissenschaften studierte, würde er ihm den Job im Laden erhalten und seine Arbeitszeiten so legen, dass sie nicht mit seinem Studium kollidierten, außerdem würde er Danny einen Teil der Geschäftsführung übertragen und seinen Lohn erhöhen. »Er würde dir praktisch das Studium bezahlen!«

»Damit ich einen piffigen Kaufmannsladen führe?« Danny ging vor der Bank im Hollenbeck Park auf und ab, auf der ich saß. Das Verlangen nach etwas Größerem strömte ihm aus allen Poren und erinnerte mich daran, wie er mir in ungestörten Momenten unters Kleid griff.

»Nein, damit du lernst, ein Unternehmen zu leiten. Glaubst du nicht, dass Palästina Leute braucht, die das können? Füll doch wenigstens das Bewerbungsformular fürs College aus!«

»Wozu? Es gibt ja sowieso bald Krieg.«

»Du klingst, als ob du ihn herbeisehnst.«

»Ich will, dass Hitler gestoppt wird.«

»Aber du weißt, dass er die Juden *vernichten* will.« Im Januar hatte Hitler angekündigt, dass im Fall eines Krieges alle Juden in Europa vernichtet würden.

»Glaubst du nicht, dass er das mit und ohne Krieg vorhat?«

Natürlich glaubte ich das nicht. Welcher vernünftige Mensch hätte sich 1939 die Vernichtungsmaschinerie und das himmelschreiende Unrecht der Nazis vorstellen können?

»Sei nicht naiv, Elaine«, sagte Danny. »Der Rest der Welt interessiert sich einen feuchten Kehricht für das, was Hitler mit den Juden macht. Wie viel von Europa will man ihm eigentlich noch überlassen?«

Es war März, und die Deutschen hatten gerade die Tschechoslowakei besetzt, nachdem Frankreich und England den Deutschen das Sudetenland im vergangenen Herbst schon kampflos überlassen hatten.

Während das Frühjahr voranschritt und unsere Abschlussprüfungen nahten, war immer häufiger die Rede von Krieg, was uns angesichts einer ohnehin anstehenden neuen Etappe unseres Lebens umso nervöser machte. Trotzdem war die Freude groß, wenn jemand zum Studium zugelassen wurde – so wie ich, inklusive Vollstipendium, an der Universität von Südkalifornien – oder eine Arbeit fand.

Bei unserer Abschlussfeier im Juni betrachtete ich meine männlichen Klassenkameraden in Umhang und Kappe und sah sie in Gedanken schon Uniform und Waffen tragen – auch die kleinsten und sanftesten.

Aber noch war es nicht so weit. Zuerst warteten Ferienjobs auf uns alle.

Mein Job war derselbe wie schon seit meinem zwölften Lebensjahr: Ich half Onkel Leo in seiner Buchhandlung. Immer noch bestand dieser Job hauptsächlich darin, neue Bücher auszupacken, die Regale zu bestücken und für Onkel Leo zur Apotheke zu gehen. Aber ich war nicht mehr die einzige Hilfskraft; Leo hatte seinen Sohn Stan, jetzt fünfzehn, für den Sommer eingestellt, damit er »das Gewerbe von Grund auf« lernte. Im Lauf der Jahre hatte Leo mir immer verantwortungsvollere Aufgaben anvertraut. Ich bediente Kunden, trieb seltene Bücher auf oder bestellte Ware. Da ich eine angenehme Stimme hatte – die »Radiostimme«, für die Barbara und ich immer gelobt wurden –, erledigte ich die meisten Telefonate. So war es auch in diesem Sommer. Die einzige Konzession, die Leo an mein Highschool-Diplom machte, war eine Lohnerhöhung von zehn Cent pro Stunde.

Der Schulabschluss brachte aber auch größere Veränderungen, vor allem für Danny und Barbara.

Eine Woche nach der Abschlussfeier kündigte Danny seinen Job bei Chafkin's. Er hatte einen besser bezahlten gefunden, der ihn außerdem seinem Ziel, Hitler zu bekämpfen, näherbrachte: Er arbeitete auf einer Werft in Long Beach, die Schiffe für die US Marine baute – Schiffe, auf denen er zu kämpfen hoffte, sowie Amerika in den Krieg eintrat. Unternehmen wie dieses stellten nur wenige Juden ein, aber bei Dannys Job musste man schwer heben und tragen, und der Chef war, wie Danny sagte, ein anständiger Kerl, dem es egal war, was hinter dem Namen Berlov steckte. Dieser Chef hatte nur einen flüchtigen Blick auf Dannys Schultern und Bizeps geworfen und ihn eingestellt. Doch nicht alle auf der Werft waren so tolerant. Es verging keine Woche, in der Danny nicht wenigstens einmal wegen einer antisemitischen Bemerkung eines Kollegen in eine Prügelei geriet. Ich küsste seine blauen Flecke, bekam aber immer mehr das Gefühl, dass er diese Auseinandersetzungen regelrecht suchte, indem er herumposaunte, dass er Jude war, sich über jede Stichelei, die wir anderen zu ignorieren gelernt hatten, aufregte und dem Schandmaul nach der Arbeit auflauerte.

»Soll ich etwa den ängstlichen Judenjungen markieren?« fragte er, als ich ihn zur Rede stellte.

»Viele, die judenfeindliche Bemerkungen machen, sind nicht bösartig, sondern nur ignorant. Wenn die anderen Arbeiter dich jeden Tag sehen, sich an dich gewöhnen und du ab und zu einen Witz machst ...«

»Elaine, du arbeitest in einer Buchhandlung. Du hast keine Ahnung, wie es in der richtigen Welt zugeht!«

Dass ich die raue männliche Wirklichkeit einer Werft nicht kannte, stimmte natürlich. Andererseits arbeitete ich in Hollywood, seit ich zwölf war, und Danny hatte jetzt seinen ersten Job außerhalb von Boyle Heights. Aber nichts, was ich sagte, änderte etwas an seinem Auftreten, und ich spürte: Für Danny hatte der Krieg bereits begonnen.

Auch Barbara fand eine gutbezahlte Arbeit, aber darüber

durften wir nicht sprechen. Eine Freundin von der Tanzschule vermittelte ihr einen Job als Sängerin und Tänzerin im Trocadero am Sunset Strip – ein eleganter Club, den viele Filmstars besuchten, wie sie betonte, als sie Mama und Papa davon berichtete.

»Das ist keine respektable Arbeit«, sagte Papa.

»Aber Papa, das ist wie im Film ... Denk doch an Ginger Rogers!« Barbara hatte ihm seinen abendlichen Whisky gebracht und Mama aufs Sofa geschickt, während sie sich ums Abendessen kümmerte. Mich hatte sie um moralische Unterstützung gebeten.

»Jedes dahergelaufene Ding kann in einem Nachtclub die Beine schwingen«, sagte Papa. »Aber ein Mädchen mit Highschool-Abschluss ... Such dir lieber einen Bürojob!«

»Es gibt keinen, sieh doch selbst!« Sie hielt ihm die Seite der *Los Angeles Times* vom letzten Sonntag mit den Stellenangeboten für Frauen hin: zwei mickrige Spalten. Zur Untermauerung ihrer Argumentation hatte ich ihr den Tipp mit der Zeitung gegeben, obwohl mir ihr neuer Job selber suspekt vorkam. Sie war noch nicht volljährig (was Papa nicht zu bedenken schien) und hatte im Trocadero offenbar einen gefälschten Ausweis vorgelegt.

»Und das hier?«, fragte Papa. »Die suchen jemanden für den Empfang und die Telefonzentrale!«

»Ja, aber jemanden mit Berufserfahrung.«

Stirnrunzelnd nahm Papa sich die nächste Anzeige vor. »Aber das hier ist doch wie für dich gemacht: ›Haben Sie Lust, Radioansagerin zu werden? Verfügen Sie über eine deutliche Aussprache und ...‹«

»Papa, das ist eine Sprecherschule. Man muss für die Ausbildung bezahlen und bekommt danach trotzdem keinen Job. Im Trocadero passen sie gut auf die Tänzerinnen auf. Es gibt sogar eine Anstandsdame, die dafür sorgt, dass wir nicht belästigt werden.«

Papa schüttelte den Kopf. »Ein anständiges Mädchen arbeitet nicht in einem Nachtclub. Sprich doch mal mit Tante Pearl! Vielleicht braucht sie jemanden fürs Telefon oder …«

»Soll Tante Pearl etwa die ganze Familie durchfüttern?«

Damit war Barbara zu weit gegangen. Papa lief rot an und kniff grimmig die Augen zusammen. »Kein Mädel, das die Füße unter meinen Tisch stellt, tanzt in einem Nachtclub!«

»Gut, wie du willst«, sagte Barbara schnippisch.

Ich hielt die Luft an. Wollte sie etwa ausziehen? War es schon nicht besonders respektabel, in einem Nachtclub zu tanzen, so wäre es ein ausgewachsener Skandal, in ihrem Alter allein zu leben.

»Du sagst, die haben da eine Anstandsdame?«, schaltete Mama sich ein.

Wir starrten sie an, und sie wiederholte die Frage.

»Ja, damit wir nicht belästigt werden«, sagte Barbara. »Und wir werden mit dem Taxi nach Haus gefahren.«

»Die übernehmen die Fahrtkosten?«, fragte Mama. »Und ziehen nichts von deinem Lohn ab?«

Barbara nickte.

Papa beugte sich vor und hob den Zeigefinger. »Unter folgenden Bedingungen: Du kommst direkt nach der Arbeit heim, und von dir, Elaine, erwarte ich, dass du mir Bescheid sagst, wenn sie das nicht tut. Du gehst mit keinem Mann aus, den du in diesem Club kennenlernst! Und du trinkst dort keinen Alkohol! Nicht einen Tropfen! Verstanden?«

»Geht klar.«

Papa räusperte sich und sah Mama an. »Und was willst du den Leuten sagen, wenn sie nach dem Ferienjob unserer Tochter fragen, Charlotte?«

Im Gegensatz zu Mama war Barbara auf diese Frage vorbereitet. »Ihr könnt doch sagen, dass ich in einem Krankenhaus in der Aufnahme arbeite und Spätschicht habe!«

»Ich habe auch mal auf der Bühne gestanden, mit den Fußgehern in Rumänien.« Mama machte ein wehmütiges Gesicht, und ich musste an den Teil ihrer Geschichte denken, den sie mir nicht erzählt hatte, das Geheimnis, das mir Mollie enthüllt hatte: dass Mama sogar mit einer jiddischen Theatertruppe in Los Angeles Kontakt gehabt hatte.

Doch falls sie in Barbaras Nachtclubjob ihre eigenen unerfüllten Träume verwirklicht sah, gab sie Barbara trotzdem keine freie Hand. In der ersten Woche von Barbaras neuem Job im Trocadero warteten unsere Eltern jeden Abend, bis sie heimkam. Sie schauten sogar aus dem Fenster, ob Barbara wirklich mit dem Taxi vorfuhr. Ich wusste, dass der Club das Fahrgeld nicht bezahlte, aber Barbara sagte, sie verdiene so viel, dass sie sich das Taxi leisten könne.

Als Mama und Papa nicht mehr so genau aufpassten, hielt sie sich trotzdem an die Regeln. Sie kam so pünktlich und nüchtern zurück, als arbeitete sie tatsächlich in einem Krankenhaus – jedenfalls glaube ich das; inzwischen wachte ich nicht mehr auf, wenn sie mitten in der Nacht auf Zehenspitzen in unser Zimmer schlich. Im Laufe dieses Sommers sahen wir uns selten in wachem Zustand. Wenn ich mich morgens leise anzog, lag sie im Tiefschlaf in einer Wolke aus Schweiß, Zigarettenrauch und Shalimar, ihrem Lieblingsparfüm. Vielleicht trank sie im Laufe eines Abends ein, zwei Gläser, aber nichts deutete auf wilde Partys nach Feierabend hin.

Unsere Pfade hätten sich kreuzen können, wenn ich mit der Arbeit fertig war und ihre noch nicht angefangen hatte, aber sie ging immer schon Stunden vorher aus dem Haus. Sie sagte, sie nehme Tanz- und Gesangsunterricht und schaue sich in den

Filmstudios nach einem Job um. Sie zeigte mir die Hochglanz-Porträts, die sie in den Studios abgab. Es waren zwei verschiedene. Auf dem einen sah sie jung, frisch und gesund aus; die brauche sie für »das Fach der Naiven«. Auf dem anderen lächelte sie verführerisch; es war so glamourös, dass es mich an Paulette Goddard erinnerte.

»Waren die nicht furchtbar teuer?«, fragte ich.

Sie sagte, ein Freund, dessen Name auf die Rückseite der Fotos gestempelt war (Alan Yardley), habe sie praktisch umsonst gemacht, um ihr einen Gefallen zu tun. Dass sie diesen Alan Yardley vorher noch nie erwähnt hatte, musste nichts bedeuten, denn sie sprach selten über die Leute, die sie im Trocadero kennenlernte. Trotzdem war ich misstrauisch und bekam das Gefühl, dass sie ein Doppelleben führte. Aber vielleicht lag es nur daran, dass ich sie plötzlich nach achtzehn Jahren, die wir praktisch im Tandem gelebt hatten, kaum noch zu sehen bekam.

Allerdings habe ich damals nicht viel darüber nachgedacht; dazu war ich viel zu sehr mit meinem eigenen Leben beschäftigt – der Studienbeginn im September, die Nachrichten aus Europa ... und die Liebe. Natürlich ging es um Sex. Was ich, als ich fünfzehn und Dannys zweite Wahl war, abgelehnt hatte, wurde jetzt zur großen Leidenschaft. Seine Hände und Lippen auf meinen Brüsten. Seine Finger unter meinem Höschen und dann in meinem Körper. Es war das erste Mal, dass mich ein Mann dort berührte. Und meine Hand in seiner Hose, bis er stöhnte und sich aus meinem Griff wand. Küssen und anfassen – weiter gingen wir nicht. Er hatte ein Kondom in der Brieftasche, wie alle Jungen, und manchmal fragte er, ob wir »es« nicht tun sollten. Aber er drängte mich nicht. Zum einen bestand permanent die Gefahr, erwischt zu werden, egal ob im Park oder daheim auf dem Sofa, wo meine Eltern am anderen Ende des Flurs schliefen, zum anderen verlor trotz aller Erregung keiner von uns aus den Augen, was wir mit unserem Leben anfangen wollten. Würde ich schwanger, wäre alles ruiniert, für uns beide, denn dann würde Danny das Richtige tun und mich heiraten. Natürlich wollten wir eines Tages heiraten. Wir sprachen nicht darüber, aber es war selbstverständlich. Vorher wollte ich jedoch das College absolvieren, und Danny musste seinen Weg finden. (Was wir ebenfalls nicht besprachen: Ich hoffte, dass er bis zu unserer Hochzeit zur Besinnung gekommen war und sich für ein Leben in Amerika entschieden hatte.)

Bei dem aufregendsten Erlebnis mit Danny war jedoch keinerlei Berührung im Spiel. Eines Abends im Juli saßen wir spät bei uns im Wohnzimmer auf dem Sofa und knutschten, als Danny sich zurücklehnte und sagte: »Ich will dich ansehen!«

»Okay«, sagte ich und lag mit meiner aufgeknöpften Bluse und offenem BH da. Weil es so heiß war, trug ich keinen Slip.

»Richtig ansehen!«, sagte Danny und schob meine Bluse über die Schultern.

Ich setzte mich auf und rückte ans Sofaende. Dann zog ich meine Bluse aus, behielt aber den BH an. Natürlich hatte Danny meine Brüste schon gesehen und mir die Kleider vom Leib gezogen, aber das hier war anders. Verschämt beugte ich mich vor, um möglichst wenig von mir zu zeigen.

»Bitte!«, sagte er.

Ich zog den BH aus und war froh, weit genug von Danny entfernt zu sitzen, um ohne Brille sein Gesicht kaum erkennen zu können.

Um mehr hatte er nicht gebeten, das war klar. Aber plötzlich ging es mit mir durch. Ich stand auf und ging an eine Stelle im Raum, die vom Mond hell beschienen war. Dort streifte ich den Rock ab und stand vollkommen nackt vor ihm.

Einen Moment lang waren wir beide ganz still. Schließlich sagte er: »Elaine Greenstein, ich werde dich immer lieben.«

»Danny Berlov, ich werde dich immer lieben«, antwortete ich.

Ich ging zum Sofa zurück und zog mich wieder an. Dann setzte ich meine Brille auf und sagte: »Jetzt bist du dran.«

»Was?«

»Jetzt möchte ich dich ansehen.«

»Aber deine Eltern …«

»Als ich mich ausziehen sollte, waren sie dir auch egal. Hast du etwa Schiss?« Direkter hätte ich ihn nicht herausfordern können. Gleichzeitig horchte ich gespannt, ob der Rest der Familie auch wirklich schlief.

Danny ging zu der mondbeschienenen Stelle und zog sich aus. Ich hatte ihn schon zum Orgasmus gebracht, aber immer durch meine Hand in seiner Hose, und jetzt sah ich dieses mysteriöse Ding, seinen Penis, zum ersten Mal, auch wenn er bloß schlaff herunterhing, weil Danny so nervös war. Am meisten erregte mich aber ohnehin etwas anderes. Ich wusste, dass ich seinen Körper von den Ausflügen zum Strand gut genug kannte, um ihn aus dem Gedächtnis zu zeichnen – Oberkörper, Arme und Beine vom Bodybuilding geformt und von seinem Werftjob gestählt, das markante Kinn und das schwarze Haar, das ihm über ein Auge fiel. Aber als er jetzt nackt im Mondlicht dastand, war er so schön, dass mir die Tränen kamen.

Ich wartete, bis er sich hastig wieder angezogen hatte, dann ging ich zu ihm und gab ihm einen Kuss. Er drückte sich an mich, aber ich sagte Nein. Der Augenblick war so perfekt, dass ich ihn genau so in Erinnerung behalten wollte.

Mein Geliebter ist mein, und ich bin sein, las ich im Hohelied der Liebe und schrieb sogar selbst Gedichte, wenn ich in unserem Garten unter dem Feigenbaum saß oder mit der Straßenbahn zur Arbeit fuhr. Manchmal sprudelten die Zeilen nur so aus mir heraus. Ich war reine Poesie, ganz bei mir, rückhaltlos, und wurde geliebt. Ich sang sogar, wenn keiner in der Nähe war, »Bei mir bist du schön« und »Over the Rainbow« (der *Zauberer von Oz* war gerade herausgekommen).

Gab es im Sommer 1939 jemanden, der so von Glück beseelt, so voller Freude war wie ich? Was ich mir mein Leben lang gewünscht hatte, war kein vager Traum mehr, sondern die Wirklichkeit, in der ich jeden Morgen erwachte. Ich ging aufs College! Der Junge, den ich vom ersten Augenblick an geliebt hatte, liebte mich! Ich war so mit mir und meinem unfassbaren Glück beschäftigt, dass die Gedanken, die ich mir hin und wieder über Barbara machte, dagegen verblassten.

Doch eines Nachts im August wurde ich von einem ungewohnten Geräusch geweckt. Es war Barbara, die weinte. Sie lag auf dem Bauch, das Gesicht im Kopfkissen vergraben, aber sie weinte so laut, dass das Kissen die Geräusche kaum dämpfte.

»Barbara, was ist denn?« Ich setzte mich zu ihr und streichelte ihren Rücken oder vielmehr die kratzigen Pailletten ihres Tanzkostüms. Ich wusste, dass es nicht erlaubt war, die Kostüme außerhalb des Nachtclubs zu tragen. »Ist etwas auf der Arbeit passiert?«

Sie sagte etwas, aber ihre Worte gingen im Schluchzen unter.

»Soll ich dir ein Glas Wasser holen?«

Sie nickte.

Ich lief in die Küche und holte ihr Wasser. Sie setzte sich auf und stürzte es herunter wie ein durstiges Kind. Dann sprang sie auf. »Hilf mir aus diesem Ding! Schnell!« Sie drehte sich um, und ich öffnete den Reißverschluss ihres Kostüms, das nicht viel mehr als ein schillernder Badeanzug war. Sie streifte es ab, als wollte sie sich Spinnweben von der Haut wischen, dann griff sie nach ihrem Nachthemd und zog es über.

»Zigarette?«, fragte ich.

Sie verzog das Gesicht. »Ich atme jeden Abend so viel Zigaretten- und Zigarrenrauch ein, dass ich bestimmt nur noch Rauch in der Lunge habe. Toller Job, was?«

»Ist das dein Problem? Der Job?«

»Ähm … ja, genau. Meine Füße tun weh, mein Rücken tut weh, und jeden Abend muss ich diese Schweine abwehren, die …« Ihre zynische Rage wich wahren Gefühlen. »Diese Schweine, die …«

»Was denn, Barbara?« Ich legte den Arm um sie. »Hat dir jemand wehgetan?«

»Ach!« Sie drückte das Gesicht an meine Schulter und schluchzte.

»Ist es das? Hat dir jemand wehgetan?«, fragte ich noch einmal, als sie sich langsam beruhigte.

»Du darfst es aber niemandem erzählen.«

»Tu ich nicht.«

»Versprich es! Nicht Mama, nicht Papa und auch nicht Danny.«

»Versprochen.«

Sie holte tief Luft. »Ein Typ hat mir einen Brief in den Club geschickt, ein Produzent. Ich sollte in sein Büro kommen, bei Warner Brothers. Ich bin kein Kind mehr. Wenn diese Typen schmusen wollen, muss man sich darauf einlassen. Das macht mir nichts aus, solange sie mir eine Rolle beim Film verschaffen … Bist du jetzt schockiert?«

»Nein.« *Ja!*

»Er … er … Verdammter Mist! Ich bin so blöd!« Ich spürte, wie sie zitterte. »Ich weiß ja, dass man diese Typen nur scharfmachen und nicht wirklich ranlassen darf, wenn sie einem keine Rolle versprechen. Aber das hat er getan! Er hat mir eine Rolle versprochen und mir sogar einen Vertrag mit meinem Namen darauf gezeigt. Er nahm einen Stift und unterschrieb, und ich sollte auf seine Seite des Schreibtischs kommen, um auch zu unterschreiben. Und dann hat er seinen Hosenschlitz geöffnet. Ich musste … mit dem Mund …« Plötzlich drehte sie sich von mir weg. »Ach, was soll's? Mit Danny machst du so was ja auch. Trotzdem … der stinkende Pimmel eines alten Knackers … Da brauchst du hinterher ne ganze Flasche Listerine … Jedenfalls wollte er mir Bescheid sagen, wenn es mit den Dreharbeiten losgeht, und das hat er nicht getan. Ich hab dann rausgefunden, dass er gar kein Produzent bei Warner Brothers ist, sondern bloß Buchhalter oder so. Wie kann man nur so blöd sein? Heute Abend hab ich ihn im Club gesehen. Er sagte, ich solle mit zu seinem Wagen kommen. Der wollte bloß wieder einen Blowjob! Beinahe hätte ich mich darauf eingelassen, aber nur, um ihm sein ekliges Ding abzubeißen.«

Einen Moment lang war es ganz still. Dann fragte Barbara: »Und? Willst du nichts dazu sagen?«

»Ähm …« Ich wunderte mich, dass überhaupt ein Laut über meine Lippen kam. Ich war wie paralysiert, aber mein Entsetzen bezog sich nicht nur darauf, was der Kerl meiner Schwester angetan hatte, sondern vor allem auf sie. Schon als sie in sein Büro ging, hatte sie damit gerechnet, dass so etwas passieren würde, und sie hatte es in Kauf genommen. Wäre der Kerl wirklich ein Produzent gewesen, wäre die Sache für sie dann okay gewesen?

»Elaine? Hallo!« Sie zündete eine Zigarette an und gab sie mir. »Verdammt, ich hätte es dir nicht erzählen sollen.«

Ich sah das Mädchen neben mir an und konnte nicht fassen, dass es zusammen mit mir in der Breed Street aufgewachsen war. Jemand hatte meine Schwester gegen eine abgebrühte Schlampe ausgetauscht.

Aber sie war gar nicht abgebrüht. All ihrer Härte zum Trotz war sie doch erst achtzehn. Ich fand meine Stimme wieder.

»Der Typ ist ein Monster.«

Sie verdrehte die Augen. »Er ist ein Mann.«

»Kannst du irgendwas unternehmen?«

»Was denn? Soll ich seine Frau anrufen und ihr sagen, dass sie mit einem Scheißkerl verheiratet ist? Wahrscheinlich weiß sie das längst. Oder soll ich mich bei Jack Warner beschweren?« Sie schüttelte den Kopf. »Ich weiß gar nicht, warum ich mich so aufrege. Wahrscheinlich könnte jede meiner Kolleginnen so eine Geschichte erzählen.«

»Willst du dich nicht lieber nach einem neuen Job umsehen?«

»Als was denn?«

»Als Tänzerin im Ensemble von Mr. Horton zum Beispiel.«

»Irgendjemand in dieser Familie muss doch richtiges Geld verdienen. Aber lass nur. Ich brauchte nur eine Schulter, an der ich mich ausweinen konnte. Danke … Hey, ich bin groggy. Ich brauche jetzt unbedingt etwas Schlaf.«

»Alles in Ordnung, Barbara?«

»Abgesehen von verletztem Stolz – ja.« Sie legte sich wieder hin und zog die Decke über den Kopf.

Als ich am nächsten Morgen zur Arbeit ging, schlief sie noch. Am Abend blieb ich wach, bis sie von der Arbeit kam, aber sie wollte nicht reden. Wahrscheinlich bedauerte sie, dass sie es mir überhaupt erzählt hatte. Ich ließ sie in Ruhe, machte mir aber von da an große Sorgen und fürchtete, dass ihr gedankenloses Draufgängertum zu Schlimmerem führen würde als diesem angeblichen Produzenten, zu etwas wirklich Gefährlichem.

Und dann ging mir eins nicht aus dem Kopf, was sie gesagt hatte: *Ach, was soll's? Mit Danny machst du so was ja auch.* Aber das stimmte nicht. Wahrscheinlich nahm Barbara das an, weil *sie* es mit ihm gemacht hatte. Ich versuchte mir vorzustellen, ob ich es könnte. Wenn ich das nächste Mal seinen Penis berührte, könnte ich an seinem Körper herunterrutschen und mit dem Mund fortsetzen, was ich bis dahin mit der Hand getan hatte. Nein, das würde ich mich nie trauen. Und Danny hatte nie darum gebeten.

Es sollte nicht lange dauern, bis etwas anderes meine Gedanken und Gefühle beherrschte: der Krieg.

Am 23. August unterzeichneten die Sowjetunion und Deutschland einen Nichtangriffspakt. An diesem Abend saß ich nach dem Essen mit Danny und einigen Freunden bei Canter's. Meine Freundin Ann und ihr Freund Bill waren dabei, Burt Weber, den Danny von den Habonim kannte, und der Neue in unserem Zirkel, Paul Resnick.

Paul hatte seinen Abschluss an der Roosevelt High School zwei Jahre vor uns gemacht und sich der Abraham Lincoln Brigade angeschlossen, einer linksgerichteten Gruppierung, die auf Seiten der Republikaner im Spanischen Bürgerkrieg gekämpft hatte. Nach der Niederlage der Republikaner im April war er nach Hause zurückgekehrt und wollte an der USC studieren, wie ich. Paul machte keinen Hehl aus seiner Mitgliedschaft in der Kommunistischen Partei oder aus seiner ablehnenden Haltung gegenüber dem Zionismus, und Danny und er – beide Kämpfernaturen – debattierten so leidenschaftlich über ihre jeweiligen Ideale wie andere Männer über Football. Sie fühlten sich zueinander hingezogen, und wenn Danny und ich uns mit Freunden trafen, war Paul neuerdings meist dabei. Er war drahtig, sein Haar sandfarben, und sein ironisches Lächeln erinnerte daran, dass er als Einziger von uns aus dem Kokon von Boyle Heights ausgebrochen war und *gelebt* hatte. Er hatte auf andere Männer geschossen, und deren Kugeln und Granaten waren ihm um die Ohren geflogen. Er hatte *vino* aus der Flasche getrunken und Partisanenlieder gesungen. Manchmal sang er uns in einem überraschend schmelzenden Bariton welche vor. Auch

Frauen hatte es in seinem Leben schon gegeben. Wenn ich dabei war, sprach er nur in Andeutungen darüber, aber es war klar, dass er den Schritt gemacht hatte, der uns anderen noch bevorstand. Paul Resnick hatte Sex gehabt.

Ich beteiligte mich heftig an Pauls und Dannys Debatten, aber es mangelte mir an der rechten Überzeugung – ich glaubte nicht, dass irgendein *ismus* die Welt retten könnte. Trotzdem gefiel mir das verbale Messerwetzen. Und ich war entschlossen, mich gegenüber Paul zu behaupten, denn er hatte das Zeug, mich völlig aus dem Konzept zu bringen. Ich konnte es nicht ausstehen, wenn Danny und die anderen mit großen Augen seinen Kriegserfahrungen lauschten. Fairerweise muss ich sagen, dass Paul sich nicht als Kriegsheld aufspielte, und dennoch hörten die anderen seinen Geschichten mit einer Faszination zu, als sähen sie im National Theater einen Kriegsfilm. Sie konnten es gar nicht abwarten, selbst zu den Waffen zu greifen.

Was mich an Paul noch mehr irritierte, war ein merkwürdiges Schaudern in dem Blick, mit dem er mich ansah. Und ich spürte dieses Schaudern ebenfalls. Kein anderer Junge – außer Danny – hatte mich je so angesehen, dass ich eine erotische Spannung spürte. Dannys Blick war wie eine zärtliche Umarmung. Und Paul war plötzlich der zweite Mann, der mich so ansah. Wegen seiner sexuellen Erfahrung wusste er bestimmt ganz genau, wie er mich verwirren konnte, und ich war wild entschlossen, mir nichts anmerken zu lassen. Es war eine Art Wettbewerb: Wenn ich schwankend wurde, hatte er gewonnen, wenn ich mir nichts anmerken ließ, hatte ich gewonnen. Rückblickend glaube ich, dass mich dieser unterschwellige Kampf ungewöhnlich streitlustig machte – wie an jenem Abend des Nichtangriffspakts.

Danny zündete die erste Stufe, indem er Paul fragte: »Was sagst du nun zu deinem Genossen Joe Stalin?«

»Stalin weiß, wie verheerend ein Krieg wäre. Er weiß, dass es kein Kinderspiel ist.« Paul sah mich herausfordernd an, und das machte mich so verlegen, dass ich mich sogar dafür schämte, eine Cola bestellt zu haben, während er schwarzen Kaffee trank.

Ich wollte ihn nicht spüren lassen, wie eingeschüchtert ich war, und hielt seinem Blick stand: »Und was ist mit den hehren Idealen der Kommunisten? Seid ihr nicht entschlossen, den Faschismus zu bekämpfen, vor allem Hitler, den größten Faschisten von allen?«

»Das stimmt. Aber warum sollten die Sowjetbürger Hitler bekämpfen, während die kapitalistischen Länder auf ihren fetten Ärschen sitzen und nichts tun?«

»Und wenn England und Frankreich Deutschland jetzt den Krieg erklären?«, sagte Burt.

»Bisher haben England und Frankreich zu den Deutschen gesagt: ›Nehmt Österreich. Nehmt die Tschechoslowakei.‹ Und zu Franco haben sie gesagt: ›Nimm dir Spanien.‹«

»Und wenn sie jetzt doch in den Krieg ziehen?«, hakte Burt nach.

»Dann nehme ich das nächste Schiff nach England und kämpfe«, sagte Danny. »Wer kommt mit?«

Danny hatte – genau wie die anderen – schon früher davon gesprochen, für England oder Frankreich zu kämpfen, je nachdem, welches Land zuerst den Mut aufbrachte, Hitler Einhalt zu gebieten, aber an diesem Tag wurde es zum ersten Mal real. Es würde Krieg geben, und Danny würde sich freiwillig melden. Ich griff nach meinem Colaglas, und das kalte Kondenswasser, das sich außen gebildet hatte, kühlte meine Hände.

»Ich!«, sagte Burt.

»Ich auch«, sagte Bill, aber Ann sah ihn streng an.

»Als Physiker nützt du der Welt mehr, als wenn du Soldat

wirst«, sagte sie. Bill hatte ein Stipendium für Princeton bekommen. (Ja, er ist in Los Alamos gelandet.)

Es folgte eine unbehagliche Stille.

»Und du, Paul?«, fragte ich schließlich. »Du hast Danny und Burt dazu gebracht, in die britische Armee einzutreten. Wirst du sie begleiten?«

»Ich ziehe erst in den Krieg, wenn die Vereinigten Staaten mit von der Partie sind.«

»Während Danny und Burt also gegen Hitler kämpfen«, sagte ich, »spielst du an der Uni Football.«

»Elaine!«, rief Danny, und alle sahen mich erstaunt an. »Paul hat doch gerade zwei Jahre Krieg hinter sich. Und niemand überredet mich zu irgendwas. Es ist meine eigene Entscheidung.«

Wenige Wochen später erfüllte sich Dannys Wunsch: Er zog in den Krieg.

Am 1. September überfiel Deutschland Polen. Zwei Tage darauf erklärten Frankreich und Großbritannien Deutschland den Krieg, und Danny begann, Geld für seine Überfahrt nach England zu sammeln.

Am 10. September zog Kanada nach, und Danny brauchte nur die Westküste bis zur erstbesten kanadischen Stadt hochzufahren, um sich dort zum Kriegseinsatz zu melden. Vancouver. Das war an einem Sonntag. Am nächsten Morgen kündigte Danny seinen Job und kaufte sich eine Fahrkarte, genau wie Burt. Am Mittwoch um 7:45 Uhr sollten sie losfahren.

Am liebsten hätte ich jede Minute bis zur Abreise mit Danny verbracht, aber ich hatte gerade mein Studium begonnen, und selbst Studenten aus wohlhabenden Familien – von Stipendiatinnen aus Boyle Heights ganz zu schweigen – wagten es nicht, gleich in der ersten Woche zu schwänzen. Als ich ihn endlich noch einmal treffen konnte, hatte das große Abschiednehmen schon begonnen, sodass wir die ganze Zeit von vielen Menschen umringt waren. Selbst an unserem letzten Abend würden wir nicht allein sein. Ich hatte mir vorgenommen, die ganze Nacht wach zu bleiben und ihn am nächsten Morgen zur Union Station zu bringen, aber es stellte sich heraus, dass der ganze Freundeskreis bei Burt eine große Abschiedsparty feiern würde.

Als ich an diesem Dienstagnachmittag nach der Uni aus der Straßenbahn stieg, ging ich nicht nach Haus, sondern zu dem Mietshaus, in dem Danny und sein Vater wohnten. Mama hatte die Wohnung zu verbotenem Terrain erklärt, weil sie wusste, dass wir dort stundenlang allein wären. In der Tat wollte ich Danny allein treffen. Zugleich hatte ich Angst davor. Ich hatte nämlich beschlossen, mit ihm zu schlafen, bevor er fortging.

Schwitzend vor Nervosität stieg ich die Treppe zum zweiten Stock hinauf. Als ich auf Dannys Tür zuging, hörte ich ihn lachen. Aber es war nicht das herzhafte Lachen, das ich von ihm kannte, wenn er mit Freunden zusammen war. Vielmehr war es das tiefe, sinnliche Lachen, das ich hörte, wenn wir allein waren. Aber da lachte noch jemand. Ein Mädchen?

Ich klopfte an die Tür. Sofort verstummte das Lachen.

»Danny?«, rief ich. »Ich bin's.«

»Elaine! Eine Sekunde bitte.«

Ich hörte hektische Geräusche. Jemand kicherte. Definitiv ein Mädchen.

Ich fasste an den Türknauf. Die Tür war nicht abgeschlossen.

Mit gerötetem Gesicht und verschwitztem Haar fummelte Danny an seinem Hosenschlitz herum. Hinter ihm, genauso verschwitzt und die halb aufgeknöpfte Bluse in den Rock stopfend, stand Barbara.

Ihre Münder bewegten sich, aber ich hörte kein Wort. Mir

dröhnte der Kopf. Danny kam auf mich zu. Ich drehte mich um und rannte fort.

»Elaine, warte!«, rief er.

Ich weiß nicht, ob er hinter mir her kam. Ich rannte einfach weiter, und die Tränen liefen mir übers Gesicht. Ich achtete nicht auf den Weg und wusste nicht, wohin ich lief, aber plötzlich stand ich vor dem kleinen Haus, das Tante Pearl in diesem Frühjahr gekauft hatte, ein paar Blocks von Dannys Wohnung entfernt.

Als ich sah, wo ich war, blieb ich bei den Azaleenbüschen neben der Treppe stehen und versuchte, wieder zu Atem zu kommen. Würde ich es fertigbringen, jemandem zu erzählen, was gerade passiert war? *Wusste* ich es überhaupt?

»Elaine!« Pearl stand an der offenen Tür. »Was gibt's denn?«

Ich konnte nicht sprechen. Stattdessen drehte sich mir der Magen um.

Pearl kam die Treppe herunter. »Ach, Liebes! Nimmt es dich so mit, dass Danny fortgeht?«

Der Blumenduft erinnerte mich an die Gerüche hinter Dannys Tür. Ich hatte sie nicht gleich erkannt, aber jetzt wusste ich, was es war: Shalimar und Sex.

Ich erbrach mich in die Azaleen.

17. KAPITEL

Die Seele des Rodeos

SIE WAR DIE SEELE DES RODEOS, EINE BELIEBTE SÄNGE-rin und Entertainerin der Buffalo Bill Stampede, einer bombastischen Show, die jedes Jahr vom 1. bis 4. Juli in Cody stattfand, und des Cody Nite Rodeos, das den ganzen Sommer über das Publikum anzog. Sie – das ist Kay Devereaux Cochran, später Kay Applegate, dann Kay Farris und schließlich Kay Thorne. So steht es jedenfalls in Artikeln der Lokalzeitung *Enterprise* aus Cody, Wyoming, die Josh mir mitgebracht hat. Der erste stammt von 1946 – ein Artikel über Richard Cochran, der einen »Star aus den Revuen der Truppenbetreuung« geheiratet und mit nach Cody gebracht hatte –, der letzte von 1999, als anlässlich des achtzigjährigen Bestehens der Stampede an Kay Devereaux Cochran erinnert wurde, den »legendären Star« der Show.

Aber Josh hat mir noch mehr mitgebracht. Zum Beispiel eine Hochglanzbroschüre über die OKay Ranch – eine Touristenranch, die Kay heute betreibt.

»Als sie mit Cochran hinzog, war es eine ganz normale Ranch«, sagt Josh, während ich die Fotos von einer blonden Frau in fransigem Cowgirl-Outfit betrachte und meine Schwester darin wiederzuerkennen versuche. Sie ist üppig, auf den ersten Fotos sinnlich und auf den späteren ausladend, aber ihr überlegenes Mona-Lisa-Lächeln zeigt, dass sie sich ihrer Wirkung auf Männer immer noch bewusst ist. Vier Ehemänner sind wohl Beweis genug.

»Fünf Jahre später haben sie eine Ranch für Touristen daraus gemacht und sie KayRich genannt«, sagt Josh. »Vermutlich war es ihre Idee, denn sie behielt die Ranch nach der Trennung.«

»Und jetzt firmiert der Hof unter OKay Ranch?«

»Als in den späten Fünfzigern *Schießerei am O. K. Corral* herauskam, änderte sie den Namen. Eine super Marketingidee.«

Ich sehe Kay vor mir, in der Werbebroschüre, wobei das Wort Broschüre diesem dicken Katalog mit Angeboten von Wildwasserrafting über Viehtrieb bis hin zu Wellnessprogrammen nicht gerecht wird. Kay sitzt auf einem riesigen Pferd und sieht aus wie im Sattel geboren. Heute wird die Ranch von ihrem Sohn geführt, George Applegate Junior. Auch er ist auf einem Pferd abgebildet, und auch er ist recht füllig, wirkt aber stark und durchtrainiert. Sein zerfurchtes Gesicht erinnert ein wenig an Robert Mitchum, und er hat dichtes silbernes Haar. George Junior sieht aus, wie sich ein Stadtmensch den typischen Naturburschen vorstellt – und hat keinerlei Ähnlichkeit mit den Greensteins.

Was Kay betrifft, so sind selbst die ältesten Fotos entstanden, als Barbara schon fast zehn Jahre fort war, und besonders scharf sind sie alle nicht, weil sie wahrscheinlich aus Mikrofiche-Dateien stammen. Die schärfsten Fotos – und die einzigen in Farbe – stammen vom Jubiläumsrodeo. Kay ist darauf Ende siebzig, Anfang achtzig. Ihr Haar ist immer noch blond und ihr Gesicht eine gutgelaunte Mischung aus Pausbacken und Lederhaut, der man das Leben an der frischen Luft ansieht. Sie hat keinerlei Ähnlichkeit mit Mama, mir oder meinen anderen Schwestern, sondern sieht aus wie ein Landei, ein in die Jahre gekommenes, aber immer noch flottes Landei.

Ich greife zur Lupe.

»Das muss sie doch sein!« Josh klingt wie ein Kind, das unbedingt an den Weihnachtsmann glauben will.

Ich sage vage: »Die Größe stimmt jedenfalls.« Auf Gruppenfotos wird Kay von allen anderen überragt. Ich wünschte, ich könnte ihre Augenfarbe erkennen. Oder wenigstens ein Foto finden, auf dem sie statt ihres ewigen Mona-Lisa-Lächelns den Mund geöffnet hat, sodass man die Lücke zwischen ihren Vorderzähnen sehen kann, die Papa uns allen vererbt hat.

»Die richtige Größe und das richtige Alter«, sagt Josh hoffnungsvoll. »Und die Stimme klingt wie Ihre.«

»Die Stimme? Haben Sie sie online gehört?« Obwohl ich entschlossen bin, die Ruhe zu bewahren, merke ich, wie aufgeregt ich werde.

»Nein, ich …« Plötzlich wirkt Josh so schüchtern, wie ich ihn gar nicht kenne. »Ich habe mit ihr gesprochen. Am Telefon.«

»Sie haben Sie angerufen? Was, zum Teufel, haben Sie sich dabei gedacht?« Was, zum Teufel, hatte ich mir dabei gedacht, einem Vierundzwanzigjährigen eine so heikle Angelegenheit anzuvertrauen?

»Ich habe doch nur angerufen, weil …«

»Betrachten Sie das Ganze etwa als ein Spiel?«

»Natürlich nicht.« Er wird so rot, als hätte ich ihn geohrfeigt. Ausgezeichnet! »Hören Sie bitte zu, Elaine! Die Bibliothekarin von Cody hatte mich unter Druck gesetzt. Die Zeitungsarchive sind doch alle nicht online, deswegen musste ich in der Stadtbibliothek anrufen. Die Bibliothekarin wurde misstrauisch und fragte sich, warum jemand aus L. A. alles über diese ›Miz Kay‹ verlangte. Deswegen musste ich mir etwas einfallen lassen und habe behauptet, ich recherchiere für eine Dokumentation über Künstlerinnen, die während des Zweiten Weltkriegs für die USO in der Truppenbetreuung tätig waren. Dann dachte ich plötzlich: Cody ist so ein kleines Nest, die Bibliothekarin erzählt dieser Miz Kay vielleicht davon. Und ich fand, dass es weniger verdächtig wirkt, wenn ich sie selbst anrufe.«

»Und was haben Sie zu ihr gesagt?« So viele Wochen bin ich der Spur Kay Devereaux' äußerst behutsam gefolgt, und nun macht dieser Kerl womöglich alles kaputt!

»Dass ich erste Recherchen für diese Dokumentation mache und ob sie gegebenenfalls für ein Interview zur Verfügung stünde. Mehr nicht.« Er grinst zaghaft. »Sie müssen doch wissen, ob sie auf ihrer Ranch ist oder den Winter vielleicht in Florida verbringt. Oder wollen Sie keinen Kontakt mit ihr aufnehmen?«

»Ich …« Obwohl ich immer wieder überlegt habe, was ich sagen würde, sollte ich Barbara je finden, kommt es mir immer noch vor wie eine Fantasie über eine Begegnung zwischen Eleanor Roosevelt und Kleopatra. Bestenfalls kann ich mir vorstellen, mit der Barbara zu sprechen, die ich in Erinnerung habe … nicht mit der leibhaftigen Kay Devereaux Cochran Applegate Farris Thorne.

Aber wenn Barbara tatsächlich diese Kay Deveraux Cochran Applegate Farris Thorne ist, sollte ich die Unterlagen, die Josh gebracht hat, lieber gründlich studieren, mich mit den Einzelheiten vertraut machen und sie, verdammt noch eins, ernst nehmen. *Klingt sie wirklich wie ich? Oder hat Josh nur gehört, was er hören wollte?*

Sowie er fort ist, gehe ich die Artikel durch, streng chronologisch, und vollziehe Kays Karriere als Stimmungskanone beim Rodeo nach. Abgesehen vom Beruflichen gewähren sie Einblicke in ihr Leben und umfassen alle wichtigen Stationen ihres Lebens – Hochzeiten, Scheidungen, Geburten. Kay hat drei Kinder: eine Tochter, Dana Cochran, 1949 geboren, und zwei Söhne, Timothy Cochran, 1952 geboren, und George Applegate Junior, 1957 geboren.

Kay steht aber nicht nur wegen des Rodeos in den Zeitungen, etliche Artikel beschäftigen sich mit ihren anderen Aktivitäten. Neben der erfolgreichen Touristenranch eröffnete sie Mitte der 1980er Jahre das erste Multiplex-Kino der Region – ein umstrittenes Unterfangen, weil man um einen sehr beliebten Filmpalast aus den 1930er Jahren fürchtete. Doch Kay liebte das schöne alte Kino, sagte sie zu einem Reporter, in ihrer Kindheit und Jugend sei sie nämlich selbst oft und gern in Filmpaläste dieser Art gegangen. Wo das gewesen sei, fragte der Reporter. »Überall«, antwortete sie ausweichend (wie ich fand). »Meine Familie ist oft umgezogen.«

Wohl um ihr Ausweichen wiedergutzumachen – schließlich versuchte sie in diesem Interview, die Gemüter der besorgten Kinogänger zu beruhigen –, fügte sie dann doch noch etwas Persönliches hinzu und sagte: »Mein Lieblingskino hieß im Volksmund ›der Mülleimer‹, weil die Leute während der Vorführungen Sonnenblumenkerne aßen. Nach Ende der Vorstellung war der ganze Fußboden voller Schalen.«

Ich lese diesen Satz noch einmal. Und ein drittes Mal. Boyle Heights kann nicht der einzige Ort gewesen sein, wo im Kino Sonnenblumenkerne gefuttert wurden, versuche ich mich zu beruhigen. Aber – »der Mülleimer«! Ich suche die anderen Zeitungsausschnitte nach weiteren Hinweisen ab und stoße auf die Todesanzeigen für drei von Kays vier Ehemännern, inklusive des letzten, Thorne. Sie lebt also jetzt allein, genau wie ich. Aber ich finde keine zweite Stelle, die »Barbara« schreit. Andererseits bin ich zu aufgeregt, um mich zu konzentrieren; mein Blick rast unstet über die Seiten. Später werde ich alles noch einmal in Ruhe durchlesen. Plötzlich ist mir mein Apartment zu eng. Ich greife nach Jacke und Handtasche. Einen Moment lang bleibe ich an der Tür stehen, atme tief durch und denke daran, was passiert ist, als ich mich das letzte Mal aufgeregt ins Auto gesetzt habe. Aber mein Bewegungsdrang ist so groß, dass ich trotzdem losgehe.

Eins muss ich vorher aber noch tun. Ich rufe meine Schwester Harriet an und lade sie für heute Abend zum Essen ein. Schließlich muss sie es auch erfahren.

Dann steige ich in den Jaguar. Ich habe kein besonderes Ziel. Hauptsache fahren.

HARRIET KOMMT UM HALB ACHT DIREKT aus der Praxis, nach der letzten Therapiestunde des Tages.

»Mmm! Reisnudeln mit Shrimps«, sagt sie, als sie den Deckel von dem Behälter abhebt, den ich vom Chinesen geholt habe.

»Das andere ist ein Hühnercurry. Dazu einen Cabernet?« Sie soll es sich erst mal bequem machen, bevor sie die Neuigkeit erfährt. Auch ich brauche jetzt ein Glas Wein. Beziehungsweise ein zweites. Bevor Harriet kam, habe ich das erste getrunken und alles noch einmal durchgelesen – und mir wurde abwechselnd heiß und kalt. Einerseits bin ich dankbar, dass Barbara ein gutes Leben hat, andererseits nehme ich ihr dieses gute Leben furchtbar übel, weil es nun endgültig keine, aber auch gar keine Entschuldigung mehr dafür gibt, dass sie uns niemals kontaktiert hat.

»Gerne.« Harriet greift ordentlich zu, belädt ihren Teller mit Reisnudeln, Shrimps und Huhn und seufzt genießerisch nach dem ersten Bissen.

Harriet als übergewichtig zu bezeichnen wäre herzlos, denn eigentlich steht sie nur *gut im Saft*. Der jiddische Begriff saftig trifft die sexy Rundungen meiner jüngsten Schwester und ihre

Unternehmungslust viel besser. Ein *saftiges* Mädchen beißt ein möglichst großes Stück vom Leben ab und kaut es dann genüsslich durch. Das trifft auf Harriet zu, aber auf Barbara wohl genauso, denn sie sieht nicht aus, als würde sie ein fettes Rumpsteak oder ein Stück Schokoladenkuchen stehen lassen.

Ich dagegen gehöre zu den Langweilerinnen, die Kalorien zählen. Außer bei Wein. Als ich mir ein drittes Glas einschenke, wirft Harriet mir einen kritischen Blick zu.

»Du hast gesagt, wir müssten reden«, sagt sie. »Was ist denn los?«

Sie ist genauso ungeduldig wie ich. Aber ich konnte mir alles im Laufe von zwei Monaten häppchenweise zu Gemüte zu führen und will sie nicht überfallen.

»Erinnerst du dich an die Kartons aus Mamas Wohnung, die mir neulich in die Hände fielen? Ja, also … Das hier habe ich darin gefunden.« Ich nehme Philips Visitenkarte vom Stapel der Dokumente, die auf dem Stuhl neben mir bereitliegen.

Harriet starrt einen Moment lang darauf. »Philip Marlowe … Ist das der Mann, der einmal zu Mama gekommen ist, als ich sechs oder sieben war? Stämmige Figur … ich meine muskulös, nicht dick.«

»Klingt nach ihm.«

»Und er war Detektiv?« Harriet spießt einen Shrimp auf. »Komisch, was Kinder sich so zusammenreimen. Ich dachte damals, er sei Arzt. Mama hat mich nämlich aus dem Haus gescheucht, weil sie ungestört mit ihm sprechen wollte. Ein Detektiv! Hatte Mama Ärger? Und wer ist Kay Devereaux?«

Ich hatte gehofft, die Visitenkarte würde sie auf das vorbereiten, was nun kommen sollte. Aber Harriet war damals noch so klein; offenbar hat ihr niemand gesagt, was Philip mit Barbaras Verschwinden zu tun hatte.

»Harriet …« Mein Ton erschreckt sie offenbar so sehr, dass

sie die Gabel hinlegt und mich ansieht. »Kay Devereaux könnte Barbara sein.«

»Unsere Schwester Barbara?«, fragt sie ungläubig.

Ich nicke.

»Lainie, das ist bloß eine Visitenkarte!«

»Ich habe noch mehr gefunden.«

Ich beginne, die ganze Geschichte zu erzählen, und zeige ihr nacheinander die »Beweisstücke«: Philips Aktennotizen, das Foto der Unterhaltungskünstler aus Colorado Springs, die beim Truppenbetreuungsprogramm der USO mitmachten, die Artikel über Kay Devereaux' Hochzeit in Berlin und ihr Leben in Wyoming. Harriet sieht sich alles an und stellt ein paar Fragen, zeigt aber keine Reaktion, nicht einmal auf die Sache mit dem Mülleimer. Als seien ihre Gedanken ein stiller See, auf dem meine Worte nur ein leichtes Wellengekräusel auslösen. Ihre Ruhe irritiert mich. Andererseits verstehe ich, wie sie vorgeht: Sie verhält sich professionell, selbstbewusst und kontrolliert. Sie hört zu, als hätte sie einen Patienten vor sich, während ich argumentiere wie früher im Gerichtssaal.

Als ich fertig bin, ist sie immer noch die Therapeutin. Ihr Blick bleibt mitfühlend, ihre Stimme beruhigend. »Ich weiß, wie gern du sie finden würdest, Elaine. Die Visitenkarte und die Notizen des Detektivs müssen dir das Gefühl gegeben haben, du hättest …«

»Aber ich *habe* sie gefunden!« Zwischen Tellern und Essenskartons breite ich die Zeitungsausschnitte auf dem Tisch aus.

»Moment mal!« Harriet hebt die Hand. »Du brauchst mich nicht davon zu überzeugen, dass du diese Kay aus Colorado Springs gefunden hast. Aber wenn sie Barbara wäre, hätten Mama und Papa uns das doch gesagt!«

»Das dachte ich auch. Aber was ist mit dem Mülleimer?«

»In den Zwanziger- und Dreißigerjahren war das wahrscheinlich ein gängiger Ausdruck für Kinos. Ich bitte dich, Elaine! Kannst du dir Barbara wirklich auf einer Ranch am Ende der Welt vorstellen?«

»Aber sieh nur, was sie daraus gemacht hat! Sie hat es geschafft, trotzdem ein Star zu werden!« Obwohl auch ich meine Zweifel habe, bleibe ich bei meiner Argumentation. Aber ich weiß, dass die Sache mit dem Mülleimer das Einzige ist, was wenigstens halbwegs als Beweis gelten kann.

»Lainie.« Harriet nimmt meine Hand. »Ich kann nur ahnen, wie viel es dir bedeuten muss, sie wiederzufinden – deine *Zwillings*schwester.«

»Das klingt ja, als würdest *du* sie lieber nicht wiederfinden«, werfe ich Harriet an den Kopf. Ich will nicht hören, dass ich von Wunschdenken getrieben bin und Barbara nicht nur wiederfinden, sondern ihr das bunte, erfolgreiche Leben der Kay aus den Artikeln andichten will. Dass ich Barbara als eine selbstbewusste Frau sehen möchte, die so auf einem Pferd sitzt, als gehöre ihr die Welt.

Harriet greift nach der fast leeren Weinflasche. »Teilen wir uns den Rest?«

»Du kannst alles haben.«

Sie schenkt sich ein und nimmt einen Schluck. »Meine Erinnerungen an Barbara drehen sich hauptsächlich um ihr Verschwinden und die Folgen, die das für uns hatte. Davor … ich weiß nicht … Ich erinnere mich nur an eine glamouröse ältere Schwester, die wunderbar duftete … Ja, ihr Parfüm …«

»Shalimar.«

»Gelegentlich umhüllte mich diese wunderbare Wolke Shalimar, und Barbara küsste mich oder sang mir etwas vor. Sie war selten zu Haus. Fuhr sie nicht ständig wegen irgendwas nach Hollywood?«

»Sie nahm dort Tanzunterricht. An der Horton School. Sie

hatte ein Stipendium. Daran musst du dich doch erinnern, Harriet!« Barbaras Stipendium und ihr Erfolg an der Tanzschule waren Triumphe für die ganze Familie gewesen. Aber ihr Hunger nach Hollywood, ihre Sehnsucht nach einem Leben außerhalb von Boyle Heights sind zentrale Teile unserer Familiengeschichte, die einem erst im Rückblick klar werden.

»Tu ich aber nicht«, sagt Harriet. »Das ist doch der Punkt. Meine Verbindung mit ihr war nicht annähernd so stark wie deine. Schon als du das erste Mal davon anfingst, habe ich gesagt, dass ich mir nicht so sicher bin, ob ich sie wiederfinden will. Damals dachte ich nur daran, wie riskant es sein könnte, Kontakt mit ihr aufzunehmen. Aber was du mir jetzt erzählst … Wenn dieser Detektiv sie wirklich gefunden hat und Mama und Papa Bescheid wussten … Herrgott!« Sie steht auf und marschiert auf und ab, als würde sie am liebsten wegrennen. »Was willst du? Soll ich den alten, dumpfen Kummer über das Verschwinden einer nicht sehr vertrauten Schwester gegen den Schmerz darüber eintauschen, dass Mama und Papa mich hintergangen haben? Am liebsten würde ich zum Friedhof rennen und ihre Gräber anschreien. Ist es nicht furchtbar, dass Barbara meine Erinnerung an Mama und Papa noch nach all den Jahren derart vergiften kann? Aber das passt zu der Barbara, die ich kannte – ein Mädchen, das alles vergiftet.«

Ich kann ihre Wut nur zu gut verstehen. Und dennoch geht mir jedes Mal das Herz auf, wenn ich die Fotos von Kay in ihren Western-Outfits betrachte.

»Du glaubst also nicht, dass Kay Barbara ist?«, frage ich.

Harriets Blick scheint sich nach innen zu richten, ernst und konzentriert, und plötzlich sieht sie wie Pearl aus, wenn sie Barbara und mir die Welt erklärte.

»Du hast doch bestimmt Fotos von Barbara«, sagt sie. »Aus der Schulzeit, meine ich.«

Meine Fotoalben sind gut sortiert. Als Carol mir vor einem Monat beim Umzug half, hat sie sie chronologisch geordnet. Schnell finde ich das richtige Album, während Harriet eine Stehlampe an den Tisch rückt. Sie setzt ihre Lesebrille auf, ich gebe ihr auch noch die Lupe, und sie beginnt, die Fotos von Kay und Barbara zu vergleichen. Ich will sie nicht bedrängen, gehe in die Küche und koche koffeinfreien Kaffee. Dann schneide ich einen dieser riesigen Brownies, die es heutzutage gibt, in vier Stücke und lege sie auf einen Teller. Mehr weiß ich nicht mit mir anzufangen. Also gehe ich ins Wohnzimmer zurück und stelle mich – ich kann nicht anders – ungeduldig hinter Harriet, während sie eingehend die Fotos betrachtet.

Über ihre Schulter gebeugt, sehe ich Kay in ihren Dreißigern, Vierzigern, Fünfzigern und später, und mir fällt ein, dass diese Fotos mich am Nachmittag nicht besonders überzeugt haben. Aber inzwischen erkenne ich Barbara in Kays Wangenpartie und der selbstsicheren Haltung. Es ist wie am Besuchstag im Sommercamp, wenn Eltern spontan und wie selbstverständlich den eigenen Sohn, die eigene Tochter inmitten des Kindergetümmels ausmachen. Was, wenn ich diese Entdeckung für mich behalten hätte? Hätte es gereicht, einfach zu *glauben*, ich wüsste, wer und wo Barbara ist – ein letzter Beweis unserer schwesterlichen Verbindung, die zu zart ist für einen kühlen Kopf wie Harriet?

Mein Gott! Haben Mama und Papa *deswegen* nichts gesagt? Weil sie sich nicht sicher waren, ob Barbara Kay war und sich an die Illusion klammerten, dass sie in Colorado Springs war und es ihr gut ging? Damals war ich zwanzig und hätte jeden Beweis zerpflückt, den Philip ihnen vorlegte, weil es mir mehr um die Wahrheit als um Trost ging.

Harriet beschäftigt sich fast eine Stunde mit den Fotos, hält in einer Hand die Lupe, mit der anderen fährt sie sich nervös durchs Haar. Die Brownies rührt sie nicht an. Schließlich nimmt sie die Lesebrille ab und reibt sich die Augen.

»Man sagt, Zwillinge tun sich als Erwachsene oft schwer mit Beziehungen«, sagt sie. »Besonders eineiige, aber die anderen auch. Sie suchen immer nach der Nähe, die sie mit ihrem Zwilling hatten.«

»Was willst du damit sagen? Dass mein Wunsch, sie zu finden, neurotisch ist? Dass ich mich anderen Menschen nicht nahe fühlen kann, weil ich immer nur sie suche?«

»Ich meinte nicht dich. Sieh dir doch mal *ihr* Leben an! Vier Ehemänner!«

»Dann glaubst du also, dass es Barbara ist?«

»Kann schon sein. Vielleicht. Nein. Ich weiß es nicht.« Wieder fährt sie sich durch das ohnehin schon zerzauste Haar. Dann sieht sie mich an wie die Therapeutin, die sie ja ist. »Was ist, wenn wir Kay, das Cowgirl, anrufen, sie als Barbara ansprechen und sie dann fragt: ›Welche Barbara?‹«

»Vielleicht tut sie das ja nicht«, sage ich und weiß nicht, ob ich diese Kay Devereaux Cochran Applegate Farris Thorne wirklich kennenlernen möchte.

»Ach, Elaine!«

»Du findest also, wir sollten sie nicht anrufen?«

»Ich finde, wir sollten uns vorher überlegen, wie sie vielleicht reagiert – und was das für uns bedeutet. Vielleicht hast du eine der bestmöglichen Auflösungen dieses Familienmysteriums gefunden, und vielleicht sollten wir es dabei belassen. Bloß nichts überstürzen! Wir schlafen darüber, und morgen sehen wir weiter, okay?«

»Okay.«

»Nichts überstürzen, versprochen?«

»Hmm«, sage ich vage.

Wir umarmen einander, und ich gebe ihr den halben Brownie mit.

»Versprich es!«, sagt sie noch einmal beim Gehen. Als wüsste sie, was ich gerade denke.

Es ist wirklich eine verrückte Idee. Sie hat recht, wir sollten die Sache überschlafen. Aber als sie fort ist, bin ich zu aufgedreht, um schlafen zu gehen. Ich schalte den Fernseher ein.

Es läuft eine Sendung, die ich eigentlich mag, aber nach zehn Minuten stelle ich fest, dass ich gar nicht aufpasse. Ich hole mir ein Kartenspiel; bei Solitär kann ich immer gut entspannen.

Aber es brodelt weiter in mir. Dabei weiß ich, ich sollte es nicht tun. Wirklich nicht.

Trotzdem lege ich die Karten weg, schalte den Computer ein und fluche laut, weil es so lange dauert, bis er hochgefahren ist. Ich bin … ungeduldig. Genervt. *Lebendig*. Während ich Flugpläne ausdrucke, tanze ich durchs Zimmer – der wilde Tanz einer alten Frau.

Harriet mit ihrem »Welche Barbara?« hat mir zu denken gegeben. Der erste Kontakt mit Barbara seit mehr als einem halben Jahrhundert kann unmöglich ein telefonischer sein. Ich muss ihr gegenüberstehen, ihr Gesicht sehen, wenn ich sage: »Ich bin's, Elaine.«

Cody hat einen Flughafen. Von dort muss ich dann irgendwie zur OKay Ranch kommen, die laut Broschüre sechzig Kilometer entfernt liegt, zwanzig davon führen durch die Rocky Mountains und sind »landschaftlich reizvoll«. Im tiefsten Winter. Es wäre klüger, bis zum Frühling zu warten. Dann hätte ich auch mehr Zeit, mich auf diese Begegnung vorzubereiten. Und ich müsste nicht im Januar über Bergstraßen fahren.

Aber was sagte Josh, als er mich von Barstow zurückfuhr? *Wenn Sie das nächste Mal einen Roadtrip planen, rufen Sie mich an!*

18. KAPITEL

Verschwunden

Pearl legte den Arm um mich, als ich mich in ihre Blumen erbrach. Dann führte sie mich ins Haus. Das Zweiersofa stand jetzt vor einer cremefarbenen Wand in ihrem neuen, im spanischen Stil erbauten Haus.

»Ich bin gleich wieder da«, sagte sie, ging in die Küche und kam gleich darauf mit einem Glas Wasser und einem feuchten Handtuch zurück, mit dem sie mir Gesicht und Arme abwischte.

Dann erzählte ich ihr schluchzend, was geschehen war.

»Er hat nie aufgehört, sie zu lieben!«, heulte ich.

»Schsch, Elaine, schsch!«

»Du wusstest es! Du hast mich gewarnt, dass er vielleicht nur mit mir zusammen ist, weil ich ihre Schwester bin.«

»Aber ich habe mich geirrt. Jeder, der dich und Danny zusammen gesehen hat, weiß, dass er dich liebt. Danny und Barbara dagegen … naja. Irgendwas ist da zwischen ihnen, aber ich weiß nicht, was.«

»Vielleicht Sex?«

»*Oy* … Für einen Achtzehnjährigen spielt Sex natürlich eine enorme Rolle.« Sie suchte meinen Blick. »Du und Danny … Habt ihr …«

»Ich wollte. Heute. Deswegen bin ich ja …« *Wieder einmal ist Barbara schneller gewesen.*

Dieser Gedanke war wie ein Schlag in die Magengrube. Bis jetzt hatte sich meine ganze Wut auf Danny gerichtet, aber nun fühlte ich mich von Barbara verraten. Was noch schlimmer war. Mir war, als sei in dem Moment an Dannys Tür alles zusammengekommen, was mir je Schmerzen bereitet hatte. Dass Barbara seine erste Liebe war, verstörte mich weniger als die Rivalität, die Barbaras und mein Leben durchzog, das Ringen um Mamas Liebe und die Tatsache, dass Mama sich jedes Mal für Barbara entschieden hatte. Erneut heulte ich auf.

»Elaine, Elaine!«, rief Pearl, aber ich lief weinend durchs Zimmer und ließ mich nicht beruhigen. Warum war ich weggelaufen wie ein Kind? Ich wollte zurück zu Dannys Wohnung und auf meine Schwester einschlagen, bis meine Fäuste bluteten. Danny hatte wenigstens einen Grund, mich zu betrügen: Er war nie über Barbara hinweggekommen. Aber Barbara? Ich hatte das Bild vor Augen, wie sie hinter ihm stand, halb nackt und errötet. Triumphierend? *Wollte* sie mich zerstören?

»Elaine!« Pearl packte mich am Arm und hielt mir ein Glas mit bernsteinfarbener Flüssigkeit hin. »Trink das!«

Ich nahm einen Schluck. Whisky, bäh! Ich kippte den Rest herunter und fand meine Stimme wieder. »Wie konnte sie das tun? Hasst sie mich?«

»Ach, Süße! Ich weiß nicht, warum sie … komm, setz dich hin!« Sie umarmte mich. »Ich wünschte, ich könnte etwas sagen, damit es weniger wehtut.«

Pearl hielt mich fest, und langsam setzte die Abenddämmerung ein. Zwischen den Weinkrämpfen starrte ich vor mich hin und fühlte mich leer und erschöpft.

In einer dieser ruhigen Phasen klingelte das Telefon. Pearl hatte es vorher schon einige Male ignoriert, aber dieses Mal fragte sie, ob es in Ordnung sei, wenn sie das Gespräch in der Küche annähme.

»Deine Mutter«, sagte sie, als sie einige Minuten darauf zurückkehrte. »Ich habe gesagt, dass du heute bei mir zu Abend isst. Ist das in Ordnung? Ich wollte einen Salat machen und ein paar Kartoffeln kochen.«

»Gut«, sagte ich, obwohl ich mir nicht vorstellen konnte, etwas herunterzubekommen.

»Sie wollte wissen, was mit der Party heute Abend ist. Ich sagte, du seist so traurig über Dannys Abreise, dass du wahrscheinlich nicht hingehst.«

Oje, die Party! Aber vielleicht funktionierte die Ausrede, die Pearl für Mama gefunden hatte, ja auch für meine Freunde. Danny würde bestimmt kein Wort über den wahren Grund meiner Abwesenheit verlieren.

»Willst du hier übernachten?«, fragte Pearl.

Diese Frage katapultierte mich in die Zukunft, in eine unerträgliche Ewigkeit, in der ich kaum einen Meter von Barbara entfernt schlafen würde. Der bloße Gedanke daran machte mir Gänsehaut.

»Bitte, Tante Pearl, kann ich zu dir ziehen?« Sie zögerte, und ich setzte nach: »Ich werde sagen, dass ich hier mehr Ruhe zum Lernen habe.«

Pearl seufzte. »Du und deine Schwester – ihr müsst reden.«

»Bitte! Ich bezahle auch für mein Zimmer und das Essen.«

»Ich weiß nicht, Lainie … Ich mache erst mal was zu essen, okay?«

Sie ging in die Küche, und ich verkroch mich aufs Sofa. Nur wenige Stunden zuvor waren meine größten Probleme gewesen, dass ich an der Uni eine blutige Anfängerin war und dass Danny in den Krieg zog.

War ich wirklich so blind für die Realität gewesen? Leicht

beschwipst (ich hatte den Whisky auf nüchternen Magen getrunken) überlegte ich, ob Barbara womöglich heute nicht zum ersten Mal bei Danny gewesen war. War das der Grund, warum sie nachmittags immer schon Stunden vor Arbeitsbeginn aus dem Haus ging? Vielleicht hatte sie sich heimlich mit Danny getroffen … genauso heimlich wie ich damals, als er noch ihr Freund war. Bei diesem Gedanken überkamen mich die alten Schuldgefühle. Wie hätte Barbara sich wohl gefühlt, wenn sie uns damals im Warenlager von Chafkin's erwischt hätte?

»Aber das ist nicht dasselbe!«, protestierte ich im Zwiegespräch mit mir selbst – oder Gott. Falls er mich für meine Untaten bestrafen wollte, hatte er sich gewaltig vertan. Natürlich war auch mein Verhalten verachtenswert gewesen, aber damals waren wir noch halbe Kinder! Und jetzt waren wir so gut wie erwachsen.

Eigentlich konnten sie sich nicht hinter meinem Rücken getroffen haben. Selbst wenn ich Barbara so eine Gemeinheit durchaus zutraute – Danny hätte mir so etwas niemals angetan. *Oder*? Eine Stimme träufelte mir Gift ins Ohr, und ich glaubte die ach-so-vernünftigen Erklärungen zu hören, die Danny immer für unsere heimlichen Treffen gefunden hatte. Vielleicht hatte ich mich gründlich in ihm getäuscht? War er womöglich ein manipulativer Typ, dem es Spaß machte, Barbara und mich gegeneinander auszuspielen? Später sollte ich in ihm jemanden sehen, der die Täuschung um der Täuschung willen liebt, aber damals war er noch nicht so; diesen Charakterzug entwickelte er erst im Laufe des Kriegs. Trotzdem bekam ich an diesem Nachmittag eine erste Ahnung von dieser Eigenschaft – jedenfalls kam es mit so vor, als ich auf meine gescheiterte erste Liebe zurückblickte und sie zu analysieren versuchte. Tatsächlich gelang mir das erst Jahre später.

An jenem Tag bei Pearl glich ich einem verwundeten Tier, das sich statt in seine Höhle auf ein Zweiersofa verkroch. Als ich Schritte vor dem Haus hörte, erstarrte ich. Dann rief jemand durchs Fliegengitter: »Mrs. Davidoff?«

Danny.

»Mrs. Davidoff, ich suche Elaine.«

Es dämmerte schon, und im Wohnzimmer war es dunkel. Ich hoffte, dass er mich nicht sehen konnte, und hielt den Atem an.

Doch dann kam Pearl aus der Küche. »Warte einen Moment, Danny«, rief sie.

Ich sprang auf und flüsterte: »Nein!«

Pearl legte mir die Hände auf die Schultern. »Wenn du willst, schicke ich ihn weg. Aber das ist deine letzte Chance. Wenn er abfährt und im Krieg umkommt, ohne dass ihr euch noch einmal gesehen habt – könntest du dir jemals verzeihen?«

»Am liebsten würde ich ihn selber umbringen. Auf der Stelle.«

»Ich weiß. Und er hätte es verdient.«

Aber Pearl hatte recht. Er hatte mir so lange so viel bedeutet, dass ich mich nicht weigern durfte, ihn zu sehen – nicht an dem Tag, bevor er in den Krieg zog. »Lass ihn rein«, sagte ich.

»Soll ich Licht machen?«

»Nein!«

Pearl sagte Danny, ich sei da, und hielt ihm die Tür auf.

»Ich möchte mich entschuldigen«, murmelte er im Hauseingang.

Dann war er drinnen. Mein Bashert. Er stand so unsicher da und sah mich so schüchtern an, dass ich an die magische Nacht denken musste, als er nackt vor mir gestanden hatte. Mir dröhnte der Schädel, und meine Knie zitterten. Ich setzte mich, um nicht ohnmächtig zu werden.

»Pass gut auf dich auf, Danny.« Pearl stand mit dem Rücken zu mir. Ich konnte nicht sehen, wie sie Danny ansah, aber er schien ein paar Zentimeter zu schrumpfen.

»Ja, Ma'am.«

Dann ließ Pearl uns allein.

Er machte ein paar Schritte auf mich zu, dann sank er auf die Knie. »Es tut mir so leid, Elaine. Ich …« Er unterdrückte ein Schluchzen. Ich hatte ihn nie weinen sehen, noch nicht einmal als Kind. Mir kamen ebenfalls die Tränen, aber das machte mich umso wütender.

Ich schlug ihm so kräftig ins Gesicht, dass meine Hand wehtat. »Wie konntest du nur?«

»Es tut mir leid. Es tut mir wirklich leid.« Er wehrte sich nicht, kniete vor mir und weinte.

»Wie konntest du nur? Ausgerechnet mit ihr!« Wieder schlug ich zu, und es machte mir ein perverses Vergnügen, ihm wehzutun.

»Bitte, Elaine!« Er griff nach meinen Händen.

»Lass mich los!«

»Bitte! Ich geh morgen in den Krieg. Wir müssen reden.«

»Lass mich los!«

Er ließ meine Hände los, rappelte sich auf und stand da, außerhalb meiner Reichweite.

»Hast du sie gefickt?« Noch nie zuvor hatte ich dieses Wort benutzt. Es jetzt zu tun gab mir das Gefühl, erwachsen und wunderbar gemein zu sein.

Er wischte sich die Tränen mit den Hemdsärmeln ab. »Nein, ich hab sie nicht … geliebt. Ich liebe *dich*, Elaine!«

»Hast du dich mit ihr getroffen?«

»Wie meinst du das?«

»Hast du dich heimlich mit ihr getroffen?« Ich betrachtete ihn aufmerksam, wollte sehen, ob ich ins Schwarze getroffen hatte. Aber er wirkte fassungslos, und ich glaubte ihm, als er »Nein« sagte. Meine Wut minderte das jedoch nicht.

»Bitte, Elaine … Das Ganze war verrückt. Wie ein Fieber, so kurz vor der Abreise. Sie kam, um mir alles Gute zu wünschen, und gab mir einen Abschiedskuss. Das war alles. Aber dann … du weißt schon.«

»Was weiß ich?«

»Es ist furchtbar, dass ich dir so wehge…«

»Hat sie dir einen geblasen?« *Mit Danny machst du das ja auch*, hatte sie einmal zu mir gesagt.

»Hörst du dir meine Entschuldigung nicht mal an, Elaine?« Jetzt klang er wütend. Hatte er etwa gedacht, er bräuchte bloß ein paar Tränen zu vergießen und alles wäre wieder in Ordnung? Glaubte er, ich sei so hoffnungslos in ihn verliebt?

»Hat sie?«, hakte ich nach. »Lüg mich nicht an!«

»Also gut, ja. Aber es war … das musst du mir glauben … nur weil sie es früher immer getan hat, als wir noch zusammen waren.«

»Und warum hast du das nie von mir gewollt?«

»Was? Mir einen zu … Du machst wohl Witze! Dafür hab ich viel zu viel Respekt vor dir. Von ihr hab ich's auch nicht verlangt, das erste Mal. Sie hat es von sich aus getan. Hör mal, Elaine, ich kann verstehen, dass du mich jetzt hasst. Ich hab's verdient. Aber morgen fahre ich ab. Willst du mir nicht wenigstens Glück wünschen?«

Ich hoffe, du stirbst! Doch bei dem bloßen Gedanken wurde mir schlecht.

»Viel Glück«, sagte ich.

»Ich liebe dich.«

Danach verstummte er, und ich dachte: *Ich liebe dich auch*. Noch vor wenigen Stunden hätte ich das aus vollem Herzen sagen können, aber er hatte mich so tief verletzt, dass ich jetzt zwischen Liebe und Hass schwankte. Vielleicht würde ich ihn nie wiedersehen, und vielleicht war jetzt die letzte Gelegenheit, diese Worte auszusprechen. Etwas in mir drängte mich dazu, zugleich fürchtete ich, dass es mich zerreißen würde. Bis jetzt hatte ich meine Tränen zurückgehalten, aber nun schluchzte ich auf.

»Elaine.« Ich war schockiert, als er vor mir in die Knie ging. »Es ist ein schrecklicher Zeitpunkt, ich weiß, aber ich wollte es heute Abend tun und weiß nicht, ob ich eine zweite Chance bekomme.«

»Nicht, Danny«, murmelte ich und war wie hypnotisiert, als er etwas aus seiner Hosentasche holte und mir in der ausgestreckten Hand hinhielt. Ein kleines Kästchen.

»Elaine, willst du mich heiraten?« Er öffnete das Kästchen, und ich sah in dem dunklen Zimmer einen Ring schimmern.

»Nein!« Falls dieser Antrag nur dazu dienen sollte, die Wogen zu glätten, wäre es furchtbar erniedrigend, darauf einzugehen. Und falls er die Wahrheit sagte und mich heute wirklich um meine Hand bitten wollte – wie konnte er mich dann am selben Tag mit Barbara betrügen?

»Es war der Ring meiner Mutter. Ich wollte dich heute fragen.«

»Geh weg, Danny!«

»Sag wenigstens, dass du darüber nachdenkst!«

»Geh weg!« Ich stieß ihn fort.

Als er gegangen war, weinte ich in Pearls Armen und fragte wieder, ob ich nicht zu ihr ziehen könnte. Wenn Barbara immer die treibende Kraft in punkto Sex gewesen war, nahm ich an, dass es auch an diesem Nachmittag sie war, die aus dem Abschiedskuss mehr gemacht hatte. Das entschuldigte aber nicht, dass Danny sich darauf eingelassen hatte. Meine Schwester hingegen … Ich würde es nicht ertragen, auch nur eine weitere Nacht die gleiche Luft zu atmen wie sie.

Barbara schien dasselbe zu empfinden. Am nächsten Tag war sie verschwunden.

ERST ALS ICH AM NÄCHSTEN NACHMITTAG von der Universität heimkam, erfuhr ich, was passiert war. Ich wollte etwas essen und dann zu Pearl gehen, weil sie mir erlaubt hatte, wenigstens noch eine Nacht bei ihr zu schlafen.

Schon als ich um die letzte Straßenecke bog, wappnete ich mich. Zum ersten Mal, seit mein Leben aus den Angeln gehoben worden war, würde ich Mama gegenübertreten und ihr alles erklären müssen. Überdies erwartete ich Vorwürfe, weil ich bei Pearl übernachtet hatte. Dabei hatte ich überhaupt keine Kraft für diese Auseinandersetzung. Nach einer schlaflosen Nacht hatte ich mich am Morgen wie gerädert zur Universität geschleppt. Wenn ein Professor mir eine Frage stellte, konnte ich nur herumstottern, und immer wieder rannte ich auf die Toilette, um zu heulen. Das Letzte, was ich jetzt gebrauchen konnte, waren Mamas bohrende Fragen, warum mein eigenes Zuhause mir plötzlich nicht mehr gut genug war. Aber wenn ich es jetzt nicht hinter mich brachte, würde sie zu Pearl gehen und sie bestürmen.

»Sie ist da, sie ist da!«, rief Harriet, als ich unsere Veranda betrat.

Mama stürzte sich auf mich, bevor ich drei Schritte ins Haus gemacht hatte, und fuchtelte mit einem Zettel herum, auf dem in schwarzer Tinte ein paar Zeilen standen. »Was weißt du darüber?«

»Worüber?« Ich war drauf und dran, die Nerven zu verlieren, als ich die Gesichter meiner kompletten Familie – außer Barbara – sah.

Mama, Harriet und Audrey, der Tränen über die Wangen liefen, standen ganz aufgeregt da, nur Papa saß in seinem Sessel.

Obwohl er ruhiger war als die anderen, sah er mich erwartungsvoll an.

»Nun lass sie doch erst mal ihre Bücher weglegen, Charlotte!«, sagte er zu Mama. Dann wandte er sich an mich. »Das ist ein Brief von deiner närrischen Schwester, Elaine. *Niemals* hätten wir ihr erlauben dürfen, in einem Nachtclub zu arbeiten.«

»Was ist ein Nachtclub?«, fragte Audrey leise.

Ich legte meine Bücher auf den Tisch, und Mama sagte, mittags hätte sie nach Barbara sehen wollen, weil sie um diese Zeit immer in der Küche einen Kaffee trank. Aber Barbara war nicht da, weder in der Küche noch in unserem Zimmer. »Und das lag auf ihrem Kopfkissen!« Sie hielt mir den Brief hin.

Liebe Mama, lieber Papa,
macht Euch keine Sorgen um mich. Mir geht's gut. Ich muss jetzt meinen eigenen Weg gehen. Ich liebe Euch,
Barbara

»Warum tut sie mir das an?«, jammerte Mama. »Wenn du wüsstest, was für einen Schrecken sie mir damit eingejagt hat! Ich weiß, dass ich sie nie wiedersehen werde.«

»Du siehst sie heute Abend«, sagte Papa. »Wir gehen zu diesem Nachtclub und waschen ihr den Kopf.«

»Hat sie was mit einem Mann?«, wollte Mama von mir wissen.

Außer mit meinem? »Bestimmt ist sie bei einer Freundin.« Das glaubte ich wirklich. Ich machte mir überhaupt keine Sorgen. Nicht die Spur einer Intuition unter Zwillingen, dass irgendetwas nicht stimmte. Stattdessen hielt ich es für ein gedankenlos inszeniertes Melodrama meiner egoistischen Schwester, mit dem sie die ganze Familie in Aufruhr versetzte.

»Elaine«, sagte Papa. »Weißt du, ob sie irgendein Problem

hat? Eins, von dem wir etwas wissen sollten, bevor wir sie nachher zur Rede stellen?«

»Wahrscheinlich will sie einfach auf eigenen Füßen stehen.«

»Auf eigenen Füßen stehen?« Mama durchlöcherte mich mit einem ihrer Blicke, bei denen ich mich immer nackt fühlte. »Was ist gestern zwischen euch beiden vorgefallen?«

»Wir sehen uns ja kaum noch.«

»An ein und demselben Abend läuft sie weg, und du schwänzt Dannys Abschiedsparty und übernachtest bei deiner Tante Pearl? Du willst mir doch nicht weismachen, dass das Zufall ist!« Mama ließ nicht locker.

»Ich war durcheinander wegen Dannys Abreise. Ich wollte irgendwo hin, meine Ruhe haben.«

»Du bist durcheinander, weil er wegfährt, und deswegen gehst du ihm aus dem Weg?«

»Charlotte!«, schaltete sich Papa ein. »Lass uns erst mal essen. Dann gehen wir beide zu diesem Nachtclub und bringen unsere Tochter zur Vernunft.«

»Als ob ich jetzt etwas essen könnte!«, erwiderte Mama, ohne ihren misstrauischen Blick von mir abzuwenden.

Wir kochten ein paar Eier und Kartoffeln. Beim Essen versuchte Papa so zu tun, als sei alles wie immer, und fragte nach der Schule beziehungsweise der Universität. Harriet spielte mit und genoss es, bei Tisch mehr Aufmerksamkeit zu bekommen als sonst. Sie plapperte drauflos, welche Klassenkameraden sie besonders gernhatte, wer schon ein bisschen lesen konnte, wer einen Hund hatte und ob wir uns nicht auch einen Hund anschaffen könnten.

Nach dem Essen zog Mama ihr bestes Kleid an, das aus grüner Seide und mit gerafftem Oberteil, eine von Pearls Kreationen. Dann rief Papa ein Taxi, ein seltener Luxus, das sie zum Trocadero bringen sollte.

Ich setzte meine Schwestern vors Radio, dann rief ich Pearl an, um ihr zu sagen, dass ich ihr Übernachtungsangebot nicht anzunehmen brauchte, weil Barbara bei einer Freundin schlief. »Nein, nein, alles in Ordnung«, sagte ich. *Abgesehen von dem Schaden, den die blöde Kuh angerichtet hat.* Ich hoffte, dass Mama und Papa sie nicht überreden konnten, sofort nach Hause zu kommen. Das Zimmer neben der Küche ganz für mich allein zu haben war noch besser, als bei Pearl zu übernachten.

ALS MAMA UND PAPA kurz nach zehn zurückkehrten, legte Papa den Arm um Mama und führte sie zu einem Stuhl. Sie schien sich kaum auf den Beinen halten zu können.

»Mach deiner Mutter einen Tee, Elaine«, sagte er.

»Was ist passiert? Was hat sie gesagt?«

Papa seufzte. »Deine Schwester war nicht da. Sie hat gestern Abend gekündigt. Bestimmt geht es ihr gut, aber niemand konnte uns sagen, wo sie ist. Du da, ab ins Bett!« Das galt Audrey, die aus ihrem Zimmer gekommen war und im Flur kauerte.

»Ich mache den Tee.« Schnell lief ich in die Küche. Ich brauchte ein paar Minuten, um nachzudenken.

»Vergiss den verdammten Tee!« Mama erwachte aus ihrer Erstarrung. Ihre Stimme war wie ein Schlag ins Gesicht. »Komm her, Elaine, und schau mir in die Augen!«

Ich gehorchte.

»Was ist gestern zwischen dir und Barbara vorgefallen?«

Ich hatte geglaubt, Barbara nicht mehr hassen zu können, als ich es ohnehin schon tat. Aber sie war schuld, dass ich Mama und Papa meine Demütigung offenbaren musste, während sie es sich bei einer Freundin gemütlich machte. Plötzlich durchzuckte mich ein beängstigender Gedanke: *Warum hat sie ihren Job gekündigt? Wenn sie auf eigenen Füßen stehen will, braucht sie den doch mehr denn je!*

»Elaine!«, sagte Mama.

»Ich …« Es hatte keinen Sinn, um den heißen Brei herumzureden, denn Mama ahnte bereits, was passiert war. »Ich bin nach der Uni zu Danny gegangen, und sie war bei ihm.«

»Was wollte sie da?«

»Mit ihm knutschen.«

»Nur knutschen?«

»Woher soll ich das wissen?«

»Elaine!«, sagte Papa streng. »Habt ihr euch gestritten, du und Barbara?«

»Nein, ich bin einfach gegangen.«

»Direkt zu Tante Pearl?« Mama schnaubte. »Nicht zu deiner Mama?«

»Ich dachte …«

Glücklicherweise behielt Papa im Blick, worum es eigentlich ging. »Denk nach, Elaine!«, sagte er. »Wo kann sie sein? Wer sind ihre besten Freunde?«

Ich begann mit Barbaras Freundinnen von den Diamonds. »Susie Graf, Alice Wexler …«

»Ach, hört auf!« Mama verdrehte die Augen. »Ist euch immer noch nicht klar, wo sie steckt?«

Ich starrte sie verständnislos an. »Wo denn?«

»Pah!«, sagte Mama. »Man braucht wirklich keinen Collegeabschluss, um was vom Leben zu verstehen.«

»Charlotte!«

»Habt ihr es immer noch nicht kapiert?«, fragte Mama triumphierend. »Sie sitzt im Zug nach Kanada, mit diesem Nichtsnutz Danny Berlov.«

»Nein!«, sagte ich. »Danny hätte mich nicht …«

»Nicht – was?«, insistierte Mama, als ich nicht weitersprach.

Ich hatte keine Geheimnisse mehr und keinerlei Privatsphäre. Aber von Dannys Heiratsantrag zu erzählen wäre einfach zu viel gewesen. »Er geht zur Armee, da kann sie doch nicht einfach mitkommen«, sagte ich. »Er bleibt ja auch nicht in Kanada. Er macht da bloß eine kurze Ausbildung, einen Monat oder so, und dann schicken sie ihn nach Europa.«

»*Du* hättest dir all diese Dinge vorher überlegt«, sagte Mama. »Aber deine Schwester doch nicht! Und Danny Berlov? Macht der sich etwa Gedanken?«

»Das ergibt doch überhaupt keinen Sinn, Charlotte!«, sagte Papa mit seiner Nun-lasst-uns-alle-vernünftig-sein-Stimme. »Elaine hat recht. Danny geht zur kanadischen Armee. Woher soll Barbara das Geld für eine Fahrkarte nach Kanada haben? Und wo soll sie dort wohnen?«

Doch Mama ließ sich nicht davon abbringen, und Papa musste ihr versprechen, am nächsten Morgen zur Western Union zu gehen und Barbara ein Telegramm zum Bahnhof von Vancouver zu schicken.

»Schick es nicht nach Vancouver«, mischte ich mich ein, obwohl ich Mamas Fantasterei eigentlich nicht unterstützen wollte. »Der Zug kommt erst in eineinhalb Tagen da an. Schick es lieber nach …« Ich hatte mit Danny den Fahrplan studiert, das schien jetzt ewig her zu sein. Sacramento? Nein, Sacramento musste er schon passiert haben. »Portland, da hat der Zug eine Stunde Aufenthalt. In der Zeit müsste es möglich sein, ein Telegramm auszuliefern.«

»Schreib auch an Danny Berlov«, sagte Mama. »Schreib, dass wir ihn für die Sicherheit unserer Tochter verantwortlich machen … oder dass er sie heiraten soll. Was, wenn dieser Nichtsnutz sie geschwängert hat, sich in den Krieg verdrückt und stirbt? Dann sitzt sie ganz allein mit dem Kind in Kanada.«

Sie konnte doch nicht schwanger sein! So weit waren sie nicht gegangen, das hatte Danny mir geschworen.

Papa beugte sich Mamas Wünschen und bat mich um eine

Liste von Barbaras Freunden. Die wollten wir anrufen und nach Barbara fragen.

»Und wenn ich morgen selbst zu einigen gehe und mit ihnen rede?«, schlug ich vor.

»Untersteh dich!«, sagte Mama. »Wenn wir sie so offensichtlich suchen, zerreißt sich ganz Boyle Heights das Maul über die unmögliche Greenstein-Tochter, die von zu Hause weggelaufen ist.«

»Elaine«, sagte Papa. »Du gehst studieren! Kommt nicht infrage, dass du deine Seminare vernachlässigst! Außerdem sehe ich keinen Grund, sofort alle möglichen Leute zu fragen. Wir warten noch einen Tag. Bestimmt kommt sie von selber zurück.«

»Sie sitzt in diesem vermaledeiten Zug, ihr werdet sehen!«, sagte Mama. Dann kam sie auf mich zu und streichelte meinen Arm. »*Oy*, Elaine!«

»Was denn?« Ihre Zärtlichkeit alarmierte mich mehr als ihr Kreuzverhör. Wie ich ihren Fragen ausweichen konnte, wusste ich, aber wenn sie jetzt anfing, mich zu trösten, würde ich mich wie eine verzweifelte Dreijährige an ihren Hals werfen.

Doch sie sagte nur: »Verschwende keine Tränen an diesen Danny Berlov! Sei froh, dass du ihn los bist!«

AN DIESEM ABEND STELLTE ICH die Liste zusammen, um die Papa mich gebeten hatte, und begann mit den Diamonds, obwohl es ganz unsinnig war. Wenn Barbara untertauchen wollte, war sie bestimmt nicht zu jemandem in Boyle Heights gegangen. Ich kannte auch einige Tanzschülerinnen, mit denen sie befreundet war, manche allerdings nur dem Namen nach. Sie alle kamen auf die Liste.

Dann dachte ich über das Trocadero nach. Man hatte Mama in die Garderobe gelassen, um mit den Tänzerinnen zu sprechen, und alle hatten behauptet, nicht zu wissen, wo Barbara sein könnte. Ob welche darunter waren, die sie näher kannten? Vielleicht würde eine von ihnen mir mehr verraten, wenn ich allein mit ihr sprach, als Barbaras Schwester … vielleicht eine, die in unserem Alter war und sich scheute, mit Mama zu reden. Doch ich hatte in diesem Sommer so wenig Kontakt zu Barbara gehabt, dass ich keine Ahnung hatte, wer diese Freundin sein könnte.

Während ich meine Suche nach Barbara in Los Angeles plante, nagte der Gedanke an mir, dass Mamas absurde Theorie vielleicht gar nicht so absurd war. Doch selbst wenn es so war, hatte Barbara es mit Sicherheit nicht geplant – und Danny schon gar nicht. Der Versuchung des Moments nachzugeben war eine Sache, aber noch nicht mal Danny, auf den ich so wütend war, würde wenige Stunden, nachdem er mir einen Heiratsantrag gemacht hatte, mit meiner Schwester durchbrennen. Barbara musste in Panik geraten sein, als ich die beiden entdeckte. Sie fürchtete meine Wut, und noch mehr fürchtete sie, dass ich es Mama und Papa sagen würde, die ihr die Hölle heißmachen würden, sobald sie zur Tür hereinkäme. Lieber wollte sie verschwinden, und das Erste, was ihr dann einfiel, war wahrscheinlich der Zug, von dem sie wusste, dass er früh am nächsten Morgen fahren würde. Es musste eine überstürzte Aktion gewesen sein – und das sah Barbara ähnlich.

Als ich an diesem Abend zu Bett ging, fand ich unter meinem Kopfkissen einen zweiten Abschiedsbrief.

Es tut mir leid, Lainie. In Liebe,
Barbara

Am liebsten hätte ich den Zettel in tausend Stücke gerissen, doch aus irgendeinem Grund legte ich ihn in das Schatzkästchen, das Tante Pearl mir als Kind geschenkt hatte. Hatte ich eine Ahnung, dass es das Letzte war, was ich von Barbara je hören würde? Ich weiß, dass ich immer noch schrecklich wütend auf sie war, und obwohl ich anfing, mir Sorgen um sie zu machen, überwog die Wut. In dieser Nacht schlief ich gut, und an der Universität konnte ich mich am nächsten Tag wieder besser konzentrieren. In Wirtschaftslehre behauptete ich mich sogar gegen einen Professor, der uns mit Fragen bombardierte, als wollte er uns fertigmachen. Nicht einmal meine Verzweiflung über Danny konnte meinen Stolz mindern, als ich eine schwierige Frage beantwortete und der Professor mich ansah, als wollte er sich mein Gesicht einprägen; es war die Sorte Anerkennung, die ich zu Beginn jedes Schuljahres erhielt, der Moment, in dem ein neuer Lehrer Elaine Greenstein als eine der intelligenteren Schülerinnen identifizierte – aber dieses Mal passierte es nicht an einer Schule in Boyle Heights, sondern an der Universität von Südkalifornien.

Nach der Uni musste ich mich um Barbaras Verschwinden kümmern. Ich rief zu Hause an, um zu hören, ob sie sich inzwischen gemeldet hatte. Sie hätten nichts von ihr gehört, sagte Audrey. Ich fuhr zu Barbaras Tanzschule in Hollywood und traf dort vier ihrer Freundinnen. Ich erzählte ihnen, Barbara sei bei einer Freundin und hätte vergessen, uns deren Namen zu nennen, ob sie mir sagen könnten, um wen es sich handelte? Sie wussten es nicht, gaben mir aber ein paar Namen und Telefonnummern, bei denen ich es versuchen könnte.

Das wollte ich tun, sowie ich zu Hause war, aber Mama wollte davon nichts hören. Ohnehin hätte ich den Leuten schon viel zu viel verraten.

»Aber Mama, keins dieser Mädchen wohnt in Boyle Heights oder auch nur in der Nähe.«

»Und woher willst du wissen, dass sie hier keine Verwandten haben?«

»Wir leben doch nicht mehr zur Zeit Jane Austens! Es ruiniert doch nicht gleich unsere ganze Familie, wenn die Leute wissen, dass …«

»Trotzdem sehe ich keinen Grund, Staub aufzuwirbeln«, grummelte Mama. »Wir wissen ja, wo sie ist: in diesem Zug.«

Der Zug würde um zwanzig vor acht Portland erreichen, und nach dem Abendessen wurde Mamas Anspannung so unerträglich, dass ich es nicht aushielt, mit ihr in einem Raum zu sitzen. Ich ging in mein Zimmer und nahm mir *Beowulf* vor, was sowohl in Altenglisch als auch in Übersetzung auf meinem Lehrplan stand. Doch obwohl ich mich zwang, die aufgeschlagenen Seiten anzustarren, sah ich immer nur diesen Zug auf Portland zurasen. Um halb acht gab ich es auf und ging zu den anderen in die Küche zurück. Alle hielten sich in der Nähe des Wandtelefons auf. Papa spielte mit Audrey und Harriet Karten, und Mama rückte Geschirr in den Schränken zurecht, das ohnehin am rechten Platz stand.

Ab zwanzig vor acht warfen alle nervöse Blicke aufs Telefon und auf die Küchenuhr, aber um acht hatte sich immer noch nichts getan. Als das Telefon um Viertel nach acht schließlich klingelte, stürzte Papa sich regelrecht darauf. »Barbara!«, rief Mama dicht neben ihm. Wir alle umdrängten ihn, hielten den Atem an und lauschten.

»Sol, wie geht's denn?«, sagte Papa.

Es war ein ganz gewöhnlicher Anruf. Ich wollte schon wieder an den Tisch zurückgehen, als ich Papa sagen hörte: »Burt hat dich vom Bahnhof in Portland angerufen? Oh, gut.«

»Sol Weber«, flüsterte Mama. Burt Webers Vater.

»Nein, sie ist nicht verschwunden«, sagte Papa. »Sie hat nur nicht nachgedacht. Sie wollte ein paar Tage bei einer Freundin verbringen und hat vergessen, uns zu sagen … Nein, nein. Das war nur so eine verrückte Idee meiner Frau.« Er verzog das Gesicht und sah Mama an. »Ja, natürlich ist sie bei ihrer Freundin … Nein, wir brauchen keine Hilfe. Danke, dass du Bescheid gesagt hast.«

Papa legte auf und berichtete dann, was Burt Weber seinem Vater erzählt hatte. Papas Telegramm sei im Bahnhof von Portland zugestellt worden und hatte Danny so wütend gemacht, dass er, statt selbst zu antworten, von Burt verlangte, zu Hause anzurufen (Dannys Vater hatte immer noch kein Telefon) und unmissverständlich klarzumachen, dass Barbara nicht bei ihm war. Und falls wir glaubten, Barbara sei irgendwo anders in diesem Zug, sollte Burt seinem Vater sagen, dass er und Danny sich öfter mal die Beine vertraten, durch den ganzen Zug gingen und beschwören konnten, dass Barbara nicht da war.

»Ausgerechnet Sol Weber!«, stöhnte Mama. »Er ist das größte Klatschmaul weit und breit. Was hast du in dem Telegramm geschrieben, das alle Welt so alarmiert hat?«

»Das musst gerade du fragen!«, schrie Papa. »Wer war sich denn so sicher, dass Barbara in diesem Zug sitzt?«

»Papa?«, piepste Audrey ängstlich. Wir hatten unsere Eltern schon öfter streiten hören, aber so noch nie. Normalerweise nörgelte Mama über irgendetwas, und Papa korrigierte sie kühl. Laut wurde er ganz selten.

»Was ist, Audrey?« Papa versuchte sie anzulächeln.

»Wenn Barbara nun wirklich nicht in dem Zug ist … Ist das schlimm?«

»Nein, im Gegenteil. Das heißt, dass deine törichte Schwester hier in Los Angeles ist.«

»Und wann kommt sie heim?«

»Bald. Sieh nur, wie spät es ist! Du und Harriet, ihr gehört ins Bett!«

»Und wenn wir an Mr. Keen schreiben?« Audrey dachte an

die Radiosendung, in der Mr. Keen verschwundene Personen aufspürte.

»Geht zu Bett!«, sagte Mama. »Und zwar sofort.«

Audrey hatte Tränen in den Augen. Die Ärmste war von Natur aus ängstlich, und jetzt waren alle so sehr mit Barbara beschäftigt, dass kein Mensch sich die Mühe machte, ihr diese Familienkrise zu erklären.

»Hey«, sagte ich zu ihr und Harriet. »Macht euch schon mal bettfertig, dann lese ich euch noch ein bisschen aus *Nancy Drew* vor.« Ich legte den Arm um Audrey, nahm Harriet bei der Hand und brachte die beiden in ihr Zimmer.

Harriet war noch zu jung, um zu verstehen, was los war, und sie hatte ein sonniges Naturell. Familienstürme fegten über sie hinweg, ohne sie zu bekümmern – zumindest kam es mir damals so vor, wenn ich in das ewig lächelnde Gesicht meiner jüngsten Schwester blickte. Audrey dagegen war völlig verstört. Ich versuchte, ihre Fragen geduldig zu ertragen: Was für einen Job hatte Barbara, und wieso war er so geheim? Warum glaubten Mama und Papa, sie sei mit Danny weggelaufen? Danny sei doch *mein* Freund? Ich antwortete, so gut ich konnte, ohne gleich mit der ganzen Wahrheit herauszurücken. Was aber sollte ich sagen, als sie fragte: »Geht es Barbara gut? Warum ruft sie nicht an? Ist ihr was Schlimmes passiert?« Wie sollte ich ihr Ängste nehmen, die mich selbst umtrieben?

Ich hatte nicht geglaubt, dass Barbara in dem Zug saß, aber Mamas Spekulationen beschworen Bilder herauf, die ich gegen ihre unfassbare Abwesenheit setzen konnte: wie sie sich die Haare kämmte, Kaffee trank und von einem bequemen Platz aus erst Kalifornien und dann Oregon an sich vorüberziehen ließ. Tatsächlich war sie wahrscheinlich irgendwo bei einer Freundin in L. A., und ich hätte sie am liebsten endlos geschüttelt. Inzwischen war sie aber schon zwei Tage verschwunden, ohne ein Wort, und aus meiner Wut wurde nackte Angst.

Auf Mama und Papa hatte Burts Nachricht die gleiche Wirkung. Als ich in die Küche kam, hatte Mama aufgehört, Barbaras Verschwinden geheim zu halten. Stattdessen ging sie die Liste von Barbaras Freundinnen durch, die ich zusammengestellt hatte, und rief eine nach der anderen an. Zwischen den Anrufen stöhnte sie und sagte, das sei Gottes Strafe für das Leid, das sie *ihren* Eltern zugefügt habe. Dann atmete sie tief durch und wählte die nächste Nummer. Und Papa … Noch nie hatte ich ihn so außer sich gesehen. Mein sonst so bedächtiger Vater ging auf und ab, rauchte eine Zigarette nach der anderen und schwankte zwischen Tiraden über seine missratene Tochter und der Sorge, dass sie in Gefahr sei. Im einen Moment sagte er, wir könnten uns die Suche nach ihr sparen, weil sie am nächsten Tag bestimmt wieder auftauchen würde, als sei nichts gewesen, und so tun würde, als könnte sie unsere Aufregung nicht verstehen. Im nächsten überlegte er, die Polizei einzuschalten. »Aber warum sollte sich die Polizei darum kümmern?«, fuhr er fort. »Sie ist achtzehn und hat einen Brief hinterlassen. Und dann ihr Arbeitsplatz … Dabei sollte gerade dieser Arbeitsplatz die Polizei aufhorchen lassen! Es liegt doch auf der Hand, dass ein Mädchen mit so einem Job nicht genug Verstand besitzt, um Gefahren einschätzen zu können! Elaine, was meinst du?« Hilfesuchend sah er mich an. Ich begann eine Antwort zu stammeln, aber er redete schon weiter und verfluchte Barbaras gedankenlosen Egoismus.

Als er etwas an der Haustür hörte, sprang er hin. Ich folgte ihm, und Mama beendete hastig ihren letzten Anruf, folgte uns und rief: »Barbara?«

Aber es war Pearl. Sie war abgeschminkt, hatte Lockenwickler im Haar und sah aus, als hätte sie gerade zu Bett gehen wollen. »Ich wollte anrufen, aber bei euch war immer besetzt«, sagte sie. »Ruth Eder hat sich bei mir gemeldet und sagt, Barbara sei mit Danny nach Vancouver gefahren. Das kann doch nicht wahr sein, oder?«

»Komm, setz dich.« Papa schaltete die Wohnzimmerlampe an und ließ sich wie ein alter Mann in den Sessel fallen.

Er zeigte Pearl den Abschiedsbrief, den er in seiner Brieftasche aufbewahrte, und begann zu erzählen, was während der letzten zwei Tage vorgefallen war.

»Warum habt ihr mir denn nicht Bescheid gesagt?«, rief Pearl, verschwendete aber keine Zeit darauf, beleidigt zu sein, sondern hörte Papa erst mal zu.

Als Papa fertig war, saß sie ganz still und mit geschlossenen Augen da. Dann fragte sie: »Hat Barbara viel Geld bei sich?«

Mama schüttelte den Kopf. »Den größten Teil ihres Lohns gibt sie als Kostgeld ab. Warum?«

»Ich überlege, ob sie sich für ein, zwei Nächte ein Hotelzimmer genommen oder sogar die Stadt verlassen hat. Sie könnte an tausend Orten sein, nicht nur Vancouver …«

Mit einem Schlag wuchs die Karte, auf der ich Barbara verortete, ins Unendliche. Aus dem Stadtplan von Los Angeles wurde ein Universum, in dem sie für immer verloren war. Ich unterdrückte ein Schluchzen.

Mama erwiderte: »Sie hat nur ein bisschen Taschengeld.«

»Aber sie braucht doch Geld«, sagte Pearl. »Wir könnten eine Nachricht für sie bei ihrer Bank hinterlassen.«

»Welche Bank?«, fragte Mama.

»Sie hat mich gefragt, wie man ein Sparkonto eröffnet … Ich glaube, letzten Winter. Ich habe ihr die Union Bank in der Innenstadt empfohlen, und da wollte sie hingehen.«

»Findest du nicht, das hättest du uns erzählen müssen?« Wie

üblich war Mama beleidigt, wenn sich eine von uns Pearl anvertraute. Außerdem war ihr Nervenkostüm ohnehin dünn, nachdem sie acht oder neun von Barbaras Freundinnen angerufen und versucht hatte, sich ihre Panik nicht anmerken zu lassen. Dass die Mädchen keine Ahnung hatten, wo Barbara stecken könnte, hatte ihre Angst noch gesteigert.

»Ich dachte, ihr wüsstet Bescheid, Charlotte. Und warum hätte ich euch warnen sollen? Es war doch eine gute Idee von ihr … sehr verantwortungsbewusst, ein Sparkonto anzulegen!«

Doch so einfach war Mama nicht zu besänftigen. »Meinst du nicht, dass ihre Eltern dabei ein Wörtchen mitzureden haben?«

»Hör mal, Pearl«, ging Papa dazwischen. »Kannst du einen Brief zur Bank bringen und dafür sorgen, dass man ihn ihr aushändigt?«

»Klar. Ich gehe gleich morgen früh hin und spreche mit meinem Banker. Er kann den Schalterbeamten eine Mitteilung für sie geben.«

Wir gingen in die Küche zurück, damit Papa den Brief am Tisch schreiben konnte. Mama telefonierte weiter die Liste durch, obwohl es inzwischen halb elf war. Sie weckte einige Leute mit ihren Anrufen und musste deren Unmut über sich ergehen lassen. Inzwischen gab sie sich keine Mühe mehr, ihre Panik zu verbergen.

Papa setzte mehrfach an, zerknüllte das Blatt aber immer wieder. »Ich bin schuld«, sagte er zu Pearl. »Ich hätte nie zulassen dürfen, dass sie diesen Job annimmt!«

»Oh, Billie«, sagte Pearl und tätschelte Papas Hand. »Wenn es nicht dieser Job gewesen wäre, dann etwas anderes. Niemand hätte Barbara davon abhalten können, flügge zu werden.«

»Flügge zu werden?« Aufgebracht drehte sich Mama zwischen zwei Anrufen zu Pearl um. »Gehört das zu den Ratschlägen, die du meinen Töchtern immer so bereitwillig gibst? Dass sie getrost flügge werden und davonfliegen sollen?«

»Natürlich nicht. So jedenfalls nicht.«

»Es tut mir wirklich leid, dass du keine eigenen Kinder hast, Pearl, aber wenn meine Töchter einen Rat brauchen, dann schick sie gefälligst zu mir!«

»Bitte!«, sagte Papa. »Ein Streit ist das Letzte, was wir jetzt brauchen.«

»Stellst du dich etwa auf ihre Seite?«, zischte Mama.

Pearl stand auf. »Wenn du diesen Brief zustande kriegst und ihn mir morgen früh bringst, gehe ich damit zur Bank«, sagte sie und rauschte hinaus.

»Tante Pearl!« Ich rannte ihr nach und erwischte sie auf der Veranda.

»Wenn du etwas loswerden willst, Elaine, dann sprich mit deiner Mutter«, sagte sie laut. Dann legte sie den Arm um mich und flüsterte: »Wie geht's dir, Liebes? Wie war's an der Uni?«

»Ganz okay.«

»Kommst du gut mit?«

»Ja.«

»Lass dir das von deiner Schwester nicht kaputtmachen!«

ICH WEISS NICHT, was Papa schließlich schrieb, aber früh am Morgen ging er zu Pearl, und Mama wollte derweil weiter die Familien von Barbaras Freundinnen durchtelefonieren. Ich bot meine Hilfe an, aber wenn es eins gab, worin Mama, Papa und Pearl sich einig waren, so war es, dass ich mich aufs Studieren konzentrieren sollte.

Ich musste mich zwingen, zur Universität zu gehen, denn das Unglück, das meine Familie befallen hatte, war wie ein Magnet, dessen Kraft ich mich kaum entziehen konnte. Doch sobald ich dort war, kam mir der Campus wie ein Refugium vor.

In Boyle Heights kannten mich alle als »eins der Greenstein-Mädels«. An der Universität dagegen war ich ein Erstsemester unter vielen. Meine Familie spielte dort keine Rolle.

Hatte Barbara das Gleiche empfunden, wenn sie nach Hollywood fuhr?

Natürlich war ich nicht völlig anonym. Unter den bekannten Gesichtern, die mir über den Weg liefen, war auch Paul. Er wusste von der Sache mit Barbara und fragte, ob er irgendwie helfen könne.

»Nein, danke«, sagte ich und machte mich auf mitleidige Kommentare gefasst, weil Paul, wie alle in Boyle Heights, bestimmt gehört hatte, dass Barbara womöglich mit Danny getürmt war. Wie sollte ein Paul Resnick wohl der Versuchung widerstehen, mir das reinzureiben? Aber seine Stimme und sein Blick waren freundlich und vor allem besorgt.

»Ich meine es ernst«, sagte er. »Sag Bescheid, wenn ich etwas tun kann.«

Da Freitag war, endeten meine Kurse schon gegen Mittag. Auf dem Weg von der Straßenbahnhaltestelle nach Haus fragten mich drei Leute, ob wir von Barbara gehört hätten, und als ich zu Hause die Tür aufmachte, scholl es mir entgegen: »Die Studentin, da ist sie ja!«

Es war Tante Sonya, die sich mit ihrem Nähkörbchen auf dem Sofa breitgemacht hatte – von einer Hand- oder Flickarbeit war allerdings nichts zu sehen.

»Ich bin sofort hergekommen, als ich die Kinder heute früh zur Schule geschickt hatte«, sagte sie. »Ich helfe doch gern, obwohl ich nicht verstehen kann, warum deine Eltern ihr erlaubt haben, in so einem … nun ja … zu arbeiten. Aber die Bezahlung war wohl besser, als man ahnen konnte.«

»Was willst du damit sagen?« Ich hasste es, mich von Sonya ködern zu lassen, aber sie schien etwas zu wissen.

»Dein Vater war heute Morgen bei der Bank, und rate mal, was er herausgefunden hat! Deine Schwester hatte dort ein Sparkonto, und am Mittwochmorgen in aller Frühe hat sie ihr ganzes Geld abgehoben, bis auf den letzten Cent. Einhundertdreißig Dollar! Hat der Mensch Töne?«

Ich hatte jedenfalls keine. Ich wusste, dass Barbara wöchentlich zwei oder drei Dollar an Mama vorbeischmuggelte, die sie für Kleidung, Kosmetik und Taxifahrten ausgab. Aber hundertdreißig Dollar! Woher hatte sie die?

Als könnte Sonya Gedanken lesen, sagte sie düster: »Jedenfalls ist das kein anständiges Geld.«

»Das weißt du doch gar nicht.« Mama kam aus der Küche. Sie trug ihr bestes Hauskleid und hatte sich sogar die Lippen angemalt, als wollte sie sich vor Sonya keine Blöße geben.

»Du musst der Wahrheit ins Gesicht sehen, Charlotte«, sagte Sonya. »Hat mein Bruder jemals einhundertdreißig Dollar im Monat verdient?«

»Wo *ist* Papa überhaupt?«, fragte ich dazwischen.

»In diesem Nachtclub«, sagte Mama. »Er ist mit dem Manager verabredet. Pearl hat sich den Nachmittag freigenommen und ihn hingefahren. Er will rauskriegen, was dort los war.«

»Als würde ein Mann, der in einem Nachtclub arbeitet, irgendwas zugeben!«, sagte Sonya besserwisserisch. »Sie sind schon zwei Stunden weg. Ich hab ja gleich gesagt, dass man so einem Mann nicht einfach gegenübertritt und ihn beschuldigt …«

»Schon gut, Sonya!« Mama zwang sich zu einem Lächeln. »Es war wirklich nett, dass du gleich rübergekommen bist, aber ich möchte dich nicht davon abhalten, dein Schabbesmahl vorzubereiten.«

»Keine Sorge, mein Mädchen kümmert sich um alles.« Inzwischen beschäftigte Sonya eine junge Mexikanerin als Hausmädchen. »So viel Geld – da muss ein Mann dahinterstecken! Was ist bloß mit den Frauen dieser Familie los? Ist es denn wirklich so schwer, sich für den Mann aufzusparen, den man heiratet?«

»Sonya!«

»Erst Pearl mit diesem Schwarzen«, fuhr Sonya unbeirrt fort, »und nun Barbara!«

»Verdammt noch mal, halt die Klappe!«

Erschrocken sahen Sonya und ich Mama an. Ich wusste nicht, wie oft sie schon gesagt hatte: *Wenn wir Elaines Job in Leos Buchhandlung nicht zum Leben bräuchten, würde ich dieser Frau zu gern mal die Meinung sagen!* Nun hatte sie es getan.

»Wenn ich hier nicht willkommen bin …« Demonstrativ packte Sonya ihr Nähkörbchen zusammen.

»Entschuldige mich, ich muss mich ums Essen kümmern«, sagte Mama. »Und du, Elaine? Hast du keine Hausaufgaben?«

Dankbar folgte ich Mama durch die Schwingtür in die Küche und bot an, beim Kochen zu helfen, aber sie schickte mich zum Lernen in mein Zimmer.

Dort dachte ich über den unerwarteten Reichtum meiner Schwester nach – und ihre offensichtliche Bereitschaft, sich für Sex zu verkaufen. Als sie zu dem Produzenten gegangen war, hatte sie gewusst, was sie erwartete; ihr einziges Problem war gewesen, dass er sie um die Gegenleistung betrog. Was hatte sie für hundertdreißig Dollar tun müssen? Es war ein Vermögen.

PAPA UND PEARL KAMEN ERST gegen Abend nach Haus. Audrey und Harriet waren längst von der Schule zurück, und Mama hatte sie nach nebenan zu den Anshels geschickt. Sonya dagegen war sie nicht losgeworden; die saß immer noch auf unserem Sofa. So erfuhren wir drei – Mama, Sonya und ich –, was der Nachmittag ergeben hatte. Der Manager des Nachtclubs, so

Papa, habe Pearl und ihn freundlich empfangen und ihnen sogar auf Jiddisch sein Mitgefühl ausgedrückt. Er zeigte ihnen ein Rechnungsbuch mit allen Summen, die er Barbara ausgezahlt hatte, und die entsprachen exakt den Beträgen, die sie Mama ausgehändigt hatte – plus die paar Dollar, die sie für sich behalten hatte. Hier fand sich also keine Erklärung für das Geld auf Barbaras Sparkonto.

»Aber er hat gesagt, dass sich einige Mädchen mit Modeln etwas dazuverdienen«, sagte Papa.

»Mit Modeln?«, fragte Mama. »Bei Modenschauen in Kaufhäusern?«

»Nein, sie posieren für Fotografen.« Papa starrte auf seine Hände. »Du weißt schon … Pin-up-Fotos … hübsche Mädchen in Badeanzügen …«

»*Gewolt!*«, sagte Sonya. »In der Nähe von Leos Laden gibt es noch eine andere Buchhandlung. Sie gehört Mr. Geiger, du kennst ihn bestimmt, Elaine. In seinem Hinterzimmer hängen lauter solche Fotos.«

»So etwas würde Barbara nie tun!«, sagte ich.

Ich hatte die Fotos zwar nie gesehen, die Arthur Gwynn Geiger angeblich in seinem Hinterzimmer verkaufte (während die Prachtbände, die vorne in den Regalen standen, immer die gleichen waren), aber ich kannte Geiger. Er kam manchmal in Leos Laden. Alle Buchhändler Hollywoods kannten und besuchten einander. Es gab kaum jemanden, der mir so zuwider war wie dieser aufgedunsene, eingebildete Geiger. Er war um die vierzig. Sein linkes Auge war aus Glas und sein Blick kalt und verschlagen, was umso unangenehmer war, als er stets Blickkontakt suchte. Bei der Vorstellung, Barbara könnte etwas mit ihm zu tun gehabt haben, bekam ich eine Gänsehaut.

»Natürlich nicht«, sagte Pearl und warf Sonya einen finsteren Blick zu. (Weil Sonya da war, hatten Mama und Pearl ihr

Kriegsbeil vom Vorabend begraben und sich gegen sie verbündet.) »Der Manager sagte ja nur, dass *einige* Mädchen nebenbei als Model arbeiten.«

»So viel Geld verdient man nicht, wenn man an der Straßenecke Äpfel verkauft«, sagte Sonya.

»Er hat uns die Namen von drei Fotografen aufgeschrieben«, sagte Papa und hielt einen cremefarbenen Briefbogen des Trocadero hoch, auf dem etwas in einer schwungvollen Handschrift notiert war. »Wir waren bei ihnen, deswegen hat es so lang gedauert. Aber keiner von ihnen kennt Barbara.«

»Ach …« Schnell machte ich den Mund wieder zu.

Glücklicherweise sagte Sonya im selben Moment: »Als ob diese Leute dir gegenüber irgendetwas zugeben würden!«

Niemand bemerkte, dass ich beinahe etwas gesagt hätte. Während die anderen besprachen, was zu tun sei, überlegte ich, ob ich sagen sollte, dass ich den Namen des einen Fotografen erkannt hatte: Alan Yardley. Er war der Bekannte, der Barbaras Bewerbungsfotos »praktisch umsonst« gemacht hatte, um ihr »einen Gefallen« zu tun. Warum hatte er ihr diesen »Gefallen« getan? Weil sie ihn Pin-up-Fotos machen ließ? Dass Yardley behauptet hatte, sie nicht zu kennen, deutete auf schmutzige Geschäfte hin. Davon wollte ich in Sonyas Gegenwart aber nichts sagen. Und sollten Mama und Papa es erfahren? Sie würden sich nur noch mehr Sorgen machen. Es war doch gar nicht so wichtig, woher Barbara die hundertdreißig Dollar hatte. Viel wichtiger war, dass sie nicht mittellos war, wenn sie sich jetzt allein durchs Leben schlug.

Also sagte ich nichts.

Am nächsten Morgen, einem Samstag, holte Pearl Papa mit dem Auto ab, um Bahnhöfe und Busterminals abzuklappern. Dass Barbara ihr ganzes Geld abgehoben hatte, ließ vermuten, dass sie vorhatte, Los Angeles zu verlassen. Deshalb wollten die beiden Barbaras Abschlussfoto von der High School an den Fahrkartenschaltern herumzeigen und fragen, ob jemand ihr ein Ticket verkauft hatte – und falls ja: wohin.

Ich ging zur Arbeit in Onkel Leos Buchhandlung. In der Mittagspause machte ich einen Spaziergang, der mich nicht zufällig zu Geigers Laden führte. Ich fragte mich, ob er Fotos von Alan Yardley verkaufte. Als ich den Laden betrat, war Geiger nicht da, aber eine aufgedonnerte Verkäuferin in einem eng anliegenden Kleid kam so schnell auf mich zu, als wollte sie verhindern, dass ich mich weiter umsah.

»Sorry, ich habe mich in der Adresse geirrt«, sagte ich.

Wenn ich Fotos von Barbara zu sehen bekäme, wüsste ich vielleicht, wo ich nach ihr suchen könnte, aber mein kurzer Besuch bei Geiger hatte mir klargemacht, dass ich nicht einfach in einen Laden spazieren und nach der Ware im Hinterzimmer fragen konnte. Paul dagegen … Männer waren in Geigers Laden sicher willkommen. Und Paul hatte in Spanien gekämpft und kannte sich aus, er wäre dieser Sache gewachsen. Er hatte seine Hilfe angeboten und schien es ernst zu meinen. Aber wollte ich ausgerechnet Paul Resnicks Hilfe annehmen? Ich müsste ihm sagen, dass meine Schwester womöglich für Pin-up-Fotos posiert hatte. Und was, wenn er bei Geiger tatsächlich solche Fotos von Barbara fand? Konnte ich ihm vertrauen?

Aus irgendeinem Grund tat ich es. Ich rief ihn in der Schrotthandlung seines Vaters an. Eine Stunde später stand er in Onkel Leos Buchhandlung, und ich erklärte ihm meinen Plan.

Sein Besuch bei Geiger dauerte zwanzig Minuten. Als er zurückkam, überreichte er mir ein flaches, in braunes Packpapier gewickeltes, verschnürtes Päckchen. Offensichtlich handelte es sich um Fotos.

»Du hattest recht«, sagte er.

»Danke.« Ich war ihm wirklich dankbar, nicht nur für seine Hilfe, sondern auch für seinen Verzicht auf moralisches Getue. Am liebsten hätte ich mich sofort in eine stille Ecke verzogen und das Päckchen geöffnet, aber ich wollte Paul nicht gleich wieder wegschicken. Seine Gegenwart war beruhigend. »Hast du gefragt, ob sie Fotos von Alan Yardley haben?«

»Dieser Geiger ist ein übler Geselle! Als ich nach Yardley fragte, sagte er: ›Sie sind ein Genießer, was?‹ Dann fügte er hinzu, dass er gerade gestern neue Fotos von Barbara reinbekommen hätte. Vielleicht wurden die ja gemacht, nachdem sie weggelaufen ist.«

»Neue Fotos?« Ich starrte auf das Päckchen, das ich krampfhaft in den feuchten Händen hielt.

»Ich habe vier verschiedene gekauft. Sie scheinen von verschiedenen Fotosessions zu stammen.«

»Aber woran soll ich erkennen, welches das neueste ist?«

Paul schüttelte den Kopf. »Du wirst schon sehen ... Ich hoffe, das klingt jetzt nicht nach billigem Trost, aber es gibt schlimmere Fotos als diese.«

»Danke. Und noch mal danke für deine Hilfe.«

»Wenn ich noch was tun kann, sag Bescheid, okay?«

Als er fort war, ging ich auf die Toilette und öffnete das Päckchen. Paul hatte gesagt, es gäbe schlimmere Fotos, und ich dachte an Mädchen in Reizwäsche oder vielleicht sogar Nacktfotos. So schlimm würde es also nicht sein. Doch auf einem Foto trug Barbara tatsächlich Reizwäsche – ein durchsichtiges Negligé, das keine Fragen offenließ, während sie verführerisch in die Kamera lächelte. Das war noch das harmloseste Bild. Auf zwei anderen war sie vollkommen nackt und warf sich mit Schmollmund und vorgereckten Brüsten in aufreizende Posen.

Paul hatte recht: Das jüngste Foto war unschwer zu identifizieren. Leicht zurückgelehnt saß Barbara auf einer Bank; ein

Bein hatte sie angehoben, der Fuß ruhte, ein wenig abgewinkelt, auf der Bank. Auf diesem Foto konnte man alles sehen. Ihr Blick war leer, und sie lächelte nicht. Sie wusste, dass es bei diesem Foto nicht um ihr Gesicht ging.

Das waren keine Pin-up-Fotos. Das war Dreck.

Mir wurde schlecht. Und ich war wütend. Am liebsten wäre ich zu Geigers Laden gelaufen, hätte ihm die Schaufenster eingeschlagen, sein blasiertes Gesicht vermöbelt und jedes der ekligen Fotos aus dem Hinterzimmer verbrannt. Danach würde ich Alan Yardleys Kamera zerschmettern. Und mir dann meine verruchte Schwester vornehmen … Auf den ersten drei Fotos flirtete sie mit der Kamera. Machte dieses »Modeln« ihr Spaß? Sie musste doch wissen, dass ihre Fotos begrapscht, angesabbert und mit sonstigen Flüssigkeiten besudelt würden! War ihr das egal? *Gefiel* ihr diese Vorstellung womöglich?

Ich hörte, wie sich Leo vor der Klotür räusperte. Es war Zeit, wieder an die Arbeit zu gehen. Ich drückte die Spülung und drehte den Wasserhahn überm Waschbecken auf. Meine Hände waren beschmutzt. Ich schrubbte sie unter heißem Wasser und wusch sie noch einmal, nachdem ich das Päckchen wieder verschnürt und in meine Handtasche gesteckt hatte.

Ich versuchte weiterzuarbeiten, aber mir war zu elend. Ich sagte Leo Bescheid und ging früher nach Haus. Ständig hatte ich das letzte Foto vor Augen. Was immer Barbara empfunden hatte, als die anderen Bilder gemacht wurden – sich mit gespreizten Beinen fotografieren zu lassen, war bestimmt kein Vergnügen. Und egal wie abgeklärt sie sich gab, war sie doch erst achtzehn. Nur deshalb war sie auf die Versprechungen des »Produzenten« hereingefallen. Mit was für Menschen sie jetzt wohl zusammen war? Auf welche Versprechungen fiel sie jetzt herein? Sollte ich Papa dazu bringen, zur Polizei zu gehen? Zumindest mit Alan Yardley musste er sprechen. Wenn das letzte

Foto, wie Paul annahm, wirklich erst nach ihrem Verschwinden entstanden war, wusste Yardley vielleicht, wo sie steckte.

Doch all das hatte zur Voraussetzung, dass ich Papa von den Fotos erzählte. Und beim Erzählen würde es nicht bleiben. Er würde darauf bestehen, sie zu sehen. Aber ich konnte sie ihm unmöglich zeigen. Andererseits … Wenn Barbara sich mit Männern wie Yardley und Geiger einließ, wieso sollte ich das geheim halten? Auch ich war ja erst achtzehn. Das Ganze war eine Nummer zu groß für mich.

Ich beschloss, es nur Papa zu sagen. Ich musste irgendwo allein mit ihm sprechen, ohne dass jemand etwas davon mitbekam. Die Gelegenheit dazu ergab sich schneller als gedacht, denn statt des aufgeregten Durcheinanders der letzten Tage fand ich Papa ganz allein im Wohnzimmer vor. Er las ein Buch. Mama lag mit Kopfschmerzen im Bett, und Pearl war mit Audrey und Harriet ins Kino gegangen.

Er berichtete vom neuesten Stand der Dinge. Zusammen mit Pearl hatte er die Bahnhöfe und Busterminals abgeklappert, sogar an den Schiffsanlegestellen hatten sie gefragt. Aber niemand konnte sich erinnern, Barbara ein Ticket verkauft zu haben. An den Fahrkartenschaltern wurde im Schichtdienst gearbeitet, deswegen wollten sie die Tour im Laufe der Woche wiederholen.

»Und wie geht es dir?« Papa sah mich so zärtlich an, dass ich mit den Tränen kämpfte.

»Ganz okay«, sagte ich.

»Deine erste Woche als Studentin – und wir haben noch gar nicht darüber gesprochen. Erzähl doch mal von deinen Kursen und Professoren!«

Während ich über die Universität sprach, fuhr ich mit den Fingern immer wieder über die schrecklichen Fotos in meiner Handtasche. Mir wurde immer klarer, dass ich sie Papa nicht zeigen konnte. So durfte er Barbara nicht sehen. Ich beschloss, die Fotos zu verbrennen. Barbara würde schon wiederkommen oder sich wenigstens mit uns in Verbindung setzen, wenn sie so weit war. Ich musste mich einfach gedulden.

Aber auch das konnte ich nicht.

19. KAPITEL

Eine kluge Jüdin

Alan Yardleys Fotostudio lag in einer Seitenstraße des Hollywood Boulevard. Am Montag nach der Uni ging ich hin. Ich war nervös und erwartete ein ähnlich schmuddeliges Etablissement wie Geigers Laden. Stattdessen erinnerte das kleine Vorzimmer, wo eine freundliche Japanerin mich über eine Gegensprechanlage ankündigte, an eine Kunstgalerie. In exakten Abständen hing an den sauberen weißen Wänden ein halbes Dutzend Fotos von atemberaubenden Wüstenlandschaften.

Yardley selbst überraschte mich mit seinen … wie soll ich sagen? … guten Manieren.

Ich dachte, er würde mich warten lassen, und war wild entschlossen, zur Not Stunden in seinem Vorzimmer auszuharren, aber er öffnete sofort die Studiotür und bat mich herein. Er war ein überaus freundlicher Mann, in den Fünfzigern und ziemlich groß, über einsneunzig, aber er ging gebeugt, als wollte er niemanden mit seiner Größe einschüchtern. Obwohl ich ihn sofort beschuldigte, Papa angelogen zu haben, blieb er freundlich.

»Sie kennen sie! Ich habe Fotos, die Sie von ihr gemacht haben!«, sagte ich.

»Fotos?«, fragte er sanft.

»Aus dem Laden von Arthur Geiger.«

»Ah.« Yardley nickte und sah mich betrübt an. »Tut mir leid, aber ich fand es nicht richtig, Ihrem Vater davon zu erzählen. Es hätte ihn nur belastet. Weiß er es denn?«

Ich schüttelte den Kopf.

»Dann ging es Ihnen wie mir. Sie wollten es ihm nicht zumuten.«

Dummerweise begann ich zu weinen.

»O je«, sagte er. »Ich sehe mal nach, ob der Tee fertig ist. Ich hatte Harumi gebeten, welchen zu kochen. Setzen Sie sich doch bitte.«

Er ging ins Vorzimmer und gab mir ein paar Minuten Zeit, mich zu sammeln. Als ich mich einigermaßen beruhigt hatte, sah ich mich um, ohne mich zu setzen.

Der hintere Teil des Studios war weitgehend leer. Offenbar baute Yardley dort die Hintergründe für seine Fotos auf. Jetzt stand dort nur ein Hocker, über den ein graues Samttuch drapiert war; dahinter sorgte Reispapier für weiches Licht. Zwei Kameras auf Stativen und etliche Scheinwerfer waren auf die »Bühne« gerichtet. Hinter den Kameras, etwa in der Mitte des Raums, standen ein niedriger Tisch und zwei Stühle. An einer Seite des Raums standen und lagen Requisiten, Hocker, Stühle, Podeste, Vorhänge etc. Gegenüber befand sich der Arbeitsbereich mit einem Leuchttisch und einer umfangreichen Fotoausrüstung. An der Wand hinter dem Leuchttisch hingen weitere Fotos von kargen Wüstenlandschaften.

Trotz der vielen Gegenstände war das Studio erstaunlich friedvoll, und obwohl ich Yardleys Rückkehr und die anstehende Auseinandersetzung fürchtete, beruhigten mich die Wüstenfotos.

Yardley kam mit einem Tablett zurück, auf dem eine weiße

Porzellankanne, zwei weiße Teeschalen und ein Teller mit Mandelkeksen standen.

»Der Joshua Tree Nationalpark«, sagte er mit Blick auf die Wüstenfotos. »Waren Sie schon mal da?«

»Nein.«

»Das schönste Fleckchen Erde, das es gibt. Nehmen Sie doch bitte Platz«, sagte er und stellte das Tablett auf den Tisch.

»Danke.«

Er schenkte Tee ein, eine durchsichtige, goldene Flüssigkeit, die nicht die geringste Ähnlichkeit mit dem wolkigen Gebräu hatte, das ich von zu Hause kannte.

»Zucker?«

»Ja, bitte.«

»Das ist japanischer grüner Tee. Am besten schmeckt er ohne Milch, aber wenn Sie welche wollen …« Erst jetzt sah ich ein kleines Milchkännchen.

»Nein, danke«, sagte ich ungeduldig. Seine Höflichkeit war ja schön und gut, aber er war der Mann, der Barbara dazu gebracht hatte, ihre Vulva vor der Kamera zu entblößen.

»Mr. Yardley …«

»Alan.«

»Wann haben Sie das letzte Foto gemacht?«

»Das letzte Foto?«

»Wo sie auf *dieser* Bank sitzt.« Ich zeigte auf das entsprechende Requisit. »Mit gespreizten Beinen.«

Er seufzte. »Sie haben es gesehen? Hmmm … vor ein paar Wochen, denke ich.«

»Arthur Geiger sagt, er hat es erst letzte Woche bekommen.«

Obwohl mein Ton ziemlich aggressiv war, blieb Yardley ruhig. »Kann sein. Es dauert immer einige Wochen, bis ich einen Film entwickelt, Abzüge gemacht und die Kunden beliefert habe. Sagen Sie mir doch einfach, worum es geht. Vielleicht kann ich Ihnen ja weiterhelfen.«

»Haben Sie dieses Foto letzte Woche gemacht, nachdem Barbara von zu Hause weggelaufen ist?«

»Ach, Sie glauben, ich wüsste, wo sie jetzt ist? Tut mir leid, aber da muss ich Sie enttäuschen. Es muss ein furchtbarer Schock für Sie sein. Ich wusste, dass Barbara wegwollte, aber dass dann alles so schnell ging, hat mich selbst überrascht.«

»Wie gut kannten Sie sie?« Was hatte er noch alles mit ihr angestellt?

»Ich glaube, Sie machen sich falsche Vorstellungen. Ich unterhalte keinerlei persönliche Beziehungen zu den Mädchen, die für mich modeln, selbst wenn ich wollte, was nicht der Fall ist. Harumi würde das nicht dulden. Sie ist meine Frau.« Er machte eine Kopfbewegung in Richtung Vorzimmer. »Aber ich biete den Mädchen immer Tee an und rede mit ihnen, bevor wir an die Arbeit gehen. Meist erzählen sie mir dann, warum sie modeln und was sie mit dem Geld vorhaben.«

»Was zahlen Sie?« Ich dachte an Barbaras Sparkonto.

»Etwa dreißig Dollar pro Sitzung. Mehr, wenn ein Mädchen sehr gefragt ist.«

»Oder die Beine spreizt.«

»Nun ja, es ist ein schmutziges Geschäft. Das will ich gar nicht leugnen, dafür sind Sie zu intelligent. Aber ich behandle die Mädchen mit Respekt. Und da Männer sind, wie sie sind, finden diese Fotos schnell Abnehmer. Mit ein paar Stunden Modeln finanzieren die Mädchen ihren Gesangs- oder Schauspielunterricht. Oder das College. Und ich kann mir leisten, das zu tun, was mir wichtig ist.« Er zeigte auf die Wüstenfotos.

Ich sagte mir, dass Yardley nur eine aalglatte Ausgabe des widerlichen Geiger war. Trotzdem konnte ich mir vorstellen, dass Barbara sich bei ihm aufgehoben gefühlt und ihm vertraut hat. Seine Freundlichkeit schien echt zu sein. Aber versuchte er nicht doch, mich mit seinen guten Manieren, seinem köstlichen Tee und den großartigen Wüstenfotos vom eigentlichen Thema abzubringen? Wusste er etwas über Barbara? Wie konnte ich ihn dazu bringen, mit mir *Tacheles* zu reden?

»Mr. Yardley, wenn Sie wüssten, wie schrecklich das alles für meine Mutter und meine ganze Familie ist …«, sagte ich. »Wenn es irgendetwas gibt, das sie Ihnen anvertraut hat …«

»Ich wünschte, sie hätte es getan.«

»Sie sagten, sie wollte weg von zu Hause. Hat sie irgendeine Andeutung gemacht, wohin?«

»Ich nahm an, sie wollte sich mit einer oder mehreren Freundinnen eine Wohnung mieten.«

»Hat sie Namen genannt?«

»Lassen Sie mich … Nein, an Namen kann ich mich nicht erinnern.«

Alles klang sehr plausibel, und er schien ehrlich zu sein. Wahrscheinlich war das letzte Foto tatsächlich schon vor Wochen entstanden, und Barbara hatte ihm nichts Konkretes über ihre Pläne erzählt. Dennoch hatte ich das Gefühl, dass dieser ach-so-kultivierte Mann etwas verheimlichte. Er schien zu wissen, wie weit ich gehen würde. Mit meinen einssechzig und gerade mal sechzig Kilo konnte ich ihn schließlich nicht auseinandernehmen wie ein Kerl in einer Filmszene, der seinen Gegner zum Reden bringen will. Ich würde auch nicht meinen Vater zu Hilfe holen, denn dann müsste ich ihm die Fotos zeigen. Und die Polizei? Würde die etwas unternehmen? Würden die Ermittlungen Barbara und uns alle nicht in den Dreck ziehen?

»Hat sie erwähnt, dass sie Los Angeles verlassen will?«, unternahm ich noch einen Versuch.

»Nicht, dass ich wüsste.«

Ich war so weit gekommen, hatte herausbekommen, dass er schmutzige Fotos von meiner Schwester gemacht hatte, und sollte nun mit leeren Händen dastehen?

»Alan!« Ich knallte meine Teeschale auf den Tisch und genoss das Geräusch. »Sie haben sie letzte Woche gesehen, das weiß ich einfach. Wo ist sie?«

Er blieb vollkommen ruhig. (Jahre später, als Yoga und Zen Buddhismus in der Generation meiner Kinder en vogue waren, fragte ich mich, ob er in Techniken fernöstlicher Gelassenheit geübt war.) Doch zum ersten Mal an diesem Nachmittag zeigte er Emotionen. »Ich schwöre Ihnen, dass ich nicht weiß, wo sie ist. Aber falls es Sie beruhigt: Barbara ist mir wie ein Mensch vorgekommen, der immer auf die Füße fällt. Ich wünschte, ich könnte Ihnen helfen. Aber eines verspreche ich Ihnen, Elaine: Falls sie noch in Los Angeles ist, wird sie sich früher oder später bei mir melden, weil sie Geld braucht, und dann werde ich mein Bestes tun, damit sie sich bei Ihnen meldet.«

»Aber fotografieren werden Sie sie trotzdem?«, fragte ich ätzend.

Er zuckte mit den Schultern. »Das ist ihre Entscheidung.«

Plötzlich – und ich weiß gar nicht, wo ich das herholte – verwandelte ich mich in eine Furie. »Alan, meine Schwester ist achtzehn, also noch nicht volljährig. Sie werden keine Fotos mehr von ihr machen! Und die, die schon existieren, werden Sie nicht weiter verkaufen!«

Und wenn doch? Ich hörte es ihn förmlich denken, aber er sagte: »In Ordnung.«

»Auch nicht die Negative!«

»Auch nicht die Negative. Möchten Sie noch einen Tee, während ich sie hole?« Er lächelte, als hätten wir die ganze Zeit höflichen Smalltalk gemacht.

»Nein, danke.«

Er machte sich am Aktenschrank zu schaffen, und ich begann zu begreifen, wie gründlich Barbara ihr Verschwinden geplant hatte. Innerhalb von weniger als vierundzwanzig Stunden hatte sie ihren Job gekündigt, das über Wochen oder Monate mit Modeln verdiente Geld von ihrem Sparkonto abgehoben und war geflohen. Bis jetzt hatte ich das Ganze für eine spontane Panikreaktion gehalten, aber wenn es so gewesen wäre, hätte sie Spuren hinterlassen. Die aber waren nicht zu finden. Dafür schien sie beizeiten gesorgt zu haben. Von mir mit Danny erwischt zu werden war sicher der Auslöser, aber die Flucht schien von langer Hand geplant.

Yardley überreichte mir einen dicken Umschlag mit Fotos und Negativen. »Jetzt verstehe ich, warum Barbara so stolz auf Sie war«, sagte er. »Sie haben gerade Ihr Studium begonnen, nicht wahr?«

»Ja, stimmt.«

»Und Sie wollen Anwältin werden?«

»Hat sie Ihnen das erzählt?« Ich war fassungslos. Hatte Barbara tatsächlich hier gesessen und mit diesem Mann über mich geredet?

»Wie gesagt, sie war stolz auf Sie. Und sie hat Sie beneidet.«

»Mich?«

»Sie haben eine große Zukunft. Die Universität, eine Karriere … Ihre Schwester hat ziemlich schnell begriffen, dass ihr anscheinend so glamouröser Job eine Kehrseite hat. Permanent muss sie Männern auf die Finger hauen und ihre geschundenen Füße baden. Wie viele junge Leute weiß sie nicht recht, was sie mit ihrem Leben anfangen soll. Sie dagegen wissen, was Sie wollen und wo Ihr Platz in der Welt ist.«

»Das stimmt nicht!«, protestierte ich, nicht nur, weil ich das überhaupt nicht so sah, sondern auch, um mich seinem Versuch, mich zu definieren, zu verweigern.

»Nun ja, es steht mir wohl nicht zu, das zu beurteilen.« Er lächelte reuig. »Ich bin ja bloß jemand, der pornografische Fotos macht, obwohl er gern ein großer Künstler wäre.«

AM NÄCHSTEN ABEND HALF MIR PAUL, auf dem Schrottplatz seines Vaters die Fotos und Negative zu verbrennen. Alles andere löste sich nicht so leicht in Rauch auf.

In den folgenden Wochen befragte Papa weitere Fahrkartenverkäufer. Außerdem besuchten er, Mama und Pearl in wechselnden Teams die Nachtclubs der Stadt. Selbst hundertdreißig Dollar sind irgendwann verbraucht, und früher oder später würde Barbara vielleicht wieder einen Job als Tänzerin annehmen. Zwei Wochen lang versuchten sie es bei den vornehmeren Clubs. Dann wurden die Etablissements immer schäbiger und die Ausflüge seltener. Irgendwann rang Papa sich durch, zur Polizei zu gehen, aber wie befürchtet lehnte sie ab, nach einer Achtzehnjährigen zu suchen, die in einem Nachtclub gearbeitet und ihr Zuhause freiwillig verlassen hatte.

Wie kann man nach jemandem suchen, der auf keinen Fall gefunden werden will? Und warum sollten wir nach einem Mädchen suchen, das eine Menge Geld hatte – egal woher – und zu herzlos war, um eine Postkarte zu kaufen und die eigene Mutter wissen zu lassen, dass es lebte? Doch wann immer einer von uns – Mama, Papa, Pearl oder ich – meinte, wir hätten alles in unserer Macht Stehende getan und müssten nun aufgeben, hatte ein anderer eine neue Idee. So suchte Papa eines Tages Ned Shulman, den einzigen Privatdetektiv, den wir kannten, in der Soto Street auf. Aber es war nur ein kurzes Gespräch, weil Papa über Shulmans indiskrete Fragen beleidigt war und seine Honorarforderung unverschämt fand. Da sei es sinnvoller, unser Geld – eigentlich Onkel Leos und Tante Pearls Geld – in Suchanzeigen zu stecken, die wir in den Zeitungen von Los

Angeles und anderen kalifornischen Städten schalteten, und eine Belohnung für Informationen auszusetzen.

Sechs Monate lang schalteten wir diese Anzeigen, und Papa prüfte jede Rückmeldung auf ihre Glaubwürdigkeit. Noch fast ein Jahr lang meldeten sich Leute auf diese Anzeigen. Manchmal rief auch die Polizei an, und dann ging Papa ins Leichenschauhaus und bekam tote Mädchen zu sehen, deren Identität ungeklärt war. Danach kam er jedes Mal kreideweiss nach Hause, rang sich aber ein Lächeln ab, um uns schon von Weitem wissen zu lassen, dass die Tote nicht Barbara war.

Die Zeit verging. Bekannte, die wir in Boyle Heights auf der Straße trafen, hörten irgendwann auf, nach Barbara zu fragen. Das Leben ging weiter – für alle außer Mama.

Wir anderen hatten das Glück, ein Leben außerhalb des Hauses zu haben, aber Mama … Wenigstens saß sie nicht den ganzen Tag im Nachthemd da und weinte, wie eine Nachbarin, die schließlich ins Sanatorium gesteckt wurde. Nein, sie zog sich morgens an, bereitete mit Audreys Hilfe unsere Mahlzeiten zu und hielt das Haus einigermaßen in Ordnung. (Kein Wunder, dass Audrey später genauso gut kochte wie Mama.) Sie beteiligte sich auch an Gesprächen. Aber bei alledem wirkte sie abwesend, nichts und niemand schien zu ihr durchzudringen. Eines Nachmittags, als ich mit der Straßenbahn zu Leos Buchhandlung fuhr, sah ich sie den Hollywood Boulevard hinuntergehen und in jeden Laden, in jedes Restaurant spähen. Eine innere Stimme riet mir, sie nicht darauf anzusprechen. Aber ich erzählte es Audrey und erfuhr, dass Mama ein oder zwei Mal pro Woche morgens aus dem Haus ging und erst Stunden später zurückkam.

Ich wachte jeden Morgen in dem Bett auf, das eigentlich Barbaras war (das Klappbett hatten wir weggeräumt), und meine ersten Gedanken galten stets meinem doppelten Verlust:

Barbara und Danny. Es tat weh, und je nach Stimmungslage überflutete mich Trauer, Sorge oder Wut. Aber dann ging ich aus dem Haus, fuhr mit der Straßenbahn zur Uni und tauchte ein in … nicht nur meine Bücher, sondern das ganze bunte Campusleben und die Gruppe, die sich an »unserem« Tisch in den Räumen der Studentenvereinigung zu leidenschaftlichen politischen Debatten zusammenfand und auch am Wochenende weiter debattierte, billigen Wein trank, tanzte und flirtete. Es war eine Gemeinschaft, in der ich mich zu meiner eigenen Überraschung zu Hause fühlte.

Sie wissen, wo Ihr Platz in der Welt ist, hatte Alan Yardley gesagt. Damals hatte ich ihm nicht geglaubt. Wie auch, in meiner zweiten Studienwoche? Damals schienen meine Kommilitonen allesamt modisch gekleidete Blondinen und breitschultrige Footballer zu sein, Leute, die über elitäre Studentenverbindungen sprachen und Autos fuhren, die ihre Eltern ihnen gekauft hatten. Ich fühlte mich wie in Feindesland und fürchtete, ewig eine Außenseiterin zu bleiben. Aber als alles nicht mehr so schrecklich neu für mich war, entdeckte ich, dass es eine ganze Menge Studenten gab, die ihr Studium genauso ernstnahm wie ich und sich darüber hinaus dafür interessierte, was sonst in der Welt passierte. Nicht nur Bücherwürmer mit jüdischen Nachnamen und Brille. Eine Kommilitonin aus meinem Englischkurs, die Veronica Lake hätte doubeln können, lud mich zu einer Veranstaltung über den Klassenkampf ein und wurde eine gute Freundin.

Nach zwei Monaten verabredete sich Hank Graham mit mir. Hank war der Quarterback des Erstsemester-Footballteams *und* der Beste in Wirtschaftswissenschaften. Er besaß eine verblüffende Auffassungsgabe und brachte als erklärter Konservativer sogar den Mut auf, einen Professor, der die Sozialreformen des New Deal befürwortete, zu kritisieren. Manchmal verwickelte er nach den Kursen auch mich in Diskussionen – aber nicht, um mir seine Meinung aufzuzwingen, sondern aus Engagement für seine Überzeugungen. Als er mich ins Kino einlud, hielt ich das zuerst für einen Witz, aber er meinte es ernst. Zu Veranstaltungen seiner Studentenverbindung oder Partys mit seinen Freunden hat er mich allerdings nie mitgenommen. Er war der Erste in meinem Freundeskreis, der ein Auto besaß, und egal, wo unser Abend begann, im Kino oder in einem Konzert (Hank brachte mir die Kammermusik nahe, die ich bis heute liebe), am Ende fuhren wir immer in eine stille Straße wie den Mulholland Drive und knutschten wild in seinem Wagen herum. Manchmal wäre er gern weitergegangen, aber er war ein anständiger Kerl und zwang mich zu nichts. Trotzdem wurde mir eines Tages klar, dass ich für ihn nur ein erotisches Abenteuer war, ein Mädchen mit der vielbeschworenen Freizügigkeit einer »exotischen Jüdin«. Diese Idee amüsierte mich: Elaine Greenstein – ein erotisches Abenteuer? Um ehrlich zu sein: Es war für uns beide ein Abenteuer. Hank war der Erste, mit dem ich nach Danny ausging, und ich genoss das Herumknutschen in vollen Zügen. Dass ich ihn nicht liebte, erleichterte mir die Sache sogar. Früher war es immer, als hätte Barbara genug Wildheit für uns beide besessen, und erst jetzt, da sie fort war, entdeckte ich meine eigene. Hockte sie jetzt womöglich in irgendwelchen Bibliotheken? Schnupperte sie an Büchern und begann, ihren Geruch zu lieben, während ich Barbaras Züge übernahm?

Trotzdem störte es mich, dass Hank mich, die Jüdin, vor seinen Freunden versteckte. Jedenfalls redete ich mir das ein und fing an, seine Einladungen abzulehnen. (Ich sagte, ich hätte zu viel zu tun, und er nahm es wortlos hin.) Aber ich denke, ich verlor aus einem anderen Grund das Interesse an ihm: Ich hatte kein Verlangen mehr, Danny etwas heimzuzahlen.

Nachdem ich ihn mit Barbara erwischt hatte, war meine Kränkung so stark wie meine Liebe. Etwa einen Monat lang schrieb Danny mir jeden Tag und flehte mich an, ihm zu verzeihen. Wenn ich diese Briefe bloß sah, hätte ich schreien mögen. Ich weigerte mich, sie zu öffnen, und bat Mama, sie wegzuwerfen. Aber manchmal fischte ich weinend und fluchend einen aus dem Papierkorb und las ihn. Dann wurde Dannys Einheit nach England abkommandiert, und er schrieb nur noch zwei-, dreimal pro Woche. Immer noch beteuerte er in jedem Brief seine Liebe und sein Bedauern, fing aber auch an, von England und dem Leben als Soldat zu berichten. Irgendwann ging ich dazu über, alle seine Briefe zu lesen, antwortete aber nie. Der Anblick von ihm und Barbara im Moment der Entdeckung verfolgte mich immer noch. Jahrelang konnte alles Mögliche – Mr. Berlov, der die Straße hinunterging, Shalimar-Parfüm oder auch nur ein leises, intimes Lachen – diesen Moment heraufbeschwören, und dann wurde mir augenblicklich schlecht. Trotzdem hatte sich etwas verändert. Ich hörte auf, mir eine gemeinsame Zukunft mit Danny vorzustellen, und konnte seine Briefe lesen, als sei er ein guter alter Freund, dem ich eine unversehrte Heimkehr aus dem Krieg wünschte.

Später habe ich mich gefragt, wie ich Danny, den ich ja von Kindesbeinen an geliebt hatte, so schnell loslassen konnte. Hatte ich an jenem Tag eine Facette von ihm gesehen, die mein Bild von ihm schlagartig veränderte? Andererseits wäre alles vielleicht ganz anders gekommen, hätte er am nächsten Tag nicht abreisen müssen. Dann hätte meine Wut langsam abklingen und einer schrittweisen Wiederannäherung weichen können; wir hätten Zeit gehabt, uns in einem Pas de deux aus Abbitte und Vorwürfen zu umschwirren, bis zum Finale mit großer Versöhnung.

Aber vielleicht war das alles gar nicht so wichtig. Über die

Jahre habe ich Generationen von Highschool-Romanzen mit allen damit verbundenen Dramen gesehen – und ihre Vergänglichkeit. Vielleicht waren Danny und ich ohnehin schon dabei, uns voneinander zu lösen, seit wir die Schule beendet hatten und jeder von uns in eine andere Welt hinausging. In meiner war auch Paul zu Hause, und so kam es, dass ich mich im kommenden Frühjahr in ihn verliebte.

Wir hatten zwei gemeinsame Kurse, Geschichte und Englisch, und fühlten uns zu denselben linken Studentengruppen hingezogen. Ich war ihm dankbar für seine Hilfe nach Barbaras Verschwinden – und für seine Diskretion. Obwohl sich in Boyle Heights herumsprach, dass Barbara im Trocadero getanzt hatte, erfuhr niemand von den anzüglichen Fotos. Wenn ich Paul auf dem Campus oder einer Party begegnete, sah er mich manchmal mit dem gleichen Schaudern und der gleichen Zärtlichkeit an wie bei unseren ersten Begegnungen, aber er versuchte nicht mehr, mich aus der Fassung zu bringen. Ich nahm an, dass ich ihm leidtat oder dass die Fotos ihm peinlich waren.

Dann, eines Nachmittags im Mai, erwischten wir nach der Uni dieselbe Straßenbahn und setzten uns nebeneinander. Als wir in Boyle Heights ausstiegen, fragte er, ob wir nicht spazieren gehen wollten.

»Ich muss bis morgen furchtbar viel lesen«, sagte ich.

»Es ist Frühling«, sagte er. »Riech doch mal!« Wir standen neben einem Jasminstrauch, der die Luft dieses Spätnachmittags mit seinem Duft erfüllte.

In der Straßenbahn hatten wir über das Thema gesprochen, das gerade das ganze Land bewegte: den Krieg. In der vergangenen Woche hatte Deutschland den Blitzkrieg eröffnet und war in die Niederlande, Belgien, Luxemburg und Frankreich einmarschiert. Die Niederlande und Luxemburg hatten bereits kapituliert, Frankreich und Belgien kämpften mit Hilfe der britischen Streitkräfte – inklusive der kanadischen Einheit, zu der Danny und Burt gehörten – noch ums nackte Überleben.

Auf unserem Spaziergang spielte der Krieg dann aber keine Rolle mehr. *Es ist Frühling*, hatte Paul gesagt, und durch diesen Satz war der Frühling zur wichtigsten Sache der Welt geworden, realer als alles andere. Es war einer jener perfekten Mainachmittage; die Sonne hatte schon Kraft und tauchte alles, was sie berührte – Straßen, Häuser, Paul und mich – in goldenes Licht. Überall blühte es, nicht nur der Jasmin, auch Mohn in leuchtendem Gelb, Orange und Rot. Wir gingen in den Hollenbeck Park, und ich empfand so viel Freude an der Bewegung wie früher beim Tanzen.

Aber ich spürte noch etwas. Die seltsame erotische Spannung, die manchmal zwischen uns geherrscht hatte, als wir uns kennenlernten, war inzwischen zum Dauerzustand geworden. In all den Monaten (später erzählte mir Paul, dass er sich während dieser Monate zurückgehalten hatte, weil er mir Zeit geben wollte, über Danny hinwegzukommen) schien sie unmerklich stärker geworden zu sein, und jetzt, an diesem Nachmittag, wurde sie geradezu übermächtig. Sie steckte in jedem Blick, den wir einander zuwarfen, in den leuchtenden Mohnblüten, im sanft kribbelnden Gras, als ich meine Schuhe auszog. Und im betörenden Duft des Jasmins. Wenn ich später an unseren ersten Kuss dort im Park dachte, roch die Erinnerung nach Jasmin.

Ich liebte Paul nicht mit der selbstvergessenen Unbedingtheit wie Danny. Gott sei Dank. Als Collegestudentin war mir die Unbedingtheit meiner Hingabe an Danny geradezu peinlich. Im Sommer 1940 wurde Paul zum ersten und einzigen Mann, mit dem ich je schlafen würde, aber es gab Bereiche meiner Seelenlandschaft, zu denen ich ihm keinen Zutritt gewährte, und wenn er ihnen zu nahe kam, wehrte ich mich mit ironischen Bemerkungen. Die er prompt parierte. Wie wir unsere Rededuelle genossen! Seit Paul mein fester Freund – und später mein Mann – wurde, wohnte unserer Beziehung jenes Knistern inne, um das ich Danny und Barbara immer beneidet hatte.

Ich schrieb Danny, dass ich jetzt mit Paul zusammen war, denn das glaubte ich ihm schuldig zu sein. Er antwortete nicht, und ich wusste nicht, ob das an meiner Botschaft lag oder daran, dass er in einer gefährlichen Mission unterwegs war. Die Gerüchteküche von Boyle Heights behauptete, dass Danny – seine Muttersprachen waren Polnisch und Jiddisch – nach der Schlacht von Dünkirchen Ende Mai freiwillig hinter den feindlichen Linien als Spion unterwegs war.

Am 12. September 1940, genau ein Jahr nachdem ich Barbara zum letzten Mal gesehen hatte, saß ich den ganzen Tag wie auf Kohlen. Dem Rest der Familie ging es genauso, aber keiner verlor ein Wort darüber. Wir waren uns sicher, dass Barbara – wo immer sie jetzt war und was immer ihren Alltag ausmachte – an uns dachte. Für uns war sie jedenfalls so präsent, dass es mir fast vorkam, als könnten wir sie durch schiere Willenskraft herbeizaubern – oder wenigstens ihre Stimme. Vielleicht würde sie, wenn wir intensiv genug an sie dachten, zum Telefon greifen? Reines Wunschdenken. Natürlich geschah nichts dergleichen. Irgendwann endete dieser bedeutungsschwere Tag, und der 13. September kam, dann der 14. und so weiter.

DAS LEBEN GING EINFACH WEITER.

Ich beendete das zweite Studienjahr als eine der Besten, wie schon das erste. Wir, Paul und ich, trennten uns nach einem heftigen Streit, und ich hasste ihn dafür, dass er mir so wehtun konnte. Zugleich wurde mir klar, wie viel er mir bedeutete. Als wir uns eine Woche später wieder vertrugen und hemmungslosen Versöhnungssex hatten, wusste ich schon nicht mehr, worüber wir eigentlich gestritten hatten. (Während unserer Ehe machten wir manchmal Witze darüber, dass keiner von uns je an Scheidung gedacht hatte, an Mord dagegen schon.)

Der Krieg weitete sich aus. Deutschland griff Jugoslawien, Griechenland und sogar die Sowjetunion an, was unsere linke Studentengruppe in Angst und Schrecken versetzte. Ob – und wenn ja: wann – die Vereinigten Staaten in den Krieg eintreten sollten, war ein Dauerthema. Inzwischen gingen immer mehr junge Männer aus Boyle Heights zur kanadischen Armee – zwei von ihnen unmittelbar nachdem wir erfahren hatten, dass Burt Weber in Nordafrika gefallen war.

An unserem Esstisch wurde jetzt nur noch für fünf gedeckt, keinem passierte mehr der Fehler der Anfangszeit, als wir manchmal noch für sechs gedeckt hatten. Von Audrey wusste ich, dass Mama immer noch mehrmals die Woche die Straßen absuchte, und ich vermutete, dass sie sich auf Hollywood konzentrierte, aber sie wirkte nicht mehr wie eine Schlafwandlerin, sondern schien wieder ganz sie selbst zu sein.

Ich hasste Jahrestage – diese markierten Stellen im Kalender, die falsche Hoffnungen weckten und wider besseres Wissen meine Erwartungen schürten. Am 28. März hatte Barbara Geburtstag, ich am 29., und an beiden Tagen kam ich erst spät abends nach Haus, um nicht stundenlang herumzusitzen und auf einen Brief oder einen Anruf zu warten, der doch nicht kommen würde. Außerdem betrank ich mich an beiden Abenden. Ich tanzte zwar nicht auf dem Tisch, war aber wie aufgezogen und von gezwungener Fröhlichkeit. Laut Paul wirkte ich auf gefährliche Art sexy, als hätte ich Rasierklingen im BH versteckt. Der nächste 12. September – der zweite Jahrestag – verlief genauso.

1941 war ich endlich erwachsen und keine Jungfrau mehr. Ich befand mich im vorletzten Studienjahr, ein Freund von mir hatte im Krieg sein Leben verloren, und die Erinnerung an Barbara verblasste. Wenn ich mich hin und wieder danach sehnte, ihr etwas Bestimmtes zu erzählen oder ihr Lachen zu hören, öffnete ich abends in *unserem* Zimmer mein Schatzkästchen und nahm ihren Abschiedsbrief heraus oder roch an einem Schal, den sie vergessen hatte. Am nächsten Morgen war ich dann wieder forsch und unsentimental – wie Katharine Hepburn in *Die Nacht vor der Hochzeit*, Rosalind Russell in *Sein Mädchen für besondere Fälle* oder Bette Davis in all ihren Filmen.

Als ich zum ersten Mal mit Philip Marlowe sprach, fühlte ich mich wie im Film und sagte Sätze, deren Treffsicherheit mich selbst überraschte. Wahrscheinlich lag es an ihm.

Das war im Oktober in Leos Buchhandlung. An diesem Nachmittag war ich allein im Laden. Düstere Gewitterwolken und Donnergrollen über den Hügeln am Stadtrand hielten die zahlende Kundschaft fern, nur eine Handvoll Stammkunden war da – Leute, die zwischen den Regalen herumlungerten und im Stehen ganze Bücher verschlangen. Ich brauchte nicht zu befürchten, dass sie sie stehlen würden, und schaute nur ab und zu aus Leos Büro, wo ich für die Aufnahmeprüfung zum Jurastudium büffelte.

Als ich die Ladenglocke hörte, sah ich auf, und Philip kam herein. Ich behielt ihn im Auge, denn er war neu hier. Er hatte das selbstsichere Auftreten eines Leinwand-Bösewichts, aber das galt auch für einige andere Kunden. Wenn die den Laden betraten, war ihr Blick auf die Bücherregale gerichtet, und sie gingen auf einen bestimmten Titel oder einen besonderen Einband zu. Dieser Mann aber schien zu mir zu wollen, und obwohl er sich höflich einen Weg durch den schmalen Gang zwischen den Regalen bahnte, strahlte er eine Gewaltbereitschaft aus, die mich gleichermaßen alarmierte wie faszinierte.

Er öffnete die Brieftasche und zeigte mir einen Stern. Abgesehen von den Streifenpolizisten, die hier im Laden ab und an nach dem Rechten sahen, beschränkte sich meine Erfahrung mit der Polizei auf den Tag, als ich Mollie half, sich zu verstecken, und auf die Anrufe, durch die Papa ins Leichenschauhaus gerufen wurde, um ein unbekanntes totes Mädchen anzusehen. Ich sagte nichts und versuchte mich nicht einschüchtern zu lassen. Dann nahm ich die Brille ab, weil ich dachte, dass es Distanz schaffen würde, wenn ich den Mann nur unscharf sehen konnte. Aber schon im selben Moment wurde mir klar, dass es die gleiche Geste war, mit der ich seit Teenagertagen Jungen auf mich aufmerksam machen wollte und ihnen zu gefallen versuchte.

Der Polizist sah gut aus, und seine Augen verrieten Intelligenz und Humor.

Er fragte, ob ich ihm einen Gefallen tun könne.

»Was denn für einen?« Egal, hinter wem der Mann her war, wahrscheinlich stand ich auf der Seite des Gejagten.

Aber er fragte mich nach Arthur Gwynn Geiger. Die Art, wie er das tat, ließ darauf schließen, dass er nichts von Geiger hielt, und ich war mehr als bereit, ihm zu helfen. Ich hasste Geiger, weil er Barbara ruiniert hatte, obwohl das natürlich eine höchst irrationale Betrachtungsweise war. Er hatte die Fotos ja bloß verkauft, und eigentlich hätte ich Alan Yardley hassen sollen, der sie gemacht und in Umlauf gebracht hatte. Oder den Kapitalismus, weil er Mädchen zur Ware degradierte. Oder gleich Barbara selbst, weil sie so dumm gewesen war. Aber nichts und niemand war mir so zuwider wie Geiger.

Ich wusste allerdings nicht, was der Polizist von ihm wollte. War der Mann überhaupt Polizist? So einen Stern konnte sich schließlich jeder basteln. Irgendetwas kam mir seltsam vor. Ich zögerte mit der Antwort, weil ich nicht wusste, ob ich dem Mann trauen konnte. Gleichzeitig flirtete ich mit ihm. Er ließ sich auf mein Spiel ein und flirtete ebenfalls. Noch nie hatte ich einen so gewandten Mann getroffen. Sein intelligenter Blick hatte mich nicht getäuscht.

Er fragte nach einer *Ben Hur* Ausgabe von 1860 mit einem bestimmten Druckfehler. Als ich im Katalog nachschlug, stellte sich heraus, dass *Ben Hur* erst 1880 erschienen war.

»Die gibt es nicht«, sagte ich.

»Stimmt. Die Verkäuferin in Geigers Laden wusste das aber nicht.«

»Warum überrascht mich das nicht?« Sie war der Prototyp einer Sexbombe, und ich war mir nicht sicher, ob sie überhaupt lesen konnte.

Dann sagte der Mann, er sei Privatdetektiv, und alles, was mir an ihm seltsam vorgekommen war, passte plötzlich. Ich erzählte ihm, was ich über Geiger wusste, ohne Barbara zu erwähnen. Auch von den Fotos in Geigers Hinterzimmer sagte ich nichts, denn das schien der Detektiv bereits zu wissen.

Zwei Tage darauf sprach die ganze Straße davon, dass Geiger erschossen worden war.

In der folgenden Woche kam der Detektiv wieder in Leos Laden. Dieses Mal stellte er sich als Philip Marlowe vor und fragte, ob er mich nach Feierabend zum Essen einladen dürfe.

»Haben Sie Arthur Geiger erschossen?«, fragte ich. Es hätte mich gefreut, wäre Geiger an den Pranger gestellt oder finanziell ruiniert worden, und selbst wenn er brutal zusammengeschlagen worden wäre, hätte ich nichts dagegen gehabt. Aber Mord?

»Lesen Sie keine Zeitung?«, fragte Marlowe. »Ein Geschäftspartner hat ihn umgebracht. Ein Streit unter Gaunern.«

»Glauben Sie alles, was in der Zeitung steht?«

Er lachte. Ein angenehmes Lachen, ohne Hintergedanken. Dann sah er mich ernst an. »Geiger habe ich nicht getötet, aber einen anderen. Es war Teil eines Jobs, bei dem ich einen Klienten zu beschützen hatte. Aber vielleicht sehen Sie das ganz anders und wollen lieber nicht mit mir essen gehen.«

Ich dachte nach. Nicht nur darüber, dass er jemanden getötet hatte, sondern über die Mischung von Bedrohung und Charme, die er ausstrahlte.

»Andererseits«, sagte er beiläufig, »möchten Sie mir vielleicht gern erzählen, was Sie gegen Geiger hatten und ob sich die Sache mit seinem Tod erledigt hat.«

Woher wusste er, dass ich etwas gegen Geiger hatte? »Ist das eine Einladung zu einem Hamburger? Oder denken Sie eher an ein Steak?«

Es war Steak. Und zwar nicht von der minderwertigen Sorte, die Mama nur zu besonderen Gelegenheiten genau abgezählt auftischte. Stattdessen servierte mir der Kellner des spärlich beleuchteten Restaurants ein riesiges Porterhouse-Steak. Es war das köstlichste Stück Fleisch, das ich je gegessen hatte.

Eigentlich hatte ich Barbara nicht erwähnen wollen, aber ich trank ein Glas Scotch, das Restaurant war verraucht und irgendwie anheimelnd, und Philip hörte aufmerksam zu, ohne Mitleid vorzutäuschen. Ich erzählte ihm von den schlüpfrigen Fotos, Arthur Geiger und Yardley, den ich mittlerweile in Verdacht hatte, mich belogen zu haben. Ich erzählte sogar von dem schrecklichen Moment, als ich Barbara und Danny zusammen erwischt hatte.

Bestimmt gehörte es zu Marlowes Handwerk, die Menschen zum Reden zu bringen, aber dass ich ihm vertraute, lag eher daran, dass er mich an Paul erinnerte. Genau wie Paul hatte er etwas … *Gütiges* ist vielleicht ein altmodischer Ausdruck und nicht unbedingt der erste, der einem zu einem Mann einfällt, der gerade einen Mord gestanden hat. Trotzdem sah ich in Philip einen genauso gütigen Mann wie in Paul – fair, großzügig und mitfühlend, einen Mann mit Prinzipien, der sich gut überlegte, auf welche Auseinandersetzungen er sich einließ, dann aber kein Pardon gab.

Als ich ihm von Barbara erzählt hatte, machte er mir einen Vorschlag: Er würde sich ein bisschen umsehen und versuchen, etwas über sie herauszukriegen. Im Gegenzug sollte ich ihm bei Recherchen in Bibliotheken und Archiven helfen.

Ich antwortete nicht gleich. Zu oft hatte ich schon Hoffnung geschöpft und war jedes Mal enttäuscht worden. Außerdem standen die Chancen, zwei Jahre nach Barbaras Verschwinden eine Spur von ihr zu finden, nicht gut. Aber ich beschloss, Mama und Papa von Marlowes Vorschlag zu berichten. Sie wollten selbst mit ihm sprechen.

Beide waren sehr von ihm angetan, vor allem Mama. In unserem Wohnzimmer wirkte der durchtrainierte, taffe Detektiv wie ein großer, gutmütiger Hund – allerdings ein sprechender Hund, der sich dazu noch gewählt ausdrückte. Er hörte verständnisvoll zu, und Mama erzählte ihm sogar, dass sie ihr Dorf als Mädchen verlassen und ihre Eltern nie wiedergesehen hatte. Marlowe bat um ein zweites Stück Apfelkuchen, und wir waren im Geschäft.

Einige Tage darauf rief er mich an und erteilte mir den ersten »Auftrag«. Ich sollte in die Bibliothek gehen und die Lokalseiten von Zeitungen der letzten sechs Monate nach einer Verbindung zwischen einer Societylady und einem hübschen jungen Mann durchsuchen. Es war eine mühsame Arbeit, die meine Vorstellung von Detektivarbeit als etwas Aufregendem nachhaltig korrigierte. Meine Ergebnisse sollte ich ihm beim Essen übergeben, wieder in dem Restaurant mit den fantastischen Steaks.

Auch er hatte Neuigkeiten für mich. Er war zu Alan Yardleys Studio in Hollywood gegangen und hatte festgestellt, dass es schon seit zwei Jahren nicht mehr existierte. Laut Auskunft des Zahnarztes nebenan war Yardley nach Twentynine Palms in der Nähe des Joshua Tree Nationalparks gezogen.

»Um sich der großen Kunst zu widmen«, sagte Philip verächtlich. »Sie müssen ihm einen ordentlichen Schrecken eingejagt haben. Kurz nach Ihrem Auftritt in seinem Studio muss er sich davongemacht haben … Was ist?«

»Ach, ich dachte nur gerade, was für ein Idiot ich war. Ich *mochte* ihn.«

»Und warum?«

»Wahrscheinlich hat er lauter Sachen gesagt, die ich hören wollte, und ich war so naiv, ihm zu glauben.«

Philip schüttelte den Kopf. »Das ist nicht der Grund. Sagen Sie mir, was Sie wirklich an ihm mochten.«

Ich sprach von Yardleys guten Manieren und den Wüstenfotos, die mir das Gefühl gaben, alles auf Erden habe seinen festen Platz, und die Ordnung der Dinge werde das von Menschen gemachte Chaos überdauern.

Philip sagte, er könne sich nicht sofort darum kümmern, aber manchmal habe er in Yardleys neuer Wohngegend zu tun, und dann werde er dem Fotografen einen Besuch abstatten.

Einige Wochen später hatte er wieder einen Job für mich, und wieder gingen wir zusammen essen, aber es gab nichts Neues. In Kürze werde er aber in Palm Springs zu tun haben, sagte er, und dann wolle er einen Abstecher nach Twentynine Palm machen, um mit dem Fotografen zu sprechen.

Dieses Essen fand in der ersten Dezemberwoche statt.

Am Sonntag, dem 7. Dezember 1941, bombardierten die Japaner Pearl Harbor. Nicht nur Los Angeles, das ganze Land war in Aufruhr. Am Montag erklärten die USA Japan den Krieg, Kriegserklärungen an Deutschland und Italien folgten drei Tage später. Viele junge Männer, die ich kannte, meldeten sich zur Armee, und vor den Rekrutierungsbüros bildeten sich lange Schlangen.

Paul hielt sich zurück. Wie andere Kommilitonen wollte er das Ende des Semesters in sechs Wochen abwarten; danach sei, wie er sagte, immer noch genug Krieg übrig, an dem er sich beteiligen könne. Ich wusste, dass er nach Spanien keine kindlichen Illusionen über Ruhm und Ehre mehr hatte, und seine Tapferkeit zu beweisen, hatte er nicht nötig. Er war erwachsen, ein richtiger Mann, und eigentlich wusste ich das zu schätzen. Der Gedanke, dass er in den Krieg ziehen und sein Leben riskieren würde, brachte mich zur Verzweiflung. Aber auch mich hatte das Kriegsfieber erfasst. Jeder Bewohner von Boyle Heights, der Soldat wurde, und jeder Kommilitone, der in Uniform über den Campus ging, machte mich stolz. Ich wollte Taten sehen, nicht den Krieg bis nach den Klausuren verschieben. Paul gegenüber erwähnte ich das allerdings nicht, denn ich wusste, dass seine Argumentation vernünftig war, während wir anderen zu einer archaischen Trommel tanzten. Ich nahm ihm regelrecht übel, dass er einen kühlen Kopf bewahrte. Zugleich fragte ich mich, wie ich über ihn urteilen konnte, wo doch niemand von *mir* erwartete, dass ich eine Uniform anzog und mein Leben riskierte.

Ich haderte mit mir, schlief unruhig und wachte jeden Morgen schlecht gelaunt auf. Zu dieser Zeit begann ich, meine Essays mit drastischen Adjektiven anzureichern. Während der Seminare konnte ich meinen trüben Gedanken nachhängen, aber in den Weihnachtsferien arbeitete ich Vollzeit in Leos Buchhandlung und musste den ganzen Tag zu den Kunden freundlich sein.

Es war eine verrückte Zeit, und ich sah Philip erst einige Tage nach Weihnachten wieder. Dieses Mal lief alles schief. Er hatte ein großes, flaches Päckchen in weißem Papier unter dem

Arm – ein Weihnachtsgeschenk für mich? Ich hatte nichts für ihn, aber das konnte er auch nicht erwarten, oder? Es war einer der wenigen Momente, wo ich das Gefühl hatte, von amerikanischen Bräuchen so wenig zu verstehen wie ein Einwanderer, der gerade vom Boot kommt. Dann machte Philip alles nur noch schlimmer. Wir gingen vom Parkplatz zum Steakrestaurant, als er fragte: »Kennen Sie ihn?«

»Wen?«

»Diesen Juden.« Er machte eine Kopfbewegung in Richtung Rosen's Juwelierladen, wo ein Mann mit olivfarbener Haut und welligem rotbraunen Haar (wie meines) in der Tür stand. Obwohl es kühl war, trug er keinen Mantel. Offenbar arbeitete er in dem Laden und machte gerade Pause. Vielleicht war es sogar Rosen selbst.

»Nein«, sagte ich. »Woher auch?«

Es war eine Kleinigkeit, ein paar gedankenlose Worte von jemandem, der nach Boyle Heights fragte, als sei es ein anderer Planet. Trotzdem machte es mich noch gereizter, als ich sowieso schon war.

Als im Restaurant unsere Drinks vor uns standen, sagte er: »Sie würden einen guten Polizisten abgeben.«

»Soll das etwa ein Kompliment sein?«, fragte ich provokant.

»Sachte, sachte!«

»Sie halten doch selbst nicht viel von Polizisten …«

»Ich spreche von einem *guten* Polizisten. Wollen Sie nicht wissen, warum? Oder möchten Sie mich lieber mit dem Steakmesser aufspießen?«

»Ist doch wahr«, murmelte ich und trank einen Schluck. »Als wäre alles nicht schon schrecklich genug.«

»Puh! Jetzt verstehe ich, warum Alan Yardley seinem schändlichen Leben abgeschworen und sich in die Wüste verdrückt hat.«

Ich wusste nicht, was er damit meinte, aber offenbar hatte er etwas über Yardley herausbekommen. »Haben Sie ihn getroffen?«

»Japp. Sie hatten recht. Er ist in Ordnung.«

»Was hat er über Barbara gesagt?«

»Wie Sie vermutet hatten, ist sie zu ihm gegangen, nachdem Sie sie mit Ihrem Freund erwischt hatten. Sie scheint ihm vertraut zu haben. Offenbar hat Ihre Schwester ein gutes Gespür für Menschen, genau wie Sie. Barbara hat ihn gebeten, neue Fotos zu machen, weil sie Geld brauchte. Anschließend hat sie bei Yardley und seiner Frau übernachtet. Vielleicht bin ich naiv, aber ich glaube nicht, dass in dieser Nacht etwas Unmoralisches passiert ist.«

Ich nickte. »Ich habe seine Frau kennengelernt.«

»Am nächsten Tag hat er sie zu ihrer Bank in der Innenstadt gefahren und anschließend zum Bahnhof von Riverside.«

»Warum denn so weit weg?« Riverside lag mehr als achtzig Kilometer von Los Angeles entfernt. Wenn sie mit dem Zug fahren wollte, hätte sie es doch viel einfacher haben können!

»Sie hatte Angst, dass ihre Familie überall in der Stadt ihr Foto herumzeigen würde, und sie wollte nicht, dass ihr jemand folgte.«

Inzwischen hatte ich zwar begriffen, dass sie ihre Flucht schon lange geplant hatte, aber wie genau sie unsere Reaktion vorausgesehen und unsere Bemühungen im Vorfeld vereitelt hatte, verblüffte mich. War es ihr so bitter ernst gewesen, zu verschwinden?

»Essen Sie Ihr Steak«, sagte Philip. »Das wird Ihnen guttun.«

Ich hatte kaum registriert, dass die Kellnerin ein dampfendes T-Bone-Steak gebracht hatte. Lustlos nahm ich ein paar Bissen.

»Hat Yardley mich angelogen, weil er ihr versprochen hatte, nichts zu verraten?«, fragte ich.

Philip nickte. »Ich habe zwar keinen Respekt vor seiner Arbeit damals, aber immerhin ist er jemand, der zu seinem Wort steht.«

»Warum hat er es Ihnen dann verraten?«

»Ist schon komisch«, sagte er und grinste wölfisch. »Aber ich habe irgendwas an mir, das die verschlossensten Typen zu Plaudertaschen macht. Außerdem: Wer würde sich am Bahnhof von Riverside nach so langer Zeit noch an Ihre Schwester erinnern?«

»Wie ausführlich haben Sie ihn denn zum Reden gebracht? Hat er gesagt, wohin sie gefahren ist?«

»Er sagt, das weiß er nicht.«

»Weiß er's nicht, oder will er's nicht sagen?«

Philip lachte leise. »Ich hätte Sie mitnehmen sollen. Sie haben ihn dazu gebracht, mit diesen dreckigen Fotos aufzuhören und sein Leben der Kunst zu widmen. Vielleicht hätten Sie ihn auch zum ...«

»Wovon reden Sie eigentlich?«

»Ihr Besuch hat dazu geführt, dass er aus diesem schmierigen Gewerbe ausgestiegen ist.« Amüsiert zog er die Augenbrauen hoch, und wieder wäre ich ihm am liebsten an die Kehle gesprungen.

»Machen Sie sich über mich lustig?«

»Ganz und gar nicht. Yardley sagt, die Begegnung mit Ihnen hat sein Leben verändert. Als er die Sache mit Ihren Augen sah, wurde ihm plötzlich klar, was er getan hatte. Er bat mich, Ihnen das zu geben. Er will sich bei Ihnen bedanken.«

Er überreichte mir das Päckchen, und ich wickelte es aus. Es war eins von Yardleys Wüstenfotos: Sand, Gestrüpp und Himmel in gestochen scharfem Schwarzweiß.

»Meint er, damit könnte er alles wiedergutmachen? Ich will es nicht haben«, sagte ich und dachte gleichzeitig, wie schön dieses Foto in meinem Zimmer aussähe. Irgendwie freute es mich sogar, dass Yardley jetzt in der Wüste lebte, die er so sehr liebte. Aber an diesem Abend war mir so jämmerlich zumute, dass ich nicht wusste, ob ich weinen oder meiner Wut freien Lauf lassen sollte. Ich entschied mich für Letzteres.

»Zu meiner Einrichtung passt es nicht«, sagte Philip. »Behalten Sie's. Vielleicht ist es eines Tages ein kleines Vermögen wert. Ihre Schwester, sagte Yardley, hatte vor, mit einer Nadel in den Fahrplan zu stechen und so zu entscheiden, wohin die Reisen gehen soll.«

»Wie konnte er das zulassen? Sie war doch erst achtzehn!«

»Er fand, sie hatte genug Geld und genug Mumm, um auf sich aufzupassen.«

»Wenn wir uns den Fahrplan von Riverside besorgen, müssten wir doch …«

»Elaine!« Er sah mich so mitleidig an, dass ich ihn am liebsten geohrfeigt hätte. »Sie haben doch längst begriffen, was passiert ist. Ihre Schwester hatte ihr Verschwinden sorgfältig geplant. Sogar diese entwürdigenden Fotos hat sie in Kauf genommen, um das Geld zusammenzukriegen. Und sie ist extra von einer anderen Stadt aus abgefahren, um ihre Spuren zu verwischen. Wachen Sie auf, Kind! Manchen genügt es nicht, das heimische Nest zu verlassen. Vielmehr haben sie das Gefühl, um ihr Leben laufen zu müssen.«

»Einige aus meiner Familie mussten tatsächlich um ihr Leben laufen«, sagte ich. Dagegen waren Barbaras Probleme doch lächerlich! »Mein Großvater lief vor Männern weg, die ihn töten wollten. Und wenn meiner Mutter die Flucht aus Rumänien nicht gelungen wäre … Wissen Sie überhaupt, wie es dort heute aussieht?«

»Ich kann es mir in etwa vorstellen.«

»O nein, das können Sie nicht!«

Später wurde mir klar, dass ich so scharf reagierte, weil Philip ausgesprochen hatte, was ich nicht wahrhaben wollte: Barbara hatte konsequent und aus freien Stücken das Band zwischen uns zerschnitten. Es war, als hätte sie mich vernichtet, zumindest den Teile meiner Identität, der von unserer Geburt an das »Wir«-Gefühl ausgemacht hatte.

»Was wollen Sie jetzt unternehmen?«, fragte ich und setzte einen Blick auf, der sagte: Geben Sie die Suche ja nicht auf!

»Ich glaube, ich mach mich mal an ein paar Tänzerinnen ran. Erfahrungsgemäß können sie meinem Charme nicht widerstehen.« Er grinste so gequält, dass ich lachen musste.

Ich trank noch ein Glas, und wir begannen wieder so zu flirten und zu plaudern wie bei unseren ersten Begegnungen.

Aber dieser Flirt hatte nichts zu bedeuten. Philip lebte in einem anderen Los Angeles als ich. In seiner Welt war es normal, eine Waffe zu tragen und schon morgens Alkohol zu trinken, und beinahe jedes seiner Gespräche sprühte vor erotischen Untertönen. Er flirtete mit mir ebenso instinktiv und nebenbei, wie er atmete. Das war mir klar.

Aber an diesem Abend war mir alles egal. Der Krieg, die Spannungen mit Paul, die Vorstellung, dass Barbara um ihr nacktes Leben gerannt war – vor mir davongerannt war … Als Philip mich nach dem Essen heimfuhr, schmiegte ich mich an ihn und küsste ihn.

»Aha«, sagte er, fuhr in eine Seitenstraße, parkte am Straßenrand und küsste mich zurück. Aber nur kurz, dann schob er mich sanft weg.

»Komm, wir fahren zu dir«, sagte ich. Trotz der Drinks war ich nicht betrunken. Vielmehr wollte ich sein Los Angeles kennenlernen und zumindest eine Nacht dort verbringen.

»Ach, Schätzchen«, sagte er. »So eine bist du nicht. Morgen früh würdest du dich hassen.«

»Nein, bestimmt nicht!«

»Aber ich mich.«

»Lügner!«, sagte ich verführerisch, fasste ihm in den Schritt und spürte seinen harten Schwanz.

Er packte mein Handgelenk so fest, dass ich aufschrie. »Schluss jetzt! Zurück auf den Beifahrersitz!« Er ließ erst locker, als ich genug Abstand hatte.

Schweigend fuhr er mich nach Haus.

Philip hatte recht. So eine war ich nicht. Ich fühlte mich schon mies, weil ich an einen Seitensprung überhaupt gedacht hatte. Und ich fürchtete das nächste Treffen mit Philip. Sollte ich so tun, als sei nichts geschehen? Oder mich für mein idiotisches Benehmen entschuldigen und es auf den Alkohol schieben? Ich beschloss abzuwarten. Bestimmt hatte er so prekäre Situationen schon oft gemeistert. Doch wochenlang hörte ich nichts von ihm. Ende Januar rief ich in seinem Büro an. Es war ein kurzes, verkrampftes Gespräch. War ihm die Sache auch peinlich? Er sagte, er habe kein Glück bei den Tänzerinnen gehabt und betrachte die Sache als erledigt.

Damals verabschiedete ich mich endgültig von Barbara. Was blieb mir anderes übrig? Überhaupt war das Jahr 1942 reich an Abschieden. Paul ging zur Armee, und auch die meisten anderen jungen Männer, die ich kannte, zogen in den Krieg.

20. KAPITEL

Glatteis

SCHNEEMASSEN BEDECKEN DIE EBENE, DIE SICH ZU BEIden Seiten des Highways bis zum Horizont erstreckt. Die Straße ist geräumt, aber die Frau, die uns am Flughafen von Cody den Explorer vermietet hat, fühlte sich verpflichtet, uns vor überfrierender Nässe zu warnen.

»Auf den ersten Blick sieht die Straße okay aus, aber stellenweise ist sie von einem dünnen Eisfilm überzogen«, sagte sie. »Testen Sie immer mal wieder, ob die Bremsen greifen.«

Leider kam diese Warnung zu spät, um mich von der Fahrt noch abzuhalten. Ich lief bereits auf Hochtouren, hatte Flüge, Hotelzimmer und eben jenen Explorer für Josh und mich gebucht, meinen Wollmantel gelüftet, neue Winterstiefel gekauft und Abzüge von Familienfotos machen lassen. Es ist erst eine Woche her, dass Josh mir neue Informationen über Kay Thorne gebracht hat. Alles musste schnell gehen, sollte die Reise in Joshs Winterferien passen. Jedenfalls redete ich mir das ein, um nicht zur Besinnung zu kommen. In Wahrheit fühlte ich mich die ganze Zeit, als fiele ich eine Treppe hinunter.

Wie sich das anfühlt, habe ich vor etwa dreißig Jahren erfahren. Ich kam mit einem Stapel Aktenordnern aus dem Schlafzimmer und war in Gedanken bei meinem aktuellen Fall. Im nächsten Moment segelte ich mit einem Affenzahn die Treppe hinunter, hatte aber genug Zeit, um mich zu wundern, wie schnell hundertdreißig Pfund Frau sein können und dass ich völlig machtlos dagegen war, obwohl ich versuchte, mich am Treppengeländer festzuhalten. Als ich schließlich unten ankam, lag ich inmitten von Papieren eine Weile ganz still und versuchte zu spüren, ob irgendein Körperteil so wehtat, dass ich ohne fremde Hilfe nicht würde aufstehen können. Aber ich hatte Glück. Außer zwei gebrochenen Zehen war mir nichts passiert. Später konnte ich mich erstaunlich detailliert an diesen Sturz erinnern, und ich sah ihn vor mir, als hätte er gar nichts mit mir zu tun. Das Einzige, woran ich mich nicht erinnern konnte, war der Moment, als ich den Boden unter den Füßen verlor.

Das war mir auch jetzt unklar.

War es passiert, als mir die Visitenkarte mit dem Namen Kay Devereaux in die Hände fiel?

Befand ich mich etwa schon seit Barbaras Verschwinden im freien Fall?

Oder hatte die Flut von Ereignissen, die mich hierher brachte, noch früher begonnen, irgendwann in unserer Kindheit, als unsere Blicke sich in tiefstem Einverständnis trafen oder als wir lachten und unsere Stimmen, nahezu identisch in Höhe und Rhythmus, zum Lachen eines einzigen Menschen wurden?

Harriet, die Einzige aus der Familie, der ich die Wahrheit über diese Reise erzählt habe, wollte, dass ich die Neuigkeiten über Kay Thorne erst einmal sacken ließ. Sie bot an, mich zu begleiten, wenn ich mit dieser Reise bis zum Frühjahr wartete. Aber sie bestand nicht darauf mitzukommen. Selbst wenn ich es ausgehalten hätte, so lange zu warten, habe ich begriffen, dass das Wiedersehen nach über fünfundsechzig Jahren ein

Moment sein würde, in dem meine Zwillingsschwester und ich keinen Dritten gebrauchen konnten. Ich musste allein hinfahren.

Abgesehen von demjenigen, der dieses Unternehmen von Anfang an begleitet hat – Josh. Er sitzt am Steuer und lenkt den Explorer über die Hauptstraße von Cody.

»Ist es das?«, fragt er. »Das Buffalo Bill Village?«

Ich schaue zu dem Schriftzug über dem Hoteleingang hoch und sage, dass wir da sind. Der Name ist schrecklich folkloristisch, aber es ist ein Holiday Inn und verspricht hinreichenden Komfort. Der Flug hat den ganzen Tag gedauert, weil wir genauso viel Zeit in der Luft wie am Flughafen von Denver verbracht haben. Wir werden hier übernachten und fahren morgen früh zu Barbaras Ranch.

Josh lädt unser Gepäck aus. Außer unseren Koffern gehört eine professionelle Videokamera dazu – was völlig unnötig ist und uns beim Sicherheitscheck in Los Angeles viel Ärger eingebracht hat. Aber Josh ist von seiner Notlüge so begeistert, dass er jetzt tatsächlich eine Dokumentation über die US-Truppenbetreuung im Zweiten Weltkrieg drehen will. Wenigstens er glaubt an das Projekt, und sein Enthusiasmus ist viel wert. Er hat Kay Thorne angerufen, und sie war sofort zu einem Interview bereit. Sie hat ihn sogar eingeladen, auf der Ranch zu wohnen. Ich kann von Glück sagen, dass er die Einladung in seinem Überschwang nicht angenommen hat.

Josh ist ein guter Reisebegleiter. Heute Morgen, am Flughafen von Los Angeles, hat er mir einige Fragen gestellt, die mir ziemlich nahegingen. Wie ich mich wohl fühlen würde, wenn ich meine Schwester wiedersah? Was ich zu ihr sagen würde? Als ich das Thema wechselte, verstand er den Wink mit dem Zaunpfahl und fragte nicht weiter.

Ich brauche eine halbe Stunde, um auszupacken und mich

frisch zu machen, dann treffen wir uns zum Abendessen im Hotelrestaurant. Josh erlöst mich von dem Druck, etwas sagen zu müssen; er plaudert über das Nachtleben von Cody und die Bars, in die er nach dem Essen gehen will. Ich ziehe mich auf mein Zimmer zurück und sehe ein wenig fern.

Um zweiundzwanzig Uhr nehme ich eine Schlaftablette und mache das Licht aus. Aber an Schlaf ist nicht zu denken.

Das Leuchtdisplay des Weckers zeigt 23:42, als ich zum ersten Mal hinsehe.

Das nächste Mal ist es 0:26.

Dann 2:10.

Das Zimmer ist stickig. Ich habe die Heizung schon ausgeschaltet. In Los Angeles lasse ich die Heizung nachts nie an; selbst in kalten Nächten reicht mir eine Überdecke. Ich stehe auf und öffne das Fenster. Eiskalte Luft schlägt mir entgegen. Im Westen zeichnet sich das Gebirge vor dem Horizont ab. Irgendwo da hinten ist *sie*.

Schläft sie? Oder ist sie wach, so wie ich? Leidet sie unter Schlaflosigkeit? Vielleicht ist sie ja eine Nachteule und sieht sich alte Filme im Fernsehen an. Jetzt, da ich sie auf der Landkarte orten kann, wird sie immer realer. Ich sehe sie sozusagen in Farbe statt in Schwarzweiß. Hat sie je an Los Angeles gedacht und sich gefragt, was ich wohl gerade mache? Oder habe ich in ihrem Leben immer einen viel kleineren Platz eingenommen als sie in meinem? Habe ich darin überhaupt einen Platz? Bald werde ich es wissen.

Aber ich will es gar nicht wissen.

Ich will nicht erfahren, dass ich ihr nichts bedeute. *Elaine? Klar erinnere ich mich an dich. Wie geht's?* Da wäre es mir lieber, sie rastet vor Wut aus und jagt mich mit der Schrotflinte vom Hof. Hass wäre okay, auch Angst. Dann bedeute ich ihr wenigstens was.

Was versprichst du dir davon, hat Harriet gefragt. Gute Frage. Vernünftige Frage. Vernunft ist mein Markenzeichen. Ich bin nicht Anwältin geworden, weil ich Jura studiert habe, sondern weil es in meiner Natur liegt. Und was habe ich Harriet geantwortet? Ich will den Menschen sehen, der hinter der wohlbekannten Kay Thorne der Zeitungsartikel und Hochglanzbroschüren steckt. Mich davon überzeugen, dass es ihr gut geht. Unserem Familiengeheimnis auf den Grund gehen. Und sehen, ob irgendeine Art von Versöhnung möglich ist, wenn nicht gar *Heilung* (dieses Wort stammt von Harriet, nicht von mir.)

Diese Antwort klingt vernünftig. Ich könnte alles schlüssig begründen und eine Jury überzeugen. Aber Vernunft hat nichts mit der Obsession zu tun, die mich gepackt und über Kilometer überfrierender Nässe hierher nach Cody, Wyoming, gebracht hat.

Als ich endlich einschlafe, knirsche ich so heftig mit den Zähnen, dass es sich um Viertel vor acht, als ich aufwache, anfühlt, als hätte mir jemand einen Kinnhaken versetzt.

»Alles in Ordnung?«, fragt Josh, als wir uns zum Frühstücken treffen.

»Sobald ich zwei Tassen Kaffee getrunken habe«, sage ich und denke: hoffentlich. »Und Sie?«

Er stöhnt. »Ich war gestern Abend in einer Bar mit Countrymusik … Kennen Sie das? Man hängt an der Bar, bestellt noch ein Bier, weil das Mädchen einen verlassen und man aus Frust den Wagen zu Schrott gefahren hat, nur um am nächsten Tag den Job zu verlieren. Wenn man den Jungs dann *noch* ein paar Bier ausgibt, kriegt man sie dazu, über ihre lokalen Helden zu sprechen.«

»Über Kay?«

»*Miz* Kay. Jeder sagt, dass sie einen untrüglichen Geschäftssinn hat. Sie gilt praktisch als die Erfinderin der modernen

Touristenranch. Je mehr Bier, desto interessanter die Geschichten. Ihre Schwester gilt als echte Kampfhenne.«

»Hat jemand tatsächlich dieses Wort benutzt?« Das haben die Wortführer der Konservativen über *mich* gesagt – »verkopfte Kampfhenne«. Ich fand den Begriff so witzig, dass ich den Artikel ausgeschnitten und gerahmt habe. Weiß Barbara, dass man sie so nennt? Nicht mehr lange, dann kann ich sie fragen! Ich kann es kaum erwarten.

Josh nickt. »›Eine Kampfhenne‹, ›hart wie Kruppstahl‹, und einer sagte: ›Sie hat ihre Ehemänner verspeist, gut durchgekaut und dann ausgespuckt.‹ Aber das sollte keine Kritik sein. Die Leute respektieren Miz Kay. Für ihre eigenen Kinder gilt das allerdings weniger. Mit dem Sohn, der die Ranch leitet, versteht sie sich gut, George Junior, aus zweiter Ehe. Er und seine Frau wohnen bei ihr. Aber der Sohn und die Tochter aus erster Ehe … Da sieht die Sache ganz anders aus. Der Sohn war in Vietnam und kam drogensüchtig zurück. Er ist schon vor Jahren weggezogen und hat es geschafft, clean zu werden, steht aber ein paar Mal pro Jahr vor ihrer Tür und bettelt um Geld.«

»Woher wollen die Leute das wissen?«

»Keine Ahnung. Vielleicht passt es einfach ins Bild. Zwischen ihrer Tochter Dana und ihr sollen sich richtige Zickenkriege abgespielt haben. Dana hat irgendwann geheiratet und ist nach Seattle gezogen. Aber letztes Jahr ist sie nach einer hässlichen Scheidung mit ihrem jüngsten Kind auf die Ranch zurückgekehrt.«

Ha, Barbara war also keine perfekte Mutter! Genauso wenig wie ich. Oder jede andere Frau.

Der Morgen ist kalt und klar. Auf dem Display des Explorers wird die Außentemperatur mit −3,3° angezeigt, als wir um kurz nach neun losfahren. Je weiter wir nach Westen kommen, desto kälter wird es. Die ganze Zeit geht es leicht bergauf. Das

Gebirge liegt noch in weiter Ferne. Wir durchqueren die endlose Prärie, und die wenigen Anzeichen menschlicher Zivilisation – vereinzelte Zäune und Rinder, die sich wegen der Kälte dicht aneinanderdrängen – sind nur Flecken in der verschneiten Landschaft.

Vielleicht brauche ich gar nichts weiter. Vielleicht genügt es mir, nur einmal die Gegend zu sehen, in der sie sich niedergelassen hat, diesen riesigen Himmel, in dem sich Zirruswolken verlieren, als seien es nur Wolken-Zitate. Vielleicht reicht es, bis hierher gekommen zu sein.

Ich bin kein Kind mehr, dem oben auf der Rutsche die Knie weich werden. Wenn ich Josh sage, dass er umkehren soll, johlt niemand, ich sei feige. Warum fühle ich mich dann wie das Kind auf der Rutsche? Mein Rückgrat ist aus Gummi, meine Hände und Füße sind weit entfernte Außenposten, die nicht unbedingt auf mein Kommando hören.

»Ist es hier?«, fragt Josh, als wir eine Abzweigung zu einer Landstraße erreichen.

Ich schaue auf die Wegbeschreibung, was ganz unnötig ist, weil ich sie auswendig kenne.

Inzwischen sind wir in den Bergen. Auf der gewundenen zweispurigen Straße kann Josh nur 50 km/h fahren, manchmal sogar nur 30. Ich fühle mich wie im Niemandsland. Von mir aus könnten wir ewig so weiterfahren, ohne ihr je zu begegnen.

Doch nur allzu bald sehe ich ein geschnitztes Schild mit dem Ranch-Logo – ein stilisiertes Pferd – und dem Hinweis, dass die Einfahrt zur OKay Ranch noch hundert Meter entfernt ist. Das Logo ist schlicht, fast naiv, wie von einem Kind gezeichnet. Aber gerade dieses Kindliche hat Charme. Ich muss an Cowboyfilme denken, die samstagnachmittags im Fernsehen laufen, und ich bin mir sicher, dass es potenziellen Urlaubern genauso geht. »Die Höhle der Löwin«, sagt Josh.

Ein gut geräumter Weg führt zu einem hölzernen Torbogen mit der Aufschrift »OKay Ranch« und demselben schlichten Pferd. Rustikalität trifft auf moderne Technik: Das Tor schwingt auf wie durch Zauberhand, sowie Josh sich über die Gegensprechanlage angekündigt hat. Hinter uns schließt es sich wieder. Der Weg macht eine Kurve. Den Urlaubern muss das Herz aufgehen, wenn sie dahinter das erste Mal die sogenannte Lodge, das Gästehaus, erblicken, ein großzügiges Gebäude aus Baumstämmen, das sich an den Bergrücken schmiegt.

»Kein Wunder, dass die Ranch so gut läuft«, sagt Josh und spricht damit aus, was ich denke. Meine Schwester weiß eben, wie man eine gute Show inszeniert.

Wir erreichen den Parkplatz, der Platz für etwa fünfzig Wagen bietet. Heute ist er allerdings leer. Den Winter über ist die Lodge geschlossen. Wir müssen noch fünfhundert Meter weiter zum Wohnhaus der Familie fahren.

»Bitte warten Sie einen Moment«, sage ich, als Josh die Wegbeschreibung studiert, um zu entscheiden, welchen der abzweigenden Wege er nehmen muss. Warum bin ich bloß so durcheinander? Zu wenig Schlaf letzte Nacht. Die Höhenluft. Und natürlich meine Angst.

Doch da kommt uns ein Schneemobil entgegen. Die Temperatur liegt jetzt bei −8,9°, aber die Fahrerin des Schneemobils trägt keine Mütze. Blonde Locken flattern im Fahrtwind, und ich frage mich, ob die Enkelin losgeschickt wurde, um uns zu begrüßen.

Sie rast auf den Parkplatz und hält neben der Fahrertür des Explorers. Da sehe ich, dass ihr Gesicht über dem blauen Parka so alt ist wie meins.

»Josh! Willkommen!«, ruft sie. Inzwischen spricht sie wie jemand aus dem Mittleren Westen, aber die Stimme, die aus ihrem Mund kommt, ist meine.

Josh springt aus dem Wagen und begrüßt sie. Sie schüttelt ihm kräftig die Hand. Dann schaut sie an ihm vorbei in meine Richtung, stutzt und zuckt mit den Schultern. »Kommen Sie ins Haus.«

Sie wendet und verschwindet in einer Schneefontäne. Ein Energiebündel, vollkommen zu Hause in dieser Umgebung. Enthusiastisch. Frei. Meine Schwester.

Das Leben, das sie hier führt, hat keine Ähnlichkeit mit einem der Szenarien, die ich mir über die Jahre ausgemalt hatte. Aber wie sie so vor uns her rast, erkenne ich die Barbara, die für Danny geklaut hat, das Mädchen, das nach dem Regen am Flussufer vor Lebensfreude schrie. Aber ist es auch das Mädchen, das uns verlassen konnte, ohne je zurückzublicken? Diese Barbara habe ich nie verstanden; diese Schwester möchte ich schütteln, bis sie mir endlich Antworten gibt. Ah, ich spüre, dass ich bereit bin. Mein Rücken ist gerade und meine Wahrnehmung geschärft – der gleiche Adrenalinstoß wie früher, wenn ich einen Gerichtssaal betrat.

»Alles in Ordnung?«, fragt Josh.

»Bestens.«

Der Weg führt auf ein Haus zu, das groß genug ist, um zu zehnt darin zu wohnen. In der Mitte scheint das ursprüngliche Haus zu stehen, rechts und links davon erstrecken sich Anbauten aus Holz und Kalkstein. Das Ensemble hat nicht die architektonische Grandezza der Lodge, sondern wurde für ganz gewöhnliche Menschen mit einem ganz gewöhnlichen Leben errichtet. Barbara fährt in eine große Garage, in der schon zwei Trucks, ein Van und drei Geländewagen stehen, und stellt ihr Schneemobil neben etwa zwölf anderen ab.

Josh hält vor der Garage. Ich steige aus und gehe auf meine Schwester zu.

Es scheint ihr schwerzufallen, von dem Schneemobil abzusteigen. Sie ruckt hin und her, bevor sie sich von dem niedrigen Sitz hievt, dann stützt sie sich auf das Fahrzeug, nimmt dankbar Joshs Arm und richtet sich mit seiner Hilfe auf. Offenbar hat sie Schmerzen, aber ihrem Gesicht ist es nicht anzusehen, als sie aufschaut und mir schmallippig zulächelt.

»Ich wusste nicht, dass Josh jemanden mitbringen würde.« Sie reicht mir die Hand. »Ich bin Kay Thorne.«

Ich habe Harriets Warnung im Ohr, dass ich womöglich einem Phantom hinterherjage. Doch dann wird Kays Lächeln breiter, ihre Lippen öffnen sich und entblößen die Lücke zwischen den Vorderzähnen. Ich atme tief durch.

»Barbara«, sage ich. »Ich bin's, Elaine.«

Wie oft habe ich mir diesen Moment ausgemalt? In meiner Fantasie schreckt sie zurück. Oder sie sieht mich perplex an und tut so, als kenne sie mich nicht. Oder sie bricht in Freudentränen aus.

Einen Herzschlag lang steht Barbara so still da, als hielte sie den Atem an. Dann lacht sie lauthals los.

»Heilige Scheiße!« Sie betrachtet mich von Kopf bis Fuß. »Heilige Scheiße! Du bist ja eine alte Frau, Lainie!«

»Dabei bin ich siebzehn Minuten jünger als du.« Ich breite die Arme aus und ziehe sie an mich. Auch sie umarmt mich. O Gott, sie benutzt immer noch Shalimar! Ich spüre, dass sie zittert. Oder zittere ich?

Ich trete einen halben Schritt zurück, lasse die Hände aber auf ihren Schultern liegen.

Sie wischt mir übers Gesicht. »Nicht weinen! Es friert.« Sie blickt zu Josh hinüber. »Er dreht gar keine Dokumentation über die Truppenbetreuung, oder?«

»Nein.«

»Was sind Sie bloß für ein Schlitzohr! Es gehört sich nicht, eine ältere Dame an der Nase herumzuführen«, pflaumt sie Josh grinsend an. »Besonders, wenn es sich bei der älteren Dame um eine Meisterschützin handelt.«

»Tut mir leid, Ma'am.« Josh grinst zurück.

»Dein Enkel?«, fragt Barbara. »Er hat Dannys Augen.«

»Ein Freund. Ich habe Danny nicht geheiratet.«

»Das kann nicht dein Ernst sein! Aber sag mal, ist irgendwas nicht in Ordnung? Bist du mitten im Winter hier rausgekommen, weil du Krebs hast und bald stirbst oder so?«

»Nein, nein. Alles in Ordnung. Ich habe erst letzte Woche rausgefunden, wo du steckst.« Ich kämpfe gegen die Bitterkeit, die sich in meine Stimme schleicht. Ich will mich nicht aufregen, dazu läuft alles viel zu gut. »Und du? Ist bei dir alles in Ordnung?«

»Ich kann nicht klagen. Das heißt, natürlich kann ich klagen, und manchmal tu ich es auch. Aber nichts Ernstes.«

»Hey!«, meldet sich Josh zu Wort. »Dürfte ein sonnenverwöhnter Bursche aus Kalifornien vielleicht langsam mal aus der Kälte raus?«

Ich merke, dass der Wollmantel, den ich mit nach Oregon nehme, wenn ich meine Tochter dort im Winter besuche, kaum besser wärmt als ein Krankenhausnachthemd. Ich wende mich dem Haus zu.

Barbara rührt sich nicht. Ob sie es nicht kann?

»Brauchst du Hilfe?«, frage ich.

»Warte, Elaine!« Sie sieht mich beschwörend an. »Meine Familie ist hier. Du sagst nichts, oder?«

»Wo denkst du hin, Barbara? Ich bin nicht gekommen, um dich bloßzustellen.«

»Kay. Hier bin ich Kay.«

»In Ordnung.« Von mir aus kann sie sich als die Königin von Saba ausgeben. Es würde nichts daran ändern, dass mich niemand sonst je so in Bedrängnis gebracht und so hilflos gemacht hat. Hätte ich ihre Stimme nicht gehört und ihre Zahnlücke nicht gesehen, wüsste ich spätestens jetzt, dass diese Frau meine Schwester ist. »Darf ich wenigstens auf deine Toilette gehen? Meine Blase platzt gleich.«

»Und was soll ich sagen, wer du bist?«

»Sie können sie doch als eine alte Freundin vorstellen, eine Kollegin aus der Truppenbetreuung, die ich als Zeitzeugin mitgebracht habe«, sagt Josh.

»Eine Kamera haben Sie wohl nicht dabei?«, fragt Barbara. »Alle denken, dass Sie mich zum Fernsehstar machen wollen.«

»Doch, im Wagen. Ich hole sie.«

Ich begleite Josh zum Wagen und hole die Familienfotos. Dann folgen wir Barbara ins Haus. Sie humpelt und sagt: »Arthritis ist die Strafe Gottes für jeden Tänzer.«

Ich weigere mich, Mitleid zu empfinden, biete ihr aber meinen Arm an, und sie nimmt ihn, als wir auf die Tür zugehen. Ein solides Metallgeländer flankiert die vier Stufen zur Haustür.

Dann öffnet meine Schwester die Tür zu ihrem Zuhause.

Wir betreten den Windfang. Zwei Hunde springen uns an, bellen und beschnuppern uns. Ich lache und lasse sie auf meine Hände sabbern.

»Du hast auch Hunde?«, fragt Barbara überrascht.

»Früher. Spaniel. Der letzte ist vor drei Jahren gestorben.« Schnell versuche ich meinen Mantel aufzuknöpfen, denn das mit meiner Blase war kein Scherz, aber meine Finger sind steif vor Kälte, und der Windfang ist eng. Wir sind zu dritt, dazu die Hunde, ringsum an den Wänden hängen Parkas und Vliesjacken, und auf dem Fußboden liegen genug Stiefel, um die Regale von Fine & Sohn – Gediegenes Schuhwerk zu bestücken.

Schließlich habe ich mich aus dem Mantel geschält. »Die Toilette?«

»Dana!«, ruft Barbara. »Das ist meine Freundin Elaine, von der Truppenbetreuung. Zeig ihr, wo das Badezimmer ist!«

»Ja, sicher«, sagt eine Frau in den Fünfzigern, die schon an der inneren Tür des Windfangs wartet. Dana, die Tochter. Ich hatte zwar nicht viel auf den Klatsch in der Bar gegeben, aber man sieht ihr an, dass sie nach einer hässlichen Scheidung nicht freiwillig in ihr Elternhaus zurückgekehrt ist. Sie ist bleich, und ihr strähniges Haar ist an den Ansätzen grau.

»Kommen Sie in dem Film auch vor?«, fragt sie und führt mich durch einen kurzen Flur. Es klingt nicht, als wolle sie es wirklich wissen.

»Ja.«

»Ist ja toll«, murmelt sie.

Dana wartet auf mich, dann bringt sie mich in ein Wohnzimmer mit dunklen Deckenbalken und stellt mir George und seine Frau Lynn vor. Barbara – nein, Kay! – ist nirgends zu sehen. Ich nenne sie, wie sie will, alles andere werde ich selbst entscheiden.

»Sie zieht sich für den Film um.« Josh scheint wieder mal zu wissen, was ich denke. »Sie kommt gleich zurück.«

»Meinen Sie wirklich?« George hat die gleiche Zahnlücke, Dana ebenfalls. Offenbar ist das dafür zuständige Gen stärker als alle anderen. »Wenn meine Mutter erst mal vor einem Spiegel steht, geht sie nicht so schnell wieder weg.«

Er hat den kantigen Charme eines Robert Mitchum und scheint sich in seiner Haut wohlzufühlen. Er strahlt Ruhe aus und könnte womöglich sogar *mich* dazu bringen, auf ein Pferd zu klettern. Er dirigiert mich zu einem abgewetzten, aber bequemen Sessel neben dem Kamin, in dem – Halleluja! – ganze Baumstämme zu bullern scheinen. Plötzlich weiß ich, woher ich diese unerschütterliche Selbstsicherheit kenne – von Onkel Harry auf Fotos.

Lynn ist eine Mischung aus bodenständig und elegant. Mit ihrem kurzen, weißblonden Haar und den Türkis-Ohrringen passt sie zu dem rauen Cowboy-Charme ihres Mannes und sie beherrscht die Kunst des entspannten Smalltalks. Sie stellt Josh ein paar Fragen über das Filmprojekt und mir über die Tourneen der USO. Zum Glück habe ich im Gerichtssaal gelernt, die unerwartetsten Fragen zu beantworten.

Nach einer Viertelstunde wirkt Lynns Geplauder etwas gezwungen, und selbst George wird nervös. Wahrscheinlich wartet auf beide viel Arbeit. Aber bestimmt bin ich die Einzige, die fürchtet, Barbara könnte ihren Schmuck aus dem Safe holen, sich auf ihr Schneemobil setzen und auf Nimmerwiedersehen verschwinden.

»Ich gehe dann mal und schiebe die Zimtschnecken in den Ofen«, sagt Lynn. »Kann ich Ihnen einen Kakao bringen? Oder vielleicht lieber einen Kaffee? Oder Tee?«

»Sie müssen Lynns Kakao probieren«, sagt George. »Ihr haben wir zu verdanken, dass die OKay Ranch im ganzen Land für die beste Verpflegung bekannt ist.«

»Ein Kakao wäre wunderbar«, sage ich.

»Für Sie auch?«, fragt Lynn Josh.

Er nickt.

»Ich nehme auch einen«, sagt Barbara. »Aber bitte mit richtiger Sahne, nicht dieses gesunde Zeug.« Mit schwarzem Wildlederrock, schwarzer Fransenweste, rotem Rollkragenpullover und schwarzen Cowboystiefeln steht sie an der Wohnzimmertür. Wie Barbara Stanwyck in *Big Valley* – und nicht nur wegen ihres Outfits. Sie beherrscht die Szene so vollkommen, dass alle Augen auf sie gerichtet sind.

»Ich werde dich nicht daran hindern, deine Arterien zu verstopfen«, sagt Lynn augenzwinkernd. »Jen bringt euch den Kakao, wenn er fertig ist.«

»Nicht hierher«, sagt Barbara. »Wir gehen in mein Büro.«

Alle sehen sie überrascht an.

»Mom, meinst du nicht, dass wir …« Dana zögert. »Wir haben das Wohnzimmer doch extra für den Dreh vorbereitet, das Licht und so … Außerdem ist es in deinem Büro eiskalt.«

Arme Dana! Zwischen ihrer dominanten Mutter und dem Powerpärchen George und Lynn hat sie bestimmt keinen leichten Stand. Ich wünschte, ich könnte für sie sein, was Pearl damals für mich war. Einstweilen begnüge ich mich damit, ihr zuzulächeln.

»Josh kann hierbleiben und alles vorbereiten«, sagt Barbara. »Aber Elaine und ich haben uns so lange nicht gesehen, wir wollen erst ein bisschen klönen.«

Ungern stehe ich aus dem Sessel am Kamin auf. Aber Barbara und ich müssen wirklich erst einmal unter vier Augen reden.

Auf einen dekorativen Spazierstock mit Silberbeschlägen gestützt, führt sie mich in einen neueren Flügel des Hauses. Wir betreten ein geräumiges Zimmer; auf der einen Seite steht ein Schreibtisch, ein niedriger Tisch mit drei Stühlen auf der anderen. Durch ein großes Fenster ist die grandiose Bergkulisse zu sehen, aber es ist so kalt, dass Eisblumen die Aussicht behindern. Als ich mich hinsetze, japse ich unwillkürlich: Der Stuhl ist wie ein Eisblock.

Barbara dreht am Thermostat an einer Wand voller Fotos und sagt: »Es wird ganz schnell warm.« Dann rückt sie einen Stuhl heran, setzt sich und beugt sich vor. Aufmerksam betrachtet sie mein Gesicht. »Du bist es wirklich. Du hast mir gefehlt … Erzähl mir von dir! Hast du das College beendet?«

»Hast du denn nie im Internet oder irgendwelchen Archiven nach mir gesucht? Warst du kein bisschen neugierig?«

»Ich hab's versucht. Aber Computer sind mir ein Rätsel. Außerdem habe ich ›Elaine Greenstein‹ und ›Elaine Berlov‹ als Suchbegriffe eingegeben. Wie heißt du wirklich?«

»Resnick. Ich habe Paul geheiratet. Erinnerst du dich an ihn?« Offenbar nicht. »Er war ein paar Klassen über uns auf der Roosevelt High School und hat im Spanischen Bürgerkrieg gekämpft.«

»Hast du das College nun abgeschlossen oder nicht?«

»Ja, erst das College, dann ein Jurastudium.«

»Du hast wirklich Jura studiert? Und dann? Bist du eine zweite Eleanor Roosevelt geworden?«

»In den Fünfzigern habe ich ein paar McCarthy-Opfer verteidigt. Später habe ich mich auf Bürgerrechte und Kriegsdienstverweigerung spezialisiert. Und natürlich Frauenrechte … Ich gelte als Kampfhenne.«

»Wirklich wahr? Das Gleiche sagen ein paar Leute über mich.« Sie lacht. »Das alles hast du wirklich getan? Du warst immer so mutig, Lainie!«

»Ich? Du warst doch die Mutige von uns beiden.«

»Unsinn! Ich war einfach impulsiv. Und dumm. Du hast keine Zigaretten dabei, oder?«

»1964 habe ich aufgehört zu rauchen, nach einem Gesundheitscheck. Das nächste Mal dann 1967, und 1971 habe ich es endlich geschafft, als bei Tante Pearl Lungenkrebs diagnostiziert wurde.«

»O nein!« Ein Schatten legt sich auf Barbaras Gesicht. Doch dann lacht sie wieder. »Gott, wie ich Pearl bewundert habe! Hat sie ihren mexikanischen Freund doch noch geheiratet? Oder sonst jemanden?«

»Nein. Aber Bert und sie haben zusammengelebt, als sie ein Haus in Los Feliz gekauft hat und aus Boyle Heights weggezogen ist. Er hat sie bis zum Schluss gepflegt und sich rührend um sie gekümmert.«

»Pearl hat es richtig gemacht. Ich war nicht schlau genug, mich von Traualtären fernzuhalten. Aber das weißt du wahrscheinlich schon.« Schnippisch fügt sie hinzu: »Wahrscheinlich kannst du mir Dinge über mich erzählen, die ich selbst noch nicht weiß.«

Ein unangenehmes Schweigen breitet sich aus, wie zwischen Menschen, die einander nicht genug – oder zu viel – zu sagen haben.

»Du hast es sehr schön hier«, sage ich nach einer Weile.

»Uns gefällt's ... Herrje, so viele Jahre ... Ist Danny im Krieg gefallen?«

»Nein. Nach dem Krieg ist er nach Israel ausgewandert, damals noch Palästina. Er wurde ein hohes Tier beim Mossad, dem israelischen Geheimdienst. Aber das würde er natürlich nie zugeben.«

»Dann lebt er noch? Habt ihr Kontakt?«

»Wir telefonieren alle paar Jahre und streiten uns über Politik.«

»Hast du ihn nicht geheiratet, weil du nicht in Israel leben wolltest?«

»Nein. Ich habe Danny nicht geheiratet, weil ich erwachsen geworden bin. Und mich in Paul verliebt habe. Es hatte nichts mit ... der anderen Sache zu tun.« Ist es nicht lächerlich, dass mir heiß und kalt wird? Über ein halbes Jahrhundert nachdem ich Barbara in Dannys Zimmer gesehen habe und Sex und Verrat die Luft verpesteten? Ich greife nach meiner Handtasche neben dem Stuhl und wechsle das Thema. »Ich habe Fotos mitgebracht.«

»Oh, lass sehen!«

Es sind mehrere Dutzend, Urlaubsfotos und Schnappschüsse von Familientreffen, aber auch sorgfältig arrangierte Aufnahmen von Hochzeiten, Abschlussfeiern und Bar Mitzwas. Sie anzusehen hilft uns über peinliche Gesprächspausen hinweg. Ich sage, dass sie alle Fotos behalten kann, wenn sie möchte, doch sie lehnt dankend ab. Trotzdem studiert sie sie gründlich, und ich erzähle von den Leuten darauf, von ihrem Leben und Sterben.

Nebenbei blicke ich verstohlen auf die Fotos an ihren Wänden. Meist zeigen sie Menschen in Western-Outfits, die auf Pferden sitzen oder neben welchen stehen. Auf manchen sind keine Menschen, sondern nur Pferde. Ist das jetzt ihre Familie? Ich merke, dass es in mir zu brodeln beginnt.

Sie betrachtet ein Foto von meiner Hochzeit und sagt: »Das ist zwar Schnee von gestern, aber es tut mir leid, was passiert ist … damals, mit Danny.«

»Das ist wirklich Schnee von gestern«, sage ich. Dann bricht es aus mir heraus: »Wen interessiert schon die Sache mit Danny? Erkläre mir lieber, warum du einfach verschwunden bist! Wie konntest du Mama und Papa sterben lassen, ohne sie wissen zu lassen, wo du bist oder ob du überhaupt noch lebst?«

»Hättet ihr mich denn zufrieden gelassen? Sieh dich doch an! Du schnüffelst mir nach, und eine Woche, nachdem du weißt, wo ich lebe, stehst du vor meiner Tür!«

»Hattest du Angst, Mama und Papa würden ins nächste Flugzeug steigen und nach Cody, Wyoming, fliegen? In den Fünfzigerjahren? Oder dass Horden jüdischer Verwandter Urlaub auf deiner Ranch machen würden? Ist es das, wovor du solche Angst hattest – dass du als Jüdin entlarvt wirst?«

»Ich bin keine Jüdin!«

Das ist so absurd, dass ich sie mit offenem Mund anstarre. Sie rammt ihren Spazierstock in den Fußboden und steht auf. »Du kapierst es nicht, Elaine! Du denkst, mein Leben als Kay Thorne ist eine Lüge. Aber die Lüge war Barbara Greenstein. Der Versuch, *sie* zu sein, hat mich erstickt.«

Manchen genügt es nicht, das heimische Nest zu verlassen. Vielmehr haben sie das Gefühl, um ihr Leben laufen zu müssen. Ich war furchtbar sauer, als Philip das sagte, und jetzt bin ich auf Barbara sauer. Wütend stehe ich auf und schreie sie an: »Eine bessere Erklärung hast du nicht dafür, dass du Mama das Herz gebrochen hast?«

»Bist du deswegen hergekommen? Um mir zu sagen, dass keine Erklärung gut genug ist? Was für eine Überraschung! Ich war dir nie gut genug, Elaine!«

»Das ist doch gar nicht ...«

»Pssst!« Barbara legt den Kopf schief und horcht Richtung Tür.

»Granma?«, ruft eine Mädchenstimme im Flur.

Wir werfen uns panische Blicke zu, als seien wir wieder acht Jahre alt und Mama erwischt uns bei etwas Verbotenem.

»Alles in Ordnung, Granma? Der Kakao ist fertig.«

»Fein«, ruft Barbara. »Einen Moment, Jen.« Sie setzt sich wieder hin. Ich sehe, dass sie Schmerzen hat, und höre beinahe ihre Knie- und Hüftgelenke knirschen. Sie stapelt die Fotos, die ich über den ganzen Tisch ausgebreitet habe, und ruft: »Komm rein!«

»Der Kakao, Ladys«, sagt das junge Mädchen, das einen Teewagen hereinschiebt. Sie hat Danas üppige Formen, dazu die Gesichtszüge meiner Familie. Das dunkle, lockige Haar hat sie zum Pferdeschwanz gebunden. Ich versuche zu erkennen, ob sie auch die typische Zahnlücke hat, aber dafür lächelt sie zu verhalten.

»Meine Enkelin Jen«, sagt Barbara. »Jen, das ist Elaine, eine Freundin von der Truppenbetreuung.«

»Joshs Beraterin, nicht wahr?« Sie hat gut aufgepasst – so wie ich früher.

Sie stellt die Sachen vom Teewagen auf den Tisch – zwei

große Tassen Kakao mit Schlagsahne, eine Tortenplatte mit einem halben Dutzend Zimtschnecken, dazu zwei kleine Teller für Barbara und mich, Kuchengabeln und Stoffservietten.

»Sie müssen die Zimtschnecken probieren«, sagt Jen. »Tante Lynn hat den dritten Platz im Backwettbewerb von Pillsbury gemacht. Das müssen wir unseren Gästen jeden Sommer mindestens sechstausend Mal sagen.« Sie grinst. »Aber sie schmecken wirklich himmlisch … Und für dich habe ich auch was mitgebracht, Granma.« Sie holt einen Flachmann aus ihrem riesigen Pullover und gießt einen ordentlichen Schuss irgendwas in Barbaras Kakao.

»Gutes Kind«, sagt Barbara.

Ich frage mich, ob es ihr erster Drink an diesem Vormittag ist. War das der Grund für die Nervosität ihrer Familie, als wir vorhin auf sie gewartet haben? Und wenn schon! Sie lebt in ihrem eigenen Haus inmitten einer paradiesischen Bergwelt und bekommt von einer ihr zugetanen Schwiegertochter Zimtschnecken gebacken, während ich mein Leben auf der Ranch Ohne Morgen friste, wo das kulinarische Highlight Teriyaki Huhn im Speisesaal ist.

Ich kann nicht leugnen, dass ich sie beneide – ein so vertrautes Gefühl, dass es fast etwas Tröstliches hat. Als zöge der Geruch von Mamas Essen durchs Zimmer, oder als trüge Papa Gedichte vor.

»Einen Schuss Scotch in den Kakao?« Jen sieht mich fragend an.

»Ja, bitte.« Barbara trinkt also Scotch, genau wie ich.

Als Jen sich vorbeugt, um meinen Kakao zu alkoholisieren, sehe ich etwas Glänzendes im Kragen ihres dicken Pullovers. Das kann nicht sein …

»Darf ich das mal sehen? Die Halskette?«

Jen zieht sie aus dem Pullover. »Jahrelang habe ich darum

gebettelt, und als ich mit der High School fertig war, hat Granma es mir endlich geschenkt.«

Ich höre kaum zu, starre das schlichte Blechpferdchen an. Die Vorlage für das Logo der Ranch. Das Pferd, das unser Zeyde geschmiedet hat.

21. KAPITEL

Das Blechpferdchen

»Darf ich?« Ich greife nach dem Anhänger. Meine Hand zittert. Mir kommen die Tränen.

Jen sieht mich irritiert an, nimmt aber die Kette ab und gibt sie mir.

Barbara greift ein. »Es erinnert Elaine an unsere Zeit bei der Truppenbetreuung. Das Pferd war mein Glücksbringer … Da kommen Erinnerungen hoch, was, Elaine?«

In Tränen aufgelöst, umklammere ich das Pferd und fahre mit den Fingern über seine erstaunlich glatten Ränder. Hat unser Zeyde die so sorgfältig abgeschliffen und poliert, oder hat Barbara es so oft in den Händen gehalten, dass es mit der Zeit so glatt geworden ist? Sie hat es damals mitgenommen. Es muss ihr viel bedeutet haben.

Ich spüre ihre Hand auf meinem Knie. Sie hat ihren Stuhl vor meinen gerückt, sitzt mir nun direkt gegenüber. »Trink deinen Kakao.« Sanft nimmt sie mir das Blechpferdchen aus der Hand und reicht mir den Becher.

Der Kakao ist köstlich – und enthält nicht gerade wenig Whisky. Ich sehe mich nach Jen um, aber sie scheint schon wieder gegangen zu sein.

»Wie konntest du uns nur verlassen?« Endlich spreche ich die Frage aus, die ich ihr in meiner Fantasie schon so oft gestellt habe. »Und den Rest deines Lebens ohne uns verbringen?«

Sie trinkt von ihrem Kakao, dann sagt sie: »Ich glaube nicht, dass du es verstehen kannst. Ich verstehe mich ja oft selbst nicht, ich handle einfach. Es tut mir leid, dass ich dir wehgetan habe. Wirklich, Elaine! Und ich habe dich vermisst. Im Krieg, damals in Europa, habe ich mich manchmal so einsam gefühlt, dass ich mir Luftpostpapier besorgte und ›Liebe Elaine‹ oder ›Liebe Mama‹ draufschrieb. Aber weiter bin ich nie gekommen. Frag mich nicht, warum. Ich kann es nicht sagen. Ich bin anders als du. Ich analysiere Dinge nicht bis zum Gehtnichtmehr. Ich setze einfach einen Fuß vor den anderen und denke nicht über den Tag hinaus.«

Noch ein Klischee, und ich schütte ihr meinen Kakao ins Gesicht! Hat sie uns wirklich so gedankenlos und ohne Bedauern abgestreift? Ich weiß ja, dass sie kein besonnener Mensch ist. Sie handelt impulsiv. Aber ihr Verschwinden war kein impulsiver Akt, sondern wohlüberlegt und von langer Hand vorbereitet. Die Geheimniskrämerei begann, als sie ihr Leben in Hollywood von dem in Boyle Heights trennte. Inzwischen hat sie ein ganzes Leben vor uns geheim gehalten. Sie ist ein Profi. Trotzdem bin ich wild entschlossen, ihren Schutzwall von Plattitüden zu durchbrechen.

»Als du diese Luftpostbriefe nicht abgeschickt hast, warst du Anfang zwanzig«, sage ich. »Was war später? Warum hast du uns nicht mal über deine Hochzeit informiert?«

Sie greift nach einer Zimtschnecke. »Wenn wir die verschmähen, weiß ich nicht, wie ich es Lynn erklären soll. Ich müsste sie an die Hunde verfüttern, damit sie nichts merkt.«

»Na gut.« Ich nehme einen Bissen.

»Lecker, was?«

Das preisgekrönte Gebäck ist ein wahrer Gaumenschmaus – warmer Hefeteig, Butter, Zucker und Zimt. Aber ich lasse mich nicht ablenken. »Als dein erstes Kind geboren wurde – wolltest du Mama da nicht sagen, dass sie einen Enkel hat?«

»Du musst eine knallharte Anwältin gewesen sein«, grummelt Barbara. »Wie sagt man heute immer so schön? ›Das ist eine komplexe Angelegenheit.‹ Meinen ersten Mann, Rich, habe ich in Berlin kennengelernt. Ich habe ihm das Gleiche erzählt wie allen anderen: dass meine Familie tot ist. Als es mit uns dann ernst wurde, kannte ich ihn so gut, dass ich wusste, er würde mir meine Lüge niemals verzeihen.« Sie lächelt bitter. »Richard Cochran hat sich nämlich als ein gemeiner, eifersüchtiger Dreckskerl entpuppt. Aber er sah fantastisch aus.«

»Irgendwann war das ja vorbei. Was war nach eurer Scheidung?«

Sie seufzt theatralisch. »Ach, weißt du, als ich Rich endlich rausschmiss, wussten alle, dass ich keine Familie hatte. Sogar meine eigenen Kinder! Warum hätte ich … Na ja, so war es eben. Wie hätte ich erklären sollen, wer ich wirklich war? Wie gesagt: Barbara war die Lüge. Mein Versuch, sie zu spielen, hat mich beinahe umgebracht.«

»Hättest du Rich die Wahrheit gesagt, wenn dein Nachname nicht Greenstein, sondern Jones gewesen wäre?«

»Mein Gott, das ist sechzig Jahre her! Außerdem war mein Nachname Devereaux.«

»Aber man hört doch nicht so einfach auf, jüdisch zu sein … als würde man ein Zeitungsabo kündigen!«

»Ist es das, was du hören willst, Lainie? Bist du hergekommen, damit ich zugebe, dass ich keinen Kontakt wollte, weil niemand wissen sollte, dass ich Jüdin bin?«

Will ich das? So wie sie es darstellt, ist diese herrliche Ranch unter dem endlosen Himmel ein Bunker, in den sich meine draufgängerische Schwester verkrochen hat, weil sie Angst vor der Welt hatte. Und vor sich selbst. Auch vor mir? Sie hat es ja ausgesprochen: *Ich* war die Mutige von uns beiden.

»Kein halbwegs vernünftiger Mensch würde sich aus freien Stücken zum Judentum bekennen«, sagt sie. »Nach dem Krieg habe ich ein Jahr in Berlin gelebt. Überall sah man die Deportierten, Menschen, die im KZ waren.« Sie schüttelt sich. »Aber unser Jüdischsein war nicht das Schlimmste. Viel schlimmer war die Familie, Boyle Heights, unsere klaustrophobische kleine Welt. Für dich war das anders, Lainie. Alle waren sich sicher, dass du aufs College gehen und etwas aus deinem Leben machen würdest. Weißt du, was ich zu hören bekam, von Mama und Papa, von unseren Lehrern und sogar von Pearl? Dass ich im Leben nichts erreichen würde und bestenfalls einen Mann mit gutem Einkommen heiraten könnte. Und jetzt sieh dir das hier an!« Sie zeigt aufs Fenster und alles, was dahinter zu sehen ist. »Ich *habe* etwas erreicht, oder? Wäre ich in Boyle Heights geblieben, hätte ich vielleicht einen Arzt geheiratet und mein Leben mit Elternabenden und Wohltätigkeitsveranstaltungen und einem hübschen Haus in einem Vorort vertrödelt. Da wäre ich verrückt geworden.«

Ein Lied aus einem Musical geht mir durch den Kopf: *Du brauchst einen Traum. Wenn du keinen Traum hast, wie willst du ihn dann verwirklichen?* Musste Barbara alles hinter sich lassen, bevor sie einen Traum haben konnte? Dieser Gedanke lässt mich erahnen, was wohl in ihr vorgegangen sein muss. Aber eben nur erahnen. Ich weiß, dass auch ich bisweilen niederträchtige Regungen habe, manchmal sogar Mordgelüste. Doch was sie getan hat ... Mir fällt ein, wie Danny auf ihre Brust gezeigt und gefragt hat: »Was hast du da drinnen? Ein Herz?«

»Du hast dich eingeengt gefühlt und wolltest raus«, sage ich. »Das verstehe ich. Aber hattest du denn gar kein Mitleid mit uns? Du hättest uns wenigstens schreiben können, dass es dir gut geht und du nicht tot in irgendeiner düsteren Gasse liegst …«

»Wovon redest du?«, fragt Barbara entrüstet. »Ihr wusstet doch Bescheid!«

»Ich jedenfalls nicht.«

»Hör auf, Elaine! Ein paar Jahre, nachdem ich weggegangen war, im Frühling nach Pearl Harbor, habt ihr doch irgendwie herausgefunden, dass ich meinen Namen geändert hatte und in Colorado Springs arbeitete! Warum schüttelst du den Kopf? Mama hat mir doch geschrieben!«

Wie an dem Tag, als mir Barbaras Programmhefte in die Hände fielen, habe ich wieder das Gefühl, am vollgeregneten Los Angeles River zu stehen, aber dieses Mal rollen die Wassermassen auf mich zu und verschlingen mich. Mama und Papa wussten also Bescheid! Und sie haben es mir verheimlicht! Vermutet habe ich es ja schon eine Weile, deswegen verstehe ich nicht, warum ich jetzt so schockiert bin. Aber Barbara zuzuhören … Das ist wie bei Pauls Tod. Ich kannte die Diagnose seit Monaten, sah zu, wie er immer weniger wurde, und das Hospizpersonal hatte mich darauf vorbereitet, dass und wie es zu Ende gehen würde. Aber als es dann wirklich passierte, als ich seinen letzten rasselnden Atemzug hörte und dann die unerträgliche Stille wucherte, weigerte ich mich, es zu akzeptieren. Ich redete immer weiter auf ihn ein, streichelte seine Wangen und wollte ihn mit schierer Willenskraft dazu bringen, die Augen wieder zu öffnen. Was Barbara mir gerade erzählt hat, darf einfach nicht wahr sein!

»Was hast du, Elaine?«, fragt sie.

»Sie haben es mir nie erzählt.«

»Was? Dass Mama mir geschrieben hat?« Ihre Stimme wird brüchig.

»Gar nichts haben sie mir erzählt. Nicht, dass du einen anderen Namen angenommen hattest und nicht, dass sie wussten, wo du warst.«

»Aber du bist doch hier«, insistiert sie. »Wie hättest du mich sonst finden können?«

Ich erzähle ihr von Philips Visitenkarte, und sie wird ganz blass.

»Entschuldige bitte«, sagt sie und versucht, schnell aus dem Büro zu gehen. Aber ihre arthritischen Gelenke wollen nicht so wie sie, und als sie aus der Tür geht, höre ich sie schluchzen.

Ich stehe auf, gehe auf und ab und schaue auf das großartige Gebirgspanorama, während ich zu verstehen versuche, warum meine Eltern geschwiegen haben.

Dann stimmte meine Vermutung also, dass Mama an die Tänzerin schrieb, die Philip ausfindig gemacht hatte. Und danach? Egal, welche Erklärung ich versuche – dass sie und Papa sich nicht sicher waren, ob es wirklich Barbara war, oder dass Barbara so hasserfüllt geantwortet hat, dass sie den Brief nicht aufheben wollten –, ich begreife einfach nicht, warum sie uns die tröstliche Information vorenthalten haben. Wie hatte Harriet sich ausgedrückt? Dass sie sich hintergangen fühlte und am liebsten zum Friedhof gehen und das Grab von Mama und Papa anschreien würde. Genauso fühle ich mich jetzt.

Als eine Viertelstunde vergangen ist, will ich mich auf die Suche nach dem Wohnzimmer machen, aber da kommt Barbara zurück. Sie ist frisch geschminkt, aber ihre Augen sind rot und verquollen, und sie sagt kleinlaut: »Was sind wir bloß für Heulsusen!« Dann atmet sie tief durch. »Du hast es wirklich nicht gewusst? Mama hat dir nichts gesagt?«

»Nein.«

»Herrgott! Mama hat geschrieben, dass sie es für sich behalten wollte, aber ich habe ihr nicht geglaubt. Als ihr Brief kam, dachte ich, Papa würde mit dem nächsten Zug kommen. Und ich war überzeugt, dass du mir auch schreiben würdest. Es sei denn, du hasstest mich so sehr, dass du mich nie wiedersehen wolltest. Grund genug hattest du ja.«

»Soll das heißen, du wolltest von mir hören?«

»Na ja … Ich weiß nicht …« Sie tupft ein paar Zimtschneckenkrümel von ihrem Teller. »Mama hat mir die Hölle heiß gemacht, und ich dachte, das sei noch gar nichts im Vergleich zu dem, was du schreiben würdest.«

»Hättest du mir geantwortet?«

Sie denkt einen Moment nach, bevor sie sagt: »Ich würde gern Ja sagen, aber ich weiß es nicht. Mamas Brief hat mich ziemlich umgehauen. Außerdem war sowieso alles aus den Fugen … der Krieg und so. Ich hatte gerade bei der USO angeheuert und wusste nicht, was auf mich zukommt. Aber ich weiß … und ich schwöre, es ist die Wahrheit … dass ich jeden Tag nachgesehen habe, ob du mir geschrieben hattest. Ich ging immer ins Hotelbüro, wo die Post sortiert wurde …« Ihr Blick verschleiert sich, als sähe sie die Szenerie vor sich. »Ich hätte niemals gedacht, dass Mama ihr Versprechen hält. Es tut mir so leid, Elaine!«

Ich weiß nicht, wohin mit all den Informationen und Gefühlen und verschränke die Arme, als könnte ich mir auf diese Weise Halt geben. All die Jahre, in denen ich glaubte, Barbara nichts zu bedeuten … dass sie mich kaltblütig aus ihrem Gedächtnis gestrichen hätte, als hätte ich niemals existiert … Fast am Ende meines Lebens wird Barbaras Version der Geschichte – neben meiner Wut und Kränkung – zum eigentlichen Drama. Wenn ich mir vorstelle, wie sie als Einundzwanzigjährige auf einen Brief von mir wartete und die gleichen Ängste hatte wie ich …

Ich nehme ihre Hände. »Mir tut es auch leid. Ich habe immer wieder nach dir gesucht, sogar Privatdetektive eingeschaltet …« Plötzlich klingt etwas in mir nach, das sie eben gesagt hat. »Was hat Mama dir versprochen?«

»Mama schrieb damals, sie sei die Einzige, die weiß, was aus mir geworden ist, und dass sie es niemandem verraten wird.«

»Das kann nicht sein!« Die Vorstellung, dass Mama und Papa es uns Kindern vorenthielten, war schon schlimm genug. Aber dass Mama als Einzige Bescheid wusste und Barbara ihr Schweigen zum Geschenk gemacht hat …

»Lainie.« Barbara erwidert meinen Blick. »Ich sag ja, ich konnte es auch nicht glauben.«

»Hat sie es wirklich so ausgedrückt? Hat sie das Wort ›versprechen‹ benutzt?«

»Na ja … Erst hat sie mir die Hölle heiß gemacht, was für eine unmögliche Tochter ich bin und so. Sie wollte, dass ich mich schuldig fühle, und sagte, dass sie sich jeden Tag die Augen ausweint, weil sie damals ihre Familie verlassen und solche Sehnsucht nach ihrer Mutter hat.«

Das klang in der Tat nach Mama. Aber was sie sonst noch geschrieben hatte, muss Barbara missverstanden haben.

»Am Ende hat sie dann doch noch die Kurve gekriegt und schrieb … Moment …« Barbara überlegte kurz. »Wenn es das ist, was ich will, dann verspricht sie – sie benutzte das Wort tatsächlich –, dass sie mich mein eigenes Leben leben lässt.«

Plötzlich überfällt mich die Erinnerung so lebhaft, dass ich Mamas schweißnasse Hände spüre. Ich denke an unseren ersten Schultag, an jenen schwindelerregenden Moment, als mir klar wurde, dass Barbara und ich in verschiedene Klassen gehen würden. Ich war damals vollkommen desorientiert, nicht nur, weil ich meine Vorstellungen von der Schule über Bord werfen und mich zum ersten Mal im Leben auf eine Situation einstellen musste, in der ich ohne Zwilling war. Diese neue Situation – das wurde mir schlagartig klar, obwohl ich es damals nicht so hätte ausdrücken können – bezog sich nicht nur auf die Schule, die Straßen vor und hinter der Schule, Boyle Heights und ganz Los Angeles, sondern auf Amerika und die Welt. Meine komplette innere Landkarte zerfiel, und ich musste eine ganz neue entwerfen, die genauso zuverlässig und vollständig sein sollte wie die erste. Mit gerade mal fünf Jahren.

»Warum hat sie dir das versprochen?«, frage ich.

»Keine Ahnung«, sagt Barbara.

Doch das stimmt nicht. Zwischen Mama und Barbara hatte es immer eine stärkere Verbindung gegeben als zwischen Mama und mir. Es war, als seien beide von dem gleichen rastlosen Soundtrack getrieben. »Was vermutest du denn?«

Barbara wirft die Hände in die Luft, und obwohl sie es mit arthritischen Gelenken tut, ist mir diese Geste so vertraut, dass die Frau, die da vor mir sitzt, genauso gut Mama, Pearl oder Harriet sein könnte – oder ich. Wäre sie damals nicht fortgegangen, hätten wir bei jeder Begegnung die gleichen Gesten gemacht, und jedes Mal wären Spuren unserer gemeinsamen Geschichte sichtbar geworden – so alltäglich, so gewohnt, dass es niemandem aufgefallen wäre. Jetzt aber wird alles Vertraute, was ich entdecke, jede Gemeinsamkeit, von einem Fanfarenstoß des Wiedererkennens begleitet.

»Als du das damals gelesen hast, musst du dir doch was gedacht haben«, sage ich.

»Ja, wahrscheinlich … Ich habe darüber nachgedacht, wie es ihr erging, bevor sie Papa heiratete. Als sie von den Leuten, bei denen sie wohnte, rausgeworfen wurde und nicht wusste, wo sie hin sollte … Ich dachte, dass sie vielleicht verstand, wie ich mich fühlte.«

»Moment mal! Was soll das heißen – sie wurde rausgeworfen?« Ich wusste, dass Mama Barbara von ihrer Flucht aus Rumänien erzählt hatte. Aber was hatte sie ihr noch anvertraut?

»Kennst du die Geschichte denn nicht?«

Ich schüttle den Kopf.

»Ich glaube, Mama hat sie mir nur erzählt, weil sie sah, dass ich auf einem gefährlichen Weg war. Ich muss sechzehn oder siebzehn gewesen sein, und sie wollte mich zur Vernunft bringen.«

Die Geschichte, die Barbara nun erzählt, beginnt wie die, die ich schon kenne. Mama zog von Chicago nach Los Angeles, zusammen mit den … wir brauchen einen Moment, bis uns der Name einfällt … mit den Tarnows. Sie wohnte bei ihnen in Boyle Heights und bekam einen Job als Näherin. Die Tarnows kannten unseren Zeyde, weil sie aus demselben Dorf in der Ukraine stammten, und sie brachten Mama und Papa zusammen. Mama nahm Englischunterricht, und irgendwann machte Papa ihr einen Heiratsantrag.

Danach aber ist Barbaras Geschichte Neuland für mich. Und ich erlebe nach all den Jahren wieder, wie aufregend es ist, wenn meine Schwester mir ein Geheimnis anvertraut. Aufregend und beängstigend zugleich.

»Es ist nicht so, dass Mama Papa nicht mochte«, sagt Barbara. »Aber ihr gefiel nicht, wie alles arrangiert wurde. Dass unser Zeyde die Tarnows kannte. Und als Papa ihr den Antrag machte, wussten alle schon Bescheid, weil er Mr. Tarnow vorher gefragt hatte. Danach redeten alle auf sie ein, sie solle Papas Antrag annehmen. Damals ging sie oft an den Strand und schaute aufs Meer. Erinnerst du dich, wie sie manchmal aufs Meer schaute, als wir Kinder waren? Jedenfalls ging sie damals an den Strand und dachte über ihr Leben nach. Wie hat sie es ausgedrückt? Warte … Sie hätte Europa durchquert, dann den Atlantik und ganz Amerika, und am Ende würde sie genauso in eine arrangierte Ehe gezwungen, wie es in ihrem Dorf in Rumänien geschehen wäre. Mit dem einzigen Unterschied, dass es nun keinen Ort mehr gäbe, an den sie fliehen könnte. Und dann …«

»Was denn?« Ich halte die Kunstpause nicht aus, die sie einlegt.

»Dann hat sie einen Mann kennengelernt.«

»Mama?« Noch während ich ungläubig nachfrage, fällt mir ein, dass Mollie gesagt hat: *Deine Mama hatte das gewisse Etwas.* »Was für einen Mann?«

»Den Direktor des jiddischen Theaters. Sie hatte für ein neues Stück vorgesprochen und eine kleine Rolle bekommen.«

Davon hatte Mollie mir nichts erzählt. Vielleicht wusste sie es nicht.

»Ich weiß nicht, ob sie mit ihm geschlafen hat«, sagt Barbara. »Sie wollte nicht zu sehr ins Detail gehen. Aber sie muss wohl sehr spät nach Haus gekommen sein und hatte Alkohol getrunken. Als die Tarnows dahinterkamen, haben sie Mama rausgeschmissen, all ihre Sachen in einen Sack gesteckt und auf die Straße gestellt. Mama ist dann zu diesem Dreckskerl von Theaterdirektor gelaufen, aber er wollte nichts mit ihr zu tun haben. Im Grunde war sie darüber ganz froh, weil sie nicht in ihn verliebt war. Jedenfalls hat sie das gesagt. Aber nun hatte sie kein Dach überm Kopf. Die erste Nacht hat sie auf der Straße geschlafen.«

»*Das* hat sie dir erzählt?« Langsam nimmt die Geschichte in meiner Fantasie Gestalt an, und ich sehe genau vor mir, wie meine leidenschaftliche, kapriziöse, irrationale Mutter in eine Romanze stolpert, eine Affäre mit allem Drum und Dran. Ich kann mir nur nicht vorstellen, dass sie irgendjemandem davon erzählt hat. Doch genau das hat sie getan. Selbst diese Demütigung war sie bereit, ihrem Herzenskind zu offenbaren. Wieder fühle ich mich ausgeschlossen. Ich weiß, wie lächerlich das nach all den Jahren ist, und versuche das Gefühl zu unterdrücken.

Aber dieses Ausgeschlossensein führt ein Eigenleben; offenbar gehört es zu meinen frühesten Erfahrungen, und der Schmerz sitzt so tief, dass ich ihn nicht beherrschen kann.

»Nur, weil ich ein wilder Feger war«, sagt Barbara, als spüre sie, was in mir vorgeht. Schließlich gehört das ja auch zu *ihren* frühesten Erfahrungen. »In dem Gespräch ging es hauptsächlich um mein schändliches Benehmen und darum, dass ein Mädchen, dessen Ruf einmal ruiniert ist, ihn nie reparieren kann. Ich sollte aufhören so zu tun, als sei mein Leben ein Kinofilm, und endlich erwachsen werden. Sie hat von ihren eigenen Fehlern gesprochen, weil sie mich schockieren und zur Vernunft bringen wollte. Sie konnte ja nicht ahnen, dass ich nur bei dem Teil ihrer Geschichte richtig zuhörte, der von ihrer heißen Affäre handelte. Typisch.« Sie schüttelt den Kopf und lacht. »Schon komisch, nach all den Jahren darüber zu reden. Und noch dazu mit dir.«

»Was ist passiert, nachdem sie auf der Straße geschlafen hat?«

»Sie ist ein paar Tage bei einer Freundin untergekommen, die aber eigentlich keinen Platz hatte. Dann kam Mr. Tarnow und stellte sie zur Rede. Er sagte, wenn sie Papas Antrag annimmt, kann sie bis zur Hochzeit wieder bei ihnen wohnen. Und dann …« Barbara zögert.

»Was dann?«

»Puh! Mir wird gerade ganz komisch … Als ob Mama mir über die Schulter schaut und weiß, dass ich ihr größtes Geheimnis verrate … Als wäre das jetzt noch wichtig.« Barbara schluckt, ehe sie fortfährt. »An diesem Abend ist sie wieder zum Strand runtergegangen. Ihr war eingefallen, dass es doch noch einen Ort gab, an den sie fliehen konnte: Sie wollte ins Meer gehen und ertrinken.«

Ich sehe den Ocean Park so klar und deutlich vor mir, dass ich die salzige Luft fast riechen kann.

»Sie ging vollständig angezogen ins Wasser. Bis zum Hals. Dann bekam sie es mit der Angst zu tun und kämpfte sich an den Strand zurück.«

Ich glaube zu spüren, wie das Wasser meine Schenkel umspielt, meinen Bauch, meine Brust. Meine Kleider werden immer schwerer und ziehen mich beinahe in die Tiefe, und ich spüre den Sog. Arme Mama! Nach dem Gespräch mit Mollie dachte ich, ich verstünde ihre Enttäuschung, aber erst jetzt weiß ich, wie groß ihre Verzweiflung war. Doch nicht nur sie tut mir leid, sondern auch Papa.

»Wusste Papa davon?«, frage ich. War das der Grund für die ständige Spannung, die zwischen ihnen herrschte, der Grund für seine Strenge und ihre unterschwellige Wut? Wusste er, dass sie sich lieber umgebracht hätte, als ihn zu heiraten?

»Laut Mama wusste er es nicht.«

»Aber dir hat sie es erzählt?« Ich kann es immer noch nicht fassen.

»Sie hat sich furchtbare Sorgen um mich gemacht. Zu Recht.« Sie lacht. Dann schnappt sie plötzlich nach Luft: »Heilige Scheiße!«

»Was hast du?«

»Mir wird gerade klar, dass ich mir ihre Geschichte zu Herzen genommen, aber andere Schlüsse daraus gezogen habe, als sie im Sinn hatte. Sie wollte mir klarmachen, dass ich meine hochfliegenden Pläne vergessen und lieber auf dem Teppich bleiben soll. Was bei mir ankam, war aber, dass ich immer einen Plan B in der Tasche haben muss. Und vor allem mein eigenes Geld brauche. Verdammt! Habe ich wirklich mein ganzes Leben auf ihre Geschichte aufgebaut?« Sie sieht mich nachdenklich an. »Kann ich noch mal die Fotos sehen?«

Sie nimmt das Foto von Mama und mir, das bei Ronnies Hochzeit aufgenommen wurde. »Danke, Mama. Für alles«, sagt sie mit Tränen in den Augen. Dann wischt sie sich übers Gesicht und sagt: »Komm, wir sollen doch einen Film drehen!«

Sie fängt an, sich aus dem Stuhl zu hieven, ohne zu kaschieren, wie schwer es ihr fällt. Ich stehe auf, um ihr zu helfen, und sie lässt mich. Als wir uns gegenüberstehen, streichelt sie meine Wange, und wir umarmen uns.

Den Arm um sie gelegt, wird mir klar, dass sie recht hatte, als sie mir vorwarf, keine Erklärung sei mir gut genug. Jetzt weiß ich zwar, dass sie mit einundzwanzig glaubte, ich könnte sie hassen, aber die Jahrzehnte des Schweigens danach – nichts kann die ungeschehen machen.

Ich frage mich, ob ich ihr vergeben kann. Aber Vergebung spielt keine Rolle. Wichtig ist, ihre Stimme zu hören, sie anzufassen, aus dem Fenster zu schauen und zu sehen, was sie jeden Tag sieht. Es geht um die Realität, um Fleisch und Blut und Knochen jenes Menschen, mit dem ich die ersten neun Monate meines Lebens verbracht habe, Seite an Seite im Kokon von Mamas Bauch, länger und enger, als wir je einem anderen Menschen am Stück nahe sein würden.

Es geht um meine Großnichte, die das Blechpferdchen unseres Zeyde über dem Herzen trägt.

»Ich hab dich lieb«, murmle ich.

»Ich dich auch, Lainie. Danke, dass du gekommen bist.«

Als wir das Büro verlassen, sage ich: »Harriet und ich wollen im Frühjahr in ein Spa hinter der mexikanischen Grenze fahren. Möchtest du mitkommen?«

»Bekommt man da nur Brunnenkresse zu essen?«

»Das Essen ist fantastisch. Und Alkohol können wir selbst mitbringen.«

Sie zuckt mit den Schultern und sagt jedenfalls nicht Nein.

WÄHREND WIR UNS UNTERHIELTEN, hat Josh die Lodge und die Berge gefilmt, für den Fall, dass er Material für Zwischenschnitte braucht. Jen hat ihn zu den schönsten Motiven geführt und mit ihm ausprobiert, vor welchen Hintergründen die Interviews geführt werden könnten. Dazu hat sie sich im Wohnzimmer an verschiedene Stellen gesetzt, und er hat das Licht aufgebaut.

»Ich bin dein Double, Granma«, sagt sie fröhlich.

Barbara ringt sich ein Lächeln ab. Ich sehe, wie erschöpft sie ist, und merke plötzlich, dass auch ich vollkommen erledigt bin.

»Showtime«, sagt sie und nimmt Platz zum »Interview«, ganz der Profi, und spielt das Spiel mit, weil Jen ganz aufgeregt zuschaut und jederzeit andere Verwandte hereinkommen können.

Josh dirigiert sie ans Ende des Sofas und führt mit ihr ein Vorgespräch, während er die Aufnahmelautstärke einstellt und – wie er sagt – ihr Zeit gibt, ihre Nervosität vor der Kamera abzulegen. Als wäre unsere Rodeo-Queen ein scheues Reh! Als er zu drehen beginnt, erzählt sie so fließend und lebendig von ihrer Zeit in der Truppenbetreuung, als hätte sie für eine Rolle gelernt. All ihre Anekdötchen sind so pointiert, dass mir klar wird: Sie erzählt sie nicht zum ersten Mal. Aber sie tut es mit Verve und professionellem Timing.

Ich möchte zuhören und wenigstens einen kleinen Ausschnitt der verlorenen Jahre kennenlernen, aber ich kann mir ja später Joshs Film ansehen. Zusammen mit Harriet, wenn ich wieder daheim bin.

Ich sitze neben dem Kamin, körperlich und geistig wie ausgewrungen. In Gedanken bin ich noch ganz bei dem Menschen, dessen Geschichte ich gerade gehört habe und dem ich *nicht* vergeben kann – Mama.

Lass dich niemals in die Enge treiben. Das war die Botschaft, die Barbara der ganz anders gemeinten Gardinenpredigt entnommen hatte. Aber hatte Mama es wirklich anders gemeint? Oder hat Barbara vielmehr genau verstanden, was unsere Mutter ihr sagen wollte? Hat Mama absichtlich – wenn auch vielleicht unbewusst – ihre Fluchtgedanken auf Barbara projiziert und ihr die Kraft gegeben, sie in die Tat umzusetzen? Nicht nur die Kraft, sondern auch den Willen? Hat sie Barbara quasi aus dem Haus getrieben?

Jedes Familienmitglied scheint in einer anderen Familie aufzuwachsen, hat Harriet gesagt. Langsam begreife ich, dass wir, meine Schwestern und ich, jede eine andere Version von Charlotte Avramescu Greenstein erlebt haben. Aber alle Greensteinmädels hatten eine Mutter, die uns verschwieg, dass Barbara in Sicherheit war und Barbaras – und vor allem ihren eigenen – Freiheitsdrang über unsere Ängste stellte. Will ich diese Frau überhaupt kennen? Dieses Monster, das ihre anderen Töchter ein Leben lang bangen und ihren Mann immer wieder zum Leichenschauhaus gehen und tote Mädchen ansehen ließ?

Im Grunde hat sie sogar Barbara hängen lassen. Wie gern hätte ich ihr geschrieben! Ich wäre sogar nach Colorado Springs gefahren. Aber dann? Ich kann mir nicht vorstellen, dass meine Schwester mit mir zurückgekommen wäre. Mama hatte ihr mit ihrer Geschichte den Rückweg versperrt. Barbara hätte sich nicht anmerken lassen dürfen, was sie wusste. Dieses Wissen hatte sie von uns anderen entfernt. Ich merke, wie wütend ich werde. So wütend, als sei das Feuer aus dem Kamin auf mich übergesprungen. Mein störrisches Haar fühlt sich wie eine Fackel an.

»Elaine?«

Joshs Stimme holt mich in die Realität zurück. Noch immer habe ich das Gefühl, in Flammen zu stehen. Will Josh mich warnen? Habe ich tatsächlich Feuer gefangen? Aber er sagt nur, dass Barbara das Interview beendet hat.

»Ach, komm schon, Granma!«, protestiert Jen. »Du weißt doch, dass man stundenlang für fünf Minuten brauchbares Material drehen muss.«

»Haben wir das nicht schon?«, fragt Barbara.

»Ihre Großmutter ist ein Naturtalent«, sagt Josh zu Jen. »Ich denke, ich habe, was ich brauche. Ich sage Bescheid, wenn ich das Geld für die Endbearbeitung der Doku zusammenhabe.«

»Lynn hat Essen gekocht«, sagt Jen. »Ich sage ihr, dass wir fertig sind.«

»Wir sind noch ganz satt von den Zimtschnecken«, sagt Barbara. Sie ist völlig ausgelaugt und will niemanden mehr sehen. Und ich will mit meiner Wut allein sein. Aber ich sage nichts, weil ich fürchte, Gift und Galle zu spucken, sobald ich den Mund aufmache.

»Es gibt Graupensuppe mit Rindfleisch«, sagt Jen.

»Die beiden müssen los, wenn sie noch vor Einbruch der Dunkelheit in Cody sein wollen«, sagt Barbara.

Aber Jen lässt nicht locker. »Sie haben noch Zeit. Außerdem habe ich Josh eine Fahrt mit dem Schneemobil versprochen.«

»Das hättet ihr doch längst tun können!«, sagt Barbara ungehalten.

»Hätten wir bestimmt getan, wenn wir gewusst hätten, dass ihr euch stundenlang im Büro verschanzt.« Jen hilft Josh, sein Equipment einzupacken. Dann sagt sie so verführerisch, dass ich mich fünfundsiebzig Jahre zurückversetzt fühle: »Willst du nicht mitkommen, Granma?«

Barbara verdreht resignierend die Augen. »Kannst du noch eine halbe Stunde warten, Elaine? Iss doch so lange einen Teller Suppe!«

»Ich …« Ich sehe aus dem Fenster. Die fahle Wintersonne lässt den Schnee glitzern. »Ich möchte auch fahren.«

»Hast du denn schon mal auf einem Schneemobil gesessen?«

»Ja, klar«, lüge ich.

Jen sucht einen Schneeanzug, der mir einigermaßen passt. Wie ein hellgrünes Michelinmännchen stehe ich ein paar Minuten später zwischen lauter Schneemobilen neben meiner Schwester und höre ungeduldig zu, wie Jen das Starten, Beschleunigen, Bremsen und Wenden erklärt.

Endlich setzen wir uns in Bewegung. Zuerst ganz langsam, zum Eingewöhnen und weil wir zwischen Bäumen durchnavigieren müssen. Dann haben wir offenes Gelände vor uns.

»Schön vorsichtig!«, ruft Jen.

Fast im selben Moment schreit Barbara: »Juhu!« und beschleunigt.

Ich stimme in ihr Gejohle mit ein.

Eiskalte Luft schlägt mir ins Gesicht. Tiefer als meine Wut sitzt der Schmerz einer uralten Wunde. In frühester Kindheit wurde mir zum ersten Mal bewusst, wie eng die Verbindung zwischen meiner Mutter und meiner Schwester war … der magische Zirkel der beiden, zu dem ich keinen Zutritt hatte. Das waren die eigentlichen Zwillinge in unserer Familie: Barbara und Mama. Meine launische, schillernde Mutter und meine impulsive Schwester. Daneben meine Sehnsucht, dazuzugehören.

Tränen verschleiern meinen Blick, aber ich gebe weiter Gas, genieße das Tempo, das Risiko. Hinter mir höre ich Schreie, und vor mir tauchen plötzlich Bäume auf. Ich rase genau darauf zu.

Nach einer Schrecksekunde, in der die Bäume immer näher kommen, drehe ich den Lenker und habe wieder offenes Gelände vor mir. Ich drossle das Tempo und winke den Menschen hinter mir zu. Hat Mama sich so gefühlt, als sie ins Meer ging? Verzweifelt und ekstatisch zugleich? Und dann plötzlich wieder klar?

Jen lenkt ihr Schneemobil neben meins. »Alles in Ordnung?« Ihr steht der Schreck ins Gesicht geschrieben.

»Ja, alles bestens. Tut mir leid, wenn ich euch erschreckt habe.«

Sie kneift die Augen zusammen. »Sie haben noch nie auf so einem Ding gesessen, oder?«

»Nein, aber ich fahre in Los Angeles Auto. Da dachte ich, Schneemobil kann nicht schwieriger sein.«

»Sie sind wie meine Großmutter! Ihr beide müsst früher ein heißes Gespann gewesen sein. Wenn Sie lieber zurückfahren wollen, begleite ich Sie.«

»Kommt gar nicht infrage! Jetzt weiß ich ja, wie's geht. Keine Sorge, mir geht's gut.« Und das tut es wirklich.

Schneebedeckte Berggipfel liegen vor mir. Barbaras Paradies. Aber eigentlich sehe ich mein eigenes Leben vor mir, den atemberaubenden Anblick der Fotos, die ich mitgebracht habe – Fotos von Mama und Papa mit meinen Kindern auf dem Schoß, in der Nachmittagssonne in meinem Garten dösend, an einem Getränk nippend, das bei einem Familienurlaub auf Hawaii in Kokosnüssen serviert wurde. Papa sieht aus, als fände er diese Kokosnussnummer albern, aber er strahlt. Und die Art, wie er Mama anlächelt … Hat sie ihm Barbaras Geheimnis wirklich nicht verraten? Woher soll ich wissen, wie es um ihre Beziehung stand, wenn ich mich in meinen eigenen so getäuscht habe?

Meine Eifersucht auf das Band zwischen Barbara und Mama stammt aus einer Zeit, als ich noch so klein war, dass sie Teil meines Elaine-Seins wurde. Sie saß so tief in meinem Unterbewusstsein, dass ich mir nie die Mühe gemacht habe, ihr auf den Grund zu gehen und herauszufinden, warum sich die beiden so nahestanden. Erst jetzt wird mir klar, dass ich mir schon lange nicht mehr die Nase am Schaufenster der gloriosen Mama-Barbara-Beziehung plattdrücke. Dass ich die ganze Zeit mittendrin war. Es stimmt zwar, dass Barbara und Mama eine besondere Beziehung hatten, aber diese Beziehung glich der zwischen Motte und Licht, war ebenso intensiv wie gefährlich. Das Leben, das auf den mitgebrachten Fotos zu sehen ist, mein Leben, ist dagegen ein ganz gewöhnliches, mit Aufs und Abs, guten wie schlechten Tagen in all den Jahren mit Mama, Papa, Audrey, Harriet, Pearl und Sonya.

Mein Lieblingsfoto hat Ronnie an dem Tag gemacht, als er seine erste Kamera geschenkt bekommen hatte: Mama sitzt einfach da, an meinem Küchentisch, eine Tasse Kaffee in der Hand. Damals war sie Anfang sechzig, ihr Haar war schon grau, aber ihre Wangen waren noch glatt – das Geschenk der Fülligen. Es ist ein Schnappschuss: Niemand hat sich die Mühe gemacht, den Teller mit Toastkrümeln aus dem Bild zu schieben oder die aktuelle *Los Angeles Times* zusammenzufalten. Mamas Augen sind aufgerissen, fast als sei sie über irgendetwas erschrocken, aber ich sehe genau, dass ihr Blick gespielt ist, weil sie Ronnie zuliebe übertreibt. In ihrem Blick liegt eine große Liebe. Eine ganz erstaunliche Liebe.

»Warum schleicht ihr denn so?« Barbara umrundet Jen und mich. »Los, Elaine! Ein Wettrennen. Machst du mit?«

Wir geben Gas.

Die Hunde hetzen hinter uns her und bellen vor Freude. Hunde sind in der Rancho Mañana erlaubt. Ich sollte mir einen zulegen.

Vor Vergnügen beginne ich zu schreien. Barbara stimmt ein. Wir rasen durch die beißende Kälte. Fliegen. Barbara und ich.

Danksagung

MEIN BESONDERER DANK GILT DER AUTORIN UND HISTOrikerin Harriet Rochlin, die mir geholfen hat, das jüdische Leben im Boyle Heights der 1920er und 30er Jahre nachzuvollziehen. Sie ist dort aufgewachsen und hat nicht nur meine Fragen gründlich und durchdacht beantwortet, sondern mir auch ihr Privatarchiv geöffnet. Dank auch an Elizabeth Fine Ginsburg, die mir erzählte, wie ihr Weg von Boyle Heights ins Tanzstudio von Lester Horton führte, und an die Jewish Historical Society of Southern California, wo ich mir stundenlang die Bänder mit »erlebtem Leben« anhören durfte, die frühere Bewohner von Boyle Heights zur Bewahrung ihrer Geschichte aufgenommen haben. Informationen über Fahrpläne und dass ich Elaine nicht in die falsche Straßenbahn gesetzt habe, verdanke ich der Geduld von James Helt, dem Bibliothekar der Erwin Welsch Memorial Research Library im Museum für Modelleisenbahnen in San Diego.

Für Anregungen und Ermutigung danke ich meinen Schriftstellerfreundinnen Abigail Padgett und Sara Lewis, die nicht lockerließen, bis ich endlich dieses Buch schrieb, über das ich schon so lange nachgedacht hatte. Für ebenso ausführliches wie konstruktives Feedback danke ich den »Flaming Tulips«, Abigail Padgett, Anne Marie Welsh, Carolyn Marsden, Lillian Faderman, Olivia Espin, Robin Cruise und Sheryl Tempchin sowie Ann Elwood und Mary Lou Locke. Eine wichtige Leserin war die Frau, die meine Liebe zu Büchern geweckt hat: meine Mutter, Harriet Steinberg.

Für eine Schriftstellerin ist es eine große Freude, wenn Menschen sich intensiv mit ihrem Werk beschäftigen. Mein Verlag hat mir ein Dreamteam solcher Menschen zur Seite gestellt. Meine Agentin, Susan Golomb, war meine erste Lektorin und hat das Projekt von Anfang bis Ende begleitet. Elaine wurde mit der Zeit für Kendra Harpster, meine Lektorin bei Random House, genauso wichtig wie für mich; sie hat mir die Augen für die Figur geöffnet und Dinge in Elaine und ihrer Welt gesehen, die ich noch gar nicht zu Papier gebracht hatte. Susan Kamil von Random House hat mit ihrem Blick aufs große Ganze dem Buch und mir ebenfalls einen hervorragenden Dienst erwiesen. Außerdem danke ich Eliza Rothstein von der Literaturagentur Susan Golomb und Kaela Myers von Random House.

Mein Mann, Jack Cassidy, hat das Buch von Anfang bis Ende mit mir durchlebt. Zusammen erkundeten wir Boyle Heights, besprachen offene Fragen und feierten jede gefundene Antwort. Zwischendurch hat er mich bei Laune gehalten. Ich weiß gar nicht, wie ich ihm dafür danken soll.